BAHAMAS

Le Pont de Buena Vista

Maurice Denuzière, grand reporter devenu écrivain, best-seller international avec *Louisiane*, a publié une trentaine d'ouvrages. Ses cinq gros romans de la série *Louisiane*, les quatre volumes de la série *Helvétie* et les trois tomes de la série *Bahamas* font qu'il est considéré comme l'un des maîtres du roman historique.

Paru dans Le Livre de Poche :

AMÉLIE OU LA CONCORDANCE DES TEMPS

BAHAMAS
2. Retour à Soledad

LE CORNAC

LA TRAHISON DES APPARENCES *et autres nouvelles*

UN CHIEN DE SAISON

UNE TOMBE EN TOSCANE

MAURICE DENUZIÈRE

Bahamas

*

Le Pont de Buena Vista

ROMAN

FAYARD

Toute ressemblance des personnages fictifs avec des êtres vivant
ou ayant vécu ne pourrait être que fortuite.

Toute infidélité à l'histoire et à ses acteurs authentiques
ne pourrait être qu'involontaire.

Chercher à localiser,
sur un globe terrestre ancien ou sur une carte contemporaine,
Soledad et Buena Vista,
parmi les sept cents îles qui constituent l'archipel des Bahamas,
serait vain.

ISBN : 978-2-253-10829-0 – 1re publication LGF

This is my island in the sun,
Where my people have toiled
Since time began.

Tho' I may say
On many a sea,
Her shores will always
Be home to me.

O island in the sun,
Willed to me
By my fathers' hands.

All my days,
I will sing in praise
Of your forests, waters,
Your shining sand[1].

Lord BURGESS, Harry BELAFONTE,
1956.

---

1. Paroles françaises de Jacques Plante : « *Ce n'est qu'une île au grand soleil / Un îlot parmi tant d'autres pareil / Où mes parents ont vu le jour / Où mes enfants naîtront à leur tour / Ô mon île au soleil / Paradis entre ciel et terre / Où le flot, tout le long des jours / Chante au sable fin sa chanson d'amour.* »

PREMIÈRE ÉPOQUE

Sous le signe de Neptune

1.

Passé le seuil de la taverne, Charles Ambroise Desteyrac eut le sentiment grisant d'entrer de plain-pied dans le monde hasardeux et divertissant de l'aventure.

« Nous nous reverrons le 5 janvier 1853, à l'enseigne du Red Eagle, sur le port de Liverpool », avait dit Edward Carver. Desteyrac arrivait au rendez-vous.

Les deux hommes s'étaient rencontrés à Paris, un mois plus tôt, au lendemain du 2 décembre 1852, marqué par la mutation plébiscitaire de la république française en empire. Sans discuter les conditions offertes, le Français avait accepté la proposition de l'Anglais, à qui l'avait adressé un professeur d'architecture hydraulique, son mentor.

Construire routes et ponts sur une île de l'archipel des Bahamas, dont il n'avait jamais entendu prononcer le nom et dont il ignorait l'exacte position géographique, constituait pour ce jeune polytechnicien, ingénieur des Ponts et Chaussées, une façon inédite de passer de la théorie à la pratique de son art. C'était aussi, mais il n'eût osé l'exprimer, tenter de trouver le subtil équilibre entre deux penchants de sa nature : action et contemplation.

Alors que la plupart de ses condisciples de l'École

des ponts et chaussées, diplômés de l'année, se préparaient à entrer dans la nouvelle administration impériale, Charles Ambroise Desteyrac, Auvergnat pugnace, avait choisi l'entreprise exotique. Fils d'un médecin libéral tombé sous les balles des soldats de Marmont au cours de la révolution de 1830, il refusait de servir Napoléon III, qu'il tenait, comme ses amis républicains de stricte obédience, pour futur tyran. Cet exil volontaire lui permettait aussi, décision moins avouable, de mettre fin à une liaison dont l'agrément s'était émoussé avec le temps.

Descendu du train qui mettait la capitale britannique à six heures du plus grand port du monde, l'ingénieur avait repéré ce qu'il cherchait : un aigle de tôle, peint en rouge, ailes éployées, qui se balançait en grinçant dans le vent d'hiver. L'inscription en lettres d'or, Red Eagle, se détachait sur la peinture bleu cobalt du fronton de l'établissement. Après avoir déposé son bagage, il devrait maintenant attendre, dans le décor pittoresque de cette taverne, l'arrivée d'Edward Carver, l'homme de confiance du lord propriétaire d'une île anglaise de l'archipel des Bahamas.

S'il ne vit pas, attablés en compagnie d'hommes à la mine inquiétante, Henry Morgan, son perroquet sur l'épaule, Roc le Brésilien et François l'Olonnais, tels qu'enfant il les imaginait d'après les récits de Daniel Defoe, Desteyrac, à la lueur des quinquets suspendus aux poutres, d'un seul regard, à travers la fumée bleutée des pipes, embrassa la plus belle sélection, virile, fruste, voire interlope, de vagabonds des mers.

Les marins en bordée, même si leur langue et leur accoutrement diffèrent d'un continent à l'autre, ont en commun un goût prononcé pour les boissons fortes et les filles. Les clients du Red Eagle ne faisaient sans doute pas exception à la règle, mais le patron de la taverne, taillé en hercule, teint vermillon, avant-bras velus, voix aux sonorités d'orgue, veillait à ce que chacun payât son dû, se tînt tranquille, respectât les servantes, seules représentantes du beau sexe, et vidât les lieux dès qu'il cherchait querelle à son voisin. Car on buvait copieusement dans cet établissement renommé pour sa bonne tenue et la qualité de sa table, fréquenté par toutes les professions maritimes, de l'officier galonné au gabier, en passant par le quartier-maître et le commis aux vivres, auxquels se mêlaient des subrécargues, des pilotes, des courtiers et, même, des agents des douanes. Sur les tables, épais plateaux de chêne lustrés par les coudes de dix générations de buveurs, se succédaient les pintes de bière, brune ou blonde, les verres de rhum, de ratafia ou de *pink gin* – gin rosi d'un trait d'Angostura bitters –, cordial préféré des navigateurs anglais.

La porte refermée sur la fraîcheur humide d'un crépuscule hivernal, Desteyrac s'avança entre les tables en fronçant les narines. Malgré l'odeur dominante du tabac et d'effluences trop humaines, il reconnut, dans le parfum composite du lieu, l'arôme douceâtre de l'huile de baleine brûlée dans les lampes et, venant des cuisines, le fumet des viandes rôties et des potées de légumes. Il remarqua certaines tables isolées, proches de la cheminée, où crépitaient d'énormes bûches. Là se trouvaient des hommes mieux vêtus, plus discrets, certains solitaires, occupés à manger ou à lire un journal devant une théière, ce qui attestait des goûts éclectiques de la clientèle. À peine avait-il fait quelques pas dans leur direction que le patron vint à sa rencontre et le salua avec la considération due à l'étranger bien mis.

– J'ai rendez-vous avec Edward Carver. Mais je suis fort en avance, expliqua Charles, qui avait mis à profit ses dernières semaines parisiennes pour perfectionner son anglais.

– Bien sûr, bien sûr. Je vais vous installer par là, dit le tenancier en désignant une table à l'écart.

– Pourrais-je avoir une collation ? Mon petit déjeuner londonien est un peu loin, révéla Charles.

– Mais, milord, cela est prévu. Si vous êtes bien le *squire* français que sir Edward Carver doit rencontrer ici, ce que je crois comprendre à votre accent, j'ai ordre de vous servir, à son compte, le repas de votre choix.

– C'est très aimable à lui, dit Desteyrac.

– J'ai à vous proposer un bouillon, un pâté d'esturgeon et une belle selle d'agneau.

– Ce sera parfait, convint le Français en s'asseyant.

– Notre *pale ale* est la meilleure des docks. Brassée spécialement pour moi en Écosse. Je vous fais porter un pichet, avec une terrine de faisan que la maison vous offre pour vous faire patienter.

Le Français apprécia la courtoisie de l'accueil. Cela prouvait en quelle estime devait être tenu Carver.

Après un vague regard, les habitués, qu'aucune apparition ne pouvait surprendre dans ce havre cosmopolite, avaient repris leurs conversations, oubliant la présence du nouveau venu. Aux propos véhéments des uns, aux rires des autres, se mêlait parfois la déclamation tonitruante d'un toast porté à qui revenait de la Jamaïque ou de Sydney, à qui, promu second sur un vapeur de la Cunard Steam Ship Company, régalait les amis, à qui, rescapé d'un naufrage dans la mer d'Oman, célébrait le sursis accordé par Neptune.

Tout en dégustant le pâté de faisan, servi par une fille souriante et pleine d'attention, Charles Desteyrac observait, avec ce frémissement des sens que provoque toute situation neuve, porteuse d'espérances et de craintes inavouables, le spectacle de la salle. Paris, l'École des ponts et chaussées, rue des Saints-Pères, les amis, la gentille Rosalie, la bohème des boulevards se trouvaient projetés aux antipodes. Le passé récent virait au souvenir et l'espoir d'un avenir bouillonnant d'imprévus excluait toute nostalgie. Aucun de ceux qu'il voyait manger, boire, s'invectiver, se congratuler, jouer aux dés ou aux cartes, gens de mer à l'aise dans tous les ports de la planète, baragouinant vingt mots de vingt langues sans en connaître aucune, donnant à l'un l'accolade, à l'autre la gifle, acceptant la tempête mais refusant la piquette, troussant les filles sans retenir leur nom, ne pouvait soupçonner l'existence que l'étranger venait de quitter. Avec à-propos et un certain humour, Charles exprima mentalement, en termes de marine, sa situation nouvelle. « J'ai rompu les amarres », se dit-il, esquissant un sourire.

Il terminait son repas quand le hasard lui offrit une première scène de sa nouvelle vie. La porte de la taverne s'ouvrit et émergea de la nuit, maintenant complète, un géant dont la toison flamboyante retenait quelques flocons de neige. La carrure de cet homme, dont Charles estima la taille à près de deux mètres, relevait du phénomène de cirque. Une épaisse moustache cuivrée, dont les crocs effilés tels des hameçons frôlaient les pommettes, un teint clair constellé de taches de rousseur, un gros nez camard, des sourcils broussailleux couvant de gros yeux ronds et bruns de percheron, donnaient à craindre l'ogre de la légende habillé en marin. Contraste comique, le gaillard tenait, entre pouce et index, avec la délicatesse d'une lady levant sa tasse de thé, le bout d'un ruban auquel était suspendu un minuscule paquet. Si l'entrée de Charles était passée inaperçue, il n'en fut pas de même de celle du colosse, que beaucoup semblaient connaître.

– Tiens, voilà Barberousse, retour du pays des tourbières ! s'écria l'un.

– Salut, Tom O'Graney ! lança un autre, plus aimable.

– Ma parole, il nous apporte un cadeau ! avança un troisième, faisant mine de s'emparer du paquet enrubanné.

– Bas les pattes, vermine de l'enfer ! cria le géant.

Cette voix rageuse, mais flûtée comme celle d'un enfant, fit se gausser les uns, rire franchement les autres. Ce timbre de castrat, inattendu chez un tel athlète, n'étonna que Charles Desteyrac. Il comprit qu'en interpellant l'Irlandais on avait voulu provoquer une réplique qui révélerait à toute la compagnie cette disconvenance cocasse.

Comme pour faire pièce aux moqueries, la plus jolie des serveuses s'avança vivement à la rencontre du nouveau venu.

– Ta mère t'envoie ça, dit simplement l'homme en lui tendant le paquet.

Il reçut en échange un baiser sur la moustache, ce qui éveilla la gouaille des consommateurs les plus proches. Une clameur grivoise et des quolibets rabelaisiens fusèrent au milieu des rires.

– Il en a de la chance, ce sacré Tom... Dommage qu'il puisse pas en profiter, les gars ! lança un buveur.

– C'est-y pas malheureux qu'un malabar comme ça ait rien dans la culotte pour faire plaisir aux filles, renchérit un autre avec une feinte commisération, prenant ses voisins à témoin.

– Moi, je le remplacerais bien ! J'ai des moustaches et tout ce qui va avec ! lança gaillardement un quartier-maître en essayant de prendre la taille de la serveuse.

Il n'eut pas loisir d'achever son geste. L'Irlandais fit un pas en avant et le gifla avec une telle vigueur que l'homme tomba du banc où il était assis. Remis sur pied par ses voisins, le marin essuya d'un revers rageur le sang qui suintait de sa lèvre fendue et, le regard en feu, tira de sa poche un couteau à cran d'arrêt dont le ressort fit jaillir une lame.

Tom O'Graney attendit l'attaque sans ciller. Quand l'homme se jeta sur lui, pointant la lame vers le bas-ventre, l'Irlandais lui saisit le poignet et le tordit avec une telle force que Desteyrac crut entendre les os craquer. Contraint de lâcher son couteau, le marin égrena un chapelet d'injures à l'intention de ses compagnons, dont aucun ne manifestait le désir de lui prêter main-forte. Plusieurs consommateurs s'étaient levés pour suivre le déroulement de la bagarre quand le tavernier, alerté par l'altercation, sortit au trot des cuisines, suivi de deux aides armés, l'un d'un tisonnier, l'autre d'un hachoir. Ils n'eurent pas à intervenir pour séparer les adversaires. L'Irlandais, tenant ferme le poignet du quartier-maître, l'obligea à reprendre place sur son banc. Il lui plaqua la main sur la table, ramassa le couteau et encloua proprement le membre du marin dans le chêne. Au cri que poussa l'homme, le buveur de thé abaissa son journal, jeta un bref regard sur la scène qui se déroulait à l'autre bout de la salle et reprit tranquillement sa lecture. Un tohu-bohu s'ensuivit ; éclats de voix, jurons, menaces ne semblèrent pas impressionner le grand roux, qui dominait de la tête et des épaules ceux qui, maintenant, l'entouraient, prêts cette fois à seconder le tavernier.

Desteyrac quitta sa table pour ne rien perdre d'un spectacle qui relevait à ses yeux de l'essence même de l'aventure. Il subodorait que l'expulsion de l'Irlandais n'irait pas sans rudes échanges, quand la porte de la taverne s'ouvrit à nouveau pour livrer passage à un individu encore plus étrange, personnage funambulesque, porteur d'une nouvelle promesse de mystère et de risque. Teint olivâtre, collier de barbe noire, traits virils, coiffé d'un turban orné au repli d'un cabochon d'argent, cet étranger avait la fière allure d'un maharaja. La large ceinture de soie qui serrait son caftan retenait un kandjar dont la poignée et le fourreau ornés de gemmes en faisaient une arme d'apparat. L'homme, que Desteyrac identifia comme un sikh, parcourut la salle d'un regard sévère avant de s'effacer devant Edward Carver. Vêtu d'un long carrick gris à trois collets, cravaté de soie blanche jusqu'au menton, ganté de buffle, l'Anglais ôta son chapeau de castor, le secoua pour en faire tomber quelques flocons de neige et marqua un temps d'arrêt. Le tavernier, oubliant les querelleurs, se précipita à sa rencontre, l'échine ployée.

Répondant d'un bref signe de tête aux salutations, Edward Carver saisit d'emblée l'incongruité du tableau qui s'offrait à sa vue : un homme seul, assis, pâle et la lèvre sanglante, dont la main droite, traversée par une lame, était rivée à une table. Entouré d'individus que l'entrée de Carver avait rendus muets, se tenait, comme statufié et béat, Tom O'Graney.

– Que se passe-t-il, quel est ce nouveau jeu ? demanda sèchement Carver au tavernier.

– Cet énergumène de Tom a bel et bien cloué cet imbécile à ma table, comme le Christ à la croix.

– Cet énergumène est le charpentier du *Phoenix* : on a dû le provoquer pour qu'il joue du couteau. Ce n'est guère dans ses habitudes, dit Carver.

– Ce vaurien a voulu mignoter ma nièce, lança Tom de sa voix de fausset.

Chacun aurait souhaité donner sa version des faits quand le buveur de thé, abandonnant son journal, s'avança. Charles Desteyrac découvrit qu'il s'agissait d'un officier de marine. Les manches de sa vareuse portaient trois galons, et des ancres brodées au fil d'or ornaient les revers de son col. Il échangea avec Carver une poignée de main amicale, preuve que les deux hommes se connaissaient bien.

– J'ai assisté à la scène et je dois dire que ce quartier-maître, après avoir outragé Tom en mettant en cause, d'une façon fort triviale, sa virilité, a effectivement tenté de prendre la taille de Gladys, la servante. Elle est, comme vous savez ou ne savez pas, la nièce de Thomas O'Graney. Naturellement, je réponds de notre charpentier, conclut l'officier.

– Nous n'avons aucune raison de mettre en doute les propos du capitaine Colson, dit Carver.

Puis, fixant Tom, il ordonna :

– Ramasse ton couteau et regagne le bord. Tu es consigné jusqu'à nouvel ordre.

– Mais, c'est pas mon couteau, c'est le sien ! Il voulait me le planter dans le ventre, se défendit O'Graney.

– C'est exact, le blessé avait menacé Tom, confirma le capitaine.

– Eh bien, débarrasse ce gaillard de sa lame et va-t'en. Poko, qui est un peu chirurgien, va le panser. Qu'on serve à cette table un flacon de rhum et qu'on ne parle plus de cette affaire, décréta Carver sans que personne trouvât à redire à sa conclusion.

D'un geste assuré mais sans brutalité, Tom retira le couteau fiché dans la main du quartier-maître. Endurci par des années de mer et de rixes, le marin prouva sa résistance à la souffrance et fit bonne contenance. Sitôt libéré, il tendit sa main percée à Poko. Le tavernier, accoutumé aux effets sanglants des altercations, avait déjà envoyé ses aides chercher un baquet d'eau bouillie et de quoi faire de la charpie.

– Vilaine main, dit le sikh d'un ton méprisant.

– Si aucun tendon n'est coupé, l'homme s'en remettra vite, commenta le capitaine du *Phoenix* en s'éloignant avec Carver.

Ils se dirigèrent, sur les talons de l'aubergiste, vers une porte, au fond de la salle, et disparurent dans une pièce où la clientèle commune ne devait pas avoir accès.

Charles s'interrogea aussitôt sur la conduite à tenir. Devait-il manifester sa présence ou était-il plus correct d'attendre la réapparition de Carver pour lui rappeler qu'ils avaient rendez-vous ? Le tavernier, revenant vers sa table, résolut le dilemme.

– Le major Carver vous attend, milord, dit l'homme en lui désignant la porte du fond.

Desteyrac devait comprendre plus tard que tous, pour s'adresser à Carver, ancien officier du 10e régiment de hussards, usaient de son grade de major.

La salle où l'ingénieur pénétra différait en tout de celle qu'il venait de quitter. Au brouhaha de la taverne succéda un silence de bon ton, dans une atmosphère dénuée de fumées et d'odeurs. Une unique et longue table, que présidait le major Carver, constituait, avec une desserte sur laquelle trônait un énorme bol à punch, le mobilier de la pièce. De part et d'autre de la table, quatre hommes occupaient des sièges de cuir. À l'entrée de Charles, tous se levèrent et le major fit les présentations.

– Capitaine Lewis Colson, commandant du *Phoenix*, M. Mark Tilloy, second lieutenant, l'enseigne Michael Hocker, notre écrivain... M. Hocker tient les écritures du bateau, crut bon de préciser Carver.

Le major craignait que l'ingénieur, terrien ignorant des métiers de la marine, ne prît le jeune homme au regard mélancolique pour un littérateur.

– Le premier lieutenant, M. Philip Rodney, officier en second, est retenu à bord. Quant à notre chirurgien et apothicaire, M. David Kermor, plus connu sous le nom d'Uncle Dave, il est en ville dans sa famille. Vous ferez plus tard leur connaissance, compléta Lewis Colson, fort attaché aux convenances.

Charles Desteyrac aurait été incapable de donner un âge au major Carver. D'une taille inférieure à la moyenne, cet homme mince, sec, droit comme une lame dans un habit ajusté comme un fourreau, offrait l'image d'une insolente rigidité. Cheveux courts, visage glabre, traits nets, joues creuses, il posait sur les êtres et les choses un regard gris, froid, indifférent. Charles avait vu, dès leur premier entretien à Paris, comment il savait tenir à distance les gens que sa position ne lui faisait pas obligation de fréquenter. On devinait que ses préoccupations n'étaient pas celles du commun des mortels, qu'il assumait de pesantes et discrètes responsabilités. Le Français avait décelé dans le comportement du major l'austérité du protestant méthodiste, l'assurance du militaire habitué à commander, l'aisance de l'aventurier bien né. Il avait apprécié la courtoisie d'une personnalité qui inspirait plus de curiosité que de défiance.

Restait à découvrir un autre trait du caractère de cet homme, qui fut bientôt révélé. Le domestique, après avoir prodigué ses soins à la victime de l'Irlandais, apparut discrètement derrière son maître. Sur un signe, il posa sur la desserte un coffre gainé de cuir, qu'il ouvrit tel un placard, faisant apparaître, dans leurs alvéoles tapissés de velours grenat, les éléments d'un précieux service à thé. Il retira théière, tasse, soucoupe et pot à lait de fine porcelaine de Minton, qu'il disposa sur un plateau d'argent. Puis, à l'aide d'une cuillère de nacre, Poko, d'une boîte de laque noire incrustée de filigranes d'or, transféra dans la théière des feuilles de thé si odorantes que Desteyrac en perçut à distance le parfum. Une servante, dépêchée par l'aubergiste, apparut à point nommé avec un pichet d'eau bouillante. En silence et avec une componction que Charles, amusé, estima rituelle, l'Indien versa lentement l'eau dans la théière, dont il rabattit le couvercle avant de déposer le plateau devant M. Carver. Il alla ensuite prendre place, debout, bras croisés, dans l'ombre de la salle.

Seul Charles fut intrigué par cette mise en scène ; les autres étaient accoutumés à voir le major prendre son thé d'une manière si raffinée et si égoïste. En attendant que le breuvage infusât, Carver, absorbé jusque-là dans la lecture de documents placés sous ses yeux par l'écrivain au regard triste, se tourna vers l'ingénieur.

– Je viens d'apprendre que nous sommes contraints, monsieur, de retarder notre départ d'une journée, par la faute de personnes moins ponctuelles que vous. Nous devons attendre, d'une part des passagers dont l'embarquement n'était pas prévu, d'autre part du matériel dont l'acheminement a été retardé par le chemin de fer. Vous voudrez bien excuser ce retard. Je vous invite donc à passer une nuit au Saint George. Les consignes ont été données pour que vous y soyez traité au mieux. Demain après-midi, deux matelots iront prendre vos bagages, et si vous rejoignez le *Phoenix*, sur Saint Katharine's Dock, vers cinq heures de l'après-midi, ce sera parfait. Le commandant nous donnera à dîner à bord et nous lèverons l'ancre dans la nuit, avec la pleine mer.

– Plutôt au petit matin, major. La marée est annoncée pour six heures, précisa, maussade, le capitaine Colson.

Comme Charles se préparait à prendre congé, le major le retint.

– Il est probable que vous serez amené à rencontrer, à l'hôtel Saint George, où j'espère bien qu'il finira par arriver, un de nos retardataires, l'honorable Malcolm Cuthbert Murray. C'est un jeune architecte, neveu de lord Simon Leonard Cornfield. Il doit embarquer avec nous.

En gagnant l'hôtel, sous des tourbillons de neige, derrière un commissionnaire chargé de ses bagages et un porteur de lanterne délégués par le tavernier à la demande du major, Charles Desteyrac ressentit un peu d'agacement. Edward Carver ne lui avait pas dit, à Paris, lors de son engagement, qu'un architecte anglais, qui plus est neveu du lord des îles, serait du voyage et sans doute du séjour. Les ingénieurs des Ponts et les architectes faisaient rarement bon ménage. Les premiers, soucieux d'abord de l'utilité et de la solidité des ouvrages, étaient des bâtisseurs pragmatiques ; les seconds, plus attachés à l'esthétique, se prenaient volontiers pour des artistes des trois dimensions. Aussi fut-ce sans plaisir que Desteyrac imagina une collaboration forcée avec le neveu de son employeur insulaire. Ce Murray ne pouvait que lui déplaire.

Dès son arrivée au Saint George, Charles Desteyrac demanda au concierge si un jeune homme nommé Malcolm Murray s'était présenté.

– Oui, monsieur. Ce gentleman est arrivé dans l'après-midi. Il s'est mis au lit tout de suite. Il paraissait très fatigué. Il a demandé à ne pas être dérangé jusqu'à l'heure du dîner, révéla le concierge.

Charles s'installa au salon de lecture de l'hôtel, trouva du papier à lettres et décida d'écrire à Rosalie. La jeune femme avait été, pendant trois ans, la maîtresse la plus accommodante qu'un célibataire pût trouver. Belle fille d'humeur égale, à la fois tendre et ardente, sans exigences ni caprices, elle avait été la compagne idéale de l'étudiant. Il lui avait promis de donner des nouvelles puis, après une brève hésitation, et parce qu'à l'annonce de son départ la jolie modiste n'avait pu retenir ses larmes, il l'avait assurée de ses « fidèles et tendres pensées ». Le serment d'amour n'était plus de saison.

Il rédigea aussi un premier billet d'adieu, assez laconique, à l'intention de sa mère, puis, insatisfait, le déchira. Loin de Paris, il éprouvait une sorte de vague à l'âme qui n'était pas dans sa nature. Au moment où, abandonnant une existence à la fois routinière, laborieuse et insouciante d'élève d'une grande école, il allait au-devant de responsabilités imprécises, il prenait soudain conscience de l'éloignement brutal de tout ce qui avait, jusque-là, meublé ses jours et ses nuits. Cet accès de spleen le décida à se montrer plus affectueux envers celle avec qui il n'entretenait que des relations espacées et formelles.

Devant la feuille blanche, ornée dans l'angle supérieur gauche d'un saint Georges terrassant le dragon, alors qu'il hésitait entre « Mère » et « Chère mère », une foule d'images lui revinrent à l'esprit. Dans l'ambiance d'une ville étrangère, à la veille de traverser l'Atlantique et d'être confronté à l'inédit absolu, il les accueillit avec un rien de nostalgie.

Charles n'avait qu'un an à la mort de son père, de qui il ne connaissait les traits que par un daguerréotype où le médecin posait, en redingote et gilet blanc, le coude appuyé sur une sellette, la moustache cirée, le regard vif, aux lèvres le sourire de l'homme heureux, un camélia à la boutonnière. Il n'avait appris qu'à sept ans les circonstances de la mort du médecin, tué par un garde national, au soir du 28 juillet 1830, alors qu'il portait secours à des blessés pendant que des émeutiers tentaient de prendre d'assaut l'Hôtel de Ville. Dès lors, il avait idéalisé ce mort, se façonnant, à travers les récits lus ou entendus des trois Glorieuses, un modèle paternel de républicain héroïque qui allait inspirer, au cours de son adolescence, ses propres choix politiques. La révolution de 1848 et la lecture de l'ouvrage d'Alfred de Vigny *Servitude et Grandeur militaires* avaient contribué à augmenter sa défiance des joutes révolutionnaires dont « la mise en œuvre doit être trop souvent soutenue et prouvée par le sang du soldat », ainsi que l'avait écrit le poète.

La mort d'Alexandre Desteyrac avait laissé sa veuve, Valentine, née Poinas, et son jeune fils dans le dénuement. Charles se souvint qu'ils avaient occupé un très modeste logement, dans un immeuble vétuste au nord de Paris. Plus tard, poussés par la nécessité, ils avaient quitté la capitale pour Esteyrac, le village d'Auvergne berceau de sa famille paternelle, où la veuve, placée comme dame de compagnie chez une tante de son défunt mari, avait bientôt perdu son emploi lors du décès subit de sa protectrice. Dans ce pauvre village isolé où personne ne se souciait du dernier descendant des Esteyrac – les paysans reprochaient encore aux ancêtres jacobins d'avoir abandonné leur particule pour se faire roturiers républicains –, la veuve avait touché le fond de la misère. Charles ne pouvait, depuis ce temps-là, sentir l'odeur du chou et du pain de seigle sans se voir dans une pièce sombre, dînant d'un bol de soupe en face d'une femme triste et silencieuse.

La plume en l'air, devant la feuille de papier, il revit encore, avec un frisson irrépressible, la scène qui avait décidé du destin de Valentine et de son fils. Il devait avoir huit ou neuf ans quand la veuve, sans ressources, s'était résignée un matin à vendre ses cheveux pour acheter de la nourriture. Ce commerce capillaire, pratiqué par des hommes venus de la ville, armés d'une paire de grands ciseaux et de sacs de cuir, était coutumier dans les villages d'Auvergne et de Bretagne. Les chasseurs de chevelures, appelés suivant les régions chineurs ou margoulins, s'annonçaient les jours de marché en criant « piau... piau... piau... » avant d'offrir aux femmes « de quoi s'acheter un fichu ou une robe » en échange de leurs cheveux. L'Auvergne donnait bon an mal an – Charles le sut plus tard – quatre mille kilos de cheveux, que les chineurs vendaient aux perruquiers de cinquante à trois cents francs le kilo, suivant la longueur et la qualité des toisons. Ce matin-là, Valentine, ayant défait son chignon pour libérer une cascade de cheveux bruns, souples et brillants, qui croulaient jusqu'à la taille, avait répondu à l'appel de l'homme aux ciseaux. La scène restait nette et précise dans la mémoire de Charles. Avec des trémolos dans la voix, humiliée à défaillir, retenant ses larmes, elle discutait le prix de sa chevelure que le chineur caressait déjà, en connaisseur, quand un officier, qui traversait le village à la tête d'un peloton de dragons, avait sauté à bas de son cheval. Interrompant avec autorité la transaction, il avait offert à la femme désemparée une somme double de celle proposée par le chineur, afin qu'elle pût conserver son opulente chevelure. Charles entendait encore le cliquetis des ciseaux prêts à couper les cheveux de sa mère, et l'accent autoritaire de l'inconnu qui allait bientôt devenir l'amant de Valentine.

Charles s'en souvenait : le galant colonel, ayant deviné les raisons du sacrifice que s'apprêtait à faire cette belle femme pâle, flanquée d'un enfant malingre, les avait emmenés tous deux à l'auberge du village et leur avait fait servir un copieux repas. À dater de ce jour, on avait beaucoup vu le colonel dans la masure de Mme Desteyrac. Quand, les manœuvres terminées, l'officier avait été contraint de rejoindre ses quartiers, à Paris, Valentine l'avait suivi. Charles, en revanche, était resté chez des cultivateurs qui allaient désormais recevoir, chaque mois, du colonel Léonce de Saint-Forin, le montant de sa pension, tandis qu'il fréquentait l'école du village. Il comprit assez vite que sa mère, jeune, belle, sensuelle, ambitieuse et incapable de supporter la pauvreté, était devenue la maîtresse de son bienfaiteur d'occasion, qu'elle osait appeler son « fiancé » bien que Léonce de Saint-Forin fût marié. Confortablement installée et entretenue par l'officier, la veuve consolée avait obtenu le retour de son fils auprès d'elle.

Tout s'était bien passé pour l'orphelin, jusqu'au jour où Valentine avait mis au monde, en 1834, un enfant prénommé Octave. Dès l'arrivée de ce demi-frère au foyer maternel, le statut de Charles avait changé. Envoyé comme pensionnaire dans un collège des pères jésuites, il ne vit plus que rarement sa mère et se sentit dès lors abandonné. Il était resté chez les pères jusqu'au jour où, brillant élève, il avait présenté avec succès le concours d'entrée à l'École polytechnique. Fils de patriote mort pour la République, il bénéficiait d'une bourse nationale qui eût été insuffisante pour lui assurer le vivre et le couvert sans le concours financier de Léonce de Saint-Forin. Devenu veuf, l'officier avait épousé Valentine en 1848. Sorti de Polytechnique « dans la botte », Charles Desteyrac avait suivi les cours de l'École d'application des ponts et chaussées et obtenu un brevet d'ingénieur fort coté.

S'étant abandonné un moment au ressouvenir des événements qui avaient conditionné sa vie, il se résolut à commencer sa lettre à Mme de Saint-Forin par « Chère mère ». Puis il détailla ses projets, les avantages et les risques de son choix, avant de conclure sur la formule la plus affectueuse jamais adressée à cette femme qui eût mérité de sa part, il était maintenant près de l'admettre, plus de compréhension.

Au moment de cacheter sa missive, il se dit qu'il devait ajouter une phrase à l'intention de son parâtre, devenu général de brigade en 1851 pour services rendus dans la préparation du coup d'État du 2 décembre, et promu général de division dès l'avènement du second Empire. Mais Charles reprochait toujours à Saint-Forin d'avoir séduit sa mère, combattu les républicains dès janvier 1832, arrêté, en juin de la même année, ceux qui, avec Victor Considérant, voulaient, avait-on dit sans preuves, incendier Notre-Dame. L'officier avait encore conduit la répression contre les émeutiers de Montmartre et de l'église Saint-Marc, et s'était illustré au service de Cavaignac pour écraser l'émeute du 24 juin 1848.

Même si ces actions avaient pour but de protéger la naissante et éphémère IIe République contre des insurgés prêts à organiser une nouvelle terreur révolutionnaire ; même si Lamartine avait qualifié les émeutes inutiles d'« explosion de guerre servile et non de guerre civile », Charles imputait à Saint-Forin et à ses troupes mille cinq cents fusillés, vingt-cinq mille emprisonnés, dont plusieurs élèves des Ponts, et même la mort d'un millier de militaires, tombés en défendant la République contre les rouges.

Sa détestation du traîneur de sabre, ainsi qu'il nommait le général, retenait toujours le jeune ingénieur de manifester la moindre reconnaissance à un homme qui l'avait, certes, éloigné de sa mère, mais lui avait aussi permis de se forger un avenir. Après réflexion, il ajouta une ligne demandant à Valentine de transmettre à son mari des salutations qu'il ne put se résoudre à qualifier de cordiales.

Le courrier clos, Charles eut le sentiment d'avoir

honnêtement pris congé de son passé. « Demain va commencer pour moi une nouvelle vie dans un monde neuf », se dit-il. En homme libre de toute attache, il se sentait prêt, sans crainte ni appréhension, mais au contraire avec curiosité et confiance, à courir toutes les aventures que le destin, intarissable romancier, ne manquerait pas de lui proposer ou de lui imposer !

À l'heure du souper, un majordome conduisit le Français à la table d'hôtes et Desteyrac s'assit entre un capitaine à barbiche grisonnante et un jeune chirurgien militaire, rose et joufflu. Le premier débarquait d'une goélette qui avait transporté, d'Irlande en Angleterre, des émigrants rustauds et turbulents dont, assurait-il, le pays n'avait que faire ; le second partait le lendemain pour le Bengale rejoindre son régiment de lanciers. Le maître d'hôtel, auprès de qui Desteyrac s'informa du sort de Malcolm Murray, répondit que ce gentleman s'était fait servir un repas dans sa chambre.

– Je me suis permis de lui dire qu'un monsieur français s'était enquis de sa présence à l'hôtel, compléta le butler.

– Et, qu'a-t-il répondu ?

– Rien, monsieur. Il n'a eu qu'un geste de la main, comme qui chasse une mouche !

Cette confidence n'améliora pas l'idée préconçue que Desteyrac se faisait de l'architecte. Il salua ses voisins, les écouta échanger leurs appréciations sur les Irlandais et les Indiens. Il retira de leurs propos le sentiment que les Anglais se considéraient comme les seuls représentants civilisés et respectables de l'espèce humaine.

– Je ne vous cacherai pas que la renaissance de l'empire dans votre pays nous inquiète. Il ne faudrait pas que Louis Napoléon se conduisît comme son oncle, dit le médecin, apprenant que Charles était français.

– L'Angleterre ne court aucun risque : le nouvel empereur n'a pas le génie vindicatif de l'ancien et nous reviendrons à la république un jour ou l'autre... comme vous, peut-être, observa malicieusement Desteyrac.

– De la république, monsieur, nous avons autrefois fait l'épreuve, vers 1660, je crois, dit le marin.

– Après avoir coupé la tête de Charles Ier. C'est peut-être ce qui nous donna l'idée, plus tard, de couper celle de Louis XVI, ironisa Charles.

– Nous avons aussi tâté d'un protecteur, Oliver Cromwell. Il se prenait pour un monarque et n'était qu'un roturier, puritain vaniteux, avide de pouvoir, précisa le capitaine.

– Voyez-vous, monsieur, ces régimes politiques ne conviennent pas à notre peuple, constata le médecin. Nous préférons la monarchie et les Anglais, comme les Écossais et les Gallois, aiment comme une mère Sa Majesté, la reine Victoria.

– *God save the Queen !* lança le capitaine en levant son verre de bière, qui n'était pas le premier de la soirée.

Le médecin et Desteyrac l'imitèrent.

– Je ne vous demanderai pas, messieurs, de porter un toast au fringant Napoléon III, qui n'est qu'un passant, mais à la France éternelle, proposa, volontairement emphatique, l'ingénieur.

Tous les convives de la table, même étrangers à la conversation, s'exécutèrent avec bonne humeur. Desteyrac crut nécessaire d'offrir une tournée générale de porto, qu'on servit avec le fromage de Stilton.

L'honorable Malcolm Cuthbert Murray choisit cet

instant pour apparaître dans la salle à manger. D'emblée, Charles le classa dans la catégorie des dandies, que les familiers du boulevard des Italiens nommaient gommeux ou gants jaunes. Pâle, le regard incertain, Murray, un peu trop élégant pour le lieu et la saison, se laissa tomber plutôt qu'il ne s'assit sur le premier siège à sa portée, comme si une trop grande fatigue l'empêchait d'aller plus loin. Il salua d'un bref signe de tête la compagnie, s'empara d'un verre et s'octroya une rasade de porto. Sa grimace indiqua qu'il ne trouvait pas au breuvage la saveur d'un grand cru. Les Anglais traitèrent avec indifférence le nouveau venu ; Murray, sans doute habitué à plus de considération, s'adressa à la cantonade, du ton d'un petit-maître.

– Sait-on où se trouve, à cette heure, un certain Edward Carver ?

– Le major Carver est sans doute à bord du *Phoenix*, répondit Charles Desteyrac.

– Eh bien, qu'il y reste ! dit Murray.

– Ne devez-vous pas vous-même embarquer demain sur ce bateau, monsieur ? demanda Charles, agacé par l'arrogance du jeune homme.

– Si je ne puis faire autrement, certes. Mais, qui êtes-vous donc pour être si bien renseigné ?

Charles se présenta, précisant qu'il embarquerait lui aussi sur le *Phoenix* le lendemain dans l'après-midi.

– Ce Carver vous aurait-il accepté comme passager payant ?

Charles Desteyrac détrompa son interlocuteur et révéla qu'en tant qu'ingénieur des Ponts et Chaussées il avait été recruté, à Paris, pour accomplir certains travaux sur une île dont le major Carver semblait être l'intendant.

– Non ! Un ingénieur des Ponts ! Diable ! Mon vieil oncle se prend pour Charles-Auguste, duc de Weimar ! Voilà bien ses idées de grandeur ! Un ingénieur des Ponts, et français de surcroît ! Pour quoi faire, *My God*, sur un morceau de corail perdu dans les Caraïbes, où les sauvages se barbouillent le corps de peinture et mangent leurs morts encore tièdes ! Je vous mets en garde : le lord des Bahamas, comme il se plaît à se faire appeler, est un vieux fou.

– N'êtes-vous pas architecte, monsieur ? insista Charles.

– Carver vous a dit ça ! Mais je ne suis pas, moi, au service de mon oncle. Ma visite est d'ordre... familial, conclut le jeune homme en emplissant son verre, qu'il vida à petites gorgées avec la même moue dégoûtée.

Charles Desteyrac se garda de relancer la conversation. Le repas terminé, le jeune médecin suggéra une expédition du côté de Paradise Street où l'on pouvait, chez certaine entremetteuse et en y mettant le prix, jouir des charmes un peu verts de fillettes de douze ans. Le capitaine barbu, comme Desteyrac, déclina l'invitation, mais Murray l'accepta aussitôt. Avant de quitter la table, le médecin des lanciers crut nécessaire de justifier son escapade.

– Comprenez-moi, messieurs ; dans un mois, je n'aurai plus à mettre furtivement dans mon lit, entre le thé et le dîner, que les épouses infidèles et désabusées de fonctionnaires ou de militaires abrutis par les fièvres, le gin et le haschich, ou alors des intouchables tatouées, d'hygiène douteuse.

– Et moi, intervint Murray, je devrai me contenter de sauvagesses cannibales ! Allons voir, Monsieur l'Officier, si les filles de Liverpool ont autant d'imagination et de doigté que nos filles de Chelsea, lança l'architecte en se préparant à quitter la salle sans un salut.

– Allez, mes jeunes amis, et que Dieu vous ait en sa sainte garde, dit le vieux marin, bon enfant.

Restés tête à tête, le Français et le capitaine allumèrent leur pipe et se firent apporter une nouvelle bouteille de porto.

– Ainsi, vous êtes en partance pour les Amériques, dit le marin.

– Plus précisément pour l'archipel des Bahamas.

– J'ai navigué, autrefois, entre ces îles qu'on appelait Lucayes jusqu'à la publication, en 1564, des premières cartes d'Abraham Ortelius sur lesquelles le nom Bahama apparaît pour la première fois. Nous autres, Anglais, les voyons dans les West Indies que les Français nomment les Antilles. Elles chevauchent le tropique du Cancer et ne sont pas dans la mer des Caraïbes, comme semble le croire le jeune dandy fatigué, mais tout simplement dans l'océan Atlantique. La navigation y reste fort dangereuse, monsieur, à cause des hauts-fonds et d'une kyrielle de récifs coralliens à demi immergés dans les chenaux. Certaines îles sont de petits paradis au climat agréable, habités par des indigènes aimables et paresseux qui, contrairement à ce qu'a dit encore le gandin londonien, n'ont jamais pratiqué le cannibalisme. Ils se nourrissent de poisson, pêchent les éponges, les conques et les tortues. Mais ces îles, où il est difficile d'aborder, sont parfois, entre juin et novembre, dévastées par les ouragans. On compte par douzaines les naufrages entre Bahamas et Floride. Mais que diable allez-vous faire là-bas, si ce n'est pas indiscrétion de ma part de vous le demander, monsieur ?

– Construire des routes et des ponts sur une île, propriété d'une famille anglaise depuis plusieurs générations, à ce qu'on m'a dit.

– Plusieurs îles appartiennent en effet, en toute propriété, depuis bientôt deux cents ans, aux descendants des lords à qui Charles II les attribua, comme il leur avait déjà offert la colonie des Carolines. Bien que les colons de nos provinces d'Amérique nous aient imposé, en 1776, leur indépendance, avec l'aide de la France d'ailleurs, et qu'ils aient fondé ce qu'on nomme aujourd'hui les États-Unis, l'archipel des Bahamas est resté territoire britannique.

– Je vais donc servir, là-bas, les intérêts de Sa Majesté, observa Charles gaiement.

– Surtout les intérêts de quelques hobereaux insulaires. Ils jouissent d'une parfaite autonomie, mais sont censés appliquer et faire respecter les lois anglaises. Je me suis laissé dire, par des navigateurs, que certains possèdent encore des esclaves qu'ils font trimer du lever au coucher du soleil.

– Mais l'Angleterre a décrété l'abolition de l'esclavage dans ses colonies en 1833. Aux États-Unis, seuls les planteurs du Sud maintiennent l'odieuse pratique qu'ils appellent, curieux euphémisme, l'institution particulière ! s'insurgea Desteyrac.

– Ah ! Ah ! Vous êtes jeune et manquez d'expérience coloniale, monsieur. Sur les îles, personne ne discute l'autorité d'un propriétaire. Surtout quand celui-ci est baronet héréditaire. Il fait la loi et l'applique à sa guise.

– Mais, en cas de traitement injuste, les gens ne

peuvent-ils se plaindre aux autorités ? L'archipel n'est-il pas sous l'autorité d'un gouverneur, nommé par votre Premier ministre ?

– Certes, mais aux Bahamas, le gouverneur, la police et les juges sont loin de certaines îles. Ils résident à Nassau, sur l'île New Providence. Et puis, tous répugnent à se mêler des affaires des lords propriétaires, qui bénéficient de sérieux appuis à Londres. Vous verrez que, dans les îles, rien ne se passe comme chez nous, ou chez vous. L'archipel est un monde à part. Il a son bon et son mauvais, monsieur.

Comme Charles se taisait, pensif, le marin reprit :

– Mais, dites-moi, votre île ne serait-elle pas Great Exuma ? Elle a été donnée en 1783 à lord Denys Rolle, que mon défunt père a connu pour avoir navigué sur son bateau, le *Peace and Plenty*. Aujourd'hui, l'île appartient au fils de cet homme, lord John Rolle. Il était, jusqu'en 1829, propriétaire de plus de trois cents esclaves qui travaillaient sur ses plantations. Quand, en 1834, vint l'émancipation des Noirs, il leur distribua des terres et se fit largement dédommager par la Couronne. Bonne affaire, croyez-moi, car les anciens esclaves, devenus ouvriers libres, travaillent autant qu'autrefois pour un salaire de misère.

– L'île où je suis attendu ne se nomme pas Great Exuma, mais Soledad. C'est, je crois, la plus à l'est de l'archipel, la plus solitaire, comme son nom espagnol semble l'indiquer.

– Soledad, bien sûr ! Je connais. C'est le domaine du vieux Cornfield. Un despote intransigeant, mais un vrai seigneur, celui-là. Vous auriez pu tomber plus mal. Il est loin d'être fou, comme le dit son neveu. Les Cornfield n'ont jamais eu d'esclaves depuis que

Charles II fit don de ce grand caillou au premier lord de la lignée.

– Cornfield, c'est bien le nom du propriétaire qu'a prononcé le major Carver, confirma Charles.

– J'ai vu tout à l'heure, sur le Saint Katharine's Dock, le trois-mâts de Cornfield, le *Phoenix*. Un fameux voilier, un clipper de Baltimore revu, m'a-t-on dit, pour l'aménagement intérieur, par le fameux constructeur Retire Becket, de Boston. L'an dernier, le New York Yacht Club, qui se veut le rival de notre prestigieux Royal Yacht Squadron, a décerné un prix d'élégance au *Phoenix*, qui avait conduit Cornfield et ses invités américains à Londres pour l'Exposition universelle. C'est un navire rapide et sûr, un petit palais flottant. On dit – mais on dit tant de choses – que la reine Victoria en serait jalouse !

– Une reine d'Angleterre jalouse d'un bateau américain ? Grand Dieu ! s'exclama Charles.

– Eh ! son yacht à vapeur, *Victoria and Albert*, construit en 1843, ne vaut pas un bon clipper de Balti, et puis, l'aménagement y serait tout juste confortable. Je me suis laissé dire qu'elle devrait commander un *Victoria and Albert II*, plus rapide et plus luxueux, dit le marin.

– Je suis heureux d'apprendre d'un capitaine expérimenté que le *Phoenix* est un bon bateau, dit Desteyrac, rassuré.

– En tout cas, vous serez à l'aise à son bord et ferez une bonne traversée, peut-être en moins de vingt-cinq jours. Le capitaine du *Phoenix*, Lewis Colson, passe pour taciturne, buveur d'eau et fichu caractère, mais c'est un excellent marin, manœuvrier habile. Or, dans les eaux des Bermudes et la mer des Sargasses, on rencontre souvent gros temps, en cette saison.

Comme tous les navigateurs ayant beaucoup bourlingué, le capitaine raconta quelques fortunes de mer et Charles l'écouta avec intérêt, imaginant les aventures qui ne manqueraient pas de survenir au cours du voyage. Quand les deux hommes se séparèrent pour aller dormir, ils étaient devenus amis.

– J'ai omis de me présenter, constata le marin au moment de prendre congé. Mon nom est James Cowett, capitaine au long cours. Mes amis m'appellent Jim.

– Charles Desteyrac, ingénieur des Ponts et Chaussées. Je suis heureux de vous avoir rencontré. Votre conversation fut une bonne entrée en matière pour la traversée et la carrière qui m'attendent, dit le Français.

– Si ce n'est pas curiosité intempestive, j'aimerais avoir de vos nouvelles, monsieur. Je vais, le mois prochain, prendre le commandement d'un vapeur de la Cunard, sur la ligne Liverpool-Halifax-Boston – eh oui, il faut bien se mettre au progrès ! Si Dieu le veut, nous aurons peut-être l'occasion de nous revoir, un jour, en Amérique, car vous n'allez pas passer tout votre temps sur ces îles, où, vos travaux terminés, vous risquez de vous ennuyer ferme sous les cocotiers. Les Bahamas ne sont qu'à trois jours de mer de Boston, belle ville qui vaut d'être visitée. Écrivez-moi là-bas, à l'hôtel Brunswick, où je mets toujours mon sac à terre. Je vous répondrai.

Charles promit et serra chaleureusement la main que lui tendait le marin.

Dans sa chambre, Desteyrac boucla ses bagages avec sa minutie habituelle afin que tout fût prêt quand les marins du *Phoenix* viendraient en prendre livraison.

Grâce à une avance en livres sterling du major Carver, il avait pu compléter, à Londres, chez le premier fournisseur des architectes, son équipement professionnel : planche à dessin, té, règle à calcul, rapporteur d'angles, compas, crayons, tire-lignes, encre de Chine, nouvelle table des logarithmes. À faire l'inventaire de ces instruments, il ressentit une sorte d'impatience à les utiliser.

2.

Après une paisible nuit dans un lit qu'il trouva trop moelleux, Charles prit un généreux petit déjeuner, puis flâna jusqu'à l'heure du *lunch* en lisant les journaux. Il accueillit les nouvelles du monde avec l'indifférence de qui n'est plus concerné. Le Monténégro venait de proclamer son indépendance ; le tsar Nicolas osait faire pression sur le gouvernement britannique pour régler à son avantage la question des Balkans ; Napoléon III avait invité à Compiègne Mlle Eugénie de Montijo, ce qui relançait des bruits de mariage ; M. Franklin Pierce, élu en novembre quatorzième président des États-Unis, se préparait à prendre ses fonctions le 4 mars. Plus près de Liverpool, les fileurs de Preston commençaient une grève qui promettait, d'après les commentateurs, d'être aussi dure que celle des ouvriers des manufactures de Manchester en 1842.

Au commencement de l'après-midi, dès que les envoyés du major Carver eurent pris possession de ses bagages et d'autres qu'il supposa appartenir à Murray, Charles décida de se rendre, en promeneur, au Saint Katharine's Dock.

Étant l'invité du major Carver, il crut bon de distribuer quelques pourboires au personnel de l'hôtel, avant de prendre, dans les formes, congé du propriétaire. L'hôtelier accompagna jusqu'au seuil le Français, dont le paletot et le feutre citadins indiquaient qu'il n'avait rien d'un marin, et le mit en garde.

– Notre district portuaire a mauvaise réputation, dit-il. Dans le bas de la ville, vous verrez, même en plein jour, beaucoup de filles à matelots, au décolleté indécent, qui montrent leurs mollets, et aussi des gitons maquillés. Ces prostitués des deux sexes, qu'il faut bien tolérer dans un port, racolent les marins et les détroussent. Comme vous paraissez solide et en bonne santé, vous risquez encore d'être approché par des capitaines en manque d'équipage, ou par les quartiers-maîtres recruteurs de la Navy. Ces derniers vous saoulent, vous jettent à bord d'une gabare et, avant que vous n'ayez recouvré vos esprits, vous naviguez en pleine mer. Méfiez-vous aussi des chômeurs irlandais qui débarquent chez nous par milliers : ce sont des ivrognes batailleurs.

– Rassurez-vous, monsieur, je me rends au port pour embarquer sur le *Phoenix*, le bateau de lord Simon Leonard Cornfield.

– Un bien beau navire, milord. Permettez-moi de vous souhaiter une heureuse traversée, conclut l'hôtelier, s'inclinant avec respect.

De Liverpool, Charles Desteyrac ne connaissait que ce qu'il venait de lire dans *Redburn*, un ouvrage d'Herman Melville, acheté à Paris la veille de son départ. Il pensait y trouver une initiation accessible aux choses de la mer. « De tous les ports de mer, c'est sans doute Liverpool qui grouille de la plus abondante vermine de requins de terre, rats de terre et autres destructeurs et rongeurs, acharnés sur le malheureux marin. Car les repaires de débauche sont innombrables et fameux dans les environs du port, où le vice connaît un épanouissement qui ne saurait être comparé à rien d'autre de ce côté-ci de l'enfer », avait écrit l'Américain lors de son séjour, en 1837. Il avait cependant ajouté : « Tous les marins du monde aiment Liverpool, qui est littéralement leur paradis. »

« Ce doit être vrai », se dit Charles en considérant la foule de matelots blancs, noirs ou jaunes, qui déambulaient par groupes dans Paradise Street où, le soir, théâtres et cabarets refuseraient du monde.

Sur les rives de la Mersey, les installations portuaires – plus de trente docks dus à l'ingénieur Jesse Hartley – s'étaient prodigieusement développées depuis la création du premier bassin, en 1715, alors que le roi de France, Louis XIV, se mourait à Versailles et qu'un Allemand qui ne parlait pas anglais, George Ier, régnait sur le Royaume-Uni de Grande-Bretagne.

En approchant des bassins, Charles eut tout loisir d'admirer l'hôtel de ville, construit un siècle plus tôt, la colonnade de l'hôtel des Douanes, l'architecture néogothique et le porche palatin de la nouvelle Maison du marin, l'hôpital maritime entretenu par tous les matelots de passage à Liverpool, auxquels l'administration du port prélevait six pence sur leur solde. Il vit aussi quelques beaux hôtels particuliers, résidences des armateurs enrichis par le négoce du coton, plus encore par la traite des Noirs qui cueillaient l'or blanc dans les plantations de Louisiane, de Georgie et d'Alabama. Ces constructions patriciennes conféraient à la ville un air cossu et policé.

Ce n'était que la plus flatteuse vitrine d'une cité cosmopolite de près d'un demi-million d'habitants, dont la fortune, comme les maux, venait de la mer. Car on y comptait plus de deux mille *gin palaces* [1], dancings, tripots de jeu, bordels, cabarets, petits théâtres, où des femmes dévêtues et lascives attisaient la concupiscence de navigateurs sevrés de plaisir depuis des semaines, parfois des mois.

Sur sept kilomètres, dans l'embouchure de la rivière, ce havre hébergeait des navires de tout tonnage, sous pavillon de cent pays. Voiles carguées sur les vergues en plis drapés, blottis sous une forêt de mâts effilés, ancres pendantes aux bossoirs telles des décorations, les grands voiliers au repos se dandinaient d'un bord sur l'autre, comme impatients de reprendre la mer, de retrouver, pour le meilleur et pour le pire, les vents du large. Les figures de proue, sirènes aux seins provocants et cheveux d'or, effigies de Neptune courroucé à barbe opulente, monstres marins cornus et grimaçants, tous, inclinés à la brigue sous le dard des beauprés, fixaient de leur regard peint le monde des terriens. D'un bassin à l'autre le spectacle grandiose se répétait, animé par le va-et-vient des gabares des ravitailleurs, des yoles des officiers, des canots des pilotes et du maître des docks.

Dans d'immenses dépôts construits au long des quais, s'entassaient les échantillons de tout ce que la nature et les hommes produisaient dans le vaste monde. Cette profusion de navires et de marchandises impressionna le Parisien, qui n'avait jamais navigué que sur la Seine et connu d'autre abondance que celle des halles. Dans cette ambiance de partance annoncée, Desteyrac constata qu'armateurs, négociants, aventu-

1. Bars de basse catégorie.

riers, débardeurs, gens de mer et de commerce, charretiers, agents des douanes, commis d'assurances se côtoyaient sans gêne, tous paraissant sincèrement affairés. Sous les arcades des dépôts, longues bâtisses à quatre étages, ouvertes sur les quais, il vit, enlevés des navires ou prêts à y être chargés par des grues à potences pivotantes, des centaines de balles de coton, des bois exotiques, campêche, teck, acajou, ébène en grume, des saumons de plomb et d'étain, des poutres de fer, des ballots de laine d'Australie, des rails d'acier de Sheffield, des sacs de grain, de salpêtre, de riz, de sucre, de café, des boucauts de tabac et de morue séchée, des caisses de thé enveloppées de toile de jute, les épices de l'Inde et de l'Arabie, des barriques de bordeaux, des tonneaux de rhum et de mélasse, des tonnelets de porto venus de Chypre – où les Portugais envoyaient leur vin liquoreux mûrir au soleil avant de le livrer aux Anglais –, et même des défenses d'éléphant destinées aux ivoiriers de Londres et de Dieppe. Il vit aussi quelques tas de charbon, aliment des vapeurs dont les cheminées sales offensaient le regard dans la futaie des mâtures.

Les odeurs du goudron, des coques humides, les exhalaisons des chaudières en cours de chauffe, le grincement des poulies, le mugissement des trompes, les coups de maillet des calfats, les sifflets des maîtres d'équipage, le halètement des grues à vapeur et le ricanement des mouettes composaient une étrange symphonie que Charles perçut comme l'appel de l'aventure.

Toujours attentif à ce qui touchait à sa profession, il observa les efforts des hommes qui, devant un clipper battant pavillon américain, halaient les câbles d'un pont tournant. Quand le navire s'engagea dans l'étroit chenal qui donnait accès au bassin, il ne put s'empêcher de complimenter les pontiers pour la rapidité de leur manœuvre.

– Nous n'avons guère de répit, monsieur, car pendant la marée montante, il n'est pas rare de voir deux ou trois cents bateaux remonter la Mersey pour entrer dans le port, lui dit l'un d'eux.

Le *Phoenix*, que Desteyrac repéra au premier coup d'œil, avait fière allure. Les gens de mer informés, sachant qu'ils n'avaient affaire ni à un navire marchand ni à un vaisseau de guerre, rangeaient ce trois-mâts de six cents tonneaux à voiles carrées dans la catégorie, à la fois mondaine et sportive, des yachts. Long de cinquante-cinq mètres, large de douze au bau, il offrait au regard des terriens une ligne basse, pure et élancée, inspirée de celle des grands clippers américains. Sa fine étrave inclinée portait, sous le beaupré de chêne vernissé, une représentation sculptée du phénix, oiseau fabuleux aux ailes de pourpre et d'or. Dans la lumière d'un couchant précoce, le grand oiseau au bec menaçant, ailes déployées pour l'envol, semblait défier l'horizon. La partie immergée de sa coque, doublée de feuilles de cuivre rouge, conférait au *Phoenix* solidité et vitesse. Bien que blasés, les travailleurs du port, qui voyaient chaque saison des centaines de beaux navires, s'arrêtaient pour admirer le yacht blanc dont la proue, ornée d'une frise récemment redorée, se dressait en un élancement gracieux. Des badauds, venus en famille, demandaient vainement au marin posté sur le quai, au bas du chemin-planche, à visiter le voilier dont l'aménagement intérieur, réputé luxueux, avait été comparé, dans un article du quotidien de Liverpool, à celui du yacht *Cleopatra's Barge*, du millionnaire américain de Salem George Crowninshield.

Ayant décliné son identité, Charles Desteyrac fut immédiatement accueilli à bord par le lieutenant Mark Tilloy, à qui Carver l'avait présenté la veille, au Red Eagle.

– Vos bagages ont été placés dans votre chambre. Je vais vous y conduire, dit aimablement l'officier.

Tilloy était un beau garçon robuste, au visage avenant, regard azuré des marins, peau ambrée, comme chamoisée par les embruns et le soleil, à l'aise dans un uniforme bleu foncé de bonne coupe, porté sur une chemise blanche dont le col aux angles cassés était fermé par une cravate de soie noire. Les quelques matelots que Charles aperçut sur le passavant, occupés à descendre dans la grande écoutille, à l'aide d'un palan, des caisses et des ballots, arboraient eux aussi pantalons et vareuses bleus. Leur bonnet portait, brodée au fil d'or, une réduction de la figure de proue, ce qui conférait à l'équipage une allure militaire.

Sur le pont supérieur du *Phoenix* ouvraient douze cabines, qu'il valait mieux appeler chambres pour ne pas déplaire au capitaine Colson. Celle qui échut à Charles Desteyrac offrait les éléments de confort du meilleur hôtel, avec ses parois lambrissées de chêne et bois de rose.

Il découvrit, avec l'étonnement du terrien qui croit que seul le rudimentaire est admis à la mer, un lit-cadre, ferme mais confortable, une commode d'acajou dont le dessus se relevait en partie pour faire apparaître un miroir, une cuvette, un broc et un nécessaire de toilette en faïence. Sur chaque pièce, Charles reconnut le phénix d'or, protecteur du navire. Un fauteuil, deux chaises et une table-bureau complétaient le mobilier, avec une penderie noyée dans une cloison. Deux aquarelles représentant des voiliers en fuite dans le gros temps et deux appliques de bronze, montées à la Cardan, ajoutaient à la sensation de bien-être et de sécurité. Les meubles, fixés au plancher pour prévenir tout déplacement en cas de tempête, fleuraient bon l'encaustique.

S'abandonnant à l'excitation joyeuse de la partance, Desteyrac prit possession des lieux. « Ce bateau n'est, après tout, qu'un hôtel flottant », se dit-il. Il en était encore à défaire son bagage quand un coup sec, frappé à la porte, le fit sursauter. Le major Carver venait s'assurer que rien ne manquait au confort de l'ingénieur.

– Le dîner sera servi à sept heures, dans la grande chambre. Le steward vous y conduira. Nous appareillerons à l'aube, à marée haute, sans doute pendant que vous dormirez, dit-il.

– Vos passagers retardataires sont-ils arrivés ? s'enquit Charles.

– J'ai envoyé le maître d'équipage chercher M. Murray au Saint George. Il est à bord. Il dort comme un homme qui a vécu une nuit de débauche, précisa Carver dans un sourire plus méprisant qu'ironique, avant de quitter la pièce.

« Le major, bien informé semble-t-il, a-t-il voulu me faire comprendre que Murray n'est pas une fréquentation recommandable ? » se demanda Charles.

À la table du capitaine Colson, le Français eut une nouvelle preuve de l'estime que tous lui manifestaient quand le sommelier lui présenta, dans son berceau en filigrane d'argent, une bouteille de vin de Bordeaux.

– Le commandant vous fait l'honneur de ce cru français, dit Mark Tilloy.

– J'y suis très sensible, commandant, dit Charles, s'inclinant vers Colson avant de lire l'étiquette fanée, plissée, tachée de rousseurs : mon Dieu, c'est un château-yquem 1830 !

– Bonne année, m'a-t-on dit. J'ai constaté que, chez vous, Français, les meilleures années de vin coïncident souvent avec celles des révolutions, remarqua Colson, un rien ironique.

– C'est au cours de la révolution de 1830 que périt mon père, fit Charles, sans dissimuler sa contrariété.

– Pardonnez cet impair, monsieur. J'ignorais les circonstances de votre deuil. L'aurais-je su, j'eusse demandé à notre sommelier de choisir un autre millésime, dit vivement l'officier, contrit.

– Ce n'est rien, commandant. Si la révolution fut mauvaise, le vin est certainement bon. Si vous le permettez, je lèverai mon verre à la mémoire de mon père, un républicain exemplaire, ajouta simplement Charles.

– Nous nous associons respectueusement à ce toast, monsieur, dit Carver en posant une main amicale sur le bras de Charles.

L'incident étant clos sans dommage, Desteyrac remarqua l'absence de Murray. Le major Carver avait excusé le docteur Kermor, dit Uncle Dave, qui, originaire de Liverpool, prenait un dernier repas chez sa sœur, et l'enseigne Michael Hocker, retenu à la capitainerie du port par les formalités de départ. Quant à l'officier en second, Philip Rodney, il veillait au chargement du navire.

– M. Murray ne dîne pas avec nous ? demanda Charles.

– Il préfère se faire servir par son valet un repas dans sa chambre, répondit Tilloy.

– Passager supplémentaire et imprévu, ce valet ! Il prétend, m'a-t-on dit, se voir donner une chambre voisine de celle de son maître, dit Colson, s'adressant à Tilloy.

– J'ai en effet dû convaincre ce domestique que sa place est à l'avant, dans le poste des stewards, et non à l'arrière, parmi les passagers. Dormir dans un hamac ne semble pas lui convenir. Il s'en plaindra, m'a-t-il dit, à l'honorable Malcolm Cuthbert Murray, prévint le second.

– Veillez, je vous prie, monsieur Tilloy, à ce que ce valet se tienne à sa place. Et si l'honorable Murray a des observations à formuler, envoyez-le-moi, conclut Colson avec autorité.

Suivant la coutume anglaise, le serveur proposa d'abord deux potages, l'un clair, l'autre épais. Suivit un excellent rôti, trop cuit au goût du Français, accompagné d'un moelleux pudding. Une gelée de fruits mit fin au repas, le meilleur que Charles eût fait depuis qu'il avait quitté Paris.

Au dessert, le capitaine Colson confirma qu'on prendrait la mer à l'aube, « même si ceux que vous attendez encore ne se sont pas présentés », dit-il à l'intention de Carver. C'était une façon de rappeler à tous que le capitaine est seul maître à bord après Dieu.

– Qui vous savez a quitté Londres ce matin : on m'en a informé par le télégraphe. Quant à nos puisatiers, partis hier de Portsmouth, ils doivent à cette heure descendre du train. O'Graney est à leur rencontre avec deux matelots. Je pense qu'avant minuit tout notre monde sera à bord, monsieur Colson, dit Edward Carver.

Le rite du porto et des cigares d'après-dîner empêcha Desteyrac de s'interroger sur les propos sibyllins du major. Pourquoi Carver tenait-il à se montrer si discret quant à l'identité des retardataires ?

Tout en écoutant le capitaine et le second lieutenant supputer la clémence relative du temps, en ce mois de janvier à la limite du gel, ce qui laissait bien augurer de la mer à l'heure du départ, Charles s'intéressa au décor. Parois lambrissées, appliques de bronze montées sur rotules, plafond à caissons polychromes, desserte de bois sculpté, parquet de chêne clair, la salle à manger du *Phoenix* ressemblait à ce qu'on nommait autrefois grande chambre sur les vaisseaux de haut bord de la Compagnie des Indes. Des aquarelles représentaient goélettes, frégates et flûtes, voiles gonflées, proues dressées, chevauchant les vagues vertes frangées d'écume d'un océan furieux. Elles conféraient au lieu le caractère maritime que l'ambiance, le mobilier et l'immobilité du bateau auraient aisément fait oublier. Entre deux fenêtres – on ne parlait pas à bord de hublots –, volets clos et rideaux tirés, était suspendue une roue de gouvernail aux manettes polies par les mains de timoniers depuis longtemps disparus. Le Français voulut connaître l'origine de ce qu'il supposa avec raison être un trophée.

– Précieuse relique, en effet, monsieur. C'est la gouverne du *Naseby*, navire amiral d'Edward Montagu, premier comte de Sandwich, que le roi Charles II rebaptisa *Royal Charles* quand, à son bord, il regagna l'Angleterre, le 25 mai 1660, après douze années d'exil en Hollande, expliqua le lieutenant Tilloy.

– L'amiral n'aurait jamais dû accepter que l'on débaptisât le *Naseby*, même si ce nom rappelait aux Stuarts une grave humiliation. Un navire dont on change le nom est voué au malheur, commenta, à l'intention de Charles, le capitaine Colson.

– Cher monsieur Desteyrac, le capitaine, comme beaucoup de marins, est un peu superstitieux, intervint le major.

– Le destin a prouvé que ce genre de superstition est plutôt un avertissement ! Dois-je vous rappeler, major, que le *Royal Charles* fut le premier navire incendié par les Hollandais parvenus à la bouée de Nore, à l'embouchure de la Tamise, en juin 1667 ? précisa l'officier.

– Vieilles guerres, vieilles histoires, vieilles croyances, monsieur Colson, qui ne peuvent intéresser notre ami français. Le *Phoenix*, lui, n'a jamais eu d'autre nom. Nous serons donc en sécurité à son bord, avec le meilleur marin que l'on puisse trouver sur l'Atlantique, de Liverpool aux Caraïbes, conclut le major dans un sourire.

Puis il quitta la table, invitant ainsi les convives à se retirer. Mark Tilloy, spontanément, accompagna Desteyrac sur le pont.

– Je suis bien aise de voir le départ approcher. Tous ces retards font que nos matelots, oisifs et cantonnés à bord, s'ennuient, ce qui n'est jamais bon.

– Nous attendons du monde, semble-t-il ?

– Nous attendons, en effet. Ces embarquements de dernière minute rendent le commandant irritable. Mais enfin ! Beau temps d'hiver, monsieur. « Givre de nuit sur le gréement annonce matin éclatant », cita le second, faisant ainsi dévier la conversation.

Il tira une pipe toute bourrée de sa poche.

– Comme vous, je préfère la pipe à tout, dit Desteyrac, sortant à son tour de son veston blague à tabac et fourneau de bruyère.

– Le commandant ne permet pas de fumer la pipe ailleurs que sur le pont. Le cigare est autorisé au salon et dans la salle à manger, mais il est interdit aux passagers de fumer quoi que ce soit dans leur chambre. M. Colson a une peur bleue de l'incendie, expliqua Tilloy en allumant un brûle-gueule culotté.

Le second plaisait à Charles. Il devait être du même âge que lui et avait éveillé d'emblée sa sympathie. Aussi l'ingénieur lui fit-il part de son inquiétude de terrien n'ayant jamais navigué.

– C'est la première fois de ma vie que je dois faire une telle croisière. Je crains de ressentir ce qu'on nomme le mal de mer, lieutenant. Existe-t-il un moyen de le conjurer ?

– Aucun, monsieur. J'en ai moi-même été victime à mon premier embarquement. Mais les nausées ne vous importunent que quelques heures ou quelques jours. Le temps de vous amariner, comme nous disons.

– C'est-à-dire ?

– « Être amariné, c'est avoir plié sa constitution et ses habitudes à l'état d'homme de mer », comme l'enseignent les *Notifications aux marins*, récita Mark en riant.

Comme Charles se taisait, perplexe, le lieutenant ajouta :

– La seule consigne que donne Uncle Dave, notre chirurgien, est de se charger l'estomac et de se distraire l'esprit. Lord Byron était du même avis puisqu'il écrit, dans le deuxième chant de son *Don Juan* : « Le meilleur remède contre le mal de mer, c'est un beefsteak » ! Mais rien n'indique que la mer vous soit hostile, monsieur. Étant donné l'absence de vent de nuit, on peut penser que nous n'aurons pas, dans l'estuaire, ces eaux clapoteuses qui remuent les bateaux. Cela vous permettra de commencer votre noviciat avant que nous n'entrions dans la mer d'Irlande, où nous trouverons sans doute, en cette saison, des vents favorables.

Sur le pont, les deux hommes furent bientôt rejoints par l'enseigne Michael Hocker, retour de la capitainerie du port. Au contraire de Tilloy, Hocker, l'écrivain du bord, était un jeune homme timide, de frêle constitution, le front prématurément dégarni, peu loquace. Toujours affairé au moment des départs, il passait ensuite le plus clair de son temps dans la chambre des cartes, où se trouvait son bureau. Son regard las traduisait une sorte d'indifférence au monde qui pouvait passer pour dédain des êtres et des choses. Il tenait les écritures du bateau comme il eût tenu celles d'une épicerie ou d'une banque. Pour ce fils de paysan gallois, la mer n'était que le lieu mouvant où il exerçait son métier de secrétaire comptable. Bien amariné, il conservait à bord des habitudes et des réflexes de terrien, notamment pour ce qui touchait à la toilette, ce qui amusait Tilloy et agaçait Colson. Le gaillard d'arrière étant le séjour habituel des officiers, l'écrivain ne se rendait sur le gaillard d'avant, séjour des matelots, que pour établir les décomptes de solde, faire l'inventaire des cordages à remplacer, recevoir le courrier à poster à la première escale.

– Tous vos papiers sont-ils en ordre ? demanda Tilloy.

– Je n'attends que la signature de M. Colson pour faire porter le connaissement à la douane. Tout est paré, lieutenant.

La promenade à trois fut interrompue par un matelot.

– Le commandant désire vous voir tout de suite, dit-il, s'adressant aux deux marins.

Hocker et Tilloy souhaitèrent la bonne nuit à Desteyrac, qui acheva de fumer sa pipe en observant les mâts et vergues noirs et nus des voiliers, les feux de mouillage et les docks plongés dans la pénombre. À la lueur des lanternes, des hommes charriaient encore des colis apportés par des attelages, sans doute retardataires comme les mystérieux passagers attendus à bord du *Phoenix*.

Après une rapide toilette, Charles éteignit la lampe dont l'huile de baleine répandait dans la chambre une odeur douceâtre. Il entendit bientôt sur le pont un va-et-vient et reconnut la voix de Tilloy commander une manœuvre. Il écarta le rideau de sa fenêtre, qui donnait sur le pont, assez près du chemin-planche, et vit l'officier et des matelots qui réceptionnaient des caisses, hissées du quai sur le navire au moyen d'un palan de charge. Chacune des caisses nécessitait, pour être déplacée, les efforts de quatre hommes. Charles en compta cinq, qui furent sans doute descendues dans la cale par une écoutille. Il vit ensuite le lieutenant accueillir deux hommes. Il ne put distinguer leurs traits, mais perçut leurs voix et leurs exclamations enjouées. « Ce sont sans doute les gais puisatiers de Portsmouth dont a parlé Carver », se dit-il en voyant apparaître derrière eux l'Irlandais Tom O'Graney, envoyé à leur rencontre. Le silence revint sur le pont déserté et Charles regagna son lit, se posant une foule de questions sur ces puisatiers, leurs volumineux bagages et la discrétion du major Carver. Ces acteurs inconnus, venus de la nuit, ne faisaient-ils pas partie de l'aventure dans laquelle Charles Desteyrac était engagé ? Loin de s'inquiéter, il ressentit un regain d'excitation qui le tint éveillé un long moment.

Mais il était écrit quelque part que son repos serait troublé, lors de cette première nuit à bord du *Phoenix*. L'aboiement très proche d'un petit chien le tira soudain du sommeil. Régnait sur le pont une nouvelle agitation. Une voix féminine, claire et assurée, intima l'ordre au chien de se taire, ce dont il ne tint aucun compte. Edward Carver, qui cette fois présidait à la réception, fut plus écouté.

– Ramassez votre bichon, milady, je vous prie, et, demain, ne le laissez pas divaguer sur le pont. Nos marins pourraient le prendre pour jouet, dit-il, caustique et autoritaire.

Charles ne perçut pas la réponse de la femme mais, par l'entrebâillement de son rideau, il eut le temps de voir s'éloigner vers l'arrière une mince silhouette, dans une longue pelisse surmontée d'un énorme chapeau. Une femme plus grande et plus forte, mais tout aussi emmitouflée, emboîta le pas à la première, tandis que le major Carver s'entretenait, près de l'échelle de coupée, avec une troisième visiteuse, vêtue de fourrure. Il ne put entendre les propos échangés entre l'inconnue et le major, mais les gestes saccadés de la femme lui donnèrent à penser qu'ils devaient être catégoriques. À la fin de l'entretien, la visiteuse tendit au major une enveloppe qu'il glissa dans la poche intérieure de son habit, avant de raccompagner jusqu'au quai celle qui n'avait fait que conduire les passagères au bateau. Le major prit congé en s'inclinant et regagna le bord. Charles vit la femme monter dans une berline à quatre chevaux dont les lanternes disparurent bientôt dans la nuit. Le major se dirigea d'un pas nerveux vers l'arrière, tandis que le lieutenant Tilloy, jusque-là invisible, donnait l'ordre aux matelots de relever passerelle et échelle, ne laissant que le chemin-planche de service pour accéder au quai.

« Tout le monde est à bord, commandant ! » lança Charles au miroir de toilette en riant, avant de se mettre au lit pour la troisième fois. Que la gent féminine fût de la partie promettait peut-être des lendemains plus affriolants qu'il ne les avait imaginés !

La nuit ne devait pas finir sans que cette promesse reçoive un semblant de confirmation. L'événement qui tira une seconde fois Desteyrac du sommeil se déroulait sur le pont, devant la fenêtre de sa chambre. Par la petite baie, laissée à peine entrouverte, lui parvint l'écho d'un dialogue assez véhément entre une femme et un homme. L'ingénieur se leva et, discrètement, se posta près de la fenêtre. Des flocons de neige voletaient, insectes d'argent indécis, dans la faible lueur des fanaux. Charles ne put distinguer qu'une silhouette, qu'il jugea être celle d'une femme, la tête et les épaules couvertes d'un châle. L'interlocuteur de l'inconnue se tenait, en revanche, en dehors de l'étroit champ de vision du Français. De l'échange il ne comprit qu'une phrase, prononcée par la femme au moment où elle s'éloignait de son compagnon.

– Vous avez tout fait pour réussir. L'échec était prévisible. Je ne puis vous en vouloir. Cela reste un secret entre nous. Adieu !

Ayant parlé, la femme, dont Charles ne put, dans la

pénombre, apercevoir le profil, se dirigea d'un pas vif vers l'arrière et disparut de sa vue. « Sans doute, se dit-il, a-t-elle quitté le bateau, encore relié au quai par le chemin-planche de service. À moins qu'il ne s'agisse d'une des passagères embarquées il y a quelques heures ? » Quant à l'homme, à bord d'un bateau qui comptait une vingtaine de membres d'équipage, cinq officiers et une demi-douzaine de passagers mâles, on ne pouvait présumer de son identité.

Charles se rendormit, la voix de l'inconnue dans l'oreille : timbre mélodieux mais ton ferme avaient troublé son sommeil. Il se plut à imaginer que cette femme tenait peut-être, elle aussi, un rôle dans le grand opéra de l'aventure sur lequel le rideau venait de se lever, sous la neige, dans le port de Liverpool.

L'ingénieur eut le sentiment qu'il venait à peine de retrouver le sommeil quand les manœuvres de l'appareillage le firent jaillir de sa couchette. Une aube crayeuse filtrait à travers la brume qui montait des bassins dont l'eau, par contraste, paraissait d'encre noire. Desteyrac ne voulait à aucun prix manquer l'instant du départ. Ayant passé en hâte pantalon et chemise, il découvrit sur le fauteuil un caban et un bonnet de laine. Pendant la nuit, un être prévenant avait déposé ces vêtements de marin, mieux adaptés au climat et aux circonstances que paletot et chapeau de citadin. Ainsi, son apparition sur le pont luisant fut des plus discrète, alors que l'équipage s'activait pour libérer le *Phoenix* de ses amarres et mettre à la voile. Se trouvant soudain face à un matelot occupé à lover un cordage, il entendit l'homme maudire « ces éléphants qui encombrent le pont ».

Lewis Colson – tous les capitaines, membres de l'élite hauturière, le savaient – entendait toujours, orgueil ou fanfaronnade, quitter le port sans l'aide du remorqueur. Ce matin-là, dès que le *Phoenix* fut, tel un molosse qu'on lâche, détaché du quai, après que les matelots eurent levé les bourrelets de défense, le commandant fit hisser ce qu'il estima nécessaire de toile pour mettre le lourd navire en mouvement. La brise de terre, complice attendue, vint au rendez-vous et le trois-mâts s'éloigna, lent, majestueux, dominateur. Seule spectatrice de cette partance, une femme, frêle silhouette figée sur le môle, agita son mouchoir. Charles pensa qu'il s'agissait de la silhouette entrevue dans la nuit sur le pont. Il se plut à imaginer que cet adieu s'adressait à un amant aux étreintes inoubliables.

Accoudé à la lisse d'acajou, l'ingénieur ressentait dans tout le corps le frémissement balancé du navire. La sensation d'être emporté par une force neuve et irrésistible vers l'aventure le troubla autant que le spectacle offert par l'équipage, pris d'une joyeuse frénésie. Fasciné par la souplesse et la grâce des gabiers qui gravissaient les enfléchures argentées par un givre naissant, il comprit que chacun connaissait à la perfection son rôle. Certains s'élevaient en chantant avant de s'aligner, tels des danseurs de corde, sur les marchepieds des vergues. Curieux ballet aérien que celui de ces hommes, insensibles au vertige, cramponnés aux barres des mâts, effectuant avec ensemble les mêmes gestes, courts et précis, pour dénouer les garcettes de ris et laisser se dérouler, au commandement du *bossman*, ou maître d'équipage, des pans de toile. Déjà, la voilure offrait au vent l'appui attendu, et la brise consentante exerçait l'exacte poussée qui accélérait le déplacement du bateau. Ce rituel maritime, ignoré de ceux qui vivent loin des ports, préludait aux accordailles entre le navire et la mer. Tandis que le *Phoenix* filait avec assurance vers la porte du bassin, le major Carver vint s'accouder près de Charles.

– Un appareillage est toujours une opération délicate, difficile d'exécution.

– J'ai le sentiment d'assister à un numéro de funambules, dit Charles, désignant les marins dans la mâture.

– Avec M. Colson, le départ est toujours rapide et déterminé. Notre commandant possède à fond la science de l'appareillage. Le sûr instinct des navigateurs lui fait saisir opportunément une risée, l'aubaine d'un courant, une flânerie de la marée. Tout se conjugue pour lui inspirer la meilleure manœuvre, au meilleur moment. Car, monsieur, il y a plusieurs manières de mettre un navire sous voiles. Je dois reconnaître que celle de Colson comporte une certaine coquetterie, dit le major avec un sourire.

– Et quelle maîtrise ! On se croirait à l'opéra, dit Charles.

– Tel un chorégraphe, Colson exige en effet une parfaite harmonie entre ses ordres et les mouvements collectifs et enchaînés des hommes, qui, comme vous le voyez, marchent au sifflet et au porte-voix. Bien que nos marins soient des coureurs de mer confirmés, tous, du calfat au gabier, du timonier à l'arrimeur, en passant par le charpentier, le voilier et le coq, sont soumis à de fréquents exercices.

– D'où cette assurance et cette cohésion de ceux que

je vois s'activer, là-haut sur les vergues, au risque de tomber, dit Charles, admiratif.

– Risque limité, sauf par gros temps. Et puis, dans les vergues, on a coutume de dire, quand on largue les voiles : « Une main pour le bateau, une main pour le matelot. » Ce n'est qu'en cas d'extrême urgence, quand le commandant ordonne : « Larguez en bande ! », que les matelots se servent de leurs deux mains pour filer la toile sans précautions.

Charles eût aimé poser d'autres questions sur les manœuvres qui se déroulaient sous ses yeux, mais le major s'esquiva.

– Je dois vous quitter pour m'enquérir de la situation de nos passagères. Car nous avons deux dames à bord, monsieur Desteyrac, et je réponds de leur bien-être et de leur tranquillité, dit le major.

– J'ai aussi vu embarquer, hier soir, deux grands gaillards... sans doute les retardataires de qui vous nous aviez parlé à table, monsieur.

– Ah, oui. Ce sont les puisatiers engagés par lord Simon. Ils savent, dit-on, creuser des puits pour trouver l'eau douce. Nous en manquons parfois à Soledad, dit Carver.

Il s'éloigna aussitôt vers l'arrière, franchit un écran de bois qui, au-delà des logements des officiers, barrait le pont, entre le bordage et le rouf. Nommée carrosse par les matelots, cette partie du navire abritait les meilleurs appartements : celui de l'armateur, qu'occupait en l'absence de Cornfield le major Carver, et celui destiné aux passagers de marque. Charles comprit qu'on y avait logé les voyageuses dont il avait surpris, en pleine nuit, l'embarquement. Un marin à mine de factionnaire défendait l'accès au gynécée improvisé.

« Ces femmes, pensa-t-il, doivent appartenir à la meilleure société. Peut-être sont-elles des aristocrates que l'étiquette maritime tient éloignées du commun ? »

La voilure étant en partie déployée, le *Phoenix* franchit l'écluse du grand bassin, traversa le petit bassin, sorte d'antichambre du dock, et s'engagea dans la Mersey, parmi d'autres navires plus modestes et moins rapides en partance pour Boston, Valparaiso, Sydney ou Coromandel. Quelques milles[1] plus loin, l'estuaire de la Mersey débouche dans la baie de Liverpool, qui appartient déjà à la mer d'Irlande. Les procédures de l'appareillage étant terminées, Mark Tilloy vint saluer Charles.

– Le *Phoenix* file ses huit nœuds et nous entrerons demain matin dans le canal Saint George. En attendant, allons prendre le breakfast, proposa, jovial, l'officier.

Une bonne odeur de lard frit et d'œufs brouillés flottait dans la salle à manger et l'ingénieur fit honneur au premier repas, servi par un maître d'hôtel en veste blanche.

Sitôt la dernière bouchée avalée, le lieutenant regagna la dunette et Desteyrac se rendit dans sa chambre pour parfaire sa toilette, car tout négligé semblait proscrit à bord. Puis il retourna sur le pont, jouir du plaisir très neuf de naviguer sur un beau navire. Il se promit de capitaliser ces premières impressions pour les revivre plus tard, quand viendraient les jours les plus monotones de la vie. Les voiles ballonnées par la brise, l'étrave déchirant l'eau, les ourlets d'écume

---

1. Le mille marin, adopté par les navigateurs du monde entier depuis le XVIIIe siècle, a été défini en 1929 ; il mesure 1 852 mètres et correspond à la soixantième partie d'un degré équatorial.

léchant les flancs du bateau, le léger roulis, le grincement des poulies, les haubans devenus harpes éoliennes : tout concourait à produire en lui une sorte de griserie. Le Français observait les rives de l'estuaire quand Malcolm Cuthbert Murray approcha, vêtu d'une épaisse pelisse à col d'astrakan et d'une curieuse toque à visière de cuir.

– Eh bien, nous voilà en route pour les West Indies, mon cher. À partir de maintenant, toutes les règles de la vie terrienne sont abolies : nous allons vivre sous les lois de la mer. Ainsi, quel que soit le mauvais temps, il est interdit de prononcer le mot tempête, honni des marins. Nous devons aussi éliminer de notre vocabulaire le mot corde. Sur un trois-mâts, on ne compte que cordages, filins, ralingues, bitords, aussières et autres choses en chanvre, dont j'ai oublié le nom. Bref, souvenez-vous qu'il n'existe à bord qu'une seule corde, celle de la cloche, dont le tintement annonce les changements de quart et l'heure des repas ! dit-il, un tantinet moqueur.

Le vocabulaire maritime lui paraissait un jargon simplet. Le jeune homme s'exprimait en bon français, teinté d'un léger accent, et Charles, y voyant une attention, renonça à l'anglais.

– J'apprécie cette leçon, monsieur, car c'est la première fois que je navigue. J'ignore tout de la terminologie maritime. Mais, vous-même, êtes-vous marin ?

– On vous dira que tous les Anglais le sont de naissance, mais ce n'est pas vrai. Tout ce que je sais de la marine, je l'ai appris sur le yacht de ma mère, avec lequel, chaque année, nous allons de Londres à Venise. Vous trouverez à bord du *Phoenix* de meilleurs professeurs que moi, dit Murray qui, manifestement, voulait se montrer aimable.

– Ainsi, vous êtes, comme moi, attendu à Soledad. Des travaux d'architecture, sans doute ? demanda Charles pour relancer la conversation.

– Non, monsieur... au fait, monsieur ?

– Charles Ambroise Desteyrac, rappela l'ingénieur.

– Eh bien non, monsieur Desteyrac, moi, je ne suis pas attendu par lord Simon Leonard Cornfield, qui est mon oncle à la mode de Bretagne, comme disent les Français. Je crains même que ma présence ne soit pas souhaitée. Car, voyez-vous, autant que vous l'appreniez par ma bouche plutôt que par d'autres, je suis envoyé aux Bahamas en pénitence. Oui, monsieur, exilé pour un temps par mon père. Il a payé quelques dettes criardes à condition que je disparaisse de Londres un certain temps. Mais il n'est pas dit que j'irai m'enterrer sur cette île peuplée de sauvages !

Murray, courroucé, ponctua sa déclaration d'un coup de poing rageur sur la lisse.

– Un oncle, même à la mode de Grande-Bretagne, ne peut mal accueillir son neveu, risqua Charles avec un sourire.

– Je goûte votre esprit, monsieur, mais vous ne connaissez pas encore le vieux Cornfield. Il se prend pour le vice-roi des îles et s'inspire, pour gouverner sous les tropiques, du fameux refrain de James Thomson : *Rule, Britannia !* Il a même tenté d'introduire sur son caillou des renards, afin de pratiquer le *fox hunting*[1], qui est, comme vous savez, notre sport favori.

---

1. Chasse du renard.

Un peu décontenancé, Charles Desteyrac crut bon de préciser qu'il avait été engagé par le major Carver pour construire un pont entre l'île principale, propriété de lord Simon, et un îlot voisin.

– Je vous souhaite bien du plaisir, monsieur. Je crois savoir que l'îlot en question, Buena Vista, est habité par la sœur de Cornfield. Les deux se détestent. Au contraire du lord, cette femme est une adepte de la vie primitive. Elle vit à demi nue, entourée de pêcheurs d'éponges qui se percent le nez avec des arêtes de poisson et attendent de voir bouillonner sur la rive l'onde qui rend immortel ! Lady Lamia, c'est son nom, en veut à Christophe Colomb d'avoir découvert cet archipel et réduit ses habitants en esclavage. Je ne l'ai vue qu'une fois, lors d'une visite qu'elle fit à ma mère, en Angleterre. J'étais enfant. Elle m'a fait peur. Je l'ai prise pour une sorcière échevelée, genre Gorgone. Ce qu'elle doit être effectivement, conclut Murray en riant.

Comme Desteyrac se taisait, Malcolm lui prit le bras et l'entraîna pour faire les cent pas sur le pont.

– Vous m'êtes sympathique, monsieur Desteyrac, aussi vais-je vous demander un service. D'ailleurs, vous êtes ici le seul à qui je puisse me confier. Je n'ai donc pas le choix. Mais, avant tout, promettez-moi de tenir secret ce que je vais vous dire.

– C'est promis, dit Charles, un peu froissé d'être élu en l'absence de tout autre confident.

Cependant, comme il trouvait ce garçon aux cheveux blonds et bouclés, aux yeux bleus cernés du bistre des viveurs, moins antipathique que la veille, il l'encouragea à poursuivre.

– Eh bien, sachez que je n'ai aucune envie d'aller croupir au soleil des Bahamas. Je compte donc fausser compagnie à Carver à l'escale des Açores, où le *Phoenix* va renouveler sa provision d'eau douce, de fruits et de légumes frais. Aux Açores, je trouverai un bateau pour regagner l'Angleterre, où ma mère m'attend, et nous filerons vers Venise, comme chaque année à la fin de l'hiver.

– Mais votre père, qui vous a imposé, m'avez-vous dit, un séjour punitif chez votre oncle, apprendra votre fugue et...

– Mon père et ma mère vivent séparément. Quand sir Richard Murray saura que son fils se baigne au Lido et non dans la mer des Caraïbes, il sera trop tard ! Je dois présenter à un banquier de Ponta Delgada une lettre de change de ma mère. Elle couvrira mes frais de retour en Angleterre. Comme vous le voyez, tout est organisé, sauf que je crains d'être l'objet d'une surveillance trop attentive de Carver au cours de l'escale.

– Et qu'attendez-vous de moi ? demanda Charles, un peu inquiet mais amusé par ce greffon d'aventure.

– Je voudrais, dès notre arrivée à São Miguel, quand le *Phoenix* aura mouillé devant Ponta Delgada, capitale de l'île, que vous manifestiez le désir d'aller visiter la ville et m'invitiez à vous accompagner. Carver ne pourra s'opposer à ce que je vous suive. Il vous tient pour un homme très sérieux, j'ai cru le comprendre. Je laisserai Mortimer, mon valet, à bord, ce qui donnera à penser que je n'ai nulle intention de ne pas revenir.

– Ensuite ? demanda Charles, intrigué.

– Eh bien, nous trouverons un pub ou quelque établissement où nous désaltérer. Nous commanderons des consommations et je disparaîtrai. Au bout, disons d'une heure, vous vous inquiéterez de mon absence, interrogerez le tenancier et, ne me voyant pas revenir, vous rentrerez à bord. Mortimer voudra bien sûr se lancer à ma recherche et, même si Carver s'en mêle et envoie une escouade de matelots fouiller la ville, je me serai mis à l'abri. Mortimer, fort débrouillard, s'arrangera pour s'éclipser à son tour et, quand le *Phoenix* aura levé l'ancre, il me retrouvera sur le port. C'est simple, non ?

– J'ignore quelles sont les consignes données au major Carver, mais s'il décide de ne pas quitter l'escale avant de vous avoir retrouvé ?

– Je compte sur l'intransigeance de Colson. Ce grincheux refusera certainement de retarder le départ et Carver en sera pour ses frais.

– Votre... évasion risque de me mettre dans une situation embarrassante ; y avez-vous songé ?

– Vous n'aurez qu'à dire que je vous ai quitté le plus naturellement du monde, pour me retirer un instant au *lavatory*, et que je n'ai pas reparu. C'est simple !

– Simple, en effet, concéda Desteyrac.

Être complice, même passif, d'une telle fugue ne lui plaisait guère. Mais, détenteur d'un projet secret, il ne pouvait que se taire en attendant d'assumer le rôle que Murray lui attribuait.

Au cours de l'après-midi, Malcolm rencontra Charles sur le pont et lui proposa une pinte de bière, à boire dans sa cabine. Sitôt servi, le Français dit sa surprise de découvrir que le breuvage était d'une agréable et inattendue fraîcheur. Murray désigna un rafraîchissoir de métal et de marbre.

– Nous avons à bord une glacière qui contient deux tonnes de glace, mon cher, comme nous avons deux vaches, dont vous buvez le lait et qui empuantissent l'entrepont. Il y a même un poulailler et un cochon, que l'on tuera en cas de famine, ce qui vaut mieux que cuire un mousse ! ironisa Murray.

– Je n'imaginais pas, en mer, un tel confort, observa Desteyrac.

– Lord Simon exige, sur son bateau, les mêmes commodités que dans un château. Quand il voyage à bord du *Phoenix* pour se rendre à Nassau, à Charleston ou à Boston, il entend ne rien changer à ses habitudes de *landlord.* Dans son appartement de l'arrière, que seul Carver peut occuper quand mon oncle ne navigue pas, il y a même un orgue ! précisa Murray, toujours ironique.

– N'y a-t-il pas un deuxième appartement à l'arrière ? demanda Charles.

Il voulait savoir si Murray était informé de la présence à bord des deux femmes embarquées au cours de la nuit. La réponse du jeune homme prouva son ignorance.

– Eh oui ! Il existe un second appartement. Je pensais qu'il me serait dévolu, mais l'insolent major, âme damnée de mon oncle, soutenu par Colson, qui se prend pour l'amiral de la flotte Cornfield, me l'a refusé ! pesta Malcolm.

– Sans doute parce que ces chambres sont, depuis cette nuit, occupées par deux dames, que j'ai vues monter à bord pendant que vous dormiez, révéla Charles.

Murray sursauta et posa sa chope sur un guéridon

avec une telle brutalité qu'un peu de bière jaillit sur le plateau d'acajou.

– Des femmes... des femmes à bord ? *My God !* Mais qui sont-elles ? Le savez-vous ?

– Elles ont été conduites par une troisième dame que j'ai vue repartir. Ces personnes sont accompagnées d'un petit bichon aboyeur, dit Charles, jouissant de l'étonnement de Murray.

– Il faut absolument que je sache qui sont ces femelles et que je me fasse présenter. De quoi, tout de même, agrémenter la traversée, non ? lança gaiement Malcolm.

– À mon avis, ces dames tiennent à l'incognito. D'ailleurs, l'accès à l'arrière est clos et gardé, précisa Charles.

– C'est encore plus excitant, mon cher. Pensez donc, ces passagères sont certainement anglaises et femmes de qualité... puisqu'elles voyagent avec un chien ! Je saurai qui elles sont, devrais-je, pour les approcher, grimper dans les haubans et sauter sur le gaillard d'arrière, déclara Murray, péremptoire.

Pendant cet échange, Charles avait observé Mortimer. Le domestique, qui devait être depuis longtemps au service de Murray, semblait avoir avec son maître la familiarité équivoque, à la fois obséquieuse et impertinente, du factotum indispensable. Grand et fort, vêtu de noir, l'homme au visage sévère offrait l'aspect extérieur d'un clergyman covenantaire. Les vestiges de son système pileux, concentrés en épais favoris bruns, encadraient un visage à ce point dénué d'expression qu'on l'eût cru taillé dans du bois. Son comportement, comme sa façon de servir, révélait une aisance professionnelle teintée de morgue. Ayant remarqué que l'invité de son maître l'observait, il dédia à Charles un sourire contraint et morose. Le Français, se souvenant de la réflexion du capitaine Lewis Colson lors du dîner de la veille, attribua cette attitude au fait que ce maître Jacques devait souffrir d'avoir été relégué dans le poste d'équipage, parmi des hommes grossiers. Nul doute qu'il serait bien aise de quitter le navire aux Açores.

La cloche tinta trois fois pour annoncer un changement de quart, et Desteyrac, prenant congé de Murray, se rendit dans sa chambre pour attendre l'heure du dîner, auquel le neveu de Cornfield ne daigna pas paraître.

En revanche, Philip Rodney, que Charles ne connaissait pas encore, présida la tablée, le commandant restant sur la dunette jusqu'à ce que le voilier fût sorti de l'estuaire encombré de navires de tous tonnages. Le premier lieutenant correspondait, pour Charles, à l'archétype du vieux loup de mer des romans d'aventure. Puissant, taciturne, à la fois timide et bourru, il passait pour un manœuvrier intrépide. Il avait refusé tout commandement pour rester l'officier en second du *Phoenix* sous les ordres de Colson, qu'il admirait et de qui il prévoyait les réactions par tous les temps. À la fois estimé et craint de l'équipage, il était capable de tenir tous les postes de façon exemplaire.

Comme Charles se félicitait de n'avoir pas connu, jusque-là, les affres redoutées du mal de mer, Tilloy observa que la descente du chenal Saint George serait une expérience plus convaincante.

– Dans l'estuaire de la Mersey, les vents n'ont que rarement de mauvaises intentions, mais le temps du Saint George a la réputation de malmener les estomacs fragiles, confirma Rodney.

– Le temps du Saint George ? risqua Charles.

Il imaginait ce détroit de cent kilomètres de large et trois cents de long, entre Irlande et pays de Galles, comme une sorte de couloir maritime protégé.

– Passé la pointe de Holyhead, nous aurons affaire aux vents d'ouest qui, en cette saison, peuvent être violents. Et dès que nous serons dans le Saint George, il faudra ruser avec les courants d'air capricieux et les grains qui lui sont propres. Mais vous verrez, monsieur, tout ira bien, corrigea le second.

Malgré ces propos rassurants, quand Desteyrac se mit au lit, une vague appréhension l'effleura. Puis il s'abandonna sans réticence au sort et s'endormit, conscient du roulis qui, dans la carafe de cristal, berçait l'eau sucrée.

Dès l'aube, il fut sur le pont et découvrit qu'on avait réduit la voilure. Les mouvements du bateau, amplifiés par les vagues de la mer d'Irlande qui se ruaient, de plus en plus creuses, dans la baie de Liverpool, l'obligèrent à se cramponner à la lisse. Les matelots, sous les ordres de Philip Rodney, se tenaient prêts, comme l'officier l'expliqua à Charles, « à régler la voilure sur le temps ». Un instant plus tard, alors qu'une pluie glaciale fouettait le pont, il entendit Rodney donner l'ordre de serrer les perroquets et vit les gabiers s'élancer dans les enfléchures, pour ferler quelques voiles. Le *Phoenix* contournait au plus près la pointe de Holyhead. Dès lors, Charles se mit à guetter les signes annonciateurs de ce que Rodney nommait le « temps du Saint George », grains et coups de vent garantis.

Sous des nuages bas, qu'il devina chargés de flocons, Charles put apercevoir, au loin, la côte irlandaise.

Le commandant Colson préférait tenir la droite du chenal, mieux abritée des vents d'ouest par les monts de Wicklow. Transi mais confiant, Charles Desteyrac reconnut sur le pont le charpentier Tom O'Graney. Il n'avait pas revu le géant à la toison rousse depuis la bagarre du Red Eagle.

– C'est votre pays, là-bas, dans le brouillard ? dit Charles.

– C'est, répondit le charpentier.

– Beau pays, à ce qu'on m'a dit, poursuivit Desteyrac, montrant qu'il avait remarqué le regard mélancolique du marin.

– Pauvre pays, monsieur, pays de misère, pays abandonné de tous, des Grands-Bretons et de Dieu ! Savez-vous que nous avons connu cinq ans de famine parce qu'une mauvaise bête a anéanti nos récoltes de pommes de terre ? La pomme de terre, monsieur, est aux Irlandais ce qu'est le riz aux Chinois. Le typhus, puis le choléra, en ont profité pour tuer des milliers de gens. Pourquoi croyez-vous que je me suis fait charpentier de marine ? Pour ne pas mourir de faim, comme mes parents et mes frères. Vous avez peut-être vu, monsieur, dans les docks de Liverpool, ces bateaux qui embarquent comme bétail des milliers d'émigrants pour l'Amérique. C'est pour manger à leur faim que ces hommes, ces femmes, ces enfants quittent la terre de saint Patrick. Beaucoup mourront en route et seront jetés à la mer, tels des déchets. Les Français ne savent pas que, pour avoir une chance de vivre comme des êtres humains qui n'ont jamais fait de mal à personne, les Irlandais doivent abandonner leur terre natale.

Le géant s'exprimait sans colère, mais avec ce lyrisme que l'on prête aux natifs d'Irlande.

– Et vous avez, bien sûr, la nostalgie de votre île ?

– Non pas, monsieur. Je n'y suis revenu que pour ma vieille mère. Je l'ai vue sans doute pour la dernière fois. Elle est bien soignée, maintenant. J'ai payé pour et, comme elle a perdu la tête, elle ne sait plus rien de rien, ni du monde ni de moi. Alors, jamais je ne retournerai en Irlande, monsieur. Je suis trop bien sur le *Phoenix* et quand nous sommes à terre, à Soledad, au service de lord Simon, un homme juste et bon. Vous verrez, quand vous le connaîtrez et...

– Tom, fieffé bavard, on a besoin d'un coup de main pour mieux amarrer les sacrées caisses des gars de Portsmouth ! On va vers le gros temps. Faudrait pas qu'elles dansent la gigue dans l'entrepont ! lança le maître d'équipage, interrompant la conversation.

– Excusez, monsieur, j'ai du travail, dit Tom en s'éloignant vers une écoutille entrebâillée.

« Ces caisses, que peuvent-elles contenir de si précieux ? » se demanda Charles, qui savait, comme tout le monde à bord, que les deux hommes embarqués à Liverpool occupaient une chambre dans l'entrepont, près du poste d'équipage. Il se promit d'examiner de près ces caisses dès que l'occasion s'en présenterait.

La descente du Saint George, malgré un vent de sud-ouest capricieux, ne prit que quarante-huit heures au cours desquelles Desteyrac, le terrien, s'amarina sans le moindre malaise, ce qui lui valut les félicitations du second lieutenant Tilloy et du major Carver. Il n'en fut pas de même pour Malcolm Murray, qui ne quitta pas la chambre. En proie au mal de mer, il réclama l'assistance du médecin du bord, le docteur David Kermor, chirurgien-major retraité de la Navy et apothicaire.

– Qu'avez-vous prescrit à notre malade ? demanda Charles au praticien, à l'heure du dîner.

– D'abord de cesser de boire alternativement du thé et du gin, et de manger jusqu'à ce que son estomac se décourage de restituer la nourriture, dit le médecin.

– Celui qui découvrira le remède contre le mal de mer fera fortune, n'est-ce pas Uncle Dave ? dit le major.

– Comme celui qui blanchira les nègres, major ! Contre le mal de mer, on a tout essayé depuis les Argonautes. J'ai connu un capitaine qui faisait mâcher du papier journal aux marins malades. Il ne voulait pas gâcher les vivres du bord. J'en ai connu un autre qui faisait attacher les nauséeux à la lisse pour qu'ils ne souillent pas son bateau. Les uns conseillent de boire du thé très fort, d'avaler un sirop de café, de prendre du bromure ou du chloral perlé. Un Américain suggère de porter une ceinture abdominale pour éviter le ballottement des intestins, d'où viendrait le mal. Croyez-moi, messieurs, la patience, une obstination à s'emplir la panse, qui comme la nature a horreur du vide, et la recherche de distractions exigeant de la concentration, comme le jeu de tarots ou d'échecs, sont les meilleurs palliatifs, conclut le médecin.

– La mer a une certaine façon d'accueillir les voyageurs. Ceux qui lui plaisent n'ont pas de nausées. Les autres souffrent plus ou moins longtemps. Le temps que mesdames les vagues s'habituent à leur présence..., dit Hocker, l'écrivain du bord.

– Superstitions ! lâcha le second.

– Et comment se comportent nos invisibles passagères ? risqua Charles.

– Très bien, gaies comme des colibris. Elles font

des patiences. Alors que les femmes sont d'ordinaire plus sensibles au mal de mer que les hommes, ces dames s'accommodent parfaitement du tangage et du roulis. Seul leur chien, désorienté par la mouvance du parquet, tire la langue, halète, refuse sa pâtée et paraît prêt à sauter par-dessus bord, dit le médecin.

– Laissez-le faire et, au besoin, facilitez-lui le saut, grogna Philip Rodney, qui, comme l'illustre Goethe, détestait les chiens.

Malcolm Murray ne reparut, encore pâle mais l'œil vif, qu'au cinquième jour de navigation, au moment où disparaissaient la côte irlandaise, le cap Clear et l'îlot de Fastnet, qu'il désigna à Charles d'un geste assuré.

– En celte ancien, *fastnet* veut dire adieu. C'est bien nommer ce bout de rocher, le dernier d'Europe que nous verrons, mon cher. Car nous entrons dans l'Atlantique. Le steward m'a dit que, si tout va bien, le *Phoenix*, qui peut filer dix et même douze nœuds, parcourra en huit jours les quelque mille milles qui nous séparent des Açores... et moi de la liberté !

– D'après M. Rodney, le second, nous aurons demain des vents d'ouest qui freineront notre marche, mais, en piquant vers le sud, nous trouverons de bons vents du nord qui l'accéléreront, précisa Desteyrac.

Ces considérations ne semblaient pas intéresser Murray. Il regardait avec insistance vers l'arrière.

– Avez-vous vu nos trop discrètes passagères ? demanda-t-il.

– Seulement entrevues de loin, hier après-midi. Elles se montrèrent à la lisse, près du rouf, au moment où nous franchissions le passage le plus étroit du Saint George, entre la pointe Carnsore et le cap Davis.

– Ah ! Et comment sont-elles ? Gracieuses comme des gazelles, fessues comme des juments, ou pimbêches comme des grouses ?

– Ne vous excitez pas, monsieur Murray, dit Charles, mis en joie par les comparaisons zoomorphiques et peu galantes du jeune homme.

– Mais enfin, dites ce que vous avez vu !

– Deux silhouettes, l'une mince, l'autre épaisse, emmitouflées dans manteau et châle. Une mousseline maintenait leur chapeau et cachait leur profil. Beau ou laid, je ne puis donc dire. L'une d'elles, la plus frêle, munie d'une longue-vue, regardait du côté de l'Angleterre, mais je doute, bien que la brume fût à cette heure levée, qu'elle ait pu, à cette distance, distinguer les tours du château de Pembroke, dit Charles.

– Là est le signe d'une femme sensible. Dieu seul sait ce qu'elle laisse en Angleterre. Un mari, un amant, une famille, une vieille mère... ou, comme moi, des dettes chez son joaillier et sa modiste ! C'est toujours le cœur lourd qu'on regarde s'éloigner le pays natal, monsieur Desteyrac. Tenez, j'entends cette femme murmurer :

Pour nous plus de danse
Tout sera souffrance
Sur le sein des mers,
Les vents qui frémissent
Les flots qui mugissent
Seront nos concerts...

Murray avait récité avec émotion. Charles devina que ces vers de Byron exprimaient son état d'esprit plus que celui, supposé, d'une inconnue de qui il ignorait tout. Comme le Français se taisait, Murray inspira une grande bouffée d'air salé, se raidit, porta sur l'horizon un regard crâne et se tourna vers son interlocuteur.

– Comme Byron fuyant une Angleterre qui méconnut son génie, je laisse la mièvre mélancolie aux femmes. « Demain, un autre soleil ranimera une autre aurore », déclama-t-il cette fois avec emphase.

Charles, grand lecteur de Byron, admirait que le poète eût combattu pour l'indépendance de la Grèce jusqu'à sa fin tragique à Missolonghi, en 1824.

– Il y a en vous du Childe Harold... moins la satiété de la débauche, j'en suis sûr ! dit-il.

– N'en soyez pas trop sûr, mon cher. Nous n'aurons sans doute pas le temps de bien nous connaître. Ce sera mieux pour le souvenir que je vous laisserai. Mais l'instant n'est pas à de vaines considérations. Mon estomac révolté m'a fait perdre trois jours. Je dois passer, dès ce soir, à l'assaut du fortin des passagères. Et, puisqu'elles sont deux et que vous devez plaire aux femmes, rien ne vous empêchera de profiter de la situation quand je l'aurai éclaircie. La mer, quand elle ne les rend pas malades, dispose les femmes aux jeux de l'amour ! Nous verrons bientôt si c'est vrai ! dit-il, gaillard, en saluant Charles d'une rapide inclinaison du buste.

3.

Charles Desteyrac, passager du *Phoenix*, se voyait parfois, tel Jason, cinglant sur l'*Argos* vers la Colchide, à la conquête de la Toison d'or. S'il s'interrogeait peu sur les dangers du lendemain, il imaginait en revanche toutes sortes de rencontres fortuites. Peut-être croiserait-il sur son chemin des séductrices, peut-être devrait-il affronter des jaloux, des méchants, des imbéciles ? Avec la terre, villes, campagne, famille, cercle d'amis, condisciples, maîtresse, souci de paraître, conformisme des rites sociaux, tout avait disparu. Ne restaient que le ciel et l'océan. De quoi l'inciter à se poser, une fois de plus, les questions existentielles dont il savait qu'elles étaient sans réponse humaine.

Quand, par nuit claire, les étoiles jouaient à chat perché entre les mâts et les vergues, constellant de points d'or sautillants l'ample ondulation des eaux sombres, le bateau, comme la nef des Argonautes, devenait l'arche unique et primordiale. Dans un univers régi par des forces naturelles dénuées de scrupules, dont l'homme devait s'accommoder, se servir, se défendre, la solitude du vaisseau, au-dessus de l'abîme liquide toujours prêt à s'ouvrir sous la coque, devenait parfois angoissante. Comme tous ceux qui prennent conscience, pour la première fois, des aléas de la navigation hauturière, Charles avait besoin de se rassurer. Après tout, se disait-il à ces moments-là, des centaines de navires traversent l'Atlantique chaque année, et tous, ou presque, arrivent à destination. Sur la route que suivait le *Phoenix*, les naufrages les plus récents dont on gardait encore le souvenir étaient ceux de l'*England* et de l'*United States*, partis de Liverpool en novembre 1843. Ces bateaux n'étaient jamais arrivés à New York et, le 7 mars 1844, les commissaires du Lloyd's Register of Shipping les avaient rayés de la liste des navires existants.

À bord du *Phoenix*, aucun marin ne se serait permis d'évoquer ces infortunes de mer, même si l'équipage avait vaillamment contribué, en août 1848, au sauvetage de cent quatre-vingt-huit des trois cents émigrants embarqués sur l'*Ocean Monarch*, détruit par un incendie dans l'estuaire de la Mersey alors que le navire venait, comme le *Phoenix*, d'appareiller pour Boston. « Les passagers doivent toujours faire confiance au capitaine, qui, en mer, n'a pour seul supérieur que Dieu le Père », lui avait dit le major Carver. Or, le commandant Lewis Colson inspirait confiance à Charles Desteyrac. Olympien, secret, peu loquace, l'officier méritait le sobriquet de sphinx décerné par l'équipage. Dès l'entrée du *Phoenix* dans l'Atlantique, il avait passé le commandement à Rodney après avoir donné le meilleur cap pour marcher vers les Açores. Le plus souvent enfermé dans sa cabine ou dans la chambre des cartes, Colson se montrait parfois sur la dunette, silhouette sévère et rigide, près du timonier. Il observait un moment la rose des vents qui se balançait dans son habitacle de cuivre, disait trois mots à l'homme de barre, puis disparaissait aussi soudainement qu'il était apparu. Rarement présent au dîner, qu'il prenait en général seul, après tout le monde, Colson pouvait aussi surgir à tout moment en un lieu du bateau où personne ne l'attendait. Parcourant le pont dès l'aube, il repérait le cordage mal lové, notait plus tard sous le soleil, lors d'une nouvelle apparition, que certains cuivres manquaient d'éclat et méritaient, malgré les embruns qui les ternissaient, un astiquage supplémentaire. Par beau temps, au crépuscule, alors que, réunis sur le gaillard d'avant, les matelots de la bordée au repos se racontaient des histoires de filles, des souvenirs de ribote, sirotaient leur *pink gin*, fumaient, chantaient des chansons qui eussent offensé des oreilles puritaines, Colson, sans se mêler en rien à leurs amusements, venait prendre le pouls de l'équipage. Respectueux du moment de détente autorisé, il ne manquait pas, néanmoins, de faire observer, sur le ton du simple commentaire, que l'ancre de réserve, dite de miséricorde, avait légèrement glissé sur la plage avant, pendant le gros temps, et qu'il conviendrait de la remettre en place avant d'aller dormir. Car l'autorité de ce capitaine, dont tous acceptaient, en la redoutant, l'intransigeance professionnelle, était tempérée par une rare courtoisie envers tous les membres de l'équipage, quel que fût le grade ou la fonction. Ce qui liait le destin de tous ces hommes, les rendait solidaires, ardents au service, avec l'intensité mystique d'une religion, était le navire. Ils appartenaient à la société très privée du *Phoenix*, dont le grand maître n'était pas le propriétaire du bateau, lord Simon Leonard Cornfield, mais M. Lewis Colson, capitaine au long cours.

Ce dernier, Charles avait eu l'occasion de l'observer,

faisait corps avec sa nef, tel un cavalier avec son cheval. Où qu'il se trouvât à bord, aux seules vibrations du pont, au plus subtil changement de refrain du vent dans les haubans, il savait si le *Phoenix* portait assez de toile, s'il fallait réduire la voilure ou mettre, d'un rien, la barre à droite ou à gauche pour couper au mieux la lame et ne pas fatiguer le navire. « M. Colson gouverne à l'oreille. Les vents lui parlent », disait Carver. Quand un grain s'annonçait, Colson laissait Rodney régler la voilure puis, la manœuvre achevée, s'approchait du second, campé, avec son porte-voix de cuivre, entre misaine et grand mât. « Ne pensez-vous pas, monsieur Rodney, que l'on pourrait amener le clinfoc ? », ou : « Vous pensez sans doute comme moi, monsieur Rodney, qu'on pourrait donner un peu plus d'aise au perroquet de fougue. »

Toujours rasé de près, veste aux manches galonnées d'or strictement boutonnée, casquette à visière de cuir frappée d'une ancre d'ivoire, « cadeau d'une belle Dieppoise », avait confié Tilloy à Charles avec un clin d'œil, Colson considérait qu'en toute circonstance une certaine élégance aide à supporter les caprices des eaux comme les désillusions terrestres.

Invité sur la dunette pour suivre la progression d'un vapeur qui, se riant de la faiblesse du vent, dépassait avec quelque arrogance le *Phoenix* en hissant et amenant trois fois l'Union Jack pour saluer le voilier, Charles comprit que Colson méprisait les bateaux à vapeur.

– Quand le charbon tient lieu d'alizés, Monsieur l'Ingénieur, et la chaudière de réflexion, quand la mécanique remplace l'instinct du marin, c'est la machine qui commande. Naviguer à la voile est un art, pas un métier de chauffeur de locomotive. Sur un voilier, il faut sans cesse rétablir l'entente entre le marin, le navire et les vents. Se servir des vents, les apprivoiser, sans aller jusqu'à la provocation qui serait fatale, relève bel et bien de l'intuition. Connaître l'exacte voilure que peut porter un navire, suivant le temps et son tempérament propre – car chaque voilier, monsieur, a son caractère –, pour l'orienter au plus près du vent et tenir la vitesse sans risquer la perte des voiles hautes, relève de la science du capitaine. Intuition et science : tout est là, conclut Colson en quittant la dunette.

Mark Tilloy, à cette heure officier de quart, se tourna vers Charles.

– Ceux qui naviguent à la voile n'apprécient pas la vapeur. Mais on peut tout de même penser que ce sera le moyen de propulsion courant des bateaux dans l'avenir. Le poète américain Longfellow écrit que les navires à vapeur sont, « la nuit, piliers de feu, le jour, piliers de nuages ». Et c'est justement vu. Regardez la sale fumée que crache le navire qui nous a si aisément dépassés, commenta Tilloy en passant sa longue-vue à Charles.

– Il offense en effet la pureté du ciel, dit le Français en rendant l'instrument.

– C'est égal, il y a bien longtemps que j'avais entendu notre commandant parler avec autant de confiance à un...

–... éléphant ? proposa Charles en riant.

– À un passager, monsieur, s'empressa de rectifier Tilloy, rougissant.

– Ne soyez pas confus, lieutenant, je sais maintenant que les marins donnent le nom du pachyderme aux terriens embarqués. Et c'est un fait que je me sens bien lourd et bien pataud au milieu de vos gabiers acrobates, dit le Français.

Tout en parlant, il désigna un matelot que le second venait d'envoyer dans le nid-de-pie du mât de misaine pour observer l'horizon où floconnait encore, telle une fumée de pipe, la trace du vapeur voguant vers l'Amérique.

Ayant regagné sa chambre, Charles lisait un autre roman de Melville quand un coup sec, frappé à sa porte, l'arracha à sa lecture. Avant même qu'il eût permis d'entrer, Malcolm Murray pénétra vivement dans la pièce. Sa toison blonde ébouriffée par le vent qui, maintenant, soufflait en rafales et faisait rouler bord sur bord le *Phoenix*, le jeune Anglais montrait tous les signes d'une grande agitation.

– Mon cher, je quitte à l'instant nos passagères. Et devinez qui elles sont : ma cousine Ottilia, la fille du vieux Cornfield, et sa suivante, une géante aux allures de nonne. D'ailleurs, vous les verrez toutes deux ce soir : nous dînerons en leur compagnie à la table du commandant.

– Je croyais ces dames jalouses de leur incognito, s'étonna Charles.

– Une fable du major. Mais Ottilia l'a convoqué pour lui faire reproche du fait qu'il lui cachait, depuis le départ, la présence à bord de son cousin et ami d'enfance, votre serviteur. Car Ottilia et moi avons été élevés ensemble. Nous sommes comme frère et sœur.

– Comment diable avez-vous franchi la clôture du gynécée ?

– J'ai fait porter ma carte par un steward dûment rétribué et, sitôt reçu le bristol, ma cousine est sortie sur le pont en m'appelant. Maintenant, Carver doit s'accommoder de notre cousinage et de nos relations, que ce garde-chiourme ne pouvait ignorer, dit Murray.

– Ainsi, votre cousine rejoint son père à Soledad ? observa Charles.

Murray repoussa la porte restée ouverte et, baissant le ton, s'approcha de l'ingénieur.

– Comme moi, elle est exilée. Sa tante Mary Ann – la sœur de Cornfield, épouse de sir William Gordon –, une duègne acariâtre, avait été chargée de parfaire l'éducation d'Ottilia dès sa sortie de pension. Elle devait l'introduire dans le monde, lui enseigner les bons principes, l'art de recevoir, bref, en faire la future épouse résignée d'un membre du Parlement. C'était méconnaître le caractère indépendant et résolu d'Ottilia. Elle est indomptable. À Londres, dans notre cercle artiste, tous l'appellent Otti la Rebelle.

– Cercle artiste, dites-vous ?

– Oui. À Londres nous fréquentions les peintres préraphaélites, très mal jugés par les critiques, sauf par M. Ruskin. Ce sont des révolutionnaires en matière de peinture. Ils s'inspirent de l'art chrétien primitif pour peindre des scènes qui ne sont pas toujours bibliques. Ils prônent, surtout, le retour aux « vérités naïves et simples », corrompues par les académiciens timorés. Leurs détracteurs reprochent des constructions abstraites, parce que ces novateurs truffent leurs œuvres de symboles que les béotiens ne peuvent interpréter. Et leurs modèles féminins, mon cher, sont les plus belles rousses qu'on puisse trouver à Londres. De plus, ces artistes sont de mœurs très libres. Ils échangent sans façon leurs maîtresses, au grand émoi des puritains. Et, en politique, parlons-en, ils sont aussi des révolutionnaires. Leur chef de file, notre ami Dante Gabriel Rossetti, peintre et poète, est le fils d'un exilé politique italien et un ami de Giuseppe Mazzini, le fameux conspirateur de Jeune-Italie qui veut chasser les Autrichiens de son pays. C'est chez les Rossetti que nous avons rencontré, Ottilia et moi, la princesse Christine Égypta Bonaparte, fille de Lucien Bonaparte, deuxième frère de Napoléon Ier, et aussi des carbonari exilés, dont le prince Louis Napoléon, devenu à présent votre empereur Napoléon III.

– Vous auriez mieux fait de le garder ! persifla Charles.

– Nous rencontrions aussi des poètes, des écrivains, comme la veuve de Shelley, de vrais amateurs d'art et de littérature, des journalistes. Certes, ces gens n'appartiennent pas à la gentry, mais ils ont du caractère, des idées et du talent. Tous ces artistes devraient vous plaire, mon cher, à vous, républicain dont le père est mort au cours de la révolution de 1830, d'après ce que m'a dit Carver, ajouta Murray, exalté.

Charles Desteyrac négligea l'allusion personnelle.

– Et c'est, bien sûr, pour éloigner votre cousine de ce milieu artiste et bohème que sa tante la renvoie chez son père ?

– Et aussi parce que quelques vieux lords auraient eu des gestes déplacés, estimant sans doute qu'une jeune fille aussi libre d'allure qu'Ottilia pouvait, sans façon, donner tendresse et plaisir à des gentlemen mal mariés ! Car, voyez-vous, monsieur Desteyrac, les Anglaises sont en général froides dans la possession, mais il y a des exceptions, et Otti doit en être une !

– Je trouve que vous parlez fort librement de votre cousine, monsieur Murray, même si l'on a souvent vu des jeunes filles se... rapprocher de vieillards encore verts, ironisa Charles.

– Qu'importe ! La vraie raison de l'éloignement d'Ottilia est autre. Un scandale mondain, dont les gazettes se sont fait l'écho en rapportant certains propos outranciers de ma trop belle cousine. Elle a refusé d'être, comme toutes les jeunes filles de son rang, présentée à la reine Victoria. « Je ne voulais pas faire la révérence à ce gros poussah qui fait des enfants comme une manufacture fait des casseroles », a-t-elle dit à une amie qui s'est empressée de répandre le mot. Imaginez ce que cette phrase a pu susciter comme commentaires dans l'aristocratie. William Gordon a été pris à partie chez les pairs à cause de l'attitude méprisante de sa nièce envers la monarchie. Sous Élisabeth Ire, Ottilia eût été envoyée à la Tour de Londres, dit Murray sans dissimuler une certaine admiration pour l'audace dont avait fait preuve sa cousine.

– C'est presque un crime de lèse-majesté ! Ottilia Cornfield sera donc plus en sûreté près de son père, loin de Windsor, constata Charles.

– Puis-je vous confier un autre secret, monsieur Desteyrac ?

– Ça devient une habitude ! Mais dites toujours, je suis un tombeau.

– Eh bien, ma cousine n'ira pas chez son père. Pas plus que moi, elle n'envisage de croupir sur une île des Bahamas jusqu'à ce que l'Angleterre l'ait oubliée, dit Murray.

– Comme vous, elle va profiter de l'escale des Açores pour s'enfuir ? demanda Charles.

– Non. Elle ne peut pas revenir à Londres de sitôt. Ottilia ira jusqu'aux Bermudes et, de là, se fera conduire à Charleston, en Caroline, où elle a encore des cousins, riches planteurs ou négociants en coton. Puis elle se rendra à Boston, où elle compte plusieurs amies de pension, confia Malcolm.

– Elle ne manque pas d'audace votre cousine. Mais son père prendra sans doute fort mal cette dérobade, observa Charles.

– Elle compte trouver à bord quelqu'un qui remettra en main propre à son père une lettre expliquant sa conduite. Comme elle ne peut demander ce service à Carver, pas plus qu'à Colson, je lui ai conseillé de vous mettre à contribution. Vous accepterez, n'est-ce pas, de livrer un pli de ma cousine au vieux Cornfield ? demanda Murray, embarrassé.

– Comment refuser d'être le messager d'une demoiselle qui veut écrire confidentiellement à son père ! Décidément, cette croisière est pleine de surprises, et croyez bien que j'apprécie la confiance que me font cousin et cousine, ironisa Charles.

L'apparition d'un steward venu annoncer à Desteyrac que le dîner serait présidé par le commandant et, exceptionnellement, servi avec une heure de retard, interrompit l'entretien.

– Il y aura des dames, crut bon de préciser le marin, sans doute pour inviter le Français à faire un effort de toilette.

– Je vous l'avais bien dit ! triompha Murray avant de quitter la pièce.

Ayant passé son meilleur costume, Charles Desteyrac se présenta, à l'heure dite, à la salle à manger pour constater l'absence du major Carver et découvrir que lady Ottilia, ainsi qu'on devait appeler la fille aînée du lord, illustrait parfaitement le genre de femme qu'il avait toujours fui.

Murray n'avait pas exagéré quand il avait parlé de sa « trop belle cousine ». Belle, Ottilia l'était assurément et le savait. Habituée à interpréter le regard des hommes – celui que Pâris avait porté sur Vénus, au grand dam de Junon et de Pallas –, lady Ottilia montrait l'arrogance d'une déesse égarée au milieu des mortels.

Tandis qu'on prenait place à table, Charles détailla discrètement le physique de cette jeune aristocrate, réputée rebelle à sa caste. Visage d'un ovale parfait, teint « de lys et de rose », aurait dit Mme de Saint-Forin, traits fins, racés, joli nez droit aux ailes frémissantes, regard pervenche jaspé de noir, capable d'exprimer autant douceur qu'effronterie, lèvres gourmandes, cheveux de jais coiffés à la Sévigné, buste insolent à demi révélé, sous une modestie transparente, par un large décolleté : tout concourait à faire de cette lady de vingt-deux ans une typique beauté anglaise.

Lewis Colson s'assit entre la fille de lord Simon Leonard et la suivante de celle-ci, grande femme bien en chair, au teint fleuri, qui, paupières baissées sur des yeux bruns et doux de bovidé, semblait ennuyée d'être là.

– Mlle Gertrude Lanterbach, Française d'Alsace, dit Ottilia Cornfield, présentant sa compagne, tandis qu'on servait les potages.

Ces quelques mots, prononcés d'une voix claire et ondoyante de mezzo-soprano, éveillèrent chez Charles le souvenir de la voix de femme entendue dans la nuit, avant l'appareillage du *Phoenix*. « Il ne peut s'agir de la même personne », pensa-t-il, mettant ce rapprochement spontané au compte de sa méconnaissance des intonations féminines en langue anglaise. Comme tous les hommes attablés, il s'inclina pour saluer la suivante de lady Ottilia Cornfield.

Dès lors, le commandant fit de louables efforts pour converser alternativement avec les deux femmes. Avec l'assurance que lui conféraient son sexe et sa position de fille d'armateur, lady Ottilia se comporta, pendant tout le repas, en véritable maîtresse de maison. Elle posa des questions destinées à prouver l'intérêt mondain qu'elle devait porter à ceux qu'elle traitait comme ses hôtes et non en invités du commandant Colson. Au cours d'un silence, elle prit l'initiative de s'adresser à Desteyrac en bon français, comme si elle craignait de ne pas comprendre son anglais.

– Quand j'étais très jeune – c'était, je crois, en 1847 –, j'ai rencontré pour la première fois, à Londres, chez des amis peintres, le prince Louis Napoléon Bonaparte. Je l'ai revu plusieurs fois ensuite, dans des salons. Chez lady Dudley Stuart [1] peut-être ? dit-elle, interrogeant du regard son cousin Malcolm.

– C'est exact. Mais souvenez-vous, Ottilia, nous avons aussi rencontré le prince à Gore House, chez l'amie de ma mère, lady Blessington, rappela l'architecte.

– En effet, cousin, chez cette chère lady Blessington où nous nous sommes tellement amusés. Je l'avais oublié.

1. Christine Égypta Bonaparte (1798-1847), l'une des filles de Lucien Bonaparte, avait épousé lord Dudley Stuart en secondes noces, en 1824.

Tandis qu'Ottilia s'adressait au lieutenant Tilloy pour apprendre ce qu'était la mer des Sargasses, qu'on frôlerait près des Bermudes, Murray se tourna vers Charles, son voisin de table, et prit un air complice pour compléter son information.

– C'est même chez lady Blessington que le chevalier d'Orsay, un Français très séduisant, a présenté miss Harriet Howard [1], une charmante actrice de Drury Lane, au prince Louis Napoléon. Ce fut, comme vous dites en France, le coup de foudre. Ils ne se sont plus quittés. Le prince l'a d'ailleurs emmenée à Paris où elle a, paraît-il, rang de favorite à la cour. Il se pourrait même qu'elle devienne l'épouse de Napoléon III, maintenant empereur de France.

– Des Français, mon cher, rectifia Charles.

Ce n'est qu'à la fin du repas, avant que les femmes se retirent, laissant les hommes déguster un alcool et fumer le cigare, que lady Ottilia s'adressa une nouvelle fois, en aparté, à Charles Desteyrac.

– Le commandant Colson m'a dit, Monsieur l'Ingénieur, que mon père vous a engagé pour bâtir un pont entre son domaine principal et l'îlot de Buena Vista, où réside ma tante Lamia.

– C'est exact, mademoiselle. J'ai accepté cette mission sans trop savoir à quoi je m'engageais. J'ai d'autant plus d'appréhension que mon anglais est détestable, dit Charles, caustique.

– Je suis certaine, monsieur, que vous la mènerez à bien et que j'aurai, un jour, le plaisir d'emprunter votre pont, dit-elle.

Posant sur Charles un regard neutre qui effaçait

---

1. Alors connue sous ce nom ; en réalité, Elizabeth Ann Haryett.

l'intérêt qu'elle avait paru montrer aux futurs travaux de l'ingénieur, elle tendit avec nonchalance sa main à baiser. Charles se contenta de la serrer légèrement. La belle pinça les narines et se retira dans un froufrou nerveux.

Aussitôt, Malcolm Murray entreprit l'ingénieur.

– Ma cousine, comme toute personne qui s'est montrée aimable, s'attendait à ce que vous lui baisiez la main. En lui refusant cette déférence, vous l'avez outragée, dit-il avec humeur.

Charles mit cette soudaine agressivité au compte des trop nombreux verres de vin que l'Anglais avait vidés au cours du dîner.

– La règle, en France, et j'imagine en Angleterre, veut qu'un homme ne baise la main qu'aux femmes mariées, jamais aux jeunes filles, mon cher, répondit-il.

– C'est une leçon que vous entendez me donner ! fit Murray, élevant le ton.

– Prenez-le comme tel si cela vous convient, répliqua sèchement Charles.

– On ne peut avoir de duel en mer, monsieur, mais demain, aux Açores, avant que je fausse compagnie au *Phoenix*, je vous demanderai raison de votre insolence, l'épée à la main !

– Je me ferai un plaisir de vous donner aussi une leçon d'escrime, monsieur !

D'un pas mal assuré, qu'il eût voulu martial, l'honorable Malcolm Cuthbert Murray quitta la salle à manger.

Comme la nuit était belle et la mer calme, Desteyrac, avant de regagner sa chambre, s'attarda un moment sur le pont. Après avoir bourré et allumé sa pipe, il s'accouda à la lisse et, le regard perdu sur l'eau noire où les lumières du bord jouaient en reflets mouvants, sa pensée revint à lady Ottilia. Sa grâce devait certes fasciner, peut-être envoûter les hommes. Mais ce pouvoir, estima-t-il, émanait en partie de l'assurance insolente que confère la beauté reconnue et célébrée. L'affirmation de soi, apparente dans les attitudes et les propos de la jeune femme, paraissait à Charles plus étudiée, moins infuse qu'il ne l'eût imaginée chez une aristocrate jouissant de biens et d'une fortune héréditaires. Paradoxe que l'ingénieur n'eût osé développer devant quiconque : la domination vénusienne d'Ottilia, sa beauté d'une perfection presque aussi surhumaine que celle des Aphrodites de Praxitèle, diffusaient une étrange froideur, affadissaient un charme qui, sans cela, eût été magique. Observant la fille du lord pendant le dîner, il s'était dit qu'il pouvait l'admirer en tant qu'œuvre d'art, statue de chair, qu'il pourrait même la désirer, mais en aucun cas l'aimer. Encore agacé par ce qu'il avait perçu de dévotion naissante dans le regard des mâles attablés, Charles, comme pour réduire et vulgariser inconsciemment l'impression qu'avait faite sur lui la cousine de Murray, se dit que la séduction de cette Anglaise procédait des mêmes avantages physiques qui se peuvent rencontrer, moins parfaits, peut-être, mais tout aussi affriolants, chez une femme de chambre ou une servante d'auberge. Il avait connu de superbes filles, pleines d'aplomb plébéien, praticiennes de l'amour, qui usaient de leurs atouts pour se faire entretenir, parfois épouser, par de riches vieillards libidineux ou des fils de famille, amoureux subjugués. Il ne put s'empêcher de comparer Ottilia aux femmes, épouses délaissées, bourgeoises désœuvrées ou incomprises, trottins ou grisettes avec qui il avait, une nuit, une semaine ou un mois, partagé ces jouissances animales qui n'engagent à rien. Certaines, devenues amoureuses de lui, avaient souffert de la désinvolture d'un amant jaloux de son indépendance, qui ne les approchait que pour satisfaire une sensualité juvénile. Car, à la moindre manifestation sentimentale, à la première menace d'attachement, avant d'entendre une voix suppliante exiger que l'on conjuguât mièvrement à deux le verbe aimer, Charles avait rompu sans ménagement, avant de fuir, ignorant larmes et désarroi de la partenaire.

La folle passion vécue à quinze ans avec une femme mariée, liaison brutalement interrompue par son éviction au profit d'un condisciple plus audacieux, avait immunisé le jeune Desteyrac contre la duperie cérébrale de l'amour. Ce qu'il avait vécu avec sa mère le confortait dans son attitude. Il se souvenait des premières visites du colonel de Saint-Forin, qui faisait la roue tel un paon devant sa mère, et des minauderies de celle-ci. À l'âge de neuf ans, il avait ressenti de la honte au spectacle de cette danse de la séduction, même s'il ne pouvait alors en concevoir le but et l'aboutissement.

Sa pensée revint à Rosalie, chez qui il avait trouvé ce qu'il attendait de la femme : une simplicité dépourvue de vulgarité, une franche et rustique ardeur dans l'étreinte. Gaie, bohème, financièrement indépendante, toujours disponible – l'amant du moment étant seul en lice –, la jeune femme prenait la vie comme elle venait. Aimant rire, boire, chanter, danser, autant que jouir d'un corps irréprochable, elle possédait ce que la mère de Charles eût qualifié de beauté du diable.

Rosalie participait avec entrain aux joyeuses agapes

d'étudiants où Charles l'emmenait, en compagnie d'autres élèves des Ponts, de rapins, de carabins, de croque-notes, tous génies méconnus mais confiants dans leur talent, désargentés et buveurs d'absinthe. Les maîtresses de ces lurons possédaient, comme Rosalie, une langue bien pendue et des sens affûtés par l'expérience. La plupart d'entre elles, comme la modiste, étaient sans ambitions matrimoniales, sans illusions sur la fidélité de leurs amants, et se satisfaisaient d'une soirée au théâtre, au cabaret, d'une journée de canotage sur la Marne. Charles, qui n'eût demandé rien de plus à lady Ottilia, sourit en imaginant la fille du lord dans ce milieu à la Murger. Louis Fouquet, son meilleur ami de l'École des ponts et chaussées, avait beau lui répéter : « Il y a les femmes que l'on aime et les autres ; attends de rencontrer celle que tu ne pourras te défendre d'aimer », Charles rejetait à la fois le distinguo et la perspective.

Sa pipe éteinte, il se libéra de ces réflexions teintées d'un soupçon de mélancolie, comme chaque fois qu'il évoquait Rosalie et sa vie parisienne. Marchant vers sa chambre, il se heurta à Edward Carver qui faisait les cent pas sur le pont. Le major guettait son retour.

– Je vous dois des excuses, Monsieur l'Ingénieur, commença Edward.

– Des excuses ! Vous ne m'avez nullement offensé. Entrez donc chez moi prendre un verre de porto. Notre steward en apporte chaque jour une bouteille, mais je n'ai pas coutume de boire seul. La dégustation de ce vin exige une compagnie.

Le major suivit le Français. Quand les verres furent emplis, Carver reprit la parole.

– Je vous dois des excuses pour ne pas vous avoir

présenté moi-même à la fille de lord Simon. Je croyais préférable, pour la quiétude du voyage, que cette jeune personne n'eût pas de contacts avec l'équipage, encore moins avec les passagers. Car, recevez cette confidence comme une mise en garde, elle sème la zizanie partout où elle passe !

– Vous devez avoir raison. À cause d'elle, j'ai déjà un duel sur les bras, dit Charles, désinvolte.

– Un duel ! Avec qui, *My God* ?

– Avec son charmant cousin, M. Murray.

– Bah ! Ce n'est rien ! Pas sérieux. Et pourquoi cet écervelé vous cherche-t-il querelle ? On ne se bat pas sur un navire. C'est la loi !

Desteyrac raconta l'incident du baisemain et ce qui en découlait. Ne pouvant trahir le projet d'évasion de Murray lors de la très proche escale des Açores, il expliqua qu'ils attendraient l'arrivée à destination pour régler l'affaire.

– Vous n'aurez pas cette occasion, monsieur, car Murray a le projet de nous quitter demain, à Ponta Delgada. Colson et moi n'avons pas l'intention de nous opposer à cette fuite. Que ce bon à rien aille se faire pendre ailleurs, c'est notre souhait ! Son arrivée à Soledad ne plairait guère à Cornfield, qui le tient pour un paresseux et un débauché, dit Carver.

Comme Charles se taisait, perplexe, le major lui donna une tape amicale sur le genou.

– Vous n'aurez donc pas à servir d'alibi à notre fugueur, dit-il, goguenard.

– Vous êtes donc au courant ? Je ne pouvais faire autrement qu'accepter le service que Malcolm exigeait, dès l'instant où il m'avait fait dépositaire de son secret, bredouilla Charles, un peu gêné.

– C'est tout à votre honneur.

– Puis-je me permettre de vous demander comment vous avez appris le projet de fuite de Murray ?

– Son valet se soucie des bagages, comme c'est son devoir. Il a donc cru bon d'interroger le maître d'équipage pour savoir qui, lors des escales, pilote la navette. Quand il a su qu'il s'agissait de notre charpentier Tom O'Graney, que vous connaissez, il est allé le trouver et lui a offert une pièce pour qu'il cache les bagages de son maître sous un banc de la chaloupe, au cours de la nuit prochaine. Tom, en bon Irlandais, a empoché la pièce et, en marin fidèle, m'a prévenu de ce qui se tramait. Aussi va-t-on laisser filer le jeune Murray et son Achate, et même leur faciliter la tâche, si possible. Bon débarras ! conclut le major.

– Lady Ottilia est d'une rare beauté. On devine en elle une forte personnalité, risqua Charles, qui souhaitait en savoir davantage sur la fille de Cornfield.

– C'est en effet une jeune personne intrépide, concéda Carver sans plus de détails.

– Élevée en partie par une tante, m'a dit Malcolm insista Charles.

– En effet. Lady Mary Ann, la sœur aînée de lord Simon Leonard Cornfield, est l'épouse de sir William Gordon, un manufacturier de Hyde, près de Manchester. Sir William est le plus vieil ami et l'associé de Cornfield dans plusieurs entreprises, entre autres une filature de réputation centenaire. Ses ateliers passent pour les plus vastes du Royaume-Uni. Plus de deux mille ouvriers y travaillent autour de vingt chaudières à vapeur. Les Gordon étant sans enfant quand lord Simon devint veuf, il lui parut naturel de confier sa fille à sa sœur pour lui faire donner une véritable éducation anglaise. Car, dans le pensionnat de Boston, cependant ancien et renommé, où Ottilia avait été envoyée dès son plus jeune âge, si l'on dispense, à la mode yankee, une sérieuse instruction, on néglige d'enseigner les usages et le savoir-vivre sans lesquels une fille de lord ne saurait tenir son rang, conclut le major.

– Ainsi, lady Ottilia est bien armée pour la vie, avec une solide instruction – elle parle le français sans fautes et sans accent – et une presque parfaite éducation, relança Charles, un rien perfide.

Au mot presque, Carver haussa les sourcils.

– Bien armée est l'expression qui convient... mais pour quels combats ? répliqua-t-il dans un sourire entendu.

4.

Le scénario prévu par Malcolm Murray pour fausser compagnie au major Carver lors de l'escale des Açores fut brutalement annulé par le destin. Au cours de la nuit, alors que le *Phoenix* approchait des îles portugaises, une violente tempête se leva. Au large de Ponta Delgada, la houle devint si forte qu'elle obligea le capitaine Colson à éloigner son navire de la côte avant de mettre à la cape, voilure réduite sous grand hunier et foc d'artimon. À la lueur des éclairs, d'énormes vagues, soulevées par un vent du nord violent, ballottaient le navire, devenu soudain d'une inquiétante fragilité. Les membrures gémissaient, les mâts ployaient, des enfléchures et des drisses rompues battaient les haubans, tandis que l'océan, écumant de rage, escaladait le bastingage, noyait si copieusement le pont que les dalots engorgés ne pouvaient évacuer l'eau.

C'est au cours de cet épisode, et bien que la consigne eût été donnée aux passagers de ne pas quitter leur chambre, que Malcolm Murray décida qu'il devait tenir compagnie à sa cousine, enfermée et sans doute morte de peur dans l'appartement du carrosse.

Cramponné aux verrous bien serrés de sa fenêtre, close mais giflée par la pluie, Charles admirait le spectacle de la mer en furie, quand il vit le jeune Anglais qui s'élançait vers l'arrière du navire, mais ne fit pas trois pas. Une lame balaya le pont, arracha un lourd espar de ses supports qui, projeté par l'eau, frappa de plein fouet la jambe de l'architecte, lequel s'effondra, terrassé par le choc. Charles se précipita aussitôt pour le relever, au risque d'être lui-même culbuté par une déferlante. Le maître d'équipage, qui, de la dunette, avait vu la scène, vint aider l'ingénieur à transporter Murray, à demi conscient, dans la chambre la plus proche, celle de Desteyrac. Allongé sur le lit, Malcolm dit beaucoup souffrir de la jambe, entre genou et cou-de-pied.

– Tudieu, il a peut-être un os cassé ! grogna le marin. Empêchez-le de bouger, monsieur, je vais quérir Uncle Dave.

Le médecin, qui venait de panser un pied écrasé par un panneau d'écoutille, vint examiner le blessé.

– Pouvait pas rester au sec, cet olibrius ! grommela-t-il en palpant, d'une main assurée, le tibia et le péroné de Murray, qui ne put retenir un cri de douleur. Bon. C'est là, hein, bien là ? vérifia le médecin.

Une autre pression sur l'ecchymose déclencha une nouvelle plainte de l'Anglais.

– Fracture du tibia. Sans doute simple et sans déplacement, diagnostiqua Uncle Dave.

– Que doit-on faire ? demanda le maître d'équipage.

– Rien, puisqu'une réduction n'est, à première vue, pas nécessaire, dit le médecin avant de s'adresser à Murray, consterné : Ne faites pas cette mine. Par chance, c'est une bonne fracture. Vous allez attendre sans bouger que j'en aie terminé avec d'autres imprudents de votre espèce. Plus tard, je poserai sur votre jambe un appareil inamovible de Seutin, pour immobiliser le membre jusqu'à ce que les fragments d'os se recollent d'eux-mêmes. C'est simple.

– Je pourrai marcher ?

– Certes non ! Pas avant quarante ou cinquante jours. Dans deux ou trois semaines, si vous savez vous servir de béquilles, en prenant appui sur votre seule jambe gauche, nous verrons. En attendant, pas un mouvement, sinon je ne réponds de rien et vous aurez, comme Ignace de Loyola, une jambe torse, qu'il faudra casser pour la remettre droite afin de continuer à plaire aux belles dames, lança Uncle Dave, gouailleur.

– Peut-on ramener l'honorable Malcolm Murray chez lui ? demanda Charles, décidé à n'héberger l'Anglais que le temps nécessaire.

– Deux hommes pourront le transporter sur une planche, mais pas avant que ce sacré temps ne s'arrange. Votre ami est assez cassé comme ça, dit Uncle Dave.

Enfonçant son bonnet et boutonnant son manteau de toile huilée, le médecin regagna le poste d'équipage où d'autres blessés l'attendaient. Charles se retrouva bientôt seul avec Malcolm, qui souffrait au moindre mouvement.

– Vos projets d'évasion me paraissent compromis, observa l'ingénieur.

– Oh, attendons demain. Si je puis tenir debout avec des béquilles, une fois ma jambe bien serrée dans des attelles et des bandes, rien n'est perdu. Il me faudra juste assez de forces pour descendre dans la chaloupe, que ça plaise ou non à Carver. Mortimer me soutiendra et, s'il le faut, je passerai quelques jours à Ponta

Delgada pour me remettre. Vous m'aiderez, n'est-ce pas, à quitter ce bateau ? dit Murray, suppliant.

– Si c'est utile, je vous aiderai, promit Charles.

Murray réclama un grand verre de gin, le vida et, exténué, s'endormit. « Heureuse nature », se dit Desteyrac, promu garde-malade.

À l'aube, le vent mollit, la pluie cessa, la houle se fit plus accommodante et le *Phoenix* entra dans l'avant-port de Ponta Delgada, capitale des Açores. Murray, la jambe enfermée dans une gouttière faite d'attelles de carton et de bandelettes badigeonnées de colle d'amidon destinée à solidifier le pansement, avait été reconduit dans sa chambre. En présence de Charles, venu aux nouvelles, il spéculait encore sur un impossible débarquement avec son valet, quand le major Carver apparut.

– Alors, mon garçon, vous voilà contraint de rester avec nous, dit-il, narquois.

– Je voudrais seulement me rendre en ville, avec l'aide de M. Desteyrac et de Mortimer, pour faire des emplettes, risqua Murray.

– Soyez sérieux au moins une fois dans votre vie, Malcolm ! Votre idée de nous quitter ici pour regagner l'Angleterre, idée préparée comme une évasion, n'est plus réalisable dans l'état où vous êtes. Vous le sentez vous-même.

– Le Français m'a trahi ! fulmina Murray en fixant Charles d'un regard furibond.

– M. Desteyrac est un homme d'honneur. Il ne vous a pas trahi. Pensez plutôt à votre stupide valet qui a tenté d'acheter notre charpentier. C'était bien inutile, car ni le commandant Colson ni moi-même ne nous serions opposés à votre fuite, même sans la mise en scène que vous aviez imaginée. Vous êtes majeur et responsable de vos actes, en tout temps et en tout lieu, mon garçon, précisa le major d'un ton sec.

– Puisqu'il en est ainsi, rien ne m'oblige à poursuivre ce stupide voyage, dit Murray.

Il fit mine de se lever, mais la douleur consécutive au mouvement le rejeta, grimaçant, sur sa couche.

– Votre jambe vous y oblige, et moi aussi maintenant, hélas ! Vos parents et lord Simon seraient en droit de me reprocher de vous avoir laissé quitter le bord dans un tel état. Il n'est donc pas question que vous bougiez d'ici jusqu'à ce que le chirurgien le permette. Votre cousine, qui, comme toutes les femmes, doit avoir une vocation d'infirmière, se fera un plaisir de vous tenir compagnie jusqu'à Soledad, conclut le major avec un regard de biais à Charles Desteyrac.

Murray demeura un long moment silencieux, comme terrassé par l'adversité. Il attendit que le major eût quitté la pièce pour s'adresser à Desteyrac.

– Pensez-vous que ce maudit Carver a aussi éventé la décision d'Ottilia de quitter le *Phoenix* aux Bermudes ?

– Je l'ignore mais, comme je commence à le connaître, il ne s'y opposera pas plus qu'il ne se serait opposé à votre fugue si vous aviez été ingambe. Mais il serait peut-être mieux que lady Ottilia restât près de vous jusqu'à ce que vous puissiez vous déplacer avec des béquilles. Après tout, elle est votre cousine, émit Charles, un rien moqueur.

– Vous ne connaissez pas Ottilia ! Quand elle a pris une décision, rien ne l'arrête. Serais-je à l'article de la mort qu'elle suivrait sa voie sans se retourner. Elle n'a jamais manifesté de compassion à quiconque, dit Malcolm, irrité.

– Votre dévoué valet saura sans doute prendre soin de vous.

– Je vais le congédier, ce traître ! Il va débarquer et retourner en Angleterre. Il portera à ma mère une lettre expliquant ce qui m'est arrivé. Peut-être pourra-t-elle fléchir mon père et le convaincre de me laisser rentrer à Londres dès que je serai en état de voyager. Soledad n'est qu'à trois ou quatre jours de New York, où l'on trouve tous les navires qu'on veut pour l'Europe. D'ici là, je resterai seul et sans ami, murmura Murray d'une voix lamentable.

– Eh bien, en attendant que vous puissiez vous tenir debout et manier une épée pour vider notre querelle, considérez-moi comme un ami, et cessez de vous lamenter. Vous auriez pu vous casser le dos, ou être enlevé par une lame. À l'heure qu'il est, vous serviriez de hors-d'œuvre aux requins, dit Charles, sincèrement cordial.

– Oublions ce duel, monsieur, j'étais ivre à demi. Vous avez le cœur généreux et j'accepte l'amitié que vous m'offrez non sans mérite, car je ne suis pas d'un caractère facile, dit Malcolm, ému, en tendant à Charles une main potelée de fillette, que le Français serra.

Comme prévu, Mortimer débarqua dans la chaloupe de Tom O'Graney et, le même soir, par vent favorable, le *Phoenix* quitta son mouillage. Cap sud-ouest, il se dirigea vers les Bermudes, distantes de mille huit cents milles.

Au cours des jours qui suivirent, Charles passa de nombreuses heures au chevet de Murray, vers qui le poussait maintenant une sympathie faite de l'indulgence qu'on a pour un gamin turbulent, puni de sa témérité, et aussi de simple humanité. Il tint compagnie au jeune homme pendant les repas, que le blessé prenait dans l'inconfort du lit. De longues et confiantes conversations permirent aux deux passagers de se mieux connaître. Charles parlait de ses études, de l'art des bâtisseurs de ponts, de la vie parisienne. Malcolm lui décrivait la société londonienne, les mondanités de la *season*, et révélait au Français l'existence d'un oisif pourvu d'un bon revenu en livres sterling, qui passait son temps avec des peintres et des actrices, chassait le renard, suivait les courses de chevaux, canotait sur la Tamise, perdait des fortunes aux cartes, assistait le matin à la pendaison d'un criminel, l'après-midi à un combat de boxe, dansait le soir au palais Saint James, avant d'aller dîner à Soho, à la taverne du Sceptre ou dans un restaurant italien, lieu de réunion des carbonari, agents de Giuseppe Mazzini.

– Nous trouvons là toutes les femmes que nous voulons, dont la fréquentation est aussi risquée en ce siècle qu'au temps de Pepys et de Boswell, confessait gaiement Murray.

Cuthbert, le second et moins usité prénom du jeune Anglais, intriguait Charles Desteyrac.

– C'est le nom d'un ermite écossais du VIIe siècle, devenu évêque, expliqua Malcolm avant d'en dire plus sur sa famille.

Charles sut que figurait, parmi les ascendants du blessé, un certain Bertie Cornfield, planteur en Caroline du Sud, mort en combattant les insurgents pendant la guerre d'Indépendance des États-Unis. Ce parent appartenait à la minorité des colons anglais qui, refusant de se faire américains pour rester fidèles à leur roi, avaient payé de leur vie une loyauté inutile. De là venait, pour Malcolm, une parenté confuse avec le maître de Soledad, qu'il avait toujours appelé oncle sans être certain qu'il le fût. Quant au père de Malcolm, lord Richard Murray, il était l'associé de lord Simon Leonard dans certaines affaires. Malcolm Cuthbert expliqua qu'il admirait beaucoup son père, mais ne pouvait accepter de mener la même vie que lui.

– Mon père est un *landlord*, grand propriétaire terrien. Il est membre de la Chambre des lords, où il ne met jamais les pieds, comme la plupart de ses pairs. Il réside dans son domaine de Sunbury, près de la rivière Waveney, dans le Suffolk. Il fait valoir un important élevage de moutons dont la laine alimente en partie la filature qu'il possède avec lord Simon, près d'Ipswich, capitale du comté. Il vend aussi de la laine aux filateurs flamands et hollandais. Toujours en association avec Cornfield, mon père exploite des carrières d'où sont tirées les pierres qui servent à daller les cours et les terrasses des hôtels de Londres. C'est un authentique gentleman-farmer, de mœurs rustiques. C'est aussi, ce qui ne me déplaît pas, un infatigable jouisseur. Il se vante de n'avoir qu'une seule lecture, celle du *New Sporting*, et ne possède qu'un seul livre, l'*Annuaire de la pairie*. À tout il préfère la campagne, la pêche du saumon, la chasse du renard, la bonne chère, la bière forte plutôt que la vie citadine et mondaine de Londres. D'ailleurs, il danse comme un ours.

– Ce n'est pas un père bien gênant, si je comprends bien.

– Certes non, bien qu'il manifeste parfois des exigences pour me rappeler que je suis son fils unique.

Par exemple, il tient à ce que je choisisse une femme parmi les filles honnêtes, même laides, de notre caste. Selon mon père, on doit demander à une épouse de rester fidèle jusqu'à ce qu'elle ait donné le jour à un héritier mâle. Une fois l'enfant fait, chacun peut mener la vie qui lui plaît, sans toutefois déroger à son rang ni causer de scandale. Pour le plaisir, lord Richard Murray reconnaît le droit à un mari de s'adresser, comme il le fait lui-même, aux villageoises sans manières, qui copulent ainsi qu'on vide une pinte d'*ale*. Mais je n'aime pas les paysannes. Elles sentent la chèvre ou le lait caillé !

– Et votre mère, de qui vous m'avez un peu parlé, l'autre jour ? dit Charles, devinant Malcolm porté aux confidences.

– Ma mère est issue d'une famille titrée, fort riche. Elle a une conception de l'existence différente de celle que prône mon père. Sauf en ce qui concerne la vie conjugale, où ils sont parfaitement d'accord. Leur mariage fut d'ailleurs traité comme une affaire, une sorte de transaction foncière, puisque ma future mère apporta en dot de quoi agrandir sensiblement les pâtures des Murray. Elle estime avoir rempli le contrat conjugal en donnant un fils à son mari. Mon père, respectueux des conditions prénuptiales, lui octroie une forte rente et une totale liberté du cœur et des sens !

– C'est une formule qui en vaut une autre, observa Charles, amusé.

– Certes. Ma mère réside le plus souvent à Londres, se rend chaque année à Bath pour prendre les eaux, mais ne se sent à l'aise qu'à Venise, où nous passons plusieurs semaines dans le temps du carnaval. Ceux qui ne connaissent pas lady Orianne en médisent ignominieusement. Les mieux intentionnés répètent que c'est une originale, définition péjorative, bien entendu. Or, ma mère est une excellente femme, bonne, intelligente, sincère, indifférente au qu'en-dira-t-on. Versée dans l'art, la littérature, la musique, elle ne cache pas des goûts de luxe. Elle suit avec assiduité la *season* de Londres, où elle possède un hôtel à Mayfair. Elle y donne des réceptions très courues. Son chevalier servant – il en faut un, n'est-ce pas ? – était, ces derniers temps, un écuyer de la reine Victoria, que ma mère tient pour une femme aux goûts bourgeois et dénuée de tout sens de la beauté.

Le soir suivant, de la bouche d'un major Carver détendu, Charles devait apprendre d'autres détails sur la famille Murray. Les deux hommes se trouvaient seuls au salon, à l'heure du cigare d'après-dîner, alors qu'une brise molle poussait le *Phoenix* vers les Bermudes. Le major choisit un havane, le fit crisser à son oreille et le tendit à Charles. Quand le whisky fut servi et que le parfum du tabac fit oublier la salinité de l'air, Edward Carver livra ses pensées.

– Vous semblez avoir une bonne influence sur ce pauvre Malcolm, monsieur Desteyrac. Je m'en félicite et je vous remercie. Dans la situation où nous a mis, M. Colson et moi, l'accident survenu à ce garçon, vos attentions sont salutaires.

– Ces attentions n'ont rien que de très banal. Il s'agit d'aider un blessé immobilisé à passer le temps. Je crois Malcolm Murray plus fragile, moins assuré, plus seul qu'il ne paraît. Je m'efforce simplement de le distraire, dit Charles.

– En tout cas, votre présence à son côté paraît bénéfique. Malcolm, voyez-vous, a été, depuis l'enfance, ballotté entre un père et une mère qui n'ont aucune idée de ce que doivent être des parents, au sens affectif et éducatif du terme, observa le major.

– Murray m'a beaucoup parlé de son père, moins de sa mère, qu'il regrette de ne pouvoir accompagner, comme chaque année, en Italie, dit Charles.

– Ah, Venise ! Lady Orianne y loue un palais sur le Grand Canal. Elle joue à la patricienne de la Sérénissime, porte des toilettes copiées des tableaux de Pietro Longhi ou de Tiepolo, quand elle n'arbore pas, pour recevoir ses invités, la robe de velours cramoisi des doges. Elle a sa gondole et ses gondoliers, une loge à la Fenice, un banc à l'église San Moisè. Elle soutient de ses deniers le marguillier de la Salute, joue du clavecin, prend son punch à l'alkermès au café Florian, danse, se baigne au Lido et considère la vie vénitienne comme l'essence même du bonheur de vivre. On lui prête là-bas un amant, un comte papal, sigisbée sur le retour, aussi distingué que désargenté, propriétaire dans la Brenta de plusieurs villas délabrées.

– Belle vie, assurément, attrayante et romanesque, commenta Charles, émerveillé.

– Mais détestable pour la formation d'un jeune homme aussi désinvolte et paresseux que Malcolm. Richard Murray voulait faire de son fils un *landlord* à son image, mais, le garçon ayant le tempérament folâtre et frondeur de sa mère, il n'a pu l'influencer. Sir Richard a seulement obtenu de son héritier qu'il étudiât à Eton et reçût une sérieuse éducation afin de porter dignement son nom illustre. Savez-vous que l'on compte, parmi les Murray, un diplomate, un peintre académique, deux généraux, un constructeur de locomotives et un éditeur réputé ? Afin de maintenir la santé de son fils, souvent éprouvée par les abus en tout genre, sir Richard exige de lui un séjour annuel dans le Suffolk. Là, il impose à notre dandy la vie rude, virile et sportive, d'éleveur de moutons, ce que l'intéressé déteste.

– Mais, n'est-il pas architecte ?

– Pour vivre le reste du temps, à Londres, une vie facile et amusante, Malcolm a suivi, dit-on, des cours d'architecture, seule activité que Richard Murray, grand bâtisseur de bergeries, de granges et de filatures, accepta de financer. Car, malgré les largesses de sa mère, Malcolm a toujours fait des dettes. Les comédiennes emperlées, les artistes écornifleurs, le jeu, les tailleurs de Savile Row finissent par coûter cher. N'en étant pas à une inconséquence près, Malcolm se pique aussi d'idées subversives, élucubrations de nantis désœuvrés, assena Carver.

– Il m'a dit, en effet, être familier de la famille Rossetti, qui héberge les révolutionnaires italiens de passage ou en exil à Londres, rappela Charles.

– Et Malcolm a entraîné dans cette bohème factieuse sa cousine Ottilia, laquelle partage ses idées jacobines. On considéra trop longtemps cela comme un jeu mais, l'an dernier, Ottilia se voulut l'égérie d'un peintre irlandais républicain avec qui elle envisageait de changer la société en posant des bombes. L'homme a été arrêté par la police et envoyé au bagne en Australie. Sans l'intervention du Premier ministre, Ottilia eût été du voyage, bougonna le major.

– Je conçois que Richard Murray ait voulu éloigner son fils de Londres.

– C'était devenu impératif, pour une raison qui n'a rien de politique. Question de vie ou de mort pour notre jeune ami ! Sir Richard a su que son fils risquait de graves ennuis après avoir été pris en flagrant délit de fraude dans un cercle de jeu dont les tenanciers ne sont guère recommandables. Le père a payé les dettes, moins pour éviter à l'insolvable la prison de Newgate que pour soustraire le coupable à la vindicte des fermiers du tripot. Ces messieurs ont pour habitude de couper une main aux tricheurs. Telle serait la loi de leur milieu. Ce père, ennuyé, a donc décidé d'envoyer le coupable à Soledad se faire oublier du monde interlope qu'il fréquentait et, aussi, des agents du Home Office, qui ont l'œil sur les révolutionnaires, sérieux ou fantaisistes. Sachant ce qu'il risquait en restant à Londres, Malcolm a obtempéré sans plaisir, escomptant que son exil serait bref. Mais je crains que mon ami Simon ne goûte pas le rôle d'oncle rédempteur que sir Richard veut lui faire jouer, conclut le major en riant.

– C'est égal, ce garçon me fait un peu pitié. Il est intelligent, a des goûts artistiques, ne manque pas de courage, puisqu'il supporte vaillamment la souffrance et la claustration. J'ai le sentiment qu'il a plus besoin d'amis sérieux et compréhensifs que d'admonestations. Il faut l'aider à découvrir qu'il y a d'autres plaisirs dans la vie que les mondanités, l'anarchie, le jeu, la chasse et l'amour vénal, dit gentiment le Français.

– Vous parlez, monsieur Desteyrac, en homme sain et raisonnable. Puissiez-vous être entendu ! Lord Simon appréciera certainement l'intérêt que vous entendez porter à ce neveu dévergondé. Il est vrai que vous entrez dans la vie de Malcolm comme un élément neuf et généreux, au moment même où ce garçon est en position d'infériorité physique et morale. Je souhaite que votre compassion ne soit pas vaine, conclut le major en se retirant.

Quarante-huit heures plus tard, avant de débarquer devant le port de Saint George, le meilleur des Bermudes, lady Ottilia fit transmettre à Charles, par sa suivante rougissante, une lettre portant la suscription : « À remettre en main propre à lord Simon Leonard Cornfield, en l'absence de tout témoin. » Le Français apprécia peu d'être traité en simple commissionnaire, la jeune femme n'ayant pas daigné lui apporter elle-même le pli destiné à son père. D'ailleurs, seul Malcolm Murray eut l'honneur d'une visite d'adieu de la belle Ottilia. Carver et le capitaine Colson ne se montrèrent pas. La veille, le major avait expliqué à Desteyrac : « Lady Ottilia est largement majeure, célibataire et libre de ses mouvements. Nous ne pouvons la retenir à bord contre son gré. »

Quand la chaloupe, pilotée par Tom O'Graney, s'éloigna du navire, la suivante d'Ottilia, ayant amorcé un geste du bras en direction des marins accoudés à la lisse, fut rappelée à l'ordre et invitée par sa maîtresse à regarder du côté de la terre. Seul le bichon salua l'équipage en aboyant sur le mode terrorisé.

– Bon vent à cette péronnelle et à son chien ! murmura Charles.

Un soleil aveuglant argentait l'écume à la crête des vagues, quand le *Phoenix*, délesté de ses deux passagères que personne ne s'était soucié de retenir, quitta le mouillage des Bermudes en s'accommodant des vents variables de la région.

– En mer, le chemin le plus court n'est pas forcément

le moins long. En faisant route sud-est, nous irons cueillir les alizés aux alentours du 25e degré de latitude nord. Ces vents, permanents et réguliers, nous porteront aux Bahamas en trois jours, expliqua le second à l'heure du breakfast.

Pendant cette dernière étape, comme pour justifier les propos de Rodney, un grain sérieux contraignit le capitaine Colson à faire route plein est, ce qui éloigna le navire de sa destination. Mais, dès que les alizés s'annoncèrent, le commandant ordonna de mettre toute la toile, et le navire piqua sur l'archipel. Le loch indiqua dès lors une vitesse de dix nœuds.

Charles Desteyrac, qui passait le plus clair de son temps sur le pont, osa enfin demander à Tilloy de lui parler de Soledad.

– Nous allons aborder cette île dans quelques jours et j'en ignore tout, fit-il observer.

Mark entraîna le Français dans la chambre des cartes et lui mit sous les yeux une représentation marine de l'archipel des Lucayes.

– On raconte que, lorsque Christophe Colomb et ses hommes abordèrent ces îlots, les Indiens se donnaient entre eux le nom de Lukku-Cairi, qui signifierait gens des îles. Les explorateurs nommèrent donc cet archipel los Cayos – les écueils –, puis Lucayas. Beaucoup plus tard, il devint les Keyes pour les Anglais. Maintenant, tout le monde les nomme Bahamas, de l'espagnol *baja mar*, mer basse. Cet archipel est constitué d'une trentaine d'îles et de plus de cinq cents îlots recensés [1] à

1. D'après les relevés du milieu du XIXe siècle. Aujourd'hui, d'après les autorités bahamiennes, on aurait dénombré dans l'archipel sept cents îles, dont une vingtaine seulement sont habi-

ce jour. Cela forme un chapelet de huit cents kilomètres, dit l'officier en suivant de l'index l'arc insulaire. Au nord-ouest, l'île Grand Bahama est à cinquante milles de la côte de Floride ; à l'autre bout de l'archipel, au sud, les dernières îles du chapelet, Great et Little Inagua, se trouvent à cinquante milles de Cuba, précisa-t-il.

– Et où se situe Soledad, là-dessus ? demanda Charles.

L'île que Tilloy désigna apparut à Charles comme isolée et la plus à l'est de l'archipel. Il en fit l'observation.

– Ce devait être, en effet, la première île que rencontrèrent les navigateurs qui, comme Christophe Colomb, avaient fait escale aux îles Canaries. Notre Soledad est située sous le 25e degré de latitude nord, à près de cent milles au nord du tropique du Cancer. Mais elle n'est pas aussi isolée qu'il y paraît. Elle se trouve à trente-cinq milles à l'est d'Eleuthera, cette longue bande de rocs en forme de parenthèse que vous voyez là, et à vingt-cinq milles au nord-est de Cat Island, qui a le profil d'une canne tordue. Ce sont des terres très peuplées.

Poursuivant son inventaire, Tilloy pointa du doigt une petite île en forme de haricot.

– Ici, à soixante-cinq milles au sud-est de Soledad, se trouve Watling Island, Guanahani pour les Arawak [1],

---

tées, et deux mille cinq cents îlots. Inventaire sujet à caution puisque les géographes préfèrent parler en l'espèce de masses rocheuses émergeantes plutôt que d'îlots.

1. Ensemble de peuples amérindiens qui durent se disperser sous la pression des Carib – Indiens caraïbes – et qui survécurent à Cuba et aux Bahamas.

nommée un temps San Salvador comme étant l'île légendaire où Christophe Colomb est censé avoir débarqué le 12 octobre 1492, dit le second lieutenant avec un sourire.

– Comment, « est censé avoir débarqué » ? N'en est-on pas sûr ? Le journal de bord de Colomb, partiellement utilisé par l'évêque Bartolomé de las Casas dans ses écrits sur la colonisation, fait autorité, non ?

– N'allez pas dire cela aux habitants de Cat Island, qui ont toujours appelé leur île San Salvador parce qu'elle correspond mieux que toute autre, disent-ils, à la description développée dans le journal de bord de Colomb. Washington Irving, célèbre historien américain, auteur de *Colomb et ses compagnons*, biographie publiée en 1828, défend cette thèse.

– Mais alors, il existerait deux San Salvador ? dit Charles, incrédule.

– Le fait est qu'on dut se trouver un temps avec deux San Salvador. Peut-être en discuterait-on encore si, vers 1680, un pirate, George Watling, homme très pieux, paraît-il, n'avait débarqué sur Guanahani-San Salvador avec ses troupes. Il s'y installa, construisit un château dont on voit encore les ruines, et donna son nom à l'île, sans tenir compte du passé légendaire. C'est d'ailleurs le nom de Watling Island que les cartographes anglais ont retenu : il figure, ainsi que vous le voyez, sur notre carte, dit Tilloy.

Comme Desteyrac se taisait, l'officier reprit :

– Sachez qu'une demi-douzaine d'îles de l'archipel, dont Samana Cay, et surtout, depuis 1846, Grand Turk, dont le propriétaire, M. George Gibbs, est soutenu par un érudit espagnol, Martín Fernandez de Navarrete, revendiquent l'honneur d'avoir accueilli le génial navigateur génois [1]. Enfin, n'oublions pas que Soledad même est sur les rangs ! acheva Tilloy, riant franchement.

– Soledad aussi ?

– Lord Simon assure que son grand-père, qui avait étudié des documents anciens et beaucoup conversé avec les pirates, navigateurs plus expérimentés que les historiens, affirmait que l'île autrefois découverte par Colomb était la sienne, dont le nom Soledad dit assez, d'après lui, la déconvenue des Espagnols débarqués sur une île alors déserte. Déçus et affamés, ils se seraient alors, guidés par des indigènes, reportés plus au sud sur Guanahani, riante et peuplée. Colomb aurait baptisé San Salvador cette petite île qui compte vingt-huit lacs. De tout l'archipel connu, c'est elle qui offre le plus d'eau douce. On conçoit donc que Colomb et ses marins assoiffés lui aient donné le nom du Sauveur.

– Soledad aurait donc été la première escale, sinon la première résidence, observa Desteyrac.

– Cette thèse a le don de faire sourire M. Colson et le major Carver. Mais je suis certain que Cornfield tentera de vous en convaincre. Peut-être vous montrera-t-il ce

---

1. Toutes ces revendications furent mises en cause à plusieurs reprises. En 1882 par Gustave Fox, qui proposa Samana Cay. En 1941, par le vice-amiral Samuel Eliot Morison (1887-1976) qui, ayant suivi très exactement la route de Colomb, aboutit à Watling Island. En 1986, par Joseph Judge, rédacteur en chef du magazine *National Geographic*, qui, ayant intégré aux calculs de navigation les vents et la force des courants, négligés par ses prédécesseurs, aboutit, comme autrefois Gustave Fox, à Samana Cay, à soixante milles environ au sud-est de San Salvador. Mais, dès 1926, les autorités bahamiennes, alors sous tutelle britannique, lassées de ces tergiversations, avaient décrété que Watling Island était bien la San Salvador de Colomb. Depuis, sur toutes les cartes et dans les guides, l'île figure sous les deux noms.

qui, à ses yeux, accrédite le bien-fondé de ses déductions : des doublons datés de 1491 et des débris de vaisselle du XVe siècle, trouvés sur Soledad lors de travaux de construction.

– Voilà un vrai mystère archéologique ! plaisanta Charles.

– Il en existe bien d'autres sur nos îles, monsieur. C'est ce qui fait à la fois leur charme et leur danger, dit le lieutenant, soudain sérieux.

– Parlez-moi encore, sinon de ses mystères, du moins du physique de Soledad, insista Charles.

Penché sur la carte de l'archipel, Charles constata à haute voix que l'île affectait la forme d'une botte à chaudron comme en portaient, sous Louis XIII, les mousquetaires.

– Disons plutôt qu'elle ressemble à un gros têtard cambré, plaisanta Tilloy.

Assez large au nord, l'île s'étrécissait jusqu'au pied de la botte, dont la pointe allongée regardait vers l'ouest et Cat Island. Le talon de la botte, séparé de la jambe par un espace étroit, portait le nom de Buena Vista. Avide de précisions, Charles voulut en savoir davantage sur la topographie de l'île.

– Vingt-deux miles [1] de long, au moins quatre miles au nord dans sa plus grande largeur. Nous nommons Cornfieldshire la vallée qui occupe le chaudron de la botte ou la tête du têtard, à votre choix. C'est là qu'ont été construits Cornfield Manor, la résidence de lord Simon, les habitations du major Carver, du capitaine Colson et de ses officiers, ainsi que les communs, qui abritent le personnel du manoir. C'est là sans doute

1. Un mile vaut 1609 mètres.

que vous habiterez aussi. La jambe de la botte, dans sa partie la plus étroite, ne mesure qu'un petit mile de large. De là, on a vue sur l'océan des deux côtés de l'île. Au sud, le pied de la botte, puisque vous semblez attaché à cette comparaison, chausse cinq miles de long et trois quarts de mile d'épaisseur. Quant à l'îlot de Buena Vista, il s'inscrit, comme vous le voyez, dans un quadrilatère irrégulier de deux miles sur trois. Il est séparé de l'île principale par un pertuis de quarante pieds [1] de profondeur et de cinquante ou soixante pieds de largeur. Les géologues disent que les deux îles, la grande et la petite, n'en faisaient qu'une et que la continuité du socle rocheux, assez élevé à cet endroit, se rompit lors du bouleversement géologique consécutif à la fonte des glaces, après l'ère glaciaire, il y a cinquante mille ans. Les Arawak, superstitieux, nomment cette faille naturelle, aux parois abruptes, dans laquelle l'océan s'engage parfois avec fureur, Devil Channel, le goulet du Diable, acheva Mark Tilloy.

– Si j'ai bien compris, c'est pour franchir ce gouffre infernal que je devrai lancer un pont, dit Charles, amusé.

– Les Cornfield en ont fait construire plusieurs depuis un siècle. Tous furent emportés par des tornades. Le dernier, il y a quelques mois, lors du premier ouragan d'octobre. Cornfield compte donc sur un ingénieur comme vous pour bâtir un pont indestructible, conclut Tilloy avec sérieux, ce qui donna à penser à Charles que sa mission ne serait pas de tout repos.

– Je ne pourrai m'engager à construire qu'après avoir étudié les lieux, évalué les risques et fait les

1. Un pied vaut 30,48 centimètres.

calculs qui s'imposent pour un ouvrage de ce genre, dit Charles.

– Ah ! J'oubliais deux choses, interrompit Tilloy, négligeant cette considération. Primo, Soledad est truffée de trous bleus...

– Des trous bleus ! Qu'est-ce donc ? l'interrompit Charles.

– Une des originalités de l'archipel. On en trouve aussi sur notre voisine, Cat Island. Ce sont des trous de six à douze pieds de diamètre, apparemment sans fond, dans lesquels une couche d'eau douce de deux ou trois pieds repose, sans s'y mélanger, à cause de la différence des densités, sur une masse d'eau salée. Par des réseaux submergés, ces trous communiquent avec l'océan. On l'a constaté, car il n'est pas rare d'y voir apparaître des débris d'épaves. Mais personne ne sait comment fonctionne cette sorte de siphon. Nos Arawak y voient les antres de monstres marins, qui entraînent les téméraires dans les abysses pour les y dévorer tranquillement. Moins craintifs, mais aussi superstitieux, nos marins se plaisent à penser que les trous bleus sont habités par des sirènes qui enlèvent les hommes pour en faire l'agréable usage que vous imaginez !

– Intéressant. Mais je vous ai interrompu... Vous m'annonciez deux confidences. Il y a donc un secundo ? dit Charles.

– Exact. Plus important que les trous bleus, vous devez savoir que l'îlot de Buena Vista est le domaine réservé de lady Lamia Cornfield, la sœur de notre lord. Elle y règne en souveraine absolue. Et, puisque tout à l'heure nous parlions des mystères insulaires, à mon avis, ceux de Buena Vista valent ceux des trous bleus, mais peut-être sont-ils moins irréels et plus facilement élucidables, compléta l'officier avec un sourire.

Ce soir-là, dans sa chambre, alors que le *Phoenix*, voiles gonflées tels des ballons par les alizés, traçait sa route dans l'étrange prairie aquatique de la mer des Sargasses, Charles Desteyrac se dit que l'aventure, qu'il avait appelée de ses vœux, serait certainement au rendez-vous.

5.

À l'aube du vingt-sixième jour de navigation, Soledad émergea de l'horizon. Les dernières étoiles s'éteignaient sur le ciel pâle, et le soleil s'annonçait dans une éruption éblouissante, quand le second lieutenant vint tirer Desteyrac du sommeil.

– Soledad est en vue, monsieur, nous y serons dans deux heures, cria l'officier à travers la porte.

Le moment tant attendu fit jaillir Charles hors de son lit. Il se précipita sur le pont et rejoignit Tilloy, accoudé à la lisse.

Longue levée corallienne couverte de verdure, l'île offrait à distance, dans la clarté laiteuse du petit matin, l'aspect d'un vaisseau au mouillage sur un océan bleu d'aquarelliste. Relevé aux pointes, exhaussé au centre par une courte bosse, le profil de ce belvédère des tropiques paraissait, à distance, d'une harmonieuse symétrie.

– Vous m'aviez caché que Soledad avait aussi une montagne, dit Charles Desteyrac à Tilloy.

– Montagne est un bien grand mot. Notre mont de la Chèvre n'a que vingt-cinq pieds de moins que le mont Como, de Cat Island, point culminant de l'archipel avec deux cent six pieds. Vos sommets alpins n'ont pas à redouter la concurrence ! commenta gaiement le lieutenant.

Plus le *Phoenix* approchait de la terre et plus Charles Ambroise Desteyrac s'ébaubissait devant l'incomparable décor. Cernée de sable rose et de roches crénelées, l'île prenait, par sa végétation, de timides couleurs. Des vagues alanguies léchaient le rivage, ajoutant un feston d'écume aux plages. Frémissantes dans l'alizé, les lances argentées du palmier royal et les touffes pennées des cocotiers dominaient les arceaux tourmentés des palétuviers, la toison flamboyante des poincianas et, sur arbustes et buissons, les croustilles fanées d'une somptueuse palette, reliquats jaunes, roses ou blancs des parures défleuries.

– Nous sommes dans la saison pauvre en fleurs, mais vous verrez, dès le printemps, se développer la prodigieuse vitalité de la nature tropicale, qui triomphe en juin. La juxtaposition syncopée des hibiscus, bougainvillées, cassias, ixoras, frangipaniers, jacarandas, tulipiers, passiflores et autres plantes compose alors une symphonie de couleurs d'une splendeur paradisiaque. Le jardin d'Éden, s'il exista jamais, devait ressembler à notre île au seuil de l'été, dit l'officier, enthousiaste.

Appelé par Colson sur la dunette, Mark Tilloy dut bientôt abandonner Charles à sa contemplation. Sur le gaillard d'avant, les marins de la bordée au repos se pressaient en se congratulant, heureux de retrouver les délices du port. Pour la première fois depuis le départ, les deux puisatiers de Portsmouth venaient d'apparaître parmi les matelots dont ils avaient partagé fort discrètement l'ordinaire. Saisissant l'occasion de satisfaire sa curiosité, Charles les rejoignit et se présenta.

– J'ai appris que nous allons tous trois travailler sur l'île. Donc, autant faire connaissance avant d'y poser le pied, dit le Français avant de se nommer.

Sans empressement ni chaleur, les deux Anglais en firent autant. Le plus robuste, un homme trapu et musculeux, aux traits taillés à la serpe, au regard gris, affligé d'une calvitie précoce, se nommait James Malory. Le second, Samuel Bartley, de constitution plus fragile, portait de longs cheveux bruns, noués sur la nuque en catogan à la manière des anciens gabiers de la marine royale. Son regard reflétait la mélancolie des exilés involontaires.

Après avoir décliné son titre d'ingénieur et défini sa mission, Charles tenta de forcer le dialogue.

– M. Carver m'a dit que vous creusez des puits.

– Comme vous pour construire un pont, nous avons été embauchés par le major Carver pour forer un ou plusieurs puits, afin de procurer plus d'eau douce à cette terre entourée d'eau salée, fit Malory tout en se décidant à sourire.

– Si nous en trouvons suffisamment, peut-être pourrons-nous créer un nouveau système de distribution. Celui qui existe daterait de Christophe Colomb, compléta Bartley, plaisantant à son tour.

Après un échange de considérations sur la beauté du décor, l'étonnante limpidité de l'air et la chaleur soudaine dispensée par un soleil devenu aveuglant, chacun dut se préparer au débarquement, annoncé par les ordres du maître d'équipage et la réduction de la voilure.

– Eh bien, messieurs, rendez-vous en terre ferme. Il est temps que j'aille boucler mon bagage. Nous allons bientôt accoster, dit Desteyrac.

Le *Phoenix* doublait la pointe nord de l'île. Charles allait s'étonner de ce contournement, mais le major Carver, venu sur le pont, flanqué de Poko, le sikh hiératique, chargé du nécessaire à thé et d'une mallette de cuir, expliqua ce détour :

– À Soledad, nous disposons de deux ports, l'oriental, devant lequel nous venons de passer, qui ouvre au levant sur le grand large, et le port occidental, situé au couchant, face aux îles Cat et Eleuthera, dans une baie protégée des caprices de l'océan. C'est un des rares ports en eaux profondes de l'archipel, le plus sûr, le plus proche de Cornfield Manor. C'est le port d'attache du *Phoenix*, confia le major.

Tout en parlant, sourcils froncés, il observait l'approche rapide d'une petite barque propulsée par un pagayeur au torse nu et cuivré. Un homme au teint plus clair, vêtu d'une chemise et d'un pantalon blancs, se tenait à l'arrière du bateau. Au moment d'aborder le *Phoenix*, le métis héla un marin, qui déroula sur le flanc du navire une échelle de corde. Lâchant sa pagaie, le rameur empoigna l'échelle que l'homme vêtu de blanc escalada avec agilité.

– C'est Pibia, l'intendant de Cornfield Manor. J'ose espérer qu'il n'apporte pas de mauvaises nouvelles, dit Carver, inquiet, en allant au-devant de l'homme qui prenait pied sur le pont.

Le major et le visiteur s'entretinrent un instant à voix basse, puis Carver revint à Charles, tandis que le majordome, un grand gaillard au corps puissant, échangeait avec les marins accolades et plaisanteries.

– Rien de grave, j'espère ? demanda Charles dès que le major fut à portée de voix.

– Rien de tragique, mais un contretemps qui me

remplit de confusion. Vous devrez passer la nuit prochaine sous mon toit : le bungalow qui vous est destiné n'est pas encore prêt à vous recevoir, révéla le major.

– Rien ne me sera plus agréable, dit Charles.

– Alors, tout est pour le mieux, fit Edward, satisfait.

– J'ai promis à Malcolm Murray de l'aider à quitter le bateau. Je pense que deux hommes seront nécessaires pour le porter jusqu'au quai.

– Ah, en ce qui concerne l'honorable Malcolm Murray, rien ne presse. Il va devoir rester à bord au moins jusqu'à demain. Je dois informer lord Simon de l'arrivée de son neveu avant qu'il se présente au manoir, ne serait-ce que pour éviter un contact orageux. Il faudra ensuite fixer les conditions de son séjour et organiser sa résidence, répondit Carver.

– Mais Malcolm va être fort déçu de ne pas débarquer ! Il m'a fait part de sa hâte à retrouver la terre ferme. Sur ses indications, j'ai préparé son bagage et...

– Mon cher, vous êtes le parfait compagnon du blessé ! interrompit le major.

– Je ne fais que mon devoir, dit Charles, agacé.

Carver émit un soupir las, puis, prenant le Français par le bras, l'entraîna vers l'arrière.

– Certains faits que vous ignorez vont, je le crains, inciter Simon Cornfield à se montrer, avec Malcolm, moins prévenant et attentionné que vous. Déjà, quand je lui aurai remis la lettre que m'a confiée sa belle-sœur pour donner les raisons de l'envoi d'Ottilia à Soledad, et raconté comment sa fille a décidé de nous quitter aux Bermudes, je crains un accès de mauvaise humeur. Quand j'ajouterai qu'on lui envoie aussi Malcolm Murray en pénitence, sa contrariété virera à la colère. Et les colères de Simon sont redoutables. Elles peuvent, comme un ouragan, durer trois, six ou neuf jours ! conclut Carver.

– Je conçois que vous deviez, comme on dit, préparer le terrain. J'ai moi-même une lettre à remettre à lord Simon Leonard Cornfield. Une lettre que m'a confiée lady Ottilia pour, m'a-t-elle dit, expliquer à son père les raisons du séjour qu'elle envisage de faire aux États-Unis avant de rejoindre Soledad, confia Charles.

– Vous pouvez me donner la lettre de lady Ottilia, je la joindrai à celle de sa tante, proposa le major.

– Je me suis engagé, voyez-vous, à remettre moi-même ce message à lord Simon, « en main propre et en l'absence de tout témoin », comme lady Ottilia l'a écrit sur l'enveloppe. Désolé, monsieur, je dois suivre ces instructions, dit Charles avec fermeté.

Le major Carver savait dissimuler ses sentiments. Son flegme tout britannique l'incitait depuis longtemps à ne plus s'étonner des manières des membres de la famille Cornfield.

– Naturellement. Vous devez respecter la volonté d'Ottilia, acquiesça-t-il en inclinant le buste.

Charles prit ce geste pour ce qu'il était : pur persiflage. Comme le major s'éloignait, Desteyrac, bien décidé à se faire respecter de tous et de chacun, le rattrapa.

– Puisque Malcolm Murray doit demeurer à bord, et sans doute y passer la nuit, je resterai avec lui. Ainsi, je pourrai prendre demain mes quartiers sans causer de dérangement à quiconque, décida-t-il, péremptoire.

– À votre guise ! Je vais, de ce pas, prévenir Murray et donner des ordres pour que le service de table soit assuré comme à la mer. Demain matin, une voiture viendra vous prendre, vous et Murray, si Simon ne décide pas de renvoyer sur l'heure son neveu en Angleterre.

Le ton sec disait assez l'irritation de l'homme de confiance de lord Simon Leonard Cornfield.

Avec la même assurance constatée par Charles lors de l'appareillage à Liverpool, le commandant Colson amena son navire, cette fois remorqué depuis l'entrée de la baie par deux grandes chaloupes armées par dix rameurs, contre le quai de bois sur lequel attendaient charrettes et bogheis prêts à conduire passagers et bagages aux résidences insulaires. Des débardeurs indigènes, hommes musculeux et gais, dont la peau saine et lisse déclinait tous les tons, du blanc pur au noir velouté en passant par différentes nuances basanées ou cuivrées, aidaient les matelots du *Phoenix* au déchargement des caisses et ballots extraits des écoutilles par les palans de charge.

Au cours de ces manœuvres, Charles Desteyrac, peu pressé d'aller subir les prévisibles jérémiades de Murray, vit émerger de la soute, sous le regard attentif des puisatiers de Portsmouth, les coffres chargés à Liverpool. Certaines caisses présentaient des inscriptions qui retinrent l'attention de l'ingénieur. Deux d'entre elles portaient, en lettres noires peintes au pochoir, la mention : « August Siebe and Co. Diving-suit ».

Diving-suit était le nom anglais du scaphandre le plus perfectionné, et August Siebe son fabricant. À l'École des ponts et chaussées, Charles, comme tous ses condisciples, s'était intéressé aux travaux des scaphandriers, de qui on requérait parfois les services lors de l'établissement des piles de pont. Il savait aussi qu'August Siebe, génial inventeur allemand, installé depuis 1819 en Angleterre, avait mis au point, dès 1839, le premier scaphandre qui isolait complètement le plongeur de l'eau grâce à une combinaison caoutchoutée, pourvue d'un casque de cuivre et d'un système respiratoire.

Une autre caisse retint l'attention du Français. Elle annonçait le contenu : *Diver's pump*, nom anglais de la pompe à air des plongeurs. Il s'agissait d'une autre invention de Siebe, déjà utilisée, comme ses scaphandres, par la Royal Navy, notamment sur les chantiers de Portsmouth, pour ausculter les coques des navires. Desteyrac en savait assez sur le forage des puits pour s'étonner qu'un tel matériel fût en possession de simples puisatiers. Se souvenant du discret embarquement nocturne de Jim Malory et de Sam Bartley, invisibles pendant toute la traversée et qui n'avaient rien de la rusticité gouailleuse des terrassiers, l'ingénieur imagina que la présence de ces hommes et de leurs scaphandres n'était peut-être pas sans rapport avec ces mystères insulaires évoqués à mots couverts par Mark Tilloy. Les lourdes caisses, promptement évacuées sur un chariot, contenaient, pour le novice, un ferment d'aventure tout nouveau et des plus exaltant.

Les amarres assurées, Desteyrac s'accouda à la lisse pour jouir de l'animation du quai. S'il s'était attendu à voir, au bas du chemin-planche, un aristocrate souriant venu accueillir un ingénieur des Ponts et Chaussées, il eût été déçu : lord Simon Leonard Cornfield, seigneur de Soledad et de Buena Vista, ne se dérangeait pas pour un salarié.

Carver, en revanche, était attendu par un petit homme blanc au teint vermillon, rond comme une pomme, serré dans un costume fripé, coiffé d'un panama biscornu, les dents d'une blancheur qui eût rendu jalouse une courtisane parisienne. Le major lui tendit mollement la main. Les deux hommes montèrent aussitôt dans un brett laqué vert, élégant petit landau à deux places sous capote, tiré par un seul cheval et drivé par un cocher noir. La voiture s'éloigna tandis que Poko faisait l'inventaire des bagages de son maître, en cours de chargement sur un break.

Cette scène rappela à Charles l'illustration d'un roman colonial, genre préféré de sa mère. Le dessin, il s'en souvint, représentait le retour du riche planteur dans son domaine des Antilles. Accueilli avec obséquiosité par un contremaître métis et son cocher noir, esclave privilégié, le maître dosait avec condescendance ses saluts, tandis qu'un autre Noir, agenouillé, lui offrait son dos comme marchepied pour monter en calèche.

« À Soledad, comme dans toutes les colonies, l'homme blanc, en charge de la propagation de la civilisation, s'attend à ce que l'indigène apprécie la grâce que lui fait l'Européen en l'arrachant à la vie sauvage. Le maître clame les vertus du travail, brandit la Bible ou les Évangiles, fustige la paresse, oblige l'indigène, qui ne l'a pas invité sur ses terres, à suer sang et eau, du lever au coucher du soleil. Et cela, afin de constituer au colon, venu d'ailleurs, une fortune, si possible héréditaire, dont il jouira en famille dans son pays ! » se dit Charles.

Fidèle aux principes de son défunt père qui, en 1830, avait milité contre l'expédition d'Alger, voulue par Charles X après le coup de chasse-mouches administré par le dey Hussein au consul de France, Desteyrac se dirigea vers la chambre de Murray en agitant des pensées frondeuses. Il trouva le jeune architecte tête à tête avec une bouteille de gin largement entamée. L'ingénieur n'avait pas refermé la porte que Malcolm fulmina.

– Ce vieux crabe de Carver me retient prisonnier à bord comme un condamné sur un ponton ! Il n'a même pas accepté de porter un message à mon oncle. À croire qu'il entend continuer à me desservir auprès des membres de ma famille, comme il l'a toujours fait. Écoutez bien ce que je vous dis, monsieur Desteyrac : ce Carver, je le tuerai ! Non pas en duel, un gentleman ne s'abaisse à provoquer un reître ! Non ! Je le tuerai comme on tue un rat ! À coups de trique, vous m'entendez !

– Calmez-vous, monsieur Murray. Le major craint, et peut-être a-t-il ses raisons, que votre oncle ne trouve un peu cavalière la façon qu'a votre père de vous exiler à Soledad, sans l'avoir prévenu. M. Carver doit convaincre votre oncle d'accepter la situation qu'on lui impose. Le major vous demande donc de patienter jusqu'à demain. C'est tout.

– Mensonge ! Cette précaution supposée n'est avancée que pour m'humilier. Je suis un captif, c'est le mot. Mais vous, monsieur Desteyrac, vous allez descendre à terre, n'est-ce pas ? Vous pourriez donc, aujourd'hui même, remettre à mon oncle le message dont Carver a refusé de se charger. Non ?

– C'est avec sérieux que je me serais acquitté de cette tâche, mais j'ai décidé de rester à bord jusqu'à ce que vous soyez autorisé à débarquer.

– Vraiment ? Vous, au moins, vous savez dire non ! Vous êtes un véritable ami, Charles... si vous me permettez d'user de votre prénom.

– Bien sûr, monsieur Murray.

– Bannissons tout protocole entre nous. Appelez-moi Malcolm. Pour le meilleur et pour le pire, je suis désormais votre ami, Charles, dit l'Anglais en tendant la main à l'ingénieur, qui la serra sans réticence.

– Le major Carver n'a pas que des défauts. D'abord, il m'a offert le vivre et le couvert en attendant que le logement qu'il me destine soit prêt à me recevoir. Ensuite, il vient de m'assurer que nous serons « servis comme à la mer ». Le maître coq a des consignes, ainsi que nos stewards. Permettez ce conseil, Malcolm, ajouta le Français en éloignant la bouteille de gin : abandonnez l'alcool, très mauvais pour un estomac vide, et pensons plutôt à prendre un bon breakfast, proposa Charles.

D'après un dessin du médecin, Tom O'Graney, le charpentier, avait confectionné pour Murray une paire de béquilles. Avec l'aide de Desteyrac, le blessé les inaugura, non sans appréhension et maladresse, pour se rendre à la salle à manger. L'immobilité du navire à quai facilita cependant les premiers pas du jeune architecte. Après le repas du matin, il put s'asseoir, en compagnie de Charles, sur le pont, à l'abri d'une tente, pour détailler le paysage qu'offraient l'île et le port.

– Au fond de la baie, cette élévation de terrain nous cache le vallon où s'étend le domaine de Cornfield avec son manoir, dit Tilloy, contraint lui aussi de rester à bord par courtoisie pour l'ingénieur et, peut-être, pour surveiller Murray.

– Je n'ai vu de Cornfield Manor qu'un tableau accroché dans le bureau de mon père. Il a été peint il y a plus d'un siècle. La grande baraque, qui a reçu le nom pompeux de manoir, ressemble aux maisons des tyranneaux du coton de Virginie et des Carolines.

Cornfield Manor doit être, mon cher, une sorte de grange habitable, derrière une façade néogothique ou élisabéthaine. Son architecte est sans doute le génial inventeur du baroque bahamien ! ironisa Malcolm.

– J'imagine que les Cornfield ont toujours été assez riches pour se donner tout le confort possible suivant les époques.

– J'en doute. Les Cornfield, mon cher, ne se lavent les pieds et les dents que depuis trois générations. À l'origine, ce sont des paysans, des bergers devenus éleveurs de moutons, puis filateurs, marchands de laine, coton et drap. À coups de courbettes et de prêts à fonds perdus, ils ont bénéficié de la considération, condescendante mais forcée, des aristocrates. D'où ces faveurs royales qui les ont faits seigneurs dans les Carolines et les Bahamas. Savez-vous qu'il y a cent cinquante ans il suffisait d'acquérir, dans le Maryland ou la Virginie, mille arpents de terre pour devenir lord du lieu-dit et posséder manoir, esclaves et même blason, si l'on pouvait s'offrir les services d'un héraldiste accommodant ? En se frottant à l'aristocratie anglaise, aux gens du grand négoce, puis, plus tard, en fréquentant les bonnes écoles, parfois les universités, les Cornfield ont, certes, acquis quelques manières, mais, à la moindre affaire, leur naturel de cul-terreux reparaît. De surcroît, ils n'ont jamais eu d'autre goût que la mode du moment. Pour ces rustres, la peinture se résume au portrait de famille, la musique à la marche militaire et à la gigue, la gastronomie à la selle d'agneau, au bœuf bouilli et au *cherry trifle*. Ceux de la branche écossaise se régalent de *haggis*, cet estomac de mouton farci dont l'odeur fait lever le cœur de tout Anglais bien né ! maugréa Murray, les narines pincées.

– Je crains que vous n'exagériez la rusticité des Cornfield d'aujourd'hui. L'aménagement luxueux, le service et l'ordinaire du *Phoenix* prouvent que votre oncle, au moins, sait jouir des avantages et raffinements que la fortune peut procurer, observa Charles.

– Il est vrai que j'ignore tout de la vie actuelle de mon oncle. Je ne l'ai vu que deux fois, quand j'étais enfant. Mais c'est un Cornfield, n'est-ce pas ?

– Attendons de le connaître pour porter un jugement, conclut Charles, conciliant.

La journée passa en conversations, le plus souvent autour d'une boisson glacée ou devant une table bien garnie et arrosée des meilleurs crus, tirés de la cave du commandant par le maître d'hôtel qu'une bonne main avait rendu docile et consolé de son maintien à bord. Quand vint l'heure du coucher, Charles savait tout du cycle des études d'architecture en Angleterre, du confort des clubs de Pall Mall, de la cupidité des prêteurs sur gages, de la pingrerie des banquiers, de l'heureuse fraternité artistique des préraphaélites. Malcolm n'ignorait plus les matières que devait assimiler un polytechnicien pour obtenir le diplôme envié d'ingénieur des Ponts et Chaussées, avait noté les bonnes adresses du boulevard des Italiens et appris avec quelle audace politique Louis Napoléon Bonaparte s'était fait empereur.

Après avoir reconduit son compagnon jusqu'à sa chambre, Charles, un peu moins éméché que son nouvel ami, qui, rendu euphorique par le vin, menaçait de jeter ses béquilles par-dessus bord, se dit satisfait de sa journée.

– Reconnaissez que cette captivité provisoire n'a rien de cruel, observa Desteyrac.

– Grâce à vous, et à condition qu'elle ne se prolonge pas, elle est acceptable. J'ose d'ailleurs espérer que, pendant notre séjour sur l'île, nous aurons souvent l'occasion d'échanger des idées et de vider des flacons. Unis, nous opposerons aux cuistres la résistance des héros de Culloden ! déclama pompeusement Murray avant de s'effondrer sur son lit.

Cet engagement d'ivrogne, assorti du rappel de la victoire des Anglais du duc de Cumberland sur les montagnards écossais de Charles Edouard Stuart, fit sourire Desteyrac. L'honorable Malcolm Murray lui apparaissait maintenant tel un brave garçon, tête bien faite, mais trop gâté par la vie. Au-delà de l'outrecuidance fréquente de ses propos et de ses dévergondages de dandy oisif et fortuné, il l'estima capable de nobles sentiments.

Avant d'aller dormir, Charles flâna un moment sur le pont. Une risée agitait mollement la marque des Cornfield, hissée au mât de misaine, sous l'Union Jack ; des insectes virevoltaient autour des lanternes du bord, et le clapotis des vaguelettes contre le flanc du vaisseau ne troublait en rien la sérénité du moment. Au-delà du quai désert, où ne brillait qu'une seule lumière, l'île se découpait, sombre et irréelle, ombre chinoise sur fond de ciel décoloré. Charles goûtait la fraîcheur relative de cette nuit d'hiver, tiède et beaucoup plus claire que celles de Paris. Curieux, il alla consulter le thermomètre du bord, qui marquait 26 degrés centigrades. Rêveur, il savoura longtemps « cette obscure clarté qui tombe des étoiles » : ce n'était donc pas qu'invention poétique de Corneille...

Au matin, Desteyrac, tôt levé comme à son habitude, vit venir sur le chemin, qui, du plateau, descendait en méandres serrés vers le port, le brett du major, suivi d'une carriole. Dès qu'il eut mis pied à terre, Carver s'avança d'un pas vif vers l'échelle de coupée. Avant de s'y engager, il ôta son panama pour saluer Charles, accoudé à la lisse. Le major avait troqué ses vêtements de voyage contre une tenue en rapport avec le climat. Le strict habit de drap bleu à boutons dorés et l'épaisse cravate de soie blanche, que Charles lui connaissait depuis Liverpool, étaient remplacés par un léger costume de coton crème, longue veste cintrée, pantalon à sous-pieds. Les pointes flottantes d'un ruban de velours prune, noué sous le col de chemise, retombaient sur le gilet de piqué blanc. De fines bottines fauves à empeigne de toile complétaient sa tenue.

– Je suis venu moi-même vous chercher. J'aurais aimé vous faire, d'abord, les honneurs de notre île, cher monsieur Desteyrac, mais lord Simon a parfois des impatiences d'enfant gâté. Il m'a demandé de vous conduire, directement et sans plus tarder, à Cornfield Manor. Il vous attend.

– Ne faisons donc pas languir le maître de l'île, acquiesça Charles d'un ton badin.

Avant d'inviter l'ingénieur à prendre place dans le petit landau, le major lui présenta l'indigène, descendu de la carriole.

– Voici Timbo. Il sera à votre service pendant votre séjour à Soledad. C'est un authentique Arawak, de bonne éducation. Il parle un peu français, ce qui me l'a fait choisir.

Comme les rares descendants des purs Arawak, dont les lointains parents avaient été massacrés, parfois cuits et mangés par leurs ennemis carib, tandis que d'autres étaient réduits à l'esclavage et déportés par les Espagnols dans les mines d'argent de Cuba, Timbo constituait un beau spécimen d'une tribu en voie d'extinction. Athlète court, de musculature harmonieuse, peau ivoirine, traits épais, nez épaté, regard brun et doux, il conservait la distinction et la fierté de ses ancêtres, Indiens d'Amérique du Sud, qui avaient émigré du bassin de l'Orénoque aux Antilles avant de se réfugier dans l'archipel des Bahamas pour fuir les cannibales. Avec un sourire confiant, le Lucayen – les anciens colons appelaient encore ainsi les indigènes, quelle que fût la couleur de leur peau – s'approcha de Charles et tint à prouver sa connaissance de la langue française.

– G'and honneu' pou' Timbo, bien se'vi' Mossu l'Ingénieu', déclara-t-il, inclinant la tête sans obséquiosité exagérée.

– Il va charger vos bagages et les porter au cottage voisin du mien où vous serez logé, avec un peu de retard du fait des travaux, mais assez confortablement, je l'espère, dit Carver.

– Et qu'advient-il de Malcolm Murray ? s'inquiéta Charles.

– Lord Simon doit envoyer son majordome le prendre, lui et ses béquilles. Mais ne perdons pas de temps, dit Carver, invitant Charles à s'installer dans le brett.

Au petit trot, la voiture gravit le chemin zigzagant qui s'élevait à flanc de colline, au milieu d'arbustes inconnus du Français. Tout changea, comme sur un lever de rideau, quand la voiture atteignit le plateau et que Charles, émerveillé, découvrit ce que Tilloy avait nommé le Cornfieldshire. Bien que Carver parût pressé, l'ingénieur lui demanda d'arrêter l'attelage. Il avait sous les yeux une vaste cuvette peu profonde, fraîche et verte, parcourue de chemins tracés au cordeau. Charles situa tout de suite Cornfield Manor, adossé au flanc nord de cette dépression. Longue bâtisse de brique sang-de-bœuf à un seul étage, coiffée d'un toit à quatre pentes reposant sur de fortes colonnes faites de calcaire de corail et de brique, flanquée de deux ailes pavillonnaires, ceinte d'une large galerie périptère sous un avant-toit soutenu par de fines colonnettes, la demeure du lord des îles ne manquait ni d'élégance ni de style. La description de Malcolm Murray était à revoir !

– Quel beau site ! s'exclama Charles tandis que Carver donnait l'ordre au cocher de poursuivre la route.

– Ce cirque naturel n'est pas l'ancien cratère d'un volcan, qui n'exista jamais que dans l'imagination de quelques géologues du XVIIIe siècle, mais le produit d'un affaissement de la plaque corallienne dont l'île est faite, sous une couche de terre parfois très mince. Ce val circulaire constitue le meilleur abri contre les ouragans, même si l'été est ici un peu plus chaud qu'ailleurs, précisa le major.

La voiture descendit une courte pente pour emprunter une route plus large, rectiligne et empierrée. Un double rang de palmiers bordait la chaussée et Charles aperçut, de part et d'autre, une végétation disciplinée où les arbustes à fleurs alternaient avec des bosquets.

– Lord Simon Leonard Cornfield a voulu rassembler sur son domaine un échantillon de nos plus belles essences : palmier royal, palmier argenté, cocotier, acajou, campêche, pin caraïbe, pin de Norfolk et gaïac, énuméra le major. Et vous voyez là, parmi ces arbrisseaux et ces buissons d'hibiscus et de gardénias qui bientôt fleuriront, notre fameuse cascarille, dont l'écorce est odorante et... laxative. Nous la vendons aux apothicaires de Nassau, et même de Charleston et de Boston, compléta-t-il avec un sourire.

– J'aurai beaucoup à découvrir, observa Charles sans dissimuler sa curiosité.

– Certes, car on trouve sur notre île tout ce qui est disséminé sur les autres, suivant qu'elles sont au nord ou au sud de l'archipel. La route que nous parcourons va nous conduire à Cornfield Manor. Elle traverse le nord de l'île, sa partie la plus large, du port occidental, où nous avons débarqué, au port du levant. Elle donne aussi accès aux routes et chemins qui mènent à l'intérieur et vers le sud en contournant notre mont de la Chèvre, dont vous distinguez le sommet coiffé d'une chapelle, vestige, pense-t-on, de la domination espagnole. Et dont, curieusement, le nom est français.

– Une chapelle ! Le culte catholique a-t-il un desservant dans un pays où la religion anglicane est plus que dominante ?

– Considérer comme un prêtre catholique le curieux ermite qui habite là-haut ne serait pas faire honneur à l'Église romaine. C'est un chrétien, certes, une sorte de moine que tous respectent, car il aide à ensevelir les morts et baptise les enfants. Les pêcheurs assurent qu'il prédit avec exactitude les changements de temps et l'état futur de la mer. Le fait est que le père Paul Taval, comme il se fait appeler, annonce les ouragans et les orages tropicaux, et qu'il vaut mieux se fier à ses prédictions. Nos îliens y voient une capacité divinatoire surnaturelle, et l'ermite, qui ne vit que de dons, entretient leur superstition. En fait, ses prévisions n'ont rien de mystérieux. Sur sa montagne, d'où la vue porte avec une lunette jusqu'à Eleuthera, Cat Island et Watling, il dispose d'un baromètre, d'un anémomètre, d'un pluviomètre, tous instruments de précision récupérés sur une épave. De surcroît, il consigne chaque jour dans un registre, depuis près de quarante ans, les heures de lever et de coucher du soleil, la température, le sens et la force des vents, la quantité d'eau qui tombe. Il sait aussi interpréter le vol des oiseaux de mer. Il a ainsi acquis, par l'observation, une grande connaissance de notre climat.

– En somme, c'est votre météorologue !

– Et reconnu comme tel, même par Cornfield. Bien qu'il ne descende que très rarement de son perchoir, généralement pour se rendre à Buena Vista, car il est en très bons termes avec lady Lamia, cet homme sait tout ce qui se passe sur l'île. Je suis certain, par exemple, qu'il est déjà au courant de votre arrivée et de la mission dont vous êtes investi. Si vous aimez les humains originaux, vous devrez lui rendre visite, dit Carver en riant.

– Ne serait-ce que pour savoir si le prochain ouragan interviendra avant que j'aie commencé la construction du pont ! s'exclama Charles.

– Quand vous monterez là-haut, n'oubliez pas d'emporter une ou deux bouteilles de rhum. Il semble que, dans la liturgie personnelle de notre ermite, cet alcool et d'autres remplacent le vin de messe, ajouta gaiement le major.

Comme la voiture atteignait un carrefour, Carver indiqua, de la main, la voie de droite.

– Par cette route du sud, on accède aux bourgs des pêcheurs, des cultivateurs, des artisans, et au village des Arawak. Nos derniers Indiens habitent des cases rondes et obéissent à un cacique que vous devrez honorer d'une visite de courtoisie. Au-delà des lieux que je viens de citer se trouve, à l'extrême sud de Soledad, à deux heures de cheval d'ici, Southern Creek, le dernier village avant l'îlot de Buena Vista, séparé de l'île principale par cette tranchée naturelle que vous aurez, cher monsieur Desteyrac, le devoir d'enjamber !

Quelques minutes plus tard, le major, excellent cicérone, montra du doigt, sur la gauche, à flanc de colline, une série de petits cottages répartis entre bosquets et buissons.

– Voici notre hameau. C'est là que j'habite et que vous habiterez, dit-il.

La voiture franchissait la grille du parc. Charles Desteyrac eut à peine le temps de voir, sur les piliers qui soutenaient les vantaux, des lions de pierre, mufle lénifié et crinière rongée par les embruns salés, telles des sentinelles accroupies protégeant d'une patte griffue le blason des Cornfield. La voiture remonta une allée sablée, entre massifs de fleurs et frais gazon, puis s'arrêta au pied d'un large escalier qui donnait accès à la galerie sur laquelle ouvraient les appartements.

– Nous sommes arrivés. Je vous abandonne aux soins de lord Simon, dit Carver.

– Vous ne m'accompagnez pas ? s'étonna Charles.

Pibia, l'intendant entrevu à l'arrivée du *Phoenix*, descendait l'escalier à la rencontre du visiteur.

– Non. J'ai beaucoup à faire. Et puis, je suppose que Cornfield préfère vous voir seul, la première fois.

Quand Timbo aura déposé vos bagages, il reviendra vous attendre pour vous conduire chez moi.

Un peu décontenancé, Charles quittait le brett quand le major le rappela.

– N'oubliez pas de remettre à mon ami Simon le message de sa fille. Le contenu de cette lettre atténuera peut-être la contrariété... et même le chagrin que lui a causés celle de sa sœur, lady Mary Ann Gordon, ajouta gravement Carver avant de faire tourner bride.

6.

Charles Desteyrac fut accueilli au pied de l'escalier du manoir, avec toutes les marques de respect souhaitables, par Pibia, qui l'invita aussitôt à gravir les marches.

– Monsieur va venir dans un instant. Il vous demande d'attendre sur la galerie, s'il vous plaît, dit le métis en désignant un fauteuil de rotin avant de disparaître dans la maison.

Dès que Simon Leonard, quatrième baronet Cornfield, parut, Charles Desteyrac comprit qu'il se trouvait en présence d'un autocrate. Bien qu'il eût voulu s'en défendre, il fut impressionné par la prestance et le maintien du maître de l'île, droit comme un mât, menton tendu, démarche martiale. Il émanait de cette personne une assurance et une rigidité dont Charles subodora qu'elles n'étaient pas qu'attitudes physiques, mais témoignaient d'une autorité aussi naturelle qu'atavique. De grande taille, solidement charpenté, visage hâlé, beaux traits équilibrés, nez en bec d'aigle, œil sévère, moustache drue, épaisse, strictement taillée, chevelure grisonnante, ondulée et partagée sur le côté droit de la tête par une raie nette, ce seigneur des tropiques apparut au Français comme la vivante caricature d'un descendant des vieilles familles anglaises depuis longtemps engagées, par goût, par raison ou par intérêt dans les entreprises coloniales. D'après le major Carver, Simon Cornfield, à sa sortie d'Eton, avait suivi pendant un an les cours du collège de Haileybury, fondé par la Compagnie des Indes, en 1806, dans le Hertfordshire, pour former des administrateurs coloniaux. Il ne faisait nul doute que ce gentleman – Rosalie l'eût qualifié de « très bel homme » – devait être pareillement à l'aise, à Londres, dans un bureau du Colonial Office, un club de Pall Mall ou un salon de Mayfair. Pour l'heure, sa tenue vestimentaire ne correspondait en rien à l'idée que s'en était faite un Parisien débarqué sur une île des tropiques. Lord Simon Leonard portait un costume de lainage léger d'un gris citadin, un gilet de soie ponceau et, nouée sous le col empesé à coins cassés d'une chemise blanche, une cravate de soie gorge-de-pigeon dont une épingle d'or, en forme d'étrier, fixait le nœud. Ses manchettes amidonnées, serrées par des boutons, répliques de l'épingle de cravate, dépassaient les manches de veste de l'exacte longueur autorisée par le défunt Brummell. Conscient d'avoir, par sa seule apparence, donné le ton à son visiteur, Cornfield posa sur Charles un regard d'un bleu délavé, mais insistant. Le visiteur crut y lire plus d'arrogance que d'affabilité.

– Vous voici donc, Monsieur l'Ingénieur, commença Cornfield sans tendre la main.

La constatation n'appelant aucune réponse, Desteyrac ne trouva rien à répondre.

– Je suis heureux de vous accueillir à Soledad, où je souhaite que vous vous plaisiez à travailler pour moi. Il s'agit, comme le major Edward Carver a dû vous le dire, de construire un pont, assez solide pour résister aux tempêtes et aux ouragans, fréquents dans l'archipel. La dernière de ces tornades, qui n'était pas méchante, a emporté l'arche de bois que j'avais fait établir par mes gens pour relier provisoirement Soledad à Buena Vista, l'îlot situé au sud de l'île, où j'ai une résidence. Et cela parce que le pont de fer, bâti il y a deux ans par un architecte américain, stupide bien que de forte réputation, avait été détruit par un précédent ouragan, resté fameux pour sa violence. J'espère que vous ferez mieux que le Yankee. En tout cas, vous en aurez les moyens, financiers et matériels, je m'y engage.

Toujours debout face au lord qui ne l'invitait pas à s'asseoir, Charles confirma qu'il avait bien compris la mission dont on le chargeait, et tira de sa poche la lettre confiée par Ottilia.

– Je dois m'acquitter d'un devoir. Votre fille m'a prié de vous remettre cette lettre, en main propre et en l'absence de tout témoin, commenta-t-il.

– Ma fille ? Vous voulez sans doute dire lady Ottilia, rectifia le lord avec hauteur.

– Lady Ottilia, en effet, concéda Desteyrac, marquant un peu d'impatience en tendant la lettre.

Cornfield sut dès cet instant que ce Parisien, dont les ancêtres avaient peut-être pendu des aristocrates aux candélabres, serait à l'occasion capable d'impertinence.

– Lady Ottilia a toujours aimé le mystère, dit-il plus posément en prenant le pli qu'il empocha sans un mot de remerciement.

Estimant l'entretien terminé, Desteyrac salua et se dirigea vers l'escalier.

– Attendez un peu, que diable ! J'ai donné des ordres pour que soit mise à votre disposition la *banglia* – ou, si vous préférez, le bungalow – proche de la maison de Carver, avec qui vous serez, bien sûr, en rapport quotidien. C'est lui qui approuvera ou rejettera vos plans, commandera le matériel dont vous aurez besoin, et suivra l'avancement des travaux. Nous nous reverrons lorsque tout sera en train. Quand comptez-vous commencer ?

– Dès que j'aurai vu le site, évalué les risques en fonction de la situation particulière de l'ouvrage, étudié la qualité des appuis possibles pour l'établissement des culées, fait quelques sondages. Ensuite, je pourrai proposer un type de pont et établir les plans préliminaires. Cela peut prendre un mois. J'aurai besoin de peu de personnel avant le lancement des travaux, si travaux il doit y avoir...

– Comment, « si travaux il doit y avoir » ? Travaux il y aura ! Vous êtes là pour jeter un pont sur un goulet de mer. C'est ce que je vous demande, et cela peut et doit se faire ! interrompit Cornfield, glacial.

– Il se peut aussi, monsieur, qu'il me soit impossible de prendre, en tant qu'ingénieur maître d'œuvre, la responsabilité de construire un pont dont je ne pourrais garantir la résistance et la sécurité. Notre art, monsieur, comporte des règles qu'on ne peut transgresser, énonça fermement Charles.

– Arrangez-vous, mon garçon, pour que vos règles s'accordent avec mes volontés. Il ne s'agit pas de lancer un pont sur l'Ohio ou le Mississippi, mais de relier une île à un pâté de rochers, en somme de remplacer ce que la nature a cru bon de détruire lentement au cours des siècles. Demain matin, à six heures, le lieutenant Tilloy, avec qui, je crois, vous avez sympathisé pendant la traversée, ira vous prendre chez vous, avec mon cocher, et vous conduira sur les lieux. Vous pourrez ainsi vous faire une première idée de l'affaire. Rappelez-vous que je vous ai fait venir de France pour accomplir cet important travail. Au revoir, monsieur.

Avant même que Charles ait eu le temps de prendre congé, Cornfield avait planté là son visiteur, tourné les talons, quitté la galerie et disparu dans la maison, dont il repoussa la porte vitrée avec fracas.

Dépité par cet accueil et prévoyant que l'autoritarisme du maître de l'île ne faciliterait guère sa mission, Desteyrac descendit l'escalier en admirant les massifs fleuris, aussi nettement dessinés et entretenus que ceux des propriétés du Sussex. Sans trop savoir où se diriger, il prit l'allée qui conduisait au portail, par laquelle il était venu. Timbo, qui devait guetter son appartition, se précipita à sa rencontre.

– Mossu l'Ingénieu' va chez si' Edwa'd Ca've', main'ant ? demanda-t-il.

– Allons chez le major, dit Charles, résigné, en se dirigeant vers le dog-cart attelé d'un cheval bai et arrêté au-delà des grilles.

– C'est vot' ca't à vous, main'ant, Mossu l'Ingénieu'. Le g'os Pibia, l'intendant de Co'nfield Mano', l'a dit. J'ai choisi Zéphy', un bon cheval bien vif, expliqua, chemin faisant, l'Arawak.

La demeure d'Edward Carver était, au contraire de Cornfield Manor, du plus pur style colonial, beaucoup plus modeste et faite de bois. Elle reposait sur des plots de pierre, qui assuraient la circulation d'air sous la maison, et comportait, en façade, une modeste galerie.

Deux chiens-assis annonçaient, sous la toiture en tuiles de bois, des pièces mansardées.

L'intérieur se révéla d'un raffinement rustique, même si les deux qualificatifs passent souvent pour antinomiques. L'ameublement de la pièce principale, plongée dans la pénombre derrière les jalousies entrebâillées, révélait le confort que les Anglais transportent sous toutes les latitudes. Devant la cheminée, dont le conduit de brique s'élevait, comme dans toutes les constructions de l'île, à l'extérieur, plaqué contre le pignon de la maison, de grands fauteuils de rotin tressé entouraient un guéridon. Un plateau d'argent ciselé, supportant une carafe en cristal taillé et des verres, rappelait le goût du maître de maison pour le vin de Porto.

Contre une cloison s'appuyait une large bibliothèque contenant de nombreux ouvrages, le plus souvent brochés. Le major appartenait à la catégorie des vrais lecteurs, intéressés par le contenu des livres, plutôt qu'à celle des bibliophiles, amateurs de belles reliures et éditions rares. Un tapis persan recouvrait une grande partie du parquet. Le plafond blanc, soutenu par des poutres sang-de-bœuf, captait le peu de lumière qui pénétrait dans cette pièce où l'on devinait qu'il devait faire bon vivre. Dans un angle du salon, Carver usait d'une grande table de teck comme d'un bureau. Un cabinet d'origine indienne, aux panneaux inscrustés d'ivoire, complétait le mobilier.

Vêtu d'un large pantalon et d'une blouse de coton blanc serrée à la taille par une tresse de cuir, le major vint au-devant du visiteur. Après les banalités d'usage, il invita Charles à prendre place dans un des fauteuils pourvus de coussins de la même toile fleurie que les doubles rideaux à demi tirés qui ajoutaient encore à la pénombre.

– Votre bungalow sera prêt cet après-midi, et vous pourrez, la nuit prochaine, dormir chez vous, dit le major. Je suis désolé de vous avoir imposé une nuit supplémentaire sur un bateau que vous aviez sans doute hâte de quitter !

– Rappelez-vous que j'ai moi-même choisi de rester à bord, alors que vous m'aviez fort aimablement offert de passer la nuit dans votre maison, dont j'admire l'agencement, rectifia Charles.

Le sourire de Carver indiqua qu'il appréciait que Charles Desteyrac ne fût pas homme à entendre sans réagir l'interprétation inexacte d'un événement, fût-il le plus anodin.

– En restant à bord, vous avez fait preuve d'une méritoire sympathie pour l'honorable Malcolm Murray, qui doit actuellement vous succéder à Cornfield Manor. Mais concevez que je pouvais être gêné de différer le moment de votre installation près de chez moi. Nos gens, vous le découvrirez bientôt, sont honnêtes, appliqués et minutieux, mais lents. Le climat et leur atavisme expliquent cela. Ils n'avaient donc pas achevé les peintures ni mis le mobilier en place. C'est maintenant fait. Tout à l'heure, je vous conduirai chez vous et, s'il manque quoi que ce soit d'utile à votre bien-être, nous aviserons sur-le-champ.

Charles remercia et confirma qu'après vingt-six jours de mer il était heureux de retrouver la terre ferme, laquelle, lors de ses premiers pas sur l'île, lui avait paru aussi mouvante que le pont du navire.

– Sensation fréquente, chez qui n'est pas marin,

après un long voyage en mer. Notre corps doit se réconcilier avec le sol, expliqua le major.

À cet instant, Poko, qui avait troqué son turban pour une simple calote blanche, entra dans la pièce et déposa sur le guéridon deux grands verres et un pichet contenant un liquide couleur paille.

– À cette heure de la journée, l'ananas est plus recommandé que le porto, dit le major en emplissant les verres.

– Délicieux breuvage, commenta Charles après une gorgée de jus de fruit frais.

– Les ananas pain-de-sucre des Bahamas sont les meilleurs du monde. Ils sont récoltés sur l'île voisine d'Eleuthera, que vous aurez certainement l'occasion de visiter. Cornfield y possède une exploitation maraîchère et un verger dont on nous livre fruits et légumes chaque semaine. L'ananas a une période de maturation de dix-huit mois, mais il est de conservation courte. Il doit donc être consommé à point, précisa le major.

Le breuvage sucré plut à Charles. Après la réception décevante du maître de l'île, celle de Carver confirma la bonne opinion qu'en dépit de Murray l'ingénieur avait de cet homme. Ce nouveau contact renforça les prémices d'une complicité déjà ressentie au cours des conversations à bord du *Phoenix*.

– Puis-je vous poser une question indiscrète ? risqua Charles.

– Les seules questions indiscrètes sont celles auxquelles un gentleman ne peut répondre. Dites seulement.

– Eh bien, je voudrais savoir où vous avez recruté le superbe Poko. Il a l'allure et la prestance d'un prince oriental égaré parmi nous.

– Poko est le fils d'un haut fonctionnaire du roi du Pendjab, Ranjit Singh, assassiné en 1839. Après ce drame, qui suscita de grandes dissensions politiques chez les peuples de l'Hindoustan, le Premier ministre Palmerston, qui désirait un rapport impartial sur les événements, demanda à son ami Cornfield, en qui il avait toute confiance, de se rendre aux Indes. Naturellement, j'ai accompagné Simon. Quand nous sommes arrivés à pied d'œuvre, les militaires anglais, craignant de voir s'étendre les révoltes, s'étaient déjà emparés d'une partie du territoire pour obliger les sikhs à céder aux exigences de notre Compagnie des Indes. Nous avons assisté à la bataille de Maodky, au cours de laquelle toute la famille de Poko périt sous les assauts de nos lanciers. Poko eût été tué s'il ne s'était réfugié dans le temple d'or d'Amritsar, où aucun militaire n'osa entrer. C'est là que je l'ai trouvé, terrorisé et mourant de faim. Je l'ai pris sous ma protection et, quand nous avons quitté l'Inde, cet adolescent, seul au monde, voulut me suivre. Voilà toute l'histoire de Poko, digne représentant de la branche radjapoute de la communauté sikh. Ce sont de nobles familles, qui fournissent des guerriers dont le courage physique et moral est inégalable. Vous savez maintenant pourquoi Poko m'est attaché comme un fils.

– Je comprends, dit Charles.

– Votre visite à lord Simon a été brève, me semble-t-il, remarqua le major pour changer de sujet.

– Il m'a reçu debout, sur la galerie de son manoir, et ne m'a adressé que le nombre de phrases indispensables pour préciser ma mission. Je suis ici pour construire un pont résistant aux assauts de l'océan, dit

Charles sans tenter de dissimuler sa déception d'avoir été traité en simple employé.

– Bah ! Il ne faut pas rester sur cette première impression, mon ami. Lord Simon, vous le découvrirez, est un homme autoritaire, certes, mais juste et généreux. Il est fidèle aux anciens principes aristocratiques et très attaché aux formes. Vous avez vu aujourd'hui un père chagrin et furieux. Il venait d'apprendre que sa fille, qu'il croyait occupée à parfaire son éducation à Londres, s'est enfuie aux États-Unis plutôt que le rejoindre ici, comme le voulait lady Mary Ann. Et, quand la lettre de cette sœur, que j'ai dû lui remettre, lui a appris les véritables raisons de la restitution inopinée mais avortée de sa fille, sa déconvenue a été cruelle. D'ailleurs, Otillia, qu'il appelle comme nous tous Otti – et, quand il est de bonne humeur –, Rosebud, n'a plus rien à ses yeux, ce matin, d'un bouton de rose. Il a, sur-le-champ, décidé d'envoyer un courrier en Caroline du Sud, chez les cousins où lady Ottilia est censée se rendre. Le *Centaur* appareillera ce soir pour Charleston. Rodney, qui le commande, a mission de ramener la fugitive coûte que coûte, « attachée au mât si nécessaire », a ordonné Simon. Ne vous étonnez donc pas si l'accueil de Cornfield a, ce matin, manqué de chaleur. En revanche, l'annonce que j'ai dû faire de l'arrivée, elle aussi inattendue, de son neveu Malcolm n'a pas, comme je le craignais, attisé sa colère. À mon grand étonnement, il a assez bien pris la chose. Il m'a même dit que cette visite lui donnerait un peu de distraction.

– J'en suis heureux pour Malcolm, mais avouez, major, que mon séjour ne commence pas sous les meilleurs auspices. Je crains de commettre des impairs dont le maître de l'île pourrait me tenir rigueur. Aussi vais-je me cantonner dans mon travail de bâtisseur de pont. Puisque lord Simon m'a précisé que c'est à vous que je dois montrer projets et plans, je ne serai pas obligé de le voir souvent, conclut Charles, maussade.

D'un naturel confiant et spontané, l'ingénieur appréciait les relations franches et directes, ce que ne promettait pas Cornfield.

– Avec le temps, croyez-moi, vos rapports avec Simon deviendront aisés. J'en suis persuadé, dit Edward en donnant une tape amicale sur le genou de Charles.

– Parlez-moi un peu du pont de fer qui fut détruit par un ouragan « resté fameux », dit Desteyrac, revenant à des considérations moins personnelles.

– C'était l'œuvre d'un architecte américain qui a collaboré à la construction du pont suspendu de Wheeling, sur l'Ohio, en 1849. Malgré ses références, cet homme ne fut pas capable de faire pour nous un ouvrage solide. Son arche de fil de fer fut tire-bouchonnée, comme beignet dans la friture, par une tempête, et jetée en pièces à la mer. Nos pêcheurs et les gens de Buena Vista ont récupéré des poutrelles pour faire les charpentes de leur case ! Je vous les montrerai sur place, promit Edward Carver.

Cet après-midi-là, après un excellent déjeuner de coquillages et de poisson à la table du major, Charles Ambroise Desteyrac prit possession de son bungalow et, du même coup, du domestique qui lui était affecté, l'Arawak nommé Timbo, qui l'avait déjà conduit chez Cornfield. L'ingénieur s'informa des circonstances qui avaient permis à cet enfant des Lucayes d'apprendre le français.

– J'y été p'is, y a bien du temps, pa' bateau f'ançais, pou' fai'e cuisine, et po'té à Guadeloupe, dans maison de la femme du capitaine. J'étais pas mal. Bonne et gentille femme. Ap'ès t'ois ans, j'ai caché su' bateau espagnol de Cuba, et 'evenu ici, bien content, expliqua l'Indien.

C'est au cours de ce séjour forcé dans une colonie française qu'il avait appris le français des créoles.

– J'y fais bon manger, si', et ma tite seu' lave et 'epasse t'é bien le linge, si', dit Timbo, la lèvre gourmande.

– Eh bien, je suis certain que tu sauras t'occuper très bien de mon petit ménage, dit Charles, usant, comme Carver l'y avait invité, du tutoiement de rigueur quand on s'adressait aux indigènes.

Cette familiarité imposée choquait l'ingénieur. Il y voyait une façon de signifier aux Indiens et aux Noirs une infériorité raciale qui restait à démontrer. Seuls certains mulâtres, à qui l'on confiait des responsabilités, étaient voussoyés comme les Blancs.

Tout de suite, il se sentit à l'aise chez lui. Une grande pièce, ouverte sur une petite galerie abritée sous un avant-toit, tenait lieu de salon, de salle à manger et de bureau. De part et d'autre d'une cheminée de pierre à manteau de bois, Carver avait fait disposer des rayonnages destinés à recevoir des livres. Devant une fenêtre aux jalousies à demi closes, une longue table, faite de pin caraïbe, manifestement neuve car le bois exhalait encore un parfum végétal, tenait lieu de bureau. Charles trouva confortable le large fauteuil de bois, garni d'un cannage, placé devant ce meuble imposant, et se dit qu'il ferait bon travailler là. Une armoire, une commode de bois clair, deux petits guéridons et deux fauteuils Chippendale, d'inspiration chinoise, au dossier constitué de croisillons en bois et surmonté d'un motif sculpté, composaient un décor intime. Une table d'acajou patiné et des chaises au dossier ajouré d'époque Chippendale avaient été extraites du garde-meuble de Cornfield Manor et portées chez Charles dans un angle de la pièce, devant une fenêtre qui donnait sur la galerie. « Mon ami Simon a voulu placer chez vous cette petite salle à manger ancienne, venue d'Angleterre il y a bien longtemps, afin que vous puissiez prendre confortablement vos repas et vous sentir en pays civilisé », avait précisé Carver.

La vue, sur une desserte, d'un service à thé en fin grès de Wedgwood, fond bleu pâle, décor à l'antique en relief blanc, fit sourire Desteyrac. Devrait-il se plier au rite de l'*afternoon tea*, qui prévalait, sous cette latitude, comme en Angleterre, aussi bien à Cornfield Manor que chez Carver ?

La chambre à coucher et le cabinet de toilette attenant étaient, en revanche, d'une sobriété monacale. Un lit de type matrimonial, flanqué de chevets rudimentaires, occupait la plus grande surface de la pièce. Une armoire et une commode de pin caraïbe, essence qui abondait sur l'île, suffirent pour ranger la garde-robe réduite et le linge de Charles. Il découvrit avec étonnement une antique baignoire de bois. Timbo expliqua qu'il fournirait chaque matin eau chaude et eau froide pour les ablutions de Mossu l'Ingénieu'.

Revenu dans la pièce principale, Charles dressa, sur son support pliant, sa planche à dessin, et tira de ses bagages les instruments dont il aurait besoin pour tracer des plans. Ravi de son installation, il constata que sa montre marquait cinq heures. Il sortit sur la galerie, s'assit dans un fauteuil de rotin à oreillettes, et appela Timbo.

– Que boit-on, ici, à cette heure-là ?

– Le thé, mossu. Il est p'êt, mossu.

– Va pour le thé, dit Charles en riant.

Il se prit à imaginer la surprise et les quolibets de ses amis parisiens, l'étonnement de Rosalie, pour qui le thé restait une tisane qu'on ne buvait que pour se remettre d'une indigestion.

Il se régalait d'un biscuit parfumé au gingembre quand un Lucayen apparut dans l'allée qui séparait la maison du major de celle de Charles. Timbo, qui semblait veiller discrètement, se précipita à la rencontre de l'arrivant. Après un bref échange, il accompagna l'homme, un mulâtre timide, jusqu'au pied de l'escalier.

– C'est lett'e pou' vous, dit Timbo en invitant l'insulaire à tendre l'enveloppe qu'il tenait à la main.

Le message émanait de Malcolm Murray.

« Cher Charles, je suis installé dans le logement du palefrenier, à Cornfield Manor. Tout escalier m'étant pour l'instant impraticable, mon oncle m'a proposé cet asile qui sent furieusement le crottin. Venez ce soir, je vous en prie, partager mon premier repas d'exilé. Je suis dans la plus absolue désolation. Le porteur de la présente me transmettra votre réponse. Je compte sur vous. Votre ami, Malcolm. »

Bien que faisant la part d'une exagération dont l'honorable Malcolm Murray gonflait trop souvent ses propos, Desteyrac griffonna son acceptation sur une carte de visite qu'il glissa dans une enveloppe.

– Dis à ce garçon de porter tout de suite ce message à sir Malcolm Murray, ordonna Charles à Timbo.

L'Arawak transmit l'ordre au jeune commissionnaire en usant du dialecte local, encore incompréhensible pour le Français.

Ce que Murray nommait avec un peu de mépris le logement du palefrenier était, en fait, celui de l'ancien maître d'équipage des Cornfield : trois belles pièces, un salon, une salle à manger et une chambre donnant toutes de plain-pied sur un parterre de gazon, agrémenté d'hibiscus prêts à fleurir à l'ombre des palmiers. Dans le salon, bas de plafond, une table à abattant en acajou, des fauteuils basculants, un secrétaire en palissandre surmonté d'une vitrine qui abritait l'argenterie, conféraient au lieu une atmosphère d'intérieur anglais des plus classique.

Charles Desteyrac trouva le jeune homme allongé sur une méridienne de rotin, confortable interprétation locale d'un meuble européen très en vogue depuis la fin du siècle précédent, seule note exotique du décor. Malcolm avait à portée de main une carafe de jus d'ananas placée dans un seau plein de glace pilée.

– J'attends avec impatience qu'on m'ôte ces attelles, dit-il, désignant sa jambe enfermée dans la gouttière confectionnée à bord du *Phoenix*.

– Il faut être patient. Que dit le médecin ?

– J'ai reçu la visite de celui de mon oncle, le docteur González, un Hispano-Cubain formé aux États-Unis et tout à fait aimable. Le contraire de la brute qui m'a soigné sur le bateau et qui, dès le débarquement, m'a oublié, pesta Murray.

En entrant dans la pièce, Charles avait humé un parfum qui lui rappelait bizarrement l'odeur de la chapelle du collège, les jours de célébrations pompeuses.

– Je fais brûler de l'encens pour couvrir les relents du crottin, car les chevaux sont de l'autre côté du mur.

Je les entends parfois piaffer, expliqua Murray, remarquant le reniflement discret de son visiteur.

– En tout cas, cette fragance est des plus subtile, autrement grisante que l'encens liturgique ! plaisanta Charles.

– Carver m'a fait porter brûle-parfum et cônes d'encens par Poko, l'inquiétant personnage qui lui sert de majordome. Ce produit viendrait d'un temple hindou. Bien que fabriqué pour les maharajas par des moines, il n'a rien de sacré. Il serait plutôt aphrodisiaque, m'a dit le sikh avec un sourire satanique.

– Propriété intéressante, ironisa Charles.

– Mais bien inutile dans un pays où les femmes abordables semblent plus rares que les moustiques, dit Malcolm.

– Votre oncle vous a donc mieux accueilli que vous ne craigniez ? risqua Desteyrac.

– À mon grand étonnement, il m'a serré dans ses bras avec émotion. Il entend me loger au manoir dès que je pourrai monter un escalier. Il m'a même assuré que je disposerais de sa bibliothèque. « Bien que tu ne sois mon neveu que par raccroc – curieuse expression française, je présume –, tu es ici chez toi », a-t-il dit avant de me promettre d'écrire à mon père pour l'inviter à plus d'indulgence. J'ai donc bon espoir de rentrer en Angleterre dans quelques semaines, dès que je serai redevenu parfaitement ingambe, rapporta Malcolm.

– Que de bonnes nouvelles, en somme ! Pas de quoi succomber à la désolation exprimée dans votre invitation, dit Charles.

– Certes, encore que mon cher oncle « par raccroc », en qui je n'ai pas entière confiance, m'ait fait remarquer qu'un séjour à Soledad, où l'on mène une vie saine et naturelle, loin des turpitudes londoniennes, ne peut que me faire grand bien et me donner le temps de réfléchir à mon avenir, compléta Murray.

– N'est-ce pas la sagesse, Malcolm ?

– De son point de vue, sans doute, car il m'a longuement questionné sur la façon de vivre d'Ottilia, qu'il se promet de corriger dès qu'il en aura l'occasion. Et c'est de là que vient ma désolation. Je dois vous dire à ce propos – car vous êtes bien mon seul ami sur cette île, un ami compréhensif, vous l'avez prouvé – que j'ai commis une indiscrétion indigne d'un gentleman.

– Mon Dieu !

– Oui. Dans sa colère contre sa fille, lord Simon agitait sous mon nez la lettre que lui a fait remettre par Carver sa sœur, l'épouse de Gordon, et qu'il m'a dit avoir cent fois relue « en grinçant des dents ». Nous étions alors sur la galerie du manoir, où ses domestiques m'avaient hissé, quand un lad est venu annoncer que la jument préférée de mon oncle avait mis bas. Lord Simon s'est précipité aux écuries pour voir le poulain et m'a laissé seul avec la lettre, abandonnée sur le siège qu'il venait de quitter. Quand je l'ai vu s'éloigner, je n'ai pu dominer ma curiosité. Comprenez-moi, je trouvais la fureur de ce père disproportionnée par rapport aux extravagances de ma cousine, fredaines auxquelles j'ai souvent participé. Qu'avait pu écrire lady Mary Ann à son frère qui justifiât pareil emportement ? Je voulais savoir. Je me suis donc emparé de la lettre et j'ai lu ce que cette femme rapporte. De quoi, croyez-moi, mon ami, rendre un père aussi malheureux que furibond. Je fus moi-même atterré par ces révélations. Elles constituent la plus cruelle punition pour l'indiscret que je fus. J'ai honte, honte, trois fois honte pour Otti, que j'aime comme une sœur ! confessa Murray, dont les lèvres trémulaient d'émotion.

– Pourquoi, honte pour elle ? Est-ce si grave ? demanda Charles ingénument pour en apprendre davantage.

– Je commettrais une indiscrétion encore plus répréhensible en vous le disant, si je n'étais assuré de votre parole d'honneur. Vous ne rapporterez à personne ce que je vais vous dire ?

– N'en dites pas plus, Malcolm. Demain, ou plus tard, vous pourriez regretter ces confidences échappées dans un moment d'indignation, et me tenir rigueur de les avoir reçues.

– Non, Charles. J'ai besoin de parler, de m'entendre dire que ma honte est, hélas, bien fondée. Le secret est trop lourd pour un homme handicapé, isolé loin de son pays et de ses amis. Vous êtes le seul à qui je puisse me confier.

– Alors, vous avez ma parole, Malcolm.

– Merci. Voyez-vous, je sais, depuis notre adolescence commune, Ottilia rebelle à toute discipline mondaine, indifférente aux principes et aux conventions de notre caste, et toujours prête à les transgresser. J'ai vu, ces derniers mois, avec quel art elle aguiche les hommes, célibataires ou mariés, pour s'en jouer et, parfois, les ridiculiser en les mettant dans des situations impossibles. Comment elle a plaisir à provoquer le scandale par jeu, pour jouir de l'embarras de sa famille et, même, de celui de ses amis les plus chers. Mais je ne la croyais pas perverse, capable d'aller aussi loin dans la dépravation...

– Malcolm ! Ce sont là de bien grands mots. Mesurez-vous leur portée ? interrompit Charles.

– Ce sont, hélas, les mots qui conviennent pour qualifier la conduite de ma cousine. J'ai honte, je vous le répète, et, si je fais ce récit qui me coûte et peut vous donner d'Ottilia une image détestable, c'est parce que je ne veux pas qu'un jour vous soyez, comme d'autres l'ont été, dupe de ses manœuvres.

– Jusqu'à présent, son charme, bien qu'indéniable, n'a pas agi sur moi, je vous assure ! plaisanta Desteyrac pour relativiser le risque évoqué par Murray.

– Attendez de savoir comment, avec une totale impudeur, elle s'est prêtée aux manigances lubriques de son oncle Gordon, dont elle a été à coup sûr la maîtresse docile. Ce vieux paillard a presque trois fois son âge ! Il porte à merveille son surnom de Willy Main-Leste ! s'indigna Malcolm.

– Ce sont des choses qui arrivent. Voyez Voltaire et sa nièce, dit Charles, décidé à dédramatiser.

– Otti fit tout, sans doute, pour éveiller chez sir William des désirs libidineux. Cela finit par arriver et dut paraître à ma cousine, telle que je la connais, un événement de la dernière cocasserie, ouvrant la voie à une expérience ébouriffante et scabreuse. Elle aurait pu s'arrêter là, se dérober au dernier moment, jouir de la confusion du vieillard. C'eût été dans sa manière. Mais les choses allèrent plus loin, même si, d'après ce qu'écrit lady Mary Ann à son frère, Ottilia se défend d'avoir jamais tout accordé à un homme dont elle se serait contentée de tirer beaucoup de cadeaux : landau, chevaux, toilettes, bijoux, argent. Cela, jusqu'au jour où la sœur de lord Simon, dont les générosités de son époux pour Ottilia – le vieux est un pingre bien connu – avaient éveillé les soupçons, les surprit tous deux sous son toit dans la plus étrange situation.

Dominant avec peine son désarroi, Murray s'interrompit, comme hésitant à poursuivre. Encouragé par le silence attentif de Charles, il s'y résolut.

– Imaginez Ottilia étendue, entièrement nue, sur un lit, encadré de cierges d'église allumés et couvert d'un drap de satin violet qui met en valeur son beau corps blanc, sur lequel brille une profusion de bijoux, colliers, pendentifs, bracelets, diadème, bagues, où scintillent diamants, perles, émeraudes, saphirs, rubis et autres ! « Elle en portait partout où les femmes ont coutume d'en mettre... et même là où il ne viendrait à aucune l'idée d'en placer », a écrit lady Mary Ann Gordon, n'osant être plus précise, mais donnant à penser à son frère du degré d'avilissement insoupçonné d'Otti.

– Et de l'oncle ! risqua Charles.

– Certes, car lady Mary Ann n'épargne pas sir William. Elle rapporte dans sa lettre que ce porc, « en caleçon, assis dans un fauteuil, jouissait béatement du tableau vivant qu'il avait lui-même composé, pour se mettre en train, avant de satisfaire son désir voluptueux » ! N'est-ce pas la luxure dans toute sa vulgarité ? s'écria Murray.

– C'est assez coquin comme mise en scène, reconnut Desteyrac. Mais il est connu que les hommes qui goûtent ce genre de spectacle se satisfont autrement, et ne touchent pas à leur... modèle, dit Charles.

– C'est ce qu'a affirmé Ottilia, nullement gênée,

paraît-il, d'avoir été surprise dans une posture qu'elle qualifia avec arrogance de « suavement artistique ».

– Et l'oncle, que trouva-t-il pour sa défense ?

– C'est là ce qui a dû ajouter au chagrin de Cornfield car William Gordon, son beau-frère, est un très vieil ami, et son associé dans la filature de Manchester. Comme lady Mary Ann exigeait que son mari quittât leur hôtel de Mayfair sur-le-champ et s'en allât loger à son club de Pall Mall, sir William éclata dans les termes épouvantables qu'elle rapporte dans sa lettre : « Je suis content de me séparer d'une épouse rance, stérile et sans charme, et d'une graine de putain. Car votre nièce, ma chère, je l'ai payée en cadeaux, comme on paie en pence les prostituées de Soho ! »

– Il est certain qu'entendre sa fille traitée de putain par un beau-frère dépravé a dû causer un vrai chagrin à Cornfield. C'est pourquoi, je pense, vous devez vous montrer très gentil avec lui, et, parlant d'Ottilia, lui faire comprendre que sa seule faute est de jouer, sans discernement, avec tous les feux qui se présentent, conseilla Desteyrac.

– Merci, Charles, vous me faites grand bien et ramenez les frasques de ma cousine à une plus banale – encore que très triviale – proportion. Maintenant, aidez-moi à marcher jusqu'à la salle à manger. Notre repas arrive des cuisines de Cornfield Manor, et mon oncle m'a déjà fait porter du vin de Bordeaux.

Ce fut un maître d'hôtel, délégué par l'intendant de Cornfield, qui servit un excellent dîner de beignets de conques et de côtes de mouton, venus après un bouillon de tortue dont Charles savait déjà qu'il était préparé avec la chair de ces mêmes chéloniens dont les carapaces d'écaille, expédiées en Angleterre, devenaient coffrets précieux, boîtes à onguents, étuis à lunettes, peignes et montures de face-à-main.

Tandis qu'ils achevaient le dessert – une crème glacée aux fruits –, Murray, qui s'était attendu à trouver sur l'île des installations rustiques, une vie fruste, une nourriture grossière et non, dans tous les domaines domestiques, des raffinements comparables à ceux auxquels il était habitué, s'étonna que l'on pût disposer de plus de glace sous les tropiques qu'à Londres.

– Simplement parce que cette glace vient, l'hiver, des lacs du Massachusetts, et que Soledad est plus près que l'Angleterre de cette source d'eau gelée. Je vais vous faire bénéficier d'une science récemment acquise, car le major Carver, devant qui je m'étonnais, comme vous, de l'abondance de glace et de desserts glacés sur notre île, m'a expliqué que c'est grâce à l'un des commerces variés auxquels se livre votre cher oncle Simon, révéla Charles.

– Le vieux fabrique et vend de la glace ? Ça alors !

– Il ne la fabrique pas, mais il l'importe, la transporte et la vend aux planteurs des Out Islands, ainsi que les gens de Nassau nomment les îles autres que New Providence, siège du gouvernement. Lord Simon en achète des tonnes à Frederick Tudor, de Boston, pour les Américains le roi de la glace. Très jeune – c'était en 1805 – cet homme d'affaires eut l'idée de briser et de ramasser la glace qui se formait, l'hiver, sur les étangs et lacs du Massachusetts. Il investit dix mille dollars et, le premier hiver, récolta cent trente tonnes de glace qu'il expédia par bateau dans les Caraïbes. Il s'assura bientôt le monopole de la collecte et de la vente des eaux gelées, construisit partout où il put des glacières, et fit fortune, expliqua Desteyrac, admiratif.

– La glace ne fond-elle pas pendant le transport à bord des bateaux et pendant les étés tropicaux ?

– Il existe des matériaux isolants, comme la sciure de bois, qui retardent la fonte. Et puis, maintenant, grâce à de nouvelles machines inventées par un certain Nathaniel Jarvis Wyeth, de Cambridge, la glace des lacs est lissée, puis découpée par des scies parallèles qui produisent des blocs réguliers. Carver m'a dit qu'il a vu arriver de la glace américaine à Calcutta sur les bateaux de Tudor, dont la compagnie en exporte, bon an mal an, plus de soixante mille tonnes, dont huit mille à La Nouvelle-Orléans. En organisant le commerce et la livraison de la glace dans l'archipel, Cornfield fait donc de très bonnes affaires, conclut Charles.

– Mais que se passe-t-il quand les hivers sont trop doux pour geler profondément les lacs de Nouvelle-Angleterre ?

– Tudor envoie ses bateaux recueillir de la glace au Labrador.

– Il paraît qu'il existe, à Cornfield Manor, une vaste glacière, enterrée sous des feuilles de palmiers couvertes de sable. Elle serait pareille à celle du gouverneur de Virginie, m'a dit mon domestique.

– À voir les quantités de glace que l'on consomme ici, je suis convaincu qu'il existe un bon système de conservation. Votre oncle, mon cher, est un génie pratique.

– Il est comme le roi Midas : tout ce qu'il touche – ananas, éponges, tortues, chemins de fer, coton, laine, pierre, bois, et maintenant glace –, tout, dans ses mains, devient de l'or, reconnut Murray.

– Il arrive aussi, cher Malcolm, qu'une fortune fonde comme un pain de glace ! observa Desteyrac.

– En attendant, ma folle cousine, fille unique de lord Simon Leonard Cornfield, est un très beau parti. Mais quel homme sera assez téméraire pour s'unir à une fille qui a joué l'odalisque embijoutée pour le bon plaisir d'un vieillard ? dit Murray, revenant à l'affaire qui le désolait.

– Ne pensez plus à cela et, quand Rodney reconduira votre cousine à Soledad, gardez-vous de la moindre allusion, même légère, à l'épisode érotique qu'elle a vécu et que vous êtes censé ignorer. Vous l'avez appris au prix d'une indiscrétion que votre oncle, dont l'amour paternel, mais aussi l'amour-propre doivent être au supplice, ne vous pardonnerait pas, conclut Desteyrac en prenant congé.

En regagnant à pied son bungalow, distant, estima-t-il, d'un kilomètre et demi de l'appartement de Murray, Charles connut pour la première fois ce qu'il devait plus tard définir comme la griserie nocturne des tropiques. La nuit mauve, la limpidité de l'air, la sensation de respirer plus intensément, le ciel constellé de deux fois plus d'étoiles, plus proches et plus lumineuses qu'à Paris, le chant emprunté des moqueurs, le frôlement des chauves-souris, le parfum entêtant du jasmin, la fraîcheur toute relative – le thermomètre, qui annonçait 26 degrés dans la journée, en indiquait 22 la nuit – incitèrent Charles, de retour chez lui, à s'asseoir sur les marches de son bungalow pour savourer ce moment de paix.

Dans le silence, le déroulis des vagues sur la grève,

atténué par la distance, lui parvenait tel le chuchotement d'un océan amical, et rendait l'insularité quiète et rassurante. Depuis l'Antiquité, les poètes ne situent-ils pas le paradis sur une île ? À cette heure, Charles Ambroise Desteyrac était près de s'y croire.

7.

Mark Tilloy fut exact au rendez-vous du petit matin. Charles, qui guettait l'approche de l'officier sur la galerie de sa maison, l'invita à prendre une tasse de café avant le départ.

– Je suis heureux que lord Simon m'ait confié la mission de vous conduire jusqu'à Southern Creek et au Devil Channel. Il sait combien j'aime cette île, dit l'officier.

Dépouillé de son uniforme, le marin avait revêtu un complet de toile crème sur une chemise en voile de coton blanc. Sous le col entrouvert, un ruban de velours châtaigne remplaçait la cravate. Charles se promit d'adopter au plus tôt cette tenue qui, sous les tropiques, semblait naturelle aux Anglais. Soucieux du confort de l'ingénieur, Cornfield avait envoyé son vis-à-vis, sorte de calèche à grandes roues caoutchoutées, et son cocher mulâtre. Quand Charles et son cicérone prirent place dans « la voiture la mieux suspendue de l'île », au dire du lieutenant, le conducteur leur montra deux grands paniers qui contenaient le repas des voyageurs.

– Nous sommes gâtés, commenta Mark.

Le vis-à-vis, au baldaquin frangé de mèches de soie multicolores, quitta le hameau pour prendre la direction du sud, par la côte ouest. Bientôt apparut, en contrebas de la route côtière, le port occidental où Charles avait débarqué. Il reconnut, dans l'avant-port, le *Phoenix* ancré près de deux autres bâtiments, plus petits, que Tilloy nomma.

– La goélette *Apollo* et le brick *Argonaut*, que je commande quand je ne suis pas de service sur le *Phoenix*. Manque à notre flotte le *Centaur*, envoyé par Cornfield en Caroline du Sud, sous commandement du capitaine Philip Rodney, dit l'officier.

– Investi de la délicate mission qui consiste à reconduire lady Ottilia à son père, compléta Charles, ironique.

– Je ne voudrais pas être à la place de Philip. La demoiselle ne sera pas d'une capture facile ! s'exclama Tilloy en riant.

Pendant cet échange, la voiture avait contourné un groupe de cottages blancs disséminés entre pelouses, massifs de fleurs et bouquets d'arbustes, au bord d'une baie abritée.

– Sailors Creek, le village des marins, dit Mark, désignant les maisons. Les chargés de famille disposent d'un cottage et de cinq arpents de terre cultivable. Les célibataires logent, par affinités, dans d'autres maisons. Lord Simon a fait démolir les grandes baraques, genre casernes, construites autrefois par son grand-père pour abriter les équipages. Il a voulu que chacun ait une demeure confortable. C'est pourquoi nos matelots et quartiers-maîtres sont attachés à Soledad. Aucun armateur ne pourrait les traiter mieux, et tous le savent. Seuls les officiers habitent, comme vous, le major Carver et quelques personnes de qualité, le hameau voisin de Cornfield Manor.

Tandis que la route sinuait entre mamelons pelés et tertres verdoyants que seuls les îliens osaient nommer collines, Charles découvrit des cultures ordonnées, des chemins tracés au cordeau, des bosquets disciplinés comme bataillons d'infanterie, où dominaient le pin de Norfolk, le pitchpin, l'acajou et le petit gaïac.

– Le gaïac est l'arbre porte-bonheur des Lucayens. Son bois est le plus dense et le plus dur que l'on connaisse. Nous en faisons des poulies, des galets, des espars pour nos navires. Les Indiens utilisent sa résine balsamique dans toutes sortes d'onguents, expliqua Tilloy.

Dans les prairies, des bovins broutaient une herbe courte qui ne poussait qu'au lendemain des pluies, parfois inattendues et violentes, mais toujours bienvenues sur une île que n'arrosait ni rivière ni ruisseau.

– Ici, l'eau vient du ciel et de quelques sources qui suffisent à peine aux besoins de la population. Les puits proches des rivages ne livrent que des eaux saumâtres dont le brouet des indigènes s'accommode, mais pas notre thé, exposa le lieutenant.

– Je comprends pourquoi Cornfield a fait venir d'Angleterre des puisatiers. Il espère sans doute qu'ils pourront forer de nouveaux puits d'eau douce, dit Charles.

– On peut toujours le croire ! Mais, entre nous, j'ai quelque doute à ce sujet. Ces hommes me paraissent un peu étranges. Ils vivent, paraît-il, sous une tente, près de leur matériel, comme s'ils craignaient qu'on le leur vole.

– Les puisatiers bivouaquent souvent sur les lieux de forage, observa Desteyrac.

– Peut-être est-ce le cas. Ils ont commandé à Tom

O'Graney un fort chevalet pour y suspendre un palan. Mais Tom ignore l'endroit où ils se trouvent. Ils ne tiennent pas, semble-t-il, à le faire savoir, puisqu'ils ont répondu à notre charpentier, qui se proposait de livrer le matériel, qu'ils viendraient eux-mêmes en prendre livraison au port du Levant. Ne trouvez-vous pas qu'on fait beaucoup de mystères autour de ces futurs puits ? acheva Tilloy sans livrer son arrière-pensée, mais guettant la réaction de Charles.

– Vous avez sans doute vu, comme moi, que leurs caisses contiennent un scaphandre Siebe et une pompe à air de plongeur. Ce ne sont pas des outils de puisatiers, fit Charles.

– Peut-être veulent-ils descendre dans les trous bleus ? émit Tilloy.

– Il s'agit peut-être d'évaluer l'épaisseur de la couche d'eau douce qui surnage sur l'eau salée. Comme la densité de la première est inférieure à celle de la seconde, que renouvelle à chaque marée l'océan avec lequel vos trous bleus sont en communication par des galeries souterraines et des grottes, l'eau pluviale reste en surface. Mais elle ne doit pas exister en grande quantité, observa Charles.

– Détrompez-vous. À Nassau, on sait déjà recueillir assez d'eau douce pour alimenter les citernes et certaines demeures : la résidence du gouverneur, entre autres, précisa Mark.

– On peut donc supposer que nos puisatiers ont l'intention d'établir un système pour capter cette eau douce, suggéra Desteyrac.

– D'où leur équipement de scaphandrier, approuva l'officier sans trop de conviction.

La route épousait alors une ample courbe, entre la

mer et le mont de la Chèvre, ce qui incita Desteyrac à interroger Mark Tilloy sur l'ermite dont la chapelle blanche, surmontée d'un minuscule clocher, se découpait sur le bleu pastel du ciel.

– Le major Carver m'a conseillé de rendre visite au desservant de cette église perchée.

– Un brave homme, ce père Paul Taval. Personne ne sait d'où il vient, mais tout le monde l'aime. C'est à la fois votre Bourdaloue et notre Sheridan, car il écrit sermons et comédies. Quelques vieilles femmes, descendantes d'Espagnols, montent là-haut le dimanche pour écouter les premiers, et les élèves de l'école du pasteur jouent les secondes à la distribution des prix. Il est servi par la meilleure cuisinière de l'île, d'où son teint vermillon et son embonpoint. Nous irons le voir et, comme vous êtes catholique, il vous donnera certainement sa bénédiction, dit Tilloy, enjoué.

– Ce papiste est à l'aise au milieu des protestants ? s'étonna Charles.

– Tout à fait, car à Soledad anglicans, presbytériens, catholiques romains, méthodistes, animistes et idolâtres font bon ménage. Lord Simon veille à ce que personne n'attise les rivalités religieuses. Tout prosélytisme est ici mal vu.

– Cornfield est anglican bon teint, j'imagine ?

– Et whig, plutôt par tradition que par conviction. Je le soupçonne d'être plus platonicien que protestant, et plus libéral que conservateur. Comme son ami Sydney Smith, mort en 1845, et dont il possède tous les sermons, notre lord estime que la religion doit s'occuper un peu de notre félicité dans le ciel, et beaucoup de notre bonheur sur la terre ! D'où son idée que la civilisation est le but de tout effort humain, et que seuls les aristocrates de souche anglaise, dépositaires du passé et garants de l'avenir, sont capables de conduire le peuple des besogneux vers le bonheur. C'est pourquoi vous le verrez, chaque matin, à cheval, parcourir champs et bois en vérifiant l'état des chemins. Il visite les fermes, suppute l'importance des futures récoltes de maïs ou de canne à sucre, se présente sans s'être annoncé, un jour dans tel village, le lendemain dans tel autre, afin de comparer la propreté et l'entretien des cottages en écoutant doléances et suggestions de leurs occupants.

– En somme, un autocrate paternel, résuma Charles avec malice.

– Plutôt un seigneur au sens médiéval, doublé d'un bâtisseur de notre temps, qui travaille sans cesse à développer et à perfectionner Soledad, conçue comme une entreprise capable de dispenser du bien-être à tous. N'est-ce pas, loin de l'égoïsme autocratique, une noble tâche, monsieur Desteyrac ?

– Noble tâche, en vérité, lieutenant, dut confesser, un peu penaud, le républicain.

C'est au pied du mont de la Chèvre que s'était développé, au cours des décennies, un village peuplé par les artisans et marchands au détail de l'île. On y trouvait menuisiers, forgerons, cordonniers, fabricants de bougies, maçons, peintres, épiciers, bouchers et, aussi, le faiseur d'habits recommandé par Timbo.

– Pouvons-nous faire halte chez le tailleur ? Je me sens tellement ridicule, dans cet accoutrement européen ! Vous pourrez peut-être me conseiller ? demanda Charles.

– Vous n'aurez pas autant de choix qu'à Savile Row, mais Fili-Fili Percy, descendant d'un marin anglais et d'une Indienne, est habile. C'est aussi mon habilleur, déclara Mark avant de donner l'ordre au cocher de les conduire à l'échoppe du tailleur.

Au-dessus de la porte brandillait, en guise d'enseigne, une grosse paire de ciseaux de bois. Desteyrac ne cacha pas son étonnement en découvrant, sur les rayonnages de la boutique, des pièces de tissu soigneusement empilées et étiquetées. L'artisan, un métis au teint clair, à cheveux blancs crépus, souriant et d'une politesse commerciale exagérée, proposa immédiatement l'ensemble de la garde-robe nécessaire à l'Européen en séjour dans les West Indies. Les mesures prises et les tissus choisis, le tailleur promit à Charles de livrer au plus vite deux costumes de toile blanche, un complet de shantung gris perle et l'habit noir, indispensable pour assister aux grands dîners que Cornfield donnait plusieurs fois par an, généralement lors de la visite du gouverneur des Bahamas ou de Britanniques éminents. Comme on se devait d'endosser l'habit sur chemise à plastron plissé et cravate de soie, l'artisan ajouta l'une et l'autre à la commande. Fili-Fili étant aussi chapelier, Charles s'offrit un panama à large bord et abandonna sur-le-champ son feutre parisien.

Avant que les deux hommes ne quittent son échoppe, le tailleur tint à leur montrer, dans son atelier, la machine à coudre toute neuve qu'il venait de recevoir de Boston. « Singer Manufacturing Company », lut Charles sur le corps de l'engin.

– Il n'y en a que deux dans les îles, messieurs ; l'autre est chez le tailleur de Monsieur le Gouverneur, à Nassau. C'est un Américain, M. Isaac Singer, qui a inventé cette machine. Elle a une aiguille à pointe percée, et fait des coutures très régulières. Et on pique sans s'arrêter. Elle m'a coûté quatre-vingt-cinq dollars avec le transport, c'est une somme ! indiqua le tailleur, très fier de son acquisition.

– Cela veut dire que le prix des costumes va augmenter ! lança Tilloy avec un clin d'œil à Desteyrac.

– Eh ! Un petit peu, monsieur, mais les coutures seront plus fines et bien droites.

– J'ai lu dans un journal de New York que M. Singer est poursuivi en justice par M. Elias Howe, qui dit avoir déposé, il y a sept ans, le brevet d'invention de cette machine. Singer n'aurait fait que la copier en ajoutant un petit perfectionnement, commenta l'officier quand la voiture eut repris la route [1].

Poussé par cet instinct patriotique que les Français manifestent plus spontanément à l'étranger que chez eux, Charles Desteyrac ne put retenir une observation.

– Le véritable inventeur de la machine à coudre, cher Tilloy, est un Français, Barthélemy Thimonnier. Il fut le premier, en 1830, à fabriquer un métier capable de confectionner des coutures à points de chaînette à un seul fil. Et cela, au rythme de deux cents points par minute ! Cette invention fut abandonnée quand les tailleurs parisiens, craignant de perdre leur emploi, détruisirent les quatre-vingts machines qui fonctionnaient dans un atelier de Sèvres. J'imagine, bien sûr, que les Américains Howe et Singer ont fait beaucoup mieux que la machine en bois de Thimonnier, mais le

1. En 1854, les tribunaux donnèrent en partie raison à Howe, qui obtint de Singer 15 000 dollars de dommages et intérêts et perçut désormais une redevance de 25 dollars sur chaque machine vendue.

principe et l'idée du mécanisme reviennent à mon compatriote, développa l'ingénieur.

– Il faut rendre à César ce qui lui revient. Ce monsieur Thimonnier devrait donc, lui aussi, faire un procès à Howe et à Singer, suggéra Tilloy.

– Thimonnier a aussi mis au point une autre machine qui peut à la fois coudre et broder. Il en a vendu le brevet, inexploitable en France, à un tisseur de Manchester, révéla Charles.

Dans le bourg commerçant résidait également le chirurgien du *Phoenix*, David Kermor. Par courtoisie, Tilloy fit arrêter la calèche devant la maison de bois du praticien. Toujours bougon, celui-ci assura qu'il préférait la fréquentation des indigènes, Indiens ou Noirs, à celle des marins.

– Je partage les patients de l'île avec mon estimé confrère, le docteur Albert Weston Clarke. À lui, bardé de diplômes et ancien médecin de la cour de Saint James, les gens du Cornfieldshire, c'est-à-dire la bonne société blanche et créole. À moi la marine, les Indiens, les nègres, les mulâtres, les métis, les épileptiques et les ivrognes ! Mais je suis le seul chirurgien admis à Buena Vista, car lady Lamia est une amie. Je me suis d'ailleurs engagé à la faire survivre à son despote de frère, qui ne confie sa personne qu'au docteur González. J'y réussirai si les requins ne la mangent pas ! lança Uncle Dave en donnant une forte tape sur l'épaule de Tilloy.

L'officier refusa les rafraîchissements proposés par le médecin et voulut presser le départ.

– Nous allons reconnaître le Devil Channel, sur lequel Monsieur l'Ingénieur doit lancer un pont. Il nous reste une longue route à faire jusqu'à Southern Creek, dit-il.

– Encore cette histoire de pont ! Aucun pont ne tiendra, autant que vous le sachiez tout de suite, Monsieur l'Ingénieur. Ni l'océan ni mon amie Lamia n'en veulent, déclara le médecin, péremptoire, en s'adressant à Charles.

– Cependant, le major Carver m'a raconté qu'autrefois existait, entre Soledad et Buena Vista, une arche naturelle qui reliait les deux îles.

– C'est encore le cas sur notre voisine Eleuthera, où une voûte rocheuse enjambe le détroit qui, dans la partie la plus étroite de l'île, entre Gregory Town et Bogue, la sépare des Spanish Wells, au lieu-dit Glass Window [1]. Mais, sur Soledad, l'érosion est venue à bout de l'arche qui nous reliait à Buena Vista, exposa Tilloy.

– Nos Arawak ne croient pas à l'usure des roches par l'océan. Ils disent que l'arche naturelle entre notre île et Buena Vista s'est effondrée parce que les pirates, qui habitèrent l'île jusqu'au commencement du XVIIIe siècle, cantonnaient les ribaudes et les captives enlevées au cours de leurs expéditions sur l'îlot, dont elles ne pouvaient sortir. Seuls les pirates franchissaient le pont pour aller jouir, de gré ou de force, de ces malheureuses. Buena Vista était alors un lieu réservé

---

1. Littéralement la fenêtre de verre. Cette arche naturelle, dont la seule image qui subsiste est le tableau peint par Winslow Homer en 1885, fut détruite par une lame en 1926. Un pont de béton la remplaça. Le nouveau pont ne résista que quelques années aux fureurs de l'océan et dut être reconstruit en 1960. Ce dernier subit de graves dommages lors de l'ouragan de 1992. De nos jours, le Guide de voyage Ulysse, édité à Montréal, conseille aux touristes « la plus grande prudence au moment de traverser le pont ou d'y prendre des photos ».

à la débauche. Une sorte de bordel, précisa Uncle Dave.

– C'est pourquoi les puritains qui succédèrent aux pirates, chassés de l'archipel par le gouverneur Woodes Rogers entre 1720 et 1732, voyaient dans la destruction du pont naturel par l'océan une punition divine. Ce sont eux qui nommèrent Devil Channel la faille que nous allons voir, compléta l'officier.

Enchanté d'avoir l'occasion, trop rare à son goût, de bavarder avec des hommes instruits, le médecin n'avait pas tout dit.

– Sachez encore, Monsieur l'Ingénieur, que, du fait de sa mauvaise réputation, Buena Vista resta une île déserte jusqu'à ce que lady Lamia Cornfield, qui n'est ni puritaine ni superstitieuse, décidât de s'y installer.

– Si nos Arawak ne croient pas à l'érosion, ils croient aux esprits et aux revenants. Ils assurent que le fantôme d'une belle captive anglaise, qui se jeta dans Sharks Bay pour sauver sa virginité, défend à jamais l'indépendance territoriale de l'îlot. D'où la supposée malédiction qui pèserait sur les ponts. On a d'ailleurs fait de cette fable une chanson bahamienne, dit Tilloy.

– Dès qu'un pont est construit, la vertueuse suicidée convoque tempête et ouragan pour le détruire ! C'est en tout cas ce que chantent, au cours de leurs fêtes, les gens de Buena Vista. Vous voilà prévenu, monsieur Desteyrac ! s'exclama le médecin en riant.

– Je me suis toujours très bien entendu avec les fantômes, docteur. J'essaierai de séduire la défunte vierge pour qu'elle m'assiste dans une entreprise des plus honnête, répliqua gaiement Charles.

– Efforcez-vous déjà de plaire à lady Lamia ; le

reste, à mon avis, vous sera donné par surcroît, conseilla David Kermor, sibyllin.

Il fit ensuite promettre aux deux hommes de revenir un jour prochain partager son dîner.

Après un temps de grand trot sur la route, dont le revêtement de corail concassé crissait sous les roues de la voiture, Mark Tilloy ordonna au cocher de prendre, à gauche, un étroit chemin.

– Nous ne pouvons éluder la visite protocolaire au cacique des Taino, les plus fiers de nos Arawak. Dans votre situation, ignorer ce notable, que nous appelons traditionnellement The Old Gentleman, constituerait une offense pour toute la communauté indienne. Et puis, sans lui, vous auriez peut-être du mal à recruter des ouvriers arawak, les moins paresseux de nos îliens. Les gens que nous avons vus dans les champs ont déjà dû signaler le passage du carrosse de lord Simon Leonard Cornfield. Nous devons donc faire halte au dernier village taino de l'archipel. C'est une curiosité anthropologique que lord Simon protège.

La voiture approcha bientôt des canayes, habitations traditionnelles des Arawak. Ces cases rondes au mur de bois, à toit conique fait de palmes jointes que soutenait un pilier central, n'avaient qu'une seule ouverture. Chaque famille possédait la sienne et les parents des mariés devaient en construire une pour le nouveau couple, à l'emplacement que le cacique, urbaniste épris de symétrie, indiquait dans le village, développé en cercles concentriques autour d'une place plantée de palmiers. La voiture s'immobilisa au milieu de cette esplanade centrale, que les habitants étaient tenus de ratisser chaque matin à tour de rôle. Des enfants, curieux et rieurs, accourant par les ruelles qui convergeaient vers la place, vinrent caresser les chevaux et observer de près, avec aplomb mais sans insolence, les visiteurs. Charles, plus que Tilloy, déjà connu des villageois, fut l'objet d'attention, presque de défiance.

– Avec vos vêtements, ils vous prennent pour un fonctionnaire de la Couronne ou un ethnographe américain. Nos Indiens voient chaque année des agents britanniques et des professeurs de Harvard ou de Cambridge. Les premiers dénombrent les décès et les naissances pour mettre à jour le recensement de l'archipel, les seconds étudient la façon de vivre, de se nourrir, voire de s'accoupler de nos Indiens. Ils mesurent leur taille, comptent leurs dents, posent d'indiscrètes questions sur la fécondité des femmes. D'après ces savants, la tribu des purs Taino, les premiers Indiens que Colomb rencontra sur Guanahani en 1492, serait en voie d'extinction du fait des massacres par les Carib, des déportations par les Espagnols puis des multiples métissages, expliqua Tilloy.

Connaissant l'étiquette locale, l'officier demanda la carte de visite de Charles, la joignit à la sienne et envoya le cocher porter les bristols au cacique, assis sur le seuil de sa case entre deux femmes.

– Maoti-Mata est un charmant vieillard, sans âge, et un vrai sage. Il lit et écrit l'anglais, parle espagnol et doit connaître quelques mots de votre langue, car il a beaucoup bourlingué dans les Antilles. Il a aussi travaillé à Cuba dans une fabrique de cigares. Il collectionne, dans un cahier, les cartes des visiteurs. Il y a deux ans, lord Simon lui a offert le voyage de sa vie pour visiter l'Exposition universelle à Londres. Notre Lucayen a vu la reine Victoria, accompagnée du prince

Albert, et a reçu une médaille commémorative qu'il porte en sautoir, glissa Mark à Charles.

À pas mesurés, les deux hommes suivirent le jeune garçon envoyé à leur rencontre par le notable, assis à l'ombre dans la posture hiératique d'un seigneur en majesté.

Le vieillard, sec et noueux, portant barbiche, ce qui le distinguait des Arawak du commun, reçut fort aimablement les voyageurs dès qu'il sut que le Français, nouveau venu dans l'île, était là pour construire un pont et non pour observer les Indiens comme s'ils étaient des animaux sauvages. Desteyrac vanta la beauté physique et la gentillesse des Taino de la nation des Arawak, et demanda s'il pourrait faire travailler quelques-uns d'entre eux quand le besoin d'ouvriers se ferait sentir.

– Je les désignerai moi-même et vous serez content de leur travail. Seulement, c'est à moi qu'il faudra remettre leur salaire, dit le vieillard d'une voix douce mais ferme.

Il offrit ensuite aux visiteurs un verre de vin de palme fortement épicé, et, se levant avec l'aisance d'un jeune homme, tint à les conduire dans sa case, devant le portrait photographique de la reine Victoria qui, dans un cadre de coquillages, occupait au mur la place d'honneur, entre une vue du Crystal Palace, clou de l'Exposition de 1851, et une aquarelle de la tour de l'Horloge. Figuraient aussi, parmi les souvenirs rapportés de Londres que le vieillard montra avec la déférence accordée aux reliques, une longue-vue « pareille à celle de l'amiral Nelson », précisa-t-il avec fierté, un stick ayant appartenu au prince de Galles, et un bonnet d'ourson, cadeau d'un cavalier des Life Guards.

– Il se coiffe du bonnet les jours de cérémonie et brandit son stick comme un sceptre, souffla Tilloy.

Raccompagnés jusqu'à leur voiture par le fils aîné du cacique, les deux hommes reprirent la route.

– Il ne me plaît guère de verser le salaire des ouvriers à ce vénérable vieillard. Je le soupçonne de vouloir prélever une commission au passage, observa Charles.

– Je ne le pense pas. Chez les Arawak, le cacique est le représentant reconnu de sa communauté auprès des autorités britanniques, c'est-à-dire auprès du gouverneur des Bahamas, qui le reçoit une fois l'an, au jour anniversaire de la reine. Il est aussi juge de paix, banquier et thaumaturge. Croyez-moi, il gère avec scrupule l'argent gagné par ceux qui acceptent sa protection patriarcale, car aucun Arawak n'est obligé de reconnaître le pouvoir temporel de ce dernier chef indien. Pouvoir limité que la loi tolère par respect pour les habitudes ancestrales des indigènes les moins évolués.

– Et que fait ce sachem-banquier des fonds collectés ?

– Il répartit l'argent en fonction des besoins des intéressés et de leur famille. Cela relève du droit coutumier. Nous-mêmes versons au cacique les salaires des Arawak que nous employons comme débardeurs dans nos ports et sur nos bateaux. Si ces gens percevaient eux-mêmes leur salaire, ils dépenseraient sans discernement, les femmes surtout. Les épouses et les jeunes filles arawak sont très coquettes. Dès qu'elles disposent de quelques guinées, elles prennent le bateau-poste pour Nassau et courent les boutiques où l'on vend robes, chapeaux, colifichets, verroterie d'importation américaine ou anglaise. Certaines, hélas, ne reviennent pas.

– En somme, vos Arawak sont sous tutelle, constata Charles.

– Sauf les domestiques, gens plus évolués qui servent chez les Blancs. Leurs gages sont payés sans intermédiaire par le maître. C'est ainsi que vous devrez en user avec votre Timbo, compléta Tilloy.

Un peu plus tard, alors que la voiture, ayant regagné la route côtière, roulait vers le sud de l'île, Charles dit apprécier le baldaquin à franges de soie dont la vue l'avait tout d'abord fait sourire. La toile tamisait heureusement la lumière crue et atténuait le chaud rayonnement du soleil tropical. Conscient de l'isolement insulaire, le Français ne pouvait détacher son regard de l'immensité océane. Il découvrait l'horizon d'une parfaite rectitude, ligne idéale tracée par la lointaine et irréelle juxtaposition de deux plans bleus : le bleu de roi du ciel et le bleu myosotis de l'eau dont l'intensité croissait avec l'éloignement, alors qu'elle virait au bleu turquoise, puis au vert émeraude au plus près des côtes.

– Quel beau tableau de la nature primitive ! murmura-t-il avant d'exprimer à voix haute le bien-être, à la fois physique et intellectuel, que lui procurait cette ambiance paradisiaque.

– Mais vous plairez-vous longtemps ici ? Pour un Parisien habitué à toutes les ressources, à toutes les distractions et à tous les plaisirs de la grande ville, notre île ne vous paraîtra-t-elle pas, bientôt, rien de plus qu'un petit jardin ensoleillé ? demanda Tilloy.

– Vous-même, qui avez dû connaître la vie à Londres, où, si j'en crois Malcolm Murray, on ne saurait s'ennuyer un seul instant, résistez assez bien, semble-t-il, à l'étroite félicité de Soledad.

– J'y suis heureux, en effet. Chaque fois que je m'en éloigne, je ne souhaite qu'y revenir. Si je devais un jour fonder une famille, comme Colson et d'autres, c'est ici que je m'installerais. Mais, pour apprécier notre vie insulaire, paisible et rêveuse, il faut de temps à autre passer quelques semaines à Nassau ou à Charleston, en Caroline du Sud, ou mieux encore à New York ou à Boston, ne serait-ce que pour acheter des livres, voir quelques pièces de théâtre et se dévergonder en dansant avec des demoiselles qui ne s'embarrassent pas de principes puritains. Je vous inviterais volontiers à m'accompagner, l'hiver prochain, dans ce que le bon docteur David Kermor nomme ma cure de dissipation. Si ça vous chante, bien sûr, proposa Mark.

– Tout dépendra de l'état d'avancement de ce sacré pont, dont la construction ne semble pas plaire à tout le monde... Je pense surtout à la dame qui règne sur Buena Vista, répondit Desteyrac, soudain morose.

– Ce pont, voulu par lord Simon, vous réussirez à le faire accepter par lady Lamia.

– Tout le monde dépeint cette Anglaise comme une sorcière, risqua Charles.

– C'est, en effet, une femme étrange. Elle tient les hommes à distance et décourage les relations amicales. C'est une sorte d'amazone qui semble avoir perdu toute illusion sur les colonisateurs et les colons. Elle nous tient tous, depuis l'arrivée de Colomb dans l'archipel, pour des profiteurs éhontés de l'indigène et de ses terres. Au premier rang des exploiteurs, elle place ses ancêtres Cornfield et, actuellement, son frère. Je sais qu'elle fait beaucoup de bien aux gens de Buena Vista, qui lui sont dévoués corps et âme. Car, voyez-vous, lady Lamia a la sagesse de ne pas imposer aux Lucayens de souche nos mœurs et notre façon de vivre à l'européenne. Elle respecte leur nature, veut qu'ils restent eux-mêmes, vivent, prospèrent et se reproduisent en dignes descendants des premiers occupants des îles. Elle les isole pour les protéger de nos goûts, de nos habitudes, de nos vices, et fait en sorte qu'ignorant l'existence de ceux-ci ils ne ressentent pas de besoins superflus qui créeraient chez ces primitifs d'inédites frustrations, reconnut Mark Tilloy.

– Ces besoins que nous nous sommes fabriqués au fil des générations..., concéda Desteyrac.

– Besoin de confort, de distraction, de possession, de vêtements bien coupés, de mets raffinés, de reconnaissance sociale. Toutes ces futilités, que nous estimons indispensables à notre bien-être et que nous nous échinons, vous et moi, à conquérir, puis à conserver en étudiant et en travaillant ! enchaîna l'Anglais.

– N'est-ce pas aller un peu loin que maintenir ces gens à l'état des bons sauvages chers à nos philosophes du XVIIIe siècle ?

– Les Lucayens de Buena Vista se passent aisément de ce qui fait notre confort. Ils sont sains de corps et d'esprit, de caractère enjoué, sculptent le corail et le bois, chantent et dansent. On ne boit sur Buena Vista que du vin de palme, les femmes n'ambitionnent pas de posséder des bijoux autres que ceux fabriqués par leurs hommes avec des coquillages, des arêtes de tarpon ou des dents de requin. Quant à leur robes, je ne sais d'où elles les tiennent, mais elles sont pour la plupart élégantes. La terre appartient à tous et à personne, les hommes la cultivent, pêchent poissons, éponges et tortues, ne jouent pas au poker mais aux osselets, et taillent leur pipe dans une quenouille de maïs.

– En somme, lady Lamia maintient ces gens à l'écart de la civilisation et du progrès ?

– De ce que nous appelons civilisation et progrès, certes, reconnut l'officier.

Après un temps de réflexion, Charles fit part à Tilloy d'une pensée, apparue soudain comme une évidence.

– En fait, entre Soledad et Buena Vista, deux conceptions de la colonisation britannique s'affrontent, dit-il. Lord Simon veut apporter aux Lucayens, peut-être même leur imposer, un mode de vie policé, des mœurs adoucies par l'éducation et contrôlées par les lois, tandis que sa sœur Lamia entend les laisser vivre l'existence archaïque des premiers occupants des îles avec, pour seules règles, leurs coutumes ancestrales.

– C'est une manière très humaniste, philosophique, même, de voir les choses. Mais je crains qu'aucun de nos protagonistes ne soit conscient de cet aspect de leur rivalité. D'autant moins, d'ailleurs, que le frère et la sœur, en dépit de leur opposition parfois virulente, tout au moins en paroles, ont l'un pour l'autre une réelle et profonde affection, corrigea l'officier.

– Si je ne craignais de vous offenser, je vous dirais qu'il y a une troisième façon, *so British*, comme vous dites, de concevoir la colonisation : celle qui consiste à traiter le pays conquis à la fois comme un domaine exploitable peuplé de gens corvéables à merci, une terre de mission anglicane, et surtout un vaste débouché commercial. Satisfaire, après les avoir suscités chez l'indigène, des envies et des besoins de produits importés doit procurer d'énormes profits aux manufacturiers de Liverpool, Leeds ou Manchester, ainsi qu'aux armateurs, aux banquiers de la City, aux intermédiaires en tout genre. Le commerce avec les colonies a aussi le mérite, autant social que politique, d'assurer du travail aux ouvriers anglais, d'éviter le chômage, générateur de l'agitation populaire, que redoute tout gouvernement, fit observer l'ingénieur.

– Je vous trouve bien sévère pour nous qui avons, les premiers, décidé l'abolition de l'esclavage et créé dans nos colonies des écoles, des dispensaires, des chemins de fer, des comptoirs commerciaux, parfois des assemblées et des gouvernements indigènes sous l'autorité de gouverneurs nommés par la reine. Je dois cependant reconnaître que la colonisation n'est jamais désintéressée. Vous-mêmes, Français, vos manufacturiers et vos négociants ne tirent-ils pas profit de l'Algérie et des Antilles ?

– Je pensais bien sûr à vos possessions de l'Inde et à la politique coloniale et commerciale que vous y menez, insista Charles, éclairé sur l'Inde britannique par certaines confidences de Poko, le domestique sikh de Carver.

Mark Tilloy fronça les sourcils, manifestant ainsi sa contrariété.

– Vous devez savoir que le gouvernement de l'Inde, véritable continent morcelé en plusieurs États et une foule de principautés, exige autorité et encadrement de la part du colonisateur. Il y règne une hostilité, parfois violente et guerrière, au progrès, dont nos soldats et nos négociants font les frais. Mais, comme vous le découvrirez peu à peu, les méthodes utilisées au

Pendjab, au Bengale et au Sind n'ont pas cours à Soledad, conclut un peu sèchement l'officier.

Le soleil approchait le zénith quand apparut, sur le plateau côtier, le bourg de Southern Creek, le plus proche de la faille, but du voyage. La voiture contourna les habitations aux murs de torchis et toits de palmes. Retrouvant toute sa courtoisie, Tilloy désigna, au pied d'une petite falaise, une crique qu'on eût dite tracée au compas.

– C'est Sharks Bay, justement nommée, car les squales s'y rassemblent parfois. Il ne fait pas bon y plonger, même si, à quelques mètres de profondeur, on trouve, accrochées aux rochers, les meilleures éponges. Les pêcheurs de lady Lamia sont les seuls à s'y aventurer quand elle décide, avec ses femmes, d'attirer les requins loin de cette crique par un procédé de son invention, dit Tilloy.

– C'est donc bien une sorcière, cette lady Lamia ! badina Charles.

– En fait, elle ne fait qu'utiliser une décoction à base de sang de mouton, de chair de poisson broyée et de je ne sais quel autre ingrédient, recette d'un pirate dont l'histoire maritime n'a pas retenu le nom et que notre lady a trouvée dans quelque grimoire, confia Tilloy.

À l'approche du pertuis qui séparait les deux îles, Charles Desteyrac cessa d'être le promeneur émerveillé pour redevenir l'ingénieur, constructeur de ponts. Maintenant commençait sa mission. Se trouver à pied d'œuvre dans un tel décor exotique lui fit battre le cœur. Quand la voiture s'arrêta, il sauta prestement à terre et courut plus qu'il ne marcha jusqu'au bord de la faille. Bien que peu profonde, cette tranchée dans la dalle corallienne, stigmate d'une antique turbulence de l'écorce terrestre, lui parut à la fois sauvage et attirante, comme l'antre de Circé. Ce canal naturel méritait bien le nom de Devil Channel.

Une cinquantaine de pieds séparaient l'île de l'îlot au plus étroit de la faille. C'eût été peu s'il se fût agi d'un cours d'eau de France ou d'Angleterre, mais, dans le site insulaire hérissé de rocs, balayé par le vent du large qui forçait les jeunes palmiers à pousser inclinés comme pour une révérence au couchant, une telle fosse pouvait paraître infranchissable. Aspergé d'embruns sur fond de roulement de vagues, Charles Desteyrac se prit à imaginer un pont entre ces rives sauvages. Au cours d'un stage, il avait assisté un ingénieur savoyard habile à lancer avec audace des passerelles sur les torrents de sa province. Ici, le lieu impressionnait surtout par l'environnement maritime, mais jeter un pont sur une tranchée, fût-elle habitée par l'océan, ne constituait pas un défi technique insurmontable. Penché sur le vide, il vit, entre des parois striées d'anfractuosités, cicatrices du roc attestant l'arrachement de l'îlot, un amas rocailleux, vestige de l'arche naturelle depuis longtemps effondrée. Tel était le lit tourmenté du cañon, profond d'une dizaine de mètres. Pour l'heure, la houle de l'océan s'y glissait aussi paisiblement qu'une rivière dans une écluse.

– Le courant n'a pas l'air bien méchant, fit remarquer Charles à Tilloy qui venait de le rejoindre.

– C'est que nous sommes à marée basse et par alizé, un vent de demoiselle. Le temps le plus calme que l'on puisse rêver en hiver. Les eaux de l'océan l'emportent donc, sans effort ni violence, sur celles qui baignent l'intérieur de l'archipel. Mais qu'un *norther* – fort vent du nord issu des anticyclones qui, en cette saison, se développent sur l'Amérique du Nord – descende jusqu'à nous, et vous verrez d'énormes vagues battre la côte ouest et se précipiter dans la faille à la rencontre de celles venues du large. Leur affrontement est spectaculaire. Par gros temps et grande marée, le heurt de ces masses liquides antagonistes, se déchirant sur les rocs, produit un puissant jaillissement, une sorte de geyser qui s'élève bien au-dessus des rives bientôt noyées. D'ailleurs, les algues et les petits coquillages que vous voyez sous nos pieds sont les résidus de la dernière haute mer, et les grands palmiers couchés derrière nous, que nos Indiens vont s'empresser de débiter, sont les victimes de l'ouragan de novembre dernier, expliqua Tilloy.

Méditatif, Charles Desteyrac compara avec curiosité, et non sans étonnement, l'ample houle bleue de l'océan aux timides ondulations des eaux turquoise du côté des îles.

– Cependant, ce sont les mêmes eaux qui, au même niveau, cernent partout ces terres, émit l'ingénieur.

– Les vagues battent toutes les côtes, quelle que soit leur orientation. Il faut aussi savoir que, du côté du large, à quelques encablures de la côte est de Soledad, la profondeur de l'océan est de plus de deux mille pieds, alors que, devant la côte ouest, du côté d'Eleuthera, elle ne dépasse pas sept ou huit cents pieds. Ce qui vous explique que, au cours des tournois de vagues se déroulant dans le champ clos de cette faille, ce soit toujours l'océan qui gagne... parfois en emportant les ponts jetés entre notre île et Buena Vista, conclut Tilloy avec un sourire.

Tandis qu'ils déjeunaient, un moment plus tard, de jambon et de beignets aux fruits tirés des paniers du pique-nique, Tilloy saisit brusquement l'avant-bras de Charles.

– Regardez qui nous observe de l'îlot... C'est lady Lamia ! dit l'officier.

Il quitta la banquette que le cocher avait extraite de la voiture pour servir de siège. Charles Desteyrac imita Tilloy et, comme lui, se découvrit d'un geste large pour saluer la femme qui, figée telle une statue, se tenait sur la berge de Buena Vista. Curieuse apparition pour qui ne connaissait pas encore lady Lamia : mince, rigide, enveloppée dans une sorte de sari décoré de palmettes multicolores, la sœur de lord Simon, long visage, teint hâlé, regard noir, membres fins, n'aurait, à distance, rien eu de plus remarquable qu'une insolite silhouette si sa chevelure bouclée, grise, niellée d'argent et d'un extraordinaire volume sphérique, n'eût retenu l'attention. Répondant au salut des deux hommes, Lamia leur adressa un signe de la main et s'en fut d'un pas tranquille, sans se retourner.

– Eh bien, voilà ! Vous avez vu notre lady. Elle avait fait un effort de toilette pour nous saluer, car elle porte d'ordinaire un paréo et un gilet en peau de chèvre. Elle devait nous observer depuis notre arrivée, et je suis certain qu'elle sait à quoi s'en tenir sur la raison de votre présence. Ses pêcheurs et son homme de confiance, un mulâtre cubain, que l'on dit évadé d'une prison de La Havane, la renseignent sur tout ce qui se passe à Soledad, commenta Mark.

– Maintenant que nous avons, si j'ose dire, fait connaissance, il ne me reste plus qu'à demander à cette dame l'autorisation d'examiner le sol de son îlot. Car l'établissement des culées d'un pont, même court, demande une étude préalable du terrain, dit Charles.

– Si vous y mettez quelque solennité, une certaine déférence, car notre sauvagesse est formaliste, elle vous recevra et vous développera sans ambages ses arguments montrant l'inutilité d'une communication autre que maritime entre Soledad et Buena Vista, prévint Tilloy.

– Je sais que son frère exige un pont, et il est, je crois, capable d'imposer sa décision à sa sœur, mais j'aimerais mieux entreprendre la construction de l'ouvrage avec le plein accord de lady Lamia, car il faudra effectuer des travaux sur son îlot, répliqua Desteyrac.

– Vous aurez à faire valoir vos propres arguments, et s'ils peuvent être différents... disons simplement plus humains, plus réalistes que ceux de Cornfield, alors peut-être arriverez-vous à vos fins. En tout cas, je le souhaite, dit Tilloy.

Charles remercia d'un signe de tête.

– Mon aide vous est acquise, reprit Mark. Avec ma barque bahamienne, je puis vous conduire à Buena Vista dans le cas où personne ne voudrait le faire, car lady Lamia a assez d'autorité sur les marins et pêcheurs de Soledad pour leur interdire d'amener un étranger sur son île.

– Cette ambiance me promet de beaux jours ! s'esclaffa Desteyrac.

Avant de s'éloigner du cañon, le lieutenant désigna à Charles une maison à la pointe ouest de l'îlot.

– C'est la résidence d'été de lord Simon. Une demeure de l'époque espagnole où il aime se retirer par les fortes chaleurs. Elle est exposée aux brises marines, dont on ne jouit pas dans la cuvette du Cornfieldshire, expliqua Tilloy.

Sur le chemin du retour, par la côte est de l'île,

l'officier tint à montrer à Charles un petit lac salé puis, plus loin, le trou bleu le plus fameux, Lusca Hole, antre du monstre Lusca, dont aucun indigène ne s'approchait sans crainte. Charles ne vit, dans cette cavité dont on ignorait la profondeur et où le niveau de l'eau variait au rythme des marées, qu'une sorte de fontaine intermittente siphonnant de l'eau salée.

– Nos trous bleus sont plus qu'une curiosité hydraulique ; ce sont, Monsieur l'Ingénieur, des puits de légendes, dit Tilloy en riant tandis que la voiture repartait vers le nord de l'île.

Ce soir-là, rentré chez lui, Desteyrac, goûtant la fraîche haleine de la nuit océane sur la galerie de la maison devenue sienne par l'éclosion des habitudes, se dit que la phase de son installation étant terminée, il allait devoir entreprendre le travail pour lequel on l'avait embauché. Après avoir parcouru l'île, s'être penché sur la sombre faille qu'il faudrait enjamber d'un pont, ayant entrevu la très singulière lady Lamia, après avoir ironisé, par bravade, sur le mystère des trous bleus, tout en ne sachant interpréter certains silences de Tilloy, il devinait maintenant que l'isolement insulaire cachait, derrière l'apparence formelle des choses et des êtres, des situations qu'il devrait encore découvrir.

Voyant son maître pensif alors qu'il lui servait le verre de whisky commandé, Timbo, observateur intuitif, s'attarda un instant sur la galerie. Charles soupçonna que l'inimitable sourire de l'indigène traduisait une subtile moquerie.

Le serviteur énonça alors :

– « La pie''e, au fond de la me', ne sait pas que le soleil est chaud » : c'est un p'ove'be des A'awak.

DEUXIÈME ÉPOQUE

Sous le signe d'Apollon

1.

À l'heure mauve qui marquait la fin de toute activité sur l'île, Charles se présenta chez Edward Carver. Il narra, sans rien omettre, sa découverte de l'île. Il avoua combien la faille entre Soledad et Buena Vista l'avait impressionné.

– Jeter un pont sur ce cañon peut passer pour une gageure, dit-il.

– C'est aussi l'opportunité, pour le jeune ingénieur que vous êtes, de faire montre de sa science, de son audace, de son talent. Plus tard, les visiteurs passant d'une île à l'autre diront : « Nous franchissons le pont Desteyrac », pronostiqua le major, toujours affable.

– En attendant la reconnaissance de la postérité, il me faudra satisfaire lord Simon ! reprit Charles.

– Satisfait, Cornfield ne sera pas le dernier à chanter vos mérites. Il vous recommandera et vous fera obtenir des chantiers aux États-Unis. Car les nouvelles lignes de chemin de fer, qui s'étirent à travers le continent et dont il est actionnaire, exigent des ponts pour franchir fleuves et rivières, avança Carver.

– L'aventure ne me déplaît pas. Je relève ce défi et ceux à venir avec confiance, répondit Charles.

Dès leur première rencontre, le major Carver avait déclaré qu'il détestait boire seul. Aussi offrait-il volontiers à ses visiteurs, suivant l'heure, jus d'ananas, eau de coco relevée de gin, ou verre de vieux porto. Pour les intimes – et Charles Desteyrac avait été admis spontanément dans ce cercle –, Poko confectionnait ce que les Américains nommaient cocktail, un mélange dans la composition duquel entraient, en proportions connues du seul sikh, rhum, liqueur de banane, alcool d'abricot et jus d'ananas. Cette boisson corsée portait le nom d'un oiseau de l'île : *yellow bird*.

Dans cet univers insulaire, sans autres distractions que les promenades en mer, la pêche, la conversation, les dîners entre amis, la lecture et, épisodiquement, les danses nocturnes organisées par les Indiens au son des tambours en peau de chèvre, le rite de la réunion vespérale s'était installé comme à bord du *Phoenix*. Un soir, Charles osa aborder un sujet qui lui tenait à cœur. Dès son premier contact avec lord Simon, l'ingénieur avait été intrigué par cet homme dont la famille régnait depuis près de deux siècles sur Soledad.

– Qui est en vérité lord Simon ? demanda Charles abruptement.

– Je puis vous apprendre au moins ce qu'il convient de savoir pour ne pas commettre d'impair, dit le major.

– J'apprécie votre proposition, acquiesça Charles.

– Sachez déjà qu'une triste circonstance passée peut vous rapprocher de mon vieil ami. Comme vous, il devint orphelin très jeune. Son père, comme le vôtre, a péri de mort violente. Simon avait dix ans quand, en

1815, Alister, troisième baronet Cornfield, fut tué lors de la bataille de La Nouvelle-Orléans.

– La bataille de La Nouvelle-Orléans ? s'étonna Charles, qui connaissait peu l'histoire des États-Unis.

– La dernière de la guerre qui opposa les Anglais aux Américains entre 1812 et 1815.

– Cette guerre est ignorée de la plupart de mes compatriotes, dit Charles.

– Ce fut une guerre stupide et inutile, comme beaucoup d'autres, mais elle appartient à l'histoire de l'Amérique, observa le major, étonné par l'ignorance du Français. Dois-je vous la résumer ?

– Ce serait m'instruire, répliqua modestement Charles.

– Je pense que ce conflit eut son origine à la fois dans la rancœur des Anglais, qui venaient de perdre leurs colonies du Nouveau Monde, et dans la détestation des États-Unis pour ceux qui s'étaient opposés avec tant de violence et de mépris à l'indépendance du pays. L'existence des États-Unis avait été reconnue dès 1783 par le roi d'Angleterre, George III. Quand le souverain perdit la raison, son fils, le futur George IV, devenu régent du royaume en 1811, décida d'imposer un embargo afin d'interdire aux négociants et armateurs américains de commercer avec la France, alors en guerre contre l'Angleterre. Plus outrageant encore pour la jeune démocratie : la marine anglaise exigea le droit de visite sur tous les bateaux marchands des États-Unis, sous prétexte que les matelots anglais qui naviguaient à bord de ces navires devaient réintégrer la flotte britannique. Mes compatriotes n'hésitèrent pas à enlever des marins, et même des civils qui avaient pris passage sur des bateaux de l'Union, pour en faire de force des matelots de Sa Majesté !

– Mauvaises recrues qui ne devaient penser qu'à déserter à la première occasion, observa Charles.

– Le président des États-Unis, James Madison, et son gouvernement prirent fort mal ces procédés, qui rappelaient par trop la tutelle coloniale. Et puis, l'embargo décrété par Londres menaçait de ruine la marine marchande américaine, et l'on ne pouvait accepter que des frégates anglaises arraisonnent des bricks américains, comme ce fut le cas en mai 1811. Le gouvernement britannique de M. Castlereagh, ministre des Affaires étrangères du régent, rejeta les protestations américaines et, le 18 juin 1812, le Congrès déclara la guerre à la Grande-Bretagne.

– Une guerre qu'ignorent nos livres d'histoire français, avoua Desteyrac.

– On ne peut le reprocher à vos maîtres, cher ami. En ce temps-là, vos compatriotes subissaient d'autres maux. Napoléon Ier avait engagé la France dans le conflit avec la Russie, puis avec la Prusse et l'Autriche, aventure qui se termina, comme vous le savez cette fois, en 1814, par la déchéance de l'empereur et le retour des Bourbons...

–... qui ont été à leur tour évincés par le neveu de Napoléon Ier, compléta Desteyrac.

Carver fit signe à Poko de servir le *yellow bird* et reprit :

– Pendant ces événements qui ensanglantaient l'Europe, les Américains, qui avaient envahi le Canada, alors sous autorité britannique, furent repoussés par les troupes anglaises. Ces dernières entrèrent dans Washington, brûlèrent le Capitole et d'autres bâtiments avant d'être chassées par une vigoureuse contre-offensive américaine. Ce fut peut-être pour venger ces défaites répétées au nord que sir Edward Pakenham, beau-frère du duc de Wellington, décida d'attaquer l'Union par le sud. Le général anglais, héros de la guerre d'Espagne, rassembla une flotte à la Jamaïque et mit à la voile pour le golfe du Mexique. Détestant les Français, qui faisaient alors figure d'alliés des Américains, il se proposait d'envahir la Louisiane, ancienne possession française vendue en 1803 par Bonaparte aux États-Unis...

–... qui avaient fait une bonne affaire, reconnaissez-le, en doublant le territoire de l'Union au prix de neuf cents et demi l'hectare ! précisa Desteyrac.

– Bonaparte avait sans doute besoin d'argent. Mais je passe sur les péripéties de cette campagne, à laquelle Alister Cornfield, le père de lord Simon, resté fidèle à la couronne d'Angleterre, tint à participer. Il avait aussi une raison plus personnelle d'aller se battre contre les Américains : son oncle Bertie, loyaliste opposé à l'indépendance des colonies anglaises, avait péri en combattant les insurgents dans les Carolines. Alister Cornfield quitta donc Soledad, laissant sa femme, enceinte d'un troisième enfant tardif – la future Lamia –, sa fille aînée Mary Ann – aujourd'hui lady Gordon, alors âgée de sept ans – et son fils Simon, treize ans à l'époque, aux soins de son père, lord Maxence, veuf à peine sexagénaire. Alister venait d'avoir trente-six ans et rêvait d'en découdre avec ces Louisianais, récemment entrés dans l'Union, qui parlaient plus souvent français et espagnol qu'anglais. Il rejoignit la flotte de Pakenham à Pensacola, en Floride, et fut aussitôt intégré à l'état-major du général Samuel

Gibbs, adjoint de Pakenham. Il prit part dès 1814, dans le delta du Mississippi, aux combats au terme desquels Pakenham ne parvint pas à mettre la main sur le pays.

– Il s'agissait bel et bien d'une tentative de reconquête coloniale, constata Charles.

– Elle échoua lamentablement, car la bataille décisive eut lieu le 8 janvier 1815 à Chalmette, à six miles de La Nouvelle-Orléans. Au dire des témoins que j'ai connus, ce fut un véritable carnage. Les soldats du général Andrew Jackson – il devait être à deux reprises président de l'Union, en 1829 puis en 1833 –, soutenus par les hommes de Jean Laffite, le fameux corsaire français, par des esclaves noirs et des Indiens choctaw, mirent le corps expéditionnaire anglais en déroute. Pakenham et Gibbs furent tués, ainsi que trois cent quatre-vingt-treize Britanniques dont, hélas, sir Alister Cornfield. Les Américains n'avaient à déplorer que sept morts et six blessés. Ayant à reconduire en Angleterre plus de mille cinq cents blessés, les rescapés de l'armée de Pakenham rembarquèrent le 19 janvier pour apprendre bientôt que leur sacrifice avait été vain puisque, deux semaines avant la bataille de Chalmette, la paix entre les États-Unis et la Grande-Bretagne avait été signée à Gand, le 24 décembre 1814.

– Ce furent donc une bataille et des morts inutiles.

– Défaite humiliante, mon ami, qu'effacèrent les survivants de l'armée de Pakenham en participant vaillamment, en 1815, à la bataille de Waterloo, qui mit définitivement un terme à la carrière de votre empereur, revenu pour cent jours de l'île d'Elbe, conclut le major.

– Mon père, qui périt au cours des émeutes républicaines de 1830 en allant, comme médecin, secourir les blessés, fut aussi une victime inutile, puisque nous avons aujourd'hui au pouvoir le neveu du vaincu de Waterloo, Napoléon III, qui, comme son oncle, a violé la République, marmonna Charles Desteyrac.

En hôte courtois, Edward Carver se garda de commenter la situation française et revint aux Cornfield.

– Lord Maxence souffrit beaucoup de la mort de ce fils unique. Mary Ann, qui vit en partie à Londres, en partie à Manchester où son mari, lord William Gordon, dirige une importante filature – c'est chez eux que résidait Ottilia jusqu'à ce qu'on tente de nous la renvoyer –, et lord Simon, notre seigneur des îles, comme on se plaît à l'appeler dans l'archipel, conservent un vague souvenir de leur père. En revanche, leur sœur Lamia, née cinq mois après la mort de sir Alister, en juin 1815, n'a jamais connu l'auteur de ses jours.

– Merci pour ces éclaircissements fort utiles. Ils ne relèvent pas, croyez-moi, de la simple curiosité, dit Charles.

– Je vous crois volontiers. Lord Simon étant fort pointilleux sur l'histoire de sa famille, il était bon que vous sachiez l'essentiel. Il vous en dira lui-même davantage s'il le juge utile. Mais, puisque vous êtes ici pour construire un pont in-des-truc-tible – le major insista sur l'adjectif – entre Buena Vista et notre île, vous devrez bientôt rencontrer Lamia.

– On la dit très jalouse de son indépendance territoriale. Aussi ai-je l'intention de lui adresser très bientôt une demande d'audience protocolaire, bien que je ne sache comment la lui faire parvenir, dit Charles.

– Timbo se chargera de l'expédition. C'est un garçon débrouillard. Mais je dois vous prévenir que vous n'aurez pas affaire à une femme ordinaire.

– Malcolm Murray la compare aimablement à la gorgone Méduse, observa Charles.

Le major haussa les épaules, signifiant par là qu'il s'agissait d'une appréciation calomnieuse.

– Lamia a certes une étonnante chevelure, mais ses mèches tire-bouchonnées ne sont pas des serpents, rectifia-t-il.

– Une chance !

– Il est exact, en revanche, qu'elle n'entretient avec son frère que des relations épisodiques et formelles, et qu'elle veille à maintenir l'intégrité de son îlot. Buena Vista est son domaine privé. Elle y règne sur une population indienne, noire et métisse. Des pêcheurs d'éponges, de conques, de mérous, de langoustes, et des cultivateurs qui font pousser d'excellents légumes, élèvent porcs, moutons et poulets. Sa table, au dire de Colson et du docteur Kermor, ses rares amis, serait meilleure que celle de son frère.

– Peut-être m'invitera-t-elle au *lunch* ?

– Si vous avez l'heur de lui plaire, c'est possible. Mais je crains sa réaction quand vous lui parlerez pont. Sachez qu'elle a regardé comme une aubaine la destruction par le dernier ouragan du pont de bois qui reliait les deux îles. Vous aurez donc à user du charme français pour lui faire accepter la construction imposée par son frère, ajouta avec un sourire malicieux le major Carver.

Charles Desteyrac n'avait pas prévu une telle situation. Il se promit d'en parler à Cornfield dès leur prochaine rencontre. En attendant, il souhaitait en savoir plus long sur la personnalité de la sœur du lord.

– Lamia : d'où lui vient ce prénom qui n'a rien de chrétien ? Si je me réfère à mes souvenirs de collège,

Lamia était le nom d'une déesse qui, ayant provoqué la jalousie de Junon, fut transformée en monstre, dit-il.

– Eh oui ! La matrone de l'Olympe en fit une femme-serpent, vouée à manger tous les enfants qu'elle rencontrerait, précisa le major en riant.

– La sœur de lord Simon, que je n'ai fait qu'entrevoir lors de ma première reconnaissance au sud de l'île, n'a heureusement rien d'un monstre. De loin, elle m'a paru svelte, alerte et dotée en effet d'une impressionnante chevelure frisée. Elle n'a rien non plus d'une femme-serpent, dit Desteyrac.

– Lamia serait plutôt une femme-poisson. Vous découvrirez qu'elle se plaît dans la compagnie des dauphins et qu'elle combat les requins avec des harpons que fabriquent ses pêcheurs d'éponges. D'ailleurs, les Arawak la nomment Fish Lady. Superstitieux, ils lui attribuent des pouvoirs surnaturels et se feraient tuer pour elle. Elle leur inspire par son courage – je devrais plutôt dire par sa témérité – un respect religieux.

– Cela n'explique pas l'origine de ce prénom, insista Charles.

– Mon cher, il nous faudrait entrer là dans l'histoire très particulière de la famille.

– Je ne veux pas être indiscret ; pardonnez ce qui, cette fois, est pure curiosité ! dit l'ingénieur.

– Vous êtes destiné à vivre ici un certain nombre de mois, peut-être d'années, je suppose. Plutôt qu'accorder crédit à ce que ne manqueront pas de vous raconter les uns ou les autres, mieux vaut que je vous donne la version exacte.

Le major observa un instant de réflexion, comme s'il sélectionnait par la pensée les confidences qu'il se préparait à faire. Il prit aussi le temps d'emplir à nouveau les verres, invita Desteyrac à boire, tira une longue bouffée de son cigare et, les yeux au plafond, se mit à parler un ton plus bas.

– Voyez-vous, Maxence Cornfield, le grand-père de Simon, ne resta pas veuf, et je dois reconnaître que c'est indirectement la mort de son fils qui le conduisit à convoler. Au printemps de l'année 1815, nous nous rendîmes tous deux à La Nouvelle-Orléans, à bord du *Centaur*, le brick que commande Rodney, pour ramener à Soledad le corps d'Alister, qui devait être enterré sur l'île. J'étais jeune alors et ne faisais, comme secrétaire-intendant, qu'exécuter les ordres. C'est pendant ce séjour que Maxence – il avait cinquante-neuf ans, âge qu'il portait allégrement – rencontra une veuve d'origine espagnole, encore désirable, qui cherchait consolation et surtout une nouvelle position sociale. Charmeuse, peu farouche, ardente au lit comme le sont souvent les femmes du Sud, elle entreprit de faire la conquête de lord Maxence, et y réussit. Nous la ramenâmes à Soledad comme supposée fiancée en attente de mariage. Quand Mary, la veuve d'Alister, mit au monde sa seconde fille, elle la baptisa Charlotte, le prénom qu'avait souhaité le père défunt pour son troisième enfant, si c'était une fille. Cela, bien sûr, par révérence au souvenir du roi martyr Charles Ier. Sur notre île, où l'influence espagnole demeure vivace, la nourrice castillane fit de Charlotte une Carlota, ce qui plut à tous sauf à la brune entreprenante, qui se nommait elle aussi Carlota. La dame, qui dès son arrivée à Soledad s'était comportée en future maîtresse des lieux, détestait Mary, en qui elle voyait la mère des héritiers Cornfield. Elle prit ombrage d'entendre appeler l'enfant d'un prénom prétendument usurpé.

« Il ne peut y avoir deux Carlota », se répandit-elle, et elle s'en plaignit à lord Maxence.

– Curieux comportement, qui en dit long sur la personnalité de cette femme, hasarda timidement Charles.

– Certes ! Amoureux comme peuvent l'être les vieillards séniles qui croient tenir leur bonne fortune d'un amour sincère et désintéressé, il exigea que l'on changeât aussitôt le prénom de sa petite-fille. Sa maîtresse lui souffla celui de Lamia, assurant qu'il convenait à l'enfant, puisque c'était le nom d'une déesse destinée à semer le bonheur autour d'elle. J'étais le seul à connaître, comme vous, l'allusion mythologique, mais je n'y aurais vu qu'un caprice de la future lady Cornfield si je n'avais appris, entre-temps, qu'elle se livrait aux pratiques magiques de nos plus arriérés Arawak, de qui elle avait su se faire des alliés. Elle croyait à l'influence des sorts, des philtres, des incantations, faisait des offrandes aux zemis qui, comme vous le savez, sont les protecteurs tutélaires des Lucayens [1]. Lord Maxence, que je mis en garde, se moqua de moi, parla de superstition indigne d'un chrétien, et imposa le prénom de Lamia.

– Et qu'est devenue l'intrigante ?

– Après la mort de lord Maxence le 5 mai 1821, le même jour qui vit votre empereur Napoléon Ier rendre l'âme à Sainte-Hélène, en plein accord avec Simon Leonard Cornfield, héritier du titre de baronet, qui allait sur ses vingt ans et rentrait d'Angleterre où il avait étudié, nous avons vivement embarqué la dame sur le *Centaur* pour la reconduire à La Nouvelle-

1. Idoles des Antillais précolombiens, les zemis étaient constitués de pierre, de terre cuite, de craie, voire de coton.

Orléans. Après avoir toutefois extrait de ses bagages tout ce qu'elle avait dérobé à son vieil amant, lequel était bien près de l'épouser quand son cœur avait subitement cessé de battre, conclut Carver, ému.

L'arbre généalogique des Cornfield ainsi planté aurait eu de quoi satisfaire la curiosité de Charles Desteyrac si son domestique, fort bavard, n'avait fait allusion à plusieurs reprises « aux épouses » du maître de l'île. Aussi osa-t-il demander à Carver de compléter son information sous le même prétexte déjà avancé de ne pas commettre d'impair lors de ses conversations avec le dernier des Cornfield.

– J'ai cru comprendre que lord Simon est lui-même veuf depuis un certain temps, risqua-t-il.

– Deux fois veuf, mon ami. Et d'épouses fort différentes, dont la seconde fut la mère d'Ottilia. Mais, ici, personne ne fait jamais la moindre allusion à ces mortes, et je vous conseille de vous conformer à notre règle, conclut le major qui, les verres étant vides, fit comprendre que l'entretien était terminé.

Les deux hommes se serrèrent la main et Charles regagna son bungalow. Il ne fut pas surpris d'y trouver, assis sur les marches de la galerie, Timbo qui, la tête dans ses bras croisés, somnolait en attendant le retour de l'ingénieur.

– Pourquoi n'es-tu pas couché ? Il est minuit passé, demanda Charles.

– Jamais avant que le maît'e do'me, dit Timbo.

– Alors, prépare-moi un verre d'eau glacée : j'ai une lettre urgente à écrire. Il faudra trouver, demain matin, quelqu'un pour la porter à lady Lamia Cornfield à Buena Vista, dit l'ingénieur en s'asseyant à sa table de travail.

– À Fish Lady, une lett'e demain ? fit l'Arawak, interloqué.

– Oui. Est-ce une mission difficile ?

– Pe'sonne va jamais voi' Fish Lady, mossu. Elle veut pas pe'sonne de Soledad sur Buena Vista. Et puis, faut un bateau. Y a plus de pont, mossu.

– Je sais qu'il n'y a plus de pont. Mais si je veux qu'on porte un message à lady Lamia, comment dois-je m'y prendre ? C'est pourtant simple, non ?

– Faut p'têt' demander à si' Carve'. Il a''ange tout.

– Le major Carver sait que je dois écrire à lady Lamia. Il m'a dit : « Donnez votre lettre à Timbo : il se débrouillera pour la faire parvenir à destination. » Alors, tu vas t'en occuper ! Sinon, je dirai à sir Carver que tu fais des manières pour porter un message à Buena Vista, fit Charles, agacé par ces atermoiements.

– C'est pas des maniè'es, mossu. Fish Lady elle jette aux 'equins ceux qui vont chez elle avant même qui zexpliquent pou'quoi y sont venus. C'est une so'ciè'e. Elle nage sous l'eau la nuit, toute nue, avec les poissons. Ici, on a tous peu' de Fish Lady.

– Demain matin, très tôt, tu prendras le dog-cart et tu iras au village des pêcheurs, à Southern Creek. Là, tu demanderas à un qui possède une barque et qui connaît les gens de Buena Vista de te faire traverser. Le temps est calme, ce sera sans risque. Le pêcheur saura où le bateau-poste de Nassau débarque le courrier deux fois par mois.

– Sû' que des gens de Fish Lady me saute'ont dessus, mossu. P'têt' ils me donne'ont des coups !

– Tu diras que c'est une lettre très importante pour lady Lamia. Une lettre de l'ingénieur français qu'elle a vu de loin, avec le lieutenant Tilloy, au bord de Devil

Channel. Tu demanderas qu'on te conduise à elle et tu lui remettras très respectueusement mon message. Compris ?

– Comp'end'e c'est pas fai'e, mossu.

– Si tu es conduit par un pêcheur que les gens de Buena Vista connaissent, tu n'auras pas d'ennuis. À toi de bien choisir ton guide.

– Ça me plaît pas bien, ça, mossu.

– Que ça te plaise ou pas, il faut le faire. Si tu veux rester à mon service, tu dois obéir, sinon je demanderai à sir Carver de te remplacer par un Arawak plus courageux.

Piqué au vif, l'Indien se redressa.

– J'i'ai po'ter, Mossu l'Ingénieu'. Même si Timbo doit pas reveni', dit-il, résigné.

– Tu reviendras, tu n'auras plus peur de Fish Lady et tu seras récompensé ! conclut Charles d'un ton enjoué.

Timbo accomplit sa mission en tremblant, mais reparut au milieu de l'après-midi. Il avait l'air fanfaron de qui a triomphé du mauvais sort : il rapportait la réponse de lady Lamia.

– Tu vois qu'elle ne t'a pas jeté aux requins, plaisanta Charles.

– Elle m'a fait ga'der pa' un diable de nèg'e sous un arb'e. Le nèg'e m'a donné à boi'e du lait de chèv'e. J'étais bien content de pa'ti', mossu, avoua Timbo en tendant la lettre à Charles.

L'écriture ferme et élégante annonçait une femme habituée à tenir la plume. Le texte bref, rédigé en français sur papier orné d'un simple monogramme, prouvait que la sœur de lord Simon ne manquait ni d'instruction ni de savoir-vivre.

« Monsieur l'Ingénieur, j'apprécie que vous ayez la courtoisie de me faire connaître le projet de pont que mon estimé frère, lord Simon Leonard Cornfield, veut faire établir entre Soledad et Buena Vista. Je vous recevrai donc avec intérêt demain matin. Un bateau vous attendra, à partir de huit heures, au port de Southern Creek. Lamia Charlotte Cornfield. »

Invité par Mark Tilloy à partager avec le major Carver les conques et langoustes que le marin avait pêchées le matin même, Charles put, à l'heure du dîner, informer les deux hommes du succès de sa démarche auprès de Fish Lady.

– Le fait qu'elle ait répondu en français à votre lettre indique que sa considération est plus qu'une simple formule épistolaire, commenta le major.

– Et sa décision de vous faire conduire à Buena Vista par un de ses bateaux, ce qui me prive du plaisir de vous accompagner, révèle d'assez bonnes dispositions, ajouta Tilloy.

Tout en dégustant les mollusques à chair blanche, frits et accompagnés de riz, de haricots rouges et d'une sauce épicée, l'ingénieur développa les arguments qu'il comptait faire valoir, le lendemain, pour convaincre lady Lamia d'accepter qu'un pont prît appui sur son domaine.

Edward Carver déclara que la religion de Lamia était faite et qu'il craignait que Desteyrac ne pût faire changer d'avis « cette femelle têtue comme une mule ».

– Son opposition à une liaison de fer, de pierre ou de bois entre Soledad et Buena Vista ne relève pas d'un raisonnement logique, mais d'une répulsion viscérale pour tout ce qui faciliterait les contacts de ses gens – j'allais dire de ses sujets – avec la société qu'elle a reniée. À ses yeux, le pont serait non seulement une réalisation matérielle contraignante, mais aussi et surtout le symbole du rattachement de l'Éden au monde corrompu par la civilisation britannique. Entre Buena Vista et Soledad, mes amis, il y a plus qu'une faille rocheuse, il y a le péché originel ! lança le major, pince-sans-rire.

– Il est certain qu'un pont, que tout le monde pourra emprunter pour passer d'une île à l'autre, sonnera le glas d'une indépendance reconnue et admise, murmura Tilloy.

– On dit que Cornfield, quand il hérita le titre et l'île, ne fut pas mécontent d'abandonner à sa sœur un domaine sauvage séparé du sien, observa Charles.

– C'est exact. Dès son arrivée d'Angleterre, Lamia, à peine sortie de l'adolescence, tenta de convaincre son frère de l'urgente nécessité d'abandonner la conception que leurs parents et grands-parents avaient de la vie coloniale. Pour elle, il fallait rendre les Lucayes aux Lucayens. Lord Simon trouva les réformes proposées inacceptables. Elles auraient non seulement anéanti son autorité, mais surtout marqué une régression pour les indigènes en condamnant d'avance tout apport du progrès. Il y eut palabres, disputes, colères, et Lamia fut exilée sur Buena Vista avec l'autorisation d'y pratiquer le mode de vie qui lui plairait, à condition de ne plus se mêler des affaires de Soledad, expliqua Edward Carver.

– Mais lord Simon n'avait pas imaginé que sa sœur pût un jour faire sécession et se considérer libre de tout lien, au propre comme au figuré, avec le propriétaire de son îlot ! compléta Mark.

– Peut-être sera-t-elle sensible au fait qu'un pont constituerait un facteur de sécurité pour les habitants de Buena Vista. N'est-ce pas le lieu habité le plus exposé aux tempêtes et aux ouragans ? demanda Charles.

– Pour une évacuation rapide de l'îlot, un pont serait en effet fort utile. Buena Vista est une sorte de cap Finisterre, le premier obstacle que rencontrent les vents d'est qui poussent la forte houle vers l'archipel. C'est sur cet îlot que l'on compte toujours le plus de dégâts et de victimes, confirma le major.

Quand les trois hommes se séparèrent, Charles Desteyrac, perplexe, regagna son logis. Sa démarche diplomatique auprès de l'irascible Fish Lady avait-elle une chance d'aboutir ? Quoi qu'elle décidât, il devrait lancer un pont entre l'île et l'îlot, que cet ouvrage fût ou non accepté par l'occupante de Buena Vista. Il s'endormit en pensant que lord Simon serait sans doute contraint de faire acte d'autorité pour imposer l'ouvrage auquel il tenait et dont la réalisation apparaissait maintenant à l'ingénieur, à plus d'un titre, comme une entreprise risquée...

Le lendemain, ayant quitté son bungalow à l'aube, conduisant lui-même son dog-cart, Charles Desteyrac suivit la route de la côte ouest, parcourue avec Tilloy dès les premiers jours de son arrivée. Il se présenta dans le petit port de Southern Creek assez tôt pour voir arriver, monté par un seul homme, un petit voilier bahamien.

C'était un de ces bateaux que construisaient depuis 1785, dans un chantier naval situé à Hope Town, sur l'île d'Abaco, les descendants de la famille de John Albury, un loyaliste arrivé sur l'île dès 1783 avec des douzaines d'autres comme David Aitkin, William Armstrong, André Blanchard, James Brown, John Burnet, Donald Cameron, William Kennedy. Ces fidèles à la couronne d'Angleterre, qui refusaient de devenir américains, avaient reçu chacun de quarante à quatre cents acres de terre offerts par le gouverneur de la colonie britannique. Au dire du lieutenant Tilloy, qui possédait l'un de ces bateaux, ceux des Albury – coque en bois de Madère, pont de teck, garnitures, étriers et étambrais de bronze, allumelles de laiton, voile de coton grossier – restaient, en dépit des progrès de l'architecture navale, les plus sûrs et les mieux adaptés à la navigation dans l'archipel.

Le marin délégué par lady Lamia repéra tout de suite l'étranger debout sur l'appontement. Il accosta avec adresse puis, dans un grand sourire, fit signe à Charles d'embarquer. Tandis que le voilier s'éloignait de Soledad, l'ingénieur comprit que toute conversation avec son convoyeur serait impossible, l'homme étant sourd et muet. Charles admira la défiance de Fish Lady : elle se gardait ainsi de toute indiscrétion, le marin ne pouvant ni entendre les questions que le visiteur aurait eu envie de poser ni y répondre. L'ingénieur constata en souriant que la sœur de Cornfield savait appliquer une variante du proverbe bahamien lu quelques jours plus tôt dans un recueil mis à sa disposition par Tilloy : « *When eye no see, mout' no talk*[1]. » Dieu merci, le marin sourd et muet semblait avoir un bon œil de navigateur !

Malgré le revif propre au changement de marée, celui-ci, manœuvrant avec assurance, fit décrire à son bateau une large courbe assez loin du rivage. Pour que le passager ne s'étonnât ni ne s'inquiétât de ce détour, il lui montra du doigt les récifs à demi immergés et lui fit comprendre, par une mimique, qu'il convenait de passer au large du cañon qui séparait les deux îles. À marée montante – c'était le cas –, le courant poussait les bateaux dans la faille où ils pouvaient se briser. Charles convint que la courte traversée entre Soledad et Buena Vista était bien aussi dangereuse que le soutenait lord Simon.

Au bout de l'appontement devant lequel se présentait chaque quinzaine le bateau-poste qui desservait la vingtaine d'îles habitées de l'archipel, une charrette du type wagonnette, dépourvue de dais, attendait le visiteur. Pour n'être ni sourd ni muet, le conducteur, d'aspect aussi rustique que la voiture, se révéla peu loquace. Charles dut se satisfaire d'un bref salut que l'homme lui adressa sans quitter son siège. De part et d'autre du chemin de terre battue qui conduisait à la demeure de lady Lamia, le Français vit surtout des champs de sisal, de blé indien, de patates douces, disséminés sur une lande verdoyante où paissaient des moutons entre des affleurements de rochers. Il fut sensible au contraste entre ces lopins biscornus, cultivés de façon anarchique, et les champs d'une géométrie concertée exploités sur Soledad.

---

1. « Quand l'œil ne voit pas, la bouche ne parle pas. »

Sur l'îlot, personne ne s'était soucié d'aligner les palmiers au long des chemins. Aussi s'élevaient-ils ici et là, et les îliens les abattaient quand ils devenaient gênants. Dans les bosquets se côtoyaient toutes les essences rassemblées par le hasard des germinations. Cette autonomie de la nature, loin de nuire à l'harmonie du paysage, lui conférait au contraire un charme bucolique dont la mise en ordre coloniale avait privé Soledad. Bien que Carver et Tilloy eussent insisté sur la volonté de lady Lamia de maintenir sur son domaine toutes les conditions de la vie primitive des Lucayens, Charles constata que ces derniers n'habitaient pas, comme les Taino du dernier village arawak de Soledad, des cases aux murs de bambou et toits de palmes. Ici les Indiens, les Noirs, les mulâtres occupaient de petites maisons couvertes de tuiles de bois. Pour jointoyer les blocs de calcaire corallien, parfois grossièrement équarris, qui constituaient les murs de ces habitations basses, capables de résister aux ouragans, les gens de Buena Vista fabriquaient un mortier à base de sable et d'une chaux obtenue en brûlant, dans des fours creusés dans le roc, du corail broyé avec des coquilles de conques.

Quand la wagonnette s'arrêta devant une grande bâtisse de pierre taillée, flanquée de deux ailes, pourvue d'un étage et d'une galerie ouverte sur une terrasse dallée, la sœur de lord Simon vint au-devant du visiteur. À distance, Charles n'avait pu distinguer les traits de la maîtresse de Buena Vista. Au premier regard, il fut séduit par l'apparence de cette femme. Elle approcha d'une démarche féline et tendit deux mains aux longs doigts fuselés que Charles serra en s'inclinant.

– Soyez le bienvenu, Monsieur l'Ingénieur, dit-elle dans un français teinté d'un léger accent anglais.

Une bouche large aux lèvres charnues, épanouie par un sourire qui découvrait une denture dont la blancheur paraissait avivée par le contraste de la peau cuivrée, un nez fin et busqué, des joues creuses aux pommettes saillantes, de grands yeux fendus en amande dont l'iris, diamant noir sous l'arc allongé des sourcils, fixait Charles avec une troublante intensité : tout conférait au visage de Lamia, surmonté d'une opulente chevelure gris acier, une beauté fascinante et farouche.

Elle ne fut pas sans remarquer l'effet produit.

Elle savait que le Français était là pour la convaincre de l'utilité d'un pont qu'elle ne souhaitait pas voir construire. Charles, quant à lui, était bien décidé à ne rien dissimuler des volontés de lord Simon.

Il suivit son hôtesse dans la maison, où régnait une agréable fraîcheur. Le décor n'avait rien de la rusticité des premiers abris coloniaux. Meubles, sièges et tableaux révélaient le sens raffiné du confort et les goûts très aristocratiques de la maîtresse de maison. « La substance de la vie primitive ne franchit pas le seuil de Fish Lady », se dit l'ingénieur en acceptant avec un sourire le fauteuil que lui désignait lady Lamia. Nullement pressée d'en venir à l'objet de la visite de Desteyrac, elle claqua des doigts pour faire apparaître une domestique noire qui portait, sur un plateau de bois, des jus de fruits colorés.

– Ainsi, vous venez de Paris. Ville accueillante, d'une riche vie intellectuelle et artistique. Je l'ai habitée dans ma jeunesse, quand j'étais pensionnaire chez les Dames ursulines. Ce sont elles qui m'ont appris le français, que j'ai, hélas, peu l'occasion de pratiquer ici, d'où des impropriétés de langage que vous me pardonnerez.

Charles protesta qu'il ne trouvait rien à redire à la façon de s'exprimer de son hôtesse, et qu'il appréciait qu'elle usât du français pour le mettre à l'aise.

Après les considérations d'usage sur les îles, leur climat idyllique, les qualités et défauts des indigènes, Desteyrac, bien que sous le charme de son hôtesse, décida d'en venir au pont en usant de la dialectique qu'il avait choisi d'adopter. L'œil mi-clos, Lamia écouta l'ingénieur définir la mission dont il était investi. Il commençait à développer les arguments susceptibles de justifier la construction d'un pont, quand elle l'interrompit :

– C'est mon frère, bien sûr, qui vous a chargé de venir me voir pour démontrer la nécessité d'un ouvrage solide qui permettrait une communication sûre et permanente entre nos deux domaines. Je connais tous ses arguments et je n'imagine pas qu'il en ait trouvé de nouveaux depuis la destruction du dernier pont par une tempête, ainsi que je l'avais prévu. N'est-ce pas ?

– Sachez, madame, que je suis venu de mon propre chef. Lord Simon ignore tout de ma démarche, qu'il n'eût sans doute pas approuvée, répondit Charles avec assurance.

Lady Lamia parut surprise.

– Alors je dois seulement voir dans votre démarche spontanée une illustration de la courtoisie française ? fit-elle, franchement moqueuse.

– Peut-être est-elle inutile, madame, car vous savez aussi bien que moi qu'étant, comme il me l'a rappelé à plusieurs reprises, propriétaire de Soledad aussi bien que de Buena Vista, votre frère se passera de votre acceptation et imposera les travaux. En les refusant, vous m'enfermeriez dans une alternative délicate : construire le pont et vous déplaire, ou renoncer à un chantier exceptionnel et prendre le premier bateau pour la France, exposa Charles avec une feinte amertume.

– Et que déciderez-vous si mon frère veut user de la force, ce dont il est capable, pour obtenir la construction d'un ouvrage que j'estime inutile ? s'enquit lady Lamia.

– Avant de vous connaître, j'aurais obéi sans hésitation à lord Simon, mais je vous ai rencontrée et ne puis envisager, madame, de violer votre domaine et de prendre appui sur Buena Vista sans votre permission.

Le propos de Charles prenant valeur d'engagement, un haussement de sourcils traduisit l'étonnement satisfait de lady Lamia. Elle prit un long temps de réflexion, invita Charles à goûter le breuvage glacé servi dans de beaux verres, but elle-même à petites gorgées tout en posant sur l'ingénieur le regard circonspect de celle qui doute de la sincérité de son interlocuteur. L'examen dut être favorable, car elle sourit et son regard devint velours. Ce Français grand et fort, au visage maigre, au regard clair, assuré, galant mais assez habile pour conduire le débat à son gré, l'intéressait. Et puis, il la traitait en femme, ce qui ne lui arrivait plus.

Comme le silence se prolongeait, Charles, décidé à jouer à fond le jeu de la séduction, reprit la parole avec gravité.

– Je crois comprendre qu'il me faudra renoncer à imaginer et à construire un pont qui n'aurait pas eu, étant donné le site, son pareil au monde. Bien qu'il en coûte à l'ingénieur des Ponts et Chaussées que je suis d'abandonner une entreprise aussi originale, déçu, je quitterai Soledad, dit-il.

Abandonnant son siège, il ramassa son chapeau et donna à ces gestes valeur de prémices d'un départ annoncé. D'une main vive, Lamia le retint par la manche et l'invita à se rasseoir.

– À votre tour, monsieur, vous m'enfermez dans une alternative embarrassante. Ou j'accepte le pont, mon frère triomphe et vous faites la démonstration de vos talents d'ingénieur ; ou je m'oppose à la construction, j'entre en conflit ouvert avec mon frère et je nuis à votre carrière, dit-elle, acceptant le jeu où Desteyrac voulait l'entraîner.

– Je respecterai votre choix et ne vous en tiendrai pas rigueur s'il m'est défavorable, dit Charles, jouant avec son panama.

Lady Lamia s'amusait de ce marivaudage inattendu. Il lui rappelait l'heureux temps où, jeune et belle, elle inspirait aux hommes de pareils assauts mondains. Décidément, cet ingénieur lui plaisait. Elle devinait en lui force de caractère, intelligence vive, élégance de mœurs, réalisme courageux. Il promettait de surcroît une relation enrichissante sur ces îles où elle n'avait pour interlocuteurs que des indigènes sans instruction et des colons uniquement préoccupés d'agriculture, d'élevage et de commerce. Très habilement, Charles Ambroise Desteyrac, usant d'un charme viril, lui rappelait sa propre féminité, éveillait ses scrupules, reconnaissait son autorité et lui attribuait une responsabilité majeure. Du coup, le refus ou l'acceptation du pont dépassait la simple matérialité d'un ouvrage d'art pour atteindre au choix allégorique.

– Faites votre pont, Monsieur l'Ingénieur, finit-elle

par lâcher en retirant des mains de Charles le panama qu'il torturait depuis un moment.

Il lui baisa le bout des doigts, ce qui amena chez la femme un frémissement oublié. Bien que vainqueur, Charles tint à développer les arguments préparés. La sœur de lord Simon les écouta d'une oreille distraite, puisqu'ils devenaient sans portée dès lors qu'elle admettait la construction du pont. Desteyrac voulut cependant connaître les raisons qui, jusque-là, avaient conduit la maîtresse de Buena Vista à refuser une liaison solide entre son île et celle de son frère. Elle expliqua qu'elle avait toujours souhaité protéger les derniers Lucayens de l'influence pernicieuse des Blancs, buveurs d'alcool, fornicateurs impénitents, âpres au gain, qui traitaient souvent les indigènes comme des serfs, interdisaient leurs pratiques ancestrales ou s'en moquaient. Elle reconnut toutefois que ses efforts pour maintenir cette vie saine et primitive avaient de moins en moins d'effet.

– Nos indigènes se déplacent par la mer. Ils ont des parents et des amis sur Soledad et sur d'autres îles où les colons ont importé, avec le confort et l'hygiène, un mode de vie plus facile. Quand nous allons à Nassau, une fois par mois, vendre nos éponges, les garçons vont acheter des montres, des couteaux, des ceintures, des chemises, et les filles des robes, des chapeaux et même de la poudre de riz ! Au retour, ils racontent ce qu'ils ont vu et entendu, et j'ai bien du mal à leur faire admettre, ensuite, que la vraie vie est ici et qu'il est mieux d'imiter leurs aïeux que les Blancs de Nassau, confessa-t-elle.

– Ainsi, le pont perd beaucoup de son importance

en tant que chemin interdit vers la civilisation corrompue ! ironisa Charles.

– J'ose espérer que mes gens seront nombreux à ne pas le passer, surtout si vous faites en sorte que je puisse maintenir sur Buena Vista cette oasis de vie primitive pour ceux qui voudront continuer à la partager, répondit Lamia.

– Lord Simon, qui redoutait votre opposition, sera heureux de la savoir levée. Cela me permettra de lui conseiller de limiter l'usage du pont entre Soledad et Buena Vista, sinon à ses seuls déplacements, du moins à ceux des gens qui auraient motif de se rendre d'une île l'autre et, naturellement, en cas de catastrophe.

– J'ose espérer, en revanche, que vous le franchirez souvent pour venir me voir. En attendant, nous allons passer à table. On m'a livré ce matin de belles langoustes, dit Lamia.

Elle prit le bras de Charles pour le conduire dans une salle à manger au classique mobilier Chippendale. Avant le dessert, composé de fruits fraîchement cueillis, Charles obtint l'autorisation d'établir entre Soledad et Buena Vista un va-et-vient par câbles aériens qui lui permettrait de passer d'une île à l'autre dans une nacelle pour étudier le terrain et préparer ses plans.

Au milieu de l'après-midi, M. Desteyrac regagna Soledad par la mer, à marée basse. Une complicité spontanée s'était établie en quelques heures entre l'ingénieur et la maîtresse de Buena Vista. Ils se séparèrent sur le ponton où Lamia avait tenu à l'accompagner, montrant ainsi à ses gens en quelle estime Fish Lady tenait son visiteur.

– Si je m'étais opposée à vous et à votre pont, mon

frère, cet obstiné, aurait engagé un autre ingénieur qui n'aurait sans doute pas eu vos prévenances, glissa-t-elle, malicieuse, à l'oreille de Charles, sans doute pour atténuer la portée de sa victoire.

– En somme, vous avez accepté le pont en sachant que, n'importe comment, il vous serait imposé ! répliqua le Français, un peu dépité.

– Ce n'est pas le pont que j'ai accepté... c'est vous ! dit-elle en tendant sa main à baiser.

2.

Quelques jours après sa visite à lady Lamia, Charles, pour la première fois depuis son débarquement sur l'île, fut invité à dîner par lord Simon. Il crut nécessaire d'informer Edward Carver de cette soudaine faveur.

– Simon m'a fait part de son intention. Il ne veut pas que vous restiez sur la mauvaise impression qu'il a pu produire le jour de votre arrivée, alors qu'il était profondément contrarié par les nouvelles de sa fille et dérouté par la présence inopinée de son neveu. Je puis vous dire que vous dînerez tête à tête. Il n'a pas jugé utile de me convier, pas plus que Malcolm Murray, dit le major, dissimulant sous un sourire une petite déception.

– Sachant le peu de rapports que lord Simon entretient avec sa sœur, j'imagine qu'il veut savoir comment lady Lamia a accueilli son projet de pont, suggéra Charles, qui avait déjà fait part au major du succès de sa démarche.

– Certainement, mais je crois surtout que Simon veut vous mieux connaître. Je lui ai expliqué qu'un ingénieur diplômé de l'École des ponts et chaussées de Paris appartient à une élite, très prisée par les ministres chargés des Travaux publics dans les gouvernements européens. J'ai dû aussi, en réponse à sa question, lui donner les raisons politiques de votre refus de travailler pour Napoléon III. Il aime ceux qui mettent leurs actes en accord avec leurs idées, précisa Carver.

– Peut-être alors pourrons-nous nous entendre, fit Charles.

– Bien qu'il ne s'agisse que d'un petit dîner informel, mettez tout de même un costume et une cravate noire, mon ami, conseilla le major en raccompagnant l'ingénieur.

Le tailleur n'ayant pas encore livré les vêtements commandés, Desteyrac, soucieux d'être dans le ton, endossa donc sur une chemise blanche son meilleur costume, que Timbo avait adroitement repassé. Sa tenue, pour correcte qu'elle fût, lui parut incongrue sous une latitude à la fois tropicale et britannique.

– Ici on s'habille blanc pour dîner, mossu, observa Timbo, réprobateur.

– Dès que Fili-Fili Percy aura fini, je ferai meilleure figure. En attendant, lord Simon me prendra comme je suis, répliqua Charles, d'autant plus agacé qu'il se sentait mal à l'aise.

Puis il ordonna :

– Attelle Zéphyr et conduis-moi à Cornfield Manor. On ne fait pas attendre le seigneur de Soledad !

La voiture n'était pas immobilisée devant l'escalier du manoir que lord Simon apparut sur la galerie, main tendue. Charles constata avec satisfaction qu'il portait un simple complet de flanelle grise et une cravate dans le même ton. Cette tenue de dîner, sans doute inhabituelle chez le maître de l'île, prouvait la déférence que, gentleman, il entendait marquer à un invité étranger encore démuni de vêtements adaptés au climat.

– Je suis bien aise que vous ne me teniez pas rigueur, Monsieur l'Ingénieur, de mon précédent accueil, plus que désinvolte. Sir Edward a dû vous dire que j'ai beaucoup de soucis en ce moment.

Le sourire du lord était chaleureux et son ton sincère.

L'hôte entraîna son invité dans le long vestibule qui traversait la demeure d'une façade à l'autre. Décoré de nombreux tableaux qui représentaient des paysages anglais dans le goût de Crome et de Constable, meublé de consoles, de coffres anciens et de commodes qui supportaient quantité de bibelots, statuettes de bronze, biscuits, coupes armoriées, chandeliers d'argent, vases de Chine, il devenait, ainsi que l'annonça le maître de maison, « salle de bal les soirs de grande réception ». Charles repéra, de part et d'autre de ce hall palatin, la double envolée d'un large escalier qui conduisait à l'étage, et une succession de belles portes de chêne à deux vantaux donnant accès aux pièces du rez-de-chaussée. Cornfield ouvrit l'une d'elles et invita Charles à pénétrer dans un salon dont le mobilier n'eût pas été déplacé dans un hôtel de Mayfair.

Une fois son visiteur installé près d'un guéridon sur lequel trônait un carafon de madère et de beaux verres en cristal taillé, lord Simon prit l'initiative de servir lui-même le vin – « nouveau témoignage de courtoisie », pensa l'ingénieur.

– Bienvenue à Cornfield Manor, cher monsieur ! dit Simon Cornfield en levant son verre comme qui porte un toast.

Charles but une gorgée de vin, exprima son plaisir d'être accueilli dans une si belle demeure, et attendit.

– Alors, mon cher, vous avez pénétré, à ce qu'on

m'a rapporté, dans l'antre de la sorcière... Je veux parler, bien sûr, de ma sœur, lady Lamia.

– Je serais resté sur le seuil de l'antre si Mademoiselle votre Sœur ne m'avait très aimablement convié à prendre chez elle, d'abord un rafraîchissement, ensuite un excellent déjeuner.

Lord Simon ne cacha pas son étonnement.

– Eh bien, c'est une nouvelle ! Lamia vous voit pour la première fois, sans doute comme un intrus redoutable, et elle vous reçoit à sa table. *My God*, elle s'est civilisée ! Mais vous sentez-vous bien ? Elle n'a pas tenté de vous empoisonner, au moins ? lança gaiement Simon.

– Elle voulait connaître le projet que vous m'avez chargé d'étudier, dit Charles sans relever la boutade.

– C'est une fieffée curieuse, Lamia...

– Curiosité légitime, puisque le pont prendra appui sur sa propriété et...

– Sachez, cher monsieur, qu'il n'y a sur ces îles qu'un seul propriétaire : moi ! Buena Vista est le domaine que j'ai attribué à ma sœur, dont les modes de vie et de pensée sont différents des miens et de la plupart des gens civilisés, coupa Cornfield en posant assez brutalement son verre sur le guéridon.

L'Anglais se carra dans son fauteuil, un peu confus de s'être laissé aller à un mouvement d'humeur en présence d'un étranger.

– Elle a dû vous dire qu'elle est opposée à la construction d'un pont entre la grande île et son îlot, sur lequel j'ai une petite résidence où j'aime séjourner par les grosses chaleurs, reprit-il.

– Elle m'a montré, de loin, votre petit manoir. C'est une construction très élégante et bien orientée pour recevoir la brise marine. Mais il est exact que lady Lamia estime inutile la construction d'un pont entre les deux îles. « Ce n'est rien, m'a-t-elle dit, d'aller d'une île à l'autre par la mer », ce qu'elle m'a fait faire à bord d'un voilier gouverné par un sourd-muet, dit Charles.

Lord Simon haussa les épaules et vida son verre.

– Je reconnais bien là ma sœur. Elle se croit persécutée et s'entoure d'étranges domestiques. Son sourd-muet fait partie des gardes du corps. Mais passons aux choses sérieuses : parlez-moi de votre inspection, Monsieur l'Ingénieur, poursuivit le lord.

– Je me suis rendu compte que, même par mer calme, tout abordage à Buena Vista est risqué. Hormis un débarcadère branlant, il n'existe aucun accostage organisé. L'îlot, au contraire de Soledad, est dépourvu de plages. Les rochers plongent abruptement dans la mer et de nombreux récifs, dissimulés à marée basse, entourent cette pointe. Mark Tilloy, qui connaît les abords de l'îlot aussi bien que les pêcheurs, ne s'en approcherait pas quand la mer est grosse et le vent d'est fort.

– C'est connu. Mais encore ?

– Eh bien, j'ai trouvé la faille qui sépare Soledad de Buena Vista assez impressionnante. L'océan s'y engage impétueusement des deux côtés à la fois et même hier, à marée basse, la collision des vagues opposées provoquait une sorte de jaillissement. Quand la houle est forte, j'imagine ce qui peut se produire et je conçois que votre dernière passerelle de bois ait été emportée.

– Vous voyez juste ; aussi, ne tenez aucun compte des récriminations de ma sœur et construisez-moi un pont – en bois, en fer ou en pierre – qui soit indestructible. Si vous avez besoin d'aide pour imposer vos travaux sur Buena Vista, faites-le-moi savoir. J'irai moi-même, avec mes gens, la mettre à la raison ! gronda Simon.

– Vous n'aurez pas à faire acte d'autorité, monsieur. Lady Lamia ne formule plus de récriminations. Elle accepte le projet de pont, dit Charles, assez satisfait de voir un Cornfield éberlué se redresser vivement dans son fauteuil.

– *My Lord !* Elle accepte, elle se rend, elle veut bien que votre pont prenne appui sur son rocher ! Ce retournement est tout bonnement inattendu. Ma petite sœur s'est jouée de vous, c'est sûr, et...

– Non, monsieur, elle ne s'est pas moquée de moi, interrompit Charles. Lady Lamia est une femme sensée, intelligente, sensible. Elle subodore que l'évolution des mœurs et les avancées du progrès, perceptibles dans tout l'archipel, condamnent à terme le mode de vie qu'elle s'efforce d'entretenir sur Buena Vista, coupa Charles.

– Je suis stupéfait par ce revirement. Mais je crains qu'après cet accord verbal Lamia ne suscite, sous de fallacieux prétextes, les pires difficultés et ne rende impossibles vos travaux sans une vigoureuse intervention de ma part.

– Je ne le pense pas. L'acceptation de lady Lamia est franche et sincère. Elle me l'a d'ailleurs prouvé en acceptant que je fasse établir un va-et-vient aérien avec nacelle entre Soledad et Buena Vista pour faciliter mon passage pendant les travaux préliminaires, expliqua Desteyrac.

– Eh bien, Monsieur l'Ingénieur, vous êtes un

fameux diplomate ! Mais, dites-moi, quel est l'argument scientifique qui a pu convaincre ma sœur ?

– Il ne fut pas d'ordre scientifique, monsieur. Je lui ai simplement dit que, sans son acceptation pleine et entière, je renoncerai à construire le pont et que je rentrerai chez moi, dit Charles.

Charles guetta la réaction de son hôte. Celle-ci fut rapide et violente. Lord Simon bondit de son fauteuil et vint se planter devant Desteyrac, le regard flamboyant de colère.

– Vous auriez abandonné ! Vous m'auriez humilié devant tous en fuyant, si ma sorcière de sœur s'était une nouvelle fois opposée au pont ? D'abord, quel besoin aviez-vous d'aller lui demander son avis ? Moi, je m'en suis toujours passé. M'abandonner n'eût pas été une conduite admissible de la part d'un homme que j'ai fait venir de France pour accomplir une tâche précise et bien rétribuée ! s'écria Cornfield, hors de lui.

– Imposer à lady Lamia un ouvrage qui prendra appui à un demi-mile de sa demeure n'eût pas été une conduite de gentleman, monsieur, répliqua Charles, impavide.

Les mains jointes sous le menton, il considéra un instant le lord, dont le teint avait viré au vermillon et qui s'efforçait de recouvrer son calme.

– On m'a dit, monsieur, que vos colères peuvent être terribles et durer autant qu'un ouragan. Ne soyez pas offusqué par l'argument hasardeux dont j'ai usé envers votre sœur pour emporter son adhésion. J'ai tout de suite compris que cette femme, un peu étrange, certes, mais de forte personnalité et d'une grande distinction, attendait de moi autre chose que des arguments déjà cent fois répétés. Oui, monsieur, elle attendait de moi autre chose.

– Quoi donc ? Qu'attendait-elle de vous, hein ?

– De la considération, monsieur, seulement de la considération.

Lord Simon regagna son siège en bougonnant, un peu décontenancé par l'attitude de ce Français et soudain plus ému qu'il n'eût souhaité le paraître.

– Oui, lord Simon : lady Lamia a besoin d'être considérée et respectée comme la maîtresse de Buena Vista. D'être aussi considérée et traitée comme une femme. C'est un besoin que trop de gens autour de vous semblent ignorer, assena Charles avec aplomb.

Après un temps de silence, lord Simon servit un second verre de madère à son invité et quitta à nouveau son siège.

– Je dois donner des ordres à mon intendant avant qu'il ne rentre chez lui. Je vous prie d'excuser une brève absence, dit-il en quittant la pièce.

Les échos d'une conversation parvinrent jusqu'à Charles par la porte restée entrouverte. S'il ne put comprendre le sujet de l'entretien entre Cornfield et son intendant, il perçut clairement quelques phrases du lord lancées avec autorité : « Dites à ces lascars qu'ils ne perdent pas de temps à faire des trous inutiles ! J'exige qu'ils commencent à s'organiser pour accomplir le travail prévu. Et puis, dites-leur bien que je ne veux pas les voir vagabonder dans l'île et bavarder avec les uns et les autres. Qu'ils restent là où ils doivent se tenir ! » Desteyrac imagina aussitôt que les lascars en question devaient être les puisatiers dont il s'était entretenu avec Mark Tilloy.

Seul dans le salon, l'ingénieur eut tout loisir

d'admirer les tableaux suspendus aux murs. Quand son hôte, apaisé, souriant et même empressé le rejoignit, il trouva le Français debout, mains au dos, examinant le portrait grandeur nature d'une femme vêtue d'une ample robe de soie bleue. Épaules nues et décolleté profond, elle n'arborait pour toute parure qu'un collier de grosses perles et, à l'échancrure du corsage, une agrafe ornée d'un énorme saphir. Accoudée à une sellette, elle appuyait sur le revers de la main un long et fin visage embrasé par des yeux clairs.

– Ah ! Vous la trouvez belle, n'est-ce pas ? Charles II l'a trouvée lui aussi à son goût, dit Cornfield, désignant le portrait du roi, pendant de celui de la dame.

– Je la vois encore plus mélancolique que pensive. Qui est-elle ? demanda Charles.

– Lady Castlemaine, née Barbara Villers, épouse d'un obscur Irlandais nommé Palmer, devenue duchesse de Cleveland par faveur de notre roi si libertin. Elle influença, et pas toujours de façon bénéfique, le destin de Charles et lui donna deux enfants. Quand la passion de son royal amant s'émoussa, elle se fit entremetteuse pour lui assurer de la chair fraîche. Parmi les dames dont elle encouragea les assiduités a d'ailleurs figuré une Française, Mlle Louise de Kéroualle, une Brestoise que le roi fit duchesse de Portsmouth. On a beaucoup dit que cette Bretonne servait les intérêts de la France jusque dans le lit royal, précisa lord Simon avec un sourire malicieux.

– Certaines étrangères, favorites de nos rois, n'agissaient pas autrement, constata Charles.

– Au risque de scandaliser ceux qui estiment que j'aurais dû suspendre près du portrait de l'avant-dernier des Stuarts celui de son épouse légitime, peu attrayante et stérile, la reine Catherine, sœur d'Alphonse de Portugal, j'ai préféré laisser Charles en compagnie de sa maîtresse préférée.

– Il avait fière allure, votre Charles II dont je porte le prénom ! dit Desteyrac, se déplaçant devant le portrait du monarque en habit de cour.

– Charles est un beau nom, monsieur. Votre mère a fait un bon choix. À notre roi on reconnaissait de gracieuses manières, un physique agréable, des qualités intellectuelles et du cœur, mais son indolence, son goût immodéré des plaisirs, des femmes surtout, et aussi une rouerie que lui imposèrent les intrigues, masquent dans le souvenir de mes compatriotes ses qualités évidentes. Son règne de vingt-cinq années, entre 1660 et 1685, inaugura pour l'Angleterre une période de prospérité : une amélioration de la législation, le développement du commerce maritime et colonial, les embellissements de Londres, l'évolution des arts et des sciences datent de cette époque. Et puis, monsieur Desteyrac, il confirma le droit de coloniser « toute la partie de la Virginie qui descend au sud, depuis le 36e degré de latitude nord jusqu'à la Floride » – que son père, Charles Ier, le roi décapité en 1649, avait accordé en 1630 à Robert Heath, attorney général d'Angleterre.

– N'est-ce pas la meilleure raison d'honorer sa mémoire dans ce salon, en compagnie de la belle lady Castlemaine ? avança Charles.

Lord Simon ne releva pas le léger persiflage et attira son visiteur devant un autre portrait, celui d'un militaire bedonnant, au visage lourd, portant perruque brune et jabot de dentelle. Fines moustaches, long nez, bouche gourmande, fossette au menton, le buste barré par le ruban du très noble ordre de la Jarretière, il tenait en main un bâton de commandement.

– À celui-ci les Cornfield doivent au moins autant qu'aux Stuarts. Voici le duc d'Albemarle, grand écuyer, lieutenant général des armées, comte de Torrington, baron de Potheridge et autres lieux, autrement dit le général George Monk, un vaillant soldat.

– Il a fière allure, concéda Charles.

– Après avoir servi Cromwell et les républicains, Monk se ravisa judicieusement et rendit l'Angleterre à la monarchie en ramenant Charles II sur le trône dont les Têtes rondes l'avaient chassé. Plus que tous ceux qui vécurent la révolution et la guerre civile, cet homme était habile à servir sa fortune en aidant le parti au pouvoir, tout en entretenant de bonnes mais discrètes relations avec celui qui pourrait un jour y accéder. Cela, sans se découvrir prématurément, mais sans attendre non plus que l'on pût se passer de ses services, dit Cornfield, malicieux.

– L'instant de trahir conditionne souvent le profit de la trahison. C'est ce qu'en France nous nommons opportunisme, observa Charles.

– Certes. Mais l'opportunisme est un art difficile. Pour l'exercer bien et avec profit, il faut être intelligent et ne pas s'encombrer de scrupules ordinaires. Il faut être souple en ayant l'air ferme, courageux à bon escient, se faire du jour au lendemain l'homme lige de l'ennemi de la veille et lui abandonner sans états d'âme ceux de vos amis qui l'ont combattu. C'est, hélas, ce que fit Monk au moins une fois dans sa vie, reconnut sans plaisir, mais loyalement, lord Simon.

– Ainsi s'explique la fortune de George Monk ? demanda Charles.

– En partie seulement, car ce militaire, qui avait une bizarre répugnance pour les serments, fut toujours fidèle à l'Angleterre et sut lui rendre le seul gouvernement qui, de tout temps, lui convint. Et puis, on ne doit pas oublier qu'il accomplit la restauration de la monarchie sans verser le sang. Votre François Guizot, qui, avant d'être ministre des Affaires étrangères, fut ambassadeur de France à Londres, a justement défini Monk en écrivant, je me souviens des termes : « Homme capable de grandes choses, quoiqu'il n'eût dans l'âme point de grandeur ; né à la fois pour commander et pour servir ; sensé, patient et hardi ; attaché à son intérêt, mais dévoué aussi, dans toute grande circonstance, à son devoir de soldat et d'Anglais [1] », cita lord Simon.

– Je fais confiance au jugement de Guizot, mais cela n'explique pas que votre famille soit, comme vous le disiez tout à l'heure, redevable à cet homme, rappela Desteyrac en désignant le portrait.

– Parmi les faveurs que Monk reçut de Charles II, dont une dotation perpétuelle de sept mille livres de revenus pris sur les domaines de la Couronne, un siège au Conseil et le titre de grand écuyer, figura aussi, dans la charte du 24 mars 1663, sa désignation parmi les huit lords propriétaires de la Caroline, et, en 1667, des Lucayes, qu'on appelle maintenant Bahamas. Naturellement, cet homme, qui avait pensé un moment fonder une colonie anglaise à Madagascar, ne mit jamais le

1. François Guizot, « Monk : la chute de la république et le rétablissement de la monarchie en Angleterre en 1660 », *Revue française*, 1837. Ce texte a été repris et développé dans un ouvrage du même titre, Didier, Paris, 1855.

pied en Amérique. Il délégua sur place, dans la Caroline, à Charles Town [1], pour le représenter et défendre ses intérêts, un habile filateur de Manchester et éminent juriste, mon ancêtre, James Edward Cornfield, dont le père avait rendu quelques services financiers à celui de George, sir Thomas Monk, alors que la fortune de ce dernier était en grand désordre. Les Cornfield père et fils avaient vu juste en pensant que Monk trahirait les républicains et faciliterait le retour de Charles II. Prévoyant le succès, qu'en bons industriels ils appelaient de leurs vœux, ils prêtèrent au général Monk, qui piaffait en Écosse, de quoi payer son armée pour la décider à marcher sur Londres en 1659. Quand Monk eut remis Charles II sur le trône, les Cornfield lui rappelèrent les services rendus. C'est alors que, sans avoir à débourser une livre qu'il ne possédait pas, Monk, devenu duc d'Albemarle, offrit à James Edward, qui rêvait d'Amérique, la sinécure d'intendant de ses terres en Caroline. En 1667, trois ans avant de mourir, Monk, reconnaissant, lui fit attribuer en toute propriété cette île de Soledad dont il se souciait comme d'une guigne, étant depuis 1664 en charge de l'amirauté pour conduire la guerre contre les Provinces-Unies. Mais cela nous entraînerait loin..., s'interrompit brusquement lord Simon, comme s'il craignait de se laisser aller à trop en dire.

– Voilà pourquoi, après un échange de bons procédés, les Cornfield doivent une certaine reconnaissance au général Monk, constata Charles.

Ils passèrent à la salle à manger, où le repas allait être servi sur une immense table Adam à pieds tri-

1. Devenue Charleston en 1783.

podes, au-dessus de laquelle se balançait un *punkah*[1] actionné par un jeune Indien. Simon Cornfield désigna, au-dessus de la cheminée, le portrait de Charles Ier, « copie du fameux tableau de Van Dyck », précisa-t-il.

– Puisque vous avez la courtoisie de vous intéresser à notre histoire, voici celui à qui, comme vous le savez, Cromwell fit trancher la tête en 1649, escomptant du même coup anéantir la monarchie. C'était compter sans le peuple, qui refusa la république puritaine voulue par les sanguinaires, épilogua Cornfield.

Charles Desteyrac se dit que lord Simon associait volontiers, sans donner de détails, l'histoire de sa famille à celle de l'Angleterre et des colonies d'Amérique. Il estimait sans doute qu'un étranger, engagé pour une tâche précise, ne devait pas en savoir davantage. Avant d'indiquer à son invité la place située face à la sienne, Cornfield fit encore une station devant un buste de marbre posé sur une sellette entre deux fenêtres.

– Je crains que celui-ci ne vous plaise moins, monsieur Desteyrac. Il s'agit de notre cher duc de Wellington.

– Le vainqueur de Napoléon Ier, bien sûr ! Waterloo est un triste souvenir pour nous, Français. Mais l'empereur fut battu par un grand soldat, reconnut Charles.

– Je ne veux en rien diminuer la valeur militaire de notre duc de fer, mort il y a quelques mois – j'ai envoyé Carver me représenter à ses obsèques –, mais il eut en juin 1815 la chance avec lui, n'est-ce pas ?

---

1. Sorte de chasse-mouches géant, suspendu au plafond et manœuvré par un serviteur à l'aide de poulies. Utilisé dans les États du Sud et dans les îles, surtout pendant les repas, il ventilait tout en éloignant les insectes.

– C'est élégant à vous de présenter les choses ainsi. À Waterloo, la chance a en effet changé de camp. Mais ne va-t-elle pas toujours à ceux qui savent s'en faire une alliée ?

– Certes, monsieur Desteyrac.

– Le Bonaparte de Waterloo n'était plus celui d'Austerlitz. Sinon, il n'y aurait pas eu, la veille de la bataille, des ordres égarés, des retards, des incompréhensions et même des trahisons. Mais à quoi bon revenir sur ce combat ? Il a mis fin à des tueries que les Anglais, comme les Français, souhaitent certainement ne pas revivre, dit Charles en s'asseyant devant porcelaines, cristaux et couverts de vermeil.

– Que la paix soit établie solidement et pour longtemps entre nos deux pays ! dit Cornfield, levant son verre empli d'un vin couleur paille.

– Somerset riesling sylvaner, annonça le sommelier à l'oreille de Charles.

Cornfield, fin connaisseur, sachant que son vin d'entrée ne pouvait être comparé au chablis ou au meursault, crut bon de préciser qu'il s'agissait d'un vignoble du Somerset, issu de celui planté par les moines de Glastonbury au XIIIe siècle et mis en bouteille au manoir de Piltont, propriété d'un de ses amis.

– Ce vin, au contraire de beaucoup d'autres, voyage bien. Il a le pied marin ! dit le lord en riant.

– Pas étonnant, puisqu'il est anglais ! répliqua Charles, étonné de voir associer deux cépages alsaciens dans un même vin.

Au cours du repas, ensuite arrosé de vin de Bordeaux et dont une selle d'agneau constitua le plat de résistance, Charles Desteyrac eut l'heureuse surprise de découvrir un Cornfield bien différent de l'aristocrate arrogant entrevu le premier jour, et du coléreux de l'heure précédente. Toutes les questions qu'il posa furent honorées de réponses courtoises et détaillées. Façon de montrer la confiance que le seigneur de l'île, sans doute catéchisé par Edward Carver et satisfait de l'acceptation de sa sœur, décidait d'accorder à l'ingénieur.

Le dîner achevé, alors que le maître d'hôtel se préparait à servir les alcools, Simon Leonard, comme pour manifester, d'une manière plus intime encore, l'adoption de Charles Desteyrac, prit son invité par le bras et le conduisit au salon de musique. Non sans étonnement, Charles découvrit, adossé à une cloison, un orgue de belle taille, à multiples tuyaux d'étain.

Lord Simon s'assit devant la console de l'instrument. Le jeune Indien qui, durant le repas, avait périodiquement manœuvré le *punkah* actionna la soufflerie à lanterne. Un verre de whisky en main, l'ingénieur écouta avec ravissement le maître de l'île interpréter, avec l'assurance et la sensibilité d'un organiste chevronné, une fugue de Bach. Cette musique lui rappela les cérémonies religieuses organisées les jours de fête dans la chapelle du collège, quand un jésuite musicien jouait le grand orgue de Cavaillé-Coll. Il était près de minuit quand lord Simon reconduisit l'ingénieur jusqu'à la galerie.

– N'hésitez surtout pas à me faire connaître vos besoins, non seulement pour l'avancement de vos travaux, mais aussi pour vous-même. Et retenez ceci : je m'efforcerai d'avoir désormais plus de considération pour ma sœur... mais ne le lui dites pas ! Bonne nuit, monsieur Desteyrac. Vous serez toujours le bienvenu à Cornfield Manor, dit Simon en ponctuant son propos d'une tape amicale sur l'épaule de Charles.

Ce dîner, sa prolongation musicale, la conversation de lord Simon, l'ambiance du manoir avaient permis à Desteyrac de se faire une idée plus complète et plus exacte de la personnalité du maître de l'île.

Lord Simon manifestait une franche et entière dévotion à la propriété, « fondement de toute société », avait-il dit. Découlait de cette foi ce qui pouvait passer pour une soif inextinguible de possession. En fait, Charles avait cru comprendre que lord Simon jouissait plus de la conscience de posséder que de la possession elle-même. Domaines, exploitations agricoles, élevages, filatures, carrières, auxquels s'ajoutaient des participations financières dans des flottes de commerce, des fabriques de rails et de locomotives, des banques, à Boston et à New York, tout ce qui procurait bénéfices, arrérages, rentes ou dividendes affriolait Simon Leonard. Cette attitude conquérante ne semblait pas dictée par la passion harpagonesque de l'or, mais plutôt par la volonté d'accroître sans cesse ce qu'il nommait, avec un peu d'emphase, l'empire Cornfield. Un empire dont Soledad était la capitale et le centre de décision. Car, grâce au bateau-poste qui, tous les quinze jours, apportait le courrier de New York et donc d'Europe, via Nassau, Cornfield entretenait une correspondance abondante et suivie avec ses fondés de pouvoir en Angleterre et aux États-Unis.

L'appétit raffiné du lord pour la bonne chère, son choix des grands crus, son sens du confort domestique, son goût pour l'argenterie ancienne, les porcelaines précieuses, l'intérêt qu'il portait aux arts, à la musique d'orgue surtout, prouvaient qu'il n'avait rien du thésauriseur vulgaire. Lord Simon dépensait facilement, assuré qu'il était de pouvoir satisfaire ses désirs avec le seul fruit de ses revenus. Cette opulence princière lui avait valu, de la part des indigènes, le titre de seigneur des îles, puisque dans l'archipel aucun propriétaire, fût-il plus titré que lui, ne pouvait faire état d'une fortune comparable à la sienne. À Londres, pour les banquiers de la City, il était le lord des Bahamas, celui à qui l'on s'adressait quand il s'agissait d'affaires à traiter dans les West Indies.

Comme Carver l'avait laissé entendre à Desteyrac, lord Simon tenait par-dessus tout au cloisonnement social qui, dans l'archipel, revêtait une importance particulière. Aux Bahamas, la notion de classes n'avait cours qu'entre Blancs, race minoritaire mais dominante, tandis que l'ensemble de la population indigène restait soumise à la notion de castes, les métis ayant le pas sur les Indiens et les Noirs. Les premiers Cornfield avaient eu affaire aux seuls Lucayens métissés et à des aventuriers blancs, gens de sac et de corde, déchets sociaux dont les nations policées se délestaient dans les colonies. Aussi s'étaient-ils employés, dès le XVIIIe siècle, à fixer les rapports entre colons et colonisés, à édicter une étiquette rigoureuse à l'usage des propriétaires. Le passé colonial des Cornfield expliquait donc que Simon Leonard, quatrième lord, maintînt ses distances non seulement avec les Lucayens, ce qui allait de soi pour un Blanc, quelle que fût sa position, mais aussi avec les colons du commun, petits propriétaires, et même avec les descendants fortunés des loyalistes à qui le gouvernement, qui siégeait à Nassau sous l'autorité du gouverneur anglais nommé par le roi d'Angleterre, avait attribué en 1783 des milliers d'acres sur les îles. Avec certains de ces Anglais demeurés fidèles à la Couronne lord Simon entretenait une relation plus cordiale, encore qu'elle fût toujours empreinte d'une courtoise condescendance.

Tel était l'homme pour qui Desteyrac, bien que républicain, un moment séduit par Proudhon et son fameux « la propriété c'est le vol », ne pouvait se défendre d'une naissante sympathie.

Regagnant à pied son bungalow, l'ingénieur trouva Timbo qui, comme toujours, guettait son retour.

– On a po'té une lett'e pour Mossu, dit-il en tendant une enveloppe.

Charles reconnut l'écriture de Malcolm Murray. « Que diable veut-il encore ? » se demanda-t-il en ouvrant la missive.

C'était un appel au secours.

« Cher ami, les médecins, celui de mon oncle – le docteur González, venu de Nassau – et celui du *Phoenix* – David Kermor –, m'ont, cet après-midi, débarrassé du carcan qui enfermait ma jambe. C'est une catastrophe ! Elle est maigre et bleue et, surtout, je la crois plus courte que l'autre. Oui, mon ami, je boiterai, je boiterai, je boiterai à vie ! Je suis très malheureux. Venez aussi vite que possible, quelle que soit l'heure du jour ou de la nuit. J'ai envie de mourir. Pensez que sur cette île affreuse vous êtes mon seul ami. Malcolm. »

– Je dois me rendre d'urgence chez sir Malcolm Murray. Conduis-moi, ordonna Charles à l'Arawak.

– Mais Zéphy' y do't, mossu ! C'est minuit passé, mossu !

– Réveille-le et fais vite. Ton cheval et toi vous dormirez plus tard.

– Zéphy' il aime pas ma'cher la nuit, mossu. Il a peu' des zemis qui se cachent dans les a'b'es, osa encore Timbo.

– C'est toi qui as peur des zemis ! Zéphyr est moins bête que toi. Il ne croit pas aux fantômes. Fais vite, ou je vais me mettre en colère, lança Charles, excédé.

Connaissant Murray, sa propension à noyer jusqu'au délire éthylique tous ses chagrins dans le gin, Charles redoutait que le « j'ai envie de mourir » ne conduisît l'architecte ivre à se donner la mort. Il fut pleinement rassuré quand, arrivant devant les écuries de Cornfield Manor, il entendit des sons grinçants : Malcolm grattait sa mandoline.

Charles avait fait à peine trois pas dans le salon que Murray, allongé à demi nu sur la méridienne, jeta sur le sol l'instrument dont il jouait.

– Regardez ma jambe, mais regardez donc ! hurla-t-il.

– Je vois, dit Charles, constatant la maigreur du membre et les ecchymoses laissées par les attelles.

– On dirait une jambe de mort, non ? Et voyez encore mon pied tourné, et ces marques affreuses qui ne s'en iront pas ! Ils m'ont mis debout, ces tortionnaires, et ils ont mesuré mes jambes. Un demi-pouce de moins elle a, ma jambe cassée ! Je boiterai à vie ! Je ne pourrai jamais plus porter culottes et bas de soie, je ne pourrai plus me montrer dans le monde, ni danser, *God'dam'*. Je suis un infirme ! On m'appellera l'honorable boiteux ! Aucune femme, même la plus laide, ne voudra de moi. Je maudis mon père qui m'a mis sur le *Phoenix* !

Charles Desteyrac attendit que le jeune architecte eût repris son souffle pour intervenir.

– Certes, les muscles de votre jambe ont fondu, mais si vous marchez, même en claudiquant, ils se raffermiront et rien n'indique qu'à votre âge la différence d'un demi-pouce entre vos deux membres ne se réduise, ou qu'elle ne puisse être compensée par un supplément de talon. Ne soyez pas désespéré. Votre charme est intact et vous retrouverez bientôt une démarche plus aisée.

– Une démarche de boiteux, oui ! Vous me voyez entrer dans un salon, à Londres ou à Venise, en claudiquant, comme vous dites ? Et vous me voyez faire tapisserie, avec les duègnes, quand les autres danseront le quadrille ? Toutes les carrières me sont fermées. On ne fait pas d'un boiteux un officier des Life Guards, ni un marin, ni un évêque, ni un avocat ou un haut juge. Je serai tout juste bon à devenir membre du Parlement. Non, mon ami, je suis un homme fini. Ce n'est qu'à cheval que je pourrai oublier ma disgrâce. Et je ne peux pas passer ma vie à cheval, n'est-ce pas ? dit Malcolm, hargneux.

La situation de Murray était en effet peu réjouissante, mais Charles ne put s'empêcher de sourire. Il prit la main du jeune homme dans la sienne.

– La boiterie ne gêne en rien une carrière, mon ami. M. de Talleyrand boitait depuis qu'au cours d'une escapade de collégien il s'était brisé le pied en tombant d'un mur. Il devint néanmoins grand diplomate, ministre, et fut toute sa vie couvert de femmes. Votre compatriote, lord Byron, avait un pied bot, « un pied de satyre », disait-il. Cette anomalie congénitale l'a-t-elle empêché de devenir un des plus grands poètes, d'être aussi admiré que Goethe et Victor Hugo ? Quant aux conquêtes féminines de l'auteur du *Pèlerinage de Childe Harold*, tant à Londres qu'à Venise, on ne peut les compter. Même une jolie boiteuse peut faire carrière. Pensez à Louise de La Vallière, qui donna quatre enfants au roi Louis XIV avant de se faire carmélite... Alors, je vous en prie, Malcolm, cessez de geindre et préparez-vous à marcher chaque jour pour refaire les muscles de votre jambe. Je suis certain que le cordonnier de votre oncle ajoutera un demi-pouce au talon de votre soulier, et que vous trotterez comme devant.

– Quel artifice ! grogna Murray.

– Allons, ne soyez pas amer. Demain est le premier jour du printemps : c'est le signe du renouveau. Reprenez confiance en la vie et en vous-même ! l'adjura Charles.

– Le printemps ! Vous dites le printemps ! Comme je voudrais être à Londres, mon ami ! Rien de plus sublime qu'un printemps anglais. À Hyde Park, dans les bosquets, les bourgeons s'entrouvrent, la sève, comme un sang frais, irrigue les branches des chênes plantés au temps de la reine Anne. À Kensington, les jacinthes dressent leurs cônes blancs et roses, les primevères percent les gazons, les tulipes s'annoncent par des langues vertes, les capsules des rhododendrons enflent sous la promesse des fleurs de juin. Sur la Serpentine dégelée, cygnes et canards remplacent les patineurs. On galope à nouveau à Rotten Row, le matin, et, vers midi, les équipages retrouvent le chemin du Ladies' Mile, l'allée des élégances. Les petites vendeuses de fleurs de Piccadilly proposent des boutonnières de violettes. Ah, Charles, quel spectacle sous le soleil de mars : chevaux de race, laquais et cochers en livrée neuve ; ladies comparant du coin de l'œil leur toilette à la mode nouvelle ; cavaliers, amazones et officiers de la Garde qui font caracoler leur monture avec ostentation. Jeunes et vieux regardent autant les chevaux que les femmes, et l'on va bientôt recommencer à canoter sur la Tamise, à Henley. Tenez, je suis certain que demain *The Times* signalera le retour des vingt-quatre espèces d'oiseaux qui élisent domicile à Hyde Park, à Kensington, à Saint James dès les premiers beaux jours. Mais comme tout cela est loin de moi, de cette île où je suis cloîtré ! acheva d'une voix mourante, et les yeux larmoyants, l'honorable Malcolm Murray.

– Ne vous abandonnez pas au spleen. Mark Tilloy assure que le printemps subtropical, bien que bref, est ici éblouissant et parfumé. Et puis, vous reverrez bientôt l'Angleterre et vos amis. Le major Carver vient d'écrire à votre père pour qu'il vous autorise à rentrer, dit Charles.

– Bonne nouvelle, mais je n'ai nulle envie de me présenter chez moi en boitant. Non, Charles, mon sort est fixé. J'attendrai, au milieu des Indiens et des nègres, la fin d'une vie dépourvue d'intérêt et d'attraits, ajouta Malcolm, pitoyable.

– Quand le jour qui s'achève ne fut pas heureux, vous autres Anglais dites volontiers : « *Tomorrow is another day.* » Alors, attendez tranquillement de voir de quoi sera fait demain, conseilla l'ingénieur.

– Qu'ai-je à attendre de demain et de tous les printemps à venir ? Dites-le-moi ! fit Murray, rageur.

– Demain sera ce que vous le ferez, mon ami.

– Certes, moi seul peux décider de mon sort, finit par convenir Malcolm, crispé.

Pour distraire l'infortuné d'une angoisse qu'il jugeait exagérée, Charles, tout en sirotant un *pink gin*, raconta sa visite à lady Lamia et son dîner avec lord Simon.

– Vous avez eu l'audace de vous présenter chez cette Circé ! Et comment l'avez-vous trouvée ? demanda Murray.

– D'une beauté particulière, à la fois séduisante et pathétique. Elle me plaît beaucoup et j'espère m'en faire une amie. Je suis certain que cet attachement à la vie primitive, qu'elle affiche et qui agace si fort lord Simon, cache un désarroi secret, un chagrin intime, une déception.

– Ma parole, vous êtes entiché de cette sorcière ! Elle a dû vous jeter un sort. Prenez garde, Charles !

– Je reconnais qu'elle m'a charmé, non comme une sorcière, mais comme une femme, tout simplement. Voyez-vous, Malcolm, je crains que Lamia n'ait, comme vous, une maladie de l'âme. Une maladie que les uns croient soigner par la dissipation et la révolte, les autres par le refus de la réalité et une solitude hautaine, alors que seul l'amour partagé peut la guérir, conclut Desteyrac.

Malcolm Murray serra très fort les mains de son ami et, la nuit étant avancée, le laissa partir à regret.

3.

L'établissement du va-et-vient aérien au-dessus de la faille qui séparait Soledad de Buena Vista éveilla la curiosité des insulaires et provoqua un afflux de curieux sur les rives des deux îles. Au cours d'une deuxième visite à une lady Lamia compréhensive mais encore circonspecte, Charles Desteyrac avait mis au point avec elle un protocole afin de codifier leurs rapports pour la durée des travaux. La sœur de lord Simon s'engageait à fournir une équipe d'ouvriers, ce qui évitait l'incursion sur son îlot de ceux qu'elle nommait avec un peu de mépris « les gens de Soledad ». Seuls le lieutenant Mark Tilloy, le charpentier O'Graney, promu chef de chantier, et Timbo, le domestique de l'ingénieur, seraient autorisés à passer librement sur Buena Vista.

En quelques jours, le charpentier du *Phoenix* assembla les chevalets auxquels, sur chaque berge, seraient fixés les câbles, chemin de roulement de la benne. Les habiles vanniers arawak, qui confectionnaient à longueur d'année paniers et chapeaux de sisal exportés dans les îles, à Nassau, en Floride et jusque dans les Carolines, acceptèrent de tresser sur une armature de bois, avec de gros roseaux et des palmes, une nacelle capable de porter un homme en toute sécurité.

– Il ne s'agit que de faire un grand panier très solide. On le suspendra à une potence munie d'une poulie, indiqua Charles Desteyrac en tendant un dessin, avec les dimensions souhaitées, au plus âgé des artisans.

À défaut de câbles métalliques, que l'ingénieur eût préférés, Mark Tilloy procura des cordes de chanvre dûment éprouvées ; il fournit aussi poulies à gorges multiples et anneaux indispensables au fonctionnement du va-et-vient. Le jour où il fallut lancer les cordages au-dessus de la faille, Charles Desteyrac s'attira l'admiration et le respect des ouvriers dépêchés par le cacique des Taino. L'ingénieur savait qu'on l'attendait à ce stade de la construction. Brûlés de soleil, hommes et femmes péroraient en riant ; les enfants, bouche ouverte et regard exorbité, espéraient, comme au cirque, une surprenante acrobatie. O'Graney résuma, sans doute en les édulcorant, les propos des uns et des autres.

– Ils se demandent comment Conchy Jo va faire pour jeter les cordes par-dessus le trou, dit-il.

Conchy Jo, sobriquet générique donné, cent ans plus tôt, par les insulaires aux Blancs, descendants des premiers colons comparés à la conque géante des îles, fit sourire Charles. Il envoya chercher le meilleur tireur à l'arc de l'île, qui n'était autre qu'un des nombreux fils du cacique Maoti-Mata. The Old Gentleman, aussi curieux que les autres, tint à conduire lui-même son rejeton à Desteyrac. Il révéla que l'adolescent, long et sec comme son père, avait gagné le concours de tir à l'arc organisé chaque année à Nassau par le gouverneur britannique pour commémorer la victoire du loyaliste anglais, le colonel Andrew Devaux, qui, en 1783, avait définitivement chassé les Espagnols des Bahamas.

Charles fit attacher au bout du premier câble, soigneusement lové sur la berge de Soledad, une ligne d'attrape, filin léger mais robuste de plus de vingt-cinq mètres, dont l'autre extrémité fut nouée sous la pointe d'une flèche.

– Votre fils va tirer en direction de Buena Vista, le fil va se dérouler et aboutira ainsi, avec la flèche, de l'autre côté du gouffre, où il sera saisi par M. Tilloy et ses hommes. En halant cette ligne d'attrape, dont la solidité est garantie, ils tireront le câble jusqu'à l'îlot, crut bon d'expliquer l'ingénieur au cacique.

– Si c'est pour une bonne cause, les zemis porteront la flèche comme vous souhaitez, dit le vieillard, expliquant d'avance tout échec par une possible opposition des dieux lares.

– Si votre fils réussit, il recevra une récompense, ajouta Charles en montrant une boîte de crayons de couleur tirée de ses bagages.

Maoti-Mata parut donner à voix basse et en dialecte quelques conseils au garçon, qui, devant une foule soudain silencieuse, banda son arc, le releva comme pour viser un invisible oiseau, et lâcha son trait. Tous suivirent du regard l'orbe élégant que la flèche, entraînant le filin, traça sur le bleu pur du ciel avant qu'elle n'aille se planter dans le sol de Buena Vista aux pieds du lieutenant Tilloy, aussi stupéfait que le reste de l'assistance. Une clameur admirative, ponctuée d'un roulement de tambour – le cacique ne se déplaçait jamais sans son batteur –, salua l'exploit de l'archer. Charles imagina que le jeune Indien connaissait en cet instant le soulagement de Guillaume Tell quand il perça la pomme posée sur la tête de son enfant ! L'opération fut par deux fois renouvelée avec le même succès, et le tireur, porté en triomphe par ses amis, reçut la boîte de crayons qu'en fils soumis il remit aussitôt à son père.

Le spectacle terminé, les curieux se dispersèrent en bavardant, suivis du cacique, ravi. L'événement dont son fils avait été le héros serait chanté par le barde des Taino lors de la prochaine fête de la tribu.

Charles Desteyrac voulut connaître la teneur des commentaires échangés par les indigènes.

– Ils disent qu'on voit bien que le Conchy Jo est un savant, résuma le taciturne charpentier.

Quand tout fut en place, à la fin de cette journée, le géant O'Graney, s'estimant le plus lourd de tous, se porta volontaire pour inaugurer le va-et-vient, mais Desteyrac estima qu'il ne devait céder à nul autre le risque d'éprouver la sécurité de l'installation. Il sauta dans la benne, saisit le câble conducteur et, par tractions enchaînées, mit en mouvement les poulies porteuses. Il franchit en deux minutes le cañon au fond duquel s'exaspérait l'océan, et mit le pied sur Buena Vista. Lady Lamia, qui jusque-là s'était tenue en retrait, vint à la rencontre de l'ingénieur.

– Par vous, aujourd'hui, Buena Vista a perdu son innocence, dit-elle avec un sourire contraint.

Cette défloration symbolique qu'on lui attribuait abruptement irrita Charles. Il s'inclina, baisa la main que la femme lui tendait, puis se redressa vivement.

– Vous parlez de cet événement comme s'il s'agissait du viol de votre île, de votre fille. Or, permettez-moi de vous rappeler que vous avez consenti à cette... liaison, fit-il observer avec un peu d'humeur, imaginant déjà les complications que pourraient susciter les travaux à venir.

– Oui. J'ai consenti, fit-elle d'un ton las, lourd de regrets informulés.

– J'ai tout fait, madame, pour éviter que le pont ne vous soit imposé sans discussion par lord Simon, qui ne manque jamais de me répéter qu'il est le seul propriétaire de Soledad et de votre îlot. Si vous deviez revenir sur notre accord, je me conformerais sans états d'âme aux volontés de votre frère. En cas d'opposition manifeste de votre part, il enverra ses gens occuper Buena Vista. Dans ce cas, votre fille sera non seulement violée, mais soumise. C'est à vous de décider, maintenant, conclut fermement l'ingénieur.

– Pardonnez cet abandon au désenchantement. Vous n'êtes pas en cause, mais, quand vous comparez Buena Vista à ma fille, vous sentez juste. Cet îlot, oasis de vie simple et saine, hors des atteintes coloniales, c'est mon enfant, murmura-t-elle.

– Comme tous les enfants, demain ou plus tard, Buena Vista se détachera de sa mère. Sauf à transformer votre îlot en forteresse, vous ne protégerez plus très longtemps vos gens des influences extérieures. Aujourd'hui, les choses se savent vite, les idées circulent comme vos éponges et vos chapeaux de sisal, les journaux les portent. Vous recevez *The Nassau Guardian* par le bateau-poste, n'est-ce pas, et vous enseignez à lire, à écrire et à compter aux Indiens. Alors, même si vous les empêchez de prendre pied sur Soledad, ils savent ce qui se passe ailleurs, comment on vit, comment on travaille. Ils n'ignorent plus qu'il y a des machines, des boutiques, des jeux. Vous conduisez un combat d'arrière-garde, madame, dit doucement Charles.

– Sans doute, mais certains de Buena Vista résisteront aux fallacieux attraits du progrès, et je pourrai continuer à leur enseigner les principes et l'exemple de la vraie vie qu'ont pratiquée leurs aînés. Savez-vous que, sur Buena Vista, où le docteur Taylor n'est que rarement appelé, on vit plus vieux de deux ans en moyenne que sur Soledad ou Eleuthera ?

Charles renonça à poursuivre la conversation et fit mine de retourner à la benne du va-et-vient pour regagner Soledad. Elle le retint d'un geste affectueux.

– J'ai fait préparer une collation. Ne refusez pas mon hospitalité, dit-elle, presque suppliante, en prenant le bras de l'ingénieur.

D'un signe de la main, elle invita Mark Tilloy à les rejoindre. L'officier, qui par discrétion s'était éloigné pendant l'entretien véhément entre Charles et Lamia, fut surpris quand la sœur de Cornfield lui saisit le bras pour marcher entre les deux hommes jusqu'à sa demeure.

Avant de passer à table, alors que les invités se rinçaient les mains, Tilloy risqua à voix basse un commentaire :

– Vous avez réussi, au-delà de toute espérance, à dompter notre Fish Lady, dit-il à Charles.

– On ne pourra parler de réussite qu'au jour où, le pont étant construit, Lamia et Simon Cornfield, réconciliés, le franchiront ensemble. Le destin m'a certes envoyé sur ces îles pour lancer un pont, mais peut-être aussi pour qu'un frère et une sœur retrouvent ce qui les unissait au temps béni de l'enfance..., répliqua Charles.

Au cours des semaines qui suivirent, l'étude des sols de l'île et de l'îlot, aux seuls endroits où pourrait prendre appui, de part et d'autre, un ouvrage d'art, confirma pour l'ingénieur la nature calcaire et madréporique du terrain. Un socle corallien dur, alvéolé, couvert d'une mince couche, parfois inférieure à un demi-pied, de terre arable, constituait, comme partout dans l'archipel, la partie émergeante d'une plate-forme que les géologues supposaient formée par les restes d'organismes marins accumulés avant l'ère glaciaire.

Après de nouveaux entretiens avec Lamia, cordiaux mais parfois déroutants, et la patiente écoute des conceptions souvent irréalistes de Cornfield, Charles Desteyrac se convainquit qu'une solide passerelle suffirait à relier la pointe sud de Soledad à Buena Vista. Le cañon pouvait être enjambé par une arche classique. En examinant les vestiges du dernier ouvrage, emporté un an plus tôt par un ouragan, Charles comprit que l'ingénieur américain, en lançant un tablier horizontal fait de minces poutrelles de fer doux, avait rendu celui-ci vulnérable aux vagues les jours de tempête. Quant aux culées de maçonnerie construites par son confrère, Charles les jugea inadaptées, trop faibles pour retenir le tablier d'un pont métallique. Certains longerons, vrillés par la force de l'ouragan, et des entretoises tordues, pièces récupérées par les Arawak et qu'il reconnut dans certaines cases, en disaient long à la fois sur la fureur démentielle de l'océan et sur l'imprévoyance de l'ingénieur bostonien.

La passerelle en anse de panier qu'il conçut en quelques jours s'élèverait de plusieurs mètres au-dessus du cañon pour rester hors d'atteinte des lames les plus fortes. Ayant jeté une rapide esquisse sur le papier,

Desteyrac demanda, par l'intermédiaire du major, audience à lord Simon. Les trois hommes se réunirent le soir même sur la véranda du manoir. Le lord marqua tout de suite sa désapprobation.

– Votre passerelle, si robuste soit-elle, sera emportée à la première tempête de juin ou juillet. Merci : nous avons déjà fait cette expérience. Elle m'a coûté plus de deux cent cinquante livres, dit Cornfield avec humeur.

– Ce petit pont à tablier plat avait été mal calculé, monsieur. Je vais vous expliquer : une arche faite de poutres-treillis en fer puddlé...

Cornfield l'arrêta d'un geste vif.

– Non, non et non ! Je ne veux pas d'une passerelle. Une passerelle n'est qu'un passage pour piétons. Je veux un pont, un vrai, où pourront circuler voitures et chariots. Si vous me comprenez bien, proposez-moi autre chose. Vous êtes ingénieur, que diable, et, d'après Carver, de la meilleure école d'Europe !

Sur cette injonction, Cornfield, sans plus de façons, quitta son rocking-chair et rentra chez lui en pestant. Penaud, se retenant de rire tant la colère du lord était théâtrale, Charles jeta à Carver un regard inquiet. Le major ne paraissait pas étonné par la sortie de son ami.

– Faites-lui un vrai pont, monsieur Desteyrac, qu'il puisse franchir en boghei pour se rendre à Little Manor, sa jolie maison de Buena Vista, où il aime à se retirer pour jouir des frais alizés mieux que dans notre cuvette !

– J'ai déjà eu du mal à convaincre lady Lamia d'accepter l'installation d'une passerelle entre son île et la vôtre. Sûr qu'elle s'opposera à la construction d'un pont plus important ! Elle ne veut ni voitures ni chevaux sur son domaine. Tout juste si elle y tolère ma chaîne d'arpenteur et mon théodolite !

– Je sais. Je connais ses lubies. Elle voudrait qu'il n'existât, entre Soledad et Buena Vista, d'autre liaison que par mer, rappela Carver.

– Tom O'Graney rapporte que des gens de Buena Vista ont un peu aidé le dernier ouragan à détruire le pont construit par l'ingénieur américain, dit Charles.

– Balivernes ! Nos ouragans, entre juin et novembre, n'ont besoin d'aucune aide pour jeter à bas tout ce qu'ils rencontrent. Vous aurez, hélas, l'occasion de le constater, et Dieu fasse que l'ouvrage que vous construirez puisse résister aux violences de la nature !

– Murray m'a rapporté que sa cousine Ottilia lui a dit, pendant notre traversée, quand Malcolm lui eut révélé ma mission, qu'elle soupçonnait sa tante d'avoir fait détruire tous les ponts successifs bâtis par son père, renchérit Charles.

– Ne vous laissez pas influencer par les médisances d'Ottilia, pas plus que par les proclamations d'indépendance de sa tante. Étudiez une formule qui satisfasse lord Simon, lequel reste – il vous l'a rappelé – le maître sur ces deux îles qui, autrefois, n'en faisaient qu'une, comme vous savez.

– Si je comprends bien, en exigeant un pont, lord Simon entend rétablir artificiellement l'unité territoriale détruite par l'érosion ! répliqua Charles.

– Et, pour ce faire, mon ami Simon a toute confiance en vous, je vous le répète. N'écoutez que l'ingénieur que vous êtes, et un peu votre ami Carver, à l'occasion. Surtout, ne vous laissez pas enjôler par notre Fish Lady, recommanda le major.

– Ah ! C'est qu'elle ne manque pas de charme, cette

femme ! Un corps mince, à la fois nerveux et musclé, superbement proportionné, une grâce de ballerine et des yeux comme des escarboucles. Sa peau cuivrée par le soleil ajoute un ton sauvage à sa beauté exotique. C'est peut-être une sirène exilée sur la terre ferme..., badina Charles.

– Si vous l'aviez connue il y a vingt-cinq ans, mon cher, vous auriez été subjugué comme je le fus. Car je fus autrefois amoureux de Lamia, eh oui ! Mais, comme notre reine Élisabeth Ire, Lamia se veut une femme sans homme. Est-ce vœu, méfiance justifiée ou incapacité physique, nul ne le sait, et personne ne s'aviserait de la questionner à ce sujet, dit le major avec un sourire malicieux.

– Il semble qu'elle préfère à la fréquentation des hommes celle des dauphins et des requins. D'ailleurs, quand je l'ai quittée hier, après une longue discussion, elle m'a passé au cou ce lacet auquel est suspendue une dent de squale, confia Charles en tirant l'objet de l'échancrure de sa chemise.

– Eh bien, mon cher, soyez flatté. C'est la première fois que Lamia offre un talisman à un étranger. Ça équivaut presque à une déclaration. Mais méfiez-vous des sirènes. Elles ensorcellent les hommes et les noient ! lança Carver, hilare.

Le Français ne fut qu'à demi déçu par le refus de Cornfield. Une passerelle, si élégante qu'il l'eût conçue, n'aurait pu constituer un ouvrage d'art digne de figurer dans les archives de l'École de la rue des Saints-Pères. Un polytechnicien diplômé des Ponts et Chaussées se devait plutôt de présenter aux futures promotions d'ingénieurs des réalisations exceptionnelles dont on exposerait longtemps les épures, les calculs et les maquettes.

Dès le lendemain de cette conversation, malgré une pluie diluvienne et de fortes rafales annonçant le premier ouragan de juin, il retourna seul sur les lieux. La force du vent d'est interdisait tout usage du va-et-vient, dont les câbles chuintaient telles les cordes d'un violon désaccordé. Penché sur le cañon, il suivit un moment l'affrontement assourdissant des vagues venues du large avec la forte houle qui s'opposait à leur entrée dans l'archipel. Nées de ce combat, des gerbes écumantes escaladaient les parois rocheuses du pertuis pour retomber en mille cascades et éclaboussures.

Fasciné par le spectacle, Charles Desteyrac, aspergé d'embruns, s'assit sur un roc émergeant et fut, d'une manière imprévisible, visité par l'inspiration. Ce fut comme si la nature elle-même lui suggérait le moyen de se protéger de ses excès. Soudain s'imposa comme une évidence la cause véritable de la destruction des ponts jusque-là jetés sur ce semblant d'abîme. Tous les bâtisseurs précédents, ingénieurs ou charpentiers insulaires, avaient commis la même erreur en établissant, par commodité ou économie, l'ouvrage au plus étroit de la faille, c'est-à-dire à la verticale du point de rencontre des courants est et ouest. Or tout le mal venait du jaillissement impétueux né de la collision des vagues antagonistes. Ce phénomène produisait un geyser assez violent pour soulever un pont, le tordre, le disloquer. À quelques mètres de cette jonction, vers l'intérieur de l'archipel, la houle d'ouest, bien que forte et courant à la rencontre des vagues océanes, ne débordait pas de la faille.

En choisissant de bâtir un pont en un lieu où le cañon

s'élargissait, on allongeait le tablier, ce qui rendait, certes, l'ouvrage plus coûteux. Cependant, assuré de tenir la bonne solution, Charles, courbé sous les rafales et trempé jusqu'aux os, parcourut la berge de Soledad à la recherche d'un site propice. Il repéra l'endroit où la faille, plus large de cinq ou six mètres, pourrait être franchie sans risque par un ouvrage de quelque importance. Autre avantage qu'il perçut en distinguant sous l'ondée la silhouette du petit manoir de Cornfield, posé sur la côte ouest de Buena Vista comme une pièce montée sur l'étal d'un confiseur : le pont lancé en ce lieu déboucherait sur l'îlot dans l'axe d'un chemin conduisant à la résidence d'été du lord, alors que les anciens ponts aboutissaient face à la maison de Lamia. Rentré chez lui, l'ingénieur se remit au travail afin de pouvoir soumettre, avant la fin de l'été, des plans inédits à Cornfield.

Au cours des semaines suivantes, avec l'aide de deux Indiens débrouillards, Charles Desteyrac prit sur les deux îles toutes les mesures nécessaires. Il passa ensuite beaucoup de temps devant sa planche à dessin, règle à calcul en main, pour déterminer, au moyen des formules mathématiques apprises à l'École, la dimension, la forme et la résistance des pièces nécessaires à la construction du tablier : montants, longerons, entretoises, semelles, membrures, ainsi que la surface et l'épaisseur des socles destinés à recevoir rouleaux et galets sur leurs rails. Il prit aussi en compte la flexion probable des longerons, supports d'un tablier de vingt-deux mètres et plusieurs tonnes. Le lançage, par propulsion ou roulage, d'un pont entièrement assemblé sur Soledad exigerait un chemin de roulement, un contrepoids d'un tonnage égal aux deux tiers de celui du tablier, et de puissants cabestans mus à bras d'hommes ou, mieux, par une machine à vapeur.

« Puisque lord Simon ne regarde pas à la dépense, peut-être pourrai-je en importer une des États-Unis, où les éléments du pont devront être fabriqués », se dit Charles, enfin conscient d'être en situation de construire un ouvrage qui ferait honneur à ses maîtres et à l'École. Dès lors, il innova avec audace et se présenta, un soir, chez le major Carver avec un projet complet.

– Reste à faire admettre à lord Simon le changement d'implantation du pont et son coût plus élevé que prévu, dit l'ingénieur après avoir présenté épures, croquis et vues cavalières de son projet.

Sur le papier, l'ouvrage offrait, sous une apparence de fragilité, une rigidité rassurante. Entre les membrures supérieures et les membrures inférieures portant le tablier, le treillis de renforcement, fait de poinçons et de contrefiches entrecroisés, aérait et allégeait le pont tout en lui conférant une grande résistance au vent. Au centre de l'arche de fer ainsi formée, à l'endroit où les poinçons verticaux composaient avec les membrures un carré parfait, Charles fit observer que l'on pourrait fort bien fixer, au croisement des contrefiches, le blason des Cornfield, et conférer ainsi à l'ouvrage une irréfutable personnalité.

Le major se déclara aussitôt séduit. D'abord parce que le pont serait à l'abri de l'affrontement des vagues qui avait détruit ses prédécesseurs, ensuite parce que, plus proche de la résidence de Simon, et donc plus éloigné de celle de Lamia, son débouché sur Buena Vista permettrait à un frère et à une sœur qui, depuis vingt ans, n'avaient jamais partagé le moindre dîner, de ne pas se rencontrer.

– C'est la solution qui s'impose si l'on veut disposer d'un ouvrage à l'épreuve des ouragans, et d'usage assuré par tous les temps, conclut Charles.

– Je suis certain de l'accord de Simon. En plus, votre idée du blason va le combler. Mais il vous faudra convaincre notre Fish Lady ! Je crains qu'elle ne s'oppose à un ouvrage métallique aussi monumental. Tout ce qui, de près ou de loin, a un aspect industriel la rebute.

– Peut-être vais-je commencer par elle..., suggéra l'ingénieur.

– N'en faites rien, mon ami. Simon prendrait cette préséance accordée à Lamia pour un crime de lèse-majesté. Non, commencez par Simon, qui m'entretient tous les jours de ce sacré pont. Je dîne avec lui ce soir. Je lui parlerai. L'heure du porto d'après-dîner le trouve toujours d'humeur accommodante. Restez chez vous. Si l'affaire se présente bien, comme je le pense, je vous enverrai chercher, et vous viendrez exposer vous-même votre projet.

Charles Desteyrac regagna son bungalow, un peu agacé par ces susceptibilités, conséquences de la rivalité pathologique entre un frère et une sœur qui vivaient séparés, mais proches l'un de l'autre, sur un territoire si peu étendu. Ces atermoiements oiseux lui paraissaient indignes de gens sensés. Il subodorait que les disputes et algarades, si fréquentes entre Lamia et Simon, avaient dû prendre, au fil des ans, un caractère ludique. Les distractions acceptables par les derniers Cornfield, aristocrates soucieux de tenir leur rang, étant rares dans les îles, la construction du pont constituait pour eux un enjeu qu'ils disputaient avec autant d'acharnement qu'une partie de poker. Le projet de l'ingénieur était ainsi devenu l'objet d'une compétition dont le major, espérait Charles, resterait l'arbitre.

Rue des Saints-Pères, le professeur d'hydrologie, mentor de Desteyrac, apprenant l'engagement de son élève par le richissime Anglais, propriétaire d'une île de rêve, l'avait mis en garde : « Tout projet scientifiquement conçu, étudié et proposé par un ingénieur des Ponts sera discuté, parfois remis en cause, voire carrément rejeté par un commanditaire incapable d'en apprécier le bien-fondé et l'art, qu'il soit ministre, maire d'une commune, gérant d'une administration ou président d'une compagnie de chemins de fer. Souvenez-vous des déceptions essuyées par ce pauvre Thomas Paine », avait épilogué le maître.

Maintenant, Charles se souvenait de cet Anglais émigré en Amérique en 1774, tour à tour fabricant de corsets, instituteur, marchand de tabac, collecteur d'impôts, mais surtout auteur de la fameuse brochure *Common Sense*, véritable détonateur de la révolution qui allait conduire les colonies anglaises d'Amérique à l'indépendance. Thomas Paine passait aussi pour l'inventeur du pont métallique. En réalité, chargé de mission par le Congrès américain pour solliciter des autorités françaises un prêt d'argent, Paine avait dû voir à Paris, en 1781, la maquette d'un pont de fer à une seule arche, imaginé par Armand-Vincent de Montpetit[1], un Bourguignon à la fois peintre et

1. Né à Mâcon en 1713, mort à Paris en 1800. Il est aussi l'inventeur d'un poêle hydraulique et d'une méthode pour peindre les miniatures, appelée endorique.

mécanicien. Rentré aux États-Unis, Paine, déjà inventeur d'une machine à filer et d'une moissonneuse, avait conçu un pont de fer d'une portée de cent trente mètres pour enjamber la rivière Schuylkill, près de Philadelphie. En 1786, il avait présenté au Conseil de Pennsylvanie, puis exposé dans le jardin de son ami Benjamin Franklin, une maquette de ce pont qui comptait treize arceaux, symboles des treize États de la jeune Union. Le projet, qui exigeait cinq cent vingt tonnes de fer, ayant été rejeté par l'assemblée, Thomas Paine s'était embarqué pour la France en 1787, emportant dans ses bagages l'encombrante maquette du pont, longue de quatre mètres.

À Paris, l'Académie des sciences avait produit un rapport favorable à l'innovation, mais les ingénieurs des Ponts et Chaussées, qui travaillaient sur un projet de pont métallique, n'avaient pas non plus retenu celui de Paine. En Angleterre, l'accueil avait été en revanche plus enthousiaste. L'assemblage de Paine avait été breveté sur ordre de George III, roi magnanime qui voulut ignorer que cet inventeur de pont était aussi un zélateur de l'indépendance des colonies anglaises d'Amérique, et que l'auteur de *Common Sense* l'avait qualifié de « brute royale » dans son pamphlet. En 1790, on avait inauguré à Paddington, sur la Tamise, un pont métallique de soixante-dix mètres de portée, construit sur les plans de Thomas. L'inventeur, redevenu révolutionnaire, se trouvait alors à Paris, où, pour avoir bien soutenu le nouveau pouvoir républicain, il avait été fait citoyen français et nommé membre de la Convention.

Au sortir de ces réminiscences, Desteyrac estima que par un juste retour des choses le sort offrait à un ingénieur français l'occasion de lancer, entre deux îles britanniques voisines des Amériques, un pont de fer original. Charles dédia aussitôt son projet à Armand-Vincent de Montpetit, artiste inventeur plagié et oublié ! Il était près de minuit quand Poko vint prévenir Charles que lord Simon et le major Carver l'attendaient au manoir.

Il trouva les deux amis devant des bouteilles de porto vides, ce qui obligea Cornfield à en demander une autre dès que le visiteur apparut. Carver adressa un clin d'œil rassurant au Français, qui déposa, sur le guéridon où trônaient les flacons, dossier et dessins. Cornfield n'y prêta aucune attention et poussa devant l'ingénieur une boîte de cigares, tandis que le major emplissait les verres.

– Merci. Plus tard, peut-être, dit Charles, repoussant les havanes.

– Allons, allons, ne faites pas la mauvaise tête. Vous le ferez, votre pont ! dit le lord, les yeux mi-clos.

– J'ai à peu près convaincu lord Simon de la qualité de votre nouveau projet. Inutile de sortir vos plans, il nous fait confiance, dit Carver, moins éméché que son vieil ami.

– Projet meilleur que l'autre, certes. Ce pont-là me plaît. Mais, soit dit entre nous, pas besoin d'être ingénieur pour comprendre qu'en déplaçant le pont d'une centaine de pas à l'ouest, on le met à l'abri de cette sacrée bousculade des vagues folles, hein ? lança Cornfield d'une voix pâteuse.

Charles comprit que le major avait développé devant son ami les avantages du nouveau site, ce qui expliquait la réflexion sentencieuse du lord. Le maître de l'île ignorait tout de la résistance des matériaux, des tables de logarithmes, des termes techniques dont usaient les pontonniers, mais il tenait à montrer une capacité de jugement innée et infaillible, parce que aristocratique.

– Heureux que vous ayez aussi bien compris la situation, lord Simon, dit Charles en adressant un regard complice au major.

– Et pas besoin de demander son avis à Lamia, comme vous le faites trop souvent. Ne vous fatiguez pas, monsieur Destorac. Ici, je suis partout chez moi, et le seul qui commande ! tonna Cornfield du ton péremptoire que donne parfois l'ivresse.

– Je ne puis guère l'oublier, monsieur, dit Desteyrac, amusé par le fait que son interlocuteur avait suffisamment bu pour estropier son nom et affirmer encore une fois un droit de propriété que nul ne contestait.

– Voilà qui est parlé. Et qui vous permet, Monsieur l'Ingénieur, d'avancer sans plus tarder dans la réalisation de votre projet, commenta le major avec un sourire indulgent pour son ami.

– Vous allez me faire un pont comme les Américains voudraient en avoir. D'ailleurs, j'inviterai des gens de Charleston et de Boston pour l'inauguration. Au fait, combien de temps vous faut-il ? demanda le lord, rasséréné.

– Je vous en parlerai dans quelques jours. Maintenant que j'ai votre accord, je dois établir les plans définitifs, déterminer la quantité et la variété des matériaux, préparer les commandes d'outils, recruter des ouvriers. À ce propos, j'aimerais disposer encore de Thomas O'Graney...

– Vous pouvez utiliser Tom et engager autant d'Indiens que vous voudrez. Demandez donc aussi à Colson de vous envoyer des matelots du *Centaur* ou du *Phoenix*. Ils n'ont rien à faire qu'à vider des verres de gin et à risquer la vérole en passant leur temps chez les prostituées. Mais ne faites pas travailler des gens de Buena Vista, même si Lamia vous en propose : je n'ai pas confiance.

– Où trouverez-vous toute la ferraille et le matériel dont vous aurez besoin ? demanda le major, pratique.

– Sans doute aux États-Unis. Car, sur l'île, vous ne disposez ni de fer ni de machines capables de le travailler, monsieur. Le mieux serait de faire fabriquer tous les éléments du pont dans les ateliers qui travaillent pour les chemins de fer, à Pittsburgh, peut-être chez Keystone Bridges Works, où l'on sait faire les fameuses poutres dites *bowstrings*, de l'ingénieur Whipple. Ensuite, nous ferions transporter tous les éléments finis à Soledad par un de vos bateaux. Il nous resterait à les assembler sur place, conclut Charles.

– Je suis actionnaire de Keystone, qui fait pour nos compagnies des rails de chemin de fer. Je vous donnerai une lettre de recommandation. C'est ça, faites-lui fabriquer votre pont. Allez vous installer à *Smoky City*, la ville la plus enfumée, la plus puante, la plus salement industrielle de l'Union ! Restez-y le temps nécessaire pour mener à bien votre travail et corrompre vos poumons. Quand Rodney sera revenu des Carolines avec ma fille, il vous conduira là où vous jugerez bon d'aller avec le *Centaur*. C'est un brick-goélette rapide et sûr. Vous arrangerez tout ça avec le major. Et ne regardez pas à la dépense. Sachez que je pourrais m'offrir le pont suspendu que John Roebling est en train de construire sur le Niagara ! Alors, hein, pas d'économies : du meilleur, du solide, du beau. Que ce soit le plus beau pont en fer du monde, monsieur Desteyrac !

conclut chaleureusement Simon Cornfield en quittant son fauteuil avec effort, mais en toute dignité.

Au lendemain de cette conversation rassurante, Charles se rendit en fin de matinée chez le major Carver pour récupérer les plans et dessins confiés la veille. Il trouva Edward, dont le flegme lui avait jusque-là paru difficile à entamer, en proie à une vive agitation. Le fait qu'il accueillît Desteyrac en l'appelant par son prénom prouvait sa nervosité.

– Charles, je suis très inquiet. On a volé un de mes pistolets, dit-il sans autre entrée en matière.

Il désignait sur un guéridon une boîte ouverte qui contenait un colt Navy à barillet. Le logement gainé de feutre vert d'un second pistolet était vide.

– Cette paire de pistolets, dits revolvers à cinq coups de calibre 36, m'a été offerte, l'an dernier, par Samuel Colt lui-même après que j'eus obtenu de lord Simon qu'il prît une participation dans la Colt Arms Manufacturing Company de Hartford, dans le Connecticut.

– On vous a volé une arme pareille ! dit Charles, incrédule, en admirant la fine gravure figurant sur le barillet.

– Oui. Et Poko n'a rien vu, rien entendu. J'ai trouvé la boîte ainsi. Le voleur ne s'est même pas soucié de la remettre dans l'armoire.

– Un homme pressé, sans doute...

– Ce qui me préoccupe le plus, c'est que mon seul visiteur, d'ailleurs inattendu, fut, il y a moins d'une heure, Malcolm Murray, dit Carver.

– Murray ! Vous pensez qu'il a pu s'emparer de l'arme ?

– Pourquoi non ? Vous savez qu'il ne supporte pas sa boiterie. Il m'a fort surpris en venant me demander à une heure un peu trop matinale si son père avait répondu à ma lettre. J'avais, comme vous savez, pris l'initiative de suggérer à Richard Murray de rappeler son fils en Angleterre, précisa Carver.

– Et le père de Murray n'a pas répondu ?

– Si, hélas ! Mais je n'ai pas révélé la teneur de sa réponse à Malcolm. Vu son état d'esprit, j'ai préféré temporiser. Car Murray ne souhaite pas, avant longtemps, le retour de son fils en Angleterre. Il me conseille même de lui trouver une épouse américaine. Aucune Anglaise, écrit-il, ne voudra pour mari d'un infirme débauché !

– Quel drôle de père ! Mais, même ignorant cela, Malcolm est très capable, entretenant son désespoir par le gin, de mettre fin à ses jours, dit Charles, gagné par l'inquiétude.

– Mais où le trouver ?

– Il est parti en boitant du côté de Cornfield Manor, indiqua Poko.

– Mettons-nous à sa recherche, proposa Desteyrac.

– Attention, monsieur, sir Malcolm Murray est armé, fit observer le sikh.

– On peut tout craindre d'un garçon qui en veut à la terre entière parce qu'il a une jambe plus courte que l'autre... Voyez : il manque des balles, dit Carver en montrant des alvéoles vides dans la boîte.

Le major prit le second pistolet, glissa cinq balles dans le barillet et, retrouvant un geste militaire, passa l'arme dans sa ceinture.

– Allons d'abord chez lui, ordonna-t-il.

– À mon avis, il n'est pas dans son appartement des écuries. Nous devrions plutôt aller du côté de Pirates Tower, au-dessus de Cornfield Manor. Je sais que Malcolm se tient souvent sur cette falaise pour rêvasser en guettant les navires venus d'Europe, dit Charles.

Edward Carver ordonna à Poko de se rendre seul et avec discrétion jusqu'à l'appartement de Murray.

– Et moi, je vais avec vous, dit-il à Charles en quittant la maison.

Les deux hommes contournèrent les bungalows où logeaient le commandant Colson, Mark Tilloy, d'autres officiers de marine et quelques familles aisées, pour emprunter l'étroit chemin qui, derrière le manoir, gravissait le flanc de la cuvette du Cornfieldshire, au nord de l'île. Ils avaient en vue, au sommet de la colline, découpure ocre et bancale sur le ciel indigo, la ruine de l'ancienne tour de guet des pirates. Un siècle plus tôt, les écumeurs des Caraïbes, craignant d'être surpris dans leur repaire par les Espagnols ou les Anglais, avaient édifié cet observatoire rudimentaire.

Ce matin-là, l'été tropical triomphait dans une symphonie de couleurs éblouissantes et de parfums entêtants. La sente pentue sinuait au milieu des buissons : hibiscus safranés, bougainvillées mauves, jasmins blancs, lauriers-roses, allamandas jaunes – qui tenaient leur nom d'un herboriste suisse, ami de Linné –, passiflores dont les étranges corolles, architectures complexes et fragiles, fascinaient Charles. Seuls poincianas, frangipaniers et grenadiers, dont les fleurs déclinaient toute la gamme des rouges, offraient un peu d'ombre. C'est en sortant du dernier bosquet que Charles reconnut la silhouette de Murray. Le jeune

Anglais gravissait péniblement la pente en s'aidant de sa canne.

Plus alerte, Desteyrac avait quelques pas d'avance sur Carver. Il fit signe au major de s'arrêter et de se taire, le temps que Murray eût atteint la crête derrière laquelle la falaise plongeait de plus de trente mètres sur un champ de récifs balayés par les vagues.

– Malcolm, attendez-moi ! cria Desteyrac, les mains en porte-voix.

Surpris, le jeune architecte se retourna, reconnut Charles et, passant sa canne dans sa main gauche, saisit de la droite le colt serré dans son gilet.

– Occupez-vous de vos affaires, Desteyrac ! Je règle les miennes à ma guise. Faites votre pont, c'est tout ce que Dieu et Cornfield vous demandent. Et vous, Carver, rapportez à mon père ce que vous allez voir. Et qu'il en crève de remords ! ajouta Malcolm en apercevant le major derrière Charles.

– Il va se tuer et son corps tombera de la falaise, souffla Carver.

– Malcolm ! Vous ne pouvez partir en laissant une dette d'honneur ! s'écria Charles.

– Une dette d'honneur ? s'étonna l'Anglais.

– Rappelez-vous : nous avons un duel en suspens depuis que j'ai refusé de baiser la main d'Ottilia, un soir, à bord du *Phoenix*. Moi, je n'ai pas oublié ! Nous devons régler ça en gentlemen avant que vous ne vous esbigniez comme un banqueroutier. Si vous voulez mourir, je puis vous y aider loyalement, lança Desteyrac, se rapprochant de quelques pas après avoir fait signe à Carver de lui remettre son pistolet.

– Je ne veux pas finir avec un crime sur la conscience, monsieur Desteyrac. Je suis très fin tireur.

Rendez son arme au major et rentrez chez vous. Je n'aurai même pas besoin de sépulture, cria Murray en faisant un pas en arrière, ce qui l'amena à l'extrême bord de l'à-pic.

– Je vous connais une foule de défauts, Murray, mais je n'aurais jamais pensé que vous fussiez assez couard pour quitter la vie sans avoir lavé l'outrage fait à une aristocrate anglaise par un roturier français ! répliqua Charles.

– Vous l'aurez voulu ! Approchez donc ! hurla Murray, piqué au vif.

Charles gravit les quelques mètres qui le séparaient du bord de la falaise, jeta un regard en contrebas sur les vagues qui se brisaient sur les rochers, et ôta son veston.

– Vous pardonnerez, j'imagine, l'absence de témoins, et accepterez le major Edward Carver comme directeur du combat, exposa Charles avec sérieux.

– Qu'il vérifie nos armes et qu'on en finisse, grogna Malcolm, qui connaissait les règles du duel.

Le major s'exécuta.

– J'espère, messieurs, que vous avez le ventre libre, commença le major, attaché aux usages.

Sans attendre de réponse, il reprit :

– L'honorable Malcolm Cuthbert Murray ne dispose que de deux balles. Or, le code prévoit que le nombre de balles échangées sans résultat ne peut être inférieur à quatre, constata l'arbitre, tout à son rôle malgré l'angoisse qui le tenaillait.

– Une me suffira pour punir M. Desteyrac de ses insolences, lança Murray, de plus en plus nerveux.

Sans relever le propos, Charles demanda au major

de retirer trois des cinq balles de son colt afin de rendre chances et risques égaux.

Edward Carver, qui n'en était pas à diriger son premier duel au pistolet, mesura vingt pas, marqua d'une pierre chaque extrémité de son parcours, sortit une pièce de son gousset, et l'on tira les places au sort. Charles se trouva avec le soleil à droite. Le major arma lui-même les pistolets et les tendit aux adversaires.

– Chacun de vous, messieurs, peut tirer du bras qui lui convient. M. Desteyrac ne voit pas d'inconvénient à ce que l'honorable Malcolm Murray, étant donné son état physique, prenne, de sa main libre, appui sur sa canne. Maintenant, messieurs, veuillez gagner vos places, ordonna le major.

Quand les adversaires se firent face à distance réglementaire, Edward Carver, respectant strictement le code du duel, donna les dernières consignes.

– Tenez-vous droits, jambes écartées de deux pieds, bras armé allongé le long du corps, le canon de votre arme dirigé vers le sol, la crosse du pistolet touchant la cuisse. Restez immobiles et attendez mon commandement. Je dirai : « Feu : un – deux – trois. » Vous devrez tirer entre feu et trois. Celui qui tirerait avant feu et après trois serait disqualifié, précisa le major.

Il attendit qu'un *mockingbird* eut achevé son trille ironique.

– Messieurs, êtes-vous prêts ?

Les réponses étant affirmatives, l'ultime cérémonial fut lancé.

– Feu : un – deux – trois ! cria le major.

Le dernier ordre se perdit dans le bruit des détonations simultanées. Murray gisait, affalé dans les hibiscus. Charles vint à lui aussi vite que Carver. Les deux hommes aidèrent le jeune homme à se relever. La pâleur du visage révélait l'émotion ressentie. Malcolm tendit la main à Charles, qui la retint affectueusement.

– Vous êtes un fameux tireur, monsieur Desteyrac. À vingt pas, briser la canne sur laquelle je m'appuyais pour me faire perdre l'équilibre et me faire choir, c'est un véritable exploit ! reconnut le jeune homme.

– Nous apprenons le tir, à Polytechnique. Mais c'est noble à vous d'avoir tiré en l'air, reconnut Charles.

– Il vous reste à chacun une balle. Voulez-vous continuer, messieurs ? interrompit Carver, rappelant le protocole.

Charles et Malcolm échangèrent un regard puis, ensemble, visèrent l'océan et déchargèrent leurs armes.

– La querelle est donc vidée, mes amis. Descendons chez moi. Poko a toujours du champagne au rafraîchissoir, proposa le major, soulagé.

– Je vous offrirai une autre canne, Malcolm, lança Desteyrac.

– Du champagne, certes, mais pas de canne. Dorénavant, je m'en passerai. Offrez-moi seulement votre bras et allons ensemble retrouver la douloureuse dignité de vivre, conclut l'honorable boiteux.

4.

Le jour de juillet où le *Centaur* revint de Caroline du Sud sans Ottilia, ce fut un beau remue-ménage à Cornfield Manor. Le rapport du capitaine Philip Rodney mit Simon Leonard en fureur. On entendit rugir le lord et claquer les portes. Pibia, l'intendant, qui le premier essuya la colère du seigneur de l'île, conseilla aux servantes et aux valets de ne pas se trouver sur le chemin du maître, qui s'en prit même à Duke, son chien préféré, le jugeant soudain « trop lécheur pour être franc ».

Après cet ouragan domestique, peut-être afin qu'il y eût un témoin de confiance à la déconvenue paternelle, lord Simon débarqua sans se faire annoncer, à l'heure du dîner, chez Edward Carver. Ce soir-là, le major traitait Charles Desteyrac et Malcolm Murray, capable de se déplacer sans canne depuis que le cordonnier avait adroitement surélevé le talon de son soulier pour compenser sa jambe trop courte.

L'irruption du lord surprit les convives, à qui Poko venait de servir un bouillon de tortue. Le fait que le major ne fût pas seul n'influença pas l'attitude désinvolte du visiteur inattendu.

– Pardonnez mon intrusion, mais j'ai besoin d'oreilles compatissantes ! lança, rageur, Cornfield.

Il s'assit à califourchon sur une chaise dont il cramponna le dossier avec une telle force que Charles vit, sous la pression nerveuse, blanchir ses phalanges.

– Mon Dieu, Simon, que vous arrive-t-il ? Et d'abord, avez-vous dîné ? demanda posément Carver.

– Pas faim ! Ce qui m'arrive, c'est que Rodney vient de rentrer de Charleston sans Ottilia. Quelle indiscipline !

– Tiens, sans lady Ottilia ? feignit de s'étonner Carver.

En effet, le major était déjà informé, ce qu'ignorait Cornfield, de l'échec de la mission de Rodney.

– Elle s'est enfuie après s'être fâchée avec nos cousins de Charleston et avec tous les planteurs des bords de la rivière Ashley : les Drayton, les Middleton, les Redcliffe et d'autres. Elle les a traités de sales esclavagistes, leur a prédit les pires châtiments s'ils n'émancipaient pas leurs esclaves, avec qui elle s'entretenait d'ailleurs comme s'il se fût agi de vieilles connaissances. En quittant Bertie III Cornfield, elle a annoncé qu'elle rejoignait, dans le Nord, les sœurs Grimké, à qui le gouverneur a interdit la Caroline depuis qu'Angelina, la cadette, a publié à Philadelphie un livre contre l'esclavage. Le père Grimké, juriste jusque-là très coté, a perdu, depuis la rébellion affichée de ses filles, la moitié de ses pratiques. Bertie a tenté de dissuader Ottilia d'adopter le radicalisme d'Angelina. Vainement, bien sûr.

– Un père ne saurait être responsable des actes d'une fille majeure, n'est-ce pas ? persifla Edward Carver, gentiment goguenard.

Le lord émit un grognement. Charles, en son for intérieur, trouvait l'attitude d'Ottilia sympathique et courageuse, mais ce fut Murray qui traduisit les pensées que l'invité étranger ne pouvait exprimer.

– Bravo ! Elle a rudement bien fait, Ottilia, et je suis certain, mon oncle, que vous ne désapprouvez pas ce qu'elle a pu dire aux esclavagistes de Caroline.

Lord Simon émit un nouveau grognement, perçu comme une approbation contrainte.

– Mais les Bertie Cornfield sont nos cousins, et Ottilia leur doit respect et politesse, grommela-t-il.

Recouvrant peu à peu son calme, il fit pivoter sa chaise, l'approcha de la table où Poko avait ajouté un couvert, et se déclara mis en appétit par le fumet du bouillon de tortue.

– Ottilia vous reviendra bientôt, Simon, dit Carver, apaisant.

– En vérité, ce ne sont pas les outrances d'Ottilia qui m'inquiètent le plus. Elle finira bien par donner de ses nouvelles. Et puis, nous avons d'autres cousins à New York et à Boston, chez qui elle a dû se rendre. Non, ce qui risque de nous causer des ennuis, Edward, ce sont les cinq familles d'esclaves marrons, soit une trentaine de bouches, si l'on compte hommes, femmes et enfants, que le *Centaur* nous a apportés de Caroline ! révéla Cornfield.

– Je suis au courant, avoua Carver. Ils disent que leur évasion a été organisée par votre fille et sa grosse Alsacienne. Les nègres auraient embarqué de nuit, clandestinement, et ne se seraient découverts qu'au moment où le navire voguait déjà en pleine mer, avança le major.

– Edward ! Vous ne croyez tout de même pas à cette fable ! Un nègre ne peut embarquer en cachette sur le bateau de Rodney. Non. Tout le monde devait être d'accord dans cette affaire, et je ne vais pas demander à Philip Rodney, de qui nous connaissons les sentiments antiesclavagistes, de reconduire les nègres chez leurs maîtres. Ces foutus planteurs leur couperaient les tendons des genoux pour qu'ils ne puissent plus courir. Je les connais, moi, les propriétaires d'esclaves du Sud : ils ne sont pas tendres, et nos cousins non plus, dit Cornfield.

– Toutes les fois qu'il peut tirer un esclave de sa condition, un honnête homme doit le faire. C'est ainsi qu'agit Harriet Tubman, une dame noire que les esclaves comparent à Moïse. Elle fait passer au nord des États-Unis des douzaines de fuyards du Sud grâce à son réseau abolitionniste que les Américains nomment chemin de fer clandestin. Elle ne dispose pas de train, bien sûr : le langage ferroviaire n'est ici qu'un code pour initiés. Une gare est une cachette sûre, une jonction un passage dangereux..., révéla le major.

– Ottilia eût mieux fait d'utiliser ce circuit plutôt que de nous envoyer ces nègres dont il va falloir s'occuper, observa Cornfield avant de réclamer un deuxième bol de bouillon.

– Elle a dû parer au plus pressé, dit Murray, toujours prêt à prendre la défense de sa cousine.

– Nous voici en tout cas avec de nouveaux nègres sur les bras. Je les ai logés dans un hangar du port occidental, mais vous allez devoir leur trouver des cases et aussi du travail, car je ne veux pas qu'ils restent oisifs, indiqua le lord en posant sur son vieil ami Carver un regard affectueux.

– Mais, comment donc ! Ce ne sera pas difficile, répondit le major avec un sourire à l'adresse de Charles.

– Rodney ne m'a pas caché que les planteurs spoliés – c'est comme ça qu'ils disent quand on leur prend un nègre, considéré comme bien mobilier négociable ! – sont capables, étant donné le nombre d'esclaves fugueurs, de fréter un bateau pour venir jusqu'ici réclamer leur propriété. Un nègre robuste et bien portant de moins de trente ans vaut, à La Nouvelle-Orléans, de mille deux cents à mille huit cents dollars, précisa le lord.

– Les propriétaires d'esclaves risquent de se manifester avec d'autant plus d'audace qu'ils ont toujours, dans ces affaires, le soutien des autorités, et peut-être, dans le cas présent, obtiendront-ils celui de la milice de la Caroline, compléta Edward Carver.

– Eh bien, s'ils se présentent, même armés, nous saurons ensemble les recevoir comme il convient, dit simplement Cornfield, laissant entendre que, du seigneur de Soledad au dernier des Arawak en passant par officiers et marins, un affrontement avec les esclavagistes ne faisait peur à personne.

Le repas s'acheva dans une atmosphère détendue, après quoi les trois hommes demeurèrent longtemps à bavarder sur la galerie en sirotant des alcools. Charles s'enhardit à poser une question qui, depuis longtemps, lui brûlait les lèvres.

– Est-il exact qu'il n'y eut jamais d'esclaves à Soledad ? demanda-t-il.

– En tout cas, pas depuis trois générations de Cornfield. Nous sommes abolitionnistes et opposés à l'odieuse pratique de l'esclavage, que nos cousins de Charleston appellent, charmant euphémisme, l'institution particulière. C'est, monsieur, un engagement peu courant et fort critiqué à Nassau. Je soutiens discrètement de mes deniers *The Liberator*, organe des abolitionnistes, fondé en 1831 à Boston par deux journalistes courageux, William Lloyd Garrison et Isaac Knapp.

– Lady Lamia m'a dit qu'il y eut autrefois beaucoup d'esclaves dans les îles Bahamas, et qu'il y en a peut-être encore, insista Charles.

– On en comptait plus de dix mille dans l'archipel quand les autorités britanniques imposèrent leur recensement dans toutes les possessions de la Couronne, après le traité de 1822 qui interdit la traite. À la veille du *British Emancipation Act* de 1833, on en dénombrait encore plus de sept mille, pour lesquels plus de mille colons réclamèrent les compensations financières promises par la loi à qui affranchirait ses esclaves. Les Noirs que vous croisez aujourd'hui sur notre île sont des esclaves libérés ou des descendants d'esclaves qui fuirent les plantations exploitées depuis la fondation des États-Unis sur d'autres îles par les loyalistes.

– J'entends souvent parler des loyalistes. Qui sont-ils ? demanda Charles.

D'un signe de tête, lord Simon, absorbé par l'allumage d'un cigare, fit signe à Carver de répondre. Le major, considéré comme féru d'histoire de l'archipel, eût fait un excellent pédagogue. Il s'exécuta de bonne grâce.

– Ainsi nomme-t-on encore ici les colons anglais qui refusèrent, lors de la révolution de 1775-76, de devenir américains, et restèrent loyalement fidèles à la couronne d'Angleterre – d'où leur nom. Ce fut le choix des Cornfield, grands propriétaires dans les deux Carolines.

Charles marqua son étonnement en haussant les sourcils, ce qui incita le major à développer.

– Comme beaucoup de vos compatriotes, vous pensez sans doute que la guerre d'Indépendance fit l'unanimité parmi les habitants des treize premières colonies. Eh bien, détrompez-vous, ce ne fut pas le cas ! L'accouchement de la république américaine ne se fit pas sans combats fratricides. Jusqu'au sein d'une même famille, il y eut des conflits entre ceux qui voulaient libérer les treize colonies du joug britannique et ceux qui entendaient demeurer sujets du roi d'Angleterre. Quand commença la révolution, qui devait vite tourner à la guerre d'Indépendance, on passa sous silence le fait qu'il s'agissait aussi d'une guerre civile entre Américains. En effet, les indépendantistes, appelés insurgents par les Anglais, ne durent pas seulement combattre les troupes britanniques, mais aussi les colons opposés à la séparation des colonies d'avec l'Angleterre. On les appelaient *Tories* ou *Loyalists*, car ils appartenaient souvent à la classe des conservateurs et des riches propriétaires terriens.

– Pas toujours, intervint vivement lord Simon. Cette définition est un peu légère et même démagogique car, si l'on compta parmi les loyalistes des hommes riches qui devaient souvent leur fortune aux privilèges accordés par la couronne d'Angleterre – ce fut le cas des lords propriétaires des Carolines et des Bahamas, dont mes ancêtres –, on vit aussi dans leurs rangs des gens modestes, marchands au détail, artisans, employés de banque, qui, aux côtés des Indiens recrutés par les Anglais, s'opposèrent aux armées de Washington. Mais les insurgents, pour s'attirer la sympathie du petit peuple, proclamèrent que ces opposants à la liberté des colonies étaient tous des nantis, précisa Simon Leonard avant de rendre la parole au major.

– On a en effet trop vite oublié, reprit ce dernier, que le 26 octobre 1775, soit quelques mois après le premier acte sanglant de rébellion à Lexington, des colons loyaux avaient écrit à George III pour lui signifier leur crainte « d'être dégradés du rang glorieux de citoyens anglais ». À partir du 4 juillet 1776, jour où fut adoptée la Déclaration d'indépendance, tout changea. Pendant un temps, les représentants des loyalistes au Congrès, siégeant à Philadelphie, entravèrent la levée des milices, accaparèrent vivres et fournitures, entretinrent des relations plus ou moins clandestines avec l'état-major anglais. Mais la liberté américaine soutenue par la France – le major s'inclina en direction de Charles – était en marche : rien, comme vous le savez, ne pouvait l'arrêter.

– Les opposants à l'indépendance étaient-ils nombreux ? demanda Charles.

– John Adams a dit qu'un tiers des colons souhaitait l'indépendance des colonies, un tiers était pour le maintien des liens avec la Grande-Bretagne, et un tiers hésitait sur l'attitude à adopter. Par la suite, on reconnut que la majorité des hésitants avaient opté pour l'indépendance, compléta Carver.

– Donc, une proportion non négligeable de fidèles à la Couronne, observa Charles, s'adressant plus particulièrement à lord Simon.

– Proportion variable suivant les colonies. Les loyalistes formaient, à New York et en Pennsylvanie, la moitié de la population. Dans les colonies du Sud, leur nombre était moindre. On a estimé que trente mille colons combattirent avec les troupes anglaises.

Victorieux, les fédéralistes ne leur pardonnèrent pas les expéditions meurtrières qu'ils avaient menées dans les Carolines, la Virginie, l'Ohio et le Wyoming. À New York, alors aux mains des insurgés, les loyalistes avaient formé des compagnies de volontaires royaux et semaient l'agitation dans le peuple. Ils menacèrent même, un moment, la vie de Washington, contraint, en 1780, d'évacuer New York et de se retirer avec ses hommes dans le New Jersey, tandis que le général anglais Henry Clinton s'installait à Manhattan. Constitués en bandes de partisans, les loyalistes s'en prenaient partout aux sympathisants de Washington. En Caroline, ils trouvèrent même des alliés dans les pirates des Bahamas qui pillaient, pour leur propre compte, bien sûr, les navires de la future Union et ravageaient les côtes de la Nouvelle-Angleterre, développa Simon Leonard.

– Ces pirates si chers aux Cornfield ! ironisa Murray, enhardi par les libations.

Le lord releva d'un regard courroucé la boutade sibylline de son neveu. Il ne tenait pas à ce qu'on révélât devant un étranger certains secrets de famille.

– Chaque succès anglais, reprit vivement le major, réconfortait ceux qui ne voulaient pas se séparer de la mère patrie et augmentait leur détermination face aux combattants de l'indépendance. Ils auraient voulu que les troupes anglaises reprennent Philadelphie, siège du Congrès, ce que redoutait par-dessus tout George Washington.

– Mais, quand les indépendantistes triomphèrent, que devinrent les adversaires de Washington ?

– Dans ce domaine, les Cornfield en savent sans

doute plus long que d'autres, lâcha Edward Carver, laissant les confidences au lord.

– Partout, monsieur Desteyrac, ils furent durement traités par les comités populaires créés dans les villes. L'armée des insurgents logeait dans leurs maisons, réquisitionnait leurs chevaux, leur mobilier, leur bétail, leurs récoltes. Plus tard, on confisqua leurs biens, leurs propriétés, on les obligea à quitter les terres qu'ils avaient défrichées. Beaucoup furent internés, plusieurs trouvèrent la mort au cours des combats ; d'autres furent arrêtés et exécutés. Dès que fut assurée l'autorité du gouvernement de l'Union, beaucoup choisirent l'exil. Plus de quatre-vingt mille loyalistes quittèrent les États-Unis en 1783. Dans la seule journée du 26 avril, que certains membres de notre famille vécurent, ils furent sept mille à sortir de New York, où la vente de leurs biens et propriétés, saisis par les fédéraux, rapporta trois millions six cent mille dollars au nouveau gouvernement. Certains loyalistes de Nouvelle-Angleterre s'installèrent au Canada, d'autres choisirent de rentrer en Angleterre.

– Y furent-ils bien accueillis ? demanda l'ingénieur.

– Pas toujours, car une partie de l'opinion anglaise approuvait l'indépendance des colonies américaines. Enfin, de nombreux propriétaires du Sud préférèrent s'installer avec leurs esclaves aux Bahamas, possession britannique confirmée en 1783, pour fonder des plantations de coton qui, le plus souvent, périclitèrent. Ces nouveaux venus, dont vous côtoyez aujourd'hui les descendants, doublèrent d'un coup la population d'une douzaine d'îles déjà habitées et amenèrent avec eux plus de quatre mille Noirs. La plus forte communauté issue de cette émigration se fixa à Harbour Island, à l'extrémité septentrionale de notre voisine, Eleuthera, au passé édifiant. Ils furent plus de deux mille à s'installer autour du domaine de John Murray, quatrième comte de Dunmore, lointain cousin de notre cher Malcolm, rapporta le lord.

– Mon père possède un portrait de ce parent qui fut gouverneur des Bahamas de 1786 à 1796, après avoir été le dernier gouverneur britannique de l'État de New York, puis de la Virginie, confirma le jeune architecte.

– Il était donc tout indiqué que vous reveniez ici, mon cher. Vous êtes un peu chez vous, persifla le major.

– Il ne subsiste apparemment, chez ces gens restés fidèles à l'Angleterre, aucune rancœur contre les Américains, observa Desteyrac, désireux de compléter ses connaissances.

Lord Simon se servit un grand verre d'eau glacée, qu'il avala d'un trait, puis emplit un petit verre de l'armagnac du Gers qu'un vieil ami français envoyait chaque année à Carver. Tout en chauffant l'alcool entre ses paumes, Simon Leonard reprit son évocation.

– Pas de rancœur ? Détrompez-vous, Monsieur l'Ingénieur ! Les spoliés ont bonne mémoire. Lors des préliminaires du traité de paix – signés entre les États-Unis et l'Angleterre le 30 novembre 1782 –, il avait été admis, comme le demandait le gouvernement de Sa Majesté, « que les propriétés et les biens confisqués aux sujets britanniques leur seraient rendus ; qu'ils ne feraient l'objet d'aucune poursuite, soit dans leur personne, soit dans leurs biens, même s'ils avaient pris part à la guerre d'Indépendance contre les Américains ». Cela devait être confirmé dans le traité définitif, signé à Versailles le 20 janvier 1783. Mais l'hostilité des patriotes envers les loyalistes demeurait vive. Cela empêcha leur gouvernement de donner satisfaction à l'Angleterre. Après de longs débats, les plénipotentiaires convinrent seulement que le Congrès fédéral « recommanderait » aux gouverneurs des États de traiter avec justice et générosité ceux qui, dans un premier temps, avaient refusé la citoyenneté américaine. Cette recommandation fut, dans bien des cas, ignorée.

– Et que sont devenus les loyalistes qui restèrent aux États-Unis ? demanda Murray.

– Certains se repentirent. Ils furent autorisés à racheter leurs biens et propriétés quand les autorités fédérales eurent constaté que le départ de ces familles pouvait être une perte de substance pour la jeune république. Car il faut savoir que les loyalistes appartenaient le plus souvent à une élite instruite et éduquée, laquelle faisait cruellement défaut aux nouvelles institutions. Parmi ces ralliés figura Bertie Ier Cornfield, mon arrière-grand-père, dont le frère cadet, Rupert, officier loyaliste, avait été tué par les insurgents à la bataille de King's Mountain, en Caroline du Sud, le 7 octobre 1780. La sœur de Bertie et de Rupert, Helen, épousa un banquier de Boston et devint elle aussi américaine. Les descendants de cette branche Cornfield sont nos cousins et petit-cousins de Charleston, de Boston et de New York.

– Mais les Cornfield de Soledad sont restés citoyens britanniques, puisque l'archipel appartient toujours à la Couronne ? observa Charles.

– En effet, Maxence, mon grand-père, troisième lord, au contraire de son père Bertie, resta fidèle à la mère patrie et vint s'installer à Soledad, propriété familiale jusque-là négligée, tandis que sa sœur Margaret rentrait en Angleterre pour épouser un Murray d'Écosse. D'où notre parenté, cher Malcolm, dit Simon Leonard.

– Peut-être faut-il ajouter, Simon, que beaucoup d'amis de votre famille, qui eussent mieux fait de s'établir dans nos îles, rentrèrent au pays, comme on disait alors. Je pense à Thomas Hutchinson, riche marchand de Boston, diplômé de Harvard, magistrat intègre, gouverneur du Massachusetts. Il avait tout de suite mis en doute l'argumentation historique de la Déclaration d'indépendance et proclamé que la souveraineté de l'Empire britannique ne pouvait être contestée. Les patriotes brûlèrent sa maison et il partit pour l'Angleterre où son fils publia, en 1828, l'œuvre majeure de ce loyaliste, *History of Massachusetts Bay*. Il y eut encore Joseph Galloway, éminent juriste de Philadelphie, diplômé de Yale, membre du premier Congrès continental. Il dut lui aussi, comme Myles Cooper, *clergyman*, professeur de philosophie au King's College, quitter l'Amérique, où il avait fait sa vie, après que ses propriétés eurent été confisquées par l'État de Pennsylvanie. Ainsi, monsieur Desteyrac, nous avons vécu et vivons toujours les conséquences des luttes fratricides entre colons anglais, confessa le major.

– Si douloureux qu'ils furent, ces conflits aboutirent cependant à la fondation des États-Unis, puissance neuve sans autre passé héroïque qu'une guerre civile, reconnut Cornfield avec franchise.

– Chateaubriand écrit dans ses *Mémoires d'outre-tombe* : « Les guerres civiles sont moins injustes, moins révoltantes et plus naturelles que les guerres étrangères », cita Charles.

– Pourquoi, s'il vous plaît ? s'enquit sèchement Cornfield.

– D'après notre mémorialiste, parce que « les guerres civiles sont fondées sur des outrages individuels, sur des aversions avouées et reconnues », ce qui fut bien le cas, semble-t-il, entre loyalistes et indépendantistes ? compléta Charles.

– Ce sont là élucubrations de prosateur romantique ! intervint le lord. La guerre entre citoyens d'une même patrie laisse des plaies inguérissables. Nous n'avons pas oublié, en Angleterre, Cromwell et ses Têtes rondes, et les Français se souviennent encore des luttes de la Fronde et des massacres de la Saint-Barthélemy. Ainsi, les Carolines gardent le triste souvenir et les stigmates de la guerre d'Indépendance. Il faut reconnaître que les troupes britanniques, soutenues par les loyalistes et des esclaves noirs, auxquels, des deux côtés, on promettait la liberté, se conduisirent aussi durement que l'armée de Washington. Sitôt l'indépendance acquise, les Noirs abandonnés par l'armée anglaise et ceux délaissés par celle de Washington commencèrent à piller les maisons de leurs maîtres, détruisirent parfois les plantations par le feu, et se firent de plus en plus arrogants. Dans la plupart des cas, ils retournèrent, contraints et forcés, à la condition d'esclave. Les Noirs qui s'étaient le plus mal conduits furent châtiés sans merci par les nouveaux citoyens américains, tandis que les vaisseaux anglais recueillaient les familles loyalistes menacées et les transportaient jusque dans nos îles avec leurs esclaves et ce qu'elles avaient pu sauver de leurs biens.

– C'est donc ainsi qu'arrivèrent dans l'archipel esclavagistes et esclaves, constata Charles, s'adressant au major qu'il estimait plus à l'aise pour commenter ce sujet.

– Pas de quoi être fier, penserez-vous ? Vous aurez raison. Mais il faut savoir que les Cornfield, même s'ils n'y résidaient pas encore, étaient propriétaires de Soledad depuis 1667, donc bien avant l'arrivée des loyalistes. On sut très vite dans l'archipel que lord Maxence Cornfield, le grand-père de Simon, venu s'établir ici en 1782, accueillait les esclaves marrons au grand dam des planteurs qui les avaient transportés du continent. Au cours des années suivantes, des propriétaires d'esclaves, parfois accompagnés d'hommes armés et de chiens spécialement dressés à poursuivre les Noirs en fuite, débarquèrent ici pour exiger la restitution de leurs nègres fugueurs. Ils furent toujours fort mal reçus par lord Maxence et ses Arawak qui brandissaient arcs, lances et javelots, rapporta le major.

– Et c'est encore ainsi que je recevrai les esclavagistes d'aujourd'hui, même si mon cousin Bertie III se trouve à leur tête ! dit lord Simon, déterminé.

Charles Desteyrac serra avec plus de chaleur que d'habitude la main que le maître de Soledad lui tendit quand vint l'heure d'aller dormir.

Si la colère du lord à l'encontre d'Ottilia, de qui il partageait la détestation de l'esclavage, était oubliée dès le lendemain, un nouvel événement la ranima trois jours plus tard. Un journal de Boston daté du 5 juillet, mais que le bateau-poste de Nassau ne délivra à Soledad que le 25 du même mois, apporta enfin des nouvelles de lady Ottilia.

Lord Simon apprit ainsi que sa fille avait participé à une réunion féministe à Hartford (Connecticut), ville où vivait Harriet Beecher-Stowe, auteur de *la Case de l'oncle Tom*, roman antiesclavagiste un peu geignard, mais plein de bons sentiments, publié en 1852, qui connaissait un immense succès dans les États du Nord et en Europe.

La réunion de Hartford avait été organisée, le jour anniversaire de l'Indépendance des États-Unis, par Amelia Jenkins Bloomer, protestante et socialiste, fondatrice en 1849 du journal pour femmes *The Lily*[1]. Edward Carver mit la feuille bostonienne sous les yeux de Charles. Le journaliste américain écrivait : « Une ravissante jeune lady, miss Ottilia Cornfield, anglaise, fille unique de lord Simon Leonard Cornfield, armateur, magnat des chemins de fer de l'Ouest, filateur de coton à Manchester, businessman et aristocrate estimé de la reine Victoria, dont la famille est propriétaire, depuis Charles II d'Angleterre, d'une île dans l'archipel des Bahamas, est une zélatrice du mouvement des *Bloomers*. Ces dames et demoiselles ont décidé de s'habiller à la turque afin de montrer que les femmes américaines sont, comme chez les Turcs, les esclaves de leur mari. Leur tenue orientale : corsage de soie de couleur vive, manches de mousseline, jupe au mollet passée sur un large pantalon bouffant de même tissu que le corsage, ne manque ni de charme ni d'élégance, surtout à cause de la transparence des tissus utilisés, de l'absence de corset et de brassière. Ce costume sied particulièrement bien à lady Ottilia Cornfield, que les dessinateurs des magazines croquent à plaisir. Les autorités de Providence, dans le Rhode Island, n'ont pas, comme nous, goûté le charme de ces toilettes. Lady Ottilia et son amie miss Johnson, toutes

1. Il devait cesser de paraître en 1856.

deux militantes *bloomerist*, ont été interpellées par des policiers, conduites devant un juge qui leur a infligé vingt dollars d'amende sous prétexte qu'elles tentaient de dissimuler leur sexe en se faisant passer pour des hommes. »

– Quand il a lu ça, Simon a failli avoir une syncope. On s'attend à ce que *The Nassau Guardian* reprenne cet article, qui fera sursauter tous les puritains, nombreux dans l'archipel et souvent critiques envers les mœurs jugées trop libres des Cornfield, dit Carver, consterné.

– Qui est Amelia Jenkins ? demanda Charles, ignorant tout des mouvements féministes.

– L'épouse de Henry Dexter Bloomer. Elle a jeté son corset et sa brassière aux orties et milite pour l'émancipation des femmes. Comme Elizabeth Cady Stanton et Lucretia Mott, elle s'insurge contre la loi qui fait que la femme américaine n'a – « comme les nègres », dit-elle – aucune existence légale. Déjà, le 19 juillet 1848, lors d'un meeting à Seneca Falls, dans l'État de New York, soixante-huit femmes et trente-deux hommes ont signé un manifeste demandant la révision de la loi, expliqua le major.

Le soir même, commentant la nouvelle incartade d'Ottilia, Malcolm Murray, qui partageait souvent le dîner de Charles, fournit d'intéressantes précisions sur un milieu qu'il semblait fort bien connaître.

– Jouant peut-être sur le patronyme de son mari, Amelia Jenkins Bloomer a lancé la mode du bloomer. Elle prône le pantalon bouffant parce qu'elle le considère comme la pièce de vêtement la plus symbolique de la domination masculine. Ottilia l'a connue à Londres en 1851, lors de l'Exposition où elle fut plutôt mal reçue. Elle l'a suivie pendant son périple anglais, lequel ne fut pas non plus de tout repos, puisque des gens menacèrent un jour de jeter dans la Tamise les femmes qui portaient des pantalons. Dans la lettre accusatrice dont je vous ai parlé, lady Mary Ann Gordon, la sœur de lord Simon, n'a pas manqué de signaler ces faits à son frère. Elle reprochait à Ottilia d'avoir adopté une tenue qui faisait scandale dans la bonne société et que la presse ridiculisait, bien qu'elle connût un vif succès dans les milieux artistes que nous fréquentions. D'ailleurs, comme les Américains, nous appelions les amies d'Amelia les *Bloomers*, et nous les accompagnions pour les protéger quand elles s'aventuraient en territoire hostile, raconta Murray.

– Lord Simon a peu apprécié la publicité faite à son nom par les turqueries vestimentaires de sa fille. Carver m'a confié qu'il allait envoyer une sorte de lettre circulaire à tous les parents, proches ou éloignés, que les Cornfield possèdent à travers les États-Unis, pour qu'ils intiment à Ottilia, s'ils la rencontrent, l'ordre formel de regagner au plus tôt Soledad, révéla Charles.

– C'est le meilleur moyen de la dissuader de venir ici, mon cher. Ottilia a toujours fait le contraire de ce que souhaitait son père. Ce n'est pas maintenant qu'elle va changer ! assura Murray.

L'étude des travaux à effectuer sur Buena Vista offrait à Desteyrac de fréquentes occasions de rencontrer lady Lamia. Depuis qu'elle s'était résignée à l'établissement d'un pont entre Soledad et son îlot, et surtout depuis que Charles avait choisi de le faire aboutir à l'écart de sa résidence, les rapports entre l'ingénieur et la sœur cadette de Cornfield étaient devenus confiants, voire amicaux. À chacune de ses visites, Charles était invité au *lunch* ou au dîner. Il appréciait cette hospitalité, qui lui donnait le loisir d'échanger des idées avec une femme instruite, grande lectrice et pianiste de talent, plus sensitive que sensible, chez qui une étonnante virilité de comportement s'alliait à une féminité d'autant plus touchante qu'elle paraissait refoulée, comme en réserve. Il goûtait aussi l'ambiance chaleureuse de sa maison, dont le décor, à l'opposé de celui, quasi palatin, de Cornfield Manor, formait un écrin sobre et harmonieux où quelques œuvres d'art, qui toutes avaient une histoire, prenaient leur pleine valeur. Ainsi, Charles ne se lassait pas d'admirer un grand tableau, excellente copie de la fameuse toile de John Singleton Copley, *Watson et le requin*[1] ; copie peut-être due au peintre lui-même, d'après lady Lamia, car les critiques assuraient que Singleton Copley avait reproduit plusieurs fois cette scène dramatique.

– Ce tableau, peint vers 1778, rappelle un drame dont fut victime à Cuba, en 1749, un jeune Anglais de quatorze ans, Brook Watson, qui accompagnait son père, marchand de Londres venu pour affaires en Amérique. L'adolescent nageait nu dans le port de La Havane quand il fut attaqué par un requin-tigre qui lui saisit le pied droit dans ses mâchoires et l'entraîna vers le large. Par bonheur, des pêcheurs en barque virent la

1. Le tableau se trouve aujourd'hui au Museum of Fine Arts, à Boston. Une autre version est visible à la National Gallery of Arts, à Washington.

scène et sauvèrent le jeune homme. Comme l'a montré bien plus tard le peintre sur cette toile, d'après les souvenirs du rescapé, un pêcheur tend la main au garçon tandis qu'un autre harponne l'énorme squale qui a déjà dévoré un pied et le mollet du nageur. Une fois proprement amputé, Watson rentra en Angleterre, où sa tragique aventure fut rapportée dans les journaux, ce qui lui valut la considération publique. Ce drame ne nuisit pas à sa carrière, pusqu'il devint l'un des directeurs de la Bank of England, membre du Parlement et lord-maire de Londres. Le roi George III le fit baronet en 1803. J'aime cette histoire vraie, et ce tableau qui illustre la férocité de l'hôte le plus dangereux de notre archipel, conclut Lamia.

– D'où votre goût pour la chasse aux requins. Je me suis laissé dire que vous en aviez tué des centaines, risqua Charles.

– On exagère beaucoup, mais il est vrai que je protège de mon mieux mes pêcheurs d'éponges, souvent attaqués par les squales, qui pullulent dans ce que les anciens ont justement nommé Sharks Bay. Quand les plongeurs voient approcher l'un de ces tueurs, ils viennent me chercher et je les en débarrasse, expliqua modestement Lamia.

– D'où le sobriquet de Fish Lady ?

– Il n'est pas dû aux seuls requins. Mes gens m'ont ainsi nommée le jour où ils m'ont vue nager en compagnie de dauphins, grands mammifères marins inoffensifs, folâtres et malins, dont je me suis fait des amis. Et puis, mes harpons bien affûtés me servent aussi pour fournir ma table et celles de mes amis en mérou, thon, albula, pompano, et aussi pour chasser la murène, le barracuda, le marlin, la pastenague aux aiguillons venimeux, ou le grand tarpon. L'océan est un prodigieux garde-manger, monsieur Desteyrac. Cependant, comme dit le proverbe indigène : « Chaque jour est jour de pêche ; chaque jour n'est pas jour de prise. » Ma Mae va nous servir tout à l'heure celle de ce matin, dit Lamia juste avant le tintement de la cloche qui annonçait le repas.

Pendant qu'ils buvaient, au salon, une liqueur apéritive *homemade* à base d'écorce de cascarille, la cuisinière vint présenter l'énorme homard qui, après une cruelle immersion dans l'eau bouillante, constituerait la pièce maîtresse du dîner. Avec deux pieds de longueur, des dards d'un pied et demi, solidement entravés, et des pinces effrayantes fermées par des liens de chanvre, le crustacé ressemblait à un monstre antédiluvien. Voyant la stupéfaction de Charles, la sœur de Cornfield expliqua qu'il s'agissait d'une espèce particulière.

– Ces homards géants vivent en colonies et se déplacent en caravane en suivant le Gulf Stream, un courant tiède qui circule dans le canal des Bahamas entre la presqu'île de Floride et notre archipel. Il suffit d'un fort coup de vent, d'une tempête pour que la colonie se disperse et que des homards viennent échouer entre les îles. Celui-ci n'a pas eu de chance : il est imprudemment venu à ma rencontre, dit Lamia.

– Leurs dards sont de véritables rapières, remarqua Charles.

– Ce sont en effet des armes redoutables. Ces homards ne craignent ni les requins ni les murènes, qu'ils blessent à mort. Seules les pieuvres peuvent en venir à bout malgré les coups d'épée qu'ils distribuent. Comme ils se nourrissent de clams, leur chair est excellente, surtout accompagnée de la sauce épicée dont Ma Mae a le secret, conclut la maîtresse de maison en faisant signe à la domestique d'enlever le grand crustacé rageur promis à la marmite.

Tandis que l'on préparait le repas, Charles, comme à chacune de ses visites, s'absorba un instant dans la contemplation des portraits placés de part et d'autre d'un miroir au-dessus de la cheminée du salon. Ils représentaient la mère de Lamia et le père qu'elle n'avait pas connu, Alister, tué à la bataille de La Nouvelle-Orléans en 1815. L'épouse d'Alister avait été peinte à la fin de sa courte vie, alors qu'elle était déjà veuve, assise dans le même fauteuil de style Renaissance qu'occupait pour l'heure Lamia face à Charles. Le corps légèrement affaissé de côté, le modèle du peintre, dont les traits fins, encore jeunes, contrastaient avec des cheveux grisonnants, coiffés sans apprêt en chignon plat sur le haut du crâne, offrait l'air pensif et absent de l'épouse abandonnée. La joue reposant sur les doigts repliés de la main gauche, elle laissait errer son regard noisette hors du tableau et fixait au loin un cortège de souvenirs d'elle seule perceptibles. Une robe grise, fermée au ras du cou et aux poignets par des volants froncés, ajoutait à la mélancolie et à la fragilité à la fois physique et morale de la mère de Lamia.

– Je trouve ce portrait émouvant. Le peintre, avec pudeur, donne à comprendre que cette belle femme porte en elle un chagrin dont rien ne saura jamais la distraire, dit Desteyrac.

– Après la mort de mon père, elle n'espérait plus que sa propre fin ; elle guettait l'annonce du trépas, comme sur ce tableau. Ma mère n'attendait plus la sérénité que de la mort. Mais il me plaît que vous l'aimiez ainsi que je la vis dans mon enfance, dit Lamia, émue.

Le homard dégusté avec toute la considération que méritait un tel plat, la sœur de Cornfield, au courant des aventures et mésaventures de sa nièce Ottilia, interrogea Charles sur les réactions de lord Simon.

– Il prend assez mal la chose, mais, en même temps, je crois qu'il admire l'audace et la détermination de sa fille, aussi bien quand elle s'en prend aux esclavagistes que lorsqu'elle manifeste, déguisée en dame turque, pour l'émancipation des femmes. Je me demande même s'il ne considère pas la désobéissance comme une particularité aristocratique. Toutefois, connaissant fort peu lady Ottilia, qui, lors de nos brèves rencontres à bord du *Phoenix*, ne m'a pas manifesté beaucoup de sympathie, je ne saurais en dire plus.

– Mieux vaut ça, cher monsieur, car Ottilia a le don d'attirer pour ne pas retenir, fit Lamia.

– En France, nous appelons ce genre de femmes des coquettes, madame.

– Ah, ma nièce est un cas à la fois plus complexe et plus ambigu ! Savez-vous que son père l'obligeait à apprendre par cœur et à réciter sans faute la liste des rois et reines d'Angleterre, ce qu'elle faisait avec fierté ? En revanche, quand on lui demandait ce qu'elle souhaitait devenir quand elle serait grande, elle répondait, au grand scandale de qui l'interrogeait : « Je veux être comme Ann Bonny. »

– Ann Bonny ?

– Je vois que ce nom ne vous dit rien, mais tous les habitants de la Caroline du Sud et de l'archipel connaissent l'histoire de cette femme pirate. Ottilia avait entendu cent fois raconter ses sanglantes aventures. Ann Bonny naquit en Irlande en 1690, d'une servante et du maître de la maison. Quand l'adultère fut découvert, les amants durent s'exiler et s'installèrent en Caroline pour fonder une plantation. Ce fut une réussite ; le planteur et sa maîtresse vécurent bientôt dans l'aisance. Ann, qui reçut une bonne éducation, entendait, rapportés par les domestiques ou des voisins, les exploits des pirates qui infestaient la côte est de l'Amérique et aussi les îles Bahamas, alors appelées Lucayes. Les marchands au détail, aussi bien que les gens de la bonne société de Charleston, peu curieux de connaître l'origine des marchandises, des soieries et de l'argenterie que les pirates proposaient à la vente, entretenaient avec ces bandits des relations commerciales courtoises. Le gouverneur lui-même protégeait les pirates en échange d'une part de leur butin. Encore adolescente, Ann tomba amoureuse d'un de ces écumeurs des mers nommé Bonny. Au grand dam de ses parents, elle l'épousa et devint la première femme pirate des Carolines. Elle prenait plaisir, disait-on, à imaginer des tortures raffinées pour obliger passagers et marins des navires attaqués par son mari à livrer or et bijoux. Le couple, installé à Nassau, alors base des pirates, pratiquait la débauche comme une religion, entre deux expéditions en mer. Bientôt, cette harpie, trouvant Bonny trop timoré, le quitta pour suivre un brigand plus audacieux, John Rackam, dit Calico Jack, donné comme inventeur du pavillon noir à tête de mort, le trop fameux emblème de la piraterie. Enceinte, Ann dut un jour faire escale à Cuba pour accoucher. Elle abandonna l'enfant et rembarqua, entraînant une de ses amies, aussi corrompue qu'elle, Mary Read. En 1720, le bateau de Rackam fut capturé par un navire de sir Woodes Rogers, gouverneur des Bahamas, chargé par le roi d'Angleterre de chasser les pirates de l'archipel. Rackam fut pendu, mais Ann et son amie Mary, toutes deux à nouveau enceintes, échappèrent à ce sort. Peu après, Mary mourut de la fièvre jaune et Ann, désinvolte et lasse, retourna chez ses parents. Eh bien, cher monsieur, voilà le style d'héroïne que la petite Ottilia prenait pour modèle ! J'ai toujours pensé que ce genre d'aspiration perverse, inattendue chez une enfant, venait du sang de sa mère, la seconde femme de mon frère.

– Le major Carver m'a dit un jour qu'on ne parlait pas des épouses de lord Simon, sujet très privé..., ironisa Desteyrac.

– C'est enrober de mystère ce qui n'a rien de mystérieux ni de désobligeant pour mon frère, qui toujours s'est conduit en gentleman... sauf quelquefois avec moi ! lança Lamia, découvrant dans un rire franc des dents de carnassier aussi blanches que celles de requin qu'elle portait en sautoir.

– Chaque famille a ses secrets que l'on respecte de génération en génération, observa Charles.

– Un secret que partagent tout un tas de gens n'en est plus un, cher monsieur. Aussi vais-je vous dire ce qu'il en est, ne serait-ce que pour que vous compreniez mieux le caractère de ma nièce et lui pardonniez ses incartades.

Lady Lamia attendit que la domestique eût disparu, après avoir servi le café, pour parler librement.

– Ottilia est issue du second mariage de lord Simon avec une Allemande de qui il fit sa maîtresse alors que son épouse vivait encore. Après deux ans de mariage, la jeune épouse, Isabel Gualberto y Miranda, de santé fragile et de tempérament mélancolique, héritière d'une riche famille espagnole de Cuba, ayant contracté une fièvre pernicieuse, se révéla dans l'incapacité d'avoir une vie conjugale normale et de procréer. C'est alors que mon frère introduisit à Cornfield Manor, comme dame de compagnie, sa maîtresse, Sidonia von Blocksberg, fille d'un colon allemand, rencontrée à Charleston où les Cornfield ont toujours eu des affaires. Curieuse femme que cette superbe Teutonne ! On apprit un peu tard qu'elle était la petite-fille, par sa mère, d'une des épouses de Blackbeard, le fameux pirate polygame qui écumait l'océan au large de la Virginie et des Carolines, ainsi que la mer des Caraïbes. Il semble que Sidonia ait hâté la fin de lady Isabel Cornfield pour prendre sa place. Ce qui advint peu après la mort d'Isabel. C'est de cette union que naquit Ottilia en 1831. Enfant, elle était si belle et si fraîche que tout le monde l'appelait Rosebud, bouton de rose...

– Vous pensez que la maîtresse a vraiment hâté la fin de l'épouse légitime ? fit Desteyrac, incrédule.

Après un instant de silence, comme si elle hésitait à en dire plus, Lamia compléta la confidence.

– Le prénom de Sidonia aurait dû m'inciter à la défiance, moi qui crois aux correspondances étranges et aux hasards exagérés...

– C'est cependant un prénom comme un autre, dit Charles pour relancer le dialogue.

Il savait maintenant que Lamia jouissait de la faculté quasi supranormale de discerner le sens caché d'un fait, d'une situation, d'une attitude, d'expliquer tel ou tel événement par la conjonction d'éléments apparemment hétérogènes, dispersés dans le temps et l'espace.

Sans doute était-ce à cause de sa capacité à interpréter des signes anodins pour le commun des mortels que lord Simon traitait sa sœur de sorcière. Aussi l'ingénieur ne fut-il pas surpris d'entendre, comme il l'escomptait, son hôtesse développer une argumentation originale.

– Sidonia, cher monsieur, est le prénom d'une magicienne allemande du XVIIe siècle, Sidonia von Bork. Cette femme était d'une beauté irrésistible, comme la mère d'Ottilia. Mais elle était aussi le mal incarné. Elle trompa et empoisonna sa cousine par alliance, Clara von Bork, de qui elle convoitait le mari et, plus encore, la fortune et la position sociale. Elle commit ensuite assez de méfaits pour être brûlée comme sorcière en 1620, mais elle avait alors quatre-vingts ans !

– Et vous considérez que la similitude des prénoms et de l'origine expliquerait le comportement de la maîtresse de votre frère ? N'est-ce pas là une spéculation gratuite ? observa Charles.

– Nous savons, mon frère et moi, ainsi que le major Carver et le docteur Kermor, que notre Sidonia se conduisit exactement comme la sorcière du XVIIe siècle, lointaine compatriote dont elle portait le prénom. En 1836, longtemps après la mort d'Isabel, alors qu'Ottilia allait sur ses cinq ans, lord Simon reçut de son ami le gouverneur des Bahamas une information stupéfiante. Une mulâtresse, arrêtée à Nassau pour avoir empoisonné plusieurs personnes, avoua au pied du gibet qu'elle connaissait lady Sidonia Cornfield et qu'elle lui avait fourni du poison en échange d'un collier. Ce bijou avait appartenu à Isabel, et nous l'avions cru volé.

– En France, nous avons eu la Brinvilliers, commenta Charles, amusé.

– Les aveux et le collier constituaient de telles preuves que Simon me fit d'abord part de son désir de confondre publiquement sa femme. Mais, pour éviter le scandale et épargner Rosebud, très attachée à sa mère, il résolut de faire justice lui-même. Ce qui fut bientôt exécuté de la façon la plus discrète, conclut lady Lamia.

– Le poison ? Le poignard ? Le fusil ? osa Desteyrac.

– Seuls les requins pourraient le dire, éluda Lamia, narquoise.

– Puisque nous en sommes aux prénoms, le vôtre, chère lady Lamia, n'a-t-il pas aussi une origine particulière ?

– Si vous la connaissez, pourquoi cette question ?

– Parce que je trouve que ce nom d'une mythologique tueuse d'enfants ne vous va pas. J'aurais préféré qu'on vous laissât celui de Carlota. C'est ainsi que j'aimerais vous appeler.

En un geste vif et spontané, Lamia se pencha vers Charles et lui prit la main.

– Enfin un homme clair ! dit-elle simplement en fixant l'ingénieur d'un regard intense.

Répondant à cet abandon inattendu, Desteyrac baisa doucement les doigts de son hôtesse.

– Vous me faites plus de bien que vous ne pouvez imaginer, murmura-t-elle.

Puis, se ressaisissant, elle quitta sa chaise pour aller quérir un pichet placé dans un rafraîchissoir. Elle emplit deux verres et en tendit un à Charles.

– Buvez, dit-elle, l'eau glacée est le meilleur antidote aux effusions sentimentales...

– Je ne les tiens pas toutes pour poison, dit Charles, poursuivant le marivaudage.

Comme Lamia continuait de boire à petites gorgées, les yeux baissés, il se tut et vida son verre dans un silence embarrassé.

– J'ai le sentiment que Soledad recèle plus de mystères qu'on ne saurait imaginer. Heureusement, ils appartiennent tous au passé, finit-il par dire pour interrompre une pause qui se prolongeait.

– Détrompez-vous, mon ami. Ici le mystère se renouvelle, comme les fleurs d'hibiscus. Par exemple, que pensez-vous des puisatiers engagés par mon frère ?

– On ne les voit guère dans le Cornfieldshire. Tilloy m'a confié qu'ils cherchent à recueillir de l'eau douce dans les trous bleus, répondit Charles.

– De l'eau douce ! Dans les trous bleus ! Voilà qui est bien trouvé ! Mais ce n'est pas l'eau douce qu'ils cherchent ! s'exclama Lamia, sibylline.

– Que peuvent-ils donc chercher ici ?

– Le Graal, mon cher ! Le Saint-Graal ! lança-t-elle dans un éclat de rire sarcastique.

5.

Depuis qu'il avait reconquis une mobilité de moins en moins claudiquante et la capacité de monter les escaliers, Malcolm Murray habitait Cornfield Manor. Au lendemain de sa tentative de suicide et de son duel mimé avec Charles, lord Simon, à la suggestion de Carver et de Desteyrac, avait accepté d'héberger son neveu sous son toit. Enchanté de quitter son logement des écuries, dont nul parfum, fût-il hindou, ne pouvait couvrir une atavique odeur de crottin, Malcolm occupait maintenant, dans la vaste demeure, deux belles pièces aménagées dans les faux combles et éclairées par des chiens-assis.

Le jeune architecte retrouva vite le goût de vivre dans un confort familier, suivant le rythme et les habitudes de sa classe. Lord Simon, de qui il partageait les repas et avec qui il faisait la partie de whist, découvrait chaque jour les qualités et les connaissances d'un garçon à qui il ne prêtait jusque-là que défauts et paresse.

Charles portait à Malcolm toute l'attention qu'un être fort et équilibré doit à l'ami faible. Il se réjouissait donc du changement de vie du cousin d'Ottilia, mais s'inquiétait de le voir le plus souvent mélancolique et désœuvré. Murray partageait ses journées entre des incursions de dilettante à la bibliothèque du manoir, des galopades solitaires à travers l'île, des flâneries sur les plages en compagnie de pêcheurs indigènes de qui il courtisait sans vergogne les filles et les sœurs. Aussi le Français décida-t-il d'intervenir. Lors d'une rencontre fortuite avec lord Simon, en fin d'après-midi, dans le parc du manoir, il proposa sans préambule de mettre l'honorable Malcolm Cuthbert Murray au travail.

– Malcolm au travail ! Et que pourrait-on bien lui faire faire ? Je le crois incapable de la moindre activité soutenue.

– Votre neveu adoptif est architecte. Il ne manque ni de savoir ni de goûts artistiques ; seule lui fait défaut la pratique d'un art qu'il n'a jamais eu l'occasion d'exercer. Nous devons lui trouver une occupation qui lui donne le sentiment d'être utile, puisqu'il est à craindre que son séjour ne se prolonge.

– Hélas ! Son père n'en veut plus, sa mère est folle, et s'il retourne en Angleterre il sombrera dans la débauche et finira dans la misère, comme tous les joueurs et trousseurs de jupons que j'ai connus ! soupira lord Simon.

– Ce mal-aimé est intelligent, sensible et instruit, mais personne ne s'est soucié d'en faire un homme responsable de ses actes. Comme il me l'a donné à entendre – ce que vous confirmez –, son père le rejette et sa mère ne voit en lui qu'un compagnon de plaisirs mondains pendant la saison de Londres et le carnaval de Venise. J'ai de l'affection pour lui et je voudrais prévenir la dissolution de sa personnalité et ce que j'ose appeler une décomposition intellectuelle et morale.

Aussi aimerais-je, si vous m'y autorisez, mettre à profit ses compétences d'architecte pour me faire construire, près du futur chantier du pont de Buena Vista, un abri rudimentaire où j'installerais ma planche à dessin pour travailler sur place aux plans du projet. Je pourrais de temps en temps y passer la nuit afin de ne pas perdre autant d'heures en dog-cart pour me rendre, chaque jour, de ma maison au sud de l'île.

– Autorisation accordée, bien sûr, car je ne souhaite que faciliter votre vie et vos travaux. Carver vous fera donner matériaux et main-d'œuvre, mais n'allez pas vous isoler au bout de l'île. J'aime votre compagnie et je serais déçu si elle venait à me manquer.

– J'apprécie l'intérêt que vous portez à ma personne, bredouilla Charles, surpris par cette déclaration émanant d'un homme qui d'ordinaire n'affichait pas ses sentiments.

Mais, ce matin-là, Simon Leonard était en veine de confidences. Il prit Desteyrac par le bras et l'entraîna sous les palmiers qui bordaient l'allée centrale du jardin où il avait coutume de déambuler avant l'heure du dîner.

– Vous n'êtes pas sans savoir qu'on me traite d'autocrate, et ceux qui en jugent ainsi ont raison. Je tiens de Goethe ma philosophie en cette matière. Il a écrit dans *les Années de voyage de Wilhelm Meister*, l'ouvrage le plus riche d'enseignements que je connaisse : « Quel droit avons-nous de régner ? Nous ne le demandons pas, nous régnons. Nous ne nous occupons pas de savoir si le peuple a le droit de nous renverser ; nous prenons garde seulement qu'il ne soit pas tenté de le faire. » De là découle mon souci, tout en me tenant comme il se doit à distance du commun, de rendre heureux ceux qui vivent par moi et autour de moi. La morale, voyez-vous, ne doit imposer aux hommes d'autre fin que la recherche du bonheur individuel et commun. Et votre plaisir est plus intense si vous procurez du plaisir à autrui. Il en est ainsi non seulement en amour et en amitié, mais aussi dans les relations sociales. Mon ami Jeremy Bentham, le jurisconsulte et philosophe qui nous a quittés l'an dernier pour un monde que nous pouvons toujours croire meilleur, a même tenté d'enfermer dans une « arithmétique morale » le calcul comparatif du plaisir et de la douleur, la valeur du bonheur donné par rapport au bonheur reçu.

– Cette théorie, dite utilitaire, a fait long feu, n'est-ce pas ? risqua Charles.

– Comme toutes les théories qui tiennent l'homme pour plus sensé qu'il n'est, mon ami. De ces bons sentiments rousseauistes, corrigés par mes compatriotes libéraux, je suis moi-même revenu ; d'où mon peu de confiance dans les résultats du bien que vous vous attachez à faire à celui que nous nommons improprement mon neveu..., ajouta le lord.

– Je ne retire ma confiance à un homme qu'après avoir été plusieurs fois déçu, déclara Desteyrac.

– Bon, bon ! C'est noble à vous. Mais, vieil homme curieux de tout, je veux voir comment évolueront les choses. En attendant, ne me privez pas trop souvent de votre présence. Vous ne jouez pas au whist, certes, mais vous aimez la musique d'orgue, le vin de Bordeaux, et vous avez le goût très français de la conversation et de la controverse. Nos rencontres peuvent être stimulantes pour l'un comme pour l'autre, n'est-ce pas ? Mais je répète que je ne crois pas que Malcolm puisse se réformer par le travail, monsieur Desteyrac. C'est très bien à vous de le tirer de la cendre comme un marron, mais, malgré ses connaissances et qualités, je ne le vois pas plus perfectible que ma fille. Ils appartiennent tous deux à une génération gâtée par les plaisirs mondains, la dissolution des mœurs et les intrigues de Londres.

– Et cela vous rend malheureux, bien sûr ?

– Voyez-vous, monsieur Desteyrac, une grande famille, dynastie de notre temps vouée aux affaires, se construit comme un domaine. Il faut, au fil des décennies, des annexions intelligentes, autrement dit des alliances qui agrandissent la propriété, scellent les destins et engagent les êtres. Une règle interne est aussi indispensable à nos familles qu'une coutume à nos tribus arawak. Tous les membres de l'une et de l'autre doivent partager une foi intransigeante dans la valeur de leur race. Chez nous civilisés, il y faut encore ce que votre Montaigne appelait une éthique, non pas seulement pour fonder, maintenir et, si possible, développer, une génération après l'autre, la propriété terrienne, la seule qui vaille, mais aussi fixer les attitudes, réflexes et comportements qui font qu'en voyant le petit-fils on puisse dire qui était l'arrière-grand-père. Bâtir sa vie et sa maison, ajouter une aile à ses écuries, un bois à ses futaies, une pâture à ses champs, des fleurs à son parc et des rameaux à son arbre généalogique, voilà ce que mon grand-père et mon père ont fait, ce que je fais moi-même. Hélas, personne ne poursuivra la tâche après moi. L'avenir des Cornfield, monsieur Desteyrac, est dans une impasse, acheva le lord d'une voix sourde.

– Vous voulez dire par là que l'absence d'héritier

mâle compromet l'avenir de votre lignée ? Vous n'êtes pas d'âge à cesser de procréer, fit gaiement Charles pour détendre l'entretien.

– « Le corps de l'homme jeune est son auxiliaire, le corps du vieillard est son adversaire », cita Simon Leonard, esquissant un sourire désabusé.

– Mais, monsieur, votre fille se mariera et vous donnera des petits-enfants ; il s'en trouvera bien un qui...

– Puissiez-vous dire vrai ! interrompit Cornfield. Je lui aurais fait épouser Malcolm s'il n'avait été ce qu'il est, ajouta-t-il.

Comme pour beaucoup d'aristocrates de sa génération, un mariage devait d'abord être un arrangement dans l'intérêt des familles.

– Permettez-moi, monsieur, de croire Malcolm meilleur et plus capable qu'il ne paraît, insista Charles.

Lord Simon haussa les épaules, manifestant ainsi un doute incoercible, et tendit la main à l'ingénieur avant de poursuivre seul sa promenade.

Desteyrac regarda s'éloigner ce hobereau des tropiques pour lequel il se prenait d'une estime grandissante. Bien que conscient de sa supériorité, cet homme n'imposait rien aux autres qu'il ne pût assumer lui-même. En tant que maître de l'île, il donnait l'exemple d'une vie réglée par une étiquette admise comme celle d'un souverain. Il se levait à cinq heures, prenait un tub, aspergé par son valet de chambre qui, ensuite, le rasait. Puis, en robe de chambre et au pas de charge, il parcourait la galerie du manoir pour humer l'air frais du matin et apprécier l'état du ciel ; après quoi il s'attablait devant un copieux breakfast composé de saucisses, d'œufs, de toasts – « grillés d'un seul côté » –, le tout accompagné de café venu de sa plantation de Cuba et torréfié au manoir.

Le premier repas terminé, il s'habillait, passait une fine chemise de batiste, se nouait strictement autour du cou une cravate de soie blanche retenue par une épingle précieuse. Puis, il revêtait un gilet en peau de taupe safranée, tandis qu'un lad présentait son cheval devant le perron. Depuis son séjour aux Indes, le lord avait adopté les jodhpurs, qu'il associait à des bottillons vernissés à revers fauve que son valet lustrait chaque jour à l'os de daim. Il endossait enfin une veste longue, vert empire, à col de velours gris huître, se coiffait d'un melon du même ton, se gantait et saisissait le fouet de chasse que le domestique lui présentait avant de l'aider à se mettre en selle. « Il ne se fût pas accoutré autrement pour une chasse du renard dans les Costwolds », avait un jour observé Murray.

Suivi de son piqueur mulâtre qui portait une paire de fusils de James Purdley, fournisseur depuis George III de la cour d'Angleterre – « car on peut toujours rencontrer du gibier » –, le maître de l'île s'engageait au petit trot dans l'allée principale du parc et décidait, le portail franchi, de l'itinéraire de la matinée. Celui-ci le conduisait jusqu'à l'heure du *lunch* à travers champs et villages.

Après une brève sieste, lord Simon consacrait l'après-midi aux affaires, à la correspondance, recevant et discutant les rapports des intendants de ses propriétés de l'archipel. L'un rendait compte de l'expédition des carapaces de tortue verte, que les fabricants d'écaille blonde transformeraient en tabatières, éventails, lorgnons ou peignes, l'autre détaillait la récolte d'écorce de cascarille, produit d'un bon rapport dont les apothicaires de Londres tiraient la cascarine, laxatif très demandé.

Depuis qu'il avait abandonné la pêche et le commerce des éponges fines à lady Lamia, Simon Leonard se contentait d'en assurer le transport, par son brick l'*Argonaut*, de Buena Vista à Nassau, où se tenait le grand marché des zoophytes marins, produit renommé des Bahamas. Il ne manquait cependant pas de vérifier que sa sœur acquittait régulièrement les frais afférents à ces expéditions.

Après le thé, passant aux affaires extérieures à l'archipel avec comptable et secrétaire, lord Simon dictait des lettres à l'intention de ses représentants à New York, Boston, Londres, Manchester et Liverpool, dans différentes industries et divers négoces, filatures de coton et laine, chemins de fer, banque, assurances, courtage maritime et, surtout, dans la West Indian Produce Association, qui commercialisait tous les produits des Bahamas et des Antilles britanniques.

L'heure du whisky servi sur la véranda ouvrait le temps de la détente. Simon aimait alors accueillir son ami Carver, le commandant Colson, le capitaine Rodney, Mark Tilloy, le pasteur Russell, le docteur Clarke, l'écrivain de marine Michael Hocker, toujours difficile à dérider, un fonctionnaire britannique de passage, et, de plus en plus fréquemment, Charles Desteyrac. Suivant son humeur, le maître de maison conviait un ou plusieurs des visiteurs à partager son dîner. Les élus devaient alors se précipiter chez eux pour passer chemise, cravate et costume blanc, tenue de rigueur pour qui paraissait à la table du lord.

Ainsi vivait cet Anglais attaché à maintenir sous les tropiques, à des milliers de kilomètres de Londres, les manières en vigueur dans les hôtels de Mayfair et les clubs huppés de Pall Mall.

Edward Carver avait prévenu Charles des exigences de son ami. « Lord Simon déteste la baignade, les mangoustes, les enfants turbulents et le laisser-aller colonial. Il tient au respect de la bienséance, quels que soient l'heure, le lieu et la température. Il estime qu'un gentleman, où qu'il se trouve dans le monde, doit montrer, par sa tenue vestimentaire, son maintien et ses propos, qu'il est un homme différent, physiquement et moralement, du commun des mortels. La race, l'entraînement, le régime font du pur-sang un cheval différent de celui du laitier. Selon mon vieil ami, le gentleman se différencie ainsi de l'homme ordinaire », avait déclaré le major.

Cornfield avait depuis longtemps disparu à sa vue quand Desteyrac, émergeant de ses réflexions sur le mode de vie insulaire, regagna son bungalow. Le lieutenant Mark Tilloy l'y attendait avec un paquet de lettres arrivées de France. C'était le premier courrier qu'il recevait en réponse aux quelques messages envoyés, des mois plus tôt, à sa mère, à son professeur d'hydrologie, à Rosalie et à quelques condisciples de l'école des Ponts.

– J'avais l'intention de vous emmener dîner au Loyalists Club, que nous nommons aussi entre nous le club des Expatriés et dont vous serez bientôt élu membre, sans doute à l'unanimité. Mais je vais vous laisser prendre connaissance de votre courrier, dit Tilloy, se préparant à prendre congé.

– J'accepte votre invitation. Timbo va vous servir de quoi patienter pendant que je lis tout ça. Après quoi, je serai votre homme, dit Charles qui n'avait aucun projet pour la soirée.

Le Loyalists Club, installé dans une construction ronde avec galerie, proche du port oriental, offrait, avec ses fauteuils de cuir, ses tables à jeu, ses salles de billard et de lecture, son long bar d'acajou à main courante de cuivre, et son petit restaurant, tout le confort d'un club londonien. Il avait été fondé par le père de Simon Leonard afin que les Anglais insulaires ou de passage y trouvent à lire les journaux, puissent bavarder à l'aise, jouer aux cartes ou aux dés en buvant les alcools importés d'Angleterre. On était toujours sûr d'y rencontrer, à l'heure du *lunch* et à la fin du jour, une compagnie masculine, chaleureuse et gaie. Malcolm Murray avait été admis dès son arrivée. Mais le conseil du club se réunirait prochainement afin de décider de l'admission d'un ingénieur étranger, proposée par le président, le major Carver, et le secrétaire, le lieutenant Tilloy. Charles Desteyrac serait le premier Français à recevoir sa carte. Cette adoption marquerait un nouveau pas dans son intégration à la société locale. Il tenait donc à répondre à l'invitation du lieutenant.

Tandis que Tilloy sirotait un *pink gin* sur la galerie, Desteyrac ouvrit d'abord la lettre de sa mère. Elle était en bonne santé, se réjouissait que son fils se plût à Soledad, île qu'elle avait « eu beaucoup de mal à situer sur une carte des Antilles ». « Ce morceau de corail, gros comme un vermicelle », lui paraissait affreusement petit sur l'immensité de l'océan. Elle révélait que le général Léonce de Saint-Forin avait été élevé par l'empereur au grade de grand officier de la Légion d'honneur et qu'elle avait assisté avec son mari, aux Tuileries et à Notre-Dame, au mariage de Napoléon III avec la belle Eugénie de Montijo. Elle concluait en faisant état d'un risque de guerre entre la France, alliée de l'Angleterre, et la Russie. « Le désir du tsar Nicolas est de s'installer à Constantinople, ce que ne peuvent accepter les Anglais et les Français, soucieux de maintenir la libre circulation dans les Détroits », écrivait Mme de Saint-Forin, traduisant ainsi la pensée de son époux.

« Et dire que Louis Napoléon avait proclamé à Dijon, en 51, “l'empire, c'est la paix !” » commenta mentalement Charles.

Deux de ses correspondants, négligeant toute considération politique, semblaient s'accommoder de l'administration impériale qui les avait accueillis dès la sortie de l'École. Le travail administratif n'avait rien d'exténuant, et ils continuaient à mener la joyeuse vie de célibataire que Charles Desteyrac avait un temps partagée.

Jean-Paul Loriot, un rapin fresquiste, paraissait fier d'annoncer qu'il travaillait à la réfection des plafonds de la salle Apollon au musée du Louvre, sous la férule de Delacroix. Moins discret que les autres, il révélait comment Rosalie, la bonne amie attitrée de Charles, « avait été mise dans ses meubles par un monsieur du Jockey Club ». « Elle ne fréquente plus la bohème du boulevard, dispose d'une loge au théâtre des Variétés et ne reconnaît plus ses anciens compagnons de fête. Je crois que, sans toi, elle se fût casée depuis longtemps. Mais, fille honnête, espérant sans doute secrètement plus que tu ne voulais lui donner, c'est-à-dire, sinon le mariage, du moins un établissement, elle attendait l'inéluctable séparation pour passer du statut de grisette pour étudiant désargenté à celui de femme richement entretenue. Je la crois à l'aise dans ce nouveau rôle, et je gage qu'elle saura se faire épouser par son vieux rentier ! Comme ce type, ami du duc de Morny, demi-frère de l'empereur, monte tous les jours au Bois des demi-sang fougueux, il finira bien par faire une culbute fatale, et Rosalie nous reviendra en veuve riche et désirable », pronostiquait le peintre avec un cynisme morbide.

Le professeur d'hydrologie de l'École des ponts et chaussées qui avait envoyé Charles à Carver, guidant ainsi le destin de l'ingénieur, faisait, lui aussi, état d'un conflit possible entre la France et la Russie. La nouvelle promotion des Ponts comptait, d'après ce maître, « plus de républicains pacifistes que de bonapartistes belliqueux ».

Un autre correspondant annonçait son mariage « avec la fille d'un banquier » et se disait peu pressé d'exploiter son diplôme d'ingénieur.

Quant à Albert Fouquet, le plus intime ami de Charles, et major de sa promotion, il avait refusé un poste au ministère des Travaux publics. Engagé par un entrepreneur qui travaillait pour le compte de M. Haussmann, le nouveau préfet de la Seine à qui l'on prêtait de vastes projets, il assistait l'ingénieur en chef Eugène Belgrand, chargé de la construction du nouvel aqueduc de la Vanne et du réservoir de Montsouris. « Ces ouvrages feront passer de quatre-vingt mille à quatre cent mille mètres cubes la quantité d'eau mise à la disposition des Parisiens », assurait-il.

Charles avait réservé pour la fin du dépouillement la lettre de Rosalie : il avait tout de suite reconnu l'écriture appliquée. Malgré le temps et le voyage par mer, l'ouverture de l'enveloppe libéra une fragrance qu'il connaissait et qui le troubla : celle de Bouquet des Hespérides, de Guerlain, parfum qu'il avait souvent offert à son amie. Réaliste et pratique, Rosalie confirmait avec simplicité et franchise l'indiscrète révélation du peintre et avouait que, n'ayant plus d'espoir de revoir jamais Charles, elle venait d'abandonner le commerce des chapeaux « pour tenir compagnie » – Desteyrac apprécia l'euphémisme – « à un veuf très attentionné et sans enfants qui désire m'épouser ». Puis elle ajoutait : « Tu m'as dit en me quittant que tu ne souhaitais que mon bonheur. À défaut d'une vie gaie, pareille à celle d'autrefois, j'ai au moins la considération et la sécurité. Mais jamais je n'oublierai nos soupers boulevard des Italiens et mon arrière-boutique où nous nous aimions au milieu des rubans, des pailles et des plumes d'autruche qui te chatouillaient le nez. Adieu, Charles, et merci pour ces moments. Tu me laisses un souvenir éblouissant. Je t'embrasse comme tu aimais, une dernière fois. Rosalie. »

Desteyrac relut la courte lettre de celle qui avait été une maîtresse ardente et docile. Il s'en voulut d'avoir frissonné en respirant le parfum familier de cette femme dont il imagina sans plaisir le corps blanc et potelé livré aux caresses d'un vieillard libidineux. Plus sensible qu'il n'eût voulu à la bouffée de souvenirs libérée par la lettre parfumée, il éprouvait à la fois l'irritante déception de voir Rosalie si vite consolée, et le lâche soulagement de savoir son amie sous la protection d'un homme riche et influent. Peut-être, mâle égoïste et dominateur, eût-il voulu qu'elle souffrît un peu plus de leur séparation et qu'elle observât un délai convenable – le temps d'un veuvage mondain, par exemple – avant de se donner à un autre homme.

Il finit par trouver ces considérations indignes de lui. « Que Rosalie soit heureuse, mariée ou non », se dit-il. Avec la présomption de l'amant irremplaçable, il ne retint finalement que l'aveu flatteur de la femme un moment comblée : il laissait un souvenir éblouissant !

Sa lecture terminée, Charles Destyrac serra les lettres dans un tiroir. S'il était resté en France, sans doute aurait-il refusé, comme son ami Fouquet, d'entrer dans l'administration impériale, mais, comme lui, il eût été obligé d'accepter un poste dans une entreprise de travaux publics dont la prospérité ne pouvait dépendre que des chantiers concédés par l'État. Il ne regrettait donc pas le choix qu'il avait fait de servir un autocrate bahamien plutôt qu'un autocrate français.

La soirée au club fut, comme prévu, marquée par l'accueil enthousiaste du Français en attendant son intronisation officielle. Charles informa le lieutenant Tilloy de son intention de demander à Malcolm Murray de lui construire un abri près du chantier du futur pont de Buena Vista.

– Je veux surtout l'occuper, le forcer à travailler, expliqua Desteyrac.

– Malcolm travailler ! « Un sac vide tient difficilement debout », commenta Mark, citant Benjamin Franklin en riant. Mais faites-lui votre proposition avant qu'il ne soit trop éméché ! ajouta l'officier en désignant le jeune Anglais occupé à montrer un tour de cartes au capitaine Rodney.

Charles attendit que les cartes fussent rangées pour aborder Murray et lui faire part de son désir d'habiter une petite maison au sud de l'île. Démentant les craintes de lord Simon et le scepticisme de Tilloy, l'architecte fut séduit par l'idée.

Les amis décidèrent que, dès le lendemain matin, tous deux se rendraient sur le site. C'est ainsi que l'honorable Malcolm Murray révéla des qualités que beaucoup lui déniaient et que Charles lui avait généreusement attribuées. Ils parcoururent le bord du gouffre de l'enfer, comme le nommait le superstitieux Timbo ; ils élurent un emplacement sur un terre-plein qui dominait le village des pêcheurs de Southern Creek et offrait une belle vue sur Pink Bay, la bien-nommée en raison de la couleur rose de son sable.

Très habilement, Malcolm, muni d'un carnet de croquis, commençait à crayonner le panorama quand des indigènes, qui suivaient du regard les allées et venues des deux amis, approchèrent. L'un d'eux, nommé Sima, fameux pêcheur d'éponges que Charles avait plusieurs fois employé pour tenir à la verticale la grande mire graduée de son théodolite, intervint avec la spontanéité des gens simples et serviables. Il avait entendu les Blancs parler de construire une maison sur ce tertre élevé, et son avertissement fut catégorique.

– Excusez, sir. Faut savoir que c'est là que le vent des tempêtes souffle le plus fort. Chaque année, il couche des palmiers. Si on fait une maison ici, elle partira dans la mer avec tout ce qu'il y aura dedans. Faut mettre la maison au bas de la falaise, comme la mienne, à Southern Creek, et encore, pas trop près de l'eau, parce que les grandes vagues d'ouest l'emporteraient aussi bien, prévint-il.

Charles remercia et reconnut qu'il aurait dû penser plus tôt à la violence des ouragans et des orages tropicaux, dont, par temps calme, on avait tendance, sur cette île idyllique, à oublier l'existence. Or, la saison des ouragans, d'août à novembre, s'annonçait déjà par de fortes pluies, fréquentes en fin d'après-midi, alors que la température dépassait 31 degrés.

– Il faut écouter le conseil de mon ami Sima, dit Charles à Murray.

N'étant pas, comme l'ingénieur, habitué à la fréquentation et à la familiarité des Arawak, l'Anglais eût volontiers invité l'Indien à ne pas se mêler des affaires des Blancs.

Une nouvelle exploration en compagnie de Sima permit de repérer un lieu abrité des vents, au fond de Pink Bay. Après un relevé sommaire du terrain, Murray promit d'y construire un cottage qui ferait honneur à l'architecture bahamienne. Ne disposant d'aucun instrument pour dessiner et établir des plans précis, il fut pourvu par Charles d'une planche à dessin, d'un té et du matériel nécessaire. Il s'enferma aussitôt à Cornfield Manor, au grand étonnement de son oncle, qui n'imaginait pas ce dilettante capable d'autant d'assiduité au travail. En une semaine, l'architecte produisit les plans et épures d'une maisonnette sans étage, faite de planches de pin bahamien qu'on poserait, à la mode insulaire, sur une série de blocs de calcaire corallien. Par respect pour la technique vernaculaire, il proscrivit les clous. Il exigea que tout assemblage fût chevillé et que la toiture fût de bardeaux de gaïac, le bois le plus lourd et le plus dur. La pièce principale, à la fois bureau, salon et salle à manger, ouvrirait sur l'étroite galerie, face à la mer. Une chambre, avec cabinet de toilette, donnerait sur la colline. Un appentis, pourvu d'une cheminée de brique à l'arrière de la maison, abriterait la cuisine où dormirait le domestique. Tel se présenterait l'abri, que Charles eût voulu encore plus rudimentaire.

– J'ai tout de même prévu un grand lit pour le cas où vous auriez une visiteuse ! commenta Murray avec un clin d'œil.

Le major Carver approuva le projet de Malcolm et ordonna aussitôt la mise en chantier de la maison, l'architecte devenant maître d'œuvre. En quelques jours, Tilloy mobilisa les charpentiers de marine qui, sous la direction de Tom O'Graney, abattirent pins et gaïacs qu'ils débitèrent en poutres, planches et linteaux, tandis que de jeunes Indiens, recrutés par Sima, aplanissaient le sol, exécutaient les terrassements, taillaient les pierres, traçaient un chemin au flanc de la colline jusqu'à l'endroit où le futur pont prendrait appui.

Un des premiers jours d'août, les charpentiers étaient occupés à poser la couverture de bardeaux quand lord Simon se présenta sans s'être fait annoncer.

– Voici la première maison construite par Malcolm, dit Charles, guidant Simon Leonard.

Lord Simon félicita son neveu, alors absorbé par la mise en place des colonnettes de l'auvent.

– C'est intelligemment conçu pour de petits séjours, et assez élégant d'allure pour une case de Blanc. Mais ne renoncez pas au confort de votre bungalow du Cornfieldshire, et surtout pas à vos visites au manoir ! dit le lord.

Comme Charles le raccompagnait à sa voiture, Simon Leonard lui prit le bras.

– Je suis étonné de ce que vous avez obtenu de Malcolm. D'ailleurs, depuis qu'il travaille pour vous, il est beaucoup plus enjoué et passe des heures dans la bibliothèque à examiner de vieux dessins ou aquarelles de mon grand-père Maxence. Cet homme avait un vrai talent de peintre et se plut, tout au long de sa vie, à dessiner et peindre les cases des Arawak. Il se rendait aussi sur l'île Andros pour croquer les maisons de plantation construites à la fin du siècle dernier par les loyalistes. Aujourd'hui, elles ont presque toutes disparu. Abandonnées par les planteurs, dont beaucoup firent faillite, ces demeures coloniales périrent souvent par l'incendie, quand elles ne furent pas dévastées par les ouragans ou démontées, planche après planche et brique à brique, par les Indiens et les nègres qui trouvaient là de quoi bâtir leur case. Je crois que ces résidences, dont ne restent que les aquarelles de mon grand-père, illustrent un moment de l'histoire de l'archipel. Malcolm m'a dit qu'il pourrait s'inspirer des dessins de Maxence s'il devait un jour construire d'autres maisons plus importantes que votre cabane. « Peut-être même une pour moi, si je dois rester longtemps à Soledad », m'a-t-il dit, ce qui semble bien augurer de son avenir.

– Il suffisait d'amorcer son désir de bâtir, et de stimuler sa volonté. Mais il faudra lui fournir d'autres occasions de prouver ses compétences. N'avez-vous aucune construction en vue, monsieur ?

– C'est étonnant comme nos pensées peuvent se rejoindre, mon ami. J'ai pensé demander à Malcolm les plans d'un nouveau lazaret. Notre petit hôpital, construit en planche il y a un demi-siècle, n'est qu'une infirmerie rudimentaire pour marins. Les colons préfèrent se faire soigner au dispensaire du pasteur Russell, où sont aussi reçus les indigènes. Je pense que nous devrions avoir mieux à offrir aux malades et aux blessés. Mais croyez-vous sincèrement Murray capable de conduire une entreprise aussi importante et pour moi si coûteuse ? demanda Cornfield.

Le ton de la question révélait la subsistance du doute.

– Je suis certain qu'il mettrait un point d'honneur à réussir une construction qui devrait parfaire l'organisation coloniale que votre famille a instaurée, assura Charles pour encourager lord Simon à concrétiser son projet.

– Bien. Ne parlez pas de cette idée à l'intéressé. Je le ferai moi-même, car je tiens à voir sa première réaction, dit le lord en remontant dans sa calèche.

Au lendemain de cette visite du maître de l'île, Desteyrac vit arriver une charrette chargée de trois fauteuils en rotin fatigués, d'une table de bois dont la patine ne dissimulait pas taches et éraflures, et de quatre chaises empaillées qui avaient dû figurer autrefois dans le mobilier d'un fermier.

– Lord Simon vous envoie ça, qu'on a sorti des communs, sir, expliqua le cocher mulâtre.

Charles remercia avec un sourire amusé. En offrant ce mobilier réformé d'une attendrissante rusticité, Cornfield faisait certes preuve d'attention courtoise, mais il signifiait aussi à l'ingénieur que sa « cabane » ne pouvait être qu'un abri de chantier.

Quand Desteyrac eut transporté sa planche à dessin, son matériel et les ouvrages techniques dont il avait besoin pour préparer la construction du pont, il décida de s'installer pour quelques jours dans son cottage, que Mark Tilloy avait tout de suite nommé, par dérision, Little Manor. Timbo, peu satisfait d'un exil, même épisodique, au sud de Soledad, ce qui l'éloignait de sa petite amie, femme de chambre à Cornfield Manor, manifesta, dès l'arrivée, sa mauvaise humeur en se déclarant incapable de cuisiner sur des briques « comme les nègres », avec obligation de parcourir plus d'un demi-mile pour aller chercher l'eau à l'unique fontaine du village de Southern Creek.

– C'est meilleu', mossu, de 'ester chez vous p'ès si' Ca've' et de fai'e le voyage tous les jou's pour le t'avail. Ici c'est pas bon. Y a plein de bêtes de sable et faud'a aller où che'cher le pain et la viande ? Mossu pou''a manger que du poisson et des conches bouillies, et comment on fe'a la lessive ? se plaignit-il.

Charles avait appris à gouverner ce garçon fruste et dévoué, mais capable d'opposition obstinée quand les choses n'allaient pas à sa guise. Après avoir entendu les doléances de Timbo, dont il devinait la cause réelle, il reconnut que la vie serait moins facile que dans son bungalow du Cornfieldshire.

– Je comprends que habitué au confort des grandes maisons, tu sois ici mal à l'aise pour assurer ton service. Aussi, je crois bien que je vais devoir me passer de toi. Je connais au village un brave garçon dont l'épouse est, paraît-il, bonne cuisinière. Ils sont prêts à venir travailler et même à me suivre quand je rentrerai chez moi. Je vais donc te remettre à la disposition de sir Carver. Il trouvera sûrement à t'employer. J'ai entendu dire qu'au port oriental on manque de débardeurs, conclut Charles, perfide.

L'Indien sursauta et l'inquiétude troubla son regard.

– Ce que j'en dis, c'est pou' Mossu l'Ingénieu'. Timbo y s'a''ange'a de tout. C'est pas la peine de che'cher ces *clumsies* [1] de Southe'n C'eek. C'est pas

1. Balourds.

des Taino. Y savent pas passer un plat ni lisser une chemise, s'empressa de répliquer Timbo, peu disposé à céder la place.

– Comme tu veux. Nous allons faire un essai et, si tu ne te plais pas ici, je t'enverrai au major Carver, concéda Charles, désinvolte mais satisfait de constater que son chantage à peine voilé avait réussi.

Comme prévu, Timbo redoubla de zèle et Desteyrac n'eut qu'à se louer de ses services quand il prit l'habitude de passer au moins trois jours par semaine au bord de Pink Bay.

C'est là que le surprit, courant août, ce que l'on prit tout d'abord pour le premier cyclone de la saison. De quoi émouvoir un Parisien ignorant tout des caprices du climat tropical. Par chance, Mark Tilloy était ce jour-là de passage à Little Manor et, très vite, le marin sut, en considérant la course des nuages bas, charbonneux, boursouflés, et les rafales de pluie qui hachaient lauriers et poincianas en pleine floraison, ce qui risquait de se passer au cours des heures à venir. Le repas n'était pas achevé et les deux amis se régalaient d'un *roly-poly*, sorte de pudding à la confiture, dit chien tacheté par les indigènes, et qui valait toujours à Timbo des compliments, quand un fort coup de vent fit claquer les portes et entraîna dans une folle sarabande les sièges de rotin restés sur la galerie.

– Voilà comment s'annoncent les *hurricanes* qui nous visitent d'août à novembre. Celui-ci va peut-être ouvrir la voie à d'autres. Ce fut sage de construire votre maison à l'abri de la falaise, constata Tilloy.

– Curieux phénomène, inconnu en Europe. Nos livres de géographie nous en ont appris l'existence, et les journaux rapportent les dégâts qu'ils causent loin de chez nous. Mais là se limitent mes connaissances météorologiques en matière d'ouragans, avoua Charles.

– En fait, ce sont des cyclones, que nous préférons appeler *hurricanes*, déformation du nom du dieu maya des vents, Hurakan, dont vous avez fait en français ouragan. Ce sont des vents en mouvement circulaire autour d'un centre de basse pression. C'est pourquoi ils prennent le plus souvent naissance dans une zone de calme plat, du côté du cap Vert. Quand les anémomètres indiquent que la vitesse du vent dépasse soixante-trois nœuds, on considère qu'il s'agit d'un ouragan en puissance. Dès lors, les vents se déplacent en tournoyant avec une vitesse croissante et suivent une ligne courbe qui les amène par le canal du Yucatán jusqu'au golfe du Mexique, où ils se renforcent avant de balayer la Floride et de se lancer, à cent vingt ou cent cinquante miles à l'heure, à l'assaut de notre archipel.

Timbo, qui allumait bougies et lampes à huile indispensables, après avoir soigneusement clos portes et volets, se mêla à la conversation.

– Chez nous, sir, on dit :

June, too soon.
July, stand by !
August, come it must.
September, remember.
October, all over[1].

1. « Juin, c'est trop tôt. Juillet, attends. Août, ça peut venir. Septembre, souviens-t'en. Octobre, c'est la fin. »

Quand l'Arawak eut cessé de chantonner, Mark Tilloy reprit :

– Ce que ne dit pas la chanson de Timbo, c'est que ces ouragans sont destructeurs et parfois meurtriers. Ils déracinent les palmiers, emportent les toits des cases, brisent les coques des bateaux amarrés dans les ports en les drossant contre les débarcadères ou les rochers, car ils sont parfois assortis de lames de fond dévastatrices. Nous gardons dans les West Indies la mémoire de l'ouragan de 1818, qui balaya la Dominique et détruisit la ville de Saint George. Et j'ai une raison particulière de me souvenir de celui du 11 août 1831, qui, à la Barbade, fit s'écrouler la caserne du 36e régiment du Worcestershire, cantonné à Savannah. Quatorze officiers et soldats furent tués, dont mon frère aîné. Il n'y a pas si longtemps, en 1849, une tempête tropicale d'une rare violence a ravagé les Turks et Caicos, les petites îles les plus au sud de notre archipel. Ce jour-là furent détruites la plupart des plantations fondées au commencement du siècle par des réfugiés loyalistes, rappela Tilloy.

Bien que l'après-midi fût à peine entamé, survint brutalement, après l'incandescence dorée du soleil d'été qui avait offert une matinée radieuse, un crépuscule impur et angoissant. L'océan, comme aiguillonné par le vent d'ouest, se mit à rouler d'énormes vagues, les poussant de loin vers l'île, dans une rage écumante. Se heurtant aux récifs et aux morfils et nervures des roches côtières, la houle coléreuse se déchirait dans un fracas de canonnade, crachant jusqu'à la galerie du cottage sa salive verte, épaissie d'algues, de sable et de débris divers. Observant les grands cocotiers ployés sous leurs palmes ébouriffées, Mark Tilloy se fit cependant rassurant.

– Ce n'est qu'un orage tropical. Il se calmera à la tombée de la nuit. Cette tempête est plus dangereuse en mer pour les bateaux que sur l'île pour les habitations. D'ailleurs, regardez cet imbécile qui a été surpris par la soudaineté du vent d'ouest, dit le lieutenant.

Tilloy désignait, à peu de distance du rivage, une petite barque bahamienne, longue et effilée, ballottée par la houle, qui apparaissait soulevée dans un amas de mousse blanche à la crête d'une vague, puis disparaissait, comme avalée par les flots couleur de plomb liquide.

Charles, muet, hésitait entre la crainte que suscite chez le profane l'assaut des éléments déchaînés et l'admiration du spectateur, témoin d'une convulsion primitive de la nature.

– Avez-vous une longue-vue ? demanda abruptement l'officier.

Charles lui tendit celle offerte quelques jours plus tôt par le major Carver. Le marin s'en saisit pour observer la barque en difficulté.

– *My God !* Il y a une femme à bord ! Elle n'a plus ni avirons ni gouverne. Elle va être drossée sur les récifs ! Quelle folle !

– Que pouvons-nous faire ? s'inquiéta Charles.

– Voir où elle va atterrir et essayer de la sortir de là, si elle n'est pas assommée et ne coule pas tout de suite. Avez-vous une élingue... je veux dire une corde assez longue ?

Timbo, blotti au fond de la pièce, entendit la question.

– J'ai g'ande co'de neuve, si', pou' sécher le linge.

– Apporte-la, ordonna Tilloy.

Pendant cet échange, la barque, jouet des vagues, dérivait en cascadant. Elle présentait son flanc au rivage, ce qui, d'après le marin, était bien la pire des positions.

– Elle risque d'un moment à l'autre de se retourner. Et là, peu de chances que l'imprudente s'en sorte, dit Tilloy, passant la lunette à Charles.

L'ingénieur vit une femme accroupie au milieu de l'esquif, cramponnée à ses deux bords.

– Trop blanche pour une Indienne. Elle m'a l'air jeune et pas du tout effrayée, remarqua-t-il.

– Parce qu'elle est inconsciente du danger qu'elle court. Si vous ne craignez pas l'ondée et le vent, nous allons tenter quelque chose dès que la barque aura touché les rochers où, sans aucun doute, elle se brisera. Ces pirogues bahamiennes ne sont pas solides. Il arrive même que de grands espadons poursuivent ces légers esquifs et les perforent de leur dard, dit Tilloy, s'emparant de la corde apportée par Timbo.

Deux pas hors de la maison suffirent aux trois hommes, giflés par la pluie et les embruns, pour être trempés jusqu'aux os. Le lieutenant se noua une extrémité de la corde autour de la taille et tendit l'autre extrémité à Charles, puis tous deux avancèrent, ayant peine à tenir debout tant le ressac mettait de violence à défendre l'approche du rivage hérissé de rocs que le flot écumant couvrait et découvrait sans répit. Plus n'était nécessaire la longue-vue pour distinguer maintenant avec netteté la barque et sa passagère.

– Elle ne manque pas de cran, cette fille. Peut-être saura-t-elle sauter de son rafiot avant le heurt contre les récifs ? Si les choses se passent ainsi, je vais aller au-devant d'elle. Vous tiendrez bon la corde avec Timbo et nous aiderez à revenir. Car cette sacrée houle tire au large, et mieux vaut ne pas se laisser entraîner, cria Tilloy.

– Je crois qu'elle nous a vus, répondit Charles qui admirait le sang-froid du marin.

Ils attendirent, et quand la frêle embarcation, propulsée par la houle, escalada un récif et s'y ouvrit comme une noix, ils virent la femme plonger et disparaître. Déjà débarrassé de son pantalon et de sa chemise, Tilloy courut à la rencontre de la lame, s'y jeta avant qu'elle n'eût déferlé, et disparut sous l'eau. La corde lovée aux pieds de Charles se déroula puis se tendit. Au bout d'un moment qui parut affreusement long à l'ingénieur, la tête du marin et celle de l'inconnue émergèrent entre deux volutes d'écume. Levant le bras, Mark fit signe de tirer sur la corde. Ainsi, Charles et Timbo halèrent sur les galets le lieutenant puis une grande fille aux reins ceints d'un lambeau de pagne. Trop essoufflée pour parler, les yeux clos, elle se laissa porter par Charles jusqu'au cottage. Le contact de ce corps de femme, ferme et frissonnant, eût, en d'autres circonstances, troublé l'ingénieur, mais, comme Tilloy, il ne pensait pour l'instant qu'à s'éloigner de la rive pour se mettre à l'abri de la pluie avec son fardeau.

Installée dans un fauteuil, vigoureusement frictionnée par Tilloy, qui savait traiter qui vient d'échapper à la noyade, enveloppée dans un plaid, la jeune femme rouvrit aussitôt les yeux. Son regard d'un bleu délavé, qui, l'espace d'un éclair, en rappela un autre à Charles, exprima sa reconnaissance avant que ne le fissent ses paroles. Le clin d'œil qu'échangèrent Charles et Mark traduisit une commune appréciation : ils avaient là une des plus belles filles que l'un et l'autre eussent vues sur Soledad, grande, mince, souple. Sa peau ne devait pas qu'au soleil son teint de bronze clair. Son premier geste, quand elle se libéra du plaid pour nouer en torsade sur la nuque ses longs cheveux bruns encore mouillés, dévoila des seins fermes aux aréoles brunes.

– Pour sortir de l'onde, Vénus ne choisit pas, comme vous, un jour de tempête, plaisanta Tilloy pour dédramatiser les moments que tous venaient de vivre.

– Un peu d'alcool vous fera du bien, proposa Charles, faisant signe à Timbo d'apporter du whisky.

– Pas d'alcool, s'il vous plaît, plutôt du thé, demanda-t-elle dans un anglais d'une pureté rare dans l'archipel.

– Puis-je vous demander ce que vous faisiez en mer par un temps pareil ? demanda le marin.

– Je voulais voir de près cette nouvelle maison, avoua-t-elle sans manifester de gêne, l'œil rieur, ce qui la rendit encore plus séduisante.

– M. Charles Ambroise Desteyrac, son propriétaire que voici, vous eût aimablement accueillie si vous aviez opté plus prudemment pour la voie de terre, dit Tilloy, gentiment moqueur.

– Ce qui aurait évité au lieutenant Mark Tilloy de se jeter à l'eau pour aller vous tirer d'affaire, ajouta Charles, complétant ainsi des présentations informelles.

– De Buena Vista on ne peut encore venir que par la mer, proposa-t-elle en guise d'excuse.

Le « encore » donnait à penser qu'elle était au courant du projet de pont.

– J'ose espérer que vous me pardonnerez de vous

avoir fait courir un tel danger... et aussi ma curiosité, ajouta-t-elle, dédiant à Charles un franc sourire.

– Vous êtes pardonnée. Et je suis heureux, étant donné les circonstances, de vous recevoir. Ainsi, vous venez de Buena Vista ?

– Je suis la filleule de lady Lamia, et je crains qu'elle ne s'inquiète de mon absence, surtout si on lui a dit que j'étais sortie en mer cet après-midi.

– La filleule de lady Lamia ! Vous êtes donc Ounca Lou ? dit avec vivacité Tilloy. Je connaissais votre existence, mais je n'avais jamais eu le plaisir de vous rencontrer.

– Je ne suis revenue du Rutgers College que depuis un mois, dit-elle.

Après deux tasses de thé et une tranche de *roly-poly*, la jeune femme s'inquiéta de savoir comment elle pourrait rentrer à Buena Vista, où sa marraine devait l'attendre. Bien que la tempête eût perdu beaucoup de sa virulence, il eût été vain de demander à un pêcheur de Southern Creek de mettre sa barque à l'eau pour reconduire Ounca Lou sur son îlot.

– Il existe un moyen, si le vent n'a pas détruit le va-et-vient que j'utilise pour passer sur Buena Vista, dit Charles.

– Allons voir ! acquiesça Tilloy.

On crut décent d'habiller la naufragée. Elle endossa une chemise et enfila un pantalon prêtés par Desteyrac, puis suivit les deux hommes. Le trio gravit sous la pluie, maintenant moins cinglante, le sentier conduisant au plateau. Les câbles du va-et-vient avaient résisté et la nacelle, une fois vidée de l'eau qui s'y était accumulée, se révéla utilisable.

– Je dois d'abord faire un passage pour être certain

que les câbles mouillés ne se distendront pas. Puis Tilloy tirera la nacelle pendant que j'irai annoncer à lady Lamia que sa filleule est saine et sauve, dit Charles en grimpant dans la benne.

Tilloy approuva et Desteyrac traversa sans encombre la faille. Les vagues qui s'y affrontaient projetaient des gerbes d'eau. Une fois le pied sur l'îlot, Charles fit signe à Mark de rappeler la benne. Il n'eut pas à se rendre jusqu'à la demeure de Lamia : encapuchonnée sous une toile huilée, la sœur de Cornfield venait à sa rencontre.

– Votre imprudente filleule est sauve. Le lieutenant Tilloy l'a tirée des vagues. Sa baignade forcée vaut à la jeune fille quelques égratignures aux jambes et à l'épaule, mais seule sa barque est perdue. Ne la grondez pas : elle s'est montrée très courageuse et, de surcroît, charmante, dit Charles sans laisser à Fish Lady le temps de l'interroger.

– La curiosité, monsieur, est un vilain défaut. Depuis trois jours, votre maison intriguait ma filleule. On m'a prévenue qu'elle était en mer. Mais trop tard. La tempête se levait et je ne pouvais plus qu'espérer qu'elle aborderait à Southern Creek avant le gros de l'orage.

Charles résuma le sauvetage en minimisant les risques courus par Mark Tilloy. Lamia exprimait avec chaleur les remerciements d'usage quand, sautant de la nacelle, Ounca Lou accourut. Les deux femmes s'étreignirent et Desteyrac, discret, retourna au va-et-vient. Après une nouvelle traversée, à nouveau douché par le geyser montant de la faille, il rejoignit Tilloy sur Soledad.

– Ainsi, vous connaissiez l'existence de cette superbe créature ? demanda l'ingénieur quand, un peu plus tard, les deux amis se réconfortaient au whisky tandis que leurs vêtements séchaient dans la cuisine.

L'officier prit un temps de réflexion puis, avec le regard malicieux que Desteyrac lui connaissait quand il se préparait à faire une révélation touchant aux mystères de Soledad, le marin se pencha vers son ami.

– Nous sommes quelques-uns seulement à savoir qu'Ounca Lou est la fille naturelle de Cornfield, dit-il à voix basse, tel un pénitent au confessionnal.

6.

L'orage tropical d'août constitua, comme l'avait prédit le lieutenant Tilloy, le lever de rideau de la saison des ouragans, lesquels se succédèrent, plus ou moins violents et dévastateurs, jusqu'à l'automne. Le va-et-vient avec lequel l'ingénieur passait aisément de Soledad à Buena Vista n'avait pas résisté à une tempête particulièrement forte. Il fut rétabli à la demande de Charles, et non sans difficultés, par Tom O'Graney et ses compagnons charpentiers.

Deux semaines plus tard, un autre ouragan emporta à nouveau câbles et nacelle. L'Irlandais conseilla de patienter jusqu'à fin novembre pour reconstruire un système incapable de résister à l'impétuosité de vents qui interdisaient aux gens de circuler, renversaient les chariots, soulevaient les toits, abattaient des cheminées, arrachaient parfois des tuiles à Cornfield Manor. Habitués aux violences climatiques, les insulaires savaient s'en protéger. Aux premiers signes avant-coureurs d'un cyclone, ceux qui, par choix atavique, vivaient encore dans des cases de bois au toit de palmes couraient se mettre à l'abri dans les grottes de la côte orientale, emportant ce qu'ils avaient de plus précieux : instruments de pêche, casseroles, couvertures et denrées telles que porc et poisson séchés, farine, riz, lait de coco. Les occupants des maisons de pierre se contentaient de clouer les volets, d'enfermer vaches, cochons et poules, et s'abstenaient de sortir de chez eux. Entre deux ouragans, la vie reprenait son cours : on réparait les toitures, on redressait les cases renversées, on débitait et ébranchait palmiers et cocotiers abattus, dont les enfants ramassaient pennes et palmes pour remplacer celles qui coiffaient les cases des Taino et que les bourrasques avaient emportées.

Plusieurs fois témoin des destructions acceptées avec fatalisme par les indigènes, avec flegme par les Anglais, Desteyrac se résigna, tout en regrettant de ne pouvoir faire avancer les travaux de terrassement là où prendraient appui, sur les deux îles, les extrémités du pont. Il avoua au lieutenant Tilloy qu'il était encore plus frustré d'être privé des visites à lady Lamia, chez qui il rencontrait parfois Ounca Lou. Comme l'officier, l'ingénieur goûtait fort le charme vénusien de la jeune fille. « Pourquoi cachiez-vous cette filleule ? » avait demandé Charles à Lamia, au lendemain du sauvetage. « Plus qu'une filleule, c'est ma fille adoptive, mais je ne la cachais pas. C'est elle qui refusait de se montrer, étant donné les bruits qui courent sur son origine et qu'elle seule est en droit de révéler », avait dit la sœur de Cornfield, coupant court à plus de curiosité.

En cette période d'agitation des éléments, la vie de la communauté britannique restait rythmée par la prévision, plus ou moins précise, de l'arrivée d'un orage tropical, d'une simple tempête ou d'un véritable ouragan. Le commandant Colson et le capitaine Rodney, après avoir mouillé tous les navires de la flotte Cornfield dans les anses abritées de la côte ouest, tenaient le rôle de météorologues, avec mission d'avertir de l'approche d'une violente perturbation tous ceux que les intempéries pourraient mettre en danger.

« Nous disposons des plus récents instruments mis au point par les physiciens anglais – baromètre, anémomètre, pluviomètre – et nous connaissons assez bien les courants marins à l'intérieur de l'archipel, tout comme les points de rendez-vous des nuages sur nos îles. Et cependant, nos prévisions restent aussi aléatoires que les prédictions des dames qui lisent votre avenir dans le marc de café », répétait Lewis Colson.

Il fallait donc, d'après les marins, attendre des jours meilleurs pour rétablir la liaison avec Buena Vista et entreprendre les travaux d'implantation du futur pont métallique. Desteyrac mit à profit ces semaines pour fignoler plans et calculs. Quand tous furent achevés, et admis par le major Carver, il adressa son projet aux ateliers Keystone Bridges Works, à Pittsburgh. Une série de dessins détaillés définissait très exactement, par leurs dimensions, les pièces : longerons, membrures, entretoises, rails, roulements à galets, poutres-treillis en fer de l'ingénieur Whipple. Lord Simon prit à son compte la commande, précisant toutefois qu'elle ne deviendrait effective « qu'après approbation d'un devis en bonne et due forme ». Dès lors, ne resta plus à Charles Desteyrac qu'à attendre la réponse des ingénieurs américains. Il fut prévu qu'il leur rendrait visite à Pittsburgh pour les dernières mises au point techniques avant que ne soit entreprise la fabrication du pont.

Les discrets puisatiers, Jim Malory et Sam Bartley, dont le bruit courait qu'ils déplaçaient, d'un trou bleu à l'autre, leur baraque de chantier, sans exposer à quiconque, sauf à lord Simon, les raisons de ces mouvements, avaient dû, après destruction de leur abri par un ouragan, chercher refuge au village des artisans. C'est là que Charles les rencontra chez le tailleur Fili-Fili Percy, où les Anglais achetaient des chemises. S'étant enquis avec un peu de malice de l'avancement de travaux « qui les retenaient loin du Cornfieldshire et des lieux civilisés », Desteyrac s'entendit répondre de manière laconique que les choses n'allaient pas d'un train satisfaisant, que le mauvais temps qui, par forte marée, rendait inexplorables les résurgences océaniques – ils ne prononcèrent pas les mots trous bleus –, compliquait leur tâche.

Ayant terminé leurs emplettes, les deux hommes, à qui, d'après Tom O'Graney, lord Simon interdisait tout contact avec les insulaires, y compris avec les marins et les résidents blancs de l'île, quittèrent la boutique comme des gens pressés qui ne tiennent pas à prolonger une conversation. Charles trouva cette attitude ambiguë et se souvint de la réflexion sibylline de lady Lamia disant, il est vrai sur un ton de boutade, qu'ils cherchaient le Graal. Cela pouvait signifier que les puisatiers étaient engagés dans la vaine et inutile quête d'une eau douce qui ne manquait pas sur Soledad. À moins que la maîtresse de Buena Vista n'eût voulu donner à entendre que la mission de Malory et de Bartley était d'une tout autre nature ?

Charles ne pouvait imaginer que le Saint-Graal, vase mythique, pût se trouver sur l'île. Pour les uns, ciboire apporté par un ange ; pour d'autres, cratère taillé dans une émeraude tombée du front de Lucifer au moment de son éviction par Dieu le Père ; pour les premiers chrétiens, calice de la dernière Cène utilisé par Joseph d'Arimathie pour recueillir le sang du Christ au pied de la croix, l'objet avait-il jamais existé ? Charles, adolescent, avait goûté la beauté de la quête transcendentale développée dans la légende arthurienne et les aventures de Lancelot du Lac, sans ajouter foi aux récits édifiants de ceux qui tenaient le Graal pour le précieux instrument de la transsubstantiation, livré à la chrétienté. Plus prosaïquement, il eût admis que les puisatiers tentaient de situer, pour lord Simon, un de ces trésors cachés par les corsaires que certains aventuriers cherchaient depuis le XVIIIe siècle sans jamais les trouver. Le fait que ces curieux puisatiers disposent d'un scaphandre, qu'il avait vu débarquer du *Phoenix*, ajoutait au mystère de leur activité.

Quelques jours plus tard, au Loyalists Club, il raconta à Mark Tilloy et au docteur Kermor sa rencontre avec les gens de Plymouth et rapporta la réflexion de lady Lamia, dont le médecin était l'ami et confident.

– Mon amie Lamia n'en sait pas beaucoup plus que vous et moi. Elle a appris par ses pêcheurs d'éponges que l'un de ces deux Anglais, peu loquaces, assez méprisants envers les indigènes, se glisse dans un curieux vêtement d'une seule pièce, fait de toile caoutchoutée, et s'y enferme des pieds jusqu'au cou, ne conservant libres que les mains, les pieds et la tête. Je suis allé discrètement observer ces gars alors qu'ils étaient installés près de Dog Hole. Je vis en effet l'un d'eux, le plus petit, revêtir son singulier habit, puis entrer la tête dans une boule de cuivre qui laissait apercevoir ses yeux derrière deux plaques de verre en forme de hublots. J'ai pris garde à ne pas me montrer, car les puisatiers tiennent tout le monde à distance, mais cette boule de métal m'a paru fixée à l'encolure de l'habit par une collerette percée de trous dans lesquels le second puisatier passa des vis qu'il boulonna sur le bord de l'étrange casque. L'homme chaussa encore de courtes bottes qui semblaient fort lourdes, avant d'enfiler des gants munis d'anneaux de caoutchouc, sans doute nécessaires pour empêcher l'eau de pénétrer dans l'habit, compléta Kermor.

– Ce que vous décrivez est le scaphandre de l'inventeur allemand August Siebe, utilisé par la marine britannique. C'est avec cet équipement que les plongeurs de Plymouth, d'où viennent d'ailleurs nos deux lascars, ont, il y a quelques années, vers 1842, visité l'épave de votre *Royal George*, coulé par les Hollandais dans la rade de Spithead en 1782.

– Ce n'est pas tout, reprit le médecin. Le puisatier qui avait aidé son ami à revêtir l'habit que vous nommez scaphandre a ensuite fixé l'extrémité d'un long tuyau de caoutchouc à un orifice du casque, et abouté l'autre extrémité du tuyau à une machine munie d'un grand volant à manivelle. Bizarre, non ?

– Cette machine est une pompe à air, cher docteur. En tournant la roue, on envoie de l'air dans le casque pour que le scaphandrier puisse respirer. On m'a récemment écrit de Paris qu'un inventeur français, M. de Saint-Simon Sicart, a expérimenté dans la Seine, le 17 avril, devant une commission du ministère de la Marine, un scaphandre qui ne nécessite pas de pompe à air. L'instrument comporte une boîte en métal, attachée au dos du plongeur et qui contient une atmosphère artificielle envoyée dans le casque par des tuyaux faits d'étoffe imperméable. Mais le génie de M. Siebe a été de placer sur son casque une soupape qui laisse fuir l'air en excès, ce qui permet au plongeur de rester plus longtemps sous l'eau sans être incommodé, alors que le plongeur de Sicart ne peut évoluer qu'un court moment, commenta Charles.

– J'ai vu l'homme se laisser glisser dans Dog Hole, ce qui a causé une grande frayeur à mes amis arawak, qui croient dur comme fer qu'il abrite des molosses marins prêts à dévorer ceux qui les dérangent. En voyant l'homme entrer dans l'eau, ils ont fui sans se retourner. Quand, plus tard, je leur ai raconté que le plongeur était remonté sain et sauf, ils se sont écriés que ces Anglais sont des sorciers, esprits malfaisants envoyés du diable. Je me suis employé à les raisonner, car je ne donnerais pas cher de la vie de nos puisatiers si le cacique des Taino s'énervait. Vous l'ignorez peut-être, monsieur Desteyrac, mais le lieutenant Tilloy le sait, nos Indiens ne plaisantent pas avec Satan et ses suppôts ! D'ailleurs, fidèles à l'*obeah* [1], ils ont aussitôt suspendu aux arbres, autour de Dog Hole, des flacons emplis de rhum et d'araignées mortes pour conjurer le mauvais sort, précisa le médecin.

– Tout ce mystère entretenu par lord Simon autour des recherches de ces puisatiers, dont nous savons maintenant qu'ils n'en sont pas, commence à devenir gênant pour tous et peut-être, d'après ce que vous dites, dangereux pour certains. Aussi, je propose que nous parlions de tout cela très franchement au major, dit Mark Tilloy.

– Bonne idée ! Puisque mon ami Edward ne nous a

1. Forme de sorcellerie africaine, sans doute importée dans les îles par les Noirs et qui rappelle les pratiques du vaudou. Le mot est d'origine ashanti, dialecte d'Afrique occidentale, plus précisément de la Gold Coast – Côte-de-l'Or –, devenue l'État indépendant du Ghana en 1957.

pas fait l'honneur de venir au club ce soir, allons donc le trouver chez lui, car je pense qu'il y a quelque urgence à éclaircir la situation. Venez-vous avec nous, Monsieur l'Ingénieur ? demanda Kermor.

– Bien volontiers, messieurs. Je suis curieux de savoir l'usage qu'on veut faire de ce scaphandre, et s'il existe une chance que Soledad abrite la coupe du Saint-Graal ! fit gaiement Desteyrac en se levant.

– Se pourrait-il, mes amis, que lord Simon fût une réincarnation du roi Arthur, dont nous savons tous par Chrétien de Troyes qu'il est immortel ? ajouta sur le même ton Mark Tilloy.

– Marchons, chevaliers de la Table ronde, jusque chez Carver-Lancelot ! ordonna Uncle Dave en se dirigeant vers la sortie.

Quelques verres de whisky expliquaient l'audace et la belle humeur des trois hommes, qui trouvèrent le major Carver vêtu d'un négligé de soie prune, en train de lire *The New Sporting Magazine*, journal de sport et de chasse fondé en 1830. Le numéro, imprimé un mois plus tôt en Angleterre, était arrivé le jour même par le bateau-poste de Nassau.

– Que voilà une belle délégation ! s'écria Carver, abandonnant sa lecture.

– Nous sommes confus de vous déranger à cette heure, mais nous croyons qu'il est de notre devoir de vous informer de certaines choses, dit Tilloy.

– Vous ne m'annoncez pas le débarquement imminent des planteurs des Carolines exigeant la restitution de leurs esclaves ? Ils ont envoyé une sorte d'ultimatum à Simon, mais ne se risqueraient pas en mer en cette saison ! s'exclama le major.

– Non : pas d'esclavagistes à l'horizon. Nous voulons

seulement vous dire que les puisatiers se sont mués en scaphandriers et que cela intrigue les indigènes et aussi certains d'entre nous, révéla le lieutenant.

D'un claquement de mains, le major fit apparaître Poko. Le sikh disposa des sièges pour les visiteurs et, sans en avoir reçu l'ordre, apporta verres et boissons. Quand le domestique se retira, le major invita Tilloy à servir.

– On m'a en effet rapporté qu'on ne pourrait plus longtemps imposer le secret sur l'activité de Malory et de Bartley. Eux-mêmes souffrent d'être tenus à l'écart de notre communauté et souhaitent pouvoir mener à bien leur tâche sans se cacher, du moins quand ils reviendront, sans doute au printemps prochain.

– Ces messieurs nous quittent ? Ils ont besoin de repos ? s'enquit Kermor.

– Pas exactement, Dave. Le gouverneur royal nous a transmis un message de l'amirauté britannique demandant à lord Simon de libérer Malory et Bartley pour quelques semaines. Une frégate de la Navy, venant de la Jamaïque, est attendue. Elle les conduira à Norfolk, en Virginie, pour plonger sur l'épave du deux-mâts barque anglais *Eliza*, qui a coulé près de Knott Island. Il y aurait à bord des choses précieuses, expliqua le major.

Desteyrac profita d'un silence pour entrer sans atermoiement dans le vif du sujet.

– Il y a quelques semaines, lady Lamia m'a dit – pour plaisanter, je suppose, et éluder les questions – que vos puisatiers cherchent le Saint-Graal. Avouez qu'il y a de quoi exciter la curiosité d'un chrétien, et même d'un parpaillot !

Le major approuva d'un sourire suave.

– Mes amis, je vais m'efforcer de satisfaire cette curiosité dans la mesure de mes connaissances. D'abord, tout le monde sait aujourd'hui que le récipient nommé Graal, qui aurait été apporté en Grande-Bretagne par le fils de Joseph d'Arimathie, l'enseve-lisseur du Christ, n'était pas un vase d'or couvert d'émeraudes, comme une légende l'a propagé. Ce devait être une simple écuelle de bois, le Christ et les apôtres n'usant pas de vaisselle précieuse, mais, plus probablement, de celle du peuple dont ils étaient proches. Cependant, cette coupe, si modeste fût-elle, aurait, si on la retrouvait, une immense valeur, à la fois historique et mystique, pour les croyants. Mais soyez assuré, cher Charles, qu'elle ne se trouve pas à Soledad. Lady Lamia s'est amusée à vos dépens, car c'est tout autre chose que cherche lord Simon.

– Tu en as trop dit et tu n'en dis pas assez, Eddy ! Tu peux tout de même nous faire confiance. S'il s'agit d'un secret, nous saurons le garder, dit le docteur Kermor, parlant avec l'autorité du plus vieil ami du major.

– Je compte donc sur vous trois pour ne pas ébruiter ce que je vais raconter, jusqu'à ce que Simon Leonard libère vos langues. Ai-je vos promesses ?

Charles, tout comme Tilloy et le médecin, s'engagea sans hésitation. Le major Carver se cala dans son fauteuil, but une gorgée de gin allongé d'eau, posa les mains sur les accoudoirs de son fauteuil et jouit un instant de l'impatience mal contenue de ses visiteurs.

– Les anciens de Soledad, dont Uncle Dave fait partie comme moi, dit-il, savent qu'un moine espagnol, connu sous le nom de don Pascual, construisit de ses mains, à la fin du XVIIe siècle ou au commencement du

XVIIIe, l'ermitage du mont de la Chèvre. Or, l'an dernier, lors de la réception donnée comme chaque année à Nassau par le gouverneur, sir John Gregory, à l'occasion de l'anniversaire de la reine Victoria, un invité demanda à lord Simon s'il était exact que des pèlerins venaient encore, de toutes les îles de l'archipel, se recueillir au mont de la Chèvre sur la tombe du moine mort en 1720. Cette évocation fit sourire le gouverneur et provoqua une étonnante révélation. « Savez-vous que votre ermite, considéré par certains comme un saint homme, était en réalité un religieux dévoyé, un pirate repenti ? » dit le gouverneur. Lord Simon et moi-même récusâmes cette accusation, jugée sans fondement. Sir John Gregory, qui tenait à prouver son dire, nous invita à revenir le lendemain au palais du gouvernement. Il nous fit conduire aux archives où un fonctionnaire nous présenta les rapports concernant ce moine. Ils ont été établis il y a plus d'un siècle par le secrétaire de Woodes Rogers, premier gouverneur royal des Bahamas.

– Autre ancien pirate ! précisa Kermor.

– Plutôt corsaire que pirate, rectifia Carver. C'est pourquoi, en 1717, Woodes Rogers reçut mission du roi George Ier de chasser pirates et flibustiers de l'île New Providence et de sa capitale Nassau, devenue, depuis le début du siècle, une véritable république de forbans. Notre ami français ignore peut-être – ajouta le major en se tournant vers Charles – que, depuis le début du siècle, près de mille cinq cents pirates vivaient là, à l'aise, dans la plus abjecte débauche, faisant ripaille, tirant en toute impunité de bons bénéfices du butin enlevé de vive force sur les navires espagnols, hollandais ou français dont ils massacraient équipages et passagers. Et cela, avec l'assentiment de Nicolas Trott, représentant patenté des lords propriétaires. Lesquels, j'ai le regret de le dire, s'accommodaient et parfois tiraient profit de la présence des pirates. Quand l'archipel devint colonie de la Couronne, à la demande de la Chambre des lords, nous savons comment Woodes Rogers débarrassa Nassau des canailles en se donnant pour règle de conduite : *Expulsis Piratis. Restitute Commercie !*

– Nous connaissons tous ici ces vieilles histoires, coupa le docteur Kermor.

– M. Desteyrac est peut-être en droit de les apprendre, répliqua sèchement le major.

– Très bien ! S'il s'ennuie, je pourrai lui détailler les exploits de nos écumeurs des mers. Nous nous les transmettons de génération en génération sans tenter de démêler le vrai du faux, répliqua le médecin.

– Je sais déjà par mon ami Tilloy qu'Edward Tech, dit Barbe-Noire, s'était nommé lui-même juge suprême de Nassau, que Calico Jack Rackam inventa le pavillon à tête de mort, que Henry Every tortura une parente du Grand Mogol pour avoir ses bijoux, et que résidait à Nassau une femme pirate, nommée Ann Bonny, qu'admirait fort naïvement la jeune lady Ottilia, dit Charles, amusé.

– Tout cela nous éloigne de ce qui nous intéresse. Que diable vous apprirent les rapports des gratte-papier de Sa Majesté ? insista Uncle Dave.

– Ils nous révélèrent une bien curieuse histoire. D'abord, que don Pascual a en effet été pirate. Je résume son aventure, connue d'après ses propres confidences, celles de pirates repentis avec qui il avait navigué, et, surtout, par le récit qu'il fit, à la fin de sa vie, à un historien espagnol dont j'ai oublié le nom mais dont les écrits figurent dans les archives. En vérité, ce moine, après plusieurs années passées chez les Indiens d'Amérique centrale, rentrait en Espagne, où il était rappelé par ses supérieurs pour mauvaise conduite et insubordination. Le galion chargé d'or et d'argent qui conduisait le religieux et d'autres passagers à Cadix fut abordé, dans le canal des Bahamas, par un navire pirate, pillé et abandonné, sans voiles ni gouverne, au hasard des courants. Suivant leurs habitudes sanguinaires, les forbans torturèrent et tuèrent sans distinction d'âge ni de sexe, mais épargnèrent le moine. D'une foi chancelante, jouisseur impénitent, don Pascual se mit au service de ses ravisseurs, trouvant leur vie aventureuse plus attrayante que celle qui l'attendait dans un couvent castillan.

– Bel aumônier que voilà ! Il devait distribuer plus souvent l'extrême-onction que donner le baptême, ironisa Mark Tilloy.

– Les pirates craignaient Dieu, mon cher, et notre don Pascual, ayant appris à manier la hache d'abordage aussi aisément que le goupillon, s'attira le respect des scélérats. Vint le jour où le bateau sur lequel il naviguait captura un autre galion espagnol. Le butin fut abondant : doublons, bijoux, beaux vêtements, vaisselle de vermeil, argenterie, armes. La plupart des passagers et des membres d'équipage furent tués, mais don Pascual obtint qu'on épargnât deux jésuites. Croyant avoir affaire à un religieux honnête, captif des aventuriers, les prêtres, placés sous sa surveillance plutôt que sous sa protection, confièrent au renégat qu'ils transportaient, dans un coffret censé contenir les objets du culte, auxquels les pirates, plus superstitieux que chrétiens, ne touchaient jamais, un trésor inestimable : une relique promise au roi d'Espagne. Cette possession, dénoncée par Pascual, éveilla la cupidité des pirates, qui s'emparèrent du coffret et jetèrent les jésuites par-dessus bord. Le couvercle forcé, tous reculèrent, terrorisés. Une tête de mort irradiait sous le soleil, tel un énorme bloc de verre à facettes, un scintillement aveuglant. Plus effrayant encore : les orbites n'étaient pas vides. Les yeux, dont le blanc, entre des paupières veinées de rose, cernait une prunelle verte et un iris bitumineux, n'avaient rien d'humain. Ils dardaient un regard insoutenable et d'une étrange fixité, bien que chaque témoin le perçût comme à lui seul destiné. Tombé à genoux, don Pascual cria aux mécréants qu'il devait s'agir du chef d'un saint ou d'un roi transformé par miracle en pierre inaltérable et translucide. Y porter une main impure, c'était la mort assortie de la damnation éternelle. Comme les pirates restaient partagés, les uns considérant l'objet comme butin négociable au plus haut cours, les autres craignant de s'attirer les foudres célestes, don Pascual réitéra son avertissement en se signant.

– Tardive humilité devant le mystère ! observa Mark Tilloy.

– Pas du tout. Pour le moine, l'objet n'avait rien de mystérieux. Ayant vécu chez les Mayas, il venait de reconnaître un de ces crânes sculptés dans le cristal de roche par d'habiles lapidaires du Honduras. Ces artistes polissaient avec soin le quartz et enfonçaient dans les orbites de la magnésite, dite écume de mer, pour figurer le blanc de l'œil, puis fabriquaient prunelles et iris avec des pierres précieuses, émeraudes ou saphirs. Ils savaient aussi donner une apparence de mobilité au regard en opposant dans l'orbite rugosité et poli du cristal. Ce regard, suivant l'angle de pénétration de la lumière, paraissait à la fois fixe et changeant, en tout cas propre à effrayer le passant[1], dit le major, amusé par l'air ébahi de ses compagnons.

– Les Mayas voyaient dans le quartz hyalin une matière éternelle et divine contenant la mémoire des mondes disparus. Ils plaçaient ces crânes dans leurs temples lors de cérémonies rituelles. Ces blocs de cristal très pur apportaient, croyaient-ils, aussi bien la guérison que la mort, compléta le docteur Kermor.

– Très sages, ces Mayas ! Car nous savons tous que la mort est la guérison définitive de tous nos maux, ironisa Tilloy.

– Mais qu'advint-il et du crâne et du moine ? demanda Charles.

– On peut supposer, dit Carver, que don Pascual imagina tout le parti qu'il pourrait tirer de cet objet pour asseoir la relative autorité morale qu'il croyait exercer sur ses maudits compagnons. « Ce crâne peut allumer n'importe où le feu du ciel », leur dit-il. Afin de vaincre le scepticisme des brutes, il fit apporter de l'étoupe et orienta le crâne de telle façon que le cristal, agissant comme une loupe, livrât un rayon qui fit fumer, puis enflamma le chanvre.

– L'action de la biréfringence du cristal de roche

1. Sylvie Raulet, *Cristal de roche*, Assouline, Paris, 1999. L'auteur rapporte que le crâne en cristal de roche exposé au British Museum, à Londres, a créé un souci au conservateur du musée : « Car les hommes de ménage, dérangés par son regard fixe et implacable, braqué sur eux dans la faible lumière de la salle d'exposition, ont exigé qu'il soit recouvert d'un tissu noir avant qu'ils ne viennent travailler. »

avait déjà été signalée par Pline l'Ancien dans son *Histoire naturelle*, précisa Charles, se souvenant de son cours de minéralogie.

– Tout cela ne nous dit pas ce que sont devenus le moine et son crâne de cristal ! lança Uncle Dave.

– Eh bien, contrairement à ce qu'escomptait don Pascual, les pirates virent dans ce crâne incendiaire un objet maléfique, capable de mettre le feu à la poudre et au vaisseau. Le moine eut beau expliquer qu'il saurait s'en servir pour incendier les galions abordés, les chefs pirates décidèrent de se débarrasser du talisman. Les plus expéditifs proposèrent de le jeter par-dessus bord, d'autres de le briser à coups de hache ; mais les plus nombreux, désireux, dans leur incertitude, de ménager les forces du bien comme celles du mal, dirent que détruire le crâne pourrait attirer le malheur et qu'il valait mieux le débarquer sur une île sans y toucher. On se débarrasserait en même temps du moine, maintenant soupçonné de sorcellerie. C'est ainsi que don Pascual fut abandonné à Soledad avec le crâne de cristal, quelques vivres, un fusil et de la poudre, une pelle, une bêche et, suprême générosité, des graines de blé indien et un tonneau de ratafia.

– En somme, la vocation d'ermite lui fut gaillardement imposée, dit Tilloy.

– On pense que le moine, voué à la solitude, se repentit de ses fautes passées, peut-être de ses crimes, car il ne tenta jamais de quitter le mont de la Chèvre où il construisit, avec l'aide de quelques indigènes, la petite chapelle que nous connaissons et l'ermitage qu'occupe aujourd'hui un religieux moins sulfureux, compléta le major.

– Mais le crâne de cristal, qu'est-il devenu ? demanda Uncle Dave.

– On sait par une ultime confidence de don Pascual à l'historien espagnol entré dans ses bonnes grâces qu'il vécut tête à tête avec l'objet enlevé aux jésuites. Il refusa de livrer le crâne aux autorités de Nassau et, pour le protéger de toute profanation, déclara, la veille de sa mort, qu'il l'avait immergé dans un trou bleu d'où seul le bon Dieu ou le diable pourrait le tirer, acheva Edward Carver.

– D'où la convocation des scaphandriers ! émit Desteyrac.

– Soledad compte une vingtaine de trous bleus. Quel est le bon ? risqua Tilloy.

– À ce jour, nous l'ignorons. D'où les explorations qui vous ont tant intrigués, fit Carver.

– Le moine repenti aurait pu laisser un indice. Ceux qui cachent un trésor souhaitent parfois inconsciemment que la postérité puisse le découvrir. Leur testament peut contenir un message codé qu'il faut déchiffrer pour aboutir à la cachette, observa Charles.

– Notre ermite n'a rien laissé de ce genre. D'après les témoignages d'époque, il ne possédait qu'un seul livre, sans doute un bréviaire pris aux jésuites, dont il ne se séparait jamais. Les descendants espagnols des rares témoins de son inhumation, là-haut sur le mont de la Chèvre, se souviennent seulement que leurs ancêtres avaient une grande vénération pour le moine. Suivant les dernières volontés de celui-ci, ils l'auraient enterré avec son bréviaire, par crainte de voir le livre tomber en des mains impies. Voilà, messieurs, tout ce que je sais de don Pascual et du crâne en cristal de roche que mon ami lord Simon tient à découvrir, conclut le major.

Il quitta aussitôt son fauteuil pour donner à entendre qu'il était temps d'aller dormir. Bien que pensifs, les trois amis se séparèrent sans commenter les révélations d'Edward Carver.

Charles eut quelques difficultés à trouver le sommeil. L'histoire du moine pirate ajoutait pour lui au charme ensorcelant de l'ambiance insulaire. L'existence des trous bleus, l'apparition gracieuse d'Ounca Lou, l'étrange pouvoir qu'exerçait lady Lamia sur les hommes, les dauphins et les poissons, la personnalité de lord Simon, l'*obeah* des Taino, l'heureuse évolution de Malcolm Murray, architecte d'un futur hôpital : tout concourait à faire de Soledad une sorte de royaume de l'inattendu. S'étant, depuis le départ de Liverpool, livré corps et âme à l'aventure, l'ingénieur se réjouissait de son choix.

Au petit matin lui vint l'idée que le mont de la Chèvre pourrait bien receler un signe, laissé volontairement ou non par don Pascual, permettant de situer la cachette du crâne de cristal. Son petit déjeuner avalé, il commanda d'atteler et se rendit chez Mark Tilloy, qu'il trouva rasoir en main.

– Si nous allions rendre cette visite de courtoisie que je dois au père Taval ? proposa Charles après avoir fait part à l'officier de ses réflexions et intuitions nocturnes.

L'acceptation fut immédiate et enthousiaste.

Le soleil de novembre était, sous les tropiques, aussi chaud que celui de l'été. Tandis que le lieutenant achevait sa toilette, Charles, sous la véranda, jeta un regard au thermomètre. L'instrument, de conception américaine, indiquait 81 degrés Fahrenheit, que le Français convertit approximativement en 27 degrés centigrades. Aucun nuage ne tachait le bleu myosotis du ciel, en parfaite harmonie avec le bleu roi de l'océan. L'air offrait une limpidité telle que l'ingénieur, bien qu'accoutumé au climat, eut la sensation que son regard portait plus loin que d'habitude.

– Beau temps, dit-il quand ils se mirent en route.

– C'est l'époque où les ouragans et les orages tropicaux s'espacent, et novembre va nous en débarrasser. Nous ne recevrons plus maintenant que des averses d'après-midi, dit Tilloy.

L'officier, familier du plaisant ermite du mont de la Chèvre, emportait deux bouteilles de rhum.

– Ce brave homme boit comme un boucanier. Ces flacons nous garantissent un bon accueil, dit-il.

Au pied de la colline que contournait la route carrossable, ils durent abandonner la voiture pour emprunter le sentier qui s'élevait en larges spirales jusqu'à la chapelle flanquée de l'ermitage.

– La pente n'est pas si rude qu'on ne puisse grimper en droite ligne jusqu'au sommet, mais ce sentier a été tracé par le premier ermite, le moine pirate auquel nous nous intéressons. Ce serait, d'après le père Taval, une sorte d'ancien chemin de croix que les catholiques romains devaient parcourir pour faire pénitence avant d'arriver au sanctuaire, expliqua Mark.

Plus tard, alors que les deux hommes atteignaient le but de leur ascension, Charles avança une autre explication.

– Vous avez constaté que ce sentier allonge sérieusement la promenade. Il nous a en effet contraints à parcourir sept révolutions autour du mont. Sept fois depuis notre départ dans la plaine, nous avons vu les quatre points cardinaux. Ce sentier, mon cher Mark, a une signification cosmique !

– Une signification cosmique ?

– Il rappelle le sentier labyrinthe qui, en sept révolutions, monte à l'abbaye de Glastonbury, construite en 708 à la demande du roi saxon Ine, et détruite en 1538 sur l'ordre de Henri VIII, lequel détestait le pape et son Église. Cela n'aurait rien d'extraordinaire si les chroniqueurs de l'époque n'assuraient que c'est à Glastonbury que l'on conservait secrètement le fameux Graal, rapporté de Palestine par le fils de Joseph d'Arimathie, compléta Charles au grand étonnement de son compagnon.

– Vous n'allez pas relancer l'histoire de cette coupe ! Le major a été clair : l'objet en question ne peut se trouver ici, et ce n'est pas ce que cherche lord Simon, même s'il se prend parfois pour le roi Arthur des tropiques !

– Le Graal, s'il exista jamais, n'est certainement pas ici, mais le tracé de ce sentier prouve que notre don Pascual était plus versé dans l'ésotérisme et d'un tempérament plus mystique que ne le révèlent les rapports et témoignages conservés à Nassau, remontra Charles.

– Mais comment savez-vous toutes ces choses ? demanda naïvement l'officier.

– J'ai été formé par les jésuites, et si la plupart de mes maîtres se contentaient d'enseigner latin, grec ou mathématiques, mon professeur de philosophie, un prêtre dénué de sectarisme, faisait montre d'une grande curiosité, d'une avidité de compréhension pour les mythes et légendes. J'ai beaucoup appris de lui. Au temps de l'Inquisition, il eût été envoyé au bûcher, confia Charles.

– L'enseignement britannique est plus formaliste. D'abord, nous considérons que Dieu est anglais, ce qui nous dispense de toute spéculation spirituelle, et pour le reste, Shakespeare, le croquet et la chasse du renard nous suffisent, reconnut le lieutenant en riant.

Un promenoir circulaire, couvert de fin gravier soigneusement ratissé, occupait le sommet du mont de la Chèvre. Face à l'est se dressait la chapelle que Charles avait aperçue au cours de ses traversées de l'île, aussi bien du village des artisans, sur la côte ouest, que du village des Taino et de celui des pêcheurs, sur la côte est. Humble et frêle, surmonté d'un clocheton que les ouragans avaient plusieurs fois jeté à bas, badigeonné au lait de chaux chaque année, l'oratoire prenait, sous la lumière crue, par sa blancheur éblouissante, une valeur plus décorative que dévote. Se souvenant des Noëls de son enfance, Charles lui trouva une touchante ressemblance avec les minuscules églises d'argile peinte que les santonniers placent, de manière anachronique, dans les crèches provençales.

À quelques pas du sanctuaire, l'ermitage, cube blanc aux murs percés d'étroites fenêtres et d'une seule porte basse, illustrait, du moins par son architecture fruste, l'édifiante simplicité de l'abri de qui s'est retiré du monde pour prier et méditer.

Le père Taval, qu'ils trouvèrent à l'ombre d'un grand flamboyant, se balançant dans un vieux rocking-chair, siège récupéré dans un bateau venu s'éventrer sur les récifs, ne portait pas la haire de crin de l'anachorète, mais un pantalon et une chemise de toile blanche. De longs cheveux argentés, rassemblés en catogan sur la nuque, des yeux bleu cobalt, des joues pleines et roses, la lèvre gourmande, dénonçaient une absence certaine d'ascétisme érémitique. Il se leva et tendit une main soignée aux visiteurs, dont l'approche avait été signalée par Manuela, sa domestique, grande et belle métisse au port altier dont les mauvaises langues assuraient qu'elle avait donné au prêtre plusieurs enfants élevés à Buena Vista par lady Lamia.

– Comme je suis heureux de vous voir, dit-il, l'œil brillant, quand Mark Tilloy eut présenté Charles comme l'ingénieur des Ponts et Chaussées engagé par lord Simon pour construire un pont entre l'île et l'îlot. Ah, mon fils ! Votre arrivée a donné beaucoup d'inquiétude à mon amie lady Lamia. Elle qui tente de protéger des turpitudes coloniales ses chers Arawak voyait ce pont comme une passerelle satanique. Mais elle a admis qu'une telle liaison entre Soledad et Buena Vista devient indispensable. D'ailleurs, les mœurs corrompues arrivent aujourd'hui aussi bien par mer que par terre. Et puis, cette femme au cœur pur, exigeante et sensible, apprécie vos bonnes manières françaises, m'a-t-elle dit.

– J'en suis enchanté, car j'ai grande estime pour lady Lamia et son œuvre, mon père, dit Charles en s'inclinant avec respect.

Agissant ainsi, il suivait les consignes de Tilloy : jouer le jeu en accordant à Paul Taval la considération que lui valaient, plus qu'un douteux état de prêtrise, sa bonhomie naturelle et son humanité, de tous appréciées.

Pendant cet échange, Mark Tilloy, habitué des lieux, avait disparu dans la maison pour remettre discrètement à la servante les flacons de rhum. C'était façon de ne pas révéler le penchant du religieux pour les boissons fortes en présence d'un étranger. Tandis que le supposé cénobite, après quelques pas avec l'ingénieur, faisait apprécier la beauté du panorama, Charles perçut, venant de la maison, un rire gloussant de femme chatouillée. Tilloy, que le moindre jupon affriolait, lutinait la belle, à qui ce genre d'attention semblait ne pas déplaire.

L'officier reparut bientôt, suivi de la servante qui portait une carafe d'eau fraîche, parfumée au jus de limette, ce petit citron doux, très commun sur l'île.

– Avant de nous asseoir pour bavarder, j'aimerais, mon fils, puisque vous êtes catholique, vous donner la possibilité de vous recueillir un instant dans notre chapelle, qu'un saint homme construisit de ses mains il y a cent cinquante ans.

– Bien volontiers, dit Charles.

– Notre cher Mark, adepte de l'Église anglicane, est dispensé de la visite, mais, pendant notre absence, il aidera Manuela à dresser la table, car je vous convie tous deux à partager mon frugal repas, reprit Taval en conviant Charles à le suivre.

Avant qu'ils aient atteint le seuil de l'oratoire, le lieutenant et la métisse avaient disparu dans l'ermitage. Charles, privé de femme depuis bientôt un an, imagina, un rien envieux, ce qui pouvait s'y passer.

L'intérieur de la chapelle, d'une sobriété claustrale, ne comportait qu'un autel de bois recouvert d'une nappe brodée, quatre bancs et deux prie-Dieu.

– Tout ce que nous possédons – ce crucifix de bronze autrefois doré, cette Vierge de bois polychrome qui a perdu ses couleurs et ce tabernacle de cuivre martelé – nous a été envoyé par le Seigneur et porté par l'océan après le naufrage d'un navire espagnol, dit avec onction le père Taval.

Avant de quitter l'oratoire, dont le dépouillement invitait plus à la prière que le riche décor d'une cathédrale ornée de statues sulpiciennes, de vitraux précieux et de tableaux de maîtres, le religieux marqua un temps d'arrêt éloquent devant un tronc pendant d'un bénitier taillé dans le calcaire corallien. Charles y glissa une guinée, ce qui lui valut une bénédiction spontanée.

Sous le flamboyant, peuplé de colibris à gorge rouge et dos vert dont les perroquets d'Abacos au plumage multicolore troublaient les jeux, une table avait été joliment dressée par Tilloy et Manuela. Charles mit le feu qui colorait leurs pommettes au compte de la chaleur et des besognes domestiques, mais un clin d'œil furtif de Mark lui donna à penser que ces rougeurs trahissaient un plus agréable exercice.

La frugalité annoncée du repas fut démentie par une poire d'avocat farcie de langouste, suivie d'un mérou à la Bimini et d'une crème glacée à l'ananas. D'un ton qui se voulait lamentable, l'ermite fit remarquer qu'il débouchait, en l'honneur de l'ingénieur français, sa dernière bouteille de vin de Bordeaux, don du major Carver.

– Ah, mon père ! C'est toujours la dernière bouteille que vous servez à ceux qui ont la chance d'être vos invités. À croire que le bon Dieu, qui n'en est pas à un miracle près, remplace les flacons vides par des pleins ! s'esclaffa Tilloy.

– Le coup des noces de Cana, en somme ! compléta Desteyrac, ce qui déclencha l'hilarité générale.

Le solitaire du mont de la Chèvre n'attendait qu'un encouragement.

– Manuela, nous avons encore soif. Va donc au cellier voir si le miracle s'est une fois de plus produit, et si cette bouteille n'a pas déjà une sœur ! ordonna, enjoué, le maître de céans.

Sachant que Tilloy n'était dupe ni de ses propos ni de ses mœurs, et moins encore de sa pratique très personnelle d'un sacerdoce dont il eût sans doute été incapable de prouver l'authenticité, l'ermite s'abandonnait au plaisir de la joyeuse compagnie. Comme on pouvait s'y attendre, la servante apporta une nouvelle bouteille. Par jeu, tous crièrent au miracle avant de la vider.

Au café, estimant l'ambiance favorable, Mark Tilloy entreprit le père Taval.

– On dit que votre prédécesseur, don Pascual, possédait un crâne en cristal de roche et qu'avant de mourir il crut bon de le cacher quelque part sur l'île. Qu'en pensez-vous ?

Dans sa très relative solitude, l'ermite était informé au quotidien de tout ce qui se passait sur l'île. Peut-être avait-il prévu à la fois l'objet de la visite des deux hommes et la question posée.

– Je sais que lord Simon voudrait retrouver cet objet qui ne peut intéresser qu'un musée. Car, pas plus que moi, sans doute, vous ne croyez aux pouvoirs d'une sculpture profane, vieille de deux ou trois cents ans. Mais je crains que les scaphandriers embauchés à Plymouth ne trouvent rien. Je me suis plusieurs fois entretenu de cette affaire avec lord Simon et le major Carver : ils désiraient savoir si don Pascual avait laissé ici un quelconque message susceptible d'orienter les recherches.

– Et, naturellement, vous n'avez trouvé aucun indice, fit Tilloy.

– Voyez-vous, je suis arrivé ici il y a une trentaine

d'années pour relever la chapelle à demi ruinée, restaurer l'ermitage et, pour de bonnes raisons, me tenir définitivement à l'écart du monde. Il faut savoir que ce lieu est resté désert pendant près d'un siècle, voué aux chèvres importées par les Espagnols, dont, Dieu merci, l'espèce se perpétue pour nous donner lait et fromage. Vous pensez bien que ce qu'aurait pu laisser don Pascual dans l'ermitage ou alentour avait disparu avant même mon installation ! Tout ce qui reste de lui est sa sépulture, derrière la chapelle. Tombeau maintenant négligé par les pèlerins catholiques, découragés depuis que sévissent dans l'archipel des pasteurs puritains. Aujourd'hui, un saint homme mort, pas plus qu'un reclus vivant, ne fait recette. À part quelques marins et deux ou trois vieilles Espagnoles, personne ne vient glisser une obole dans le tronc de la chapelle. Sans mes chèvres, la générosité de lady Lamia et de mes amis pêcheurs qui me fournissent en poisson, je mourrais de faim, messieurs. Et la pauvre Manuela, qui me sert avec tant de dévouement, ne pourrait pas vivre ici.

– Nous avons appris que don Pascual avait été enterré avec son bréviaire. Est-ce concevable ? demanda Tilloy, négligeant les jérémiades du prêtre.

– Cela se fait dans certains ordres. Don Pascual, mourant ici sans un pieux successeur, ne pouvait, je suppose, qu'emporter dans la tombe son viatique spirituel, émit l'ermite.

– La tombe de don Pascual n'a bien sûr jamais été ouverte ? risqua Desteyrac.

– Bien sûr. Pourquoi aurait-on ouvert cette sépulture sur laquelle la nature tropicale a fait son œuvre ?

Desteyrac et l'officier remarquèrent la gêne soudaine de leur interlocuteur et la manière dont Manuela détournait la tête en pinçant les lèvres.

– Ce n'est pas ce que j'ai appris tout récemment, assena sèchement Tilloy en fixant Charles d'un regard appuyé dont l'ingénieur comprit d'emblée la signification.

– Ah çà ! Quelqu'un vous aurait dit que la tombe de don Pascual avait été profanée ? hasarda l'ermite sans conviction.

– Oui. Et aussi que ses os ont été par vos soins transférés sous une dalle de la chapelle, ce qui est bien la meilleure place pour les restes d'un prétendu saint, ajouta posémement le lieutenant.

Il ne cherchait pas à ménager la susceptibilité de celui qu'il tenait pour un aimable imposteur, dont, par accord tacite, tous les Blancs de l'île admettaient la présence dans le rôle inoffensif d'ermite patenté. Après un moment de silence, Paul Taval ordonna à Manuela d'apporter la liqueur de banane qui tenait lieu de pousse-café.

– Bon, je ne vais pas vous raconter d'histoires. Intrigué par les questions de lord Simon, j'ai, non sans mal, retrouvé et ouvert la tombe de don Pascual. Le caveau étant devenu inutilisable, j'ai enseveli ses pauvres os dans la chapelle. Je compte d'ailleurs faire graver son nom sur la dalle qui recouvre ses restes. Quand la chose se saura, de nouveaux pèlerins viendront peut-être se recueillir devant elle, débita sans gêne le religieux.

– Si vous aviez ici une ou deux guérisons miraculeuses, ça arrangerait bien vos affaires ! La multiplication des bouteilles est déjà prometteuse, persifla Tilloy.

– Mon fils, les desseins de Dieu sont insondables, répliqua l'ermite sur le même ton.

La servante s'étant éloignée, Desteyrac intervint.

– Vous avez, certes, bien agi en inhumant les restes de don Pascual dans votre oratoire. Mais ce qui nous intéresse, le lieutenant Tilloy et moi, c'est le livre que vous avez peut-être trouvé dans le cercueil du défunt.

Taval vida à petites gorgées son verre de liqueur, ne manifestant aucun empressement à répondre. Au fil des années, ses actions charitables, l'assistance apportée aux mourants, son aptitude à conseiller intelligemment ceux et celles qui, dans un moment de désarroi, venaient le consulter, sa pratique d'une liturgie simple et familière, et surtout sa douceur de caractère avaient fait adopter cet homme de qui on ignorait le passé. Ayant compris qu'il devait se montrer sincère avec ses hôtes, Paul Taval se résigna à poursuivre.

– Le bois du cercueil, dans la fosse creusée à même la roche corallienne, n'existait plus que sous forme de débris, mais j'ai trouvé en effet, près du squelette disjoint, un livre enfermé dans un étui de cuir moisi. Un volume assez bien conservé. Mais ce n'est pas un bréviaire. Il s'agit des écrits en espagnol d'un carme castillan qui prit le nom de saint Jean de la Croix [1].

– En 1726, l'Église romaine en fit un saint très prisé des jésuites, précisa Charles.

– D'après ce que j'ai pu comprendre, c'est l'ouvrage d'un mystique qui s'efforce avec lyrisme de nous persuader qu'il faut toujours préférer ce qui est difficile à ce qui est facile, et ce qui est désagréable à ce qui est

1. De son vrai nom Juan de Yepes, 1542-1591.

agréable, commenta Taval avec une moue, traduisant ainsi le dédain que lui inspirait une telle règle.

– Et ce livre, l'avez-vous conservé ? Pouvez-vous nous le montrer ? demanda Charles.

– Certes, je vais le chercher. Vous pouvez même l'emporter pour le lire à loisir, si ces élucubrations édifiantes vous intéressent, ce dont je doute ! soupira l'ermite.

Au milieu de l'après-midi, au moment de prendre congé en emportant le livre imprimé en Espagne à la fin du XVIIe siècle, l'ingénieur fut invité à revenir quand il voudrait respirer l'air frais du mont de la Chèvre.

– Notre ami Mark est ici toujours bien traité. Manuela ne manque jamais de cuisiner de bonnes choses pour lui. Il en sera de même pour vous, assura l'ermite avec un sourire plein de sous-entendus.

Après avoir dévalé au plus court la colline, les deux amis retrouvèrent le dog-cart et se mirent en route vers le Cornfieldshire. Mark Tilloy confirma ce que Charles avait justement déduit de son attitude : la jolie métisse lui avait appris la profanation et l'inventaire de la tombe de don Pascual.

– Manuela est une bonne fille avide de tendresse et d'une sensualité... débordante ! De plus, comme on dit en français, elle a un faible pour votre serviteur. Vous l'avez constaté, c'est aussi une excellente cuisinière. En échange de ses révélations – car elle a participé à l'exhumation des restes du moine pirate –, je lui ai promis, si nous retrouvions ce qu'elle croit être un trésor, de quoi s'offrir une montre, dit le lieutenant d'un ton badin.

Lors de leur séparation, les deux amis tombèrent

d'accord pour informer dès le lendemain le major Carver et Uncle Dave de leur trouvaille.

Bien qu'ignorant l'espagnol, Charles, de retour chez lui, s'empressa d'ouvrir le recueil du carme castillan, étonnamment conservé malgré le temps passé sous terre. Certes, de nombreuses rousseurs dues à l'humidité constellaient certaines pages, mais elles n'empêchèrent pas l'ingénieur de remarquer que des phrases, ici et là, avaient été soulignées à la mine de plomb.

Le lendemain, Edward Carver, accédant au souhait de Desteyrac et de Tilloy, organisa chez lui une réunion à laquelle furent conviés lord Simon et le docteur David Kermor. Tous deux possédaient parfaitement la langue espagnole et Charles demanda au médecin de traduire les phrases soulignées dans l'ouvrage de saint Jean de la Croix. Certains paragraphes, bien que plusieurs fois répétés, n'éveillèrent aucune réaction chez les assistants.

Uncle Dave traduisit en lisant :

– « Agar donna son nom à l'endroit où l'ange était apparu, pour montrer quelle estime elle avait pour ce lieu, et dit ces paroles : “Assurément j'ai vu ici l'ombre de celui qui me voit”... »

Charles intervint aussitôt.

– Agar était une esclave égyptienne qui eut un fils d'Abraham, nommé Ismaël. En butte à la jalousie de Sarah, l'épouse d'Abraham, elle fut chassée avec son enfant et partit dans le désert. Avez-vous une bible, major ? demanda inopinément l'ingénieur.

Comme tout protestant, Edward Carver possédait

une bible, qu'il s'empressa de présenter. Charles trouva vite l'épisode au cours duquel Agar craint de voir périr de soif le petit Ismaël. Il lut :

– « Quand il n'y eut plus d'eau dans l'outre, elle abandonna l'enfant sous un arbuste, puis elle alla s'asseoir à l'écart et se mit à pleurer. Dieu entendit l'enfant crier et l'Ange appela Agar. Dieu ouvrit les yeux d'Agar et elle aperçut un puits. Elle alla y remplir l'outre et donna à boire à son fils. »

Avant la fin de la lecture, lord Simon s'était levé, en proie à une vive exaltation.

– Voilà le message ! Le voilà ! Il désigne certainement la fuente del Ángel, la fontaine de l'Ange. C'est ainsi que les Espagnols nommaient le trou bleu le plus profond de Soledad, que les premiers puritains appelèrent à une certaine époque la source de l'Égyptienne ! s'écria Cornfield, approuvé par Carver et Kermor.

Tous reconnurent – Mark Tilloy le premier – que l'instruction religieuse complète dont avait bénéficié le Français se révélait en l'occurrence fort utile. L'ingénieur fut chaudement félicité pour sa perspicacité, et Cornfield décida que les scaphandriers devraient, dès leur retour, explorer la fuente del Ángel.

– Les anciens disent qu'elle donnait autrefois accès à une grotte sèche, hors d'atteinte des plus fortes marées, chambre d'amour où une sirène à cheveux d'or choyait les marins qu'elle avait enlevés. D'où le nom de Mermaid Hole donné par les Arawak à ce trou bleu où l'eau douce se mêle comme souvent à l'eau de mer, précisa Uncle Dave.

– Si nous trouvons l'antique trophée de cristal, ajouta Simon Leonard sans dissimuler son enthousiasme, je l'enverrai à Sa Majesté, notre bien-aimée reine Victoria, qui, à trente-quatre ans, vient de mettre au monde son huitième enfant et quatrième fils, le duc d'Albany.

– Celui-ci, au contraire d'Ismaël, ne courra pas le risque de mourir de soif ! commenta David Kermor, pour qui la monarchie aurait dû, comme au temps de Cromwell, céder le pouvoir à la république.

7.

La fréquence des ouragans avait retardé la remise en état du va-et-vient aérien entre Soledad et Buena Vista. Le « panier volant », comme le nommaient les indigènes, ne fut rétabli qu'en janvier 1854. Aussitôt, Charles Desteyrac regagna sa petite maison de Pink Bay et recruta des terrassiers qui entreprirent, sous la direction de Tom O'Graney, promu conducteur de travaux, d'évider et aplanir la roche corallienne pour établir des plates-formes propres à supporter les appuis du pont.

Au cours de ces journées passées sur Buena Vista, Charles était souvent convié par lady Lamia à partager le repas de midi, auquel participait sa filleule. L'ingénieur établit bientôt des rapports confiants avec Ounca Lou, de qui il appréciait autant le charme que les propos. Fish Lady, dont il avait craint un moment qu'elle ne prît ombrage de cette relation, sembla au contraire l'encourager. Souvent, elle se retirait après le déjeuner, laissant tête à tête Desteyrac et la jeune fille. Ces apartés devinrent, pour Charles, de plaisants moments de détente. Il bavardait de tout et de rien avec une jolie fille qui semblait, elle aussi, prendre plaisir à sa compagnie.

Ni prude ni hardie, celle qui avait su dominer une situation dangereuse et recouvrer son assurance, une fois en sécurité auprès d'inconnus, attirait l'ingénieur plus qu'il n'osait encore se l'avouer. L'évidence de la perfection physique confère à la femme intelligente, de bonne éducation et dénuée de frivolité, une séduction bien assumée dont elle s'abstient de jouer en toute circonstance. Ounca Lou, dont la présence charmait qui l'approchait, était de cette espèce. Ses gestes, ses regards, son sourire souvent dubitatif, facilement narquois, exprimaient une sorte d'avis non formulé : « Surtout, ne vous mettez pas en frais pour me dire que je suis jolie. Je le sais ! » N'étant pas, à la différence de Mark Tilloy, un dispensateur de prévenances superflues toujours prêt au dithyrambe, Charles Desteyrac se comportait en homme affable mais réservé, pour qui la beauté d'Ounca Lou allait de soi, comme le bleu du ciel et le clapotis des vagues. Il eût trouvé flagorneur de vanter clairement, ou par allusion, l'harmonie de ses traits, la fraîcheur de son teint, ses yeux légèrement bridés, la longue et libre chevelure, couleur acajou, qui cascadait sur ses épaules nues. Ce comportement masculin sans équivoque avait contribué à établir entre l'ingénieur et la filleule de lady Lamia une relation dénuée d'artifices, saine et sereine, que reflétaient leurs conversations.

Charles devait répondre à des questions sur la vie en Europe, principalement à Paris, qu'Ounca Lou imaginait comme une cité idyllique où toutes les femmes étaient belles et bien vêtues, où l'on dansait chaque soir la valse, proscrite chez les puritains américains, qui ne prononçaient jamais, devant une dame, les mots jambe et pantalon.

Un après-midi, la jeune fille descendit de sa barque devant la maison où Desteyrac, penché sur sa planche à dessin, mettait au point certains détails du pont. Elle apportait, de la part de sa marraine, un cake aux fruits cuit par Ma Mae, le cordon-bleu de Buena Vista. Charles convia la visiteuse à prendre un rafraîchissement sur la minuscule galerie de son logis et, après quelques banalités, se prit à l'interroger sur ses années d'études dans le New Jersey.

Ounca Lou commentait, et parfois critiquait avec humour, les mœurs des étudiantes américaines, ses compagnes du Rutgers College de Camden, toutes issues de la meilleure société. Comme ces jeunes personnes fortunées, elle avait appris à parler et écrire un anglais correct ; elle avait pratiqué la musique, le dessin, les travaux d'aiguille ; elle savait la façon de tourner une lettre et connaissait plusieurs langues. L'italien, parce que la mode était, chez les enrichis du suif et de la quincaillerie, à la visite des ruines romaines, un peu d'allemand, et le français, qu'elle parlait avec un léger accent anglo-créole qui en rendait la prononciation plus musicale, un peu précieuse.

– Pourquoi le français ? demanda Charles.

– Pour être partout comprise, répondit-elle le plus sérieusement du monde.

Cette instruction très coûteuse, au dire de lady Lamia, avait été complétée par une éducation mondaine appropriée. Ounca Lou savait entrer gracieusement dans un salon, s'asseoir sans prendre un siège d'assaut comme s'il était convoité par une autre personne, le quitter sans donner l'impression que le feu prenait à sa robe, danser le quadrille sans raideur ni trémoussements, « surtout sans agiter les bras comme un ange ses ailes », précisa-t-elle.

– Vous êtes donc une jeune fille accomplie et formée comme les héritières convoitées des chemins de fer ou de la banque, prête, en somme, pour un riche mariage, risqua Charles.

Cette réflexion rendit d'abord Ounca Lou pensive, puis, après avoir fixé un instant le vide lumineux de l'océan, elle se tourna, les narines frémissantes, vers son hôte.

– Pourquoi parlez-vous ainsi ? Vous savez que je ne suis pas une riche héritière, monsieur, dit-elle soudain, comme offensée.

– Je... Je ne comprends pas, balbutia Desteyrac, conscient d'avoir commis un impair.

– Ne cherchez pas à ménager mon amour-propre en feignant d'ignorer ce que tout le monde sait. Oui, je suis une fille naturelle de lord Simon, et il y en a d'autres dans l'archipel. Cela, vous l'avez appris, bien sûr, par votre ami Mark Tilloy, le beau lieutenant qui se croit autorisé à scruter, longue-vue en main, mon bain quotidien.

– Sacré Mark ! Avouez qu'il est excusable... Sur terre ou dans l'eau, vous êtes agréable à regarder comme une œuvre d'art. C'est la rançon de la beauté, ne put s'empêcher de lâcher Charles, espérant détendre l'atmosphère.

– Et comment donc, monsieur ! Si j'étais ce que vous appelez une riche héritière, je serais pourvue d'un nom autre que celui d'Ounca Lou de Buena Vista, qui ne figure sur aucun état civil, parce que fabriqué par la femme qui m'a élevée pour m'assurer une existence tranquille. Si j'étais une riche héritière, ayant un père et une mère comme tout le monde, ni M. Tilloy, ni l'honorable Malcolm Murray, ni l'écrivain de marine Michael Hocker ne feraient preuve d'autant de sans-gêne pour m'aborder, la bouche en cœur, quand je vais faire des courses au village des artisans, ou quand je livre nos éponges au port oriental, dit-elle, le regard flamboyant.

– Je suis confus, croyez-le bien, d'avoir inconsidérément parlé de riche héritière, dit Desteyrac d'un ton calme, sans ajouter d'excuses.

– Oui, vous êtes confus, vous êtes confus, c'est peut-être bien la seule chose qui vous différencie encore des autres ! pesta la jeune fille.

Elle quitta brusquement son siège pour se diriger vers sa barque, au sec sur le sable. Charles se leva et la suivit.

– Contrairement à ce que vous semblez croire, j'ignore tout de votre vie. Si, dès notre première rencontre, ici même, quand vous avez failli vous noyer sous nos yeux, Mark Tilloy m'a révélé, sous le sceau du secret, que vous êtes fille de lord Simon, je n'en ai pas appris davantage depuis lors et n'ai pas tenté d'en savoir plus. Dois-je ajouter que le genre de relations, pour moi agréables, que nous entretenons depuis quelque temps n'exige ni présentation d'un certificat d'état civil, ni confidences exhaustives. Je prends les gens, femmes ou hommes, tels qu'ils m'apparaissent, sans me soucier de leur naissance, de leur fortune, ni même de ce qu'ils peuvent penser de moi. Vous êtes la fille adoptive de lady Lamia, femme admirable que j'estime beaucoup, ça me suffit et m'a conduit à vous considérer avec sympathie et respect. Je sais maintenant de vous ce que vous venez de m'en dire. Très bien, mais vous auriez pu vous épargner cet aveu, qui ne modifie en rien ma façon de voir. Transmettez mes remerciements à votre marraine et mes félicitations à sa cuisinière, conclut Charles en aidant Ounca Lou, dont c'était le tour d'être confuse, à mettre sa barque à l'eau.

Sans se retourner, il regagna sa planche à dessin et, d'un crayon rageur, produisit en quelques traits de mémoire, un portrait de celle qui, hissant la voile latine de sa petite embarcation, rentrait, des larmes de dépit plein les yeux, à Buena Vista.

Quelques jours après cette entrevue, dont il avait espéré mieux, Charles, qui venait de passer la journée sur l'îlot pour surveiller les travaux de terrassement, fut, comme souvent, convié à dîner par lady Lamia. Il constata l'absence d'Ounca Lou.

– Ma filleule a été enlevée par votre ami Tilloy. Elle accompagne notre livraison d'éponges à Nassau. Ce petit voyage de quelques jours sera pour elle une distraction, car je crains qu'ici elle ne s'ennuie sans oser le dire, révéla Lamia.

Charles savait que Tilloy se rendait, chaque mois, sur l'île capitale New Providence pour livrer les éponges de Buena Vista, les carapaces de tortues, l'écorce de cascarille et les noix de coco récoltées sur Soledad. N'ayant pas mis les pieds depuis plus d'une semaine au Loyalists Club, il n'avait pas revu le lieutenant. Il ne pourrait donc reprocher à Mark de lui avoir caché que la filleule de lady Lamia était du prochain voyage à Nassau. Le lieutenant n'en aurait pas fait mystère, n'eût été que pour signifier à Charles qu'il avançait dans la conquête de la belle qui avait enflammé ses sens. Tilloy considérait qu'Ounca Lou, du fait de sa bâtardise, devait se sentir flattée d'être courtisée par un officier de marine britannique sans préjugés. Dissimulant sa vague irritation, Desteyrac, étonné que la jeune fille eût accepté de naviguer avec un garçon duquel le sans-gêne semblait l'offusquer, changea de sujet de conversation.

– Savez-vous que Malcolm Murray est en train de dresser les plans d'un hôpital qui sera le plus moderne de l'archipel ? Lord Simon est aux anges et ouvre largement sa bourse. Quand je me rendrai à Pittsburgh pour lancer la fabrication de notre pont, Malcolm sera du voyage jusqu'à New York. Il devra, avec un médecin, acheter des instruments de chirurgie pour équiper ce nouveau lazaret.

– Je sais. Malcolm est venu me voir, car le médecin de la colonie blanche, Albert Weston Clarke, critique sans arrêt le projet de Murray, que Simon a eu tort de montrer avant qu'il ne soit achevé. Pour avoir soigné des altesses à la cour de Saint James, Weston Clarke se prend pour une réincarnation d'Hippocrate. Il veut tout régenter et exige d'être le seul praticien du futur hôpital. C'est lui qui décidera de l'équipement et de l'embauche des infirmiers. Je trouve cela inconvenant. Si vous avez quelque influence sur mon frère, qui, je le sais, vous tient en haute estime, surtout depuis que vous lui avez permis, m'a-t-on dit, de situer la cachette de son Graal de pacotille, essayez de lui faire admettre que David Kermor est plus apte que Clarke à diriger son hôpital. Uncle Dave a le diagnostic sûr, une grande expérience des maladies répandues dans l'archipel et parmi les marins. C'est aussi un cœur généreux, qui connaît beaucoup mieux que Clarke nos Indiens, nos nègres, nos mulâtres et nos métis. Weston Clarke est un docteur mondain, devenu, pour des raisons que vous apprendrez bien un jour, médecin dans les colonies de la Couronne ; il tient encore pour sauvage tout ce qui n'est pas né en Angleterre. Il n'a jamais accepté, par exemple, de soigner les indigènes, même ceux, pêcheurs indépendants, commerçants ou artisans, qui ont de quoi payer les honoraires exorbitants qu'il extorque à ses patients du Cornfieldshire. D'ailleurs, si vous êtes un jour souffrant, allez plutôt consulter Kermor que Clarke, conclut Lamia.

– Je connais à peine le docteur Weston Clarke. En revanche, j'ai une grande sympathie pour Uncle Dave, avec qui j'ai noué une relation amicale. Je m'efforcerai d'amener votre frère à partager vos vues et celles de Murray. Il faut que cet hôpital, comme notre pont, soit une réussite, dit Charles.

Ce soir-là, lady Lamia tint à accompagner l'ingénieur jusqu'à la nacelle du va-et-vient qui le porterait de l'autre côté du cañon. Le crépuscule nimbait de mauve un océan paisible. Sous la caresse de l'alizé, les palmes des cocotiers, tels les bras de danseuses orientales, ondulaient, lascives. Face au soleil couchant, les oiseaux de mer se bécotaient sur les rochers ; la fraîcheur du soir sublimait le parfum composite de l'île ; le ressac, berceuse monotone, promettait le sommeil à toutes les créatures vivantes.

– C'est l'île heureuse des contes de fées, murmura Charles.

– Je souhaite que vous vous y plaisiez, le temps de construire votre pont. Après, vous retournerez à la civilisation et bâtirez d'autres ponts dans d'autres pays, répondit Lamia, rêveuse.

– Du train où vont les choses, j'ai plus d'une année de travail. Je croyais les Américains prompts à la décision et rapides dans l'exécution. Or, il n'en est rien. J'en suis encore à attendre une réponse des ingénieurs de Pittsburgh, et lord Simon s'impatiente. Je n'ai toujours pas reçu les câbles d'acier que j'ai commandés pour remplacer les cordages du va-et-vient. Et puis, une fois le pont en service, votre frère souhaite prolonger mon contrat. Mais mon acceptation dépendra des circonstances et des travaux envisagés. Il voudrait que j'améliore le réseau routier. Il pense même à un chemin de fer qui relierait le nord au sud de l'île.

Fish Lady réagit vivement.

– Pouah ! La peste soit des locomotives et de ceux qui les fabriquent ! Vous imaginez notre ciel souillé par les fumées noires des machines, et le parfum de nos fleurs supplanté par celui du charbon ou du bois brûlé ! Non, je vous en prie, détournez mon frère de cette idée de chemin de fer, fit-elle, suppliante, en lui prenant le bras.

– Rassurez-vous. Je ne construis que des ponts et des routes, pas des chemins de fer. Les trains n'ont pas leur place dans un conte de fées, n'est-ce pas ? ajouta-t-il gaiement.

– Dans les contes de fées, il y a toujours une ingénue, un prince charmant et une sorcière. En attendant le retour de l'ingénue, à qui vous avez fait forte impression et qui ne sait comment se faire pardonner certaine réaction d'amour-propre, souvenez-vous que la sorcière de Buena Vista est votre amie, dit-elle en le quittant.

– N'y a-t-il pas, dans chaque sorcière, une ingénue désenchantée ? lança Charles avant de sauter dans la benne.

Mais l'alizé s'empara de ces mots et les dispersa sur l'océan, privant Fish Lady d'une friandise dont elle avait sans doute oublié le goût.

Après quelques jours passés au bord de Pink Bay, dans son habitation rustique, Desteyrac regagna son confortable bungalow du Cornfieldshire. Il eut plusieurs entrevues avec le major Carver et lord Simon, qui décida de relancer d'une façon péremptoire ses associés des ateliers de Pittsburgh afin que l'on accélérât l'expédition du devis attendu.

– Nous aurions dû commander votre pont à Leeds. Nous autres Anglais ne laissons pas traîner les affaires comme ces Américains qui veulent tout entreprendre à la fois. Je sais que les gens de Keystone Bridges Works ont accepté d'énormes demandes de rails pour le chemin de fer de l'Ouest, mais ce n'est pas raison suffisante pour négliger la commande d'un de leurs principaux actionnaires.

Heureux de trouver un allié écouté de son oncle, Malcolm Murray obtint, avec l'aide de Charles, que le docteur Albert Weston Clarke partageât avec son confrère, David Kermor, la direction du futur hôpital. Ce dernier comprendrait une salle réservée aux insulaires blancs, sous l'autorité de Clarke ; une autre, confiée à Uncle Dave, accueillerait les marins de la flotte Cornfield et les indigènes qui, en dépit de cette ségrégation imposée par les mœurs coloniales, devraient bénéficier des mêmes soins que les Anglo-Saxons.

– Et puis, si ça ne fonctionne pas bien, je ferai venir d'Angleterre un médecin en renom que me recommandera González et qui acceptera de s'exiler un an ou deux, si je le paie cher. Cela mettra nos deux médicastres d'accord ! conclut Simon Leonard, agacé par ces rivalités subalternes.

Ces propos, commentés par Charles, Malcolm et Edward Carver lors d'une soirée au Loyalists Club, eurent un effet salutaire. Les deux médecins adoptèrent sans plus tergiverser les décisions prises sans leur avis à Cornfield Manor. David Kermor, informé par lady Lamia de l'engagement de Desteyrac au côté de l'architecte Murray, offrit à ses amis un dîner auquel le docteur Albert Weston Clarke et son épouse, ainsi que les Russell, acceptèrent de participer. Tous savaient que le maître de l'île entendait que chacun se tînt à la place par lui assignée.

– Maintenant, je suis certain que nos praticiens, dont il ne faut pas totalement négliger les suggestions en matière de distribution des locaux de soins dans votre hôpital, se montreront plus conciliants, dit Charles à Malcolm.

En peu de temps, depuis le duel de Pirates Tower et le soutien viril du Français, le jeune architecte avait mûri. Il mettait dans son travail autant de passion que d'application, et son amitié pour l'ingénieur s'était affirmée. Le neveu du lord avait renoncé à l'arrogance aristocratique qui avait si fort indisposé Charles à son égard lors de leurs premiers contacts.

– Je vous dois, Charles, d'avoir retrouvé le goût de vivre et d'agir, l'envie d'être utile, de pratiquer mon art. Voyez-vous, j'en oublie ma boiterie, et je dirais même que je la domine de telle façon qu'elle peut passer inaperçue quand je rencontre la superbe Ounca Lou, que vous et Tilloy avez repêchée un jour de tempête.

– Savez-vous que notre fringant lieutenant a emmené la belle à Nassau avec la bénédiction de sa marraine ? confia Charles, taquin.

– Je sais Mark très entiché de cette demoiselle, mais je doute qu'il arrive à ses fins. Cette fille a du sang Cornfield et sa mère, descendante des premiers pionniers d'Eleuthera, lui a légué une volonté de fer. De plus, Ounca Lou est instruite et futée. À mon avis, elle n'ôtera sa chemise que la bague au doigt, car elle doit, étant de naissance illégitime, se faire une position. Très peu pour moi ! C'est pourquoi je laisse la place à notre cher Tilloy, qui a pour concurrent actif Michael Hocker, l'écrivain du *Phoenix*. Sous des dehors timides, ce garçon est un casse-cœur aussi redoutable que Lovelace, le héros de Richardson, dit Murray.

– La compétition va donc devenir amusante, convint Charles.

– Et stupide, car on a ici toutes les filles qu'on veut, si l'on sait s'y prendre, et les parents ne font jamais d'histoires. Il suffit de traiter gentiment ces petites, car elles sont sentimentales comme des juments. En revanche, il ne faut pas toucher aux femmes mariées. Le Christ ne viendra pas à Soledad sauver la femme adultère. On m'a raconté d'affreuses histoires d'épouses infidèles, exécutées par des maris trompés. Un gentleman, Charles, ne peut donc prendre le risque d'envoyer une femme, peut-être mère de famille, à la mort. Si vous le vouliez, je pourrais vous présenter des poulettes tout à fait désirables et sans manières, conclut Malcolm Murray, serviable.

Trois jours plus tard, rentrant chez lui, Charles trouva, assise sur les marches de la galerie, une jeune Indienne au teint clair. Vêtue d'une courte tunique blanche, les cheveux gerbés tel un casoar sur le sommet de la tête, la visiteuse inattendue lui parut fort jolie. Elle se leva à l'approche de l'ingénieur, inclina la tête et le salua d'un gracieux « *good evening, Sir* », dans cet anglais colonial teinté d'accent créole que la femme du pasteur enseignait depuis un quart de siècle aux jeunes filles de la meilleure société indigène.

– Que veux-tu ? demanda l'ingénieur.

– Vous tenir compagnie, sir, dit-elle humblement.

Desteyrac savait que l'île comptait quelques prostituées, des mulâtresses ou des octavonnes pour la plupart, fort discrètes et cantonnées dans le Sud, près du village des pêcheurs d'éponges. Les marins célibataires de la flotte Cornfield ou les matelots de passage étaient leurs seuls clients, avec les jeunes Blancs, fils de colons d'Eleuthera et de Cat Island, les îles les plus proches. Ces garçons de familles puritaines, tourmentés par le désir, n'hésitaient pas à faire plusieurs heures de navigation pour connaître l'étreinte de femmes qui remplissaient avec application, gentillesse – et l'autorisation du maître de l'île – une sorte de mission sociale. Les Lucayens, Indiens, métis ou Noirs trouvaient ailleurs de quoi satisfaire gratuitement leurs appétits.

Charles, interloqué, considéra la jeune fille silencieuse qui, les yeux baissés, lui faisait face dans cette pénombre crépusculaire qui fluidifie tous les contours, charme des soirées bahamiennes. « S'il s'agit d'une prostituée, elle ne manque pas d'audace », se dit-il. Connaissant un peu les femmes arawak, renommées dans tout l'archipel pour leur beauté, leur douceur et leur fidélité, il constata que l'intruse, frêle et timide, au regard craintif, possédait port élégant et distinction naturelle.

– Je n'ai pas besoin de compagnie, mais c'est aimable à toi d'avoir pensé à moi. Tu peux rentrer chez toi, dit Desteyrac, courtois.

La demoiselle parut contrariée par ce congé. Elle inclina la tête, confuse.

– *Sorry, Sir*, finit-elle par articuler d'une voix étranglée en descendant les trois marches de la galerie.

– Attends un instant. Qui t'a envoyée ?

– Mossu Poko, l'hindou de sir Carver. Il m'a dit que son maître, il veut qu'une jeune fille vienne chez vous, parce que vous êtes seul. Alors, il m'a choisie. Il connaît mon père, le cordonnier.

– Le major Carver ! s'exclama Charles.

Les bruits de voix firent apparaître Timbo. Comme à son habitude, le jeune Arawak, guetteur attentif, s'était jusque-là tenu immobile dans l'ombre de la galerie.

– Dis-moi, sais-tu pourquoi cette demoiselle est là, et qui l'a envoyée ? demanda Desteyrac.

D'un mouvement de tête, le domestique signifia à la visiteuse d'approcher, lui dit une phrase en dialecte, puis l'invita à s'éloigner un peu tandis qu'il venait vers Charles.

– Mossu l'Ingénieu' est jeune et puissant. Il a besoin

de femme, n'est-ce pas ? Majo' Ca'ver a pensé à belle jeune fille pour fai'e plaisi' la nuit.

– Non, vraiment ! J'ai peu de goût pour les prostituées, Timbo, dit Charles, plus amusé qu'offensé.

– C'est pas p'ostituée, mossu ! C'est jeune fille de bonne famille a'awak, bien éduquée, fille qu'a pas connu l'homme, mossu. Elle sait anglais et espagnol. Elle a app'is à l'école, répliqua Timbo, indigné qu'on eût pris une femme de sa race pour une prostituée.

– Une vierge ! Que veux-tu que je fasse d'une vierge ? Je n'ai pas pour habitude de déflorer les demoiselles, même de bonne famille ! protesta Charles en riant.

Pendant cet échange, l'intéressée, figée à quelques pas, le visage caché dans les mains, offrait le parfait spectacle de la désolation. Charles la trouva pitoyable.

– Chez nous, les Taino de la t'ibu des A'awak, nos ancêt'es ont vu les p'emiers les Blancs de l'Espagne, venus avec C'istofo Colombo sur not'e île Guanahani. Faut savoi' qu'une fille peut pas ma'ier un ga'çon si elle a pas connu l'homme, et que l'homme a pas dit qu'il a été contenté. C'est le p'emier homme qui peut di'e si elle fe'a bonne épouse. Pe'sonne veut ma'ier fille vie'ge, expliqua Timbo.

– Chez nous, vois-tu, Timbo, c'est plutôt le contraire ! s'exclama Charles.

– Chez les Taino des A'awak, c'est honneu' pou' jeune fille de connaît'e ét'anger blanc, fo't et gentil. Ap'ès, elle peut ma'ier bien. On est content, le bon Dieu et les zemis aussi, assura Timbo avec sérieux.

– Le bon Dieu sera peut-être content, tes esprits tutélaires aussi, mais pas Monsieur le Pasteur. Car cette jeune fille a dû être baptisée, puisqu'elle a fréquenté l'école de la femme du pasteur.

– Sû', mais Mossu Pasteu' sait que c'est comme ça chez les Taino des A'awak depuis toujou's. Alors, il ma'ie sans demander 'ien. Comme majo' Ca'ver, il dit : « C'est vieille coutume, faut 'especter », affirma le jeune homme.

Charles demeura un instant pensif. Depuis son départ de Paris, il n'avait pas eu la moindre occasion de « contenter la bête », comme disait son ami Fouquet. Jusqu'à ces derniers jours, il n'avait même pas pensé aux femmes, malgré des manifestations oniriques qui, certaines nuits, lui rappelaient sa virile animalité.

– Bon. Remercie cette demoiselle, Timbo, mais dis-lui d'aller se faire déflorer ailleurs. Un homme de sa tribu fera bien l'affaire, non ?

Timbo prit un air consterné.

– Si Mossu l'Ingénieu' il 'envoie la jeune fille, g'and malheu' pou' elle. On di'a qu'elle peut pas plai'e, même à l'homme sans femme. On di'a qu'elle a p'têt' mauvaise odeu', qu'elle est pas p'op'e du co'ps, ou qu'elle est pas obéissante. On la moque'a. Elle t'ouve'a pas bon ma'i, déclara Timbo, sincèrement ennuyé.

– En somme, je devrais la violer pour la préparer au mariage ? Drôle de religion que la tienne, Timbo !

– Je comp'ends bien qu'elle plaît pas à Mossu l'Ingénieu', soupira le jeune homme.

Charles, plus déconcerté que scandalisé par cette étrange coutume indienne, se tourna vers la jeune fille. De grosses larmes roulaient sur ses joues et se perdaient à la commissure des lèvres.

– Je la trouve très plaisante, au contraire, mais

j'aurais scrupule à profiter d'une pratique qui n'appartient qu'aux gens de ta tribu, Timbo. Tu comprends ça ?

– Faut p'ofiter tous les deux ensemble, vous et elle, répliqua l'Arawak avec un large sourire.

À la perspective de mettre dans son lit cette fragile créature, Charles, sevré de plaisir depuis plusieurs mois, sentit sa résolution première fléchir. Murray ne lui avait-il pas dit avoir passé quelques chaudes nuits avec une Indienne ?

– Bon, dis-lui que je voudrais parler de tout ça avec elle, ordonna-t-il à Timbo.

– Elle sait bien 'aconter des histoi'es d'aut'efois, mossu.

– Mais pour... le reste ? s'enquit Charles.

– Pou' le plaisi', elle sait tout ce qu'il faut fai'e à l'homme. Ses amies ma'iées, sa mè'e et ses sœu's, lui ont dit. Facile pou' Mossu, et Timbo t'ès content si peut di'e la jeune fille a bien plu à Mossu l'Ingénieu'.

Charles, près de se rendre, renonça à s'adresser directement à la demoiselle et décida de temporiser.

– Dis-lui que, ce soir, j'ai du travail, que je suis fatigué. Demain, je retourne à Sharks Bay où les terrassiers m'attendent. Quand je reviendrai, dans quelques jours, je t'enverrai la chercher. Si elle est toujours décidée, nous verrons, consentit Desteyrac.

Timbo transmit le message, que la jeune fille reçut avec une évidente satisfaction. Elle approcha et s'inclina profondément dans la direction du Français. La lune éclairant maintenant le décor, Charles remarqua le regard velouté, plein de douce reconnaissance, les lèvres épanouies dans un large sourire et, par la béance de la tunique, l'insolence de petits seins ronds et fermes.

– Comment s'appelle-t-elle ? demanda-t-il à Timbo dès que la visiteuse se fut éloignée.

– Wyanie. C'est la fille du co'donnier. Elle est bien contente veni' une aut'e fois, précisa Timbo, ravi que tout puisse s'arranger.

Desteyrac expédia rapidement son repas de beignets de conques et de fruits. La dernière bouchée avalée, il se rendit chez Edward Carver, qu'il était sûr, à cette heure-là, de trouver sur la galerie, en train de fumer le cigare en suivant du regard le vol des chauves-souris.

– Je ne m'attendais plus à vous voir ce soir, dit le major en offrant un siège au visiteur.

– Figurez-vous qu'il m'échoit une curieuse – encore qu'elle puisse être agréable – mission. Mais peut-être êtes-vous au courant ? dit aussitôt Charles.

– Vraiment ? Une mission ? répliqua le major avec flegme, mais le regard rieur.

Le récit que fit l'ingénieur de la visite de Wyanie, la fille du cordonnier, ne pouvait étonner sir Edward.

– Il est exact, cher ami, que c'est Poko qui l'a envoyée chez vous, à ma demande, après une conversation que j'ai eue hier avec votre ami Murray, reconnut sans gêne Carver.

– Comprenez que votre sollicitude et celle de Malcolm, en un tel domaine, me paraissent un peu... comment dirais-je, osées, indiscrètes, pour ne pas dire... scabreuses ! déclara Charles sur un ton badin.

Il ne voulait pas donner au major le sentiment qu'il prenait son initiative pour offense, encore moins qu'il opposait à celle-ci un conformisme puritain.

– Allons, allons, un gaillard de votre trempe ne peut

pas, ne doit pas rester trop longtemps sans femme ! Certains appétits humains s'atténuent avec l'âge, j'en sais quelque chose. Mais vous êtes jeune, et...

– Certes, mais cette façon qu'ont les Taino des Arawak de faire déflorer leurs filles par le premier venu me trouble. Même si, après tout, je suis prêt à sacrifier au rite, dit Charles, égayé par les propos de sir Edward.

– Vous n'êtes pas le premier venu, cher ami. Pour les Taino, les plus purs de nos Indiens, venus d'Amérique centrale se réfugier au IXe siècle dans l'archipel, vous êtes un personnage considérable. Bel homme, venu d'au-delà des mers, instruit, bâtisseur de ponts, vous jouissez de la considération de lord Simon et de celle de votre serviteur. On sait aussi que lady Lamia chante vos louanges. Croyez bien que la famille de Wyanie, que j'ai connue petite fille, appréciera votre... collaboration, expliqua Carver, malicieux.

– Cette coutume est d'un autre âge, et j'avoue qu'il me gêne d'en user. Je me mets à la place de la jeune fille qu'on oblige à offrir sa virginité à un étranger. Elle doit être affreusement humiliée, observa Charles.

– L'humiliation ne pourrait venir que de votre refus, Charles. Vous n'êtes ni à Londres, ni à Paris, ni à Boston. Si, à Soledad, comme sur d'autres îles, l'adultère est puni, chez les Taino des Arawak la virginité d'une fille, passé quinze ans, est considérée comme une tare. À seize ans, une vierge ne trouve plus de prétendants. Ou seulement un veuf chargé d'enfants. Si elle ne quitte pas l'île pour aller ailleurs s'embaucher comme servante, elle restera avec ses parents qui devront l'entretenir jusqu'à leur mort. Elle sera le souffre-douleur de ses sœurs et la risée des garçons. Elle ne pourra même plus assister au *goombay*, la fête des Lucayens au cours de laquelle garçons et filles dansent et chantent en se trémoussant, avec une immodestie provocante, au son des tambours en peau de chèvre, des scies et de l'accordéon offert par lord Simon. Je conçois vos scrupules, mais faites-les taire, comme, j'imagine, votre ami Murray a su le faire, d'après ce qu'il m'a lui-même rapporté. Et puis, sachez que les parents préfèrent voir leur fille déflorée par un étranger, à qui elle ne s'attachera pas et qui ne s'attachera pas à elle, plutôt que par un indigène qui aura des exigences, précisa le major.

– Curieuse coutume ! Et si je prenais goût à cette Wyanie ? osa Charles.

– Pas de ça, mon ami. Vous ne la reverrez pas avant qu'elle soit mariée. Et alors, attention ! Si vous entreteniez une relation avec une femme mariée, celle-ci risquerait sa vie.

– Malcolm m'a déjà mis en garde. Je sais que les Arawak ne plaisantent pas avec la fidélité conjugale, dit l'ingénieur.

– J'ai connu au moins deux épouses adultères qui ont péri noyées dans Lusca Hole, le trou du monstre, indiqua le major.

– J'ai remarqué que Timbo, lorsqu'il me conduit au sud de l'île, fait toujours un détour pour ne pas passer près de ce trou bleu. Il le dit différent des autres, mais il élude toutes mes questions.

– Son silence ne m'étonne pas. Ce trou bleu, un de ceux que nos Lucayens superstitieux évitent le plus d'approcher, est censé abriter Lusca, le plus redouté des monstres, dont le chef de famille logerait dans un grand trou bleu de l'île Andros. Lusca, que personne n'a jamais vu, tient à la fois de la pieuvre et du requin.

Si l'on trouble l'eau, il sort de son antre sous-marin, vous saisit avec ses multiples bras et vous entraîne dans les abysses pour vous dévorer. Quand un mouton ou un cochon meurt de maladie, les paysans vont le jeter dans Lusca Hole pour amadouer le monstre.

– Et ils y jettent aussi les épouses infidèles ! C'est un crime que lord Simon, détenteur, m'a-t-on dit, de haute et basse justice au nom du gouverneur de l'archipel, devrait punir, non ?

– Les gens d'ici s'entendent pour dire que ces malheureuses femmes sont tombées dans le trou accidentellement. Inutile de faire preuve d'une curiosité excessive, car aucun témoin ne se manifesterait. C'est une autre particularité insulaire, cher ami, que le respect des coutumes ancestrales. De la même façon qu'une Taino vierge ne peut trouver de mari, une femme adultère ne trouvera pas de défenseur. Ce que nos îliens nomment, dans leur anglais bizarre, *cornutation* – le fait, pour un mari, de porter des cornes, d'être cocu, diriez-vous à Paris – est un crime impardonnable. Lusca est donc fort utile pour combattre les instincts luxurieux des épouses légères ou insatisfaites, et faire tenir tranquilles les enfants turbulents.

– Un cruel père Fouettard, ce Lusca, dont rien, heureusement, n'atteste l'existence ! souligna Charles.

– Ce qui accrédite cette légende et l'appétit féroce de Lusca est le fait que l'on trouve parfois, sur la plage, les ossements des animaux qui lui ont été offerts, et même des débris de squelettes humains. Car, comme vous le savez, les trous bleus communiquent avec l'océan par des galeries souterraines. On a cent fois constaté, très scientifiquement, que les marées et les courants entraînent les objets jetés dans les trous bleus et les rejettent sur le rivage. Il n'y a donc nul mystère dans tout ça.

Comme Desteyrac se taisait, Edward Carver appela Poko, fit apporter une bouteille de porto, emplit les verres et reprit la parole.

– Pour les Lucayens, tous les trous bleus sont à éviter, et vous n'y feriez pas plonger un Indien ou un nègre pour tout l'or du monde. D'où la stupeur que répandirent les scaphandriers, dit Carver.

– Je sais. Timbo affirme que celui qui descendra dans la fuente del Ángel, que doivent explorer, dès leur retour, Bartley et Malory, ne reverra jamais le soleil, précisa Charles.

– Il arrive aussi que les habitants des trous bleus servent d'alibi. Ainsi, Dolphin Hole, résidence, dit-on, d'un séduisant dauphin. On dit qu'il s'empara, un matin, d'une jeune fille venue laver son linge dans l'eau douce, à la surface du trou bleu. Le soir, on ne retrouva que son seau et sa planche à laver sur la berge. Plusieurs mois passèrent et la jeune fille reparut, avec une rondeur du ventre qui ne laissait aucun doute sur son état. Elle dit être enceinte des œuvres du dauphin, avec qui elle assurait avoir vécu, comme envoûtée, une folle passion dans une grotte sous-marine ! Au jour de l'accouchement, toute l'île était en émoi. Uncle Dave, alors jeune médecin, ne savait que penser. Le cacique de l'époque, le père de celui que vous connaissez, disait que les sirènes naissent d'une femme et d'un grand animal marin. On s'attendait donc à voir notre fille séduite mettre au monde un enfant mi-fille, mi-dauphin. Or, ce fut à un beau petit garçon, au teint clair et aux cheveux blonds, qu'elle donna le jour ! On prit cela comme preuve de la mansuétude des zemis à l'égard d'une vierge séduite par le dauphin !

– Après tout, nous avions déjà Léda et le Cygne, Europe et le Taureau... Pourquoi refuser au dauphin ce qu'on accorde à l'oiseau et au bœuf ? Jupiter a pu se faire dauphin à Soledad..., commenta Charles en riant.

– On raconte encore que le dauphin, désespéré d'avoir perdu sa compagne, sort la nuit de son trou bleu pour l'appeler, ajouta Carver, faussement sérieux.

– La Belle et la Bête version bahamienne ! plaisanta Charles.

– Là encore, nul mystère, hélas ! La jeune fille finit par avouer ce que nous avions compris depuis longtemps. Elle reconnut avoir fait une fugue avec son amant, un Blanc marié, qu'elle refusa de nommer. Connaissant la crédulité de ses parents et toutes les légendes des trous bleus, elle s'était cachée un temps sur Cat Island, avec la complicité de son séducteur, après avoir imaginé cette fable pour dissimuler sa faute.

– La vérité est encore plus romanesque que la légende, observa Desteyrac.

– Ne le répétez pas, mais le bruit courut à l'époque, dans l'archipel, que le séducteur était un Cornfield ! confia le major, hilare.

– À ce propos, je dois vous dire que miss Ounca Lou m'a confirmé qu'elle est bien fille naturelle de lord Simon. C'est une jeune fille charmante, intelligente, instruite. Pourquoi diable, lui qui est veuf et libre, ne la reconnaît-il pas ? Si ma question est indiscrète, n'y répondez pas..., ajouta Charles.

– Cher ami, quand, il y a plus d'un an, vous êtes arrivé sur cette île, nous ne savions pas, Simon Leonard et moi, à qui nous aurions affaire. Aujourd'hui, nous vous connaissons. Vous avez notre confiance et notre estime. Disons que, maintenant, vous faites partie des intimes avec qui nous pouvons tout partager. Comprenez déjà qu'Ottilia, fille légitime, ne peut avoir une demi-sœur de hasard. Voyez-vous, cette Ounca Lou n'aurait jamais été choyée comme elle le fut, puis envoyée à New York dans un excellent collège, si une jeune fille de bonne famille éleuthérienne n'avait avoué à lady Lamia attendre un enfant de lord Simon Cornfield. Après la naissance, la mère succomba à une fièvre puerpérale. Avec la droiture, la générosité et la fermeté de caractère que vous lui connaissez, Lamia vint trouver Simon Leonard et le plaça devant ce qu'elle nomma ses responsabilités. Comme il fallait s'y attendre de la part d'un Cornfield, Simon dit qu'il entendait tout ignorer d'un nouveau-né dont il n'aurait pu épouser la mère, une femme avec qui il avait passé quelques nuits, lors d'un séjour à Eleuthera, et qui avait sans doute eu d'autres amants. Il autorisa cependant sa sœur, célibataire et sans enfant, à « jouer à la poupée ». Ce furent ses propres termes. Et quand, plus tard, Lamia tint à lui montrer la fillette qui devait avoir quatre ou cinq ans, il dit : « Elle est très mignonne », et tourna les talons. Il n'a jamais revu Ounca Lou, révéla le major.

– Quelle désinvolture ! Quelle dureté ! ne put s'empêcher de commenter Desteyrac.

– La réaction de mon ami Simon Leonard a de quoi surprendre, peut-être même scandaliser un homme de votre éducation. Mais, Charles, tant pour l'offre que vous a faite tout à fait naïvement, j'allais dire pudiquement, la petite Wyanie de sa virginité, que pour le traitement que subissent ici les femmes infidèles, et pour les flacons de rhum contenant des araignées mortes que nos Arawak suspendent aux arbres pour conjurer le mauvais sort, rappelez-vous encore une fois que vous n'êtes plus ni à Paris, ni à Londres, ni à New York. Ici, les enfants naturels se comptent par douzaines et personne ne se soucie d'en rechercher le père. Permettez-moi d'être cynique : je ne suis pas certain qu'Ounca Lou ait eu de la chance d'être élevée par Lamia et instruite comme une demoiselle de bonne famille, telle une enfant légitime. C'est maintenant que risquent de commencer pour elle les épreuves humiliantes, suggéra Carver.

– Un mariage pourrait tout arranger, non ?

– Telle que je connais Lamia, elle va certainement y penser un de ces jours, conclut le major.

Lors de ses séjours dans le sud de l'île, Charles Desteyrac, en ses moments de loisir, se plaisait à observer, de la rive, le travail des pêcheurs d'éponges. Venus de Buena Vista, ils plongeaient souvent dans Pink Bay, au rivage déshabité, où Ounca Lou avait pris l'habitude de se baigner.

À bonne distance de la côte, ces hommes, athlètes trapus à la cage thoracique développée par une capacité respiratoire hors du commun, se livraient à l'ancestrale activité des Lucayens. Charles voyait celle-ci plus proche de la cueillette que de la pêche. Muni d'un seau, dont le fond avait été remplacé par une vitre, chaque Arawak tentait d'abord de repérer les éponges accrochées aux rochers immergés. Une fois assuré de ne pas revenir bredouille, il jetait son seau dans la barque. Nu, ne portant qu'un minuscule pagne, il s'immergeait dans les vagues, suspendu par une corde nouée autour des reins qu'un îlien plus âgé, devenu inapte à la plongée, laissait filer, guettant la brève traction, signal du pêcheur qui voulait remonter à la surface. De temps à autre, un plongeur réapparaissait, lançait dans le bateau un petit filet chargé des éponges qu'il venait de cueillir par dix ou vingt mètres de fond, et plongeait à nouveau.

Un matin, assis sur un rocher qui dominait Pink Bay, Charles, la pipe à la bouche, s'amusait à estimer, montre en main, la durée d'immersion des plongeurs, quand il vit surgir, au milieu des barques indigènes, un voilier à bord duquel se tenaient lady Lamia et Ounca Lou. Quand la voile fut abattue, deux rameurs mirent les avirons à l'eau, tandis que Fish Lady et sa filleule se saisissaient de harpons aux pointes barbelées. Après un échange de propos avec les ramasseurs d'éponges, elles se tinrent prêtes à intervenir en cas d'apparition d'un requin.

C'est Lamia qui, la première, aperçut Charles. Elle lui adressa un signe de la main qu'imita aussitôt Ounca Lou. Il vit la jeune fille s'entretenir et rire avec sa marraine, puis sauter à l'eau pour nager résolument vers la plage dans sa direction. Quand, ayant pris pied, elle avança sur le sable jusqu'aux rochers où il était assis, Charles fut à même d'admirer l'allure de cette jeune femme dont les proportions rappelaient l'harmonie calculée de la statuaire grecque. Une chasuble de coton coupée à mi-cuisse, son seul vêtement, lui collait au corps, ne laissant rien ignorer de la rondeur des hanches, de la taille élancée, des seins libres dont les pointes tendaient l'étoffe mouillée.

– Il est écrit quelque part que vous m'apparaîtrez toujours sortant de l'onde ! lança gaiement l'ingénieur.

Il se leva, lui tendit la main pour l'aider à escalader le rocher. Elle s'assit près de lui, reprit son souffle et sourit.

– Il y a longtemps que je ne vous ai vu, dit-elle.

– À qui la faute ? Mais vous ne pouviez pas être à la fois en mer, à Nassau et à Buena Vista, n'est-ce pas ?

Elle perçut le ton ironique et lui posa une main humide sur le bras.

– Vous êtes fâché ?

– Non, je suis jaloux, répondit-il.

Le ton désinvolte indiquait que l'aveu ne devait pas être pris au sérieux. Comme elle se taisait, incertaine, il vint à son secours et désigna les pêcheurs.

– Ces hommes savent retenir longtemps leur respiration, dit-il.

– Très jeunes, ils s'entraînent à rester le plus longtemps possible sous l'eau. Mais ils s'usent les poumons et ne vivent pas vieux. Quand vous viendrez à Buena Vista, je vous conduirai chez les femmes de nos pêcheurs. Elles piétinent les éponges rapportées par leur mari et leurs fils afin d'en extraire la substance vivante de l'animal, le sable et les petits coquillages. Ainsi, l'éponge acquiert souplesse et blancheur, expliqua la jeune fille.

– Quand je me servais d'une éponge à Paris, je n'imaginais pas que des hommes risquaient leur santé, peut-être leur vie, à cause des requins et des barracudas, pour me fournir cet accessoire de toilette dont on ne sait exactement ce qu'il est, reconnut Charles.

– Pour les savants, l'éponge est un zoophyte marin,

j'ai appris ça au collège. Pour moi, c'est un bizarre animal, élastique et poreux, qui vit attaché aux rochers d'où nos pêcheurs vont le détacher. Ma marraine vous dira que nos fines éponges bahamiennes sont les meilleures et les plus prisées pour la toilette. Bien plus douces que les éponges de la Méditerranée et de l'Adriatique que pêchent les Grecs et les Arabes. Nous les portons chaque mois à Nassau, où se tient le marché aux éponges. C'est là que sont établis les cours. Elles sont achetées par les agents de la West Indian Produce Association, dont lord Simon Cornfield est administrateur. Dans les entrepôts de Nassau, des femmes habiles à manier les ciseaux donnent aux éponges une forme de boule après les avoir blanchies dans plusieurs bains d'eau additionnée de vinaigre. Chaque mois, des milliers d'éponges, serrées dans des sacs de toile, sont chargées sur les bateaux à destination de Liverpool. De là, elles sont transportées à Londres et livrées, après de nouveaux lavages dans une eau étendue d'acide sulfurique, aux négociants en gros. Plus tard, on les trouve chez les marchands au détail, à Paris, Londres ou Venise. Car nos éponges ne sont pas destinées, comme les éponges grossières, à bouchonner les chevaux ou à laver la vaisselle ! Elles sont faites pour caresser le corps des femmes, monsieur, conclut Ounca Lou avec un clin d'œil malicieux.

Toute fâcherie étant oubliée sans qu'il eût été nécessaire d'en rappeler l'origine, Charles convia Ounca Lou à l'accompagner jusqu'à la maison, qu'elle connaissait déjà, pour se rafraîchir.

– Je dois rejoindre le bateau de marraine pour rentrer à Buena Vista. Si je m'attarde après le départ des pêcheurs, il n'y aura personne pour me reconduire, observa-t-elle.

– Vous passerez par le va-et-vient. Je l'emprunte tous les jours. C'est sans danger.

Comme Lamia regardait de leur côté, Ounca Lou se dressa, lui fit signe d'approcher du rivage pour être à portée de voix. Le tirant d'eau du voilier obligea les rameurs à maintenir le bateau loin de la plage. Lady Lamia rejoignit le couple à la nage avec l'aisance de qui se déplace dans son élément naturel. Vêtue d'une courte jupette de peau de chèvre finement tannée, une étroite brassière bridant sa mince poitrine, elle se montra dans ce simple appareil aussi à l'aise que sa jeune filleule dans sa chasuble trempée. Charles observa cette femme longue et mince, hanches étroites et jambes fines ; elle offrait, à près de quarante ans, un corps de naïade propre encore à éveiller le désir. Elle pressa des deux mains sa chevelure afin d'en extraire l'eau, puis secoua vigoureusement la tête pour déployer son impressionnante toison grisonnante, et vint s'asseoir entre l'ingénieur et sa filleule.

Charles remarqua pour la première fois que les deux femmes se ressemblaient : même nez fin légèrement busqué, mêmes pommettes hautes, même bouche charnue, même regard passant en un éclair du velouté à l'adamantin. « Pas étonnant, se dit-il, toutes deux ont du sang Cornfield dans les veines ! »

– Je vous confie Ounca. Mais qu'elle traverse avant la nuit, dit Lamia quand la jeune fille eut exprimé le souhait de profiter de l'invitation de l'ingénieur.

Au moment de se remettre à l'eau pour rejoindre son bateau, Fish Lady se tourna vers Desteyrac.

– Vous ne vous baignez jamais ? Ounca connaît

toutes les criques abritées, elle vous accompagnera. C'est une nageuse émérite. Elle tient cela de ses ancêtres sauvages qui ne vivaient que de la mer, dit-elle en frictionnant d'un geste à la fois rude et tendre la tête de la jeune fille.

– Lady Lamia et vous me faites penser à ces amazones qui régnaient sur une île thessalienne et fuyaient le commerce des hommes, dit Charles quand Fish Lady eut regagné son voilier.

– Marraine et moi ne fuyons pas les hommes. Simplement, nous choisissons ceux dont le commerce nous est agréable, répliqua-t-elle en riant.

Dès lors, la conversation retrouva entre eux le charme des entretiens passés. Le tête-à-tête se prolongea sans qu'ils s'en rendissent compte jusqu'au moment où le soleil amorça sa glissade sur l'horizon. L'heure du dîner approchant, Timbo proposa une soupe à la tortue et des filets de mérou que Sima, le pêcheur, venait de livrer. Ounca Lou ne se fit pas prier et la table fut dressée.

– Ici, nous ne disposons ni d'argenterie ni de verres en cristal. Vous êtes dans un abri de chantier pour célibataire, s'excusa Charles.

– Qu'importe, monsieur, le site est agréable et je me sens bien. C'est l'heure la plus exquise dans nos îles et, depuis mon retour de New York, où l'on oublie trop souvent la nature, je ne m'en lasse pas.

– Au fait, comment s'est passé votre séjour à Nassau ? demanda Charles.

– Le mieux du monde. L'océan était calme et les deux traversées furent paisibles. À Nassau, j'ai été accueillie et hébergée par la sœur du pasteur Russell, épouse de l'aide de camp du gouverneur. Ils m'ont fait visiter la ville, les jardins, les vieux forts, et j'ai acheté une robe et un chapeau de paille.

– Le lieutenant Tilloy a dû être lui aussi aux petits soins pour vous, risqua bêtement Charles.

– M. Tilloy est toujours prêt à donner des soins... empressés aux dames et aux demoiselles, répondit Ounca Lou d'un ton moqueur.

Comme Charles se taisait, ayant soudain conscience d'avoir fait montre d'une curiosité niaise, la jeune fille lui dédia un sourire chaleureux.

– Si vous voulez savoir si le lieutenant Tilloy m'a fait la cour, apprenez que je ne suis pas de celles qui acceptent des soins... empressés qu'elles ne désirent pas. M. Tilloy est un gentleman : sa conduite a été irréprochable. Et puis, Nassau regorge de demoiselles qui attendent les soins... empressés des beaux marins de passage, ajouta-t-elle avec un regard interrogateur qui signifiait : « Votre curiosité est-elle satisfaite ? »

Le crépuscule s'annonçait par un rafraîchissement de l'air quand Desteyrac invita la jeune fille à regagner Buena Vista par le va-et-vient.

– Vous ne craignez pas de traverser ainsi le gouffre ? C'est assez impressionnant pour qui le franchit de nuit dans un grand panier suspendu à des cordages..., s'inquiéta Desteyrac.

– Je trouve ça plutôt amusant ! protesta-t-elle.

En bavardant, ils arrivèrent sur la plate-forme, devant le chevalet qui assurait les câbles. Charles tira la nacelle au plus près, expliqua comment elle se déplaçait, par roulement sur deux cordages, au moyen de poulies.

– Il vous suffit d'exercer des tractions régulières, une main après l'autre, sur le filin de manœuvre, pour faire avancer le panier sur ses supports. Ne faites pas de mouvements trop vifs, afin d'éviter le balancement latéral de l'ensemble, conseilla-t-il.

Elle lui tendit la main, le remercia pour le bon moment passé ensemble, et, avec souplesse, allait s'introduire dans la nacelle quand un homme apparut en courant sur la rive de Buena Vista. Il les héla avec de grands gestes des bras.

– Non ! Non ! Montez pas ! cria-t-il comme pour interdire à la jeune fille l'usage du va-et-vient.

– C'est Fakis, le valet de cuisine. De quoi se mêle-t-il ? fit Ounca Lou, surprise.

– On dirait qu'il vous invite à ne pas emprunter le va-et-vient, dit Charles, intrigué.

– Lui n'y monterait certainement pas, c'est un peureux. Mais je n'ai aucune raison de l'écouter. Au revoir ! dit la jeune fille en se glissant dans le panier.

Mais l'Indien paraissait de plus en plus agité. Ses gestes désordonnés traduisaient une véritable panique et, quand il se mit à frapper de la main les câbles fixés au chevalet dressé sur l'îlot, Desteyrac comprit qu'Ounca Lou devait courir un danger inattendu. Il retint la nacelle et obligea la jeune fille à en sortir.

– Je ne veux pas que vous preniez le moindre risque. Cet homme semble nous prévenir d'un défaut dans la fixation des cordages. Je vais d'abord passer seul pour m'assurer que tout est en ordre, dit Charles en grimpant dans le panier qu'Ounca Lou venait de quitter.

L'homme, apparemment rassuré par ce changement, s'éloigna rapidement du bord du cañon en jetant des regards par-dessus son épaule. Brusquement, Ounca Lou agrippa le bras de Charles.

– Non ! N'y allez pas. S'il existe un risque pour moi,

ce risque existe aussi pour vous. Je vous en prie, restez là, Charles !

L'émotion lui fit pour la première fois user du prénom de l'ingénieur. Il en fut touché et quitta la nacelle.

– Mais comment allez-vous rentrer ? Dans une demi-heure, il fera nuit, et lady Lamia s'inquiétera de votre absence.

– Je pourrais rentrer à la nage, plaisanta la jeune fille.

– La mer est calme : nous allons demander à Sima de sortir sa barque et de vous reconduire.

Au village des pêcheurs, l'Arawak, tout dévoué à l'ingénieur qui l'employait à divers travaux, ne fit aucune difficulté pour accéder à sa demande. Au moment d'embarquer Ounca Lou, Desteyrac décida de l'accompagner.

– Je reviendrai avec Sima, puisqu'il faut bien qu'il rentre chez lui, mais je veux connaître la raison qui a conduit cet Indien à vous déconseiller aussi véhémentement l'usage du va-et-vient, dit-il, soucieux.

Sous les tropiques, la brièveté du crépuscule fait que la nuit succède au jour en un instant, même si le ciel, le plus souvent clair et clouté d'étoiles, fait des nuits bahamiennes, parfumées de mille fragrances, un enchantement propice aux rêveries solitaires aussi bien qu'aux élans sentimentaux, voire aux échanges passionnés. Charles ne fut pas insensible à cette ambiance enivrante et, quand ils débarquèrent sur l'appontement de Buena Vista, il prit la main d'Ounca Lou sous prétexte de la guider. Bien qu'elle connût mieux que lui le chemin conduisant à la demeure de sa marraine, elle ne marqua nulle réticence. Ce fut dans une douce pénombre qu'ils arrivèrent chez lady Lamia, qui veillait en lisant.

– Je pensais ne te revoir que demain, après le petit déjeuner, dit Fish Lady pour taquiner sa filleule, avec un clin d'œil à l'adresse de Charles.

Mise au courant de l'affaire du va-et-vient, elle ne cacha pas son étonnement et demanda à Ma Mae d'aller chercher son aide, un être simplet dont tout le monde savait qu'il affichait une dévotion naïve envers la maîtresse de Buena Vista. La cuisinière revint seule. Fakis restait introuvable, mais le palefrenier l'avait vu, peu de temps auparavant, qui marchait vers le sud de l'îlot.

– Je vais aller voir ces câbles de près. Demain, les terrassiers vont emprunter le va-et-vient et je veux m'assurer qu'il est en état de fonctionner, décida Charles.

– Nous allons avec vous, dirent d'une seule voix Lamia et sa filleule.

Sima se joignit spontanément au groupe et tous quatre, munis de lanternes, se rendirent au chevalet porte-câbles. L'inspection fut rapide et Charles frémit à la pensée de ce qui aurait pu se passer si Ounca Lou avait utilisé le va-et-vient. Les deux cordes porteuses avaient été aux trois quarts sectionnées, sans doute avec une lame bien aiguisée, car la coupe du chanvre paraissait franche. Sur chaque câble ne subsistait qu'un toron qui se serait rompu sous le poids mouvant de la nacelle et de son occupante.

– Il ne s'agit pas d'usure, mais d'un acte criminel, dit Charles en éclairant pour les autres les câbles incisés.

– Quelqu'un aurait voulu précipiter mams'elle

Ounca dans le gouffre, il s'y serait pas pris autrement, déclara Sima.

– Personne ne savait, pas même moi, que je rentrerais ce soir par ce moyen, fit observer la jeune fille.

– Alors, ce n'est pas toi qui étais visée, mais M. Desteyrac qui, au matin, est toujours le premier à passer chez nous. Le scélérat n'avait pas prévu que quelqu'un se servirait de l'appareil avant lui, dit Lamia.

– C'est pourquoi celui qui a empêché votre filleule d'utiliser le va-et-vient savait le câble aux trois quarts sectionné. Cela signifie aussi que cet homme est le même que celui qui a endommagé les cordages ou son complice, déduisit Charles.

– Il faut retrouver Fakis et l'interroger, reprit lady Lamia, contenant avec peine sa colère.

On sut très vite par Ma Mae que l'aide-cuisinier n'avait pas reparu dans les communs, où il logeait avec d'autres domestiques.

– S'il est coupable, il va se cacher jusqu'au jour, puis tenter de quitter l'île, avança Charles.

– Faut voir qu'il s'échappe pas, dit Sima, très ému à la pensée qu'un indigène ait pu attenter à la vie de l'ingénieur.

En peu de temps, Lamia et Charles organisèrent les recherches, qui durèrent toute la nuit.

L'aube pointant, Sima s'en fut mobiliser ses amis pêcheurs pour établir une sorte de blocus maritime de Buena Vista. Mais Fakis n'avait pas quitté l'îlot et ce fut le palefrenier qui, parcourant chemins et bosquets à cheval, ramena, au milieu de la matinée, l'aide-cuisinier attaché à la selle de sa monture. L'homme tremblait de tous ses membres et reconnut aussitôt qu'il avait, avec un couteau emprunté à la cuisine, entaillé les cordages. Charles le fit conduire au chevalet près duquel de nombreux indigènes, stupéfaits par cet événement exceptionnel, s'étaient déjà rassemblés. L'ingénieur laissa à lady Lamia, souveraine de Buena Vista, le soin d'interroger le coupable.

– Sais-tu qu'en faisant ça, tu envoyais ma filleule à une mort horrible dans la faille ?

– Je voulais pas ça, pas pour elle ! Quand je l'ai vue monter dans le panier, j'ai fait des signes et j'ai crié pour l'empêcher, dit-il.

– Alors, qui visais-tu, sacripant ?

– Le Français qui veut faire un pont. Vous avez jamais voulu de pont, Fish Lady. On sait ici qu'on vous force. Si plus d'ingénieur, plus de pont. Ça vous aurait contentée ?

Lady Lamia haussa les épaules.

– C'est un idiot, dit Charles.

– C'est un assassin ! répliqua Ounca Lou.

– Nous devons le punir, reprit lady Lamia en s'adressant à tous.

Se tournant vers Fakis, mains liées dans le dos, toujours tenu en laisse par le palefrenier, elle rendit sa décision.

– Nous allons te faire conduire à Soledad devant lord Simon Leonard Cornfield. Il a pouvoir de juger les gens comme toi. Monsieur l'Ingénieur racontera ce que tu as fait, et tu iras en prison.

– Tel que je connais lord Simon, il le fera pendre, ce qu'il mérite, dit Tom O'Graney, arrivé par bateau sur le chantier.

– C'est tout ce qu'il mérite, en effet, renchérit le palefrenier.

– Faut p'têt' pas pendre un garçon qui sait pas ce qu'y fait quand il a bu le rhum, dit Ma Mae, indulgente.

La cuisinière connaissait le penchant de Fakis pour le jus de canne fermenté et lui aurait volontiers administré une paire de gifles en prélude à tout jugement.

Bien que victime désignée, Charles se promit d'exhorter Cornfield à moins de rigueur. Fakis était un être fruste, dépourvu d'intelligence, incapable d'évaluer la portée de ses actes. La vénération béate qu'il portait à lady Lamia l'avait aveuglé. Et puis, il avait dû entendre souvent critiquer le projet de pont, imaginer les résistances possibles, se souvenir de la satisfaction de Fish Lady quand un ouragan avait détruit l'ouvrage de l'Américain. Supprimer le nouveau bâtisseur de pont ne pouvait manquer, dans son esprit borné, de régler l'affaire et de rassurer sa maîtresse.

Comme les curieux se préparaient à retourner à leurs affaires et que Lamia conviait Charles et Ounca Lou à regagner sa résidence, le palefrenier poussa un cri de rage : Fakis venait de lui échapper. Malgré la corde qui lui liait les poignets, l'aide-cuisinier courait vers le cañon. Alors que Charles et Tom O'Graney se lançaient à sa poursuite, tous le virent sauter sans hésitation dans le gouffre où, sur des rocs déchiquetés, à demi immergés, s'affrontaient les vagues venues du large et celles s'écoulant de l'intérieur de l'archipel. L'Indien s'abîma sans un cri dans ces eaux toujours agitées. Elles l'engloutirent, telle l'hydre océane avalant une proie. Le moment de stupeur passé, les témoins du drame vinrent se pencher sur le gouffre.

– Plus rien à voir, dit Sima.

– Le courant l'a déjà emporté et, comme il ne peut

se servir de ses mains, c'en est fait de lui, commenta le palefrenier.

– Ce pauvre gars a choisi de s'en aller par le goulet du Diable, murmura Tom O'Graney.

– Que Dieu pardonne et reçoive l'âme de cet imbécile ! dit lady Lamia en s'inclinant.

Et tous, en silence, l'imitèrent.

TROISIÈME ÉPOQUE

Sous le signe d'Éros

1.

Un matin de mai 1854, quittant son bungalow pour se rendre au chantier en compagnie de Tom O'Graney, Charles aperçut lord Simon en visite chez Carver. Sur la galerie de la maison, leur discussion paraissait des plus animée. Le Français imagina une de ces colères gratuites, fréquentes chez le maître de l'île. Il se dirigea vers la charrette de Tom en feignant, par discrétion, d'ignorer la présence des deux amis. Il allait prendre place à côté de l'Irlandais quand Cornfield le héla et lui fit signe d'approcher.

– Envoyez Tom au chantier. Vous irez plus tard. Nous avons à vous parler.

Charles obtempéra, donna à O'Graney les consignes pour la matinée et se dirigea vers la maison de Carver. Cornfield, encore en tenue de cheval, agitait avec frénésie *The Nassau Guardian*, seul journal de l'archipel, fondé en 1844, que le bateau du courrier apportait chaque semaine à Soledad. Rouge d'indignation, il faisait face à un major Carver consterné.

– Voyez ça ! Ces sacrés Espagnols veulent vraiment la guerre. Tenez, mon ami : lisez et vous comprendrez combien leur présence à Cuba reste gênante ! dit Simon en tendant d'un geste brusque la feuille au Français.

Sous un titre énorme, le journal rapportait un événement qui s'était produit à La Havane le 28 février. Ce jour-là, un cargo à vapeur américain, le *Black Warrior*, et sa cargaison de coton avaient été saisis par les autorités espagnoles, sous prétexte que le manifeste du navire n'était pas en règle. Or, c'était la trente-septième fois en dix-huit mois que le *Black Warrior*, qui transportait régulièrement du coton de La Mobile, en Alabama, à New York, passait par La Havane pour faire du charbon. Voyant son navire saisi, le commandant Bullock, un ancien officier de la marine américaine, menacé d'arrestation, s'était réfugié sur un bateau de l'US Navy stationné à Cuba. De là, considérant que l'attitude des autorités espagnoles de Cuba violait les lois sur la liberté du commerce, il avait alerté le gouvernement de Washington. Sitôt prévenu, le secrétaire d'État américain, William L. Marcy, avait envoyé à Madrid une lettre de protestation et chargé son ambassadeur, Pierre Soulé, un juriste de La Nouvelle-Orléans accrédité à la cour d'Isabelle II, de réclamer non seulement un désaveu formel et officiel des agissements du gouverneur espagnol de Cuba, mais aussi une indemnité de trois cent mille dollars !

– Croyez-vous que les Espagnols vont payer ? demanda Charles.

– Ils vont discuter, car ils sont aussi arrogants que rusés. Mais, s'ils ne payaient pas, ce serait la guerre entre l'Espagne et les États-Unis, jeta Cornfield.

– Et une mauvaise guerre, renchérit le major.

– Il n'est pas de bonne guerre, messieurs, observa Charles.

– Si Edward dit « mauvaise guerre », c'est que

celle-ci serait engagée pour une mauvaise cause, expliqua Cornfield.

Pensant que l'ingénieur ignorait tout des rapports entre Cuba, colonie espagnole, les États-Unis et les Bahamas, possession britannique, le major Carver résuma la situation.

– Soucieux d'appliquer la doctrine du président James Monroe, qui interdit, depuis 1823, tout empiétement d'une puissance colonisatrice européenne dans les Caraïbes, et aussi les principes de la *manifest destiny* – formulés en 1845 par un journaliste[1] qui croit les Américains élus par la Providence pour dispenser civilisation et démocratie chez leurs voisins –, les gens de Washington sont en coquetterie hargneuse avec Espagnols et Cubains.

– Coquetterie devenue méfiance, car, depuis la fin de la traite des Noirs, acceptée par toutes les nations européennes en 1817, et l'abolition de l'esclavage, décidée par la Grande-Bretagne en 1833, effective dans l'archipel depuis juillet 34 – décision qui n'engage pas les Espagnols –, les planteurs du sud des États-Unis ne rêvent que voir Cuba annexée par l'Union afin de compter un État esclavagiste de plus. Le président Franklin Pierce, qui ne brille pas par l'intelligence, veut se concilier les électeurs sudistes et admet leur point de vue. N'a-t-il pas fait adopter la loi Kansas-Nebraska, qui rend caduc le sage compromis du

1. John L. O'Sullivan, *Democratic Review*. « C'est manifestement notre destinée de nous répandre sur le continent que la Providence nous a alloué pour y assurer le libre développement d'une population qui, chaque année, se multiplie comme par millions. » Traduction de Robert Lacour-Gayet, *Histoire des États-Unis*, Fayard, 1976.

Missouri, autrefois voulu par Henry Clay et qui, une fois pour toutes, fixait une limite territoriale à l'esclavage ? pesta lord Simon.

– Il faut savoir que les États américains situés au-delà des 36 degrés 30 minutes de latitude nord sont, depuis 1820, des États où l'esclavage est prohibé. Or voilà qu'on coupe le nouveau territoire du Nebraska en deux et que l'on fait de sa partie sud, le Kansas, à l'ouest du Missouri, un État esclavagiste, bien qu'il soit situé au-delà des 36 degrés 30 minutes ! C'est une dangereuse initiative qui fait plaisir non seulement aux planteurs du Sud, mais aussi aux Espagnols et aux Cubains. Car Cuba, mon cher Charles, est aujourd'hui une réserve d'esclaves, un fournisseur des États cotonniers du sud des États-Unis. D'où les mauvaises relations entre Cuba, c'est-à-dire l'Espagne, et les États-Unis. Surtout depuis que plusieurs États américains du Nord ont promulgué des lois en faveur des esclaves fugitifs, expliqua le major.

Tout à sa contrariété, Cornfield reprit la parole.

– Les négriers débarquent sur les côtes de Cuba, régulièrement et plus ou moins clandestinement, des cargaisons de *bozales* [1], jeunes nègres enlevés depuis peu à leur pays d'Afrique. Les Africains sont de meilleurs travailleurs entre seize et trente-cinq ans, mais leur durée de vie aux champs ne dépassant pas une vingtaine d'années, il faut renouveler cette population servile. Les Cubains encouragent donc les esclaves à

1. En espagnol, littéralement, *bozal* signifie muselière ; *bozo*, licou que l'on met sur la bouche du cheval. Afin d'empêcher leur fuite, les Noirs récemment capturés portaient souvent un collier métallique par lequel ils étaient enchaînés les uns aux autres.

faire des enfants et importent pour cela des femmes du Brésil.

Comme Charles Desteyrac donnait l'impression à ses interlocuteurs de découvrir une situation jusque-là insoupçonnée, Edward Carver poursuivit.

– Depuis 1835, il a été décidé, par accord entre Britanniques et Espagnols, que tous les nègres entrés à Cuba après 1820 et tous ceux capturés à bord des navires négriers seraient libérés et mis à la disposition du gouvernement du bateau arraisonneur. Pour régler le sort de ces gens, on a créé à La Havane une superintendance des Africains libérés, placée sous l'autorité du consul de Grande-Bretagne. Ce service est dirigé par deux Anglais, Robert Madden et David Turnbull[1]. Mais l'arrivée clandestine de nègres se poursuit, en dépit de la vigilance des croiseurs anglais et français au long des côtes d'Afrique et des protestations des consuls britanniques. Ainsi, l'an dernier, en juin, le *Lady Suffolk* a débarqué des nègres entre Mariel et Bahia. Le commandant Eugenio Viñas, négrier connu, qui fait de fréquentes livraisons, a bénéficié de l'indulgence – pour ne pas dire de la complicité – des autorités cubaines. En juillet, la goélette américaine *Jasper* a débarqué d'autres *bozales* dans la région de Pinar del Río, sur la côte sud de Cuba. L'équipage de ce bateau était composé d'Américains et de Britanniques qui

1. Certains membres de la famille Turnbull, d'origine écossaise, s'étaient établis, dès la fin du XVIIIe siècle, en Alabama. Un descendant, Daniel, devint un des planteurs les plus riches de Louisiane et y fit construire, en 1834, Rosedown, fameuse demeure de style Greek Revival, où l'on peut admirer, en plus de rares collections de meubles et d'objets d'art, des jardins exceptionnels et une des très belles allées de chênes du Vieux Sud.

avaient été engagés à New York. Ils ont soutenu n'avoir pas su le métier qu'on leur faisait faire, bien qu'on ait retrouvé le *Jasper* incendié dans une crique cubaine... C'est le procédé habituel des négriers, qui achètent à bas prix des rafiots réformés, y entassent les nègres, et, une fois la cargaison livrée, détruisent le navire.

– Et le *Morning Post*[1] a raconté comment le gouverneur général de Cuba, Valentin Cañedo, a été obligé de sévir à la demande du consul anglais, Jos Tucker Crawford, en poste depuis 1842. Ce diplomate souhaite depuis longtemps perquisitionner les cargos américains, mais se heurte à l'inertie des autorités portuaires cubaines et à la mauvaise volonté des Espagnols, dit Cornfield.

– L'an dernier, Crawford a tout de même obtenu la libération de mille six cents esclaves, précisa le major.

– Voyez-vous, Monsieur l'Ingénieur, cette situation, que la plupart des Français ignorent, est très ambiguë, car trop d'intérêts économiques et politiques sont en jeu. Les abolitionnistes du nord des États-Unis souhaitent que Cuba devienne possession américaine afin que l'esclavage y soit aboli, alors que d'autres Américains, les planteurs des États cotonniers du Sud, veulent eux aussi le rattachement de Cuba à leur république, mais seulement pour ajouter à l'Union un territoire esclavagiste ! répéta lord Simon.

– Et nous avons appris récemment que Pierre Soulé, l'ambassadeur des États-Unis à Madrid, soutient les planteurs sudistes, tandis que des gens comme Gaspar Bétancourt Cisneros, journaliste et écrivain, membre de la *Junta cubana* de New York, milite pour l'indé-

1. 4 juillet 1853.

pendance totale de Cuba. Ses articles, publiés dans *La Verdad*, périodique révolutionnaire fondé en 1848 par Cora Montgomery, sont introduits en fraude à Cuba, dit Carver.

– Entre gens de bonne foi, l'affaire de l'esclavage eût été, sans les Hispano-Cubains, aisément résolue. En 1852, la Grande-Bretagne, qui ne veut voir Cuba ni aux États-Unis ni à la France, avait obtenu la signature d'un gentleman's agreement par lequel le Royaume-Uni, la France et les États-Unis renonçaient séparément et collectivement à toute intention de prendre possession de l'île de Cuba. Ces pays s'engageaient en outre à décourager toute tentative de ce genre d'où qu'elle vînt. Or les Américains ne semblent plus tenir compte de cet accord.

– Il faut ajouter que les autorités espagnoles s'insurgent contre le fait que des abolitionnistes, souvent des pasteurs méthodistes, viennent du nord des États-Unis et même de nos îles des Bahamas ou de Grande-Bretagne pour inciter les nègres à la révolte. Ils distribuent des brochures antiesclavagistes, et les autorités les expulsent de l'île, poursuivit Carver.

– La propagande abolitionniste a commencé dès que l'Espagne, par le traité du 23 septembre 1817, a accepté la suppression de la traite des nègres. Ce n'est donc pas nouveau. À Cuba, il y avait à cette époque deux cent quarante mille Blancs, deux cent mille esclaves, cent vingt mille nègres libres. On compte maintenant sur l'île plus de quatre cent mille esclaves ! Et les Cubains ne se privent pas de rappeler à chaque occasion qu'il y eut, en 1844, une rébellion des nègres, soutenue en sous-main par l'Angleterre, et que, deux ans plus tard, ils déjouèrent un complot ourdi par le mulâtre Gabriel de la Concepción Valdes, poète patriote, et par José María Heredia[1]. Valdes, déjà compromis en 1823 dans un complot contre l'Espagne, a été fusillé, et Heredia banni, révéla lord Simon.

– Les autorités cubaines ont beau jeu de rappeler encore comment Narciso López, ancien adjoint du gouverneur espagnol de Cuba, rejoignit les révolutionnaires cubains favorables à l'annexion par les États-Unis. Dénoncé comme conspirateur par le gouvernement espagnol, López s'exila à New York et, en 1851, monta une expédition contre Cuba, avec l'aide du colonel Crittenden, un ancien de West Point, suivi d'une bande de Kentuckiens. Ils débarquèrent à trente-cinq kilomètres de La Havane, mais furent arrêtés par les Espagnols. Crittenden et cinquante de ses hommes furent internés au fort d'Atares. Plusieurs furent fusillés. Narciso López fut jugé et pendu en public, le 1er septembre, au pied du Prado. « Ma mort ne changera pas la destinée de Cuba », cria-t-il en allant au gibet. C'est depuis cette attaque que des planteurs cubains, blancs ou créoles, souhaitent une annexion de l'île par les États-Unis, avec le soutien du Sud esclavagiste, rappela Carver.

– Déjà, en 1823, John Quincy Adams, alors secrétaire d'État et futur président de l'Union, avait émis l'opinion que l'annexion de l'île de Cuba – « visible de nos plages », disait-il en forçant un peu l'acuité de son regard – « deviendrait bientôt indispensable aux

1. Ce Cubain exilé vécut à New York et au Mexique. Il était apparenté par son père à José Maria de Heredia, le poète français, ancien élève de l'École nationale des chartes, né à Santiago de Cuba en 1842 d'un père cubain et d'une mère française, mort à Condé-sur-Vesgre en 1905.

intérêts politiques et commerciaux de l'Union ». En 1848, James K. Polk, onzième président, avait, lui, suggéré l'achat de Cuba pour un million de dollars. C'est ce qu'a coûté la conquête du Nouveau-Mexique et de la haute Californie, ironisa Cornfield.

– Le ministre des Affaires étrangères d'Espagne fit répondre à Polk que l'île n'était pas à vendre et qu'il « préférerait voir Cuba disparaître sous les eaux plutôt que la céder à quiconque », compléta le major.

– Les Espagnols, et c'est à leur honneur dans une affaire où cette vertu est rare, ne sont pas un peuple de boutiquiers. Ajoutons que les nègres, qu'ils soient libres ou esclaves, souhaitent eux aussi une annexion, mais sous la houlette des États américains du Nord, ce qui leur apporterait, croient-ils, la liberté, conclut lord Simon.

– Mais n'avez-vous pas une plantation de canne à sucre à Cuba ? demanda Charles, un tantinet perfide, s'adressant au lord.

L'ingénieur, grâce à lady Lamia, n'ignorait rien des possessions de Simon Leonard, membre de ce que sa sœur nommait en espagnol la *plantocracia cubana*, la plantocratie cubaine.

Cornfield n'éluda pas la question.

– Certes, j'exploite la canne à sucre de Cuba, mais j'ai depuis longtemps affranchi les trois cents esclaves achetés il y a dix ans avec ma plantation de Limonar. Mes nègres sont libres, reçoivent des gages, ne travaillent plus que douze heures par jour, ont un médecin et un lazaret à leur disposition quand ils sont malades, et bénéficient d'un jour de repos tous les dix jours, en plus du dimanche. Cela me vaut d'ailleurs la vindicte des planteurs de la région de Matanzas.

– De Julián Zulueta notamment, le plus grand négrier de l'île ! accusa Carver.

– Oui, ce Basque immensément riche est propriétaire de quatre plantations de canne et d'autant de sucreries qui produisent, par an, plus de huit mille tonnes de sucre. Il possède un bureau à Londres, où il trouve, hélas, des appuis politiques, ce qui lui permet de faire la pluie et le beau temps dans l'île. Il importe des nègres malgré la loi pénale de 1848, occupe deux mille cinq cents esclaves et fait le commerce de beaucoup d'autres. Il trafique en toute impunité, avec la complicité passive des autorités, de la police et même de l'armée. Il a corrompu tous les fonctionnaires influents, ajouta Cornfield, fort agacé.

Le major, qui ne l'était pas moins, compléta le tableau.

– Sachez, mon ami, que les gouverneurs espagnols envoyés à La Havane viennent dans la colonie pour faire rapidement fortune. Ils perçoivent des commissions sur la traite clandestine des nègres et rançonnent les corrompus en les menaçant de poursuites.

– Mon régisseur et mes contremaîtres sont souvent insultés et menacés par les planteurs, qu'ils soient espagnols, créoles ou cubains, maugréa le lord.

– Tous les Cubains, blancs et créoles, sont esclavagistes, renchérit Carver.

– Il faut dire que l'esclavage fait partie du système économique de l'île. On ne peut se passer des nègres dans les plantations de canne, de café, de tabac. Ce sont les seuls qui résistent aux travaux des champs sous ce climat. Tous les propriétaires d'esclaves, riches ou modestes, désirent, comme les planteurs du sud des États-Unis, l'annexion pure et simple de Cuba par le gouvernement de Washington pour continuer à faire travailler les esclaves au fouet, sans les payer, comme ils l'ont toujours fait depuis l'arrivée de Colomb, compléta lord Simon.

– La meilleure solution serait que Cuba se donnât à l'Angleterre, ce qui garantirait le respect de l'abolition et ferait des nègres – indispensables – des travailleurs libres. Mais la France, comme d'autres États européens, ne veut pas d'une Angleterre trop puissante dans cette région, et préfère que Cuba appartienne à la faible Espagne, fit Carver.

– Mais, je croyais avoir entendu lady Lamia dire que vous étiez, comme elle, favorable à une intervention des États-Unis pour mettre fin à la domination espagnole sur Cuba ? s'étonna Charles.

– Je ne suis pas souvent du même avis que Lamia, vous le savez, mais, en ce qui concerne Cuba, nous partageons les mêmes vues, au contraire de mon neveu Malcolm qui croit, comme ma fille Ottilia, à une révolution populaire conduite par des Cubains qui prendraient le pouvoir à La Havane, libéreraient tous les nègres et feraient de l'île un État indépendant. C'est une aimable utopie et je me contente de souhaiter, comme Edward et tous les gens sensés, que Cuba cesse d'être une colonie exploitable et corvéable à merci par une nation européenne, et devienne tout simplement un nouvel État américain sans esclaves. Car, voyez-vous, Cuba est voisine de notre archipel, qui fut autrefois possession espagnole, ne l'oubliez pas. Si, demain, la marine et les huit mille soldats espagnols casernés à La Havane recevaient d'Isabelle II l'ordre de nous envahir, qui nous défendrait ? Notre sort serait réglé avant même que la flotte anglaise la plus proche, celle de la Jamaïque, ne vienne à notre secours, expliqua Cornfield.

La voix de Malcolm Murray se mêla soudain au débat. Apparaissant sur la galerie en claudiquant, il avait entendu la fin de l'exposé de son oncle.

– Cuba doit devenir un pays indépendant, comme Haïti ! À Cuba comme ailleurs ne devraient vivre et travailler que des hommes libres, qu'ils soient blancs, noirs... ou jaunes, puisque les Espagnols importent maintenant des Chinois pour pallier le manque de débardeurs et de cultivateurs ! intervint l'architecte.

– Nous pouvons tout de même espérer que le gouvernement de Madrid fasse preuve de sagesse, condamne les procédés du capitaine général de Cuba, libère le *Black Warrior* et paie tout ou partie du préjudice causé à l'armateur américain, dit Carver, désireux de conclure pour libérer Desteyrac et empêcher une nouvelle discussion des grands principes entre Cornfield et son neveu.

Au cours de la journée, alors qu'il dirigeait le travail des terrassiers, trop lents à son gré et toujours occupés à creuser le roc corallien pour assurer les futures culées du pont, Charles étaya par la pensée son opinion sur la personnalité complexe de Cornfield. Cet autocrate insulaire, au contraire de beaucoup de ses semblables, n'était pas insensible au sort des Noirs. Il faisait preuve d'un certain sens de la justice, et même de sentiments généreux à leur endroit. Sa rudesse naturelle, son autoritarisme atavique, son souci de maintenir et, si possible, développer un empire et une fortune déjà considérables, ne l'empêchaient pas, comme son père et son grand-père, de traiter humainement les Noirs, enlevés de vive force à leur Afrique natale pour travailler dans les plantations de canne à sucre ou de coton.

Soledad accueillait toujours les esclaves qui parvenaient, par des moyens de fortune et à leurs risques et périls, à quitter Cuba ou les États cotonniers du sud de l'Union. En novembre 1841, lord Simon Cornfield avait déjà reçu des Noirs qui, après s'être mutinés, avaient obligé le capitaine du brick *Creole*, qui les transportait de la Virginie à La Nouvelle-Orléans, à faire escale à Nassau, où ils avaient été libérés.

Des centaines d'autres esclaves fugitifs avaient suivi ces pionniers. On les rencontrait sur toutes les îles de l'archipel, parfois sur des îlots déserts où ils subsistaient tant bien que mal, mais libres. Les plus chanceux de ces rescapés trouvaient à s'employer sur les îles habitées, aux conditions prévues par les autorités de Nassau. Des contrats, renouvelables chaque année, leur assuraient un salaire, une journée de travail limitée à dix heures, le repos du samedi et du dimanche. Les moins bien lotis, en attente d'un éventuel emploi, vivotaient en cultivant, sur des terres vacantes appartenant à la couronne britannique, du manioc et des pois indiens, en pêchant poissons et crustacés, les fruits – bananes, noix de cajou, papayes, mangues, corossols – leur étant offerts par la généreuse nature intertropicale.

À Soledad, Cornfield, seul maître et unique propriétaire, attribuait quelques arpents de son vaste domaine aux esclaves qui débarquaient avec femme et enfants. Il y ajoutait des instruments aratoires, un porc, deux chèvres, quelques poules, des semences de maïs, et autorisait les nouveaux venus à couper, sous contrôle de ses gardes forestiers, assez de bois pour construire un abri. Les paresseux, les regimbeurs, les ivrognes et les chapardeurs – car il s'en trouvait, chez ces Noirs aigris ou avilis par la servilité – ne devaient pas compter sur la mansuétude du lord. Ils étaient dans un premier temps admonestés et invités à se réformer, puis, s'ils ne s'amendaient pas dans un délai convenable, ils se voyaient transportés *manu militari* sur des îlots déserts ou moins hospitaliers.

On savait partout dans l'archipel qu'à Soledad personne ne courait le risque de mourir de faim, à condition de se bien conduire, ce qui incitait beaucoup d'esclaves en fuite à se réfugier sur une terre si accueillante.

Il ne se passait pas de mois sans que l'on vît des familles de Noirs arriver de Cuba ou des États-Unis, comme ceux que Philip Rodney avait embarqués à Charleston avec la complicité de lady Ottilia. Depuis ce dernier apport, tout le monde s'attendait, dans le Cornfieldshire, à l'apparition d'une expédition de planteurs des Carolines. Ces propriétaires n'avaient jamais reçu de réponse à leurs demandes polies de restitution des esclaves fugueurs. Ils expédiaient depuis peu des messages en forme d'ultimatum, auxquels lord Simon refusait que l'on répondît. Les dernières informations parvenues à Soledad, par courrier des Cornfield de Charleston, ressemblaient fort à des mises en garde. Étant eux-mêmes riches planteurs de coton et propriétaires de centaines d'esclaves, ces Cornfield-là ne pouvaient admettre l'attitude de leur parent bahamien. Ne s'étaient-ils pas fâchés avec Ottilia qui, bien que membre de la famille, avait condamné sans nuance leur comportement ?

La réelle sympathie qu'éprouvait Desteyrac pour le maître de Soledad n'empêchait pas l'ingénieur, républicain et fervent abolitionniste, de constater que, à l'exemple de la plupart des Européens rencontrés depuis son arrivée dans l'archipel, lord Simon considérait les nègres comme « des êtres primitifs, de nature paresseuse, libidineuse et primesautière, ne possédant qu'une intelligence réduite ».

Comme bon nombre d'abolitionnistes déclarés et engagés, Cornfield estimait que les Noirs se trouvaient par nature dans l'incapacité congénitale de sortir seuls de leur état sauvage pour accéder à la civilisation. On leur devait certes la liberté, un salaire, des soins et l'éducation de leurs enfants, mais il convenait tout de même, « pendant une génération ou deux », estimait le lord, de les tenir à distance !

Cette discrimination tendait cependant à se réduire car, au cours des dernières années, les Bahamas s'étaient dotées d'une sorte de gouvernement dont le chef incontesté restait le gouverneur nommé par Sa Majesté, la reine Victoria.

En 1729, Woodes Rogers, le premier gouverneur royal, avait rédigé une constitution, et une assemblée – *the General Assembly* – de vingt-quatre membres s'était réunie pour la première fois à Nassau, le 29 septembre de la même année. Ces hommes, désignés par le gouverneur et les colons propriétaires des Out Islands, devaient assurer le développement de l'agriculture sur les quelques îles alors habitées qui ne comptaient au total que mille cent cinquante âmes, et veiller à la sécurité du territoire où seraient appliquées les lois anglaises. Pendant plus d'un siècle – au cours duquel New Providence avait dû se défendre, en 1782, d'une tentative de reconquête par les Espagnols, puis s'accommoder, à partir de 1783, de l'arrivée des loyalistes, gens de mœurs policées et propriétaires d'esclaves –, les institutions étaient restées à l'état embryonnaire, telles que conçues par Woodes Rogers. Mais, en 1840, les choses avaient changé. Une nouvelle constitution avait été promulguée, qui créait un Conseil législatif, composé de neuf membres nommés par le gouverneur et confirmés par la Couronne, ainsi qu'un Conseil exécutif comprenant l'attorney général, le receveur général, le secrétaire colonial et cinq membres représentant la communauté des habitants. La séparation des pouvoirs étant acquise, une chambre de vingt-neuf membres élus pour sept ans constituait donc, depuis 1841, la représentation populaire. Innovation révolutionnaire dans l'Empire britannique, trois Noirs, deux Indiens métissés et un mulâtre siégeaient à la *General Assembly* bahamienne.

Charles, un moment ébloui par ce libéralisme précoce, avait bientôt réalisé que ces « institutions représentatives », comme les nommait lord Simon, membre influent du Conseil législatif, restaient sans responsabilités ni pouvoir de décision. Le gouverneur, représentant de Sa Majesté, la reine Victoria, restait maître du destin de l'archipel et n'avait à composer qu'avec les grands propriétaires. Fort heureusement, la plupart des gouverneurs qui s'étaient succédé à Nassau, sous le nouveau régime dit des *Boards*, étaient des hommes sages et conscients de l'évolution des mentalités et du peuplement des îles. L'archipel comptait maintenant près de trente mille habitants, dont plus de trois mille Noirs. Dès 1835 avait été créé le *Board of Education*, puis, en 1840, le *Board of Works*, et, en 1850, le *Board of Health*[1]. Ces *Boards* faisaient office de ministères.

Dernier signe d'une volonté d'ouverture au monde, le gouvernement bahamien avait décidé, en 1851, de subventionner la création d'une compagnie de navigation qui relierait Nassau à New York. Il s'agissait de faciliter le voyage des Américains, de plus en plus nombreux chaque année à venir goûter, à New Providence, Great Abaco, Eleuthera, Cat Island, les agréments d'un climat enchanteur, ce qui réjouissait les commerçants.

Lors d'une récente conversation avec Charles, lord Simon avait mis cet engouement au compte du souvenir d'un séjour bahamien du jeune George Washington en un temps qui ne laissait rien présager de son fabuleux destin.

« Il y a plus d'un siècle, en 1751, Lawrence, le frère aîné de George, alors ingénieur titulaire du comté de Culpeper, membre de la Chambre des bourgeois de Virginie, souffrait d'une maladie de langueur. Un médecin lui conseilla un séjour d'hiver aux îles Bahamas, et George Washington, alors âgé de dix-neuf ans, accompagna son demi-frère pour le soigner. La douce atmosphère des îles se révéla, hélas, sans effet, et Lawrence rentra chez lui pour mourir. Mais George Washington avait été séduit par les Bahamas. Il racontait partout que "l'air délicieux des îles lui avait procuré une volupté inconnue, et que la cordiale hospitalité des colons y avait ajouté les satisfactions d'un chaleureux

1. Conseils de l'Éducation, des Travaux publics, de la Santé.

accueil”. Peu de gens le savent, mais c’est à Nassau que le Virginien fut atteint par la petite vérole qui allait marquer définitivement son visage. Malgré cela, à la fin de sa vie, ayant acquis la célébrité que l’on sait, il disait encore à ses visiteurs que le plaisir éprouvé dans nos îles compensait largement la maladie qu’il y avait contractée. Il affirmait qu’il n’eût “conservé que le seul souvenir des joies du voyage si [son] généreux frère avait recouvré la santé[1]” », avait conclu lord Simon, bien décidé à investir dans la compagnie de navigation projetée par les autorités bahamiennes.

Charles Desteyrac, qui savait maintenant le temps que prenait la création de toute entreprise dans un pays où l’indolence semblait être une vertu dominante, pensait que l’on ne verrait pas avant longtemps un service régulier de navires entre Nassau et New York, même si le souvenir d’un lointain séjour du grand George Washington incitait les citoyens américains d’aujourd’hui à venir goûter la « volupté inconnue » qui avait grisé le futur héros de la guerre d’Indépendance[2].

Quelques semaines après qu’eut été évoquée l’affaire du *Black Warrior*, le lieutenant Mark Tilloy, retour de New Providence où il avait livré les produits exportés par Soledad, vint annoncer au major Carver que deux bricks battant pavillon des États-Unis avaient

1. Woodrow Wilson, *George Washington, fondateur des États-Unis*, Payot, Paris, 1927.
2. Le premier navire assurant une liaison directe entre New York et New Providence devait entrer dans le port de Nassau en 1859.

fait escale à Nassau et qu'une délégation composée de planteurs des Carolines, de Louisiane, d'Alabama et de Virginie, conduite par des sénateurs, s'était rendue chez le gouverneur pour obtenir son appui. Ces gens souhaitaient récupérer une centaine de Noirs, évadés de leurs plantations au cours des derniers mois. Les hobereaux du coton savaient que leurs esclaves marrons trouvaient refuge sur certaines îles de l'archipel, le plus souvent « sur Soledad, propriété d'un baronet qui finance *The Liberator*, journal abolitionniste de Boston », avaient-ils précisé avec humeur.

Refusant d'exercer la moindre pression sur les Noirs et ceux qui les hébergeaient, le gouverneur avait rappelé aux visiteurs que l'esclavage n'avait plus cours depuis 1834 dans l'archipel. Il avait éconduit les quémandeurs avec courtoisie mais fermeté, les avertissant que la police pourrait intervenir s'ils créaient du désordre dans les Out Islands. Les Américains n'avaient pas caché leur intention de tenter une démarche auprès de l'homme le plus influent de l'archipel, que l'on connaissait de Charleston à La Nouvelle-Orléans sous le nom de lord des Bahamas. Ils s'étaient en revanche abstenus de manifester leur intention d'employer la force pour reprendre ce qu'ils appelaient leurs biens. Sur les quais de Nassau, tous avaient cependant pu constater que les deux bricks américains ne transportaient pas que de paisibles passagers venus goûter le charme des îles.

Dès que la nouvelle fut connue à Cornfield Manor, Simon Leonard décréta la mobilisation de tous les hommes capables de porter une arme. Charles Desteyrac découvrit que cette mesure était depuis longtemps prévue : en deux heures, l'île fut sur le pied de guerre.

Le commandant Lewis Colson rassembla tous les marins, groupés en sections, sous les ordres des officiers de marine comme Tilloy, Rodney et l'enseigne Hocker. Le pasteur Russell et le docteur Kermor conduisirent devant Cornfield Manor une véritable petite armée composée d'indigènes. Certains Arawak portaient des arcs et des carquois emplis de flèches ; des Taino, encadrant leur cacique coiffé du bonnet d'ourson autrefois offert par les Life Guards, brandissaient des javelots de coccoloba ou bois de fer ; d'habiles chasseurs d'oiseaux montraient leurs frondes ; ouvriers et cultivateurs noirs brandissaient des faux, des serpes et même des pioches. Quand plus de deux cents hommes furent réunis, tandis que femmes et enfants, plus curieux qu'inquiets, arrivaient par les chemins en bandes babillardes, lord Simon Leonard Cornfield, s'improvisant chef de guerre, vint avec une évidente satisfaction passer ses troupes en revue. Son ordre du jour, clamé au moyen d'un porte-voix de marine, fut simple et clair.

– Des citoyens américains venus des Carolines, de Louisiane, de Virginie et d'Alabama vont se présenter pour reprendre des nègres qui, ayant fui leurs plantations et l'esclavage, sont venus chez nous jouir d'une juste liberté. Nous aurons tous à cœur d'empêcher cette capture. J'essaierai d'abord de convaincre ces gens, dont on me dit qu'ils sont armés et très en colère, de renoncer à leurs prétentions. Ensuite, s'il le faut, nous nous opposerons à eux avec vigueur et, au besoin, les armes à la main. Mais nous n'en ferons pas usage les premiers : ils devront prendre devant tous la responsabilité de leurs actes. Tenez-vous prêts à répondre au premier appel, car on ne sait quand et où nos visiteurs se présenteront, conclut Cornfield en saluant d'un grand coup de chapeau – ce qui lui valut une chaleureuse ovation de la part de cette troupe hétérogène mais déterminée.

Des guetteurs furent aussitôt envoyés sur les points hauts des côtes, tandis que les mobilisés retournaient à leurs affaires en commentant avec volubilité l'événement.

– Les planteurs se présenteront certainement au port occidental, et nos marins suffiront sans doute à les contenir, encore qu'il sera bon de leur montrer que toute la population de Soledad est derrière son seigneur. Mais je ne crois guère à l'efficacité de l'appel à la raison que veut leur adresser lord Simon, confia aussitôt Carver à Charles.

Ce soir-là, au Loyalists Club, ce fut une joyeuse veillée d'armes. Le Français fut surpris de constater que lord Simon avait déjà fait distribuer aux membres du club des fusils Sharps pouvant tirer à huit cents mètres, à la cadence de neuf coups à la minute, et des revolvers Colt ou Remington. Charles reçut d'Edward Carver un Colt Navy, arme dont il avait usé lors de son duel avec Murray.

– Je crois me rappeler que vous savez vous en servir, ironisa le major en confiant revolver et munitions à l'ingénieur.

– J'ose espérer que je n'aurai à abattre que des cannes, dit Desteyrac avec un clin d'œil à Murray, lequel, refusant toute arme à feu, s'était présenté l'épée au côté.

– La lame aristocratique est à noble cause ce qu'est

la révérence devant une jolie femme. J'aurai grand plaisir à percer une ou deux bedaines esclavagistes ! lança l'architecte en riant.

Il fallut patienter une dizaine de jours avant que des pêcheurs venus de l'intérieur de l'archipel n'annoncent, un soir de la fin juin 1854, que les bricks américains débouquaient entre Cat Island et Eleuthera. Aussitôt, Lewis Colson mit le *Centaur* et l'*Apollo* sous voiles pour aller à la rencontre des étrangers. Le lendemain matin, les quatre bâtiments, les bahamiens escortant ceux des visiteurs, se présentèrent devant le port occidental. Tandis que les deux navires américains mouillaient dans la baie, les bateaux de Cornfield regagnaient le port.

Le commandant Colson était porteur d'un message des planteurs pour lord Simon, venu à cheval aux nouvelles.

– Ces messieurs vont mettre des chaloupes à la mer ; ils vous demandent de rassembler sur l'appontement les nègres dont les noms sont inscrits sur cette liste et qui sont, disent-ils, leur propriété. Ils les embarqueront et prendront aussitôt le large sans faire plus d'histoires, transmit l'officier en remettant une lettre au lord.

La missive confirmait en termes catégoriques la demande verbale et portait les signatures de trois sénateurs et d'une douzaine de planteurs, dont un Cornfield de Charleston.

– Envoyez un quartier-maître – oui, un simple quartier-maître ! – dire à ces gens de prendre le large immédiatement. Qu'il précise que Soledad est territoire britannique, où aucun homme, quelle que soit sa race, n'est propriété d'un autre, quelle que soit sa race ! ordonna lord Simon. Si mon cousin Bertie III Cornfield est à bord et s'il veut me visiter en tant que parent, et non comme planteur en quête d'esclaves, il sera le bienvenu.

Aussitôt, une barque à deux rameurs emporta le messager vers les bateaux américains, tandis que les marins, dissimulés derrière les entrepôts, chargeaient leurs armes et que, dans le vallon voisin, les indigènes se tenaient accroupis derrière les buissons d'hibiscus et les casuarinas en fleur, prêts à intervenir sur ordre de Carver et du docteur Kermor.

L'attente ne fut pas longue. La barque du messager de lord Simon était à peine de retour que quatre chaloupes glissaient sur les flancs des bricks et que s'y entassaient des hommes armés, accompagnés de chiens qu'on savait spécialement dressés à rattraper les esclaves en fuite.

Charles, entre Tilloy et Rodney, jouissait intensément du moment. L'intrigue, enfin, se corsait, offrait un semblant de risque, prenait tout son fumet romanesque. Elle promettait au moins un affrontement exemplaire entre qui défendait la dignité humaine et qui la méprisait, une sorte de duel entre le Bien et le Mal, auquel il avait la chance inouïe de participer.

Dans l'attente des événements, Charles admira la prestance de lord Simon. Cambré sur sa selle, serré dans un habit noir strict, botté de cuir vernissé, cravaté et ganté de gris perle, coiffé d'un haut-de-forme du même ton, Cornfield suivait d'un regard impassible l'approche des grandes barques américaines. L'alezan brûlé qu'il montait, rassemblé, figé, aux aplombs parfaits, ne faisait qu'un avec le cavalier. Seul sur le quai désert, majestueux, hiératique, ébauche de centaure, le groupe rappela à Desteyrac la statue équestre du condottiere Bartolomeo Colleoni par le Verrocchio, dressée sur le campo dei Ss Giovanni e Paolo, à Venise. Le soleil au zénith, projecteur cosmique, baignait d'une lumière crue, quasi insoutenable, la scène vide où allait peut-être se jouer un drame, voire une tragédie. Le sang lui battant les tempes, Charles eut soudain conscience de se trouver au cœur même de l'aventure.

La consigne donnée par lord Simon était d'attendre l'accostage des chaloupes sans se montrer. Avant que les Sudistes ne débarquent, sur un coup de sifflet de Colson, les marins se précipiteraient sur les arrivants, saisiraient leurs fusils et ne les laisseraient mettre pied à terre qu'une fois désarmés. Dans le même temps, les archers arawak et les porteurs de javelots ou de frondes déferleraient sur le port en poussant leurs cris de guerre.

Ceux qui en auraient douté eurent l'occasion de constater que le cinquième baronet Cornfield ne manquait ni de courage ni de panache pour opposer aux esclavagistes du sud cotonnier des États-Unis l'intransigeance sacrée d'un champion de la liberté.

À l'épreuve, la mise en scène imaginée par Cornfield et Carver se révéla d'une efficacité théâtrale. Les marins, entraînés par Tilloy et Rodney, se jetèrent sabre au clair dans les grandes embarcations des planteurs avant que ces derniers n'aient eu le temps de les amarrer. Du plat du sabre, les officiers, et en quelques coups de crosse judicieusement appliqués, les marins, conduits par Tom O'Graney, désarmèrent les arrivants et les poussèrent sur le quai, où les encadrèrent aussitôt un détachement d'Arawak vociférants. La seule victime de ce débarquement musclé fut un gabier que mordit un chien. Comme les quatre autres molosses des planteurs, ce chasseur d'esclaves eut la gueule close par des liens et les pattes entravées avant d'être abandonné dans une des chaloupes où quelques marins restèrent pour décharger les armes des mercenaires et pour jeter les munitions par-dessus bord.

Penauds et inquiets, une demi-douzaine de planteurs, le plus souvent d'âge mûr, vêtus de costumes de toile grège, col ouvert et coiffés du traditionnel panama, furent conduits, rouges de colère, devant Cornfield, tandis que leurs hommes de main étaient tenus à distance par les matelots et les Indiens. Lord Simon se décoiffa et leur décerna une élégante courbette de son cheval. Dressé sur les postérieures, l'alezan leva haut les jambes de devant et les rabattit sous le ventre avant de reposer les pieds à terre avec grâce, devant la délégation éberluée par cette salutation de haute école.

Comme l'un des planteurs, au bord de l'apoplexie, allait prendre la parole, Cornfield l'arrêta d'un geste.

– Ici, c'est moi qui parle, messieurs. Je ne voudrais pas qu'il subsistât entre nous le moindre malentendu. Soledad, propriété de ma famille depuis plusieurs générations, est sous la protection de la couronne britannique et, comme telle, une terre où tous les hommes, quelle que soit la couleur de leur peau, sont libres et égaux en droits, et ce, depuis 1640. Mon île est accueillante à ceux qui, ayant connu le travail servile dans vos plantations, n'ont pas été satisfaits par leur condition. Ils sont là, derrière moi, prêts à défendre avec notre aide leur liberté retrouvée.

Comme un murmure vindicatif s'élevait du groupe des planteurs, lord Simon tira de sa poche un petit livre à la reliure lustrée par l'usage et, d'un geste, imposa silence.

– Vous êtes tous, j'en suis certain, de bons chrétiens, anglicans, méthodistes ou papistes. Aussi vais-je vous lire un passage d'un sermon du pasteur Richard Baxter[1], pour qui j'ai une vive admiration. Ce texte figure dans le *Christian Directory* et mon grand-père, Maxence Cornfield, récitait ces phrases bien avant l'abolition de l'esclavage dans nos colonies, dit le lord qui, s'étant éclairci la voix, lut : « Se transformer en pirates et attraper de pauvres nègres ou des habitants d'une autre terre qui n'ont renoncé ni à la vie ni à la liberté, en faire des esclaves et les vendre, est un des actes les plus criminels du monde. Ceux qui s'en rendent coupables devraient être traités comme des ennemis de l'humanité, et ceux qui achètent et utilisent les nègres comme des bêtes pour leur propre besoin en trahissant, détruisant ou négligeant les âmes de ces esclaves sont plus dignes d'être appelés démons que chrétiens, quoique ceux qu'ils détruisent ainsi ne soient pas chrétiens[2] », conclut le lord dans un surprenant silence.

– Victor Schœlcher, notre apôtre de l'abolitionnisme, qui se trouve maintenant en Angleterre, proscrit pour s'être opposé au coup d'État de 1851, n'aurait pas parlé autrement. C'est lui qui a dit en 1848 : « Nulle terre française ne veut plus porter d'esclaves », murmura Charles à l'oreille de Tilloy.

---

1. Théologien anglais, 1615-1691. Il facilita le retour de Charles II sur le trône d'Angleterre en 1650, avant d'être persécuté comme puritain.

2. Eric Williams, *De Christophe Colomb à Fidel Castro : l'histoire des Caraïbes, 1492-1969*, Présence africaine, Paris, 1975.

L'admonestation de Simon Leonard avait été écoutée sans interruption, mais avec des moues irritées. Jouissant de ce succès, Cornfield crut bon d'y ajouter une citation du philosophe John Locke, auteur de la première constitution des Carolines.

– « L'esclavage est une condition si odieuse, si misérable et si directement opposée au tempérament généreux et courageux de notre nation, qu'on ne peut guère concevoir qu'un Anglais, et encore moins qu'un gentleman, plaide en sa faveur ! » assena-t-il.

Cette phrase parut faire encore plus d'effet sur les esclavagistes que le sermon du pasteur Baxter.

– Que va-t-il se passer ? Allons-nous enfin en découdre avec ces individus ? lança Murray, épée au clair, assez fort pour être entendu des planteurs.

– Il ne se passera rien. Ils vont rentrer bien gentiment chez eux. Ils sont sans armes, souffla Carver.

Lord Simon rompit le silence plein d'incertitudes, troublé par le seul chant des oiseaux.

– Messieurs, vous avez fait un voyage long mais inutile. Je vous invite donc à regagner vos bateaux. Nos marins vous accompagneront, ainsi que les hommes que vous avez recrutés. Je ferai porter à bord de vos navires de l'eau, de la glace et des fruits de nos îles. Je suis certain que vous leur trouverez meilleur goût qu'à ceux qui poussent dans vos vergers de Virginie ou des Carolines, car ils ont été cultivés et cueillis par des hommes libres sur une terre libre, conclut-il.

Ayant parlé, Simon Leonard fit pivoter son cheval et, sans plus se soucier des Américains pantois, regagna Cornfield Manor au petit trot.

En quelques minutes, et sans qu'ils opposent d'autre résistance que verbale – récriminations et insultes que les officiers et marins avaient reçu l'ordre d'ignorer –, les planteurs furent reconduits à leurs chaloupes où montèrent aussi les mercenaires engagés pour l'expédition.

Escortés par le *Centaur* et l'*Apollo*, les bricks américains disparurent bientôt à la vue des indigènes, témoins de cette étonnante représentation et qui se dispersèrent comme à regret, impressionnés par l'admirable sang-froid de lord Simon Leonard Cornfield, leur maître et protecteur.

Le lendemain soir, au retour des équipages qui reçurent la double ration de rhum, comme de tradition après un service exceptionnel, on annonça partout le *goombay*, veillée coutumière des Arawak qui tire son nom de l'antique tambourin en peau de chèvre, instrument primitif avec lequel Noirs et Indiens rythmaient danses et chants. Pour cette célébration, lord Simon ouvrit le parc du manoir et fit apporter vin de palme et victuailles.

Cette fête nocturne, sous un ciel d'un bleu profond, grand velum clouté d'étoiles, dans une pénombre gorgée des senteurs distillées par le feu du soleil que libérait à présent la fraîcheur de la nuit, se faisait charme au sens magique du terme.

– C'est l'heure des sortilèges, dit Charles à Murray, assis près de lui sur un des sièges apportés du manoir.

– J'ai envie de sortir ma mandoline, mais puis-je me mêler au concert ? On ne sait jamais, mes sons risquent de déplaire à ces sauvages, dit l'architecte, pensif.

– Le cacique des Taino vous donnera la réponse.

Allez le trouver avant que la fête ne batte son plein, conseilla Charles.

Les danseurs, athlètes courts, harmonieux de corps et de gestes, vêtus d'une simple pièce de tissu coloré nouée autour des reins, le front ceint d'un diadème de petites plumes et brandissant une fleur de bromélia attachée à un bâtonnet, se présentèrent avant que Malcolm ne reparût. Ils formèrent un cercle au centre duquel vinrent se placer, autour du cacique Maoti-Mata, les anciens de la tribu. Ne prenant pas part à la danse, ces aînés formaient le chœur et se mirent bientôt à chanter une sorte de cantilène naïve à quatre voix en se dandinant sur place. Puis, rythmés par les tambourins en peau de chèvre, accompagnés par le son aigre des flûtes de bambou et, de façon inattendue, par l'accordéon, cadeau de lord Simon, les chanteurs, enflant leurs voix puissantes, donnèrent le branle à la ronde sur un rythme allègre et cadencé. Si le prélude avait eu un caractère religieux, le souple tournoiement des danseurs, leurs entrechats complexes, le balancement des fleurs de bromélia, l'entrée en scène de jeunes filles gracieuses, inconscientes de ce que pouvaient éveiller de désir, chez les Européens, leurs renversements lascifs, le trémoussement de leur croupe, l'ondulation de leurs hanches, le tressautement de leurs seins roides, firent de cette ronde joyeuse un spectacle d'un érotisme sans apprêt mais capiteux.

– Ils disent à leurs zemis, leurs dieux tutélaires, d'abord avec gravité, ensuite avec abandon, la gratitude qu'ils éprouvent, puisque aujourd'hui ces esprits ont découragé les mauvais hommes venus d'Amérique, dit Tilloy qui venait d'arriver, tenant par la taille une jeune Indienne, manifestement ravie du contact.

– Cette aimable chorégraphie n'a rien de guerrier, s'étonna Charles.

– Aujourd'hui, ils interprètent une sorte d'action de grâces, mais je les ai vus mimer les combats qui opposèrent leurs ancêtres aux Carib, ces cannibales tant redoutés des autres nations indiennes. Et là, croyez-moi, ils y mettent une ardeur assez effrayante. Je me dis parfois que si nos Arawak décidaient de se débarrasser des envahisseurs blancs, nous aurions bien du mal, même avec nos armes, à les contenir. Il reste en eux assez de sauvagerie pour nous mettre à mal. Pas vrai, ma belle sauvageonne ! ajouta le lieutenant, prenant sa compagne à témoin.

L'Indienne sourit et se lova contre l'officier.

– Je ne crois pas que vous ayez quoi que ce soit à redouter de cette personne, observa Charles.

– Non, certes ! Elle est avec moi depuis une semaine et je ne me lasse pas de sa façon de se conduire au lit. Ces filles, mon cher, ont dans le sang l'instinct de la jouissance et l'art de la provoquer chez le partenaire. Elles sont inventives, attentives au plaisir de l'homme et... infatigables ! À côté de ces femmes, nos Anglaises et vos Françaises sont des prudes soumises et sans tempérament ! s'exclama le lieutenant en riant.

L'apparition de lord Simon parut augmenter la frénésie des danseurs, qui ne s'interrompirent, exténués, qu'au signal du cacique invitant Cornfield à prendre place dans le cercle des notables pour recevoir hommage et verre de rhum.

Charles croyait, comme Tilloy, la représentation terminée quand le cacique fit un signe pour relancer la ronde après avoir invité Malcolm Murray à se joindre aux musiciens. Très habilement, l'Anglais s'intégra au tempo, grattant les cordes de sa mandoline pour soutenir le rythme imposé par les tambourins. Enchantés de cet apport, les Indiens déléguèrent l'un des leurs.

– Pouvez-vous jouer pour nous une musique de votre pays ? dit l'homme.

Un instant indécis, Malcolm s'exécuta en tirant de son instrument une tarentelle qui n'avait rien de britannique, mais au son de laquelle les Indiens improvisèrent une danse fougueuse qui réjouit le cacique et tous les anciens.

Dans cette ambiance exotique, un peu irréelle pour un Parisien, Desteyrac se sentit soudain exonéré de toutes les règles de la société qu'il avait quittée. Une satisfaction sereine des sens, dénuée de la culpabilité que la morale judéo-chrétienne suscite depuis des siècles chez les peuples dits civilisés, le simple plaisir d'exister en accord avec ses semblables et la nature environnante : n'était-ce pas là, déjà, une forme de sagesse ? Détournant les yeux des danseurs, le Français regarda autour de lui. Mark Tilloy s'était éloigné dans les allées du parc avec sa belle ; le major Carver semblait converser agréablement avec une jeune métisse n'ayant pour tout vêtement qu'une courte jupe effrangée et un madras ; lord Simon offrait un cigare au cacique Maoti-Mata, ce soir traité en égal ; l'enseigne Hocker, assis entre deux adolescentes taino, semblait engagé dans une double conquête ; le docteur Kermor et le géant O'Graney se passaient familièrement un flacon de whisky ; Philip Rodney, pipe en bouche et paupières mi-closes, posait une main velue sur la cuisse nue de sa voisine, une plaisante Noire, esclave en fuite embarquée à Charleston et de qui il avait fait sa libre gouvernante, voire davantage ; le père

Paul Taval, descendu de son ermitage avec Manuela, l'œil brillant, la lèvre humide, claquait des mains au rythme de la danse à laquelle ne le retenait de participer que la robe de bure qu'il passait les soirs de réjouissances officielles.

Pour la première fois, au cours de cette soirée, Charles s'était trouvé en présence des épouses Colson, Russell, Weston Clarke et autres femmes d'officiers mariniers, quartiers-maîtres ou artisans anglais. Les enfants de ces couples, garçons et filles, assistaient à la fête, mêlés aux rejetons des indigènes, dont certains étaient leurs camarades de classe à l'école de Margaret Russell. Sur cette île qu'il avait un temps crue vide de femmes blanches et vouée au sexe masculin, l'ingénieur découvrait des familles européennes heureuses, qui vivaient à l'écart de l'activité économique et administrative de l'île.

Tandis que danseurs et danseuses se relayaient, Timbo, invisible jusque-là, apparut, accompagné d'une Indienne que Charles reconnut aussitôt.

– Main'ant, Mossu l'Ingénieu', Wyanie va danser que pou' vous, dit l'Arawak.

La jeune fille s'inclina et courut prendre place dans la ronde. De toutes les danseuses, elle parut à Charles, dans une chorégraphie serpentine, la plus souple, la plus ondulante, la plus aguichante. Le corps tantôt ployé, tantôt tendu, le buste renversé, les cheveux frôlant le sol, les seins dressés, arrogants, bras et jambes décrivant des volutes en forme d'appels aux étoiles, elle offrait un visage sérieux, l'œil moelleux, presque implorant, quand son regard accrochait celui de Charles.

La danse prit fin. Desteyrac, cette fois incapable de

résister à l'offrande, fit signe à Wyanie d'approcher. Elle courut plus qu'elle ne marcha vers lui.

– Es-tu dans la même disposition que lors de ta visite ? demanda-t-il.

Elle lui prit la main et, d'un signe de tête, signifia son acceptation. Tandis que spectateurs et acteurs de la fête se rendaient au buffet dressé par les domestiques du manoir, Charles Desteyrac entraîna chez lui, docile et ravie, la jolie fille du cordonnier.

2.

Les sens apaisés mais la conscience chagrine, Charles, au lendemain de sa nuit avec Wyanie, alla cacher sa confusion dans son abri de chantier, au sud de l'île. Bien que la jeune Indienne eût manifesté sans fausse pudeur le désir de renouveler un exercice auquel, la brève douleur de la défloration passée, elle avait manifestement pris goût et pour lequel elle montrait d'évidentes dispositions, l'ingénieur ne souhaitait pas revoir la fille du cordonnier. Le fait que la bizarre coutume des Taino lui eût été presque imposée fournissait une excuse fallacieuse à son comportement. Récidiver eût été abuser d'une pratique que tout homme honnête aurait qualifiée de scandaleuse, séquelle de barbarie. Carver le lui avait d'ailleurs formellement déconseillé.

Au creux de Pink Bay, Charles appréciait les moments de solitude. Il se sentait à l'aise dans sa petite maison de bois, cernée, au pied du talus auquel elle était adossée, par des buissons d'hibiscus exubérants, des lauriers-roses, fleurs d'Apollon, des constellations de gardénias, des cascades de jasmins odorants, des casuarinas, tuteurs naturels d'orchidées blanches et mauves, des anthuriums dont l'inflorescence phallique se dressait, immodeste, sur l'éventail de laque verte des feuilles. De l'océan il connaissait maintenant toute la gamme changeante des bleus et des verts. Suivant les heures, la force des alizés, les marées et les courants, les eaux passaient du bleu de Prusse à l'émeraude, avec de subtils dégradés empruntés tantôt aux pierres – saphir, turquoise, malachite –, tantôt aux végétaux – gentiane, bluet, pervenche.

Dans l'ombre de la galerie, alors que le thermomètre – cadeau de Tilloy – indiquait parfois 33 degrés, il tenait, assis devant une table, le journal des travaux, la comptabilité du chantier ou rédigeait son courrier pour tromper l'attente d'une réponse des ingénieurs de Keystone Bridges Works, relancés à plusieurs reprises par lord Simon. Les terrassements préparatoires étant en cours d'achèvement, l'ingénieur était impatient de passer à la construction du pont.

Ce jour-là, il se mit en devoir de répondre à une longue lettre de son ami Albert Fouquet. Ce condisciple des Ponts, républicain bon teint, commentait avec amertume la guerre que Napoléon III, allié aux Anglais et aux Piémontais, menait depuis plus d'un an contre les Russes en Crimée. « Il est certain, écrivait Fouquet, que les projets du sultan Abd-Ul-Medjid, décidé à reconstruire un empire ottoman puissant, avaient de quoi irriter le tsar Nicolas Ier, lequel souhaitait achever l'œuvre de Catherine II et se posait, depuis 1853, en protecteur de tous les chrétiens orthodoxes de Turquie. Comme le sultan s'est opposé à ce protectorat, les Russes ont envahi les provinces moldo-valaques et détruit la flotte turque à Sinope. Émus par ces procédés, Napoléon III et Victoria, qui s'entendent comme larrons en foire, le premier pour défendre les Lieux saints contre les orthodoxes, la seconde parce que l'influence britannique est menacée par les Russes en Orient, ont déclaré la guerre au tsar le 24 mars 1854. Voilà que, depuis un an, des corps expéditionnaires français et anglais se battent, avec des fortunes diverses, et viennent d'établir le siège de Sébastopol. Un siège qui pourrait bien durer tout l'hiver », précisait Fouquet.

Albert, qui travaillait avec le baron Haussmann, se disait menacé d'un appel sous les drapeaux, les ingénieurs des Ponts étant promus officiers du génie pour les besoins des opérations conduites en Crimée. « J'étais prêt à déserter et décidé à m'exiler aux États-Unis si ce projet d'incorporation se précisait, mais un financier, ami de mon père, est intervenu à propos pour me sauver la mise. J'ai été engagé par une société qui se propose de creuser un isthme artificiel afin d'assurer une communication entre la Méditerranée et la mer Rouge. Ce canal, qui devrait avoir cent vingt kilomètres de long et cent mètres de large, a fait l'objet d'une étude préalable. Des anciens de l'École, comme Montaut et Laroche, travaillent déjà sous la direction de l'ingénieur en chef Mourel pour le compte de la Compagnie universelle du canal de Suez. Celle-ci a été fondée par M. Ferdinand de Lesseps, un ancien consul de France à Alexandrie, qui est au mieux avec le prince Saïd Pacha, vice-roi d'Égypte. On compte déjà des milliers de souscripteurs : banquiers, magistrats, médecins, artisans, militaires, notaires, rentiers, commerçants, hauts fonctionnaires, ecclésiastiques, et deux cent quarante-neuf représentants de notre corps des Ponts et Chaussées. Ce canal, dit M. de Lesseps, devrait ouvrir l'accès de l'Orient au commerce de l'Occident. Pour l'instant, tout n'est pas joué, car les Anglais voient d'un mauvais œil cette entreprise française en Égypte, et les Turcs de la Sublime Porte n'apprécient pas l'initiative franco-égyptienne[1]. Je vais sans doute partir bientôt pour Le Caire ou Alexandrie. On dit que toutes les Égyptiennes ressemblent à Cléopâtre ! Je me sens devenir Antoine ! »

À ces considérations personnelles, Fouquet ajoutait des commentaires sur la future Exposition universelle, qui s'ouvrirait à Paris en mai : « Ce sera le triomphe de la vapeur, du fer et de la mécanique. La galerie des machines sera impressionnante. On y verra une locomotive avec d'immenses roues, qui pourra parcourir quatre-vingts kilomètres en trente-trois minutes ! »

Comme Charles avait révélé à son ami, dans un précédent courrier, l'activité des scaphandriers anglais sur l'île de Soledad, Albert l'informait de la présence à l'Exposition de cinq fabricants de scaphandres, dont un Français, Jean-Marie Cabirol. « Le prince Jérôme Napoléon, frère de l'empereur et président du Sénat, a assisté, à Toulon, à une démonstration de cet habit en toile caoutchoutée, muni d'un casque de cuivre et alimenté par une pompe à air à quatre cylindres. Le scaphandrier est descendu à quarante mètres sous la mer pour y passer une demi-heure. C'est un progrès sur le scaphandre de M. Siebe qu'utilisent tes chercheurs de trésor ! Déjà, des ouvriers formés dans une école spéciale travaillent à la réfection des piles de ponts dans la Loire. Ils seront aussi employés à la construction des futurs ponts, ce qui nous rendra, à

1. Les travaux ne commencèrent que le 25 avril 1859, et le canal devait être ouvert à la navigation le 17 novembre 1869.

nous pontonniers, de précieux services », assurait le Parisien.

Fouquet concluait sa lettre par l'annonce du mariage de Rosalie. « Non pas avec un vieux marcheur amateur de chair fraîche, comme nous aurions pu l'imaginer, mais avec un jeune sous-préfet, un des collaborateurs de M. Haussmann. Je le connais comme un beau garçon au visage ouvert. Il serait bien vu de l'empereur, m'a-t-on assuré. Il se pourrait donc, mon cher, que ta Rosalie finisse dans la peau d'une épouse de ministre ! Détail qui a son importance, elle s'est mariée en blanc à Saint-Philippe-du-Roule ! Je pense, et nos amis avec moi, que tu devrais te sentir flatté ! » écrivait l'ingénieur. Dans un post-scriptum, il ménageait l'avenir : « Si l'Égypte et les Égyptiennes ne me plaisent pas, je suivrai ton exemple et j'irai tâter du Nouveau Monde, peut-être pour me faire chercheur d'or en Californie comme plus de trente mille de nos compatriotes, d'après un récent article de *L'Illustration*. »

Des événements de Crimée, Charles Desteyrac avait déjà été informé par sa mère. Elle lui avait écrit précédemment : « Le général de Saint-Forin est en Crimée avec notre fils Octave, ton demi-frère. Le père et le fils se préparent maintenant aux combats qui ne pourront qu'ajouter à la gloire de l'empereur et à celle de notre famille. »

Cette phrase avait irrité Charles. Cette famille-là n'était plus la sienne. Toujours caustique, il avait répondu : « *The Nassau Guardian*, seul quotidien des Bahamas, de même que la plupart des journaux américains reçus à Soledad, semblent ignorer ce qui se passe en Crimée, contrée lointaine dont le sort ne peut en rien influencer la vie des Américains et des Bahamiens. Il y a donc peu de chances que les faits d'armes de votre mari et de votre fils soient jamais connus de ce côté-ci de l'Atlantique. »

Les nouvelles qui parvenaient de France prenaient pour Charles, avec la distance et les délais de transport du courrier – un mois, voire un mois et demi –, une sorte d'insignifiante irréalité. Un autre aurait peut-être ressenti à leur lecture une mièvre nostalgie ou un appétit de détails supplémentaires. Desteyrac, ayant fait le choix d'une existence radicalement distincte de celle qu'il avait quittée, n'éprouvait plus ni mélancolie ni curiosité. Il se sentait dans la peau d'un homme neuf, en tout cas bien différent de celui à qui Albert Fouquet croyait amical de rapporter les faits et gestes de ceux et celles qu'ils avaient ensemble connus.

L'installation aux Bahamas avait été comme une nouvelle naissance. Le bien-être présent lui ôtait de la mémoire jusqu'à l'image de celui qu'il avait connu. Les faits que rappelait Fouquet appartenaient déjà au passé quand il en prenait connaissance. Ce mélange de réminiscences et de situations nouvelles ne faisait que semer des jalons permettant d'évaluer, à distance, la marche du temps. Rosalie, heureusement mariée, devenait une étrangère, comme le restait ce demi-frère qu'il n'eût sans doute pas reconnu s'il s'était présenté à lui. En s'exilant à Soledad, Charles Desteyrac avait non seulement tourné une page, mais clos l'album illustré d'une vie antérieure. Il attendait de l'avenir de quoi composer un nouveau livre d'images avec des aventures pittoresques, plaisantes, insolites, et, sinon le bonheur, de quoi faire au moins croire à sa possible existence.

Après la tentative de meurtre dont il avait fait l'objet, l'ingénieur, au lieu de remplacer les cordages de chanvre, avait commandé aux ateliers de John A. Roebling, à Philadelphie, des câbles métalliques, invention de cet ingénieur d'origine allemande. Arrivé en 1831 aux États-Unis à l'âge de vingt-cinq ans, Roebling, ancien élève de l'Institut polytechnique de Berlin, avait eu l'idée de torsader des fils de métal pour en faire des câbles de différents diamètres et d'une grande résistance à la rupture. Le succès avait été tel qu'en 1851 on avait confié à l'inventeur la construction d'un pont suspendu pour chemin de fer de deux cent soixante-deux mètres de portée, à Lewiston, en aval des chutes du Niagara. Soutenu par quatre câbles de deux cent cinquante-quatre millimètres de diamètre, chacun composé de trois mille six cent quarante fils de fer, l'ouvrage attirait des foules de curieux et recevait la visite d'ingénieurs de tous les pays. Charles se promit d'aller voir ce pont, car il ne connaissait les travaux du Niagara que par les articles de journalistes, aussi impressionnés que le public par « la plus audacieuse réalisation de John Roebling[1] ».

Le fabricant de câbles avait été plus prompt à réagir que les fabricants de rails et de poutres de Pittsburgh. Cinq semaines après la commande, le matériel avait été livré à Nassau et apporté à Soledad par Mark Tilloy

1. En 1867, John Roebling dessina les plans et commença la construction du pont suspendu de Brooklyn, d'une portée de quatre cent quatre-vingt-six mètres. L'ingénieur ayant succombé au tétanos en 1869, son fils, Washington Roebling, acheva l'ouvrage, qui fut inauguré le 25 mai 1883.

à bord du *Centaur*. Aux rouleaux de câbles était joint un cabestan à commande démultipliée, sur les tambours duquel s'enroulait et se déroulait, au moyen d'une manivelle, le câble de traction. Cet engin léger permettait la manœuvre manuelle d'une nouvelle benne de tôle pouvant contenir deux personnes, elle aussi livrée sur plan par les ateliers de Philadelphie.

Dès que les câbles métalliques furent en place, ce qui rendit plus sûre et plus aisée la traversée du cañon, Charles vit apparaître Ounca Lou sur la rive de Buena Vista. Il n'avait pas revu la jeune fille depuis que la liaison entre l'île et l'îlot avait été interrompue par ce que tout le monde nommait « le coup de folie de l'aide-cuisinier de lady Lamia ». Par un étrange et vain sentiment de culpabilité, l'ingénieur se sentit mal à l'aise quand Ounca Lou, en présence de sa marraine, lui prit les mains avec effusion et se plaignit d'une si longue absence.

– Vous n'ignorez pas que nous avons vécu à Soledad une attaque de planteurs américains venus exiger la restitution d'esclaves marrons, rappela Charles.

– Nous savons. Et aussi comment mon frère renvoya avec fermeté ces gens à leurs plantations, dit Fish Lady.

– Lord Simon manœuvra en effet de façon admirable, et ce qui aurait pu tourner à l'affrontement sanglant se termina comme une comédie italienne. Après, ce fut la fête dans le parc de Cornfield Manor. J'espérais vaguement vous y rencontrer, ajouta l'ingénieur.

– Je ne suis jamais conviée aux célébrations à Cornfield Manor, sauf pour l'anniversaire de la reine, dit sèchement Lamia.

– Si le va-et-vient avait été réparé, moi je serais allée

au *goombay* ! Discrètement, bien sûr. J'aime les chants et les danses des Arawak, dit Ounca Lou.

– Si vous acceptez, lors de la prochaine fête, vous serez ma cavalière, risqua Desteyrac, retrouvant son aplomb.

Le regard de la jeune fille annonçait une acceptation enthousiaste quand lady Lamia intervint si vivement que l'intéressée n'eut pas le temps d'ouvrir la bouche.

– Je crains, monsieur, que ma filleule ne soit pas une partenaire aussi attentionnée que la fille du cordonnier, dit-elle, le regard farouche.

Charles, décontenancé, s'absorba dans l'examen des serre-câbles que Tom O'Graney venait de mettre en place.

« Comment diable cette femme sait-elle ? Le mot de partenaire en dit assez sur sa connaissance de la relation que j'ai eue avec Wyanie. Quelle diablesse ! Me faire passer pour un lovelace devant Ounca Lou ! Voilà ce qu'elle veut ! » se dit Charles dans un premier temps. Puis, n'étant pas homme à laisser passer une perfidie sans y répondre, il fit face.

– Wyanie, la fille du cordonnier de votre frère, est une charmante Indienne qui pratique on ne peut mieux l'hospitalité à la mode des Taino. Grâce à elle, le célibataire que je suis, qu'aucune présence féminine ne vient habituellement distraire, a passé une agréable soirée. J'ai appris de sa bouche, car elle sait l'anglais, la signification des chants et danses que nous offraient ceux de sa tribu, dit-il pour banaliser l'événement.

– Bien sûr ! Bien sûr ! Ces petites ne souhaitent que rendre service à l'étranger en l'initiant à toutes les coutumes indiennes, persifla Lamia en insistant sur le mot toutes.

– J'attends maintenant qu'elle me présente son fiancé, ajouta Desteyrac avec désinvolture.

Ounca Lou ne tint pas compte de l'interruption de sa marraine et décocha à Charles un sourire épanoui.

– Il fait très chaud, ce matin : je vais profiter de votre nouvelle installation pour passer sur Soledad et aller me baigner près de chez vous, dans Pink Bay. M'accompagnerez-vous ?

– Avec grand plaisir, dit Charles, pressé d'écourter l'entretien avec Lamia.

Il invita aussitôt la jeune fille à prendre place avec lui dans la benne du va-et-vient. Avant même qu'il eût saisi la manivelle pour mettre la nacelle en mouvement, lady Lamia avait tourné les talons et, sans un mot, pris à pas vifs la direction de sa demeure.

– J'ai le sentiment que votre marraine n'apprécie guère qu'un Blanc ait été vu en compagnie d'une Indienne lors du *goombay*, dit-il pour avoir une idée de ce que savait exactement la jeune fille.

– Marraine nourrit un certain préjugé contre les filles arawak. Elle les tient pour enjôleuses et fort intéressées par ce que peut rapporter une relation... disons privilégiée, avec un Blanc. Mais vous êtes étranger et ne pouvez savoir, n'est-ce pas ?

– En effet, je ne puis savoir, dit Charles, maintenant convaincu qu'Ounca Lou n'ignorait rien de ce qu'il eût préféré cacher.

– Mais, quoi qu'en pense lady Lamia, cela ne tire pas à conséquence, conclut la jeune fille d'un ton détaché, marquant ainsi son indifférence à l'affaire.

La traversée effectuée, ils marchèrent jusqu'à la maison de Charles. Ounca Lou s'assit sur les marches de la galerie tandis que Desteyrac passait le maillot noir de nageur qu'il avait pris soin, en quittant Paris, de mettre dans ses bagages. En se glissant dans ce vêtement qui lui couvrait décemment le corps de mi-cuisse aux épaules, lui revinrent les souvenirs des dimanches d'été au bord de la Marne. L'image de Rosalie en costume de bain rayé rouge et blanc, avec volants aux coudes et aux genoux, coiffée d'un bonnet à friselis, le fit sourire. Comme les Indiennes, Ounca Lou se baignait avec un simple pagne auquel elle avait ajouté, sans doute à cause de Charles, une étroite brassière de toile que ses seins supportaient plus qu'elle ne les cachait. Elle la perdit à la troisième brasse !

Ils nagèrent côte à côte, se glissant sous la vague et s'éloignant du rivage avec aisance.

– N'allez pas au-delà de la barrière de corail. Les requins ne la franchissent pas, mais ils sont peut-être derrière à nous attendre ! lança la jeune fille.

Charles trouva là prétexte à se rapprocher de sa compagne jusqu'à ce qu'une vague complice l'aide à frôler le corps de la nageuse. Hypocrite, il s'excusa de ce léger heurt, sans pour autant s'éloigner d'elle. La jeune fille ne marqua aucune contrariété et plongea, invitant d'un geste du bras son compagnon à l'imiter. Ils évoluèrent un moment entre deux eaux, au-dessus des rochers où, à leur approche, se faufilaient, traits multicolores, d'étranges poissons que Charles n'avait jamais vus que dans l'aquarium du Collège de France. Mais, plus que la faune marine, les formes et les mouvements gracieux et cadencés de la jeune femme retenaient son regard. La puissante clarté du soleil se diluant dans l'eau limpide lustrait le corps de la naïade, la rendait à la fois plus désirable et plus inaccessible. Bientôt, le Français sentit la nécessité de reprendre souffle. Elle lui tendit la main pour l'aider à refaire surface.

– Je n'ai pas la capacité thoracique d'un pêcheur d'éponges, ânonna-t-il, s'efforçant de recouvrer un rythme respiratoire normal.

– Ça suffit pour aujourd'hui, dit gaiement Ounca Lou sans lâcher la main de Charles.

C'est ainsi qu'ils regagnèrent la plage, la jeune fille balançant de sa main libre la brassière qu'elle n'avait pas jugé utile d'ajuster à nouveau. Quand ils s'assirent côte à côte sur le sable, elle releva ses cheveux, les lia avec une tige arrachée à une touffe de graminée. Sa peau mouillée retrouvait, en séchant, son aspect soyeux, des gouttelettes d'eau perlaient à la pointe de ses seins. À cet instant, l'image d'Esther à sa toilette, que Théodore Chassériau avait peinte se coiffant, bras relevés, ce qui donnait au buste nu une insolence érotique, se présenta à la pensée de Charles. Ounca Lou, comme l'orpheline juive de la Bible, n'avait-elle pas grandi, « solitaire et cachée », auprès de sa marraine, comme Esther près de son oncle Mardochée ? « Que ne suis-je Assuérus ! » pensa-t-il.

– Ce fut un bain très agréable, vivifiant, dit Charles pour meubler le silence.

– L'océan me manquait furieusement à New York, et les bains à Long Island étaient prétexte à réunions mondaines. Les gens se trempaient dans la mer comme dans une baignoire. La plupart ne savaient pas nager. Voyez-vous, Charles, je suis une sauvage qu'on a bien éduquée. Mais le sang indien que j'ai dans les veines redevient force dominante dès que je suis ici.

– J'ai le sentiment, en effet, que vous êtes aussi à l'aise dans l'eau qu'à l'air libre.

– Je connais une anse où viennent s'ébattre les dauphins. Lamia m'a appris depuis l'enfance à jouer avec eux. Je vous y conduirai... si cela vous plaît, bien sûr, proposa-t-elle.

– Avec vous, j'irais même me tremper dans Sharks Bay ! déclara Charles.

– Ah, le galant Français resurgit ! Comment appelle-t-on cette façon que vous avez de dire aux femmes des choses que vous ne pensez pas, des phrases destinées à séduire les naïves ?

– Depuis Marivaux, on parle à ce propos de marivaudage, admit Desteyrac, déconfit.

– Allons, allons, ne prenez pas cet air renfrogné ! J'aime bien, de temps en temps, qu'on me dise des marivaudages... Les Anglais ne savent pas parler aux femmes. Ils sont timides, circonspects, et croient qu'il est de bon ton de marquer à l'égard des jeunes filles une froideur prononcée. Pour eux, il n'y a que deux catégories de femmes : les possibles épouses et les prostituées, confia-t-elle.

– Et les jeunes Américains que vous avez dû rencontrer ?

– J'en ai fréquenté très peu. Car, voyez-vous, pour les gens de la bonne société américaine, celle des familles de mes compagnes de pension, tout ce qui n'est pas *WASP* – c'est-à-dire *White Anglo-Saxon Protestant* – est infréquentable. Et la fortune ne compense pas cette tare héréditaire. Comme je n'ai pas un teint de fleur de magnolia, que mes yeux sont fendus comme ceux de ma mère dont le père était indien, je ne pouvais faire l'objet que d'attentions salaces ou d'une méprisante indifférence. Certains petits messieurs, qui m'ont manqué de respect, ont appris que les sauvages de mon espèce ont la gifle facile, dit-elle.

– Me voilà prévenu ! s'exclama Charles en riant.

– Marraine m'a dit : « Avec M. Desteyrac, tu ne crains rien. » C'est pourquoi vous êtes le premier Européen sur cette île à qui je puis tendre la main.

– Peut-être même la joue ? dit Charles, émoustillé.

– Mais pas aujourd'hui ! décida-t-elle en se levant.

Il reconduisit Ounca Lou jusqu'au va-et-vient, lui fit traverser la faille, et quand, posant le pied sur Buena Vista, elle lui fit un signe de la main, il lui sembla qu'elle mettait dans ce geste banal une attention prometteuse.

L'ingénieur comprit bientôt qu'il entrait dans une période d'inactivité qui pourrait être longue. Les gens de Pittsburgh mettaient peu d'empressement à répondre aux demandes formulées par lord Simon ; Charles attendit des mois l'accusé de réception de ses plans et leur acceptation de principe. Ces atermoiements, aggravés par la lenteur des communications, le courrier de Pennsylvanie, via New York et Nassau, mettant parfois plusieurs semaines à parvenir à Soledad, l'agaçaient plus encore que lord Simon, habitué aux lenteurs américaines.

La période des ouragans, qui, comme chaque année entre juillet et octobre, rendit la navigation dangereuse dans l'archipel, compliqua encore les échanges. Or, les ingénieurs de Keystone Bridges Works, dont on ne pouvait mettre la bonne volonté en doute, réclamaient fréquemment à leur collègue français de nouvelles précisions techniques, des plans de détails cotés, et, au commanditaire, des engagements financiers supplémentaires. Charles se remettait alors à sa planche à dessin, pestant contre une organisation du travail peu adaptée à l'industrie métallurgique.

Son impatience rejoignait celle, moins fébrile, de lord Simon. Pour ne pas comparer la nonchalance bahamienne aux temporisations de Keystone Bridges Works, Cornfield excusait ces dernières, sachant que les ateliers de Pittsburgh étaient assaillis de commandes de rails par les compagnies de chemins de fer en pleine expansion. Cette production avait priorité sur la fabrication d'un pont destiné à une île lointaine.

– Je leur tiens, par lettres régulières, l'épée aux reins. Mais ces gens ne sont pas, comme chez vous ou chez nous, entraînés à faire vite. Ce n'est pas dans leur nature. Ils ont encore beaucoup à apprendre de la vieille Europe ! soupirait Cornfield.

Quand Charles lui faisait part de ses scrupules, s'estimant entretenu à ne rien faire, lord Simon se mettait à rire et le rassurait :

– Profitez-en pour vous mieux acclimater à l'archipel. Visitez les îles avec Mark Tilloy pour guide. Il connaît tout, y compris les cabarets de Nassau où l'on trouve d'attrayantes hôtesses.

Charles mit à profit ce conseil et, la saison des ouragans passée, navigua pendant des mois en compagnie du lieutenant, de Cat Island à Crooked Island, franchissant ainsi plusieurs fois la ligne idéale du tropique du Cancer.

Au cours de leurs escales, les deux amis dégustèrent les délicieuses bananes de Grand Bahama, visitèrent, au sud de Great Abaco, le seul phare de l'archipel, construit en 1836 en dépit d'insulaires pilleurs d'épaves. Ils eurent à Andros une pensée pour sir Henry Morgan, fameux aventurier : élu amiral par les boucaniers anglais, ce pirate repenti, couvert d'honneurs par le roi Charles II pour ses exploits contre les Espagnols, avait choisi un temps cette île pour résidence. Charles et Mark ne s'attardèrent pas, comme d'autres visiteurs, pour tenter de trouver le trésor que l'on disait caché par Morgan dans une grotte qui portait désormais son nom.

C'est à Nassau, à l'occasion de livraisons d'éponges, que Charles Desteyrac fit, en compagnie du marin, de plus fréquents mais brefs séjours. Parcourant la capitale de l'archipel pendant que Tilloy vaquait à ses affaires, il vit les bâtiments d'un des premiers parlements coloniaux de l'Empire britannique, construits entre 1801 et 1803 par les loyalistes réfugiés à New Providence. Il fit le tour de la plus ancienne prison des Bahamas, un bâtiment octogonal bâti en 1797 pour accueillir les derniers pirates[1], et s'en fut saluer la statue de Christophe Colomb, érigée en 1830 au pied de l'escalier du palais du gouverneur. Pour le point de vue, il gravit les soixante-cinq marches de l'escalier taillé vers 1790 dans le calcaire corallien par les esclaves des planteurs loyalistes.

La fuite du temps, dans un pays où l'on ne consultait sa montre que dans l'attente d'une visite, et le calendrier que pour connaître les changements de lune, semblait à Charles beaucoup moins perceptible qu'en France. Ici, la notion de temps rejoignait celle

1. Le bâtiment abrite aujourd'hui la bibliothèque municipale et le musée historique.

d'espace, et les semaines succédaient aux semaines, les mois aux mois, sans qu'on y prît garde, le passage d'une saison l'autre étant si flexible que le Français avait le sentiment de vivre un éternel été. La température, passant insensiblement de 26 degrés centigrades en janvier à 31 degrés en août, contribuait à entretenir, pour un Européen accoutumé à des variations beaucoup plus amples, cette sensation de permanence du climat.

Entre ses croisières dans les îles, ses rendez-vous, entrevues et dîners dans le Cornfieldshire, ses soirées au Loyalists Club, ses visites au joyeux ermite du mont de la Chèvre, Charles s'adonnait avec entrain au rite des baignades avec la filleule de lady Lamia. Ses rapports avec Ounca Lou étaient de plus en plus confiants, sans pour autant atteindre la tendre familiarité qu'il eût aimé leur imprimer. Gentille, souriante, attentive, Ounca Lou acceptait le badinage, disait se trouver bien en compagnie de Charles, mais n'en restait pas moins la filleule très surveillée de Fish Lady.

– Marraine dit que le meilleur des hommes ne domine pas toujours l'animalité qui subsiste en chacun d'eux, déclara-t-elle un jour, après le bain, alors qu'ils sirotaient un verre de jus d'ananas sur la galerie de Little Manor.

– Et quand on a affaire à celui qui n'est pas le meilleur des hommes, le danger est d'autant plus grand pour une demoiselle ! badina Charles.

Il se demanda si ces propos spontanés ne risquaient pas d'alarmer la jeune femme. Elle le rassura d'un sourire en lui transmettant une invitation de lady Lamia pour le lendemain à Buena Vista.

– Nous sommes déjà au mois de mai, vous êtes ici

depuis deux ans, et marraine commence à croire que votre pont ne sera jamais construit, ce qui la rend d'humeur charmante ! Encore qu'elle regrettera de vous voir quitter Soledad, dit Ounca Lou.

– Je ne suis pas de ceux qu'on regrette. Nous autres, bâtisseurs de ponts, ne faisons que passer, comme les rivières que nous enjambons. D'abord on nous déteste, ensuite on nous accepte, après on nous oublie, répliqua Charles, un peu morose.

– J'ai beaucoup de mémoire, protesta-t-elle.

Le lendemain dans l'après-midi, alors qu'il regagnait sa maison de chantier après un excellent repas de homard et de conques farcies chez Fish Lady au cours duquel Ounca Lou s'était montrée plus gracieuse et plus engageante que jamais, l'ingénieur trouva Timbo en conversation avec un émissaire de lord Simon.

L'homme lui apprit que le maître de l'île souhaitait le voir très vite, le soir même, si possible. Informé avant Charles, Timbo avait déjà organisé le départ, attelé Zéphyr, fermé la maison. Desteyrac n'eut qu'à rassembler plans et papiers, boucler sa sacoche, avant de sauter dans le dog-cart. Lui qui comptait, le lendemain, retourner à Buena Vista pour revoir Ounca Lou trouva cavalière la convocation du lord. Mécontent, il somnola pendant tout le trajet, décourageant le bavardage de Timbo.

Après une traversée de l'île au grand trot, Charles Desteyrac, encore sous le charme des moments passés avec la filleule de lady Lamia, retrouva, à la fin de l'après-midi, sur la galerie de Cornfield Manor, le major Carver et le capitaine Colson sirotant un *pink gin* en compagnie du maître de maison.

– Mon cher, nous partirons bientôt pour New York. Vous êtes du voyage, ainsi que Murray. Il s'agira de revenir avant la période des ouragans, annonça sans préambule lord Simon.

– J'aurai grand plaisir à cette croisière, dit Charles.

– Ce sera pour vous l'occasion de faire avancer nos travaux. Les gens de Pittsburgh m'écrivent enfin que votre pont sera mis en fabrication cet automne, ce qui vous laisse le temps de vous rendre aux ateliers de Keystone Bridges Works, et même, ils le disent dans leur lettre, de rencontrer sur place l'ingénieur Whipple. Le devis étant raisonnable, je l'ai accepté, et ma banque de Boston enverra des arrhes.

– Eh bien, c'est une très bonne nouvelle ! s'exclama Charles.

– Mais, pour moi, ce n'est pas la seule. Lady Ottilia, qui, depuis des mois, ne m'envoyait que des missives laconiques, et dont je subodorais que le formalisme filial cachait quelque affaire de cœur, m'annonce qu'un officier de cavalerie, tout frais émoulu de West Point, fils d'une veuve du Massachusetts dont il serait le seul héritier, a demandé sa main. Par une attention à laquelle Ottilia ne m'a guère habitué, elle souhaite ma présence à New York, où pourraient être célébrées les fiançailles. Si, dit-elle, et c'est ce qui m'étonne le plus, le prétendant, dont elle néglige de donner le nom, me convient comme gendre !

– Eh bien, vous voilà un père comblé. Vous aurez, l'hiver prochain, un gendre et un pont ! dit Charles.

– Souhaitons que l'un et l'autre soient robustes ! lança Edward gaiement.

– Et maintenant, mes amis, si vous n'avez les uns et les autres aucune obligation, je vous invite à partager mon dîner, proposa lord Simon, rayonnant de satisfaction.

Seul Colson déclina l'invitation, tandis que Charles et le major Carver l'acceptèrent, demandant un délai pour aller passer la tenue de rigueur pour les dîners d'été – costume de lin, chemise blanche, ruban de velours en guise de cravate.

Étant voisins, Charles et Edward firent ensemble l'aller et retour à bord du boghei du major.

– Pensez-vous que le mariage de lady Ottilia avec un Américain puisse vraiment réjouir lord Simon ? demanda Charles.

– Attendez, mon cher. Ottilia n'est pas encore mariée. Elle a été deux fois fiancée à de jeunes Anglais fort acceptables. L'un ou l'autre eût fait un bon époux. Mais, dans les deux cas, après des fiançailles pompeuses, elle a rompu son engagement le jour même où devait être fixée la date des noces. Et cela, sans avancer de raison sérieuse, sans avoir rien à reprocher aux prétendants ! confia le major.

– Étrange conduite, commenta Charles.

– Plus encore que vous ne pouvez le penser. Car de ces ruptures *in extremis*, Ottilia parut chaque fois très affectée. Et, naturellement, comme pour narguer la bonne société londonienne, chaque fois aussi elle se lança dans de nouvelles folies. En fait, je crois que lady Ottilia a peur d'entrer dans un lit conjugal, ajouta Carver.

– D'après ce que m'a appris Malcolm Murray, les

frasques sont une manière, pour cette belle, de montrer son indépendance d'esprit, son refus d'une société dont elle connaît le pharisaïsme et les bonnes manières patelines. Peut-être est-ce aussi une façon de donner libre cours à sa nature généreuse ? Son engagement aux côtés des féministes, des *Bloomers*, son antiesclavagisme militant prouvent des qualités de cœur, non ? C'est une personnalité complexe, mais non déplaisante, exposa Charles.

– Certes, la fille de Simon n'a pas que d'irritants défauts. On lui pardonne ses frasques, ses fantaisies imprévisibles, ses engouements douteux, parce qu'elle appartient à cette catégorie des riches héritières, jolies et bien nées, dont on sait qu'un jour ou l'autre elles rentreront dans le rang et feront des épouses peut-être difficiles, mais bonnes maîtresses de maison et mères attentionnées, dit le major comme la voiture s'arrêtait devant le perron de Cornfield Manor.

Le dîner, auquel se joignit Malcolm Murray, dont les plans du nouvel hôpital avaient été approuvés par son oncle, fut des plus gai, et gaillardement arrosé. C'est au salon, à l'heure du porto et des cigares, que lord Simon fit part à ses invités des dernières informations touchant ce qu'il nommait les affaires cubaines, dont Charles savait qu'il souhaitait se dégager.

– J'avais été informé confidentiellement, l'an dernier, par un ami bien placé à Washington, que le 15 octobre 1854 s'étaient réunis secrètement, d'abord à Aix-la-Chapelle, et, quelques jours plus tard, à Ostende, à la demande du secrétaire d'État américain William M. Marcy, trois représentants des États-Unis en Europe : James Buchanan, ambassadeur à Londres, Pierre Soulé, ambassadeur à Madrid, et John Y. Mason, ambassadeur à Paris. Ces messieurs étaient chargés de mettre au point le document rendu public en mars dernier sous le titre de Manifeste d'Ostende. Les journaux américains et *The Nassau Guardian* viennent de le publier. Il annonce que les États-Unis offrent cent trente millions de dollars à l'Espagne pour l'acquisition de l'île de Cuba. Il précise aussi que la cession de Cuba aux États-Unis s'impose, et que le gouvernement de Washington serait désolé d'avoir à user de la force pour obtenir ce qu'on refuserait de lui vendre. Les ambassadeurs ont naturellement communiqué cette proposition aux gouvernements de Paris, Londres et, bien sûr, Madrid.

– Ne trouvez-vous pas que cette offre a un assez déplaisant relent de chantage ? C'est presque un ultimatum ! s'indigna Murray.

– Je suis de votre avis, dit le major.

– Risque-t-on une guerre entre les États-Unis et l'Espagne ? demanda Charles.

– Tout est possible, et j'ai décidé de mettre en vente ma plantation de Limonar avant qu'elle ne trouve plus acquéreur si le conflit se déclenche ou que se développe à La Havane une révolte des créoles – il y a déjà eu des escarmouches avec les soldats espagnols –, qui réclament aux autorités des réformes administratives et même politiques, annonça le lord.

– Simon agit bien. Car, par le commandant d'une frégate anglaise qui a fait escale chez nous, j'ai su que les Cubains et les Espagnols sont sur le qui-vive. Le 3 février de cette année, le bruit a couru à Cuba qu'une expédition américaine, forte de cinq mille hommes, était en route pour La Havane. Le capitaine général de La Concha, gouverneur de Cuba, a aussitôt annulé un bal et décrété l'état de siège, ce qui a motivé l'envoi à La Havane de cette frégate et d'un brick de la flotte britannique de la Jamaïque, ajouta le major.

– Mais il ne s'est rien passé, puisque les navires anglais ont regagné leur base, remarqua Murray.

– Il paraît que les bateaux espagnols stationnés à La Havane étant sortis pour aller à la rencontre des Américains, ces derniers ont renoncé à s'approcher de l'île. La fanfaronnade aurait donc réussi. Mais les Espagnols craignent toujours des débarquements clandestins sur l'île, et la police redouble de vigilance vis-à-vis des étrangers.

– Le notaire de La Havane que j'ai chargé de vendre ma plantation et ma sucrerie de Limonar m'a rendu visite il y a trois jours. Il m'a raconté que, pendant l'alerte, motivée ou non par une prétendue expédition américaine, il accueillait avec quelques amis le célèbre naturaliste suisse, M. Henri de Saussure, petit-fils de cet Horace Bénédict de Saussure qui, après le docteur Paccard et le guide Jacques Balmat, escalada le mont Blanc en 1787. Le savant suisse, qu'accompagnaient plusieurs compatriotes, dont le fameux naturaliste vaudois M. François Sumichrast, a été scandalisé par le sort des esclaves noirs. Alors que M. de Saussure revenait de visiter une plantation des environs de Matanzas dont le propriétaire vit en France, mon notaire, abolitionniste déclaré, lui a demandé ce qu'un citoyen suisse pensait du travail servile. Pour toute réponse, l'Helvète mit sous les yeux de son hôte le passage d'une lettre destinée à l'un de ses amis genevois, texte que le notaire a noté : « Rien au monde n'est plus triste que de voir quatre cents nègres travailler sous le fouet d'un certain nombre de Blancs. Point de chants, point de gaieté, seulement un travail lent et machinal. Ici le nègre n'est qu'une bête de somme qu'on fait aller jusqu'à ce qu'il crève, et tout cela pour enrichir un particulier qui vit à Paris[1]. » « Vous savez maintenant ce que j'en pense », dit le Suisse.

– Ce que pensent aussi tous ceux qui veulent l'abolition de l'esclavage ! commenta Murray.

– Mais, à Cuba, certains abolitionnistes manquent par trop de sincérité. Ainsi des planteurs, des sucriers et des producteurs de tabac, dont une famille alliée aux Bourbons d'Espagne, des gens que je connais et qui investissent dans l'immobilier et la banque à Paris, New York et Madrid, se sont entendus pour conspirer contre l'Espagne. Ils souhaitent l'annexion de l'île par les États-Unis et se disent pour la suppression de l'esclavage à condition de recevoir une indemnité pour chaque nègre affranchi : un montant d'au moins douze livres sterling par esclave ! Ils exigent encore qu'une loi oblige les nègres libérés à rester au service des planteurs qui les ont affranchis, détailla Carver.

– En somme, non seulement ces esclavagistes ne perdraient rien, car, libres, les nègres travailleraient autant qu'esclaves, mais encore leurs propriétaires, restant leurs maîtres, toucheraient de fortes sommes ! s'indigna Charles.

– Ces gens sont riches et puissants, monsieur Desteyrac. Ils ont des amis à Washington et à Londres, et se permettent de financer, m'a-t-on assuré, certaines publications antiesclavagistes prudentes, compléta Cornfield.

---

1. Henri de Saussure, *Voyage aux Antilles et au Mexique, 1854-1856*, Olizane, Genève, 1993. Lettre à son cousin Théodore Necker, envoyée de La Havane le 13 février 1855.

– Curieuse démarche que celle d'un représentant de ces riches planteurs qui s'est rendu en Angleterre lors de l'Exposition de Londres, en 1851, pour rencontrer lord Henry Palmerston et des antiesclavagistes. On ne sait quel accord a été passé entre le ministre des Affaires étrangères et le représentant des planteurs cubains, mais c'est un fait que, depuis ce temps, les croiseurs de Sa Majesté ne pourchassent plus avec autant de zèle les navires négriers au large des côtes d'Afrique et dans les Caraïbes, reconnut sans plaisir Carver.

– En vérité, les membres de la plantocratie cubaine considèrent que l'important n'est pas tant l'abolition de l'esclavage, dont ils savent bien qu'elle interviendra un jour ou l'autre, que la présence des Noirs quand ils seront libres. En face de cinq cent mille Blancs, on compte, paraît-il, car les recensements d'esclaves sont imprécis, plus de trois cent mille nègres à Cuba. Or, si Indiens et métis n'inspirent pas de crainte, il n'en va pas de même des nègres. C'est pourquoi certains propriétaires répètent sans cesse : « Il faut blanchir Cuba ! » et proposent de reconduire les nègres sur leur terre natale. De bonnes âmes, prêtes à se charger de ce transport, auraient déjà fondé une association pour le retour des nègres en Afrique, ajouta sir Edward.

– Il y aura encore de mauvais jours pour les abolitionnistes sincères. Ainsi, récemment, la police cubaine a découvert l'atelier clandestin où était imprimée *La Voz del Pueblo*, une feuille révolutionnaire qui prônait non seulement l'abolition, mais aussi l'indépendance de l'île. L'éditeur Eduardo Facciolo a été pendu, et deux journalistes l'auraient été aussi s'ils n'avaient pu fuir et se réfugier à Nassau, rapporta lord Simon.

– En somme, l'annexion par les États-Unis, qui ferait de Cuba un nouvel État américain non esclavagiste, au contraire de ce qu'espèrent ces planteurs de Louisiane et des Carolines que lord Simon a si bien reçus, apparaît comme la meilleure solution ? avança Charles.

– La seule solution honnête, humaine et durable est, mon cher Charles, l'indépendance de l'île de Cuba, dont les habitants de toutes races se donneraient librement, et à l'écart des influences étrangères, un gouvernement et des lois de leur choix, assena Malcolm Murray.

– Voilà bien la plus touchante utopie qu'on connaisse ! s'exclama Edward Carver en donnant le signal du départ.

Parmi les dispositions que prit Charles Desteyrac avant l'embarquement pour New York, la mise hors service du va-et-vient entre Soledad et Buena Vista lui fournit l'occasion de revoir Ounca Lou qui, souvent, occupait ses pensées. L'ingénieur ne voulait pas laisser le transbordeur sans surveillance pendant son absence et celle de Tom O'Graney, rappelé par le commandant Colson pour assurer son service de chef charpentier à bord du *Phoenix* durant la traversée vers les États-Unis. Avant le démontage de la benne, il se rendit chez lady Lamia, qu'il trouva, comme il l'espérait, en compagnie de sa filleule.

– Mon absence pourra durer longtemps. Je ne reviendrai qu'avec les éléments métalliques du pont. Il ne me restera qu'à les assembler et à lancer l'ouvrage.

Ensuite, ma mission étant terminée, vous n'aurez plus à subir ma présence, lui dit-il.

Les deux femmes se récrièrent et Lamia, la première, intervint :

– Vous nous manquerez beaucoup, monsieur Desteyrac, car, depuis que vous êtes arrivé à Soledad, ma vision du genre de vie qu'on y mène a un peu évolué. J'ai compris – et Ounca Lou, qui vient de passer des années dans le New Jersey, m'y a aidée – que Soledad est, dans l'archipel, une sorte d'échantillon de colonie moderne. Je ne puis plus espérer, dans le monde que nous préparent les inventions nouvelles où tout va vite et tout se sait, que maintenir dans les esprits, mais non plus, hélas, dans les mœurs, l'existence rustique et naturelle de nos derniers Arawak. Vous m'avez convaincue, sans y insister, que je ne pouvais m'arroger le droit de priver des familles indiennes de ce qui peut améliorer leur vie, leur éducation et même leur santé en les confinant dans une sorte de réserve pareille à celles où les Américains cantonnent, paraît-il, les Peaux-Rouges. Au sens social du terme, pour parler comme votre Rousseau, votre ouvrage sera vraiment un pont entre passé et présent, entre une civilisation révolue et une civilisation en marche. De cela, je vous suis reconnaissante, et je sais que ma filleule pense comme moi.

Cette tirade, prononcée d'une voix douce, teintée de mélancolie, émut Charles. Il prit dans les siennes les mains de Lamia et les serra.

– Vous m'avez aussi beaucoup appris, chère lady. Vous m'avez fait découvrir que le progrès n'est pas incompatible avec une vie saine, et aussi que nous nous encombrons en Europe de beaucoup d'objets, et même d'idées, dont on peut aisément se passer. Me permettrez-vous, pendant mon séjour aux États-Unis, de vous écrire ?

– Écrivez à Ounca Lou. Elle a de l'amour-propre et ne vous le dira pas, mais je suis sûre qu'elle guettera avec impatience votre retour. Car vous êtes maintenant des nôtres, n'est-ce pas ? dit Fish Lady en portant un regard tendre sur sa filleule.

– Je n'ai pas honte d'avouer, fit celle-ci, que j'aurais aimé renouveler nos baignades dans Pink Bay et aussi vous emmener à Eleuthera pour vous montrer, à vous Français républicain, les vestiges de ce qui fut, au XVIIe siècle, la première république du Nouveau Monde.

– Voilà un plaisir en perspective qui m'aidera à patienter jusqu'à notre revoir, répondit Charles en s'inclinant pour prendre congé.

Il baisa la main de Lamia et allait serrer celle de la jeune fille quand celle-ci lui prit le bras.

– Je vous raccompagne jusqu'au tonneau volant ! proposa-t-elle, désignant la benne du va-et-vient du nom que lui donnaient les indigènes.

Lady Lamia leur fit signe d'aller et s'éloigna sous les palmiers.

– Puis-je vous dire, sans paraître outrageusement sentimental, qu'il me coûte de quitter les îles en ce bel été ? Surtout pour Pittsburgh, dont lord Simon dit que c'est la ville la plus enfumée de l'Union.

– Mais, à New York, vous trouverez toutes sortes de distractions. Et puis, les fiançailles d'Ottilia seront l'occasion de belles fêtes, j'en suis sûre. Vous verrez chez les Cornfield de Washington Square quantité de jeunes et jolies demoiselles, sans doute certaines de mes compagnes de pension. Vous n'aurez que l'embarras du choix pour élire une cavalière à votre goût.

– Lord Simon a donc informé lady Lamia des fiançailles de sa fille ? Il est vrai que c'est assez normal, puisque votre marraine est la tante d'Ottilia, remarqua Charles.

– Personne n'a rien annoncé à ma marraine. Mais, à Buena Vista, monsieur Desteyrac, nous savons tout ce qui se passe à Soledad et au-delà. Vous vous en êtes bien rendu compte, non ? fit-elle, mutine.

L'allusion à la soirée du *goombay*, assortie de la brève relation avec Wyanie, était claire. Charles en fut agacé, mais ne manqua pas d'être satisfait que la jeune fille retînt l'incident comme l'eût fait une femme jalouse. Il n'en prit pas moins un air boudeur. Ounca s'en aperçut.

– Je vous taquine... C'est un marivaudage de ma façon, voyez-vous ! lança-t-elle en riant.

– Façon, surtout, de me rappeler que je suis un étranger. Je devrai m'en souvenir, quand je reviendrai.

– Oh non, ne soyez pas amer ! Pas maintenant, alors que vous allez me... nous quitter, dit-elle se reprenant, d'un ton sincèrement ennuyé.

– Alors, laissez-moi répondre par ce que vous allez certainement prendre encore pour marivaudage.

– Dites ! fit-elle, impatiente.

– Eh bien, Ounca Lou, il m'est difficile d'imaginer des jours, des semaines, peut-être des mois sans vous voir. Il peut arriver tant de choses au cours des séparations !

– Il n'arrivera rien, Charles, et vous me trouverez

telle que je suis aujourd'hui, murmura-t-elle, cédant enfin à l'émotion qu'il escomptait.

Ils étaient arrivés près du va-et-vient. Sur l'autre rive du cañon, des marins, convoqués par Tom O'Graney, attendaient que l'ingénieur eût passé sur Soledad pour démonter la benne et ses poulies.

– Suis-je donc toujours le seul Européen de Soledad à qui vous tendiez la main ? demanda-t-il.

– Et, aujourd'hui, même la joue, dit-elle en approchant son visage de celui de Charles.

Innocente gaucherie ou maladresse calculée, leurs lèvres se rencontrèrent et se frôlèrent le temps d'un furtif baiser. Toute parole eût été dérisoire, qui aurait altéré la grâce sensuelle de l'instant.

Charles sauta dans la benne et s'éloigna de Buena Vista, bien conscient d'avoir, par cet élan de tendresse partagée, pris une sorte d'engagement envers la filleule de Lamia.

Sur la rive de l'îlot, Ounca Lou attendit que l'ingénieur eût touché terre sur Soledad pour lui adresser, de la main, le geste banal mais intime de celle qui reste à celui qui part. Il agita son panama, donna ses ordres aux marins et prit place dans le dog-cart approché par Timbo.

– On dit que cette mam'selle Ounca Lou, elle a du sang a'awak, mossu, observa l'Indien avec l'indiscrétion naïve qui, sur l'île, rendait confiants et familiers les rapports entre maître et serviteur.

– C'est bien ce qui me plaît en elle, mon garçon. Un peu de pur sang arawak mêlé à du sang d'aristocrate anglais donne de superbes résultats, comme tu vois, répliqua Charles, certain que Timbo savait depuis longtemps qu'Ounca Lou était fille de lord Simon.

Ce soir-là, en regagnant son bungalow dans le Cornfieldshire, il se dit que l'aventure, devenue religion depuis son départ de Liverpool, lui réservait peut-être des lendemains enivrants.

3.

L'appareillage du *Phoenix* pour New York fut marqué par un cérémonial digne d'un vaisseau royal. Coque blanche fraîchement peinte, frises d'éperon redorées, cuivres éblouissants sous le soleil, plancher de pont frotté à la pierre ponce, boiseries de teck polies avec un mélange d'huile et de citron dont le dosage n'était connu que du maître charpentier, cordages – des grosses aussières aux fins rabans de ferlage – éprouvés ou remplacés, le grand voilier avait l'allure pimpante d'un lévrier des mers quand Charles se présenta, ce matin-là, sur le quai du port occidental.

– Le *Victoria and Albert II*, nouveau yacht de Sa Majesté la reine d'Angleterre, ne doit pas être plus bichonné que notre *Phoenix*, souffla à l'oreille de Desteyrac le lieutenant Mark Tilloy, chargé d'accueillir les passagers.

Ayant inspecté son navire des cales au nid-de-pie, le commandant Colson le déclara prêt à prendre la mer. Le second, Philip Rodney, invita alors les hôtes de lord Simon à embarquer. Charles Desteyrac, Malcolm Murray, le docteur Albert Weston Clarke et son épouse Dorothy, Margaret Russell, la femme du pasteur, dont le mari ne pouvait s'absenter de Soledad, furent conduits à leur chambre par les stewards.

Comme Charles s'étonnait de la présence de Weston Clarke alors que le docteur David Kermor, chirurgien du *Phoenix*, était à son poste, Malcolm l'attira à l'écart.

– Notre médecin mondain a reçu mission de choisir et commander à New York, en accord avec Uncle Dave, l'équipement chirurgical et les instruments les plus perfectionnés pour le nouvel hôpital. Mon oncle compte sur moi pour empêcher que les deux esculapes n'en viennent aux coups de bistouri si un différend surgit entre eux, ce qui, à mon avis, ne manquera pas d'arriver.

– À moins qu'au cours de la traversée Uncle Dave ne passe son confrère par-dessus bord ! plaisanta Desteyrac.

L'ingénieur connaissait les conceptions opposées des deux praticiens en matière de médecine coloniale. En exigeant qu'ils collaborent afin d'acquérir les meilleurs équipements pour le nouvel hôpital – déjà nommé Alister Cornfield Hospital en mémoire du père de Simon –, ce dernier prenait le risque de relancer une rivalité professionnelle latente.

Quand tous les voyageurs furent installés, à l'heure de la marée montante, lord Simon Leonard Cornfield descendit de sa calèche devant l'échelle de commandement, abritée sous un dais de toile et pourvue exceptionnellement d'un tapis rouge. Il gravit les marches avec dignité tandis que le maître d'équipage lançait d'une voix forte l'avertissement réglementaire : « Passe du monde sur le bord ! », qui figea l'équipage dans un impeccable garde-à-vous. Puis, le marin tira de son sifflet d'argent le son aigu et modulé qui, dans la marine de guerre, salue l'arrivée d'un officier supérieur. La tenue de Simon Cornfield, habit bleu de nuit à boutons dorés porté sur un pantalon blanc, casquette à coiffe blanche frappée d'une ancre, prouvait d'ailleurs que le maître de Soledad se considérait comme l'amiral d'une flotte dont il était à la fois propriétaire et armateur. Après avoir salué les officiers comme s'il les voyait pour la première fois, il passa en revue les marins alignés sur le pont. Au maître d'équipage il dit un mot aimable, crut bon, pour l'exemple, de redresser le bonnet d'un gabier, avant de complimenter de la manière la plus conventionnelle le commandant Colson pour la bonne tenue de ses hommes. Précédé de l'officier, il se dirigea aussitôt vers ses appartements de l'arrière, suivi par Pibia, le majordome de Cornfield Manor.

La cérémonie terminée, tandis qu'on larguait les amarres, Charles, amusé par ce décorum, fit part de son étonnement à Tilloy, qui arborait, comme tous les officiers, la tenue d'été, un uniforme blanc.

– Lord Simon a un sens aigu du protocole maritime, observa-t-il.

– Il estime que l'étiquette est ce qui maintient, à la mer comme sur terre, la société aristocratique en équilibre dans un temps de dissolution des mœurs. Dissolution dont il rend responsables votre révolution de 1789 et les insurgents américains ! ajouta l'officier, taquin.

Requis pour les manœuvres de l'appareillage, Tilloy laissa Charles et Murray suivre la mise sous voiles du *Phoenix*, dont le départ, amorcé avec une lenteur majestueuse, fut acclamé par une foule d'indigènes venus assister au spectacle. En montant dans son boghei, Edward Carver, qui n'était pas du voyage, agita son panama en signe d'au revoir. Charles et Malcolm lui répondirent d'un geste de la main. Détenteur de l'autorité pendant l'absence du maître de Soledad, le major, aussi respectueux du protocole que son vieil ami, avait tenu à saluer le départ du lord et de son voilier.

Après une matinée de prudente navigation jusqu'au nord-est de l'île Great Abaco, le *Phoenix* prit une route hauturière pour chercher, à proximité de la côte des Carolines, sous la poussée des alizés, le bon courant du Gulf Stream qui porte vers le nord.

– Sur cette route, nous aurons des vents légers, peut-être un ou deux coups de vent fort, mais les cyclones venus des Bermudes se manifestent rarement en juillet. Nous courrons plus de risques si nous faisons retour en automne, dit Rodney lors du premier dîner que le second présida.

Lord Simon recevait, ce soir-là, avec le commandant Colson, les époux Weston Clarke et Margaret Russell dans sa salle à manger privée.

Après le repas, Desteyrac et Tilloy allumèrent leur pipe et se mirent à déambuler sur le pont dans la fraîcheur de la brise marine. Ils furent bientôt rejoints par Malcolm Murray, qui depuis l'embarquement se montrait maussade, le regard empreint de mélancolie. Mark Tilloy soupçonna une première atteinte du mal de mer, mais l'architecte le détrompa. Comme Charles s'étonnait à son tour de cette mine défaite, Murray confessa que l'océan lui rappelait combien l'Angleterre était lointaine, et que le *Phoenix* avait été le théâtre de l'accident qui le laissait avec une jambe plus courte que l'autre.

– Cela n'est nullement perceptible, sir, dit Tilloy.

– Mais je le sais. Et quand je ne porte pas cette chaussure à talon surélevé, je le sens. À New York, il y aura bal chez Jeffrey Cornfield, peut-être dans d'autres familles, et je ne me risquerai pas à inviter une demoiselle, dit l'architecte, amer.

– Qui marche comme vous peut danser, observa Mark Tilloy.

– Le lieutenant a raison. D'ailleurs, je vous ai vu danser à la fête du *goombay*. Vous étiez très alerte et teniez bien la cadence animée, renchérit Charles.

Murray se redressa, la narine frémissante.

– Vous n'allez pas comparer un trémoussement primitif en compagnie d'Indiennes arawak avec une valse, quand on doit conduire une jeune fille de la bonne société new-yorkaise, lança-t-il, agacé.

Comme Desteyrac et Tilloy se taisaient, Malcolm devint persifleur, presque sarcastique.

– Naturellement, quand on est au mieux avec une sauvageonne américanisée, on peut ne plus être sensible à ce genre de distinguo, lança-t-il, s'adressant à Charles, le regard courroucé.

Tilloy comprit l'allusion et, ne voulant pas être témoin de la discussion qui menaçait alors que l'honorable Malcolm Cuthbert Murray, stimulé par les libations du dîner, devenait agressif, il crut prudent de s'esbigner. Prétextant une raison de service, il s'éloigna, laissant tête à tête le Français et l'Anglais.

Dès que l'officier fut hors de portée de voix, Charles lança sa réplique.

– La filleule de lady Lamia, dont vous connaissez comme moi le géniteur oublieux, pourrait, je pense, en remontrer, quant aux mœurs et aux manières, à certaine lady que nous allons retrouver à New York en puissance de fiancé, mon cher Malcolm, riposta sèchement Desteyrac.

– C'était une simple réflexion, répondit Murray, soudain contrit.

– Que je trouve déplacée et offensante pour Ounca Lou et pour moi-même, reprit Desteyrac.

– Me retrouver sur ce bateau, avec la perspective d'être à New York au milieu d'inconnus qui découvriront ma boiterie dissimulée, me conduit à me montrer injuste envers une fille que je ne connais pas, et désagréable avec vous. Veuillez, mon ami, me pardonner ce mouvement d'humeur, s'excusa Murray.

– Je pourrais, pour l'honneur de cette jeune fille, vous provoquer en duel, dit Charles en prenant affectueusement la bras du jeune homme.

– Notre premier duel m'a assez humilié pour que je n'en accepte pas un second, répliqua Malcolm.

– De ce jour, je vous le rappelle, date notre amitié. Et j'en suis fort heureux, murmura l'ingénieur.

– Oui, vous êtes mon ami et je vous dois d'avoir appris à accepter la vie telle que la Providence l'organise pour chacun de nous. Mais, puisque vous ne me tenez pas rigueur de ma réflexion... déplacée, dites-moi : seriez-vous sérieusement amoureux de la belle Ounca ?

– L'amour est pour moi un sentiment nébuleux, Malcolm. Je suis trop lucide, en toute circonstance, pour confondre le désir qu'on peut avoir d'une femme avec la passion exclusive qu'on doit, paraît-il, éprouver quand on s'abandonne à l'amour. Être amoureux, pour moi, serait accepter avec enthousiasme et irréflexion une complète subordination des sens, du cœur, de l'esprit à un être élu. Mais, rassurez-vous, je n'en suis pas encore là, répondit Charles, jovial.

– C'est une très belle fille, qui doit certainement vous donner du plaisir, reprit Murray.

– À ce jour elle ne m'a donné que le plaisir des baignades, de sa présence et de sa conversation. Il serait malséant de lui demander davantage. Voyez-vous, Malcolm, vous en êtes encore à considérer les gens qui ne sont pas de pure souche européenne, si possible britannique, comme des humains de second choix. De là vous vient l'idée que les femmes nées dans les îles, même éduquées à l'anglaise et instruites, ne doivent rien refuser à l'envahisseur, porteur d'une civilisation contestable.

– Vous parlez comme Lamia, qui a élevé – assez bien, je le reconnais – la fille née accidentellement d'une rencontre de mon oncle avec une indigène, mais...

–... mais ce n'est pas parce qu'elle a une part de sang indien, la peau teintée, les yeux trop fendus, et pas de père avoué, qu'elle n'a pas droit, en tant que femme, au même respect qu'une lady qui aurait la peau blanche, les yeux ronds, des amants titrés et d'estimés – sinon d'estimables – ancêtres, précisa Charles.

– En somme, vous ne savez pas ce qu'on éprouve quand on est amoureux ? réitéra Malcolm, revenant à sa première question.

– Et vous, le savez-vous ?

L'architecte prit un temps de réflexion comme s'il interrogeait sa mémoire.

– Oui. Je l'ai su, je le sais, chaque jour qui passe, dit-il, soudain grave.

– Comment ça ? Puis-je en apprendre davantage ? demanda Desteyrac.

– Allons dans ma chambre. Il y a de la bière dans le rafraîchissoir et, si vous aimez les histoires tristes, je vous conterai la mienne, proposa Malcolm.

Une fois les verres emplis de bière et les deux amis installés confortablement, Murray à demi allongé sur son lit, Charles occupant le seul fauteuil de la cabine, l'ingénieur amorça la confidence promise.

– Ainsi, vous avez été amoureux de votre cousine Ottilia ? demanda-t-il.

Un bref éclat de rire de Murray le détrompa.

– Amoureux d'Ottilia ! C'est impossible, voyons ! Ma cousine m'est trop proche, trop intime, nous sommes trop libres l'un avec l'autre. On nous baignait nus, ensemble, quand nous étions petits, alors ! À Londres, ces dernières années, nous avons parfois joué aux fiancés. Ça permettait à Ottilia d'écarter les hommes trop pressants... enfin, ceux qui ne lui plaisaient pas. Non, ce n'est pas elle qui aurait pu me conduire, comme vous le disiez tout à l'heure, à « une complète subordination des sens, du cœur et de l'esprit » !

– Il s'agit donc d'une autre femme. Pardonnez cette bévue, dit Charles.

– Mon ami, celle dont je fus amoureux, à l'âge de quatorze ans, au point de me rendre malade, est connue de toute l'Angleterre. Cela peut vous sembler stupide, anormal, voire pathologique, mais vous n'imaginez pas combien, tant d'années après, alors que je suis devenu un homme, cette histoire d'adolescence d'un amour fou, qui ne fut jamais consommé, me hante encore. Elle s'appelait Grace Darling, une héroïne de légende. Elle est morte à l'âge de vingt-six ans, de la tuberculose.

– Une héroïne de légende !

– Oui, une véritable héroïne. Écoutez plutôt. Le 7 septembre 1838, cette jeune fille accomplit un acte de courage extraordinaire. Ce jour-là, le vapeur *Forfashire*, avec soixante passagers à bord, pris dans une tempête de la mer du Nord, se jeta sur les récifs et se rompit près de Big Harcar Island, sur la côte du Northumberland. Grace vivait avec son père, William Darling, gardien du phare voisin de Longstone Island, quand le naufrage eut lieu. Par la fenêtre, elle vit dans la tourmente neuf personnes cramponnées aux rochers et convainquit son père que, malgré la furie des flots et les bourrasques de vent, il fallait tenter de les secourir. Darling ne put empêcher Grace de l'accompagner dans sa barque, fort malmenée par les vagues. Ils réussirent à recueillir cinq naufragés à bord de leur bateau et revinrent au phare pour les mettre à l'abri. Mais, quand ils reprirent la mer pour aller chercher les quatre autres, ceux-ci, ayant lâché prise, avaient été emportés. Tenez, voilà ce que publia, quelques jours plus tard, *The Times* de Londres, dit Murray, très ému, en tirant de son portefeuille une coupure de journal jaunie et fripée.

Charles la reçut comme une relique. Il lut le récit du naufrage et de l'intervention de William Darling, dont le journaliste de 1838 assurait que c'était sur l'insistance de Grace que le gardien de phare s'était décidé à mettre sa barque à l'eau. *The Times* apprenait à ses lecteurs que la reine Victoria avait envoyé cinquante livres de récompense à la jeune fille et concluait : « Aucun exemple d'héroïsme féminin n'est comparable à celui-ci [1]. »

– Je comprends qu'un adolescent ait été impressionné par cette aventure, commenta Charles.

– Impressionné ? Le mot est bien faible. Je suis tombé amoureux de Grace, de qui on voyait partout le portrait dans les journaux et magazines. Je dis à ma mère que je voulais l'épouser. Je commençai par lui écrire des lettres enflammées auxquelles sa propre mère répondit. Je lui envoyais régulièrement des petits cadeaux. Bientôt, je convainquis ma mère, elle aussi émue par l'aventure de Grace Darling, d'aller à Longstone Island pour voir celle qui occupait si fort mes pensées que j'en perdais le sommeil. Je crois vous avoir dit que ma mère enfreint facilement, sans souci du qu'en-dira-t-on, les conventions de notre milieu, aussi accéda-t-elle à mon désir, d'autant plus aisément que notre grand poète William Wordsworth, qu'elle admire fort, venait de consacrer un long poème à Grace Darling. Ce poème, je l'appris par cœur et je pourrais encore vous le réciter sans omettre un vers, assura Malcolm.

– Et vous avez rendu visite à votre sylphide ?

– Elle était déjà très malade et sa pâleur me fit peur. Elle toussait à rendre l'âme. Je lui tins la main un moment et lui offris les friandises que j'avais apportées. Peu de temps après notre retour à Londres, nous apprîmes sa mort. À cette annonce, je tombai malade

---

1. Il existe à Bamburgh, dans le Northumberland, à une centaine de kilomètres au sud-est d'Édimbourg, un Grace Darling Museum où l'on peut voir souvenirs et portraits de l'héroïne, ainsi que la barque à bord de laquelle, avec son père, elle sauva, en 1838, cinq des passagers du vapeur *Forfarshire*.

à mon tour et il fallut toute la tendresse de ma mère pour me redonner le courage de vivre. Je voue toujours à Grace le même amour, pur et inassouvi. Jamais je ne retrouverai la force du sentiment que j'ai éprouvé pour elle. Voyez comme elle était belle, comme elle avait l'air doux, dit Murray.

Ouvrant le boîtier de sa montre, il mit sous les yeux de Charles le portrait d'une jeune fille brune aux cheveux relevés sur le sommet de la tête, les épaules couvertes d'un châle. Elle n'avait rien d'une beauté et son air mélancolique disait assez la tristesse de sa vie de recluse dans un phare.

– Le châle qu'elle porte sur cette miniature, c'est moi qui le lui avais envoyé. Notre seul lien, par-delà le temps et la mort, conclut Malcolm, les yeux pleins de larmes, en refermant le boîtier de sa montre.

Cette confidence d'un amour d'adolescent, dont Desteyrac ne douta pas un instant qu'il imprégnait l'existence de Malcolm Murray, aviva encore l'affection fraternelle que l'ingénieur portait au neveu de Cornfield. Ainsi, sous ses allures cyniques et désinvoltes, derrière des attitudes provocantes et des propos souvent insolents, ce jouisseur désabusé cachait une âme romantique et une sensibilité exacerbée, presque maladive.

Ce soir-là, en regagnant sa chambre, Charles se prit à imaginer qu'un architecte anglais et un ingénieur des Ponts pourraient peut-être, un jour, construire ensemble quelque ouvrage qui resterait.

Les jours et les nuits offrirent tous les charmes d'une croisière mondaine. La bienveillance de l'océan, un soleil fidèle, le ciel d'un bleu tendre où s'effilochait, au crépuscule, une nuée blanche avant que la nuit ne referme sa rassurante coupole étoilée : tout concourut à faire du voyage une suite de béatitudes. Promenades sur le pont, heures de lecture, tir aux oiseaux de mer, rêveries paresseuses, le corps allongé sur une chaise longue de rotin, un jus de fruits frais à portée de main, conversations confiantes avec les marins alternèrent avec des dîners raffinés, tantôt entre hommes dans la salle à manger, tantôt avec les dames chez Cornfield, de la plus heureuse humeur depuis le départ.

Certains soirs, le lord se mettait à l'orgue et, pour distraire ses invités, interprétait des pièces « des Bach », comme il aimait à dire. Car ce mélomane connaissait aussi bien les œuvres de Johann Sebastian que celles de ses fils Carl Philipp Emanuel et Johann Christian. Il lui arrivait aussi d'accompagner Margaret Russell, qui, se flattant de posséder une belle voix, chantait, sans se faire prier, de vieilles mélodies anglaises qui mettaient des larmes aux yeux de Rodney et de Tilloy.

Un dimanche étant inclus dans le temps du voyage, Simon Leonard tint, en l'absence d'un ministre du culte anglican, à rassembler invités et équipage sur le gaillard d'avant. À sa demande, les assistants récitèrent des psaumes et Margaret Russell, épouse de pasteur, donna le ton d'un chant de circonstance. Puis, lord Simon prononça une allocution en forme de sermon.

– Les chemins de la mer sont périlleux, commença-t-il. Pensons, nous qui bénéficions ce jour de la clémence des éléments, à tous les marins qui dorment dans l'immense mausolée liquide sur lequel nous naviguons !

Emporté par un lyrisme que ni Charles ni Malcolm ne lui connaissaient, il conclut en comparant « les vagues à chevelure déferlante à des sirènes infernales, montées des abysses, un jour pour bercer les navires, le lendemain pour les noyer ».

– Son sermon n'a rien de très orthodoxe, mais avouez qu'il vaut bien ceux qu'on entend, chaque dimanche, dans nos églises d'Angleterre, dit Philip Rodney à Murray, dont le sourire disait assez qu'il trouvait plus bouffonne qu'édifiante l'homélie emphatique de son oncle.

Le *Phoenix* n'ayant rencontré que des vents favorables et un Gulf Stream bon porteur, la traversée fut plus rapide que prévu. Au matin du cinquième jour de navigation, les passagers découvrirent avec surprise, dans une brume de chaleur inattendue, le phare de Sandy Hook, à l'entrée de la baie inférieure de New York. Le commandant Colson fit aussitôt réduire la toile.

– Nous avons parcouru neuf cent soixante-quinze milles, naviguant parfois à plus de quatorze nœuds, constata l'officier, satisfait.

– Un vapeur n'aurait pas fait mieux, avança Charles.

– Qui ne perd pas de temps en a toujours assez, énonça l'enseigne Michael Hocker, écrivain du bord, toujours prompt à citer un dicton de circonstance.

– Et, comme vous le voyez, point n'est besoin d'attendre le pilote, reprit Mark en désignant un petit bateau à vapeur qui, sous un panache de fumée noire, avançait à la rencontre du *Phoenix*.

– Il existe entre ces pilotes lamaneurs une telle concurrence, car les droits de lamanage sont ici très élevés, que les plus intéressés vont aborder les navires à des dizaines de milles du port, expliqua le commandant en ordonnant qu'on déroulât l'échelle de corde afin de permettre au pilote de monter à bord.

Dès lors, le *Phoenix* fut guidé vers les Narrows, l'étroit passage qui, entre Staten Island et Long Island, donne accès à la baie supérieure de New York, puis à l'Hudson « et au plus grand port du monde », dit, non sans fierté, le pilote américain, flatté d'avoir à diriger un aussi beau navire.

Mark Tilloy n'en était pas à son premier séjour aux États-Unis. Accoudé à la lisse entre Charles et Malcolm, il indiqua quelques sites remarquables.

– Voici Governor's Island, avec son fort construit en 1812, quand les Américains redoutaient une invasion anglaise.

Désignant ensuite de l'index la pointe de Manhattan, qu'il nomma la Batterie, il attira l'attention des deux amis sur une laide et vaste rotonde de pierre grise.

– Elle a été bâtie sur les fondations d'un autre fort, le fort Clinton. Après 1812, quand le danger d'invasion fut passé, la forteresse, aménagée et agrandie, devint salle de spectacles sous le nom de Castle Garden. Votre grand La Fayette y fut reçu en 1824, dit-il en se tournant vers Charles.

– Et, en 1840, la cantatrice Jenny Lind y connut son premier succès américain, compléta Hocker, grand amateur d'opéra.

– Aujourd'hui, Castle Garden est le centre d'accueil de milliers d'émigrants qui débarquent chaque mois en Amérique, rêvant d'une existence meilleure que dans leur pays. Depuis 1847, date à laquelle les autorités de New York ont commencé à tenir des statistiques, il est entré par cette « porte de la nation », comme disent certains, plus d'un million et demi d'étrangers. Les émigrants sont surtout des Irlandais fuyant la famine, comme le fit notre brave charpentier Tom O'Graney. Mais arrivent aussi des Allemands, des Italiens, des Chinois et, en moins grand nombre, des Français, expliqua le lieutenant.

Il fallut encore faire halte entre les forts ruinés de Wadsworth et Tompkins pour attendre un officier de la salubrité publique, soucieux de vérifier que les arrivants n'apportaient pas dans leurs bagages la peste ou le choléra. L'état sanitaire du *Phoenix* ayant été reconnu bon, le navire fut ensuite visité par les douaniers avant d'être autorisé à entrer au port.

Au milieu d'une foule de bateaux de tout tonnage, tant à voile qu'à vapeur, le vaisseau blanc de lord Simon se fraya un chemin dans le fleuve Hudson, sur la rive duquel avaient été construits perpendiculairement aux quais, sur une distance de plus de trente miles, des *piers*, ou jetées. Dans cette dentelure d'appontements qui donnait à la berge l'aspect d'un énorme démêloir posé sur l'eau, des centaines de navires trouvaient un abri citadin. Adossés au quai, la proue face au fleuve, comme prêts à partir, ils dressaient, dans la brume matinale, la plus belle futaie de mâts que l'on pût imaginer.

Les grandes compagnies de navigation – Cunard, Red Star, Black Ball, Collins, Oceanic Steamship – occupaient des pontons attitrés, ainsi d'ailleurs que la compagnie locale du commodore Cornelius Vanderbilt, dont les bateaux transportaient, de New York à San Francisco, les chercheurs d'or venus d'Europe et de la côte est des États-Unis.

À la demande de Colson – demande appuyée d'un

billet de dix dollars –, le pilote, plein de zèle, trouva une jetée libre à hauteur d'une rue conduisant à la Ve Avenue et à Washington Square. Là se trouvait le vaste hôtel particulier de Jeffrey T. Cornfield, chez qui devaient loger lord Simon et une partie de ses invités, dont les époux Weston Clarke et Margaret Russell.

Du pont du *Phoenix*, Charles Desteyrac eut l'impression que New York n'était qu'une langue de terre étroite, allongée entre deux cours d'eau, l'Hudson et l'East River. La ville, qui comptait près de huit cent mille habitants, lui apparut comme un groupe de villages dont les maisons, dominées ici et là par quelques clochers, ne dépassaient pas quatre ou cinq étages.

Impatient de débarquer, lord Simon s'approcha de l'ingénieur, de qui il devinait la curiosité.

– Ne vous attendez pas à trouver ici de beaux monuments et d'antiques palais comme à Paris ou à Londres. Ici, tout est neuf, mon ami. La plus ancienne maison abrite une taverne construite en 1720. Les New-Yorkais y tiennent beaucoup, parce que c'est là que George Washington donna son dîner d'adieux, le 4 décembre 1783, révéla Cornfield.

Mark Tilloy fut envoyé en estafette pour annoncer à la famille Cornfield l'arrivée de son cousin des Bahamas et de sa suite. Il revint accompagné de cinq fiacres et d'un char bâché. Lord Simon et ses invités, suivis de leurs bagages, gagnèrent, par une rue au sol de terre battue, d'où les charrois faisaient lever des nuages de poussière, le quartier huppé de Washington Square, lieu de résidence du cousin Jeffrey, un des premiers banquiers de Wall Street.

Quand le convoi s'arrêta devant une maison de brique sang-de-bœuf, de trois étages sur rez-de-chaussée surélevé, dont le perron flanqué de colonnettes blanches était coiffé d'un fronton néogrec, Tilloy désigna à Charles, de l'autre côté d'une vaste place, une série de bâtiments de style gothique.

– Peut-être vous intéressera-t-il d'apprendre qu'il s'agit de l'université de New York. Elle a été construite entre 1832 et 1835 par Albert Gallatin, un Genevois, ancien secrétaire au Trésor. C'est à ce titre qu'à la demande de Thomas Jefferson, alors président de l'Union, il acheta, en 1803, pour quatre-vingts millions de dollars, la Louisiane à la France pour le compte des États-Unis, expliqua le lieutenant.

– Cet argent, Bonaparte, devenu Napoléon, le dépensa en guerres et en expéditions ratées, murmura Desteyrac.

Un concierge noir à gilet rayé de jaune apparut sur le seuil et reçut l'ordre de Colson d'ouvrir les deux battants de la porte devant les visiteurs.

Dans le hall dallé de marbre, lord Simon Leonard fut accueilli avec condescendance par un maître d'hôtel allemand à favoris frisés. Informé par Pibia, le majordome de Cornfield Manor, de la qualité du visiteur, l'homme haussa les sourcils et parut douter qu'un lien de parenté pût exister entre ce grand gaillard à la stature de bûcheron, portant casquette de marine, et son maître.

– Vous ne voulez tout de même pas voir nos passeports ? demanda sèchement Lewis Colson.

Ignorant avec superbe la méfiance du butler, lord Simon pénétra dans le premier salon qu'il trouva, se laissa tomber dans un fauteuil et demanda au valet venu en renfort de lui servir « presto un verre de bière bien fraîche ».

– Par saint George, mon garçon, où sont-ils tous passés ? demanda-t-il au maître d'hôtel, toujours circonspect et visiblement scandalisé par le sans-gêne du visiteur.

Le banquier était à sa banque ; Henry G., l'aîné des enfants, à ses entrepôts de Pearl Street ; quant aux deux demoiselles, Lyne et Ann, qui résidaient encore sous le toit de leur père, elles séjournaient à Long Island, au bord de la mer, chez leur sœur Edna, mariée depuis peu à un magistrat.

– Et lady Ottilia Cornfield, ma fille, hein, où est-elle ? rugit Simon Leonard.

– À Washington, sir. Chez Mme Sampson, sir.

– Et qui est cette Mme Sampson ? Sans doute une *bloomerist* déguisée, hein !

– Non, sir, c'est la mère de l'aspirant Edwin Sampson, de West Point. En quelque sorte le futur fiancé de Mademoiselle.

– Eh bien, nous y voilà ! C'est par un domestique que j'apprends le nom de mon possible futur gendre, pesta lord Simon.

Comme le butler, plein de morgue, restait figé, Simon Leonard vida son verre de bière et se leva.

– J'ose espérer que mon appartement et les chambres de mes amis sont prêts. Conduisez-nous et envoyez chercher nos bagages. Allez, ouste !

– Je vais prévenir Hamer, la gouvernante, s'excusa l'homme avant de quitter le salon, raide comme un piquet, le menton levé, le regard sombre.

– Drôle d'accueil ! Il n'y a que la famille pour négliger ainsi celui qui vient de loin. Puisque personne ne vous y invite, asseyez-vous, mes amis. Et vous, Tilloy, sonnez pour qu'on nous apporte à boire. Il fait une chaleur insupportable ; et pas un *punkah* ni le moindre nègre pour faire de l'air ! grogna lord Simon.

Gladys Hamer, la gouvernante – robe noire, col et manchettes de dentelle, bandeau gris et collier de chien –, avait été informée de l'arrivée imminente du cousin Simon Leonard, dit, chez les Cornfield américains, « le lord des Bahamas ». Tout sourire et tout miel, elle sut apaiser le visiteur. Un valet conduisit le baronet à l'appartement qui lui était réservé, à l'étage noble de l'hôtel particulier. Une femme de chambre noire prit soin de Margaret Russell, et le majordome lui-même, soudain aimable, conduisit à leur chambre les époux Weston Clarke. Pibia, le majordome de Cornfield Manor, fut logé sous le même toit que son maître.

Entre-temps, Tilloy s'était enquis de l'hébergement de Charles, de Murray et du commandant Colson pour qui le banquier avait loué, dans un hôtel voisin du sien, des chambres confortables. Quant à lui, il regagna le *Phoenix*, confié alternativement à sa garde et à celle de Philip Rodney, l'enseigne Hocker étant corvéable à merci. Les gradés et marins auraient, par bordée, la même permission, assortie de l'obligation de rentrer coucher à bord, « si possible dessaoulés », avait dit le bosco. Chacun pourrait ainsi jouir, un jour sur deux, de la liberté de visiter la ville. Comme tous les officiers de la marine marchande anglaise, ceux du *Phoenix* comptaient, à New York, des amis plus accueillants que les Jeffrey Cornfield. Ces gens guideraient leurs choix dans une cité qui comptait de nombreux bars, restaurants, cabarets et théâtres, ainsi que cinq cents bordels, select ou sordides, hébergeant des demoiselles à la carnation plus ou moins colorée, mais toutes de bonne compagnie.

Il avait été entendu que Malcolm Murray, en sa qualité de neveu de lord Cornfield, et Charles Desteyrac, ingénieur étranger ayant droit à des égards particuliers, auraient table ouverte chez le cousin Jeffrey, et qu'ils y seraient à toute heure les bienvenus.

Les deux amis étaient présents à Cornfield House quand, en fin d'après-midi, le maître de maison apparut. Il se fit aussitôt annoncer chez le lord, qui boudait dans son appartement, et rien ne transpira du premier entretien entre les deux hommes. À l'heure du dîner, ils apparurent souriants comme les meilleurs cousins du monde.

Avec l'assurance de ceux dont la réussite est publique, qui jouissent à la fois d'une fortune établie, d'une autorité certaine et du respect de leurs concitoyens, le banquier se montra d'une extrême courtoisie avec les invités de lord Simon, présentés comme amis intimes. Jeffrey T. Cornfield, petit homme sec et vif, visage anguleux, teint mat, regard mobile, cheveux plaqués, appartenait – d'après le docteur Weston Clarke, qui l'avait déjà rencontré – à la touchante minorité des veufs inconsolables. Il avait marié Edna, sa fille aînée, à un magistrat et vivait à Washington Square – « dans le Village », disaient les initiés – avec ses deux autres filles Ann et Lyne, âgées de seize et dix-sept ans. Quant au seul garçon de la famille, Henry G. Cornfield, il dirigeait un important négoce de produits étrangers, qu'il importait et revendait aux boutiquiers détaillants. Toujours d'après Weston Clarke, ce célibataire passait le plus clair de ses loisirs à jouer au whist sous les lambris du Knickerbocker Club, fondé par les descendants des premiers colons anglais de Plymouth. La défunte Mme Jeffrey Cornfield étant née Mullins, nom d'un des cent quatre pèlerins du *Mayflower*, son fils avait été admis dans le cercle le plus fermé de New York. Cette exclusivité, très enviée par des centaines de gens qui se targuaient d'avoir eu un ancêtre sur le bateau des *Pilgrim Fathers*, ne l'empêchait pas de fréquenter assidûment les cabarets et les théâtres de Broadway, dont il connaissait aussi bien les coulisses que les promenoirs. Quelques mois plus tôt, un échotier avait révélé qu'une théâtreuse, assez intime pour appeler Cornfield junior par son seul prénom, organisait, dans le bel appartement de son amant, à Gramercy Park, des représentations privées, l'habit n'étant pas de rigueur.

L'article avait si fort déplu à Jeffrey senior qu'Henry avait été envoyé en mission de prospection commerciale au Japon, dont les ports, grâce à une expédition intimidante du commodore Matthew Perry, à la tête d'une escadre de sept frégates armées, venaient de s'ouvrir au commerce américain.

Rentré depuis peu à New York, Henry G. Cornfield ne faisait que de rares apparitions à Washington Square.

Après avoir excusé l'absence de ses filles et celle de leur cousine, lady Ottilia, Jeffrey T. Cornfield offrit son bras à Margaret Russell pour passer à table. Étant la plus âgée des deux femmes, elle s'assit à la droite du banquier, qui prit à sa gauche Dorothy, l'épouse du médecin. Placé face à cette dernière, Charles la trouva fort agréable à regarder. Mince, blonde, visage d'un bel ovale, yeux d'un bleu très pâle, habilement maquillée, elle apparut au Français comme une parfaite illustration de la beauté anglaise, mièvre, douce et corsetée, du genre des femmes que l'on voit sur les vignettes des romans sentimentaux. Timide et facilement rougissante, elle offrait un contraste évident avec la femme du pasteur, type achevé de la missionnaire coloniale dont tous les traits dénotent force et assurance : grands yeux marron, large bouche, menton carré, peau nette ignorant la poudre de riz, mains puissantes et voix sonore bien propre – comme on l'avait entendu sur le *Phoenix* pendant la traversée – à chanter les hymnes et à tancer les écoliers paresseux.

Lors de ce premier repas, Charles découvrit ce qu'étaient le mobilier américain et la cuisine new-yorkaise. Sur une longue table Sheraton à pieds tripodes et plateau d'acajou vernissé, cristaux, porcelaine et argenterie prenaient, sous l'éclairage au gaz d'un énorme lustre à pendeloques et de chandeliers XVIIIe, un éclat somptueux. Suspendu au-dessus d'une cheminée, dont le marbre vert veiné de jaune avait été importé d'Italie pour sacrifier à la mode du moment, un grand miroir reflétait le mur opposé. Sur les cloisons tendues de soie abricot à décor végétal, identique à celle qui recouvrait les sièges dans le goût édouardien, étaient accrochés des portraits, dont celui de la défunte maîtresse de maison. Dans son cadre tarabiscoté, potelée, sourire mutin, pommettes vermillon, bouche mignarde, débonnaire autant qu'admirative, elle veillait sur le veuf fidèle. Ainsi, Jeffrey dégusta son potage aux huîtres, découpa l'énorme jambon de Virginie clouté de girofle, pièce de résistance, puis, au dessert, inonda de crème un fagot de gaufrettes tièdes sous le regard vigilant de l'épouse bien-aimée, dans lequel Charles crut lire aussi une envie gourmande.

Dès le troisième dîner, il fut prouvé qu'on mangeait

bien à New York et que les critiques moqueuses des gastronomes français, quand on évoquait la cuisine américaine, ne pouvaient s'appliquer au chef des Cornfield, « un cuisinier enlevé à la duchesse de Kent à coups de dollars », souffla lord Simon à Charles. Au cours de ce repas, dont les femmes étaient absentes, se succédèrent des filets de sole sur rondelles de concombre, un émincé de dinde sauce madère accompagné d'une crème aux marrons relevée d'armagnac et de beignets de maïs, avant l'apparition, au dessert, d'une gelée au citron et de sablés à la fraise. Quant aux vins, des blancs de Bourgogne et des bordeaux rouges millésimés, ils valaient ceux que proposaient, à Paris, Vefour et les Frères-Provençaux.

– Que pensez-vous de la table du cousin Jeffrey ? glissa discrètement Cornfield à Desteyrac quand, ce soir-là, les convives quittèrent la salle à manger.

– Excellente en tous services. Il n'est plus nécessaire, pour un Français, de prendre des précautions gastronomiques comme le fit en 1787 notre ambassadeur, le marquis François de Moustier. On raconte en effet que, lors d'un banquet offert à George Washington par le vice-président John Adams, notre ministre, fin gourmet, ne goûta qu'au potage, refusa tous les autres plats et se fit servir, préparé par son propre cuisinier, un pâté de gibier. On pardonna au diplomate cette grossière insolence parce qu'il partagea aimablement son pâté avec les autres convives, rapporta Charles, qui savait Simon Leonard grand amateur d'anecdotes historiques.

Dès son installation à New York, l'ingénieur avait télégraphié à Pittsburgh pour annoncer sa prochaine arrivée. Cette fois, la réponse des ingénieurs de

Keystone Bridges Works avait été immédiate. On commencerait l'exécution des pièces commandées sitôt que le Français serait sur place.

Dès lors, avec Malcolm Murray et Mark Tilloy quand ce dernier se trouvait libre, Charles se lança à la découverte de la ville, dont il constata qu'elle n'était pas une presqu'île, comme il l'avait d'abord cru, mais une île, puisque au-delà des quartiers nord la rivière de Harlem séparait New York du continent. Quand il s'étonna de voir que les rues parallèles, traversant la cité d'est en ouest, ne portaient, sauf certaines du bas de la ville, que de simples numéros, de même que les longues avenues rectilignes courant du nord au sud, Murray proposa une explication.

– Mon cher, les New-Yorkais n'ont pas assez de grands hommes pour nommer leurs rues !

Comme de nombreux Britanniques, l'honorable Malcolm Cuthbert n'avait pas encore digéré la perte des belles colonies anglaises d'Amérique.

On vit le trio se déplacer dans les omnibus à chevaux, se défendre des moustiques, fort agressifs en cette saison, parcourir les halls du Crystal Palace[1] qui avaient abrité une exposition de l'Industrie et du Commerce américains, hanter le bar de l'hôtel Metropolitan où officiait Jerry Thomas, le barman le plus célèbre de la ville. Ses breuvages chaleureux et stimulants – *sherry cobbler*[2], notamment – avaient porté sa réputation jusqu'à Londres. Ils dînèrent parfois chez

---

1. Ne pas confondre avec le Crystal Palace érigé à Londres pour l'Exposition internationale de 1851.

2. Boisson servie frappée, composée de *jerez*, de sucre et de citron.

Thompson, sur Broadway, virent, au théâtre Bowery qui pouvait accueillir trois mille cinq cents spectateurs, une pièce de Sheridan. À l'Academy of Music, où Jeffrey T. Cornfield avait une loge, ils assistèrent à une représentation de *Coriolan*. Ils applaudirent aussi – Charles plus fort que les autres – Rachel, la célèbre tragédienne qui, à trente-cinq ans, restait, dans *Horace*, la plus émouvante Camille qu'eût pu rêver Corneille.

Au lendemain de la représentation, comme Charles commentait avec un enthousiasme un peu chauvin le jeu de Rachel, Jeffrey, qui avait l'habitude, fort répandue chez les Américains, de tout apprécier par le coût, révéla que Mlle Rachel avait reçu, pour sa première apparition sur scène à New York, un cachet de cinq mille dollars. « Comme elle doit donner ici vingt-quatre représentations à des tarifs différents, nous pensons qu'elle empochera au moins la valeur de quatre cent mille de vos francs ! » avait calculé le banquier.

Tilloy, Desteyrac et Murray visitèrent aussi, à l'angle de Ann Street et de Broadway, le musée des curiosités de Mr Phineas Taylor Barnum, où ils virent un nain en uniforme de général ainsi qu'une vieille Noire à qui l'on attribuait cent soixante ans et qui avait été, assuraient les affiches, la nourrice de George Washington. Le soir même, Jeffrey mit sous les yeux des trois amis un ouvrage intitulé *la Vie de Barnum écrite par lui-même*. Dans cette confession autobiographique, celui que le *New York Herald* avait nommé « le Napoléon du divertissement public » avouait tous ses truquages. La vieille Noire ne comptait que soixante-dix hivers et n'avait jamais vu Washington ; le nain, dit général Tom Pouce, présenté par Barnum à la reine Victoria, était en réalité un enfant de cinq ans tout à fait normal ; la sirène momifiée se révélait buste de guenon naturalisée, cousu à une queue de poisson !

– Voilà bien la naïveté humaine, exploitée au-delà de toute expression ! Barnum a fait fortune en bernant des milliers de gens tant en Amérique qu'en Europe. On se demande comment il a pu si longtemps tirer profit de telles supercheries, constata Murray.

– Il l'a dit lui-même : « Parce qu'il naît un jobard toutes les minutes », cita Jeffrey, plus admiratif que scandalisé.

Au cours des veillées que Charles passa à Washington Square, tous les sujets de conversation furent abordés à l'heure du cigare et des alcools. Dès le premier jour, Jeffrey Cornfield avait montré de l'intérêt pour les travaux conduits sur Soledad par l'ingénieur français et le neveu de lord Simon.

– Un pont et un hôpital ! Deux espèces de constructions dont New York aurait maintenant grand besoin ! Il nous faudrait de nouveaux ponts pour franchir commodément l'East River et la rivière de Harlem, surtout pour relier la ville à Brooklyn, qui se développe. Aussi un nouvel aqueduc : le vieux High Bridge, en service depuis 1848, qui transporte l'eau du réservoir de Croton, ne peut plus faire face aux besoins. Tout le monde veut posséder une baignoire à domicile. Quant à notre hôpital Bellevue, construit en 1795, il est insuffisant alors que la population s'accroît sans cesse par cet afflux d'immigrants faméliques que le gouvernement de l'État, pas plus que le gouvernement fédéral, ne se préoccupe d'endiguer. Savez-vous que New York compte déjà plus d'Irlandais que Belfast, et bientôt plus de Siciliens que Palerme ?

Bien que cela ne pût plaire à son cousin Jeffrey, plus âgé que lui de deux années, lord Simon aborda un soir, par le biais d'une information du *New York Herald*, la question de l'esclavage, qui prenait de plus en plus d'acuité dans l'Union depuis que s'affrontaient ouvertement au Kansas, les armes à la main, pro- et antiesclavagistes. Or, un écrivain, philosophe et conférencier, Ralph Waldo Emerson, descendant de sept générations de pasteurs unitariens de Boston, venait de proposer aux membres de l'American Anti-Slavery Society de New York, réunis à l'occasion du douzième anniversaire de la fondation de leur société, le moyen de supprimer l'« institution particulière » qui, d'après l'auteur de *la Nature*, évangile du transcendantalisme, déshonorait la démocratie américaine. Il s'agissait simplement de dédommager les propriétaires d'esclaves en leur payant l'affranchissement de tous les Noirs. Emerson évaluait le coût de l'opération à deux cents millions de dollars ! Ce rappel fit bondir le banquier.

– Encore heureux que la proposition de cet hurluberlu n'ait pas été retenue ! Mais qu'attendre de sensé de la part d'un homme qui a quitté l'Église unitarienne et qui, dans tous ses écrits et pendant ses harangues, aussi bien dans les villes de l'Union qu'en Angleterre et en France, ne manque jamais de fustiger ses compatriotes et les institutions de son pays natal ? D'après ce malade aux ambitions politiques déçues, nous sommes tous des Yankees cupides, bavards et hâbleurs. Il a même écrit que notre démocratie est un gouvernement de brutes, tempéré par l'outrecuidance des propriétaires de journaux. Il dit que notre parti conservateur « ne défend aucun droit, n'aspire à aucun bien réel, ne flétrit aucun crime, n'a pas l'amour de l'art, ne vivifie pas la religion, n'entretient pas d'écoles, n'encourage pas la science, ne sympathise pas avec le pauvre[1] » et que s'appuyer sur la possession n'est pas une idée noble. Pour Emerson, l'esprit public américain est inexistant dans un désert de talents. Nous nous prosternons devant le veau d'or, nos dirigeants sont des utopistes ou des coquins, des politiciens corrompus ; toute majorité n'est, chez nous comme chez les autres, que rassemblement de sots et d'ignares. La vraie religion de l'Amérique, pays des nains Lilliput se nourrissant de haricots bien gras[2], serait l'hypocrisie, et notre idole, le dollar ! Voilà ce que proclame l'homme qui veut dépenser deux cents millions de dollars pour affranchir les nègres ! pesta Jeffrey.

Lord Simon avait écouté les yeux mi-clos, tirant sur son cigare avec un sourire indulgent, la diatribe de son cousin.

– Mon cher Jeffrey, l'important n'est pas ce qu'Emerson dit avec aigreur de la civilisation en général et de l'américaine en particulier. Non. La seule affaire importante pour votre pays, et qui peut le conduire à la guerre civile – car ce n'est rien d'autre qu'une guerre entre citoyens qui se déroule actuellement au Kansas –, reste la nécessaire, l'inéluctable abolition de l'esclavage.

Jeffrey approuva d'un vague signe de tête et s'adressa à Malcolm.

– Voulez-vous être assez aimable pour fermer la porte, dit-il en désignant l'entrée du salon.

---

1. M. Dugard, *Ralph Waldo Emerson, sa vie, son œuvre*, librairie Armand Colin, Paris, 1929.

2. Régis Michaud, *La Vie inspirée d'Emerson*, librairie Plon, Paris, 1930.

Murray s'exécuta et, quand il reprit son fauteuil, Jeffrey justifia sa demande.

– Nous avons plusieurs domestiques noirs dans la maison, inutile qu'ils entendent ce que nous avons à dire d'une question qui, certainement, les préoccupe, dit-il.

– En tout cas, mon cher, puisque nous pouvons parler librement, laissez-moi vous dire qu'il n'y a pas grande différence entre les esclaves des États du Sud et vos nègres libres du Nord. Ou plutôt, si : il y a une différence. Chez les planteurs de Louisiane ou de l'Alabama, l'esclave est hébergé, nourri, même soigné quand il est malade, car il représente une valeur marchande et une sorte de machine à égrener le coton, qui doit fonctionner. Mais les nègres que l'on voit à New York travaillent autant que dans le delta du Mississippi, presque toujours à de bas travaux et sous l'autorité de Blancs qui ne sont pas plus tendres que les planteurs ou leurs intendants. Seulement, quand ils n'ont pas d'emploi, les nègres de New York se trouvent sans vivre ni couvert. Ils doivent alors chaparder pour se nourrir et, s'ils deviennent malades, personne ne se préoccupe de leur donner des soins. Ils peuvent mourir dans la rue, développa lord Simon.

– Certes, mais les nègres de cette catégorie, souvent ivrognes et paresseux, sont dans la même situation que les Blancs de même condition. Cependant, tous sont libres d'aller et venir à leur guise, protesta Jeffrey avec conviction.

– La belle consolation, la belle affaire ! Les abolitionnistes feraient bien, monsieur, de s'intéresser au sort des nègres que j'ai vus sur les quais de l'Hudson, près des transatlantiques, mendier des restes de nourriture aux marins ou fouiller les ordures évacuées des navires, osa Murray.

– Mais nous avons des institutions charitables qui s'occupent de ces malheureux, mon garçon. On ne vous a pas attendu pour ça ! Je donne chaque année cent dollars à mon église pour l'éducation des enfants noirs et le dispensaire des travailleurs nègres. Vous devez néanmoins comprendre, mon garçon, que toute assimilation des nègres à notre société est impossible. Elle serait contre nature. C'est pourquoi nous disons toujours « *Keep the Negro in his place*[1] », déclara Jeffrey, traduisant l'état d'esprit de la majorité des New-Yorkais de race blanche, quel que fût leur niveau social.

– Bien sûr, il en va de même aux Bahamas. Mais, sur Soledad, aucun ancien esclave accueilli par mon oncle ne couche à la belle étoile, aucun n'a besoin de mendier ou de fouiller dans les ordures pour nourrir sa famille, dit Malcolm.

– Ils ont le soleil, la mer pleine de poissons et des fruits succulents que mon bon cousin nous vend à prix d'or, répliqua le banquier, enjoué.

– Ce qui me gêne un peu, malgré les principes antiesclavagistes que nous exprimons, c'est que l'industrie textile du Nord profite indirectement du travail des esclaves du Sud, insista Murray.

– Ah ! C'est aussi ce que disent nos cousins Cornfield des Carolines. Ils vont jusqu'à proposer la séparation des États cotonniers du Sud des États du Nord. Ils nous traitent parfois de pillards ! s'indigna le banquier.

---

1. « Laissons le nègre à sa place ».

Aussitôt, lord Simon intervint.

– Mon neveu n'a pas tort, Jeffrey. Aux yeux de certains antiesclavagistes européens, il y a comme une connivence coupable entre les filateurs et les planteurs du sud des États-Unis. Car nos filatures de Manchester profitent elles aussi, certes moins que les vôtres, du travail du million d'esclaves des États cotonniers. Vous obtenez ici, à un prix très modeste, du bon coton *middling* de Louisiane, cultivé et cueilli par des nègres qui travaillent du lever au coucher du soleil. À la Bourse du coton de New York, le prix de la livre est finalement ce que les filateurs et les banquiers américains le font, n'est-ce pas ?

– Nous tenons compte de l'intérêt des planteurs et, aussi, de la demande, qui ne cesse de croître, cher Simon.

– L'an dernier, on a récolté dans le sud de l'Union deux millions neuf cent mille balles de coton, dont plus de sept cent mille ont alimenté les filatures de Nouvelle-Angleterre, au prix de dix cents la livre. Ce même coton, soumis à une cascade de droits et aux frais de transport, nous arrive à cinq pence soixante la livre à Liverpool, indiqua Simon Leonard.

Le lord savait comment Jeffrey, actionnaire de plusieurs filatures et banquier, pouvait influencer les cours de l'or blanc en consentant ou non des avances sur récolte aux planteurs du Sud. Il savait aussi que les manufacturiers du Massachusetts gagnaient plus d'argent en spéculant sur les cotons qu'en fabriquant du fil !

– Mon cher cousin, si les nègres du Sud devenaient du jour au lendemain travailleurs libres, il faudrait leur octroyer un salaire, et le prix de la livre de coton augmenterait, pour nous comme pour vous. Aussi l'abolition générale n'est-elle pas à souhaiter. D'ailleurs, ici, les gens sensés ne la proposent pas, sauf *The Liberator* de William Lloyd Garrison, qui va répétant : « L'esclavage est un contrat avec Satan », et qui osa, l'an dernier, le 4 juillet, alors que nous célébrions l'Independence Day, brûler publiquement le texte de la Constitution des États-Unis ! s'indigna l'Américain.

Jeffrey ignorait bien sûr que Simon soutenait de ses deniers, depuis son premier numéro, le journal de Garrison. Aussi lord Simon, se tenant en retrait de la discussion, laissa-t-il son neveu répliquer au banquier.

– Vous savez bien, monsieur, que Garrison n'est pas seul. L'American Anti-Slavery Society compte, m'a-t-on dit, plus de deux cent mille adhérents, fit observer Murray.

– Et pourquoi cela, s'il vous plaît ? Parce que des pasteurs illuminés prêchent, Bible en main, la dissolution de l'Union et distribuent par milliers d'exemplaires une lettre du défunt abolitionniste anglais Thomas Clarkson, qui invitait les États du Nord, au nom de la religion, à se séparer des États du Sud en dénouant le lien politique qui les unit, reprit Jeffrey, visiblement agacé.

– Vous n'êtes donc pas vraiment abolitionniste ? osa Malcolm Murray, jouant l'étonnement.

– Si, bien sûr, mais pas aussi largement que certains le voudraient, mon garçon.

– Il ne peut dans ce domaine, monsieur, y avoir de demi-mesure. Quand nous autres Anglais avons aboli l'esclavage dans nos colonies, ce ne fut ni largement ni étroitement : tous les nègres devinrent des hommes libres, sans restriction ! répliqua Malcolm.

– Ah ! Vous autres Britanniques ne connaissez pas les nègres comme nous les connaissons. Vous ne vivez pas près d'eux, et vos nègres des Bahamas ne sont pas tentés, comme les nôtres, d'imiter les Blancs. Ils ne violent pas vos femmes et vos filles, ils ne puisent pas dans vos caisses. Dans nos villes, les nègres libres doivent être constamment surveillés, dirigés, encouragés à vaincre leur naturelle indolence et leur lubricité atavique, devenue dangereuse. Ils doivent sentir le poids de l'autorité, être astreints à des tâches quotidiennes simples, ne faisant appel qu'au muscle. Le gouvernement fédéral avait réussi, en 1850, à équilibrer le nombre des États dits libres et des États faisant travailler des esclaves. Sans ces excités du Kansas, la situation aurait été établie pour longtemps ! soupira Jeffrey.

– Ne vous aveuglez pas, mon cher cousin. Cette partition ne résistera pas au progrès d'un humanisme moins utopiste que celui que prône Emerson. Les nègres libres s'instruisent. Ils savent lire, compter, et finiront par occuper certaines places subalternes que l'on croit encore réservées aux Blancs. Cela commencera par des emplois de commis dans vos banques et continuera par l'arrivée de greffiers dans les tribunaux. Tenez, au fameux congrès de l'American Anti-Slavery Society de New York, au cours duquel Emerson fit la proposition dont nous avons parlé, le public a ovationné un Noir de Brownhelm, petite ville de l'Ohio : un certain John Mercer Langston, premier nègre élu conseiller municipal de sa commune, rapporta lord Simon.

– Peut-être même verrons-nous un jour des maires et des sénateurs noirs, lança Murray, provocateur.

– Dieu nous préserve d'une telle hérésie ! grogna Jeffrey.

Ce genre de débat aurait pu se poursuivre, chaque soir, si Charles Desteyrac, encouragé par Simon, qui sentait se développer une animosité gênante entre son neveu et son cousin, n'avait invité le Français à suggérer d'autres sujets de conversation. On évoqua donc ce que les journalistes avaient appelé la ruée vers l'or.

– Savez-vous qu'il y a actuellement au moins vingt-cinq mille Français qui cherchent de l'or en Californie ? Vanderbilt, qui possède maintenant cinquante bateaux, fait beaucoup de dollars en les transportant du Havre à San Francisco. Car il a soin de leur faire payer d'avance leur passage, précisa Jeffrey.

– Ramassent-ils beaucoup d'or ? demanda Desteyrac.

– On dit que certains ont trouvé des tas de pépites, qu'ils se font parfois voler par des mineurs moins chanceux, à moins que les dames des saloons ne les dépouillent adroitement. Voyez-vous, ceux qui s'enrichissent moins vite mais plus sûrement sont ceux qui, au lieu d'exploiter les mines, exploitent les mineurs : hôteliers, gargotiers, mais aussi charpentiers, ébénistes, tailleurs, cuisiniers, cordonniers et même bijoutiers ou notaires, parmi lesquels on trouve bon nombre de vos compatriotes, énuméra le banquier.

On en vint aussi à parler des compagnies de chemins de fer, dont les actions rapportaient entre trois et cinq pour cent. Jeffrey et Simon Cornfield y avaient l'un et l'autre des intérêts. Les voyageurs disposaient maintenant de sept trains par jour entre New York et Philadelphie, et l'on comptait onze mille cinq cents kilomètres de voies ferrées à travers l'Union. Lord Simon, qui ne manquait jamais de rappeler que la reine Victoria avait été, en 1842, le premier monarque à prendre le train, ne cachait pas son impatience de voir le gouvernement fédéral choisir entre les quatre itinéraires étudiés depuis 1849 pour la construction de la ligne transcontinentale qui relierait l'Atlantique au Pacifique. Le tracé qui avait les faveurs de lord Simon – et de la compagnie dont il était actionnaire – allait de New York à Saint Louis et San Francisco en passant par l'Arkansas. En attendant, les compagnies étiraient leurs réseaux, mais toutes n'étaient pas en bonne situation financière. En 1854, Jeffrey T. Cornfield avait assisté à la banqueroute de son ami Robert Schuyler, président des New Haven Railways. C'est pourquoi le banquier tempérait l'enthousiasme de son cousin, prêt à s'associer à William Henry Aspinwall pour construire un chemin de fer au Panama !

On ne pouvait manquer d'évoquer aussi les affaires cubaines. Le Manifeste d'Ostende avait séduit l'opinion américaine, ce qui venait d'inciter le gouvernement fédéral à réitérer son offre d'achat de l'île. Une rumeur persistante faisait état de la préparation d'une nouvelle expédition qui rassemblerait des milliers de volontaires, recrutés dans les trente-deux États de l'Union, pour aller libérer Cuba du joug espagnol.

– On aurait déjà acheté des chevaux, des canons, des armes et même des vapeurs pour transporter les gens et le matériel. Mais cela paraît bien confus car, dans son premier numéro, *El Eco de Cuba*, publié à New York le 22 juin dernier par José Mesa avec pour devise celle de la République française : « Liberté, Égalité, Fraternité », écrit que les révolutionnaires cubains ne se sacrifieront pas pour « conserver l'esclavage aux riches et augmenter la production de sucre[1] ». L'annexion me paraît donc bien compromise, dit Jeffrey.

Le banquier, actionnaire d'une compagnie maritime qui transportait le sucre de Cuba à New York, ne souhaitait que le maintien d'un profitable *statu quo*.

– Avant que des volontaires ne se lancent dans une aventure du genre de celle qui, en 1851, coûta la vie à Narciso López et à plusieurs de ses compagnons, peut-être conviendrait-il de s'assurer de la complicité des révolutionnaires cubains, fit observer lord Simon.

Mieux que son cousin, il connaissait l'île et les aspirations de sa population.

– C'est pourquoi il est question d'envoyer à La Havane trois agents inconnus des Espagnols : un Français, un Napolitain et un Portugais. Ils auront pour mission de préparer, avec des indépendantistes cubains, l'accueil du corps des volontaires américains dont le gouvernement fédéral feint, pour des raisons diplomatiques, d'ignorer l'existence, précisa Jeffrey Cornfield.

Deux jours avant le départ de Charles Desteyrac pour Pittsburgh, lady Ottilia annonça par télégramme son arrivée.

– Ottilia sera là demain, avec Anaïs Sampson et son fils. Nous allons enfin voir comment est fabriqué un futur officier de l'armée des États-Unis qui prétend épouser ma fille ! dit gaiement lord Simon.

1. Manuel Moreno Fraginals, *Cuba/España, España/Cuba, historia común*, Mitos Bolsillo, Barcelona, 1998.

L'atmosphère étant, ce soir-là, agréablement détendue, Charles Desteyrac se risqua à demander ce qui expliquait l'attrait des spéculations risquées auxquelles se livraient beaucoup d'hommes d'affaires new-yorkais. Il obtint de la part de son hôte un aveu circonstancié.

– Que voulez-vous, monsieur, ici l'opinion publique et l'Église nous interdisent les plaisirs sensuels, les femmes, l'alcool, les jeux d'argent, même le luxe ! Alors, nous demandons de l'émotion aux affaires ! confessa Jeffrey, dont la déclaration déclencha une hilarité courtoise.

– Eh bien, nous sommes plus libres et plus heureux sur mon île qu'à New York ! dit Simon Leonard en se versant un troisième verre de porto. Chez moi, cher cousin, et je vous invite à venir vous en rendre compte, il n'est interdit ni de caresser les femmes, ni de s'enivrer quand bon vous semble, ni même de perdre quelques livres aux cartes. Quant au luxe, il nous en est offert *gratis pro Deo* un choix impayable par la nature tropicale.

– Hurrah ! lança Murray. Le lord des Bahamas a bien parlé !

Charles, lui aussi approbateur, et que le porto rendait volubile, s'adressa à Jeffrey.

– Votre cousin, monsieur Cornfield, est une sorte de Rhadamanthe, ce prince des Cyclades qui civilisa les insulaires ignorants et promulgua de justes lois. Grâce à lord Simon, Soledad est une île heureuse où il fait bon vivre et rêver. C'est pourquoi je me hâterai, après mon séjour à Pittsburgh – *Smoky City*, la cité la plus enfumée de l'Union, m'a-t-on dit –, de retrouver notre île, son soleil, ses eaux changeantes, ses fleurs, ses fruits, le murmure des alizés dans les palmes, le chant des oiseaux moqueurs..., débita le Français.

– Et, aussi, certaine jolie fille nommée Ounca Lou ! souffla discrètement Murray à l'oreille de son ami.

4.

De lady Ottilia, Charles gardait le souvenir d'une belle mijaurée, pleine d'afféterie et d'arrogance. Quand, à l'heure du dîner, elle parut au bras de Jeffrey, ce soir d'août 1855, l'ingénieur, ébloui par la beauté de la femme, mais se rappelant le peu d'intérêt que la fille de lord Simon lui avait porté deux ans plus tôt, s'inclina avec raideur. Aussi fut-il surpris par la vivacité avec laquelle, à sa vue, Ottilia abandonna le bras de son vieux cousin pour venir à lui, mains tendues, manifestant par le regard et le sourire l'intense plaisir de qui retrouve un ami cher.

– Ah, monsieur Desteyrac, comme je suis heureuse de vous revoir dans notre famille ! Cet après-midi, Malcolm m'a dit vous aimer comme un frère, et mon père, qui n'accorde pas facilement sa confiance, ne tarit pas d'éloges non seulement de l'ingénieur, mais aussi du gentilhomme. Vous êtes en passe, m'a-t-il dit, de construire le pont qu'il souhaite voir depuis si longtemps établi entre Soledad et Buena Vista. J'espère que j'aurai, moi aussi, beaucoup d'occasions de vous mieux connaître et d'apprécier vos qualités si françaises, minauda-t-elle.

Charles, décontenancé autant que confus, car Ottilia

retenait sa main entre les siennes, s'inclina de nouveau, ne sachant comment répondre à cet assaut charmeur.

– C'est très aimable à vous de vous souvenir de moi, mademoiselle, dit-il enfin, tandis que les convives attendaient, debout derrière leur siège, que lady Ottilia eût gagné sa place.

La jeune femme insista, ignorant avec une très aristocratique désinvolture les invités de son cousin et les domestiques qui guettaient, au seuil de la salle à manger, un signe du maître de maison pour commencer le service.

– Il y a combien de temps que nous nous sommes vus ?

– Cela doit faire deux ans et demi. C'était en janvier 1853. Vous avez quitté le *Phoenix* aux Bermudes, pendant le voyage vers Soledad, rappela Charles.

– Peut-être étais-je un peu sotte, en ce temps-là, confessa-t-elle, feignant une contrition qui fit sourire Charles.

La voix tonnante de lord Simon interrompit l'entretien.

– Otti, il est peut-être temps de passer à table ? Vous aurez tout le temps de bavarder plus tard avec Monsieur l'Ingénieur.

Son estomac plus encore que les convenances incitait Cornfield à rappeler sa fille à l'ordre.

Un battement de paupières, soulignant une moue mutine, exprima la résignation de l'interpellée.

– Obéissons aux affamés, souffla-t-elle.

Lady Ottilia et sa suivante, Gertrude Lanterbach, furent les seules femmes présentes au dîner. Les épouses Weston Clarke et Russell, répondant à l'invitation d'Edna, fille aînée de Jeffrey, avaient quitté New

York pour Coney Island, la plage la plus courue de Long Island, où la bonne société new-yorkaise se retirait, l'été, loin de la touffeur humide de la ville. Quant aux médecins, Albert Weston Clarke et David Kermor, ils se trouvaient à Boston aux fins d'achat de matériel chirurgical.

Ottilia prit place entre son père et son cousin, face à Charles, lui-même assis entre Murray et le commandant Colson. Dès le potage, Malcolm parut s'intéresser à Gertrude, placée à sa droite. Plein de prévenances, il glissait à l'oreille de l'Alsacienne des mots auxquels la grande fille aux tresses blondes lovées sur les oreilles répondait par des gloussements dont on ne savait s'ils traduisaient agrément ou confusion. Ces apartés rieurs agacèrent Jeffrey autant que le troublait l'attirant abîme du décolleté d'Otti. Quand cette dernière parlait, la naturelle et innocente palpitation de ses seins, sous l'écran trop ténu d'une dentelle, paraissait à l'Américain d'une coupable immodestie. Quelques jours plus tôt, le veuf, au cours d'une conversation sur l'évolution de la mode féminine et des mœurs nouvelles, s'était déclaré hostile aux toilettes d'été, à leurs transparences indécentes et à ce qu'il nommait *flirtation*, sport favori des demoiselles de bonne famille, libres d'aller et venir à leur guise, même à la nuit tombée, avec les jeunes gens de leur monde.

Pendant le dîner, Ottilia remarqua combien Charles, à qui elle posait quantité de questions sur le futur pont de Buena Vista, semblait intrigué à la vue du médaillon qu'elle portait suspendu au cou par un ruban de velours grenat.

La miniature avait de quoi surprendre sur le décolleté d'une lady. Elle représentait une femme aux longs cheveux, nue, passant à cheval devant une maison. Par une fenêtre entrebâillée, un gamin jouissait du spectacle.

– Vous connaissez, bien sûr, l'histoire de lady Godiva, demanda Ottilia, désireuse de satisfaire la curiosité évidente du Français.

– Malcolm va peut-être me la dire, fit Charles.

L'ingénieur perçut le regard gêné que Jeffrey levait sur le portrait de sa défunte épouse, comme s'il craignait qu'elle ne fût encore plus choquée par la miniature libertine que par la robe d'Ottilia.

Murray entra aussitôt dans le jeu.

– Cher ami, ma cousine porte au cou l'image de la première féministe de l'histoire d'Angleterre, lady Godiva, épouse de Leofric, comte de Chester, seigneur de Coventry. En 1067, comme elle suppliait son mari d'alléger les impôts des drapiers, qui faisaient la réputation de la ville, Leofric, connaissant la pruderie de sa femme, dit qu'il supprimerait les taxes si elle osait traverser la cité en plein jour, nue sur un cheval ! Dans l'esprit du comte, il n'y avait aucun risque que lady Godiva, aussi belle que vertueuse, relevât ce défi. C'était mal connaître la femme qui veut à tout prix obtenir ce qu'elle demande. La comtesse réclama un cheval, se dévêtit intégralement et, sa longue chevelure blonde flottant sur les reins, s'élança au petit trot dans la rue principale de Coventry. Prévenus de cette exhibition, les habitants fermèrent leurs volets pour ne pas outrager la pudeur de celle qui s'imposait en leur faveur une si honteuse épreuve[1]. Ce fut la première

---

1. On peut voir à Coventry, sur l'esplanade de Broad Gate, une statue équestre de lady Godiva dans le simple appareil qui fit sa gloire.

revendication ainsi présentée par une femme qui, de nos jours, présiderait les réunions des amies *bloomerist* de ma chère cousine, expliqua Malcolm.

Jeffrey crut bon d'émettre un toussotement désapprobateur, mais lord Simon, qui possédait une gravure représentant la scène fameuse, vint en aide à son neveu.

– Pour compléter l'histoire, qui n'est peut-être qu'une légende accréditée par le poète Tennyson, il faut dire qu'un jeune garçon nommé Tom, qui voulait sans doute savoir comment était faite une lady nue, glissa un regard par la fenêtre et vit la belle cavalière. La reine Victoria aurait offert à son mari, le prince Albert, un tableau représentant la chevauchée de lady Godiva, ainsi, m'a-t-on dit, que d'autres peintures mettant en scène des dames dénudées. Notre souveraine estime que la nudité est symbole de pureté et d'innocence, précisa lord Simon.

Il se retint de préciser devant l'assemblée combien, cependant, il désapprouvait que sa fille exhibât un tel symbole.

– C'est une belle histoire, pleine d'enseignements pour les maris et... les percepteurs ! conclut gaiement Charles.

– Évaluer la pudeur d'une épouse au prix des impôts est une idée de satrape ! commenta Jeffrey.

– L'enjeu valait le scandale, cher cousin. Lady Godiva, comme l'a écrit Tennyson, s'est construit elle-même, ce jour-là, un éternel renom, souligna Ottilia avec un regard complice en direction de Charles.

– Il est dans la nature des femmes de relever les défis les plus étranges. C'est pourquoi les hommes ont intérêt à ne pas leur en lancer ! répondit l'ingénieur.

– Le défi est le sel de la vie. Tout l'art des femmes

consiste à ne relever que ceux dont elles sont sûres de triompher, Monsieur l'Ingénieur, dit Ottilia, dont le regard – Charles le ressentit ainsi – contenait une étrange provocation.

À ces mots, lord Simon sursauta et émit un grognement. Malcolm, qui avait suivi le dialogue et en percevait la signification équivoque, intervint fort à propos pour faire évoluer la conversation vers le thème des fiançailles, véritable objet de la réunion des Cornfield à New York.

Jeffrey évoquait la nécessité d'un grand bal auquel serait convié tout ce qui comptait à New York, quand le butler vint lui parler à l'oreille.

– Un chasseur de l'hôtel Holt est venu annoncer l'arrivée à New York d'Anaïs Sampson et de son fils. Malgré l'heure tardive, ils proposent de nous rendre visite sans attendre. Je pense que nous devons nous accommoder de cette aimable intrusion, dit le maître de maison, l'air pincé.

Il fit aussitôt donner l'ordre à son cocher d'atteler et de se rendre à l'hôtel Holt – le seul équipé d'un monte-charge à vapeur – pour conduire jusqu'à Cornfield House le futur fiancé d'Ottilia et sa mère.

– J'espère qu'ils ont déjà dîné, lâcha Ottilia.

– Ce sera comme si, répliqua lord Simon.

Comme Jeffrey, il tenait pour impolitesse caractérisée les visites impromptues.

Une demi-heure plus tard, les hommes venaient de passer au fumoir quand le maître d'hôtel annonça que les Sampson se trouvaient dans le grand salon avec lady Ottilia. Lord Simon éteignit son cigare en soupirant, les autres l'imitèrent, et tous rejoignirent les nouveaux venus. Les présentations furent rapides et, tandis que lord Simon et Jeffrey s'entretenaient avec la mère du cadet de West Point, Murray, en tiers entre Ottilia et l'élève officier, questionnait ce dernier sur la fin de ses études.

Charles, de ce fait un peu isolé, se retrouva en compagnie de Gertrude Lanterbach, plantureuse créature, gaie et spontanée. De sa rusticité paysanne subsistaient une stature intimidante, des mains puissantes, des joues pleines, de grands yeux couleur châtaigne au regard malicieux, et une débrouillardise finaude. Intelligente, d'esprit délié, l'Alsacienne avait assimilé les manières, les tics et même le langage et l'accent de l'aristocratie anglaise qu'elle servait depuis son adolescence. On la devinait partout à l'aise et prompte à faire face à toutes les situations. Pour l'heure, elle se dit enchantée de parler français avec un compatriote.

– Ils formeront un beau couple, n'est-ce pas ? commenta-t-elle, désignant d'un discret mouvement de tête lady Ottilia et le cadet.

Le jeune homme portait l'uniforme – dolman gris souris très ajusté, à brandebourgs bleu foncé, sur un pantalon blanc à sous-pieds –, resté inchangé depuis 1802, date de fondation, à West Point, de l'United States Military Academy.

– Certes. Ce jeune homme a beaucoup d'allure et cette tenue met sa prestance en valeur, reconnut Desteyrac.

Ganté de blanc, encombré de son shako à plumet qu'il tenait dans le creux du bras, Edwin Sampson offrait en effet un physique enviable. Grand, larges épaules, cheveux bruns de coupe réglementaire, il paraissait sorti d'un livre d'images patriotiques. Sa raideur, acquise au cours de quatre années de garde-à-vous et de manœuvres, bien que policée par l'aisance de mouvements et de gestes que confère une éducation mondaine, disait clairement sa vocation militaire. De son visage coloré par les exercices de plein air, Charles remarqua surtout les sourcils épais et le menton carré, signes d'une détermination héroïque n'attendant que l'occasion de s'employer. Son regard sombre posé sur Ottilia flamboyait comme celui d'un hussard à l'instant de charger sabre au clair. D'évidence, ce garçon était follement amoureux. Il serait demeuré pour un temps indéterminé figé dans l'admiration de la fiancée promise si Otti n'avait décidé de le conduire à Charles.

– M. Desteyrac, ingénieur des Ponts et Chaussées, de France, est bien ici, je crois, le seul homme assez instruit dans les sciences pour apprécier la qualité des études que vous suivez à West Point, dit-elle à Edwin avant de s'esquiver.

Au cours de l'entretien, Charles découvrit que les futurs officiers américains recevaient aussi une formation d'ingénieur. À West Point on enseignait, indépendamment de l'art de la guerre, mathématiques, physique, chimie, minéralogie, géologie, mécanique, balistique, génie civil en sus de l'histoire et de la géographie, « ainsi qu'un brin de philosophie », dit Edwin Sampson. Il prouva aussi qu'on y apprenait le français et la grammaire française en s'adressant à Charles dans une langue des plus correcte.

– Nous pratiquons l'équitation, la natation et la navigation à voile sur l'Hudson, et puis nous suivons des cours de danse afin de faire bonne figure dans les réceptions auxquelles les mères de filles à marier ne manquent pas d'inviter les cadets de quatrième année.

Car nous passons pour future élite de la nation, dit-il avec un rire qui enlevait toute vantardise à son propos.

Le cadet s'empressa, au premier silence, d'abandonner Charles pour rejoindre Ottilia dans l'embrasure d'une fenêtre où Gertrude l'avait entraînée, sans doute pour régler une question domestique.

Si Edwin fut sympathique à l'ingénieur, sa mère ne lui plut guère. La veuve Sampson, dont le mari, négociant en coton, avait péri dans l'incendie d'un vapeur à roues sur le Mississippi, lourde, courtaude, empâtée, traversa le salon en se dandinant avec effort, telle une grasse volaille en fin de gavage. Son chapeau, galette de paille fleurie comme un parterre, eût fait meilleur effet dans une garden-party qu'à Washington Square. Un collier de perles mâché par les replis d'un triple menton, des joncs d'or à sequins tintinnabulants aux poignets, une profusion de bagues et des boucles d'oreilles à breloques lui donnaient l'aspect d'une matrone gitane ayant réussi dans la cartomancie. En approchant Charles Desteyrac, elle saisit le face-à-main qui, du fait de l'ample ressaut de sa poitrine, se balançait sur son ventre au bout d'un sautoir.

– Ainsi vous êtes français, dit-elle en guise de préambule, parcourant l'ingénieur des cheveux aux chevilles, d'un regard inquisiteur.

– J'ai cet honneur, madame, répondit Charles.

– Beaucoup de Français, plus ou moins titrés, viennent ces temps-ci en Amérique pour épouser nos riches héritières et redorer des blasons ruinés par vos révolutions, reprit-elle, un rien méprisante.

– Rassurez-vous, ce n'est pas mon cas. Je ne suis que de passage et sans blason à redorer. Mais je conçois, madame, que des jeunes filles issues de l'aristocratie du dollar, c'est-à-dire « du suif et de la quincaillerie », comme l'a écrit un de vos écrivains, soient prêtes à se donner à certains de mes compatriotes pour devenir marquises ou comtesses, répliqua Charles, outré par l'arrogance de l'Américaine.

La veuve jeta un « pffft ! pffft ! » indigné et rejoignit lord Simon et Jeffrey, qui n'attendaient que le départ des visiteurs pour retrouver cigare et armagnac.

Arguant du fait qu'il quittait New York pour Pittsburgh le lendemain en fin de matinée, Charles prit bientôt congé de ses hôtes et de Murray.

– Que pensez-vous du fiancé d'Otti ? demanda l'architecte en raccompagnant Desteyrac.

– Il est superbe, sympathique, et je le crois très épris de votre cousine.

– Ils ne se marieront pas avant le printemps prochain, car, dès qu'il aura obtenu son brevet de lieutenant, Edwin sera envoyé pour six mois au Texas. Il aurait bien voulu épouser Otti avant son départ et l'emmener dans je ne sais quelle garnison perdue, mais elle a préféré différer la cérémonie de quelques mois. Elle ne paraît d'ailleurs guère pressée de devenir épouse Sampson, expliqua Malcolm.

– Se pourrait-il que, d'ici là, elle rompe ses fiançailles, comme elle l'a déjà fait ? demanda Charles.

– Avec Otti la Rebelle, tout est possible ! En tout cas, laissez-moi vous dire que vous êtes maintenant au plus haut dans son estime. Oui, vous lui plaisez vraiment. Et, croyez-moi, Charles, cela me fait grand plaisir.

– Son accueil fut en effet beaucoup plus chaleureux que lors de notre première rencontre à bord du *Phoenix*, reconnut Charles.

– Et, cette fois, elle ne vous a pas tendu sa main à baiser. Elle s'est souvenue que je lui ai dit comment et pourquoi la vieille étiquette française réserve le baisemain aux femmes mariées, commenta l'architecte en riant.

– N'est-ce pas mieux ainsi ?

– Certes, mais n'oubliez pas ce qu'elle a dit du défi, sel de la vie, conclut Murray avec un regard appuyé.

Ils se donnèrent l'accolade et l'ingénieur regagna sa chambre dans l'hôtel particulier mitoyen de celui de Jeffrey T. Cornfield. Son bagage bouclé, il se mit au lit avec un des ouvrages achetés chez un libraire de Broadway, *Walden ou la Vie dans les bois*, d'un certain Henry David Thoreau, auteur dont le commandant Colson disait grand bien. D'après l'officier, Thoreau était un philosophe transcendantaliste qui venait de passer un an dans une cabane construite de ses mains, au seul contact de la nature, au bord d'un étang, près de Concord, dans l'État du Massachusetts.

L'ingénieur s'endormit en méditant une phrase de l'Américain qu'il s'appliqua sans hésiter : « Les infortunés qui n'ont pas à lutter contre d'inutiles charges héritées trouvent que dompter et cultiver quelques pieds cubiques de chair est un travail suffisant. »

Au matin, il venait d'achever sa toilette quand le domestique mis à la disposition des invités de Jeffrey Cornfield frappa à la porte.

– Il y a en bas, dans le salon, une dame qui désire vous parler, monsieur.

– Une dame ? A-t-elle donné son nom ?

– Non, monsieur. Mais c'est une vraie dame, et jolie avec ça. Je m'y connais !

Intrigué, Charles noua sa cravate, enfila sa veste de voyage et jeta un regard à sa montre. Il ne s'agissait pas de rater le train pour Pittsburgh. Le cocher de Cornfield House s'était engagé à le conduire en temps utile à la station du Pennsylvania Central Railway. Il disposait d'une heure, délai qu'il estima suffisant pour se débarrasser d'une personne qui faisait mystère de son identité.

Par le biais d'une bizarre intuition, il ne fut pas étonné en découvrant que la visiteuse n'était autre que lady Ottilia. Très élégante dans une sage robe tourterelle ornée de dentelle parme au col et aux poignets, elle attendait, assise sur un canapé.

– Quelle surprise ! Vous, si tôt levée ! s'exclama Charles.

– Asseyez-vous, monsieur Desteyrac. J'ai une prière à vous adresser.

– Une prière, grand Dieu ! s'étonna l'ingénieur en prenant place sur le canapé, près de la visiteuse.

– J'aimerais, monsieur Desteyrac, que vous assistiez à mes fiançailles, dont mon père vient de fixer la date avec Jeffrey et la mère d'Edwin. Ce sera le 29 août à Cornfield House pour la cérémonie. Le soir, on donnera banquet et grand bal à l'hôtel Astor, car Jeffrey veut faire de mes fiançailles un événement mondain pour New York. Il y aura beaucoup d'invités que je ne connaîtrai pas et peu d'amis personnels. C'est pourquoi je souhaite ardemment que vous soyez là.

– Mais, lady Ottilia, je quitte New York dans une heure pour Pittsburgh, où je vais séjourner plusieurs mois, au train où vont les choses dans ce pays !

Ottilia ôta son gant et lui prit la main.

– D'abord, Charles, ne soyons plus aussi cérémonieux. Appelez-moi Ottilia, ou mieux encore Otti, comme mes vieux amis, dit-elle avec sa détermination coutumière.

– Eh bien, chère Otti, bien que je le regrette sincèrement, je ne pourrai assister à vos fiançailles. La fabrication des éléments du pont, auquel votre père tient beaucoup, nécessite ma présence à Pittsburgh, expliqua Desteyrac.

– J'en ai parlé hier soir avec mon père. Il m'a dit : « M. Desteyrac peut fort bien abandonner les ateliers de Keystone Bridges Works pendant deux ou trois jours pour assister à tes fiançailles. » Alors, ne me décevez pas, acceptez de revenir, puisque mon père vous y invite. Il est entendu que les frais de cet aller et retour seront à sa charge, précisa Ottilia, toujours pratique.

– C'est aimable à votre père de tout prévoir, dit Charles, irrité par le fait que les Cornfield eussent déjà disposé de lui.

– Mon père sera heureux de vous avoir près de lui ce jour-là. Ma future belle-mère l'entoure de trop d'attentions, et les millionnaires new-yorkais l'exaspèrent avec leurs façons de nouveaux riches. C'est Malcolm qui m'a conseillé de venir moi-même vous trouver ce matin. Je vous en prie, acceptez ! Sans vous, la fête ne serait pas complète, dit-elle, baissant les yeux comme une adolescente timide.

– Est-ce un défi ? demanda Charles, gentiment narquois.

– Pourquoi pas ? Je suis anglaise et obstinée, savez-vous !

– Autant que lady Godiva ? plaisanta Charles.

– Mettez-moi à l'épreuve.

– Je ne vous demanderai pas de galoper sur la Ve Avenue en tenue d'Ève, Ottilia. Mais pourquoi attachez-vous tant d'importance à ma présence lors de vos fiançailles avec un futur général de l'armée des États-Unis ? Je suis un étranger, engagé pour construire un pont, un simple salarié de lord Simon, dit le Français.

– Vous savez bien qu'en deux ans vous êtes devenu pour mon père, pour Malcolm, pour ma tante Lamia aussi, qui parle de vous dans toutes ses lettres, et même pour le rude Carver, bien plus qu'un ingénieur à qui mon père a commandé un pont que personne n'a su faire assez solide jusque-là. Que vous le vouliez ou non, Charles, vous êtes maintenant de Soledad. Vous appartenez à l'île enchantée où je suis née et où je veux revenir.

Ottilia s'exprimait avec une telle émotion contenue et un tel accent de sincérité que Charles, quoique sur ses gardes, en fut touché.

La femme d'une rare beauté qui pétrissait sa main, assise près de lui sur le canapé, n'était-elle que l'insupportable enfant gâtée décrite par Murray et Carver ? Était-elle seulement l'aristocrate altière, dure, intransigeante, dévergondée, toujours prête à scandaliser sa caste par des coups de tête et de folles impudences, ou cachait-elle, derrière ses audaces, une malheureuse Psyché en révolte, pour une raison secrète, contre le monde et la vie ? À quel moment Otti jouait-elle un rôle ? Quand elle canalisait les passions des hommes vers l'humiliation ou le désespoir, quand elle inspirait le désir pour le décourager, quand elle posait nue, couverte de bijoux, pour complaire à l'oncle libidineux de Manchester, ou quand elle suppliait humblement un étranger – qui se retenait de succomber à son charme – d'assister à des fiançailles qui ne seraient peut-être qu'un jeu mondain teinté de cruauté ? Charles, ébranlé par le regard net, fier, tendrement interrogateur de la femme, décida de surseoir aux questions. Il dégagea sa main de celle d'Ottilia, s'adossa au capiton du canapé et se rendit.

– Vous avez gagné, Otti. Je serai de retour à New York la veille du 29 août et je vous verrai avec joie en fiancée radieuse.

– Merci, Charles. Vous me comblez. Voyez-vous, il arrive qu'on rencontre des êtres dont la seule présence rassure, apaise, donne confiance en soi. Des êtres forts dont la lucidité ne peut être prise en défaut. Vous êtes de ceux-là, de ces hommes dont il est vain d'espérer plus, mais pas moins qu'une amitié sincère et fidèle, dit-elle.

– Alors, je suis votre ami, conclut Charles, l'œil sur la pendule du salon qui lui rappelait le train à prendre.

Soudain consciente que son pouvoir de séduction n'avait en rien entamé l'intégrité virile de Charles Desteyrac, elle comprit qu'il cédait à sa demande par pure courtoisie, plus pour ne pas déplaire à lord Simon, qu'elle avait mis en avant, que par intérêt pour sa personne. Elle se leva et Charles la reconduisit jusqu'au perron de l'hôtel.

– Prenez garde aux mauvaises fumées de *Smoky City*, elles gâtent les bronches, lâcha-t-elle.

Ayant repris distance, elle lui tendit la main sans aménité particulière.

« Drôle de femme ! » se dit Charles en remontant jusqu'à sa chambre pour parachever ses préparatifs de départ.

Le train américain que l'ingénieur français emprunta ce jour-là lui parut très différent des chemins de fer français ou anglais. D'abord par la taille des voitures, longues caisses de quinze mètres suspendues aux extrémités sur deux groupes de quatre roues appelés bogies, ensuite par leur disposition intérieure. Éclairé par des baies à vitre coulissante, ce salon roulant de cinquante-six places était spacieux et aéré par de petites ouvertures circulaires pratiquées dans le plafond qui assuraient, quand le train roulait, une ventilation constante. Celle-ci eût été agréable en ce chaud mois d'août si le système n'avait dispensé des escarbilles dues à l'usage de l'anthracite bitumineux qui, depuis peu, remplaçait le bois jusque-là brûlé dans le foyer des locomotives à six roues et haute cheminée conçues par l'ingénieur anglais Crampton. Les sièges, disposés de part et d'autre d'un passage central, se faisaient face deux à deux. Séparés par un abattant de bois formant tablette, ils meublaient ainsi un espace restreint où l'on ne pouvait manquer d'engager la conversation avec ses vis-à-vis. Les Américains, Charles le savait maintenant, croyaient de bon ton de se présenter sans y être invités pour faire rapidement connaissance. Ils s'adressaient alors familièrement à quiconque répondait à leurs avances courtoises dont la curiosité n'était pas exclue, surtout quand il s'agissait d'un étranger.

Recouverts de peluche rouge, pourvus de dossiers à renversement, les sièges assuraient un bon confort, encore qu'ils eussent gagné à être plus généreusement capitonnés comme ceux qui, à l'une des extrémités de la voiture, meublaient un petit salon réservé aux dames seules. Désireux de prendre l'air ou de mieux voir le paysage, le voyageur trouvait, à l'avant et à l'arrière du wagon, une petite plate-forme à l'air libre, abritée sous un auvent et entourée d'un garde-fou. Une fontaine d'eau glacée et un verre – un seul, hélas, que les voyageurs utilisaient à tour de rôle sans le rincer ! – permettaient à tout un chacun d'apaiser sa soif.

À peine le convoi s'était-il ébranlé que Desteyrac connaissait le nom, la profession et la destination du seul voyageur qui lui faisait face. Après avoir fait observer qu'ils avaient la chance de disposer de quatre places pour deux, l'homme, jovial, bedonnant et loquace, avait ôté son veston, dénoué sa cravate et ouvert son gilet sur lequel festonnait une chaîne de montre en or assez grosse pour entraver un bagnard. Il se présenta comme brasseur de la plus fameuse bière de New York, allant à Pittsburgh pour négocier dans une verrerie la fabrication et la fourniture de bouteilles à son chiffre, dont il avait lui-même dessiné la forme et le décor. Une demi-heure après le départ, Charles, en tant que Français, « donc homme de goût », d'après l'Américain, fut invité à donner son avis sur le dessin d'une bouteille de bière Greuben. Il approuva sans réserve la maquette, même si le blason surmontant le nom du brasseur Peter Van Greuben lui parut disproportionné par rapport au volume du flacon. Van Greuben révéla qu'il descendait d'une très ancienne famille new-yorkaise. Ses ancêtres hollandais figuraient, en 1626, parmi les fondateurs de La Nouvelle-Amsterdam [1] et avaient habité Manhattan au temps des

1. Nom donné alors par les Hollandais à la future ville de New York.

Mohican, bien avant que les Anglais n'y débarquent, assura-t-il.

Le brasseur aimait son pays et tenait à faire partager cet amour aux étrangers. Il se disait fier du passé de l'Amérique, de la conquête de son indépendance, et convaincu que la démocratie américaine inspirerait les pays d'Europe encore dans l'ignorance, croyait-il, des libertés essentielles, notamment celle d'entreprendre ce qui vous plaît, quelles que soient vos compétences.

À l'arrêt de New Brunswick, à une trentaine de miles de New York, il désigna à Charles les bâtiments du Rutgers College où, se souvint l'ingénieur, Ounca Lou avait étudié. Un instant plus tard apparut Princeton College, fondé en 1746.

– C'est là, de juin à novembre 1783, que se tint le Congrès continental qui avait quitté Philadelphie. Au cours de cette session, ses membres apprirent que le traité qui mettait fin à la guerre entre la Grande-Bretagne et les États-Unis avait été signé, à Paris, le 3 septembre. Ce fut un grand jour, mon gars. Les armes déposées, nous allions enfin pouvoir construire le pays dont nous rêvions. Ce que nous avons fait, dit Van Greuben, satisfait comme qui a su concrétiser ses ambitions et atteindre son but.

Il finit heureusement par s'endormir et Desteyrac tira de sa sacoche l'ouvrage de Harriet Beecher-Stowe, *la Case de l'oncle Tom*. Le livre lui avait aussi été recommandé par le commandant Colson. D'après l'officier, ce « plaidoyer politique et social en forme de roman » était le meilleur instrument de propagande pour les abolitionnistes. En 1852, année de sa publication, l'éditeur en avait vendu trois cent cinq mille exemplaires et le livre avait été aussitôt traduit dans de nombreuses langues, dont le français.

Certes, les scènes de la vie des esclaves rapportées par la romancière intéressaient Charles, mais il dut bientôt renoncer à poursuivre sa lecture, les trépidations du train la rendant incommode.

Périodiquement apparaissait un employé noir de la compagnie. Il proposait, pour quelques cents, des beignets de farine de sarrasin arrosés de sirop d'érable, qu'il cuisait sur commande dans un wagon de service pourvu d'un fourneau.

Aux arrêts, assez fréquents pour un train dit *express*, des colporteurs montaient à bord des voitures pour vendre des rafraîchissements, des journaux, du tabac, des fruits, des friandises, tandis qu'un employé des télégraphes parcourait le convoi en brandissant une ardoise qui portait, inscrit à la craie, un nom que l'homme allait répétant : celui d'un voyageur destinataire d'un télégramme transmis à l'opérateur de la station.

Pour Desteyrac, ce procédé illustrait ce que Jeffrey Cornfield avait vanté comme étant « la grande efficacité américaine dans un pays où rien n'arrête les affaires », pas même un voyage en chemin de fer ! Malgré ces apparences, Charles savait à quoi s'en tenir quant à la rapidité et à l'efficacité américaines, en matière industrielle tout au moins.

À Philadelphie, où le train fit un arrêt prolongé, Van Greuben s'éveilla, commanda à boire et à manger, invitant le Français à partager une sorte de pâté de viande de porc des plus consistant et une tarte aux pommes. Charles calcula qu'ils avaient parcouru moins de cent cinquante kilomètres en quatre heures et demie, mais se dit impressionné par le pont de bois, d'une seule arche de près de cent mètres, sur lequel le convoi franchit au ralenti la rivière Schuylkill.

– Les charpentes de l'ingénieur Ithiel Town font que nos ponts de bois ne sont pas près de céder la place aux ponts de fer suspendus de Roebling, commenta le New-Yorkais.

– On dit cependant que le pont suspendu que John Roebling a lancé sur le Niagara est une merveille, risqua Charles.

– On va voir combien de temps il résistera aux vents du nord. Et puis, monsieur, le fer rouille, se corrode, s'affaiblit, et un jour, crac ! le pont se tordra comme un torchon qu'on essore. Et le train s'en ira finir dans le fleuve, diagnostiqua le brasseur.

Charles se garda bien d'engager la polémique et de rappeler que plusieurs ponts de bois vieillissants s'étaient rompus au passage de trains.

Comme le crépuscule s'annonçait entre Lancaster et Middletown, le chef de train vint allumer les lampes à huile de baleine qui se balançaient au plafond sous des globes de verre taillé, au bout de tiges de cuivre articulées, ce qui maintenait la flamme en position verticale, quelle que fût, dans les courbes, l'inclinaison de la voiture et les soubresauts des bogies sur les aiguillages. Il faisait nuit noire quand le train arriva à Harrisburg. Charles ne vit que quelques lumières de la capitale de la Pennsylvanie, mais Van Greuben, regrettant que le beau palais du gouvernement construit sur une colline ne fût pas visible, tint à instruire son compagnon.

– Cette ville doit son nom à un acte de piété filiale. Elle a été fondée en 1785 par John Harris en souvenir de son père, un trappeur qui avait été pendu en 1719 par les Indiens, révéla le brasseur.

Évoquant les ressources minières de la Pennsylvanie – plomb, cuivre, fer, surtout houille –, il précisa, glorieux, que l'État fournissait assez de charbon pour chauffer toute l'Union et qu'au cours de l'année précédente on avait tiré des mines pour plus de vingt millions de dollars d'anthracite.

Comme Charles calculait mentalement que vingt millions de dollars équivalaient à peu près à cent millions de francs, son interlocuteur lui rappela qu'un Français nommé Girard, qui possédait des mines en Pennsylvanie, avait fait preuve d'une grande lucidité en déclinant l'offre de ceux venus lui proposer, en 1849, la création d'une société pour chercher l'or en Californie.

– « Il y a des mines que j'estime plus que celles-là : ce sont les mines de cuivre, et, bien au-dessus de ces dernières, je place encore les mines de charbon, qui sont de vraies mines d'or [1] », a répondu votre compatriote, homme raisonnable. Eh bien moi, monsieur, je me suis inspiré de son exemple. Je n'ai pas mis un cent dans les placers [2], mais je vends, bon an mal an, des milliers de gallons de bière à ceux qui cherchent de l'or souvent sans en trouver. Laver l'or à la batée ou piocher la terre donne soif à ces gens. La bière, mon gars, c'est la mine d'or Greuben ! fit l'Américain, soulignant son contentement d'une tape vigoureuse sur le genou du Français.

---

1. Xavier Eyma, *Les Trente-Quatre Étoiles de l'Union américaine*, volume II, éditions Michel Lévy frères, Paris, 1862.
2. Gisements sédimentaires de minerais lourds et précieux : or, platine, diamant.

Après Harrisburg, le convoi franchit la Susquehanna sur un autre pont de bois, et le train s'engagea dans la vallée de la Juniata, au pied des monts Alleghany. Van Greuben réclama des oreillers, bascula le dossier de son siège, se cala confortablement et s'endormit après avoir conseillé à Desteyrac de descendre à l'arrêt d'Altoona afin de passer les Alleghany de jour, pour jouir du spectacle de la montagne.

– Vous trouverez une auberge à la station et, au matin, vous pourrez prendre un autre train pour Pittsburgh. Mais je vous préviens, l'auberge n'est pas confortable. Il se peut même que les voyageurs soient contraints de dormir à deux ou trois dans le même lit. Je vous conseille donc de passer la nuit sur un banc de la station. Vous échapperez ainsi aux puces et aux punaises ! dit Van Greuben.

Cet avis suffit à décourager le Français de faire étape à Altoona pour voir le décor tant vanté de l'extrémité nord-est de la chaîne des Appalaches.

Le convoi, ayant reçu le renfort de deux locomotives supplémentaires, entama l'ascension de la montagne, s'époumonant comme un asthmatique, crachant une fumée grasse et noire dont l'odeur âcre pénétrait les voitures. Au sommet, à plus de mille mètres d'altitude, il se glissa dans le tunnel le plus long du parcours, dont il sortit avec un bruyant lâcher de vapeur, soupir des chaudières surchauffées. Tandis que les premières lueurs de l'aube suintaient à travers les persiennes closes, commença la descente vers Johnstown et Pittsburgh.

Éveillés, les voyageurs firent à tour de rôle une toilette sommaire dans le cabinet situé au bout de la voiture, avant de réclamer café et beignets au Noir de service, qui avait passé la nuit à dormir au milieu des passagers. Comme Charles s'étonnait de l'accélération du train et du silence soudain des machines, Van Greuben expliqua que, pour économiser le combustible, le convoi descendait pour ainsi dire en roue libre. Sur chaque voiture, les serre-freins avaient pour mission de contrôler la vitesse, d'empêcher le Pennsylvania Railway de s'emballer au risque de dérailler dans une courbe. Charles trouva aussi inquiétant qu'audacieux ce nouvel aspect de l'efficacité économique américaine !

Il était plus de neuf heures du matin quand un employé annonça l'arrivée imminente à Pittsburgh, terminus de la ligne. Desteyrac estima mentalement qu'il avait parcouru les quelque sept cents kilomètres séparant New York de Pittsburgh en moins de vingt heures, soit à une vitesse moyenne de trente-huit kilomètres à l'heure. Compte tenu des arrêts et du lent franchissement des Alleghany, c'était tout de même une performance car le train, entre New York et Philadelphie, avait poussé des pointes de vitesse à plus de cinquante kilomètres à l'heure.

Dès que le convoi s'immobilisa, ce fut la ruée vers les sorties, comme si le feu venait de se déclarer dans le wagon. Van Greuben, aussi pressé que les autres mais soucieux de prendre, dans les règles, congé de son compagnon de voyage, décidé, lui, à éviter la bousculade, se mit à rire à la vue de la moue réprobatrice de Charles.

– Chez nous autres, Américains, le goût de la compétition est permanent. Nous craignons toujours de voir le voisin nous devancer. Je ne sais quel Français a dit : « Si cent Américains étaient au moment d'être fusillés, ils se battraient à qui passerait le premier, tant ils ont l'habitude de la concurrence [1]. » Ayant tendu sa carte de visite et serré à la broyer la main de Charles, Van Greuben se lança dans l'allée centrale de la voiture. Écrasant quelques pieds, il repoussa d'une bourrade ceux qui ralentissaient sa progression, sauta sur le quai et disparut dans le flot de gens qui espéraient bien arriver avant lui aux quelques dog-carts en stationnement.

Ayant reconnu son nom parfaitement calligraphié sur une ardoise brandie par un homme en gris, Charles Desteyrac comprit qu'il était attendu. L'ingénieur en chef de Keystone Bridges Works avait délégué un de ses adjoints, parlant français, pour accueillir l'ingénieur.

Robert Lowell plut à Charles dès le premier contact. Assez court de taille mais bien charpenté, d'allure vive et dégagée, le jeune homme offrait un visage ouvert aux yeux rieurs, et sa poignée de main fut chaleureuse. Après les questions d'usage sur la qualité du voyage, il expliqua qu'il avait été désigné pour s'occuper du visiteur, d'abord parce qu'il avait lui-même étudié les plans envoyés de Soledad, mais aussi, ajouta-t-il avec un sourire, « parce que je suis célibataire et censé connaître tous les bons coins de Pittsburgh, la ville la moins gaie de l'Union ».

Tandis que le boghei roulait vers l'hôtel où Desteyrac serait hébergé pendant son séjour, Robert Lowell, qui tout de suite décida qu'entre ingénieurs du même âge, sinon de la même formation – il était

---

1. Michel Chevalier, *Lettres sur l'Amérique du Nord*, volume I, Société belge de librairie, Bruxelles, 1838.

métallurgiste diplômé d'un institut du Massachusetts –, on pouvait s'appeler par le prénom, désigna les hautes cheminées qui hérissaient la ville, telles des quilles de brique d'où sortaient des panaches d'une fumée plus dense quand les hauts-fourneaux recevaient une nouvelle charge de charbon et de minerai.

– Vous êtes ici dans la Birmingham américaine. La première ville manufacturière de l'Union ! Pittsburgh, notre *Smoky City*, est la cité des hauts-fourneaux qui jamais ne s'éteignent. Même le dimanche, quand il est interdit à tous de travailler, voire de voyager, des hommes veillent sur les foyers. Pittsburgh a vendu l'an dernier plus de cinq cent mille tonnes d'un excellent fer. On bâtit sans cesse de nouvelles usines, non seulement des fonderies et des fabriques de rails et de charpentes, mais aussi des verreries, des quincailleries et des ateliers de conserves alimentaires. Les unes fabriquent des machines à vapeur, d'autres forgent des haches, taillent des scies, produisent des tonnes de clous et de rivets. C'est aussi de Pittsburgh que sortent les canons et les boulets de l'armée des États-Unis, canons et boulets que nous vendons aussi bien au Grand Turc qu'au sultan du Maroc, dit Lowell avec enthousiasme, conscient et fier d'être engagé dans la grande aventure industrielle du siècle.

Deux grosses rivières, Alleghany et Monongahela, unies pour former le grand fleuve Ohio, dont les eaux grossiraient plus au sud le Mississippi, enserraient la ville, peuplée de plus de cinquante mille habitants. Lowell rappela à Charles que, sur cette langue de terre, les Français avaient autrefois élevé le fort Duquesne, quand la France possédait encore l'immense Louisiane et le Canada.

– Ici les Français ont, par leur résistance, en 1754, découragé George Washington, alors lieutenant-colonel des milices virginiennes, de poursuivre son expédition vers le nord ; mais, quatre ans plus tard, ils durent abandonner la forteresse aux Anglais, à la veille de s'emparer du Canada.

– Peut-on voir des vestiges de ce poste qui existait encore il y a moins d'un siècle ? demanda Charles.

– Aucun. Les pierres du fort servirent sans doute à construire les maisons des nouveaux occupants, répondit Lowell.

Le temps de déposer son bagage au Monongahela Hotel, le meilleur de la ville, et Charles se fit conduire chez Keystone Bridges Works. Dès l'entrée dans les ateliers, il fut subjugué par la révélation soudaine d'une puissance dévorante, faite de métal et de feu. L'immensité des halls sur piliers où s'activaient – autour des hauts-fourneaux, chargés par le sommet au moyen de wagonnets gravissant des plans inclinés – des ouvriers que rien ne pouvait distraire de leur tâche annonçait un type de cathédrales consacrées à la déesse Métallurgie. Qu'ils basculent dans les moules les creusets pleins d'une fonte en fusion s'écoulant comme guimauve aveuglante ; qu'ils déplacent, à l'aide de gigantesques tenailles suspendues à des portiques et de chariots sur rails, les lingots d'un atelier à l'autre ; qu'ils forcent le fer pâteux à pénétrer entre les rouleaux des laminoirs impatients d'accoucher de rails, de poutres et de tôles : tous ces êtres d'apparence identique, frères convers au service des grands prêtres de l'industrie et du capitalisme, ressemblaient à des diablotins laborieux. Joues maculées de poussier où la sueur ruisselante traçait des sillons clairs, vêtements criblés de brûlures dues aux gerbes d'étincelles incandescentes qui, telles des queues de comète, jaillissaient du fer, ils n'eurent pas même un regard pour l'étranger.

– La plupart de nos ouvriers sont irlandais et n'ont d'autre ressource que leur force musculaire. Ces gens mouraient de faim en Irlande. Ici, ils sont contents d'être logés et nourris. Savez-vous qu'ils font trois repas par jour, avec chaque fois un beau morceau de viande, car ces hommes sont d'insatiables carnivores ? Ils reçoivent aussi du pain et, à deux repas, du beurre, du café et du sucre. À cela nous ajoutons de cinq à huit verres de whisky par jour. Et nous les payons de cinquante à soixante cents, ce qui fait entre deux et demi et trois de vos francs français. Ces salaires sont les plus élevés de l'Union, exposa Lowell.

Charles estima qu'un ouvrier français effectuant le même travail ne devait pas gagner plus d'un franc cinquante, sans être ni logé ni nourri.

Reçu par l'ingénieur en chef, Desteyrac fut aussitôt mis devant le projet de fabrication des éléments de pont qu'il avait commandés.

– Dès que les laminoirs auront produit les poutres, suivant les plans et normes de l'ingénieur Whipple, que vous rencontrerez plus tard, et que les ébauches des membrures, longerons et entretoises seront prêtes, ces pièces, transportées à l'atelier de mécanique, recevront leurs dimensions définitives. Découpage et perçage constitueront les opérations les plus délicates, mais vous prendrez alors avec Lowell la direction des travaux de finition. Cela n'interviendra pas avant au moins six semaines, précisa l'ingénieur en chef en présence des contremaîtres concernés.

Dès lors, chaque matin, Desteyrac retrouva Robert

Lowell devant la planche à dessin, et ainsi, au fil des jours et des travaux, se développa entre les deux ingénieurs une véritable amitié.

Au cours de ses déplacements en ville, Charles se persuada très vite que Pittsburgh méritait bien son surnom de *Smoky City* et sa réputation de ville la plus sale de Pennsylvanie. Malgré la chaleur, on oubliait l'été, le ciel étant obscurci par des nuages charbonneux sans cesse engraissés par les fumées tourbillonnantes des hauts-fourneaux. Pareilles à des canons verticaux ne tirant que suie et gaz nauséabond, les cheminées de brique semblaient défier le soleil, dont les rayons ne pénétraient que ternes et las dans les rues étroites. Des flocons noirs tombaient en voletant sur les toits et sur les têtes, maculaient les chapeaux, les vêtements, parfois les visages. Seuls les étrangers de passage paraissaient sensibles à cette atmosphère, qui n'était pas sans rappeler celle des éruptions volcaniques.

L'hôtel où logeait Charles offrait le plus récent confort et, chaque soir, avant de descendre dîner, il se faisait porter eau chaude et serviettes par un valet et se plongeait dans un bain. Vêtu de linge frais, il dînait seul quand il ne rejoignait pas Lowell, qui connaissait tous les restaurants et cabarets d'une ville où personne, semblait-il, n'avait envie de s'amuser.

Un soir, le jeune homme confessa que la vie à Pittsburgh n'avait rien d'exaltant.

– Il n'y a pas une cité dans l'Union, ni peut-être au monde, où l'on accorde aussi peu de temps et de place au plaisir. Ici, on ne fait que travailler pour gagner le plus d'argent possible, le plus vite possible. Les repas eux-mêmes sont considérés comme temps perdu pour le travail et les affaires. Dans les familles, comme dans les cantines des ateliers, on les expédie en dix minutes. Le dimanche, on se doit d'oublier le dollar. Mais c'est pour s'abandonner à l'ennui. On va de la maison à l'église où l'on chante des hymnes, et certains, qui ont fait provision d'alcool – car cabarets et tavernes sont fermés –, s'enivrent avec application. Boston, ma ville natale, souvent présentée comme la plus puritaine des États-Unis, est une ville licencieuse par rapport à Pittsburgh, et quand on est, comme vous et moi, célibataire, alors..., dit Lowell, laissant sa phrase en suspens.

– Quand on est célibataire ? relança Charles.

– Eh bien, il faut trouver ce qui est très caché ici : des demoiselles accueillantes. Il n'y a qu'un bordel pour Irlandais, que la police surveille, car on s'y querelle toutes les nuits. Un ingénieur de Keystone Bridges Works ne peut y être vu.

– Et vous avez trouvé mieux ? insista Charles.

– Depuis peu et par hasard. J'ai rencontré, chez le libraire, une veuve peu attrayante, genre entremetteuse minaudante, qui me fit comprendre que les jumelles orphelines qu'elle héberge ne dédaignent pas de recevoir les hommages de jeunes gens bien élevés et plutôt généreux. Cette femme doit repérer les célibataires de bonne allure pour les conduire à ses protégées, sans doute en prélevant une dîme sur l'argent qu'on leur laisse. Pour être reçu chez elle, dans une maison au flanc du mont Washington, il faut apporter une bouteille de champagne, des gâteaux pour les demoiselles et un flacon de porto pour elle. Je me suis déjà procuré ces appâts, mais j'hésite à me rendre seul chez cette maquerelle, bien que je n'aie pas accompli depuis plusieurs mois ce que les papistes appellent l'œuvre de chair ! déclara Lowell avec franchise.

– Vous voudriez peut-être que je vous accompagne ? Après tout, des jumelles me semblent assez indiquées pour tenir un moment compagnie à des presque jumeaux ! proposa Charles en riant.

Robert Lowell, que Charles appelait maintenant Bob, comme tous les amis de l'ingénieur, n'attendait que cet encouragement. Une heure plus tard, les deux hommes devisaient avec une femme aux bandeaux gris, guindée, questionneuse, et deux jeunes filles plutôt jolies, très chastement vêtues de longues jupes, genoux serrés et mains croisées, dans un salon petit-bourgeois avec fauteuils aux accoudoirs caparaçonnés de dentelles, portraits supposés de famille, napperons au crochet et lumières tamisées.

Après les libations et une foule de considérations sur le climat, la saleté de la ville, les bruits industriels, Lowell se résolut à faire avancer les choses. Il expliqua sans détour à la duègne que son ami et lui-même n'étaient pas venus pour parler de la pluie et du beau temps. Cette entrée en matière amena un sourire des plus encourageant sur les lèvres des jumelles, qui ne quittaient pas des yeux les visiteurs tout en se murmurant à l'oreille des propos portant sans doute sur le choix de leur client respectif. La veuve se retira dignement et, sans façon, les jumelles pareillement fraîches, charmeuses et d'une polissonnerie mesurée, vinrent s'asseoir sur les genoux des visiteurs, accélérant la procédure des rapprochements.

Les demoiselles disposaient chacune d'une chambre où l'on s'enferma par couples pour le meilleur de la nuit. La fille qui échut à Charles se nommait Lucy et ne manquait ni de savoir-faire ni d'entrain. Pour elle comme pour sa sœur Fanny, le plaisir devait être partagé avec enthousiasme et non pas offert et pris sous prétexte qu'il était acheté et vendu. Lucy confessa, entre deux étreintes, que le but des deux sœurs était de réunir suffisamment d'argent pour ouvrir à San Francisco un hôtel doté d'un luxueux saloon, réservé à une clientèle huppée, « pas seulement aux chercheurs d'or chanceux que toutes les filles de l'Ouest s'entendent à plumer », précisa-t-elle.

Au matin, les deux amis furent invités à partager un petit déjeuner familial, présidé par la veuve, qui se révéla être la tante des orphelines et aussi, sans doute, leur comptable, car elle empocha, charmée par la générosité des visiteurs, les dix dollars déposés sur la table, entre la théière et les tartines que chaque jumelle beurra pour l'élu, sinon de son cœur, du moins de son lit. On se sépara en promettant de se revoir.

Avant de quitter Pittsburgh pour répondre à l'invitation d'Ottilia, Charles, qui pensait souvent à Ounca Lou, rédigea, comme il avait promis de le faire, une longue lettre destinée à la jeune fille. Il lui décrivit New York comme il l'avait vue et telle, peut-être, que l'étudiante ne l'avait pas perçue : une ville inachevée où des terrains vagues, pauvres prairies pour vaches et chèvres urbaines, alternaient avec des pâtés de maisons parfois prétentieuses, le plus souvent laides.

« New York, écrivit-il, est une ville sans aménité où une poignée de familles tiennent le haut du pavé. Elle doit sa personnalité à une topographie déjà appréciée des Indiens. La barrière sociale est certes l'argent, mais chacun peut la franchir quand il en a suffisamment gagné pour se faire construire un hôtel à Washington Square ou à Gramercy Park.

C'est une cité sans passé, tout y est contemporain et paraît aléatoire. J'ai découvert que les abolitionnistes, qui reprochent tant aux planteurs du Sud de posséder des esclaves, traitent leurs domestiques noirs à la fois comme des domestiques et comme des Noirs, c'est-à-dire comme des esclaves salariés.

J'ai vu beaucoup de petites filles délurées, en robe d'organdi, manger dans la rue les glaces qu'elles se font offrir par les garçons, la crème glacée étant, m'a-t-on dit, le commencement de toute *flirtation* autorisée par les parents. Quant aux femmes, elles doivent faire preuve en toute circonstance de respectabilité et dissimuler leurs aventures, quand elles osent en avoir, avec la même application que les hommes mettent à les ignorer. Il semble qu'on mette en pratique, assez sagement, un conseil donné par Herman Melville dans *Redburn* : "Les dames sont comme les croyances : si vous ne pouvez pas en dire du bien, ne dites rien."

Ici, les dames en vue dans la bonne société ont le sens et le goût de la parade. C'est à l'opéra que je l'ai constaté. On y va moins pour entendre les chanteurs et suivre l'action que pour être vu. Les épouses, penchées au bord des loges, sont des vitrines. Elles présentent coûteuses toilettes, bijoux et colifichets dernier cri, ce qui révèle le train de vie du mari. Il semble que, dans le monde des affaires, cela confirme un crédit. L'opéra est donc comme une sorte de Bourse où monte ou descend la valeur mondaine de telle ou telle femme de banquier ou de négociant, parallèlement au cours de la fortune de son époux.

Cette aristocratie chrysogène, à qui le symbole serpentin du dollar tient lieu de blason, est avide de distinctions et de titres nobiliaires. Mes compatriotes, qui n'ont souvent pour seul bien que leur nom à particule, sont parmi les premiers fournisseurs de maris pour plébéiennes cousues d'or. Il arrive qu'elles soient en plus jolies, séduisantes et point sottes. Le plus extraordinaire, chère Ounca Lou, est que Cupidon réussisse parfois à s'immiscer dans de telles unions, et qu'un véritable amour supplante les hypocrisies et fasse des époux heureux. »

Charles s'appliqua ensuite à une description de Pittsburgh en ajoutant à l'intention de lady Lamia que la fabrication du pont prendrait sans doute plusieurs mois. Puis il laissa aller sa plume pour une conclusion plus sentimentale.

« Je pense souvent à Soledad et à Buena Vista, à votre marraine et à vous aussi avant quiconque. Le souvenir de nos baignades me hante et j'ai hâte de retrouver la vie simple et saine de nos îles. Je vous imagine au milieu des pêcheurs d'éponges ou, le soir, sirotant un verre de jus d'ananas sur la terrasse de ma petite maison du chantier. Promettez-moi d'y revenir. Acceptez que je vous dise, ainsi qu'à lady Lamia, bien sûr, que c'est à Buena Vista que j'ai eu le sentiment d'approcher au plus près le bonheur. »

Il cacheta sa lettre sans ajouter qu'il se préparait à faire un voyage à New York pour assister aux fiançailles de lady Ottilia. Évoquer cette demi-sœur eût peut-être blessé Ounca Lou et provoqué un accès de jalousie moqueuse.

Souvent, au cours des jours précédents, il s'était interrogé sur la véritable personnalité d'Ottilia, fourvoyée avec autorité dans sa vie. Depuis leur dernière rencontre, l'image de cette femme émergeait parfois soudainement de sa mémoire sans qu'elle fût sollicitée. La fille de lord Simon disposait-elle d'une force occulte pour s'imposer ainsi de loin ? Incrédule de nature, Charles Desteyrac observait ce phénomène équivoque avec une curiosité troublante.

5.

La première visite de Charles Desteyrac, au soir de son retour à New York, fut pour Tom O'Graney, qu'il comptait trouver à bord du *Phoenix*. L'ingénieur devait remettre au maître charpentier les plans de deux barges à construire dès que le navire regagnerait Soledad. Ces radeaux seraient nécessaires pour transférer, du port occidental au sud de l'île, les lourds et encombrants éléments du pont de Buena Vista que le *Centaur* porterait des États-Unis aux Bahamas.

– À cette heure-là, Tom est au pub Voice of Ireland avec ses foutus compatriotes, ivrognes et hâbleurs, dit Mark Tilloy, officier de service ce jour-là.

– Ce pub est-il loin d'ici ?

– Sur le quai à main gauche, vous ne pouvez le manquer. On entend brailler ces soiffards jusqu'à la pointe de Manhattan ! Mais si vous tenez à voir Tom, je vous accompagne, car ces mangeurs de pommes de terre ne sont pas toujours accueillants aux étrangers. Laissez vos plans à bord. Si le charpentier peut encore marcher, nous le ramènerons, sinon nous enverrons, comme d'habitude, quatre hommes pour porter cet hectolitre de bière jusqu'à son hamac ! s'exclama le lieutenant, enchanté d'accompagner le Français, de qui il appréciait le retour.

Chemin faisant, Tilloy détailla les conquêtes amoureuses qu'il avait faites pendant l'absence de Charles, notamment celle de la jeune et fraîche épouse d'un vieil apothicaire aussi riche qu'indifférent à la conduite de sa femme.

– Le mari est l'inventeur d'un emmenagogue, produit destiné à restituer leurs règles aux dames et demoiselles imprudentes qui les attendent en vain. À dix dollars la dose, cet homme augmente sans cesse sa fortune. Toute la journée occupé dans son officine à fabriquer, avec des herbes connues des Indiens, de quoi éviter surpopulation et divorces, ce bienfaiteur de l'humanité admet que sa femme ait des amants, à condition toutefois qu'ils soient de passage et de bonne éducation. Dans ce rôle, mon cher, rien de meilleur et de plus rassurant qu'un marin ! dit Tilloy, comblé par cette liaison sereine et éphémère. Et à Pittsburgh, avez-vous trouvé quelques personnes attrayantes ?

Charles raconta comment, en compagnie d'un jeune ingénieur de Keystone Bridges Works, il avait passé d'agréables moments avec des jumelles vénales, aventure dont il ne tirait, avoua-t-il, aucune fierté.

– Nécessité fait loi, mon cher. N'importe comment, nous finissons toujours par payer, d'une façon ou d'une autre, les femmes qui partagent notre lit. Les plus coûteuses sont les épouses censées offrir gratuitement ce que d'autres monnaient ! Aussi, tenons-nous à l'écart du mariage ! conseilla Tilloy, dont l'humour souvent teinté de cynisme amusait Charles.

– À propos de mariage, comment se présentent les fiançailles de lady Ottilia ?

– Je sais par votre ami, l'honorable Malcolm Murray, qu'elle a insisté pour que vous soyez présent. Elle a demandé par deux fois de vos nouvelles à Colson pendant que vous étiez à Pittsburgh. Vous lui plaisez, Charles, et si votre nom était précédé d'une particule, vous pourriez aisément évincer Sampson et devenir le gendre de lord Simon, fit Mark non sans malice.

– Mon arrière-grand-père paternel, que je n'ai pas connu, a recollé la particule de d'Esteyrac à la Révolution, en un temps où l'on pendait les aristocrates aux lanternes. Il se fit roturier pour sauver sa tête et assura ainsi sa descendance. Quant à prétendre à la main de lady Ottilia, holà ! Ce n'est pas le genre d'épouse que je rechercherais si, négligeant votre conseil, je ne me tenais pas à l'écart du mariage !

– Je crois savoir, en effet, que vos goûts de célibataire vous portent plus vers les beautés insulaires que vers les Anglaises, risqua le lieutenant.

– Si vous faites allusion à Ounca Lou, la fille naturelle de Cornfield, vous voyez juste, admit Charles.

– Vous avez eu plus de chance que moi auprès de cette beauté exotique. Lors d'une traversée vers Nassau, elle découragea en termes mordants une aimable tentative de rapprochement...

– Il faut vous faire à l'idée, Mark, qu'Ounca Lou n'est pas une fille légère. Mais, dites-moi, comment s'organisent les fiançailles de la superbe héritière de Soledad ?

– Elles promettent d'être grandioses. Jeffrey T. Cornfield veut en faire un événement inoubliable. L'état-major du *Phoenix* est invité par lord Simon. Grande tenue blanche pour les officiers, avec décorations, si possible ; et nos marins, de neuf vêtus, feront la haie pour l'entrée au bal du soir, à l'hôtel Astor. Pour les plus intimes, dont vous êtes, *tailcoat and white tie*, habit et cravate blanche, précisa Tilloy, savourant par avance ces élégances.

– Mais je n'ai ni queue-de-pie ni cravate blanche, observa Desteyrac.

– Je vous conduirai demain chez Arnold Constable, sur la Ve Avenue. C'est le meilleur tailleur de New York. Il habille la bonne société depuis 1825, ce qui, en Amérique, est d'une longévité historique. En quelques heures, vous serez transformé, comme les autres, en figurant acceptable, assura Mark alors que les deux hommes arrivaient devant le débit Voice of Ireland.

Ce pub portuaire, l'un de ceux où les dockers irlandais avaient coutume de se réunir pour échanger impressions ou adresses d'employeurs, et s'entraider en période de chômage, n'avait rien des beaux établissements de Broadway. Par la porte ouverte à deux battants de cette taverne aux vitres opaques, surmontée d'une enseigne de bois dont les pluies et le vent d'ouest avaient gangrené les lettres peintes, s'épanchait sur la chaussée le brouhaha composite de conversations tumultueuses d'où jaillissaient parfois le coup de cymbale d'un juron ou les trémolos grasseyants d'un rire canaille.

– C'est bien la voix de l'Irlande que nous entendons, ironisa Tilloy.

Ils pénétrèrent avec circonspection dans la salle au plafond bas, noirci par les fumerolles des pipes et les grasses émanations des lampes à huile de baleine. Des hommes, assis autour de guéridons bancals ou accoudés au long bar à rampe de cuivre, parlaient haut et fort, comme si chacun eût voulu imposer ses propos à l'assistance.

À peine avaient-ils fait trois pas que les visiteurs furent interpellés par un gaillard qui brandit ostensiblement dans leur direction un verre vide, indiquant par une mimique qu'il souhaitait le voir bientôt empli.

– Ici, les Yankees sont bienvenus à condition qu'ils honorent saint Patrick en offrant aux enfants d'Irlande, bons chrétiens, de quoi humecter leur gosier asséché par le chant des hymnes et la prière ! lança, jovial, le buveur.

Le tenancier, voyant la gêne des étrangers, quitta l'abri du comptoir et vint au-devant d'eux.

– Gentlemen, que puis-je faire pour vous ?

– Je suis le second lieutenant du trois-mâts *Phoenix* et je souhaite voir notre maître charpentier, Tom O'Graney, dit Tilloy, protocolaire.

– Tom est dans l'arrière-salle en bonne compagnie : je vais le prévenir. En attendant, offrez un whisky à ce brave enfant du Connemara pour qu'il vous laisse en paix, conseilla le patron avec un clin d'œil.

Charles commanda deux pichets de bière brune au goût de réglisse et proposa, comme on l'y invitait, un whisky à l'homme qui les avait interpellés. Avec l'affectation respectueuse que confère un commencement d'ivresse, l'Irlandais s'inclina à la limite du déséquilibre et tendit son verre au barman.

– Ah ! On voit bien que vous n'êtes pas yankee, vous autres ! Ces sacrés Américains sont près de leurs cents et nous traitent comme des bêtes de somme. Sont hospitaliers que pour la famille. Ils payent ce qu'ils doivent, mais j'en ai jamais vu un offrir le verre d'après labeur aux honnêtes débardeurs que nous sommes.

Desteyrac reconnut en celui qui s'exprimait ainsi un frère des ouvriers irlandais qu'il avait vus à Pittsburgh s'activer autour des hauts-fourneaux avec le seul souci, au mépris de leur santé, de réunir assez de dollars pour envoyer des subsides à leur famille.

Sensible à la résignation pudique de l'expatrié dont la mélancolie ne trouvait d'exutoire que dans l'alcool, Desteyrac le fit parler de son pays, des raisons qui l'avaient poussé à le quitter.

– Ce fut d'abord quatre années de famine après la destruction de nos récoltes de pommes de terre par le mildiou, entre 1845 et 1849, qui nous fit quitter notre île Verte. Un million d'Irlandais morts de faim ! Vous imaginez ça ! Ensuite vinrent le choléra et le scorbut, qui tuèrent encore des milliers de gens, dont ma mère et mes deux sœurs, tandis que les *landlords*, ces hobereaux venus d'Angleterre – plus de sept cents, disait-on – pour s'approprier les terres irlandaises, expulsaient fermiers ou métayers et transformaient nos champs cultivés en prairies bonnes à l'élevage des vaches à viande. Affaire de meilleur rapport, bien sûr ! Nous en avons rossé plus d'un qui nous avait ainsi confisqué notre gagne-pain. Moi qui vous parle, dit l'homme en s'animant, j'ai cassé les reins d'un *landlord* en le jetant à bas de son cheval. J'ai été arrêté par ses valets, mais des amis m'ont libéré et, comme d'autres, je suis passé en Amérique avec mes guenilles et mon chapelet de première communion : tout ce que je possédais ! Les Anglais, monsieur, ont été bien coupables, dans cette affaire comme en d'autres qui touchent au destin misérable de l'Irlande. Mais, par saint Patrick pour qui James Remwick est en train de construire une cathédrale à New York, un jour nous retournerons en Irlande et nous jetterons tous les Anglais qui s'y trouvent encore à la mer ! conclut l'exilé.

L'alcool de malt lui donnait un regard farouche et une sorte d'éloquence vindicative. Son verre étant à nouveau vide, Charles s'apprêtait à le faire remplir quand Tilloy intervint maladroitement.

– Vous êtes injuste avec l'Angleterre, mon garçon. Je veux bien croire que le whisky y est pour quelque chose, lança le lieutenant, irrité.

– Injuste ! Injuste, moi, avec ces Anglais cupides et égoïstes qui exploitent notre pays comme une colonie et traitent notre peuple comme, ici, les planteurs du Sud traitent les nègres ? De nous autres, Irlandais, les Anglais ont fait des esclaves qu'ils ne sont même pas capables de nourrir. Vous êtes anglais, hein, pour parler comme ça ? Demandez à tous ceux qui sont ici, si je mens ! Demandez-leur, sacredieu ! Ils sauront vous répondre.

L'homme avait élevé si fort le ton que les conversations s'interrompirent et que les regards convergèrent aussitôt vers Desteyrac et Tilloy. Les deux amis sentirent que l'indifférence, jusque-là un rien méprisante, des buveurs, virait à l'antipathie manifeste.

Sans se laisser impressionner, le lieutenant confirma avec fierté qu'il était anglais et que, s'il ne refusait pas de reconnaître certaines erreurs passées du gouvernement britannique, il ne pouvait admettre que ses compatriotes fussent traités d'esclavagistes et d'affameurs.

– En août 1849, la reine Victoria a visité l'Irlande en pleine famine. Elle a fait distribuer des secours aux plus nécessiteux. Vous oubliez que c'est grâce à elle que l'on a créé les *workhouses*, rappela Tilloy.

– Parlons-en, de ces asiles ! On y a entassé plus de deux cent mille miséreux, que votre Victoria est venue regarder sous le nez pour voir comment était fait un Irlandais famélique, tandis que cette grasse dinde se gavait de pâtisseries ! intervint un consommateur, prenant le relais de son compatriote.

Dominant son agacement, Tilloy voulut développer le point de vue du monarchiste britannique outragé.

– Ces *landlords*, que votre ami charge de tous les péchés, savez-vous qu'ils ont, pour la plupart, fait faillite quand ils n'ont plus reçu de fermages, et que la loi leur a interdit de vendre des propriétés grevées de dettes ? Vous mettez au compte de l'Angleterre les maux apportés par le mildiou, destructeur de vos champs de pommes de terre, et par des épidémies qui n'ont épargné ni le Royaume-Uni ni la France. Alors, cessez de gémir, cessez de boire et d'insulter notre reine, qui est aussi la vôtre, que cela vous plaise ou non !

– On connaît le refrain. Avec vous, les pauvres ont toujours tort, grogna l'Irlandais.

– L'Irlande a toujours été une mendiante mal embouchée, répliqua Tilloy au bord de la colère.

C'était la phrase de trop. La réaction de ceux qui l'avaient perçue se traduisit par un grondement, des insultes en gaélique, donc incompréhensibles pour ceux qu'elles visaient, et le soudain encerclement des deux amis par une douzaine de dockers menaçants.

– N'écoutez pas les laquais de ceux qui vendaient à l'étranger le blé, l'avoine et l'orge que nous avions fait pousser alors que nous n'avions pas de quoi cuire notre pain. Le mildiou a provoqué la première famine, peut-être, mais les *landlords* l'ont ensuite organisée pour se faire des rentes à placer dans la City. Quand vous traitez l'Irlande de mendiante, vous offensez gravement tous les Irlandais, Monsieur l'Officier, et nous pourrions vous en demander raison ! s'écria l'homme.

D'autres, dans l'assistance, déjà copieusement éméchés, firent preuve de moins de retenue.

– Jetez ces gens dehors ! cria l'un.

– Balançons-les dans l'Hudson ! proposa un autre.

– Trouvons du goudron et des plumes, on va en faire des corbeaux ! renchérit un troisième en croassant.

Tandis que le tavernier tentait de ramener le calme, Mark Tilloy se tourna vers Desteyrac, stupéfait par la tournure de la discussion.

– Si nous ne prenons pas la porte tout de suite, je crains qu'il ne faille nous colleter avec ces énergumènes, souffla le marin.

– Pas question de céder le terrain sans O'Graney, dit Charles.

– Êtes-vous prêt à vous battre, comme moi, pour l'honneur de la reine ? demanda Tilloy, un rien emphatique.

– Comme l'a dit Horace Nelson, la veille de la bataille de Trafalgar : « L'Angleterre compte que chacun fera son devoir. » Je vous aiderai fraternellement à faire le vôtre, assura Charles, déterminé.

– Merci. Mais, avec ces brutes, l'affaire peut être chaude, observa Mark à voix basse.

– Victoria n'en saura rien, mais, dans ces circonstances, je me sens un peu anglais, confirma Desteyrac.

Tilloy avisa un gamin qui, sur le pas de la porte,

suivait avec intérêt l'évolution de l'altercation. L'officier lui tendit une pièce de dix cents.

– Cours jusqu'au *Phoenix*, le grand bateau blanc à quai. Dis au premier matelot que tu verras que le lieutenant Tilloy a besoin d'aide à la Voice of Ireland. Si tu fais vite, tu auras une autre pièce.

L'enfant prit sa course tandis que le lieutenant ôtait sa casquette et sa vareuse de toile blanche, signifiant ainsi qu'il ne reculait pas devant des rodomontades d'ivrognes.

– Partez, gentlemen, partez, je vous prie ! Ces gens sont de redoutables pugilistes, vous allez vous faire casser les os, conseilla le tenancier, fort inquiet pour son mobilier et ses bouteilles.

– Nous sommes nous-mêmes de redoutables pugilistes. Ces gens ont besoin d'une leçon d'hospitalité. Nous allons la leur donner, répondit Charles en suspendant sa veste et son chapeau à une patère.

Charles Desteyrac et Mark Tilloy s'estimaient capables de tenir tête individuellement à des hommes accoutumés à se battre à poings nus, dotés d'une force rustique, plus lourds qu'eux, mais aussi moins vifs parce qu'engourdis par la bière. À condition toutefois qu'ils ne leur tombent pas dessus tous à la fois. Avant de provoquer l'insulteur de Victoria, Tilloy dit croire au fair-play des Irlandais pour se battre loyalement.

– Vous qui avez traité Sa Majesté, la reine Victoria de dinde, montrez-moi si vos poings valent votre langue, ordonna-t-il.

– Tiens, milord a trop de dents ! Il veut qu'on lui en fasse sauter quelques-unes, ricana le docker.

Parmi les rires et les encouragements de ses compatriotes, il s'approcha, poings serrés. Il ne fit que trois pas et, contre toute attente, avant qu'il ait pu esquisser le moindre geste, Mark Tilloy le cueillit d'un uppercut du gauche à la face, doublé d'un direct du droit à l'estomac. Ces coups classiques, qu'eût appréciés un arbitre de boxe, envoyèrent le gaillard s'affaler, pâle et les yeux révulsés, dans les bras de ses camarades.

– Attention, Charles, c'est maintenant que les choses sérieuses vont commencer. N'attendez pas. Comme moi, frappez le premier, murmura le lieutenant.

Sitôt revenus de leur stupéfaction, les Irlandais passèrent à l'action et se ruèrent sur les deux étrangers. Avant même de se mettre en garde, Charles reçut un coup de poing qui lui fit éclater la pommette. Cette blessure le mit en fureur, et dès lors, oubliant Victoria et l'Union Jack, il se battit pour son propre compte.

À Polytechnique, il avait appris d'un maître de savate la boxe française, qui met en œuvre les quatre membres. Il se souvint de la leçon. De la pointe du pied droit, il décocha un coup si violent au bas-ventre de son adversaire que l'homme suffoqua avant de s'effondrer, replié sur lui-même. Cette réplique indigna si fort les Irlandais que l'un d'eux se saisit d'un tabouret et marcha sur Charles. L'ingénieur esquiva sans peine l'assommoir improvisé et Tilloy, qui venait de se débarrasser d'un autre agresseur, réussit un croche-pied qui déséquilibra l'homme, le mettant en position d'offrir sa nuque à Charles. Du tranchant de ses mains jointes, l'ingénieur assena à l'Irlandais un coup qui lui fit lâcher le tabouret et s'étaler à plat ventre entre les combattants, maintenant décidés à s'unir pour rosser les étrangers sans souci de fair-play.

Les deux ne seraient pas sortis indemnes de l'affrontement si Tom O'Graney, émergeant de l'arrière-salle du pub où, avec d'autres marins, il lutinait des filles à un dollar le baiser, n'était apparu, les yeux écarquillés à la vue de Tilloy et Desteyrac qui, dos à dos, se préparaient à subir un assaut concerté des dockers.

– Mais... mais qu'est-ce qui se passe ? cria-t-il de sa voix de fausset en bousculant sans ménagement ceux qui le séparaient de l'officier et de l'ingénieur.

– Heureux de vous voir, Tom ! lança Tilloy avant de gifler à toute volée un Irlandais qui s'apprêtait à ramasser le tabouret abandonné.

Haut de plus de six pieds, large et massif, le maître charpentier vint se placer devant les deux amis et fit face à leurs adversaires.

– Maintenant, nous sommes trois, annonça-t-il avec l'aigu d'un haute-contre en dégageant par le retroussis de ses manches d'énormes avant-bras velus.

– C'est pas ton affaire, Tom ! Ces Anglais sont venus nous narguer dans notre pub. Laisse-nous les accommoder à l'irlandaise, dit un débardeur en avançant d'un pas.

O'Graney tordit à pleine main, à hauteur de poitrine, la vareuse de l'homme qu'il immobilisa sans effort.

– C'est mon affaire, au contraire ! Le second lieutenant du *Phoenix* et Monsieur l'Ingénieur, qui est français, ne sont pas venus vous narguer, mais me voir. Retournez à vos pichets et laissez-les en paix, sinon...

– Sinon, on vous assomme tous ! cria quelqu'un du seuil de la porte.

Charles reconnut le maître d'équipage du *Phoenix* qui, suivi d'une demi-douzaine de marins armés d'espars, répondait à l'appel de Tilloy. Le docteur David Kermor, souriant et guilleret, portant sa trousse à pansements, faisait partie des renforts.

Aussitôt, les hostilités cessèrent et Charles glissa quelques mots à l'oreille de Tom O'Graney, devenu un ami dévoué depuis que les travaux du pont de Buena Vista avaient rapproché les deux hommes.

– Ils ne le méritent pas ! protesta le charpentier, répondant à la discrète requête de Desteyrac.

– Ce sont de braves types. Le lieutenant et moi, nous oublions cette stupide querelle. Parlez-leur, insista Charles.

– Monsieur l'Ingénieur, qui aime bien notre île Verte et n'a pas de rancune, vous offre un gallon [1] de bon *Irish whiskey* en signe de réconciliation, lança Tom.

Un vague murmure fit craindre que les Irlandais, frustrés de la bagarre, où ils excellaient depuis l'époque où leurs ancêtres pillaient les côtes d'Angleterre et de France, ne se sentent humiliés et refusent la libation de paix. Mais l'homme de qui Charles avait fait remplir le verre dénoua la situation.

– Ne sont pas mauvaises gens ceux qui ont le courage, à deux, de se mesurer à nous, qui sommes peut-être vingt. Ils offrent maintenant de quoi rendre nos pensées plus gaies et notre exil moins amer. Acceptons-les comme des frères en Jésus-Christ ! s'écria-t-il, satisfait d'une formule digne de conclure l'homélie d'un curé de village.

Avec la versatilité empreinte d'insouciance qui permet aux Irlandais, peuple à la fois réaliste et rêveur, de passer sans transition de la brutalité à la bienveillance, de la morosité à la joie, les dockers applaudirent

1. Un *UK gallon* (Royaume-Uni et Canada) équivaut à 4,546 litres, alors qu'un *US gallon* (États-Unis) correspond à 3,785 litres.

et le tenancier fut sommé d'apporter sur le comptoir un gallon de son meilleur whiskey.

La paix et la considération des Irlandais coûtèrent à Desteyrac trois dollars soixante et onze cents, qu'il aligna sur le comptoir.

Quand deux policemen, assez fiers d'arborer le premier uniforme bleu de la police new-yorkaise – jusque-là assurée par des chômeurs en hardes civiles –, se présentèrent, ils trouvèrent une bruyante assemblée réunie autour d'un tonnelet. Invités à trinquer à l'Irlande, à saint Patrick, à la mémoire de Daniel O'Connell et, parce qu'on ne pouvait faire autrement, à la santé de la reine d'Angleterre, ils s'exécutèrent sans se faire prier. Natifs du Donegal, et comme plus d'un million de leurs compatriotes chassés par la famine de 1848, ils s'étaient déjà fait une place dans la deuxième ville irlandaise du monde après Dublin.

C'est la pommette ornée d'un pansement dû à Uncle Dave, tampon d'ouate fixé par du taffetas d'Angleterre, que l'ingénieur Charles Desteyrac se présenta avec Mark Tilloy chez Jeffrey T. Cornfield, à Washington Square. Le banquier était à ses affaires, mais ses deux filles, Ann et Lyne, rentrées de chez leur sœur mariée, accueillirent avec une rare complaisance les deux amis.

À seize et dix-sept ans, elles se montraient particulièrement délurées et firent assaut de minauderies, couvant le Français et l'officier d'un regard flamboyant, indice d'une sensualité ardente, prête à se manifester. Elles décrétèrent que l'avant-bras douloureux de Tilloy exigeait onguent et friction. Quand, à l'heure du dîner, apparurent lord Simon et son cousin Jeffrey, ils trouvèrent les deux amis et les demoiselles en plein badinage, chacune choyant son blessé.

Chaperonnée par Malcolm Murray et Gertrude Lanterbach, lady Ottilia passait la soirée au théâtre avec son fiancé et sa future belle-mère. Elle ne parut donc pas au dîner. Mark, le bras en écharpe – ce qui n'était pas justifié par un handicap des plus bénin, mais autorisait Ann à découper pour lui viande et galettes de maïs –, donna, en duo avec Charles, un tour épique à leur querelle avec les Irlandais. Le récit fit glousser les filles et réjouit Jeffrey. Le banquier new-yorkais tenait en piètre estime « les grossiers natifs de l'île Verte », tous comploteurs et trop largement accueillis à son goût, « incapables de s'adapter aux lois et mœurs américaines ».

Bien que leur gouvernante eût ordonné aux demoiselles Cornfield de regagner leur chambre sitôt le dessert dégusté, Ann voulut faire une nouvelle friction au bras de Tilloy, visiblement émoustillé par des massages qui n'avaient rien d'une thérapie. Lyne, plus audacieuse encore, insista pour accompagner Charles jusqu'au seuil de l'hôtel particulier voisin, où l'ingénieur devait retrouver la chambre occupée lors de son premier séjour. Enjôleuse, suspendue au bras de l'ingénieur, elle ralentit le pas pour faire durer la promenade. La tiédeur de la nuit d'août, le scintillement des étoiles, la mosaïque baroque dessinée sur l'asphalte du trottoir par l'ombre des feuillages, sous la jaune clarté des réverbères à gaz, le passage d'une calèche à lanternes roses portant des couples rieurs vers quelque bal élégant, tout de cette nuit new-yorkaise attisait la sensualité, invitait aux abandons lascifs. Lyne s'y montra sensible. Elle s'arrêta soudain, fit face à son compagnon, lui prit la main et voulut la placer sur un sein ferme et bien pommé, prêt à jaillir du décolleté.

– Sentez comme mon cœur bat, dit-elle d'une voix rauque.

Charles résista, évita l'attouchement désiré, ne fit qu'effleurer le creux de l'épaule de l'adolescente.

– Non. Plus bas, plus bas, insista-t-elle.

Avant qu'il pût réagir, elle se dressa sur la pointe des pieds et posa sur les lèvres de l'ingénieur interloqué un baiser mouillé, aussi fougueux que maladroit.

Desteyrac la repoussa vivement.

– Allons, allons ! Vous êtes insensée et même imprudente, Lyne. Aguichés par vos élans puérils, certains hommes pourraient abuser de votre inexpérience. Soyez sage et allez dormir, commenta-t-il sèchement.

Mais la jeune fille, nullement décontenancée par la rebuffade, tint à justifier son comportement.

– Ma sœur et moi brûlons de connaître ce qui se passe quand on se trouve dans le lit d'un homme. Pour le savoir, le mieux est d'y aller voir, pas vrai ? dit-elle, naïvement impudique.

– Raisonnement irréfutable, miss !

– Bien sûr, nous ne pouvons demander ça ni à un monsieur d'ici ni à l'un de nos *boyfriends*.

– Ne comptez pas sur moi pour ce genre d'initiation, Lyne. Mais votre sœur aînée est mariée, n'est-ce pas ? Elle peut vous informer sans que vous alliez jusqu'au sacrifice de votre vertu, ironisa Charles.

– Edna fait grand mystère de tout ça. Elle dit que c'est sans intérêt et toujours pareil !

– Vous avez aussi des amies mariées. Ne font-elles pas de confidences ?

– Oui, bien sûr. Ursula, ma meilleure camarade de pension, du même âge que moi, s'est mariée il y a deux mois avec un beau comte italien. Elle m'a dit qu'au commencement, ce qu'il lui faisait la nuit paraissait bizarre et un peu dégoûtant, mais qu'avec l'entraînement, ça devenait très plaisant et même enivrant. Alors, Ann et moi nous avons envie d'essayer.

– Jolies et riches comme vous êtes, vous serez bientôt mariées et connaîtrez en toute bienséance ce que vous souhaitez découvrir... prématurément ! dit Charles en s'écartant.

– Nous sommes, Ann et moi, très heureuses chez Dad. Nous n'avons pas envie de prendre époux ni d'avoir des enfants, puisque les choses semblent aller de pair. Nous ne souhaitons pas posséder un hôtel particulier à Gramercy Park, avec des domestiques et tous les tracas imposés aux maîtresses de maison que nous connaissons.

– C'est le lot commun des bonnes épouses américaines, semble-t-il, observa Desteyrac.

– Sir Malcolm Murray, le plus charmant des hommes, sur lequel, hélas, la grande Alsacienne de cousine Ottilia a mis la main avant que nous ne rentrions de Long Island, m'a dit : « Pour les jeunes filles de la bonne société, le mariage est le passeport donnant accès au pays des plaisirs. » Mais moi, je veux être libre de voyager sans passeport ! déclara Lyne, péremptoire.

– Je ne pense pas que votre père approuverait le genre de voyage que vous envisagez, plaisanta Charles.

– Bon. C'est bien clair, vous n'avez pas envie de m'embrasser ni de m'emmener dans votre lit, dit-elle avec la résignation de qui, ayant fait fausse route, rebrousse chemin sans amertume.

– Il arrive que la raison l'emporte sur l'envie, Lyne. Ne soyez pas fâchée. Vous a-t-on dit que vous serez ma cavalière, désignée par votre père, au bal de fiançailles de lady Ottilia ?

Rendue à la joie enfantine, elle applaudit.

– Oh, comme j'en suis heureuse ! Mais le cavalier n'embrasse-t-il pas sa cavalière ? implora-t-elle, battant des cils comme elle avait vu faire à celles qu'on nommait pudiquement, à Washington Square, beautés professionnelles.

– Certes, avant qu'il ne s'en sépare, dit Charles en rendant, sans appuyer, le baiser dérobé.

Troussant sa robe sur un long pantalon de batiste orné de dentelles, Lyne Cornfield s'en fut en gambadant dans la pénombre, comme une fillette vers la maison de son père. Là où Charles voyait une décente conclusion, elle imaginait une excitante promesse.

En se mettant au lit, le Français se persuada que les audaces de ces jeunes Américaines étaient séquelles d'une éducation puritaine qui voulait ignorer les exigences naturelles des sens et, plus encore, les démangeaisons sexuelles des adolescents. En multipliant les interdits, les *blue laws*[1] de 1650 n'avaient fait qu'accroître la concupiscence et, bien qu'elles eussent été depuis longtemps abolies et que garçons et filles jouissent d'une grande liberté, elles influençaient

---

1. Lois bleues, édictées dans les premières colonies anglaises d'Amérique au XVIIe siècle. Elles sanctionnaient toute absence à l'office du dimanche, restreignaient les relations sexuelles et interdisaient aux époux de s'embrasser ce jour-là !

encore les préceptes des Églises protestantes les plus rigoristes, l'épiscopalienne notamment. Dans certaines maisons, on enjuponnait encore les pieds des pianos et des tables, considérés comme vicieuses allégories phalliques ; on appelait un coq « mari de la poule », le taureau « époux de la vache ». Les mots jambes, poitrine et fesses restaient proscrits des conversations, et il passait pour indécent de s'amuser ou de travailler le dimanche. Ainsi, les derniers tabous puritains ne faisaient qu'épaissir le mystère des rapports physiques entre homme et femme, alors que garçons et filles s'adonnaient à la *flirtation* la plus osée. De là une curiosité à la fois primesautière et impétueuse chez des jeunes filles au sang chaud, dépourvues de timidité et qui attendaient de l'amour autre chose que des évocations poétiques et des discours abstraits.

« Ces séduisantes diablesses seraient à leur affaire chez les Taino des Arawak », se dit Desteyrac, tout au regret d'un renoncement dicté par une morale encombrante, mais dans certains cas protectrice.

L'ingénieur était encore à sa toilette quand, le lendemain matin, Malcolm Murray se fit annoncer.

– Mon Dieu, Charles, comme votre absence me fut pesante ! Promu chaperon d'Ottilia, que Jeffrey, formaliste en diable, refuse de laisser sortir seule avec les Sampson, j'ai dû passer des jours dans les magasins pendant que ces dames choisissaient robes, chapeaux, châles, gants et lingerie en quantité suffisante pour vêtir un orphelinat. Car la vieille Sampson est en train de s'offrir une garde-robe complète aux frais de lord

Simon. J'ai découvert que ces gens n'ont pas cent dollars devant eux, mon cher ! Tel que vous me voyez, je vais accompagner ce matin le beau cadet Edwin Sampson chez Tiffany pour choisir une bague de fiançailles que paiera mon oncle. Et, attention, la mère a dit : « Pas de perles, ça ressemble aux larmes et les attire ; pas d'émeraude, perle des vierges déflorées ; pas d'aigue-marine, dont les reflets changeants sont signe d'inconstance. » Reste, bien sûr, le diamant !

– Lord Simon m'avait confié qu'Edwin était le seul héritier d'une belle fortune, s'étonna Charles.

– Foutaise ! Quelle fortune ? Le père Sampson, négociant en égreneuses à coton, passait le plus clair de son temps sur les *showboats*, entre Cincinnati et La Nouvelle-Orléans, à jouer au poker. Couvert de dettes et menacé par des joueurs professionnels, il s'est tiré une balle dans la tête et n'a pas péri accidentellement dans l'incendie d'un bateau, comme le raconte sa veuve. Pour subsister, Anaïs Sampson tient pension de famille à Washington, dans une demeure délabrée et fortement hypothéquée. Voilà l'héritage ! Je me demande si ma cousine n'a pas perdu le sens commun.

– Elle est sans doute amoureuse. Et puis, Edwin aura dans l'armée une situation convenable, suggéra Charles.

– Amoureuse, Otti ? Même pas ! Elle le traite comme un valet. Militaire habitué à obéir, il accepte tout. Je ne comprends pas plus l'engouement d'Edwin pour ma cousine que le choix d'Otti.

– Que dira lord Simon quand il apprendra ce que vous savez ? Je l'entends déjà rugir !

– Otti m'a interdit de lui en parler et, pour faire assumer par son père tous les frais de toilette de la vieille Sampson et le coût de la bague de fiançailles, elle a inventé des complications successorales qui priveraient provisoirement les Sampson de la fortune du défunt. Vous êtes la seule personne à qui je puisse confier mon inquiétude devant une situation si trouble. Je compte naturellement sur votre discrétion, acheva Murray.

– Nous sommes en plein vaudeville à l'américaine !

– Plus encore que vous le pensez ! La vieille Sampson mène un combat mondain pour tenter de se recaser. Vous verrez les grâces lourdaudes qu'elle déploie pour séduire un de nos veufs et se faire épouser. Ça n'a pas marché avec mon oncle Simon, qu'indispose fort la manière dont cette femme agite sous son nez les grosses mamelles branlantes qu'elle exhibe généreusement dans ses décolletés béants. Maintenant, elle est passée à l'attaque de Jeffrey ! indiqua Malcolm.

– Elle n'aura sans doute pas plus de succès avec ce puritain attardé, observa l'ingénieur.

– Eh, pas sûr, mon ami ! Quand Anaïs Sampson raconte que sa mère a ouvert un bal avec Thomas Jefferson et montre, blotti entre ses seins comme une amulette, un éclat de bois qu'elle dit arraché par un de ses ancêtres au cercueil de George Washington, notre banquier a l'œil humide. Lui qui ne possède qu'une fiole contenant des feuilles de thé ramassées à Boston après la fameuse *Tea Party*[1] de 1773, pense peut-être à rassembler ces reliques !

1. Manifestation de Bostoniens qui, le 17 décembre 1773, jetèrent à la mer une cargaison de thé pour manifester leur refus d'acquitter les taxes imposées par le Parlement britannique.

– On pourrait célébrer le même jour le mariage du fils et celui de la mère, plaisanta Charles.

– C'est peut-être son idée. Elle a vite compris, en tout cas, que je connais sa véritable situation financière, puisque mon oncle m'a chargé de régler toutes les dépenses de cette dame. Elle a donc été contrainte de me faire certaines confidences. Vous n'imaginez pas son cynisme. Elle m'a dit : « J'ai vécu dans le mariage dix-huit ans d'asservissement et d'entraves. Je me disais que je m'ennuyais, mais je gagnais mon argent. Et puis, pffft ! pffft ! que des dettes ! » rapporta Murray.

– Ottilia et Edwin peuvent-ils espérer construire un bonheur sur des fondations aussi équivoques ? interrogea Charles Desteyrac.

– Mon ami, Ottilia ne sera jamais une femme heureuse. Sa nature se rebelle devant tout ce qui permet aux humains ordinaires de se sentir plus ou moins à l'aise dans la vie. Pour Otti, l'existence est une course d'obstacles. Des obstacles qu'elle construit elle-même à plaisir, comme pour rendre la plus humble et la plus banale félicité inaccessible, commenta l'architecte.

– Dans ce cas, nous devons plaindre le brave Edwin, amoureux béat, tendre, respectueux, plein de bonne volonté. Lui doit aspirer au bonheur conjugal le plus simple et le plus serein, observa Desteyrac.

– Les rouages d'Ottilia sont trop subtils pour ce militaire rustique. Il ne voit en elle qu'une belle fille riche. En avant marche, une deux, une deux, à droite droite, demi-tour, alignement, mariage, enfants, galons, étoiles, si possible une petite guerre de temps en temps : telle est sa voie, tel, son idéal ! Comment une femme ne sauterait-elle pas de joie devant de telles perspectives d'avenir ? se moqua Murray.

– Les petites Cornfield sont moins compliquées que leur cousine. Comparée à la personnalité si originale d'Ottilia, l'animalité de ces demoiselles est presque rassurante, fit Charles pour changer de sujet.

– Si je comprends bien, vous avez fait l'objet, vous aussi, de leurs assauts. Ces jeunes femelles ont failli me violer. Quand l'une d'elles, Ann, la plus jeune, je crois, est venue frapper à ma porte après le dîner, sous prétexte de me rendre l'almanach que son père m'avait emprunté, je l'ai fait recevoir par Gertrude en chemise de nuit. Elle a compris que je ne mettais dans mon lit que de vraies femmes, avoua Malcolm.

– Ainsi, la belle Alsacienne et vous....

– Oui, mon cher. Quand je lui ai avoué ma boiterie dissimulée et la cause de celle-ci, Gertrude a pleuré et m'a dit : « Vous n'en méritez que plus d'amour. » Une fille consolante au cœur tendre, au corps brûlant. Callipyge comme je les aime, chair blanche, buste de marbre, cuisses lourdes et lisses. Ajoutez à cela une lenteur suave dans les prémices, une retenue voluptueuse dans l'étreinte, avant l'apothéose volcanique. Nos Anglaises sont des banquises et nos Arawak des feux de paille, comparées à cette fille d'Alsace !

– Et que dit lady Ottilia de cette relation intime avec sa suivante ?

– Elle est enchantée et protège d'une manière intéressée notre liaison.

– Intéressée ? s'étonna Charles.

– Gertrude, qui n'a jamais voulu d'un amant américain, menaçait de quitter Ottilia et de rentrer en Angleterre ou en France, parce que l'abstinence commençait à lui peser. Je suis arrivé au bon moment. Nous sommes donc tous satisfaits ! s'exclama l'architecte, hilare.

Tandis que l'honorable Malcolm Murray, amant comblé, se rendait avec les Sampson chez l'orfèvre Charles Lewis Tiffany, qui depuis 1837, au 45 Broadway, fournissait en bijoux toute la bonne société new-yorkaise, Charles Desteyrac se laissait conduire par Mark Tilloy chez Arnold Constable.

L'essayage prit peu de temps. Habit à basques, gilet de piqué, cravate blanche, pantalon à sous-pieds orné d'un galon de soie sur la couture extérieure de la jambe, furent mis à sa taille en une heure. L'ingénieur, qui ne sollicitait habituellement le concours d'un miroir que pour se raser et se coiffer, se vit en pied, pour la première fois depuis longtemps, dans une psyché. Plus grand que la moyenne, épaules larges, taille étroite, cheveux bruns bouclés, front bombé, visage allongé, hâlé par le grand air, traits nets, nez busqué, sourcils épais en accent circonflexe couvrant un regard bleu dur : Charles se satisfit de sa prestance.

– Séduisant et redoutable comme Méphisto ! dit Mark qui l'observait.

– Bel homme comme vous êtes, sir, et avec votre accent français, vous allez moissonner les cœurs des belles, confirma le tailleur.

Desteyrac et Tilloy se rendirent ensuite chez Tilman, le premier fleuriste de Broadway. Ce fournisseur renommé des noces et funérailles sacrifiait à la mode récente de l'*advertising*, qu'on appelait à Paris la réclame. Il avait fait reproduire en grand format, sur la façade de sa maison, la médaille gagnée à l'Exposition universelle de Londres en 1851. La valeur de cette distinction se retrouvait dans les prix pratiqués par Tilman, et Charles dut débourser huit dollars pour un bouquet de roses blanches qui serait livré le lendemain à Washington Square au nom de lady Ottilia Cornfield.

Prêt à affronter le cérémonial des fiançailles et le bal organisé par le cousin Jeffrey, Desteyrac se rendit ensuite à bord du *Phoenix* pour mettre au point, avec O'Graney, les plans des barges et appontements que le chef charpentier devrait construire à Soledad en attendant l'arrivée des éléments du pont. L'Irlandais tint à excuser l'attitude de ses compatriotes et regretta que la pommette de l'ingénieur portât encore la trace de leur violence.

L'ecchymose fut, un peu plus tard, à Washington Square, remarquée d'emblée par Ottilia, déjà mise au courant de la rixe avec les Irlandais.

– Ces barbares auraient pu vous défigurer ! dit-elle en caressant de l'index la joue de Charles.

– Les étudiants allemands de Heidelberg se font, paraît-il, entailler le menton à coups de sabre pour l'honneur d'une dame. Je n'ai, pour ma part, reçu qu'un coup de poing pour celui de la reine d'Angleterre, dit le Français, surpris par la familiarité de la jeune femme.

Pour respecter l'étiquette et la bienséance auxquelles Jeffrey Cornfield paraissait très attaché, Edwin Sampson ne pouvait loger sous le même toit que sa future fiancée. Il se retira donc, avec sa mère, sitôt le dîner achevé.

Lord Simon ne cacha pas qu'il trouvait stupide et

d'un autre âge le conformisme qui séparait ainsi les fiancés. Il n'eût pas été choqué si Edwin et Ottilia avaient « fait Pâques avant les Rameaux », comme disait la mère de Charles.

– Tout ce que nous devons prévoir dans la circonstance se trouve, mon cher cousin, défini dans le *Guide to the Usages of Society*, signé du comte d'Orsay [1], un orfèvre en matière de savoir-vivre, n'est-ce pas ? dit Jeffrey.

– Les puritains du XVIIe siècle étaient des héros ; ceux d'aujourd'hui sont des hypocrites. Plutôt qu'envoyer mon futur gendre dormir à l'autre bout de la ville, vous feriez mieux, mon cher Jeffrey, d'appliquer une règle anglaise relative à l'élégance masculine. *No brown shoes after six* [2], scanda le lord en désignant les chaussures jaune criard du maître de maison.

Le banquier, un peu confus, expliqua qu'il ne portait des chaussures noires que lors des cérémonies, comme le prévoyait un autre guide des convenances, *the Laws of Etiquette*, ce qui fit sourire Murray.

Pendant cette soirée, Ottilia sut, avec autorité et sans le moindre ménagement, éloigner Lyne et Ann de Charles, objet de toutes leurs attentions. Quand les demoiselles eurent regagné leur chambre sur injonction de leur cousine, sans cacher leur déception d'être traitées en fillettes, Ottilia se pencha vers l'ingénieur.

– Malcolm m'a rapporté les manières de ces petites. On sent bien qu'une mère leur a manqué. Leur gou-

---

1. On sut plus tard que ce guide des convenances avait été rédigé par un journaliste, Benjamin Henry Day, fondateur du *Sun*, le premier journal de New York, vendu un cent.

2. « Pas de chaussures marron après dix-huit heures. »

vernante n'a jamais su s'en faire obéir, Jeffrey cédant à tous leurs caprices d'enfants gâtées. Cette éducation manquée nous prépare de vraies gourgandines !

En quittant l'atmosphère étouffante de la salle à manger, où, comme l'avait remarqué lord Simon le jour de son arrivée, le *punkah* du Sud manquait vraiment, elle invita Desteyrac à la rejoindre – « le temps de passer une robe fraîche », dit-elle – dans le petit salon réservé aux dames.

– Je ne vous l'enlèverai qu'un moment, lança-t-elle à son père.

Prêt à suivre au fumoir les cousins Cornfield, Murray, le commandant Colson et le docteur David Kermor, retour de Boston comme son confrère Weston Clarke, Charles dut s'exécuter.

Un moment plus tard, quand il pénétra dans le boudoir lambrissé de bois de rose où se trouvaient réunies, hors de vue du commun des visiteurs, les médiocres peintures de la défunte épouse de Jeffrey Cornfield, Charles découvrit Ottilia dans l'attitude à la fois alanguie et attentive de Juliette Récamier posant pour le peintre Jacques-Louis David en 1800. Allongée, telle une odalisque, sur une méridienne, le dos calé par des coussins, elle avait passé une longue robe fluide d'organdi céladon, au large décolleté bordé d'une grecque au fil d'or.

Ignorant sans doute qu'elle parodiait le célèbre tableau que Charles avait vu au Louvre, lady Ottilia désigna un siège à l'ingénieur, dont le sourire indiqua qu'il appréciait, un rien moqueur, la grâce de la mise en scène.

Dans l'atmosphère tiède et parfumée du salon douillet, aux lampes voilées d'abat-jour de soie, le spectacle était des plus séduisant. Les manches courtes de la robe, d'une simplicité antique, mettaient en valeur les bras ronds de la jeune femme, dont les cheveux relevés sur la nuque dégageaient le cou et libéraient l'ovale parfait du visage. Les transparences de l'organdi, bien que tamisées par un dessous de batiste, laissaient deviner des formes qu'on se souciait peu de dissimuler. À cette vue, Charles se récita mentalement : « Elle avait revêtu cette gaze légère inventée par les Grâces, qui cache tout et ne dérobe rien. »

Comme, en homme bien élevé, il feignait d'ignorer, après les avoir effleurés du regard, les pieds nus d'Ottilia, émergeant du jeté en volutes de sa robe, elle le pria d'excuser ce négligé dû, comme sa toilette d'après-dîner, à la chaleur excessive du mois d'août.

– C'est si aimable à vous d'être revenu de Pennsylvanie pour mes fiançailles. Dorothy Weston Clarke dîne en ville avec son mari, je me retrouve donc la seule femme. Tenez-moi compagnie un moment, s'il vous plaît.

– Entre un cigare et le charme de votre gracieuse intimité, le choix ne se discute pas, dit Charles, galant à la limite de l'ironie.

– Parlez-moi de Pittsburgh et de votre pont, commença-t-elle.

L'ingénieur brossa un rapide tableau de la cité enfumée et ne cacha pas son admiration pour la puissance industrielle qui s'y développait, en tout point comparable à celle du Creusot, de Sheffield ou de Birmingham.

Militante féministe, lady Ottilia s'indigna du sort réservé aux épouses des ouvriers du fer, contraintes de vivre dans une cité sale, malodorante, dépourvue de boutiques, de distractions de nature à élever l'esprit, et trop souvent obligées de supporter l'ivrognerie, « en partie excusable », de leur mari.

– Je vais demander à mes amies, Elizabeth Cady Stanton et Lucy Stone, d'inciter celles des nôtres qui préparent la septième Convention nationale des droits de la femme, qui se tiendra à New York en novembre 1856, à s'intéresser au sort des femmes de Pittsburgh, promit Ottilia.

Charles connaissait maintenant assez la fille de lord Simon pour deviner que l'intérêt qu'elle semblait porter aux métallurgistes de Pittsburgh et à leurs épouses n'était que l'amorce d'une conversation plus personnelle. Aussi ne fut-il pas surpris quand elle lui demanda d'approcher son siège de la méridienne et lui tendit une main qu'il prit comme si la confidence à venir exigeait un contact physique, gage d'une écoute plus attentive.

– J'ai grande confiance en vous, Charles, et en votre bon sens, aussi vais-je vous parler franchement. Edwin, si séduisant et prévenant qu'il soit, n'est pas ce qu'on appelle un beau parti. Il n'a pas un dollar vaillant et sa mère mène à Washington, malgré ses grands airs, une vie plus que modeste. Mais lord Simon, soucieux de mon avenir et redoutant ce qu'il nomme mes fantaisies, souhaite depuis longtemps me voir établie. Il faut reconnaître qu'à mon âge la plupart des femmes sont mariées et mères de famille. Il est donc temps que j'emprunte la voie commune. Edwin, le cadet le mieux noté de West Point, est promis à une belle carrière dans l'armée des États-Unis et il plaît à mon père, qui passe sur son absence de fortune. J'ai donc agréé sa demande en mariage. Votre point de vue étant sans aucun doute désintéressé, n'est-ce pas... ?

– Il l'est, croyez-le bien.

Ottilia ne releva pas l'interruption que ne justifiait pas une interrogation de pure forme.

–... pensez-vous que je doive vraiment épouser Edwin Sampson ? reprit-elle.

Interloqué, Desteyrac dégagea sa main et demeura un instant silencieux, fixant sur le mur une peinture naïve des chutes du Niagara.

– À votre avis, ai-je raison ? réitéra Ottilia.

– « La raison n'est pas ce qui règle l'amour », a dit Molière.

– Nous parlons mariage, répliqua froidement Ottilia, laissant entendre que l'amour n'entrait pas là en ligne de compte.

– Pour moi, une femme n'a qu'une seule raison d'épouser un homme : c'est l'amour qu'elle lui porte, écho enthousiaste de celui qu'il offre, répondit Charles.

– C'est votre conception du mariage ?

– C'est ma conception de l'amour.

Ce fut au tour d'Ottilia d'observer un silence qui obligea Desteyrac à relancer la conversation.

– Vous êtes à la veille de vous fiancer avec un garçon qui, manifestement, est très amoureux de vous, et vous êtes encore indécise ! s'étonna-t-il.

Évitant le regard de Charles, elle laissa le sien errer sur des vues maladroitement traitées des rives de l'Hudson et des Appalaches, puis elle se renversa sur les coussins, la tête rejetée en arrière.

– Voyez-vous, finit-elle par dire, j'ai tant rêvé des paisibles délices de l'amour et vu autour de moi tant d'épouses leurrées, que je ne crois plus à l'existence du bonheur que dans les songes.

– D'après le peu que je sais de vous, c'est là une forme de désenchantement qui ne vous sied guère, Otti. Mais si vous êtes dans cette disposition d'esprit, le mariage avec Edwin Sampson devient union de convenance, et vos fiançailles, simple formalité mondaine, précisa courageusement Desteyrac.

Elle perçut l'ironie du propos, eut un sourire forcé, chaussa vivement les mules qu'elle avait abandonnées et quitta le lit de repos.

– Ce sera en tout cas une belle cérémonie. Et je compte que vous me ferez danser demain soir, dit-elle, mettant fin à un entretien décevant.

Conscient de s'être dérobé – mais comment pouvait-il faire autrement ? – et devinant, sous l'apparente arrogance d'Otti, un tumulte d'aspirations obscures et un secret désarroi, Charles la retint par le bras.

– Comprenez combien il m'est difficile d'apprécier une situation qui devrait, qui va engager votre vie. Tout ce que je sais de vos sentiments passe par des mots. La connaissance des mots conduit peut-être à la connaissance des choses, comme l'a écrit Platon, mais elle ne conduit pas à celle des êtres. Je ne souhaite, Ottilia, que voir le mot bonheur retrouver pour vous quelque réalité, dit-il, sincère.

Elle posa sur l'ingénieur un regard où il lut autant de dédain que de commisération.

– Vous autres, Français, avez l'art de mettre du tragique partout, répliqua-t-elle avec un rire nerveux, inattendu.

La volte-face surprit Charles, qui se leva à son tour.

– Allez fumer votre cigare, Monsieur l'Ingénieur. Et

sachez que cette affaire n'a pas autant d'importance que vous l'imaginez, conclut-elle.

Elle quitta le salon dans l'envol bruissant d'une parure dont elle avait escompté meilleur effet.

Charles Desteyrac demeura seul un moment, s'efforçant de pénétrer le mystère d'une personnalité à la fois fascinante et effarante. Le mot affaire, sans doute choisi à dessein, réduisait l'union future de lady Ottilia avec Edwin Sampson à une banale transaction, du genre de celles que traitaient habituellement les Cornfield. « Cette femme, dont la beauté tient à l'harmonie vénusienne de ses formes, à l'équilibre irréprochable de ses traits, à l'étonnante modulation de ses regards, attire autant qu'elle inquiète », reconnut-il en rejoignant les hommes au fumoir.

Un peu plus tard, au moment d'aller dormir, Charles eut l'occasion d'un aparté avec Malcolm Murray. Il rapporta à l'architecte l'entretien qu'il avait eu avec sa cousine.

– Chez Ottilia, de telles impulsions sont rares. Bien qu'elles paraissent spontanées, elles sont en vérité parfaitement préméditées. Elle a voulu, en vous demandant, dans une tenue aguichante, si elle devait épouser Edwin, évaluer votre perméabilité à son charme, mon cher. Elle dispose d'un éventail d'attitudes assez surprenant. C'est une comédienne consommée, et vous lui plaisez fort.

– Je m'en suis aperçu. Ottilia, fille de lord Simon, c'est Diane, fille de Jupiter. L'une et l'autre ont été armées par leur père pour la chasse aux Actéons imprudents. Comme son déshabillé révélait plus qu'il ne cachait, j'ai couru le risque d'être métamorphosé en cerf ! plaisanta Desteyrac.

derrière leur face-à-main, évaluaient les toilettes des amies et connaissances. Robes de soie, de velours, d'organdi, aux tons pastel, bleu céleste, gris tourterelle, safran pâle, vert réséda ; indiennes brodées ; berthes à franges ; dentelles de Bruges ; voiles de taffetas imprimé ; flots de tulle ; chapeaux enrubannés ou garnis de fruits, d'oiseaux, de roses, de plumes d'autruche ; souliers de satin : toutes avaient sacrifié à la mode de l'année, prodigue en fanfreluches. Figées dans une attitude guindée, quelques dames observaient une prudente immobilité pour ne pas compromettre l'équilibre de diadèmes, parfois de tiares, acquis à Londres chez un orfèvre connu des altesses découronnées et des courtisanes répudiées.

– Ces vieilles poules ignorent sans doute qu'on n'exhibe ce genre de bijou qu'aux bals donnés à la cour d'Angleterre, grogna lord Simon.

L'honorable Malcolm Murray, jeune premier à toison blonde et bouclée, portait l'habit avec l'aisance innée de l'aristocrate authentique et maîtrisait si bien sa boiterie qu'elle passait maintenant inaperçue. Son nom, sa distinction, sa parenté avec la fiancée suscitaient l'intérêt des mères, promptes à présenter aux célibataires leurs filles à marier.

Malcolm entendit la réflexion de lord Simon et intervint.

– Tiares et diadèmes ne sont rien, mon oncle. Savez-vous que la femme d'un tonnelier qui, ne faisant aucune confiance aux banques, a empilé quinze millions de dollars dans une cuve de sa fabrication, attache ses bas avec des jarretières piquetées de diamants !

– Il doit faire bon lui tenir la jambe, plaisanta Simon.

– Il y a autour de nous plus de pierres précieuses

que mes coffres n'en pourraient contenir, glissa Jeffrey, l'œil pétillant, à l'oreille de son cousin.

– Cela ferait bien l'affaire des petits malins qui ont raflé pour douze mille livres sterling de lingots d'or entre Londres et Paris ! ricana Cornfield.

Le vieux lord faisait allusion au vol le plus sensationnel du siècle, que toute la presse anglo-saxonne exploitait depuis des semaines [1].

Malgré l'air revêche qu'il affichait quand on lui présentait des gens dont il se souciait peu de retenir le nom et qu'il saluait d'une grimace prise pour amabilité seigneuriale, lord Simon était le gentleman le plus entouré. On admirait sa prestance et, en lui, le symbole vivant de la vieille Angleterre que Sa Grâce représentait aux yeux des descendants des premiers colons, eux dont les ancêtres avaient vécu dans des cabanes de rondins, cultivant le maïs des Indiens et filant pour se vêtir la laine de leurs moutons.

Charles et Malcolm furent présentés au fondateur d'une société pour la suppression du vice à qui Murray, déjà éméché, déclara qu'il comptait fonder prochainement une société pour l'extension du vice. Desteyrac dut s'entremettre pour éviter un incident en assurant au puritain qu'il s'agissait, bien sûr, d'une plaisanterie typiquement anglaise.

Tandis que Murray s'éloignait, Jeffrey conduisit

1. En mai 1855, lors d'un envoi d'or de Londres à Paris pour assurer le financement de la guerre de Crimée, trois malfaiteurs, avec la complicité d'un employé de la compagnie South Eastern Railway, avaient réussi, entre Londres et Folkestone, à vider les coffres-forts enfermés dans un wagon. Dix-huit mois après leur forfait, ils furent tous quatre arrêtés et condamnés à de lourdes peines.

Charles devant une dame vêtue comme une chambrière, coiffée à la diable et n'ayant pour tout bijou qu'un vieux dollar d'argent monté en broche.

Il nomma l'ingénieur à celle dont la fortune était évaluée à trente-cinq millions de dollars et qui, habile en spéculations foncières, possédait assez de terrains à bâtir pour doubler le nombre des immeubles de la ville.

– Cher ami, l'homme le plus riche de New York est une femme, Alicia Alvin, murmura Jeffrey à l'oreille de Charles.

– Venez me voir un de ces matins. J'habite une pension de famille dont Jeffrey vous donnera l'adresse. J'aime à converser avec les ingénieurs. Ils ont parfois de bonnes idées, dit Alicia Alvin à Charles.

Le banquier confirma que cette millionnaire logeait dans une pension minable du Bronx, vivait comme une pauvresse, ne buvait que de l'eau et portait les robes dont ses amies ne voulaient plus.

Après le banquet, au cours duquel on servit, entre autres mets, saumons entiers, pains de volaille, faisans farcis, dindes aux truffes, crèmes glacées aux fruits, le tout arrosé de vins médiocres, lord Simon dut ouvrir le bal avec Anaïs Sampson, tandis que Jeffrey enlevait sa cousine avant de la confier à son fiancé, que beaucoup de jeunes gens enviaient.

Au contraire de son cousin, lord Simon ne goûtait pas plus l'agitation affairiste de New York que les mondanités à la mode américaine. Posté dans une embrasure de fenêtre, le sourcil froncé, muet comme un turbot, il ne se dérida qu'à la vue de Charles, débarrassé de sa cavalière dès la première valse. Lyne Cornfield, gourmande comme une chatte, avait repris trois fois de la crème glacée au chocolat. Elle venait d'être reconduite, pleurnichante, pâle et nauséeuse, à Washington Square.

Sa sœur Ann n'avait pas encore fait son entrée dans le monde et n'aurait donc pas dû assister au bal. Avec l'aide de Dorothy Weston Clarke, elle s'était maquillée pour paraître dix ans de plus que son âge. Cavalière désignée de Mark Tilloy, superbe dans son uniforme blanc, elle valsait, béate, avec le lieutenant qui, par respect de l'étiquette puritaine, guidait sa danseuse par la pointe des coudes. Dès que l'officier l'abandonnait pour inviter, à la discrète demande de Jeffrey Cornfield, l'épouse embijoutée d'un armateur ou d'un marchand de bois, Ann faisait la moue et montrait, aux jeunes gens prêts à entraîner cette héritière dans un galop, un carnet de bal déjà complet.

– À mon avis, la petite a toutes les chances de connaître enfin avec Mark les plaisirs qu'elle attend du mâle, observa Malcolm en confiant à Charles la belle Alsacienne, suivante d'Ottilia, pour se consacrer, le temps d'une mazurka, à sa cousine.

– Vous êtes rayonnante, Gertrude. Vous représentez avec grâce, au milieu de ces dames et demoiselles américaines un peu empruntées, tous les charmes de notre belle province d'Alsace, dit Charles en dansant.

Le décolleté de Mlle Lanterbach s'empourpra d'un érythème pudique, comme chaque fois qu'on lui faisait compliment. Le badinage accepté, confiante dans la discrétion d'un compatriote, elle ne cacha pas sa préoccupation.

– Monsieur Desteyrac, pensez-vous que l'union qui se prépare soit raisonnable ?

– La question m'a déjà été posée. Elle n'appelle qu'une seule réponse : « Le cœur a ses raisons que la raison ne connaît point », cita Charles, peu enclin à donner à la suivante l'avis qu'il refusait à la maîtresse.

– Pour le moment, je suis heureuse, monsieur, et je voudrais tant que lady Ottilia le fût aussi !

– Vous qui la connaissez sans doute mieux que quiconque devez savoir quelle est son aptitude au bonheur, dit Charles.

– Peu d'aptitude au bonheur, mais une sorte d'insolence envers la vie qui, souvent, déroute les gens. Et de l'orgueil de classe, du bon orgueil, pas de la vanité, monsieur. C'est bien pourquoi je suis inquiète, car je ne crois pas qu'elle soit vraiment amoureuse d'Edwin Sampson, monsieur. Or, sans amour, le mariage devient vite pesant, n'est-ce pas ?

– Certaines femmes s'accommodent de ce genre d'union. Et puis, il y aura les enfants qui viendront et réjouiront lord Simon.

– Ah, les enfants ! Bien sûr... s'ils viennent ! soupira Gertrude.

La danse étant achevée, Charles libéra l'Alsacienne qui retourna, gracieuse, vers Murray pour une mazurka endiablée.

Estimant qu'il avait assez dansé pour la soirée, Simon décourageait toutes les approches et montrait les dents quand Jeffrey tentait de lui amener une dame « qui aurait voulu valser avec un vrai lord ». Dès que l'ingénieur eut rendu l'Alsacienne à Murray, il entraîna le Français devant un buffet et ordonna gaillardement au serveur noir :

– Deux whiskies pour gentlemen assoiffés.

Il leva son verre et Charles lui rendit la politesse avant de boire.

– Pensez-vous sincèrement qu'Ottilia agit bien en se

fiançant à ce Sampson ? demanda tout à trac le lord des îles.

Charles ne put s'empêcher de sourire. À vingt-quatre heures d'intervalle, fille, père et suivante posaient la même question ! Cette fois, il ne pouvait, comme avec Gertrude Lanterbach, s'en tirer par une pirouette, mais il différa sa réponse par un préambule.

– Le lieutenant Sampson vient de sortir de West Point major de sa promotion et vient de se voir signifier sa première affectation. Il est envoyé à San Antonio, au Texas, où un détachement de l'armée des États-Unis veille à la frontière du Mexique.

– N'étant pas marié, il ne pourra pas emmener ma fille dans un trou pareil, fit lord Simon.

– Un trou, certes, mais, pour les Américains, un lieu historique, monsieur. Je l'ai appris du colonel, directeur de West Point, qui se devait d'assister aux fiançailles de son meilleur élève. San Antonio est aujourd'hui un bourg de six cents habitants. C'est là que trois mille Mexicains massacrèrent, en mars 1836, les cent quatre-vingt-sept Texans qui défendaient la mission franciscaine d'Alamo, transformée en fort. Je suis certain que tous les invités de votre cousin Jeffrey connaissent le nom de trois héros de ce malheureux combat : David Crockett, membre de la Chambre des représentants pour le Tennessee, à Washington, James Bowie, inventeur du couteau à cran d'arrêt, et le colonel William B. Travis. Même en France, nous connaissons l'épisode d'Alamo. D'ailleurs, Edwin Sampson est très fier d'être affecté pour six mois dans une garnison si prestigieuse.

– J'ose espérer qu'au printemps prochain, après le mariage, Jeffrey, qui a des relations à Washington, obtiendra pour mon gendre une résidence plus civilisée... même si elle n'a rien d'historique ! Mais vous n'avez pas répondu à ma question : croyez-vous qu'Ottilia fasse un bon choix ?

– C'est en tout cas le sien et elle a pris, semble-t-il, le temps de la réflexion. Edwin est non seulement bel homme, mais un garçon sérieux et un officier promis à une belle carrière. Il est très amoureux de votre fille, regardez-les, dit l'ingénieur, désignant le couple qui dansait, les yeux dans les yeux, avec une parfaite complicité.

– La vie n'est pas une polka, maugréa lord Simon.

– Leurs cœurs sont accordés, leurs pas s'accordent, pourquoi vous tourmenter ?

– J'aurais préféré un gendre anglais de bonne souche, même un Écossais, peut-être même un Gallois. Mais ces Américains, mon ami, sont des rustauds, les descendants de colons révoltés contre la mère patrie. De plus, ils sont abâtardis, mâtinés depuis deux cents ans d'on ne sait quel sang d'émigrant, d'Indien ou de nègre. Ils sont comme nos chiens de meute après trop de croisements avec des chiennes de ferme, dit Cornfield.

La comparaison, plus que péjorative, fit sourire Charles, cependant habitué au parler peu châtié du lord.

– Je suis certain qu'Ottilia vous donnera des petits-enfants, dont un petit-fils qui sera votre héritier et que vous serez heureux de former à Soledad, insista Desteyrac.

– Bon, bon. Puissiez-vous dire vrai ! Je suis un vieil homme et je voudrais que tout soit en ordre avant que je ne sois appelé à quitter ce monde, dit Simon Leonard, se laissant aller à un brin de mélancolie.

Il se ressaisit, vida son verre et retrouva son ton péremptoire.

– Par saint George ! Ne va-t-on pas bientôt s'aller coucher, sacrebleu ! Jeffrey dit qu'ils sont capables de se trémousser jusqu'à l'aube. Dès demain, je mets à la voile pour Soledad. Je suis las de New York. C'est une ville née avant-hier, en perpétuel changement, où tout paraît si provisoire qu'on se demande si on la reconnaîtra la semaine prochaine. Rien ne vaut notre île au soleil. Ces villes américaines sont des foyers d'infection sociale. On ne sait jamais à qui on a affaire ni dans quelle langue on va vous adresser la parole. D'ailleurs, toutes les villes américaines manquent d'air et d'intelligence, conclut lord Simon en donnant une tape amicale sur l'épaule de Charles.

– Vous n'êtes guère aimables, tous les deux. Il y a des dames et des demoiselles qui font tapisserie et vous êtes là, occupés à boire !

La voix d'Ottilia fit se retourner les deux hommes.

– J'ai tâté tous les whiskies des buffets. C'est ici le seul buvable, constata Cornfield.

– Vous m'aviez promis une danse, monsieur Desteyrac. C'est le moment de tenir votre promesse, dit Ottilia.

– J'attendais que votre fiancé et vos innombrables admirateurs vous rendent accessible pour me présenter, répliqua Charles.

– Je le suis toujours pour vous, répondit-elle, les joues colorées par la danse.

Charles Desteyrac lui offrit son bras et la conduisit au milieu des danseurs au moment où l'orchestre attaquait une valse. Ils se firent face et le Français se préparait, suivant la bienséance locale, à prendre sa cavalière par les coudes pour la conduire, quand Otti se récria :

– Ah non, Charles, valsons comme à Paris ou à Londres ! dit-elle en se serrant contre l'ingénieur.

– Nous allons faire scandale, je le crains, dit-il en enlaçant Otti, dont les pas aussitôt s'accordèrent aux siens.

Ils valsèrent avec une telle élégance, Charles enserrant la jeune femme, que les couples leur abandonnèrent l'espace et formèrent cercle autour de ces danseurs qui, tout au plaisir de la valse, semblaient se croire seuls au monde. Cette audace, jugée indécente, suscita parmi les invités du banquier plus de regards réprobateurs que d'admiration. Se dandinant nerveusement comme une oie en colère, Anaïs Sampson vint, les traits crispés, rejoindre Jeffrey Cornfield.

– Vous voyez ce que je vois ? Cette façon de danser ! Il la tient serrée par la taille. Je crois même que leurs poitrines se touchent, monsieur. C'est une danse d'odalisque que ce Français impose à la pauvre fiancée de mon fils ! Faites arrêter la musique, je vous prie, lança la mère d'Edwin, assez fort pour être entendue de lord Simon.

Comme Jeffrey faisait un pas en direction du chef d'orchestre, lord Simon le retint par la manche.

– Laissez-les, ordonna-t-il. C'est ainsi qu'on valse à la cour de Vienne, où j'ai souvent dansé avec la princesse de Metternich au son de l'orchestre de M. Joseph Lanner.

– À la cour de Vienne, peut-être. Mais ce n'est pas l'habitude chez nous, répliqua timidement Jeffrey.

– Allons, allons, cousin, que diantre ! Soyez de notre temps ! Aujourd'hui, seuls les puritains cagots, à qui l'hypocrisie tient lieu de vertu, s'offusquent d'une telle manière de danser, assena lord Simon en fixant d'un œil torve la veuve Sampson.

La valse terminée, résolument provocateur, il donna le signal des applaudissements. Ce geste, aussitôt imité, détendit l'atmosphère. Dès l'instant qu'un lord authentique, familier des cours, approuvait cette façon assez osée de danser, on ne pouvait que l'admettre.

Allant au-devant de sa fille et de Charles, Simon félicita les danseurs pour ce qu'il nomma à haute voix « une exhibition artistique à la viennoise ».

Ottilia, un peu essoufflée mais ravie, réclama un verre d'eau que s'empressa de lui apporter son fiancé. Sampson devança Charles avec une telle vivacité que l'ingénieur vit dans cette précipitation une nette désapprobation de son attitude et de celle de lord Simon, surtout que plusieurs danseurs, la musique ayant repris, osaient maintenant saisir leur cavalière par la taille.

– Vous voyez qu'ils sont perfectibles, lança Otti avec un regard de biais pour Charles, avant de dire à Edwin qu'elle souhaitait se reposer un moment.

– Faites donc danser quelques demoiselles esseulées pendant ce temps, ajouta-t-elle pour éloigner son fiancé.

Comme Anaïs Sampson semblait ne pas vouloir se séparer de sa future bru, Ottilia lui signifia assez sèchement qu'elle avait à s'entretenir avec son père et avec Monsieur l'Ingénieur Desteyrac.

Toujours prêt à adoucir les propos de sa petite-cousine, Jeffrey Cornfield confia à la mère d'Edwin, irritée, que les deux hommes devaient prendre congé de lady Ottilia, lord Simon embarquant dans quelques heures pour les Bahamas et M. Desteyrac retournant à Pittsburgh.

Avant de quitter le bal en compagnie du lord, pour qui on venait de commander une voiture, Charles eut un bref aparté avec Ottilia. Elle se montra à cette occasion plus aimable que jamais, presque affectueuse.

– Comptez-vous rentrer à Soledad avec votre pont avant le printemps de l'an prochain ?

– J'espère être présent à votre mariage... pour vous faire danser, dit Charles, comprenant le sens caché de la question.

– J'y compte bien, Charles. Mon père souhaite que la cérémonie soit célébrée à Cornfield Manor en mai. Edwin devrait revenir du Texas en avril. Il connaîtra, je pense, sa nouvelle affectation.

– Et, cette fois, vous devrez suivre votre mari, n'est-ce pas ? risqua Desteyrac.

Otti éluda la question dans un sourire, lord Simon donnant des signes d'impatience.

– À Pittsburgh, si vous allez danser, souvenez-vous de notre valse, glissa-t-elle.

– Inoubliable, murmura Charles avant de rejoindre Simon Cornfield qui piaffait à la porte du salon.

Au lendemain des fiançailles, alors que Charles Desteyrac montait dans la calèche conduite par le cocher noir de Jeffrey pour se faire conduire à la gare, Murray jaillit en robe de chambre sur le perron de Cornfield House. « Sans doute tient-il à me faire ses adieux », pensa Desteyrac.

Mais cette apparition matinale avait un autre motif.

– Ottilia n'a eu aucune pitié pour celui qui venait à peine de se coucher ! Elle m'a chargé de vous remettre ceci moi-même, dit Malcolm.

L'architecte tendit un paquet à Charles. L'ingénieur, intrigué, dénoua les rubans pour ouvrir l'emballage et découvrit un grand portefeuille de cuir brun, au grain fin, à fermoir doré, estampillé du premier maroquinier de New York. À l'intérieur du rabat, ses initiales, gravées au fer, personnalisaient l'objet. Le portefeuille contenait, outre du beau papier à écrire, une lettre à son nom.

– Permettez que je lise, dit-il.

– Comment donc ! Mais si je m'endors pendant votre lecture, jetez-moi sur le trottoir, fit Murray en s'affalant dans la voiture.

Le billet était bref : « Acceptez ce modeste cadeau qui vous permettra de serrer vos plans et vos papiers. Les roses blanches que vous m'avez fait porter hier seront hélas bientôt fanées. J'en conserverai une en souvenir de notre première valse. Écrivez à Washington Square pour dire l'avancement de vos travaux. Votre amie, Otti. »

– Quelle drôle de fille ! Si je ne la savais pas aussi fantasque, je pourrais la croire amoureuse de moi, commenta Charles en riant.

– Eh, eh ! Pourquoi non, mon ami ? Otti est capable de connaître les fureurs de la passion comme les faiblesses de l'amour...

– Les passions sont des maladies, si l'on en croit Jeffrey Cornfield, coupa Charles.

– Il arrive même qu'on en meure, ajouta Malcolm en étouffant un bâillement qui ôtait toute gravité à son propos.

– En tout cas, je suis bien aise de m'éloigner de New York et de votre chère cousine, conclut Charles tandis que Murray se laissait glisser hors de la calèche.

Les deux hommes se serrèrent la main.

– L'éloignement n'est pas la séparation, Charles. On vous attendra à Soledad, lança l'architecte avec un clin d'œil, avant de gravir le perron de Cornfield House.

Tandis que le train roulait vers Philadelphie et Pittsburgh, sa réflexion conduisit Desteyrac à reconnaître une fois de plus que l'apparence d'une femme peut dissimuler une femme différente, comme se cache l'améthyste, antidote à l'ivresse, dans sa gangue de pierre.

Mâle échauffé par la valse, il avait ressenti l'attrait physique d'Ottilia, mais n'avait perçu des pensées de l'Anglaise que ce qu'elle acceptait d'en laisser deviner. Bien qu'il souhaitât s'en défendre, un tourbillon de titillements sensuels l'assaillait au souvenir encore frais du visage de la femme, proche du sien, du corps souple cambré sur son bras, de leurs pas appariés. Arête du nez légèrement busqué, bouche entrouverte, lèvres humides, veine bleue sur la tempe lisse, souffle tiède d'une haleine, seins fermes frôlant son torse, hanche mouvante sous sa main composaient une image érotique figée dans sa mémoire, comme les reliefs d'un cachet dans la cire molle.

Il n'ignorait pas que, pour certaines femmes, le choix d'un amant commence par une sorte de joute avec l'élu. Il savait aussi par Malcolm Murray qu'Otti aimait à subjuguer par jeu, par orgueil, par provocation, pour s'assurer qu'elle détenait plus que d'autres le pouvoir, au demeurant assez commun, des séductrices.

À la nuit tombée, Charles Desteyrac avait réduit l'épisode du bal de fiançailles à ce qu'il devait rester : un événement mondain, teinté pour lui d'un vague émoi charnel. Les rites d'Orphée, la musique, la danse et le vin lui étaient assez familiers pour qu'il sût se protéger de leurs effets. Dès lors, il ne pensa plus qu'à la tâche qui l'attendait dans la ville la plus enfumée de l'Union.

Le second séjour de Charles Desteyrac à Pittsburgh devait se prolonger bien au-delà de ce qu'il escomptait. Dès le premier jour, il retrouva avec plaisir l'ingénieur Robert Lowell, qui, pour lui éviter l'hôtel, avait retenu à l'intention de son collègue français une chambre chez sa logeuse.

– C'est très confortable, le petit déjeuner est copieux, la propreté irréprochable, mais trois choses sont interdites : amener des dames, fumer dans la maison, et jouer aux cartes le dimanche.

Desteyrac s'accommoda fort bien de ces restrictions, de rigueur dans une ville où cabarets et tavernes restaient clos le jour du Seigneur, parce qu'on ne pouvait boire que de l'eau et chanter que des hymnes.

Le retour du Français permit de faire accélérer la fabrication des éléments du pont. Dès qu'il avait examiné et accepté une pièce, les ouvriers l'enduisaient d'huile bouillante, protection efficace, assurait Lowell, contre la rouille. La peinture ne serait appliquée qu'après la finition.

Quand tous les éléments, poutres, longerons, entretoises et autres contrefiches furent réunis dans un hall, Charles et Lowell, assistés de pointeurs, marquèrent les emplacements des orifices destinés à recevoir les rivets lors de l'assemblage du pont à Soledad.

Pour le perçage de centaines de trous, les ingénieurs préférèrent à la machine à percer hydraulique, qui ne perforait que des tôles de quelques millimètres d'épaisseur, le chalumeau oxhydrique inventé en 1802 par un ingénieur de Philadelphie, Robert Hare, et perfectionné depuis par l'ingénieur Newman et le minéralogiste Edward Daniel Clarke. Le gaz oxhydrique, composé de deux volumes d'hydrogène pour un volume d'oxygène, dégageait, une fois enflammé au bec du chalumeau, une chaleur capable de forer des trous au contour précis dans les éléments les plus épais du pont. Ce travail prit des semaines, les ouvriers ne disposant que de trois chalumeaux à manier avec précaution, bien que leurs outils fussent alimentés en hydrogène et oxygène par des tuyaux séparés afin de limiter les risques d'explosion du mélange.

Pendant ces travaux, des forgerons confectionnèrent plus d'un millier de rivets en fer doux qui, chauffés à blanc, seraient mis en place et matés au marteau par les ouvriers arawak lors de la construction du pont à Soledad.

Les ingénieurs suivirent aussi la fabrication des rails, rouleaux et galets grâce auxquels serait un jour opéré, aux Bahamas, le lançage d'un ouvrage qui, dans les halls de Keystone Bridges Works, attirait bien des curieux. Ces appareils de roulage devaient être établis de façon minutieuse afin d'éviter toute déviation pendant le mouvement du pont, qui serait tiré au moyen de cabestans, d'une rive sur l'autre, au-dessus de Devil Channel.

Au cours de l'automne et de l'hiver 1855, Charles Desteyrac et Robert Lowell occupèrent leurs loisirs en excursions, chasse et pêche. Ils visitèrent d'abord Philadelphie, l'Américain voulant montrer au Français une relique dont tous ses compatriotes étaient fiers : la cloche de la Liberté.

Ils se rendirent donc, sur Chestnut Street, à l'Independence Hall, monument dont l'image était partout reproduite en Pennsylvanie et que visitaient chaque année des milliers de citoyens de l'Union.

– La construction de cet hôtel de ville, commencée en 1729, achevée en 1735, coûta, à l'époque, cinq mille six cents livres, expliqua Lowell, qui précisait toujours le prix des choses, qu'il s'agît d'une locomotive ou d'une paire de chaussures.

– Votre Independence Hall ressemble à nos églises du nord de la France, avec son beffroi et sa grosse horloge, observa Charles tandis qu'ils entraient dans le bâtiment.

– C'est ici que, le 4 juillet 1776, fut adoptée la Déclaration d'indépendance et qu'elle fut publiquement proclamée, le même jour, du haut de cet escalier, dit Lowell avec l'émotion du croyant qui pénètre dans un lieu saint.

Charles crut bon d'ôter son chapeau par respect pour le patriotisme de son hôte, lequel désigna une grosse cloche suspendue par une chaîne à la charpente d'origine du bâtiment.

– Notre Liberty Bell annonça la première l'indépendance de l'Union. Elle s'est fêlée le 6 juillet 1835, alors qu'elle sonnait le glas pour les funérailles de John

Marshall, le *Chief Justice* des États-Unis et l'un des plus grands Américains de tous les temps [1]. Elle n'en est que plus sacrée pour nous. C'est aussi sous ce toit, dans une salle du deuxième étage, que George Washington lut son discours d'adieu au peuple américain, le 17 septembre 1796, il y a cinquante-neuf ans, expliqua Robert.

– J'ai entendu dire que ce fort long discours est considéré comme son testament politique, dit Charles.

– Nous le croyons. Mon grand-père, qui servit jeune sous Washington, me fit apprendre par cœur certains passages de ce texte qu'on enseigne à tous les écoliers, notamment pour ce qui concerne la neutralité de l'Union. Tenez, Charles, je me souviens de deux paragraphes qui peuvent intéresser un Européen. « L'Europe a des intérêts qui ne nous concernent aucunement, ou qui ne nous touchent que de très loin ; il serait donc contraire à la sagesse de former des nœuds qui nous exposeraient aux inconvénients qu'entraînent les révolutions de sa politique », récita Bob Lowell.

– Ce n'est pas très aimable pour La Fayette et Rochambeau qui, eux, se mêlèrent des affaires d'Amérique et vous aidèrent à conquérir votre indépendance ! fit remarquer Charles.

– Washington n'oublia jamais l'aide française, mais il prônait une sorte de prudent isolement national et patriotique. Il se méfiait autant des invasions commerciales que des révolutions. Écoutez encore ce qu'il dit

1. John Marshall (1755-1835) participa à la guerre d'Indépendance, devint député de Virginie, puis membre du Congrès, secrétaire d'État et, de 1801 à sa mort, président de la Cour suprême des États-Unis. Il est l'auteur d'une biographie de George Washington.

aux Américains, dans cette maison, en 1796 : « La politique, l'humanité et votre propre intérêt vous recommandent de vivre en bonne intelligence avec toutes les nations. Votre commerce exige que, dans vos relations avec elles, vous teniez la balance égale. Ne demandez et n'accordez aucune préférence ; consultez la nature des choses, et ne forcez jamais rien ; que vos traités de commerce ne soient que temporaires, afin que vous puissiez les modifier et les changer selon les circonstances[1]. »

– La Grande-Bretagne n'a jamais agi autrement, ce qui ne l'a pas empêchée de perdre ses colonies d'Amérique, persifla Desteyrac.

Souvent, Charles et Robert allaient pêcher la truite et le saumon dans la Mill ou la Juniata et se rendaient, pour chasser le bouquetin, le chevreuil et parfois le puma, dans les Appalaches, que Lowell préférait appeler Alleghany. Au cours de leurs expéditions, ils gravirent le mont Davis, qui culmine à mille soixante et onze mètres, goûtèrent les eaux médicinales très prisées de Cresson Spring, scandalisèrent des paysans en se baignant nus dans la Schuylkill. Entraîné par l'Américain, Desteyrac se pencha, au pied du Bear Mount, sur la Burning Mine, où le charbon flambait depuis plusieurs années sans qu'on pût éteindre l'incendie souterrain.

De temps à autre, ils rendaient visite aux jumelles,

---

1. Cornelis de Witt, *Histoire de Washington et de la fondation de la république des États-Unis*, Didier et Cie, Paris, 1869.

Fanny et Lucy, dans la petite maison du mont Washington où ils étaient reçus en habitués par la matrone, excellente cuisinière.

« Si nous allions contenter la bête ? » proposait Bob Lowell, qui considérait la simple copulation, dénuée de sentiment, comme exercice hygiénique. Les deux amis se mettaient alors en route, munis de provisions pour faire un repas bien arrosé, prélude à une nuit avec des filles dépourvues de vertu et de pudeur, mais voluptueuses et gaies, assez fines pour teinter leurs étreintes vénales d'un semblant de tendresse amoureuse.

Après les journées passées dans l'atmosphère poussiéreuse de l'usine, le grésillement des forges, le claquement sourd des marteaux-pilons, les chuintements et soupirs monstrueux des machines à vapeur, le froissement plaintif des tôles dans les laminoirs, Charles trouvait, comme Jean le Rond, dit d'Alembert, amoureux transi de Mlle de Lespinasse, un exutoire à son spleen, aggravé par les rigueurs de l'hiver continental, dans la résolution d'équations compliquées. Ces exercices faisaient sourire Bob Lowell, qui n'avait pas pour les mathématiques la même attirance que le Français.

De la même façon, l'Américain s'étonnait de voir Charles consacrer la soirée du dimanche à sa correspondance.

Dès son retour à Pittsburgh, Lowell lui avait remis deux lettres d'Ounca Lou, arrivées des Bahamas. Dans la plus récente, datée de fin juillet, la filleule de lady Lamia se disait un peu déçue d'être sans nouvelles depuis des semaines, et laissait filtrer, sous couvert des petites informations de la vie quotidienne à Buena Vista, rapportées avec humour, une vague déréliction, le discret dépit de celle qui craint de ne plus occuper les pensées de l'autre. Charles devina que, chez Ounca Lou, le temps et l'absence conféraient un ravissement inaltérable au souvenir du seul et furtif baiser qu'ils avaient échangé. Ce moment d'abandon, transcendé par la solitude dont elle avouait ressentir le poids, avait pris pour elle valeur d'un secret engagement. Charles la découvrait impatiente de le revoir quand elle écrivait : « Si je ne puis me rendre sans attirer l'attention jusqu'à votre bungalow du Cornfieldshire, je vais souvent, par la mer, vérifier que Timbo entretient correctement votre maison de chantier. J'ai insisté pour qu'il la défende de l'envahissement exubérant de la végétation, afin que, si vous arriviez à l'improviste, sans m'avoir prévenue, vous trouviez tout en ordre chez vous. » Le « sans m'avoir prévenue » signifiait bien sûr qu'elle entendait être la première informée du retour de Charles à Soledad.

D'abord sollicité de mille façons par sa découverte de New York et des Américains, puis pris par ses travaux à Pittsburgh et mobilisé quelques jours par les fiançailles d'Ottilia, enfin occupé par son deuxième séjour à *Smoky City*, l'ingénieur, s'il n'avait pas oublié Ounca Lou, s'était appliqué, servi par l'éloignement, à fortifier les scrupules qui l'avaient retenu quelques mois plus tôt d'entraîner la jolie fille aux yeux bridés dans une banale aventure coloniale. Alors qu'il croyait avoir atteint le refuge du renoncement, les lettres de la jeune fille rappelaient les baignades de Pink Bay, les dîners chez Lamia, les flâneries sur les plages, le bien-être, si proche du bonheur, quand, à l'heure mauve du crépuscule, il refrénait le désir de caresser le corps lisse et doré allongé près du sien devant l'océan apaisé.

Ces réminiscences estompèrent, dans un premier

temps, le souvenir d'une certaine valse avec la demi-sœur d'Ounca Lou.

Ce dimanche-là, il médita jusqu'à la nuit sa réponse en observant par la fenêtre de sa chambre la cité des métallurges, qui jamais ne dormait. À chaque coulée de fonte d'un haut-fourneau, des gerbes d'étincelles, bref feu d'artifice, déchiraient la nuit, et des lueurs volcaniques éclairaient les rues comme si la porte des enfers s'entrouvrait pour libérer des âmes absoutes.

Charles finit par trouver le ton qui prouverait à Ounca Lou qu'elle occupait toujours ses pensées et qu'il attendait, osa-t-il écrire, « l'enivrement des retrouvailles avec l'impatience de celui qui ne conçoit plus de vivre ailleurs que sur Soledad, près de la plus belle des néréides bahamiennes ».

La filleule de Lamia verrait sans doute dans ce lyrisme la promesse d'une relation plus intime, une sorte de déclaration. En relisant, Charles se demanda s'il était aussi sincère que devait le souhaiter la jeune insulaire. Des flocons de neige grise, imprégnés de la suie et du poussier des hauts-fourneaux, enduisaient les toits de la ville et les décharges encroûtées de scories, d'où montaient des fumerolles. La nostalgie de l'île ensoleillée exaltait le souvenir d'une femme qu'il imaginait déjà prête à se livrer.

La lettre qu'il reçut quelques jours plus tard de lady Ottilia Cornfield, à qui, dès son arrivée, il avait adressé des remerciements pour le portefeuille dont il usait journellement, avait un tout autre ton. La fille de lord Simon manifestait à nouveau, et à sa manière, la volonté de conquête inhérente à sa nature. N'avait-elle pas dit un jour avec fatuité : « Les hommes, que j'aie tort ou raison, seront toujours derrière moi » ? Charles sourit en pensant qu'il aurait dû, comme les autres, succomber au charme fait de beauté et d'intelligence de la fille du lord. Il devina qu'elle n'avait pas renoncé à le soumettre, car ses phrases révélaient un instinct de possession subtil et quasi reptilien.

« Je dois vous dire que notre valse à la mode viennoise, que personne n'eût pu me faire danser de façon plus grisante, m'a valu les reproches d'une parfaite niaiserie de ma future belle-mère, laquelle vous déteste autant que je vous aime. »

Le verbe aimer, à entendre sur le ton mondain, n'était là que pour solliciter l'assentiment, affirmer la complicité d'esprits libres face au pharisaïsme des puritains américains. Ottilia concluait sa lettre en invitant Charles à se présenter chez Jeffrey Cornfield, à Washington Square, lors de son retour à New York, avant son départ pour Soledad.

« Même si votre séjour doit être bref, le temps sans doute que les morceaux de votre pont, arrivant je ne sais quand ni comment de Pittsburgh, soient chargés sur un bateau de mon père, j'ose espérer que nous trouverons, un soir, un bal où valser ! »

Elle donnait, en trois lignes, des nouvelles de son fiancé, qui, précisait-elle, semblait « se plaire infiniment chez les Texans de San Antonio, dans l'attente d'une attaque espérée mais improbable des Mexicains, ce qui lui permettrait de se servir de son sabre autrement que pour saluer la bannière étoilée ou un général de passage ».

Elle signait : « Votre amie Otti. »

Charles commenta en quelques lignes sa vie à Pittsburgh et conclut par un marivaudage : « Inscrivez-moi déjà, sans date, sur votre carnet de bal ; ménagez la pudibonderie de votre belle-mère à venir, et transmettez mon cordial souvenir au lieutenant Sampson. » Après une hésitation sur la formule terminale, il retint la plus française. Teintée de respect, elle maintenait avec déférence les distances : « J'ai l'honneur d'être, chère lady Ottilia, avec un respectueux attachement, votre tout dévoué Charles Ambroise Desteyrac. »

Quand les fêtes de fin d'année s'annoncèrent, Bob Lowell se rendit chez ses parents à Chicago. Charles, resté seul à Pittsburgh, fut invité aux offices et réjouissances de Noël par le contremaître irlandais qui, depuis des mois, dirigeait les équipes travaillant à la fabrication du pont. Les catholiques irlandais, que les luthériens traitaient de papistes, célébraient la Nativité avec plus de faste que les protestants, qu'ils fussent méthodistes, presbytériens, anglicans, baptistes, unitariens ou épiscopaliens. Dans leur salle de réunion, les ouvriers des fonderies avaient dressé un sapin autour duquel, après la messe et les prières, on chanta les vieilles ballades du pays avant de danser jusqu'à l'aube la gigue et la volte.

Le lendemain, tous les fêtards avaient repris le chemin des ateliers, où l'on commençait à embaucher des émigrants allemands et polonais. Dans une agglomération où il ne se passait pas de semaine sans qu'on vît grandir une nouvelle haute cheminée de brique, le besoin de main-d'œuvre devenait permanent.

En février, on apprit par les journaux que le vapeur *Pacific*, un des plus luxueux et des plus confortables paquebots de la Collins Line, assurant la liaison

Liverpool-New York, parti du port anglais le 23 janvier, avait disparu on ne savait où dans l'Atlantique, avec quarante-cinq passagers et cent quarante et un hommes d'équipage, sans laisser la moindre trace. Sans doute avait-il heurté un iceberg.

Les industriels de Pittsburgh connaissaient et estimaient Edward K. Collins, fondateur de la compagnie de navigation qui portait son nom. Ses navires avaient été qualifiés par les journalistes de « palaces de l'océan ». Concurrent de Samuel Cunard et de la Cunard Line, Collins avait, en 1852, obtenu du gouvernement fédéral une importante subvention en s'engageant à transporter par tous les temps le courrier entre la Grande-Bretagne et les États-Unis. Sans doute des pièces de ses vapeurs à roues à aubes étaient-elles forgées dans les aciéries de Pennsylvanie.

Les journaux ne manquèrent pas de rappeler que ce nouveau naufrage d'un bâtiment de la Collins intervenait dix-huit mois après la perte de l'*Arctic*, jumeau du *Pacific*. En septembre 1854, l'*Arctic* avait heurté, près de Terre-Neuve, un petit vapeur français à coque de fer, le *Vesta*, dont la proue avait crevé la coque du grand navire de bois. Alors que l'eau envahissait les soutes, le commandant de l'*Arctic* avait tenté de se rapprocher de la terre, mais le bateau avait coulé loin du rivage. Quatre-vingt-six personnes avaient été recueillies à bord de navires de passage. Cent trente-trois passagers et cent soixante-quinze hommes d'équipage s'étaient noyés.

Trois semaines après ce naufrage du *Pacific*, maintenant officiellement enregistré à Londres par le Lloyd's Register of Shipping, Bob Lowell arriva tout ému à l'usine.

– Edward Collins n'a vraiment pas de chance. Un ami, revenu d'Europe à bord de l'*Atlantic*, un autre vapeur de la Collins Line, a bien cru sa dernière heure arrivée quand, à l'aube, au sud-est de Terre-Neuve, dans un brouillard intense, le capitaine a vu surgir un énorme iceberg à quelques encablures de la proue de son navire. Grâce à l'habileté du marin, qui ordonna la bonne manœuvre, et au sang-froid de l'équipage, la collision fut évitée. J'ose espérer qu'au printemps, quand vous naviguerez vers les Bahamas, les icebergs auront tous fondu ! dit Lowell.

– Neptune vous entende ! Je n'apprécie la glace qu'en petite quantité et seulement dans un verre de limonade, dit Desteyrac en riant.

– Il ne faut pas plaisanter, Charles. Les icebergs ont envoyé par le fond plus de navires que les boulets des Anglais pendant la guerre d'Indépendance, assura Bob avec sérieux.

À la mi-mars, toutes les pièces du pont se trouvèrent achevées. Elles furent remises avec une certaine solennité à l'ingénieur français par le président de Keystone Bridges Works et ceux qui les avaient forgées. Charles offrit à cette occasion un gallon de bon whisky, accompagné d'un riche buffet confectionné par le meilleur restaurateur de la ville.

Le directeur de l'entreprise, qui avait apprécié les compétences et l'assiduité de Charles, lui offrit de l'engager pour diriger la fabrication des ponts et viaducs que commandaient de plus en plus souvent les compagnies de chemins de fer. Charles déclina la proposition, mais promit de rester en rapport avec lui, se réservant ainsi la possibilité d'un emploi dans le cas où, le pont de Buena Vista mis en place, il quitterait Soledad et déciderait de travailler aux États-Unis. Voyant l'homme dans de si bonnes dispositions, le Français obtint qu'un congé fût accordé à Robert Lowell pour que ce dernier l'aidât à convoyer les éléments du pont jusqu'à New York.

Après étude, les deux ingénieurs décidèrent d'emprunter le chemin de fer et la voie d'eau. Les pièces du pont, chargées à Pittsburgh sur des wagons de la Pennsylvania Railway, parcoururent en une semaine – les trains de voyageurs ayant priorité sur les convois de marchandises – les deux cent soixante-sept miles séparant la cité du fer de Buffalo, sur le lac Érié, port lacustre et entrée du plus long canal de l'Union. La fonte, le fer et l'acier en lingots, barres, rails, ou déjà convertis en machines-outils ou socs de charrue, le charbon, les bois de construction et les céréales produites par des fermiers allemands émigrés dans des fermes modèles de Pennsylvanie, n'empruntaient pas un autre itinéraire. Les trains arrivant directement sur les docks de Buffalo à la jonction du lac et du canal, il fut aisé de transférer le chargement des wagons sur la grosse barge à vapeur qui le porterait à New York.

Charles voulait vérifier chaque jour que le transport des pièces détachées de son ouvrage ne connaissait pas d'aléas. Pour ne pas perdre la barge de vue, il loua fort cher à l'administration du canal un petit vapeur qui permettrait la surveillance de la navigation. Les deux hommes furent ainsi conduits à partager la vie rustique des mariniers, dont Charles assura largement vivres et boissons.

À peine les amarres larguées, Bob Lowell, connaissant la curiosité de son collègue pour tout ce qui touchait aux travaux publics, se lança dans une description du canal, dont il tirait, comme beaucoup d'Américains, une légitime fierté. Par Rochester, Syracuse et Utica, la voie d'eau les conduirait à Troy, près d'Albany, où leur barge s'engagerait dans le fleuve Hudson pour faire route vers le port de New York, où le *Centaur* devait attendre son fret.

– Notre canal de l'Érié, long de trois cent soixante miles entre Buffalo et Albany, comporte soixante-quatorze écluses. Large de cinquante-cinq pieds, profond de sept, il avale une différence de niveau de plus de cinq cents pieds. Sa construction, commencée en 1817, ne s'est achevée qu'en 1825.

– Beau travail, reconnut Charles, qui admirait la rectitude et la propreté des berges.

– Il a coûté quarante-cinq millions de dollars au lieu des sept millions cinq cent mille initialement prévus, énonça Lowell, fidèle à son habitude de donner exactement la valeur en dollars de toute chose.

– Les devis sont faits pour grossir, comme les moines ! Un de mes condisciples des Ponts travaille actuellement à l'étude de la construction d'un canal de cent soixante-deux kilomètres de long entre la mer Rouge et la Méditerranée. Les travaux ne sont pas même commencés, alors que le devis de cent soixante millions de francs – un million par kilomètre ! – a déjà enflé de quarante millions. Il faudra beaucoup de persévérance à M. Ferdinand de Lesseps et à ses ingénieurs pour faire aboutir le projet, pronostiqua Charles.

– Comme il a fallu toute l'opiniâtreté du défunt gouverneur de New York, De Witt Clinton, pour que soit achevé le canal sur lequel nous naviguons. Clinton dut affronter de farouches opposants, les politiciens de Baltimore et de Philadelphie, qui voyaient le trafic des marchandises échapper en partie à leur région, mais il triompha de ses détracteurs et, bizarrement, le 26 octobre 1826, jour de l'inauguration du canal, M. Clinton ne comptait plus que des amis ! ironisa Lowell.

En passant près de Rochester, l'ingénieur montra de loin à Charles la State Industrial School où il avait étudié. À Syracuse, ils virent des Indiens onondaga venus de leur réserve voisine pour s'ébaubir au passage des péniches et des vapeurs à roues pour passagers. À Utica, ils reconnurent les ruines du fort construit en 1756 par Philip John Schuyler, héros de la Révolution américaine, devenu, l'indépendance acquise, premier maire d'Albany.

De cette ville importante, capitale de l'État de New York, ils ne découvrirent que les vastes entrepôts où les marchandises venues de l'ouest par le canal de l'Érié, et celles apportées du nord par le canal Champlain, s'entassaient dans l'attente de destinations définitives.

La navigation entre Buffalo et Albany avait duré trois semaines, le franchissement des écluses, devant lesquelles s'immobilisaient des files de bateaux, ayant souvent retardé la progression. L'importance et la densité de la circulation sur le canal fournirent à Desteyrac de nouvelles preuves de la puissance économique de l'Union, du dynamisme industriel et commercial d'une nation qui s'inventait, se construisait, s'organisait de jour en jour à un rythme stupéfiant, et qu'en Europe, en France surtout, on tenait, par ignorance et avec l'outrecuidance des vieux peuples, pour dépourvue de capacités, de science et d'usages.

Albany étant le terminus du canal de l'Érié, les deux voyageurs durent abandonner le petit vapeur de l'administration et prendre place à bord du *Trenton II*, un paquebot fluvial de la Hudson River Line. Le bateau à roues latérales, encloses dans des tambours décorés, pourvu d'une machine à balancier, de chaudières de cuivre et de cheminées jumelles couronnées d'or, offrait l'aspect et le confort d'un hôtel flottant. Somptueusement meublé, doté d'un excellent restaurant, offrant plusieurs salons et des cabines douillettement aménagées, il était affecté, comme d'autres du même type construits par Robert L. Stevens dans ses chantiers de Hoboken, dans le New Jersey, au transport des passagers sur le fleuve Hudson. Le *Trenton II* couvrit les cent cinquante miles qui séparent Albany de New York en trente-six heures et, le 16 avril, soit moins d'un mois après avoir quitté Pittsburgh et parcouru deux cent soixante-sept miles en chemin de fer et plus de quatre cent trente miles sur l'eau, Desteyrac et Lowell atteignirent le port de New York, précédant de vingt-quatre heures la barge qui transportait le futur pont de Buena Vista.

Le premier souci de Charles, en mettant pied à terre, fut de trouver l'appontement du *Centaur*, dont il avait demandé l'envoi, un mois plus tôt, à lord Simon. Il reconnut de loin les deux mâts du brick, qui occupait le même *pier* où s'était amarré le *Phoenix* l'année précédente. Alors qu'il s'attendait à voir le premier lieutenant Philip Rodney, commandant habituel du *Centaur*, il se trouva face au capitaine Lewis Colson. Celui qu'on nommait l'amiral de la flotte Cornfield, jugeant délicat le transport des lourdes pièces de fer, n'avait pas voulu laisser à son second la responsabilité d'une traversée qui, suivant l'état de la mer et les caprices des vents, pourrait faire courir des risques au navire lourdement lesté et à son équipage.

Avant même d'organiser la réception de la barge qui, le lendemain, livrerait les éléments du pont, Colson remit à Charles deux lettres apportées de Soledad. L'une, dans une enveloppe encadrée de noir, venait de France ; l'autre, dont la suscription était de la main d'Ounca Lou, avait été portée à bord, au moment du départ du bateau, par Timbo, le domestique de Desteyrac.

S'étant isolé pour prendre connaissance de son courrier, Charles ouvrit d'abord l'enveloppe de deuil. Sa mère, dans une lettre datée du 12 mars 1856, annonçait en peu de mots la mort de son mari. Le général Léonce de Saint-Forin avait été mortellement blessé, en septembre 55, à la prise de la tour de Malakoff, qui défendait la route de Sébastopol. Engagé avec la 1re brigade de la division Mac-Mahon, Saint-Forin, bien qu'adjoint au chef d'état-major, avait tenu, comme les généraux Pélissier, Bosquet, de Salles et Thiry, à participer à l'action après que le général Mac-Mahon, sous la menace d'une attaque russe, eut lancé son fameux « J'y suis, j'y reste ». Une balle avait frappé le général à la tête alors qu'il escaladait un redan. Il était mort avant d'arriver à l'ambulance.

« Cette affreuse bataille, terminée au corps à corps, a entraîné la chute de Sébastopol et décidé de la victoire des alliés. Elle a coûté la vie à huit mille six cents Français et à quatorze mille Russes. Les combats, au cours desquels mon fils Octave, suivant l'exemple héroïque de son père, s'est brillamment comporté, n'ont cessé qu'en octobre. Ton demi-frère a été promu capitaine dans un régiment de zouaves et décoré de la Légion d'honneur. Un Congrès de la paix s'est ouvert à Paris le 25 février dernier [1]. Souhaitons qu'il mette un terme à toutes les guerres. L'empereur Napoléon III m'a invitée au *Te Deum* chanté à Notre-Dame en action de grâces, après la prise de Sébastopol. L'impératrice attend une naissance pour la mi-mars. Il en est ainsi : la mort prend, la vie donne. Mais je suis bien lasse, bien seule et bien malheureuse pour me réjouir franchement du succès de nos armées. Tu es loin, indifférent, oublieux de ton enfance et sans amour pour moi, à qui tu reprocheras toujours d'avoir reconstruit ma vie après la mort de ton père. Deux fois veuve de héros, bien différents mais pareillement patriotes, il me reste Octave, qui ressemble à son père et ne rêve que batailles et coups de main. Il s'est porté volontaire pour une expédition au Soudan dont je ne sais rien et ne veux rien savoir. »

Il avait fallu que la mort s'en mêlât pour que Valentine se livrât ainsi et dît sa rancœur. Charles calcula qu'elle avait quarante-huit ans, seuil de la vieillesse. Il se promit de lui écrire une lettre affectueuse pour l'assurer qu'au contraire de ce qu'elle croyait il n'avait rien oublié de son enfance ni de leurs années de pauvreté, et qu'ayant mûri il concevait maintenant que l'intransigeance dont il avait fait preuve l'eût blessée et la laissât encore, après ce nouveau deuil, cruellement triste et endolorie.

---

1. Il se termina le 30 mars 1856 par la signature du traité de Paris, qui réglait entre autres questions celle des Détroits et jetait les bases du droit maritime international.

Il remit la lettre dans l'enveloppe bordée de noir et prit connaissance du message d'Ounca Lou. La jeune fille confessait qu'elle avait eu l'audace de faire remettre cette lettre au commandant du *Centaur*, qu'elle savait en partance pour New York. Elle justifiait son geste par le fait qu'un ouragan tropical très violent avait emporté le toit de la maison de chantier de l'ingénieur.

« Lady Lamia a pris la liberté de m'envoyer chercher les objets, les livres et les dossiers qui se trouvaient chez vous, afin qu'ils ne soient pas gâtés par la pluie ou dispersés par les vents. Votre planche à dessin, vos instruments de calcul et de mesure, vos livres savants, tout a été mis à l'abri chez ma marraine en attendant qu'on reconstruise la toiture de votre maison, ce qu'elle a fait entreprendre dès la fin des intempéries. J'ose espérer que vous ne nous tiendrez pas rigueur de cette indiscrétion. Tout sera en ordre quand vous arriverez et vous pourrez reprendre votre travail et vos habitudes. Nous avons été heureusement étonnées de constater que les câbles de votre tonneau volant, comme Sima appelle le va-et-vient, ont résisté aux ouragans de l'hiver. Il sera aisé, d'après O'Graney, venu l'examiner, de le remettre en état de fonctionner. Je puis vous dire aussi que les charpentiers de marine ont bien travaillé et que l'appontement que vous aviez commandé pour Southern Creek est achevé. Quant au chemin de rondins, arrangé au flanc de la colline pour hisser les morceaux de votre pont, m'a dit Tom O'Graney, il est du plus bel effet. »

Après quelques considérations sur le printemps qui s'annonçait magnifique, Ounca Lou remerciait Charles pour ses « trop rares lettres de Pittsburgh », et concluait : « Sachez que la néréide, même si ce n'est pas la plus belle des Bahamas, vous attend, une fleur d'hibiscus sur l'oreille. »

Charles ressentit une douce émotion. Les jeunes Arawak signifiaient ainsi à tous et à chacun que leur cœur était pris.

En attendant l'arrivée de la barge et de son chargement, Colson convia Charles, son ami Lowell et Mark Tilloy, promu second du *Centaur*, à dîner à bord, estimant que son maître coq, qui s'était approvisionné à New York en viande de bœuf, légumes et fruits frais, tirait meilleur parti de ces excellents produits que les cuisiniers des restaurants réputés de Broadway. La démonstration en fut faite au cours d'un repas arrosé de vieux bordeaux, « le seul vin français qui se comporte honnêtement à la mer », précisa le sommelier.

Lewis Colson s'étant, suivant son habitude, retiré dès la fin du dîner, Tilloy proposa une descente dans un cabaret où se produisait une chanteuse anglaise dont tout New York s'était entiché. Robert Lowell, qui, sa mission terminée, devait prendre le lendemain matin le train pour rentrer à Pittsburgh, se déclara enchanté d'une telle aubaine, les distractions de ce genre étant rares dans la cité des hauts-fourneaux.

Les trois hommes regagnèrent le bord à minuit passé. Quand Robert Lowell eut pris congé pour aller dormir dans la cabine qu'on lui avait réservée, Mark Tilloy invita Charles à fumer une pipe sur la plage arrière du bateau.

– C'est sans doute la dernière traversée que je vais faire avec vous, Charles. Je vais me marier, annonça sans préambule l'officier.

– Non ? Vous marier, vous, le don juan des Caraïbes ? Il n'y a pas si longtemps que vous condamniez le mariage comme une institution contre nature, s'insurgea Charles.

– Je m'attendais à votre réaction. Mais j'ai l'occasion d'un parti exceptionnel. Je vais épouser Ann Cornfield, déclara Tilloy en bourrant sa pipe.

– Vous serez comblé : c'est une tendre et, à mon avis, une amoureuse-née. Et, de surcroît, une riche héritière, ajouta Charles.

– Elle est en effet douée pour l'amour. Je n'ai jamais connu amante plus frénétique, plus enthousiaste et en même temps plus innocente. Ce qu'elle ignore, elle le devine, car son instinct la porte à la volupté. Croyez-moi, Charles, en m'offrant une virginité qui lui pesait, elle m'a fait tout oublier de mes résolutions.

– Papa Jeffrey, qui renifle le péché à dix pas comme un chien truffier une truffe, n'a-t-il pas éventé votre aventure ? Je crois me souvenir qu'Ann n'a que seize ans !

– Ici, les filles se marient jeunes. Ann a tout de suite informé son père. Elle lui a donné à entendre qu'ayant couché avec moi elle pouvait devenir mère et devait donc se marier au plus tôt, expliqua Mark.

– Et le banquier a entendu ça sans que son cœur ait cessé de battre ?

– La première émotion passée, Ann a énuméré tous les avantages d'avoir un gendre tel que moi, précisa Tilloy en tirant une orgueilleuse bouffée de sa pipe.

– Certes, vous n'êtes pas le premier venu, persifla Desteyrac.

– Vous n'y êtes pas ! Mon honorabilité britannique n'est pas en cause. C'est l'intérêt qui guide Jeffrey Cornfield.

– Une bouche de moins à nourrir et une belle de moins à vêtir ! Le vieil avare compte donc faire des économies, avança Desteyrac, amusé.

– Il compte même gagner de l'argent. Il manque aux multiples affaires de Jeffrey Cornfield une activité où réussit magnifiquement Cornelius Vanderbilt, un homme que le cousin de lord Simon déteste et dont la fortune est estimée à quinze millions de dollars. Jeffrey s'est donc mis en tête de devenir lui aussi armateur. Il veut, comme Vanderbilt, posséder une compagnie de navigation. Or, pour l'aider à organiser une telle entreprise, il faut un marin expérimenté. Ann a fait admettre que j'étais l'homme de la situation. Il y a deux jours, j'ai rencontré mon futur beau-père et tout va pour le mieux. Non seulement il m'accorde très officiellement la main de sa fille, mais il m'assure une carrière. Dès que nous aurons livré votre pont à Soledad, je quitte la flotte de Simon Cornfield pour fonder celle de son cousin.

– Notre lord des Bahamas va être dépité que vous désertiez.

– Peut-être. Jeffrey Cornfield compte cependant obtenir une prise de participation financière de lord Simon dans sa compagnie. Il m'a chargé de négocier l'affaire avant de revenir à New York pour me marier. Jeffrey a déjà loué des bureaux dans Pearl Street et chargé ses avocats d'établir les statuts de la société. Pendant notre voyage de noces en Angleterre – il faut tout de même que je présente Ann à mes parents ! –, je verrai un ami, architecte naval, et je reviendrai avec des projets précis, et, je l'espère, les plans de bateaux à vapeur perfectionnés avec coque de fer, type de navires que ne possède pas encore Vanderbilt. Nous ferons construire dans un chantier dont Jeffrey détient beaucoup d'actions. Et, naturellement, il m'ouvre – sous contrôle, bien sûr, car le vieux n'est pas gaspilleur – un crédit important. Voilà ce qu'il en est. N'est-ce pas une aventure exaltante, mon ami ?

– Certes, et je vous souhaite pleine réussite en amour comme en affaires. Mais, bon compagnon, vous me manquerez à Soledad, avoua Desteyrac.

– Attendez, quand vous en aurez terminé avec le pont du vieux lord, on trouvera ici à employer vos talents. Jeffrey a des intérêts dans plusieurs compagnies de chemins de fer. Or, les trains ont besoin de ponts pour franchir fleuves et rivières. Je suis certain, Charles, que nous nous reverrons. Et puis, j'y pense, Lyne demande souvent de vos nouvelles. Elle regrette de s'être rendue malade en se gavant de crème glacée le soir du bal, ce qui abrégea brutalement vos relations. Je suis sûr qu'elle était amoureuse de vous, et sans doute l'est-elle encore, car c'est le même tempérament que sa sœur. Pourquoi ne l'épouseriez-vous pas ? À mon avis, vous n'auriez qu'à...

–... qu'à opérer comme vous, Mark ? Non, merci, je ne consomme pas de fruits verts, même sur un matelas de dollars, déclara Charles d'un ton sec.

Conscient d'être percé à jour, le lieutenant Tilloy souhaita le bonsoir sans aménité, en bredouillant, et quitta le bord, sans doute pour aller rejoindre celle qui lui offrait si bien plaisir et avenir.

Resté seul, Charles Desteyrac, accoudé à la lisse, rumina un moment sa déception. Ainsi Mark Tilloy, comme un simple coureur de dot, épousait une petite oie, atteinte d'un accès de sensualité, pour s'assurer une position dans les affaires à la mode américaine. Il trouva soudain au tabac un goût âcre et vida sa pipe dans l'eau noire.

Le lendemain, il accompagna Bob Lowell à la gare et ce ne fut pas sans émotion que les deux hommes se séparèrent. Ils avaient, pendant des mois, travaillé ensemble et engrangé assez de souvenirs, lors de leurs escapades dans la nature ou chez les demoiselles du mont Washington, pour que cet épisode de leur vie en commun restât dans leur mémoire.

– J'aimerais bien, un jour, aller voir votre pont en place entre vos îles, dit Lowell, penché à la portière du wagon.

– Je suis certain que lord Simon serait heureux de vous accueillir à Soledad. Pourquoi ne viendriez-vous pas à l'inauguration du pont, dans quelques mois ? Le service régulier New York-Nassau existe depuis peu. Un bateau de Cornfield irait vous cherchez à Providence Island et vous porterait à Soledad. Pensez-y sérieusement, lança Charles alors que le convoi du Pennsylvania Railway s'ébranlait.

Desteyrac se rendit ensuite à Cornfield House pour une visite de courtoisie, ignorant si lady Ottilia avait été prévenue de sa présence à New York. Il trouva la maison déserte et fut reçu par Gladys Hamer, la gouvernante. Jeffrey Cornfield était à ses affaires, Ann dormait, Lyne séjournait chez sa sœur aînée à Long Island. Quant à lady Ottilia, elle se trouvait à Washington, chez Anaïs Sampson, sa future belle-mère.

– Lady Ottilia sera bien fâchée de vous avoir manqué, monsieur. Elle est partie hier pour la capitale. Son fiancé, le lieutenant Sampson, a fini son temps au Texas et doit arriver ces jours-ci chez sa mère. Il est donc normal que lady Ottilia soit au côté de Mme Sampson pour l'accueillir. Pensez que ça fait plus de six mois que les fiancés ne se sont vus, dit la gouvernante.

« Il n'y aura donc pas de nouveau bal où valser avec Ottilia », se dit Charles.

Comme il prenait congé de miss Hamer, après avoir déposé sa carte sur un plateau, la gouvernante le retint.

– Je sais, monsieur, que la fille de lord Simon Leonard Cornfield a pour vous grande amitié, aussi puis-je me permettre une petite confidence. Depuis quelque temps, lady Ottilia nous inquiète, Monsieur et moi. Elle n'a pas très bonne mine, nous la trouvons morose et sans entrain. En tout cas, pas du tout réjouie comme une personne qui va bientôt se marier. Notre petite Ann, qui va aussi prendre époux selon son cœur, est, elle, d'une gaieté exubérante, qui fait plaisir à voir.

Desteyrac s'inclina et regagna le *Centaur* alors que, déjà, la barge de Buffalo étant arrivée avec un peu d'avance, le commandant Colson présidait au transfert à bord des éléments du pont. Les pièces courtes – membrures, entretoises, contrefiches, cornières et galets – furent descendues dans la cale, ainsi que les sacs de rivets, les rouleaux de câble métallique, les outils spéciaux. En revanche, longerons, poutrelles, rails furent solidement arrimés sur le pont. Entre grand mât et mât de misaine, la petite machine à vapeur, acquise par Desteyrac pour assurer le fonctionnement des cabestans, fut accorée entre des pièces de bois solidement fixées au pont.

– L'arrimage est une opération sérieuse. Il s'agit d'assurer la stricte stabilité du chargement pour ne pas compromettre la stabilité du navire, expliqua le maître d'équipage.

– Le temps et la marée n'attendent pas, dit Colson en pressant le mouvement, car il entendait quitter New York dans l'après-midi.

Quelques heures plus tard, lesté dans les règles, le brick, sous ses voiles carrées largement déployées, foc et clinfoc établis, descendit l'Hudson, traversa la baie de New York et prit, par temps calme, au soleil couchant, la route océane en direction des Bahamas.

Sitôt le cap donné, Colson quitta la dunette, laissant le commandement à Mark Tilloy. L'officier semblait avoir oublié l'incident de la nuit précédente et se révéla aussi jovial que d'habitude. Charles, pour qui la franchise n'entachait en rien l'amitié, se montra chaleureux et offrit au lieutenant une rasade de pur *Irish whiskey*, cadeau de Bob Lowell.

– Ne craignez-vous pas de rencontre avec un iceberg ? demanda Desteyrac.

– Pas en cette saison. Les plaques glaciaires du Groenland se fractionnent en juillet et les icebergs ne descendent que très rarement, les années chaudes, jusqu'au 40e degré nord, c'est-à-dire à la latitude de New York. On les rencontre surtout au sud-est de Terre-Neuve. Le danger, pour nous, est plutôt la proximité de la côte américaine, très fréquentée, surtout que nous devons éviter, avec ce que nous portons, tout changement de cap brutal. Et puis il faut, à un moment ou à un autre, traverser le courant du Gulf Stream, dont il convient de se dégager le plus vite possible étant donné les variations de sa force et de sa direction. C'est pourquoi M. Colson nous fait faire route est-sud-est pendant au moins cent milles, avant de mettre cap au sud vers les Bahamas, expliqua Tilloy.

Bien que variables en cette saison, les vents se montrèrent favorables et la navigation fut des plus paisible.

Le soir, tandis que Tilloy remplaçait Colson sur la passerelle, Charles prit l'habitude de s'accouder à la proue, sous le foc, au coucher du soleil, pour voir l'étrave du *Centaur* ouvrir dans l'océan une plaie vive d'où s'échappait, dans un bruit de soie déchirée, tel un sang blanc, l'écume mousseuse.

La veille de l'arrivée, possédé d'une impatience enfantine, euphorique et rêveuse, il se projeta par la pensée, au-delà de l'horizon, vers l'archipel enchanté, domaine de la déesse Aventure.

Demain, l'île fleurie, sa maison du Sud, Pink Bay, le bleu sur bleu du ciel et de la mer, les chemins sous les palmes, les pêcheurs d'éponges, l'ermitage perché du mont de la Chèvre, le balancement du rocking-chair, la fraîche saveur des cocktails de fruits, le chant du *mockingbird*, la volupté de l'isolement, dans un univers amical et protégé, seraient au rendez-vous. Et, jaillissant de cet écrin aux mille couleurs et senteurs, Ounca Lou, Anadyomène de bronze clair, offerte à son désir, lui tendrait les lèvres pour un long baiser de retrouvailles.

7.

À un demi-mille du port occidental de Soledad, le premier spectacle offert au regard des marins du *Centaur*, perchés sur les vergues pour ferler les voiles, fut la calèche de lord Simon.

Pendant que le commandant Colson veillait aux manœuvres d'approche, Charles Desteyrac se tenait près de Mark Tilloy, sur la dunette. Prévenu par l'homme de vigie de la présence du maître de l'île, le lieutenant régla ses jumelles, jeta un regard sur la côte, puis les tendit à Charles.

– Sa Seigneurie vous fait l'honneur de vous accueillir, dit-il, narquois.

– Ses dernières lettres montraient de plus en plus d'impatience. Il sera content de recevoir son pont, commenta Charles.

Dans l'optique, il voyait le lord, près de sa voiture au dais de toile frangée, en conversation avec le capitaine du port. À bonne distance derrière eux se pressait une foule d'indigènes, pour qui le retour d'un voilier de la flotte insulaire était toujours un événement.

Plus que le port, Charles observa le décor de l'île, dont la beauté l'éblouit. Tel Hercule accédant au jardin des Hespérides, il se voyait cueillant bientôt les pommes d'or de sa destinée. La végétation printanière, étagée sur les pentes de l'amphithéâtre naturel qui enclavait l'étroite baie, annonçait, dans sa fraîcheur, l'exubérance florale de l'été. Déjà, hibiscus, roses porcelaine, mimosas, raisiniers, azalées, gardénias mettaient çà et là, entre casuarinas, palmiers et palétuviers, des touches jaunes, rouges, grenat, vert cru, bleues, empruntées à la même palette que le plumage des perroquets, flamants roses, aigrettes blanches et hérons cendrés, tous en habits de noces, la saison étant à l'appariade.

À quelques encablures du quai, les chaloupes de la capitainerie vinrent prendre en remorque le voilier. Maintenant démuni de toile, le *Centaur*, alourdi par sa cargaison, courait sur son erre. L'accostage se fit sans heurt et, les amarres à peine établies, lord Simon s'avança d'un pas vif sur le quai, tandis que Tilloy faisait abattre l'échelle de coupée. L'intention du lord étant de monter à bord, Lewis Colson fit un signe au maître d'équipage. Le gradé tira de son sifflet d'argent les modulations réglementaires du salut à l'amiral.

Après un bref échange avec Colson et Tilloy, Simon Cornfield se dirigea vers Desteyrac et lui serra la main.

– Enfin, vous voilà ! Et ce sacré pont, où est-il ?

Charles désigna les écoutilles déjà ouvertes.

– Là-dessous, en pièces détachées.

Lord Simon se pencha sur la cale où s'activaient les débardeurs.

– Et vous allez faire un pont avec ces bouts de ferraille ? demanda-t-il, dubitatif.

– Rassurez-vous, il est complet. Nous allons porter tous les éléments à Southern Creek, où nous les assemblerons, après quoi nous pourrons envisager le lançage de l'ouvrage.

– Bon. Et ce jeu-là prendra combien de jours ?

– Quelques semaines, huit ou dix au moins. Tout dépendra du temps qu'il fera et de l'habileté de nos ouvriers. Ils devront poser plus de mille rivets, visser des douzaines de boulons et construire sur les deux rives les appareils de roulage propres à recevoir les galets à cannelures, précisa Charles.

Lord Simon ne put cacher une moue de dépit.

– Le pont ne sera donc pas en place avant le mariage de lady Ottilia..., grommela-t-il.

– Un pont doit être construit dans les règles de l'art, qui ne vont pas de pair avec la précipitation, répliqua Charles, agacé.

Simon Cornfield lui tapota l'épaule. Il se voulait à la fois chaleureux, compréhensif et confiant, car, indépendamment du bâtisseur de pont, il était heureux de revoir l'homme.

– Je ne doute pas, mon ami, que vous ferez pour le mieux car notre pont aura, cet été ou cet automne, à subir l'épreuve des ouragans. Nos Indiens soutiennent que, tous les neuf ans, les tempêtes tropicales redoublent de violence. Je me souviens de celles de l'automne 47, qui ravagèrent le sud de l'île et culbutèrent ma maison de Buena Vista. Lamia eut les pieds dans l'eau pendant une semaine, et trois de ses vaches, plus quelques nègres, furent emportés par la lame qui submergea l'îlot. Ma sœur, plus chanceuse que les vaches, refusa cependant de venir s'abriter à Cornfield Manor, qui n'avait perdu que quelques tuiles.

– Je sais lady Lamia intrépide, dit Charles, amusé.

– Le diable, avec qui elle entretient d'aimables

relations, la protégea ce jour-là, ajouta Cornfield, goguenard, avant de faire signe à Colson d'approcher. Soyez aimable, commandant, de mettre à la disposition de Monsieur l'Ingénieur tous les gens dont il pourrait avoir besoin. Mais attention, pas au-delà de la mi-mai, car il vous faudra alors mettre le *Phoenix* à la voile pour New York, afin de nous ramener lady Ottilia, les Sampson, mon cousin Jeffrey et ses filles, plus nos invités au mariage, détailla le lord.

– Devrai-je envoyer un brick à vos parents de Caroline du Sud ?

– Non. Les Cornfield de Charleston viendront par leurs propres moyens. Mon cousin Bertie III, le planteur, s'est, paraît-il, offert un schooner à roues presque aussi long que le *North Star* de Vanderbilt, auprès duquel nos voiliers ne seraient que de vieux rafiots. Décidément, tous mes cousins veulent imiter Vanderbilt ! ironisa Simon.

La seule perspective de voir un bateau à vapeur dans un port de Soledad fit grimacer Lewis Colson.

Avant de quitter le bord, le lord des îles revint vers Charles.

– La marine de Sa Majesté a enfin libéré mes scaphandriers. Ils sont arrivés hier, retour de Norfolk où ils ont plongé sur l'épave de l'*Eliza*. J'entends que ces gens, que je paie très cher, descendent ces jours-ci dans la fuente del Ángel et remontent ce fameux crâne de cristal aztèque... si toutefois il s'y trouve ! J'aimerais, Charles, que vous assistiez à cette exploration. Car, après tout, hein, c'est vous qui avez résolu le rébus de la cachette. Nous saurons alors si vous avez déduit juste, n'est-ce pas ? persifla aimablement Cornfield.

Déjà engagé sur l'échelle de coupée pour descendre

sur le quai, lord Simon se retourna vers Colson et Desteyrac.

– J'allais oublier, messieurs, une chose importante. Sir Edward Carver, pris d'un accès soudain de sociabilité, nous donne ce soir à dîner. Soyez chez lui vers sept heures, conclut Cornfield en coiffant son panama.

Sans plus attendre, il rejoignit sa calèche et y prit place, salué par le capitaine du port. Charles vit l'attelage gravir, au petit trot des alezans, le chemin pentu qui conduisait, par-delà la colline, à Cornfield Manor.

Pendant ces conversations, les marins, aidés des débardeurs et de leur grue manuelle, avaient commencé, sous la surveillance de Tilloy, à sortir de la cale les pièces du pont pour les transborder sur deux grands radeaux arrimés au flanc libre du voilier. Faites de poutres, de rondins et de planches solidement assemblées, ces plates-formes pouvaient, d'après Tom O'Graney, « porter plusieurs locomotives ».

– Après discussion avec Philip Rodney et notre maître charpentier, j'ai préféré faire construire ces pontons flottants plutôt que des barges ou des chalands à fond plat. Une fois chargés, ces radeaux seront remorqués par un voilier et les grandes chaloupes à vingt rameurs. Ainsi, nous livrerons votre matériel à Southern Creek. Seulement, je crains que vous ne deviez attendre quelques jours. Cette houle ample et longue, poussée par une jolie brise de nord-ouest, pourrait nous gêner. En longeant la côte, nous l'aurions par le travers tribord, ce qui risquerait de drosser nos radeaux sur les récifs. Le noroît s'est levé il y a deux jours et son cycle habituel est d'environ sept jours. Donc, soyez patient. Je ne voudrais pas voir votre pont faire naufrage si près du but et ne plus servir que de labyrinthe aux poissons, dit l'officier, mi-badin, mi-sérieux.

Tandis qu'il observait la houle malvenue, mais à ses yeux de terrien inoffensive, Charles vit, à demi masquée par une pointe rocheuse, une embarcation bahamienne à voile sang-de-bœuf qu'il reconnut sans peine. Ainsi, impatiente mais discrète, Ounca Lou avait voulu s'assurer de son retour. Il agita son chapeau, sans savoir si le signal serait perçu par la jeune fille.

Le commandant Colson avait, lui aussi, vu le petit voilier qui, déjà, s'éloignait vers le sud. D'ordinaire réservé et d'une froideur décourageante, l'officier osa une considération personnelle qui, émanant d'un autre, eût paru à Charles importune, voire indiscrète.

– Je crois que vous êtes attendu, Monsieur l'Ingénieur. Permettez-moi de vous dire que, vous connaissant un peu, j'en suis heureux pour vous et pour celle qui vous espère. Voyez-vous, je suis le premier homme qui ait tenu Ounca Lou dans ses bras. Je lui ai même servi de parrain quand elle fut ondoyée en mer par le père Paul Taval. C'était un enfançon de quelques jours. Lady Lamia m'avait demandé de la conduire, avec le religieux, sur son petit voilier jusqu'à Eleuthera, pour chercher une orpheline dont personne ne voulait. Je n'ai rien à refuser à lady Lamia, qui est une femme de cœur et qui me fit, ce jour-là, partager le secret de cette naissance. Aujourd'hui, l'orpheline est devenue une bien belle jeune fille. Grâce à la sœur de lord Simon, elle a reçu l'éducation et l'instruction que l'on dispense aux demoiselles de l'aristocratie, confirma Colson.

À la fois étonné et attendri, Charles ne sut que dire.

Déjà, l'officier avait recouvré sa rigidité habituelle.

Appuyé à la lisse, il suivait les délicates manœuvres de transbordement des pièces du pont.

– Votre confiance m'honore, commandant, finit par articuler Desteyrac.

– Vous avez celle de lady Lamia, vous avez donc la mienne, Monsieur l'Ingénieur, conclut Lewis d'un ton qui n'invitait pas à poursuivre.

Sur le quai, Charles Desteyrac retrouva Timbo, qui l'attendait avec le dog-cart. L'Arawak lui prit les mains et les aurait baisées si le Français l'eût laissé faire. Enthousiaste et bafouillant, le garçon ne cacha pas sa joie de revoir son maître.

– M'a bien ennuyé de vous, mossu. Et j'ai pe'du mon f'ançais, dit-il, au bord des larmes.

Puis il se lança dans une série de considérations en dialecte arawak, dont Charles ne possédait que quelques mots. C'était une langue harmonieuse où dominaient les voyelles et les consonnes liquides et où le pluriel était formé par l'addition d'un vocable signifiant simplement plusieurs. La conjugaison des verbes, d'une rare complication, échappait totalement à l'ingénieur, qui ne retint du discours de Timbo qu'une chose : l'affection, sans doute circonstanciée, que l'Indien lui portait.

Touché par cet accueil, Charles frictionna vigoureusement la tête de Timbo et s'en voulut aussitôt de ce geste de colon suffisant. Bien qu'affectueuse, une telle démonstration rappelait assez la caresse que l'on donne au chien venu faire fête au maître. Aussi, comme pour se faire pardonner une attitude que l'Arawak ne considéra nullement comme une offense, le Français, dès qu'il fut, un peu plus tard, installé dans son bungalow du Cornfieldshire, offrit au serviteur une montre achetée à New York.

– Dorénavant, tu n'auras plus l'excuse d'être en retard, dit-il à l'Indien émerveillé par le cadeau.

Ce soir-là, le major Carver reçut ses invités en habit bleu à boutons dorés, marquant ainsi qu'il s'agissait de célébrer le retour de Desteyrac avec un rien de pompe. Sir Edward, de qui l'impassibilité et la circonspection frisaient bien souvent l'indifférence, s'abandonna, à la vue de Charles, à une démonstration d'amitié dont l'ingénieur ne l'eût pas cru capable.

– Heureux, bien heureux de vous revoir, Charles ! s'écria-t-il en accueillant l'ingénieur. Et vous, êtes-vous satisfait de retrouver Soledad après les fumées de Pittsburgh et l'agitation mondaine de New York ? ajouta-t-il aussitôt.

– Plus que vous ne pensez, major. Pour moi, c'est ici la vraie vie, au milieu d'amis éprouvés, dans un décor édénique, sous un climat délectable...

– Vous êtes des nôtres, à présent. Vivre ici, sur notre île au soleil, dans le bleu, au milieu des fleurs, protégé des nombreux et des gêneurs par l'océan, n'est-ce pas un délice, en effet ? dit Edward.

En parlant, il prit Charles par le bras et le conduisit sur la galerie afin qu'il pût, comme les autres invités, jouir du brasillement de la mer qui reflétait les rayons du couchant.

– J'ai bien conscience de ces privilèges, major, et je n'oublie pas que c'est grâce à vous que je les ai, sans effort, obtenus quand, en 52, à Paris, vous m'avez engagé pour construire un pont.

– Oh ! Mais il y a du vôtre dans tout cela ! Sans une disposition intime de l'esprit et du cœur, vous n'auriez pas apprécié notre mode de vie insulaire. Un autre eût été insensible aux sortilèges de l'archipel. Nos îles rejettent plus qu'elles n'adoptent. Il faut les comprendre, les aimer et les mériter, conclut Carver au moment où Poko présentait le plateau des boissons d'avant dîner.

– Ed, nous avons faim, lança soudain lord Simon, qu'une station prolongée sur la terrasse ennuyait d'autant plus que son verre ne contenait qu'un jus d'ananas à peine relevé d'alcool de banane.

Cette interpellation détermina le passage à table. Sur une nappe finement brodée, argenterie, cristaux, porcelaine aux armes de sir Edward – deux sabres d'or passés en sautoir – prenaient, à la lueur des chandelles, l'éclat indéfinissable du luxe le plus raffiné.

Respectueux de l'étiquette coloniale qui réglait, sous le tropique du Cancer, la tenue vestimentaire pour petits dîners entre hommes, l'ingénieur, comme lord Simon, Malcolm Murray, Lewis Colson, Philip Rodney et Mark Tilloy, portait costume de lin blanc et, mollement noué en papillon sous le col de la chemise, un ruban de velours châtaigne.

Quand Poko eut servi le consommé froid, auquel succéda un gâteau de pigeon, la conversation s'engagea sur les événements d'Europe et la fin de la guerre de Crimée. On avait appris par les journaux américains qu'elle avait tué plus de deux cent quarante mille hommes : Russes, Anglais, Français, Turcs et Piémontais.

Informé par Colson que le beau-père de Charles, le général de Saint-Forin, figurait parmi les morts, lord Simon dit, au nom de tous, une courte phrase de condoléances.

– Ne pensez-vous pas, Charles, que l'empereur Napoléon III, la reine Victoria et le tsar Nicolas se sont lancés assez inconsidérément dans une guerre qu'ils n'avaient pas imaginée aussi meurtrière ? demanda Carver.

– « La guerre est un mal qui déshonore le genre humain », a dit Fénelon. J'aimerais que la France donnât toujours l'exemple de la paix. Or, Louis Napoléon se prend pour son oncle. On sait comment cela finit ! commenta Desteyrac.

– Les Français ont choisi l'empereur Napoléon III par plébiscite au suffrage universel, fit observer Murray.

– Je crains, en effet, que ce ne soit le caractère même du Français qui soit responsable des malheurs de votre patrie, ajouta le lord, s'adressant à Desteyrac de qui il connaissait les opinions républicaines.

– Je crains, moi, que vous n'ayez, hélas, raison, répondit Charles.

– Le peuple français, dans sa majorité, n'a pas plus le sens du devoir que les politiciens, qu'il suit un moment avant de les rejeter au bénéfice d'autres qui lui paraissent plus convaincants. Nous autres, Anglais, n'avons ni fantaisie ni imagination, mais nous avons le sens atavique du devoir et du bien du pays. Nous ne mettons rien au-dessus de l'Angleterre, même quand nous ne sommes pas certains de son bon droit. Les Français, au contraire, ne voient de bien qu'ailleurs et, partant, dans le changement brutal de régime politique. C'est pourquoi ils font des révolutions qui tuent les meilleurs, appauvrissent le commerce, mutilent les statues, détruisent les monuments et les fâchent avec leurs voisins. Nous les avons vus mettre une république à la place d'un roi décapité, puis, las du chaos et du sang, tâter d'un directoire et d'un consulat avant de se donner corps et âme à un empereur génial et conquérant, qu'ils nous abandonnèrent quand il perdit les guerres qu'il avait allumées. Les Français ont essayé depuis différentes monarchies, s'en sont débarrassés au profit d'une nouvelle république, rapidement transformée en nouvel empire... Et tout cela en moins de trois quarts de siècle ! développa Cornfield.

Cette contraction d'une période agitée de l'histoire de France fit sourire Charles.

– Je suis bien certain que vous nous verrez encore revenir à la république. Ce sera la troisième, pronostiqua-t-il.

Poko présentant un foie de tortue nappé d'une sauce au gingembre, le sujet fut abandonné, au grand soulagement de Carver. Il craignait que Desteyrac ne prît ombrage des critiques formulées par son ami.

– Et que pensez-vous, monsieur Desteyrac, du caractère américain ? demanda Edward pour faire diversion.

– Les Américains que j'ai rencontrés sont très entreprenants, audacieux et expéditifs en affaires, travailleurs, accueillants, généralement rigoristes pour ce qui touche aux mœurs, et, en matière de religion, très disciplinés. Ainsi, même si, à New York, des adolescentes encombrées de leur virginité se jettent au cou des hommes faits, il est mal vu, à Pittsburgh, de rire le dimanche, dit Charles avec un clin d'œil à Tilloy, ce qui déclencha l'hilarité des convives.

– Vous avez vu mon cousin Jeffrey, mon ami. Eh bien, c'est le modèle achevé du Yankee. En trois générations, il est passé de la cabane de rondins des rives de l'Hudson à l'hôtel particulier de Washington

Square, c'est-à-dire de l'état de paysan qui sent le petit caillé à celui de bourgeois millionnaire, sans rien connaître de la civilisation ! déclara lord Simon.

– Je l'ai trouvé parfaitement civilisé, encore qu'il mette du lait dans son thé, coince sa serviette dans son col pour ne pas tacher son gilet, éponge avec du pain la sauce de son assiette et coupe son cigare avec les dents. Mais c'est un brave homme qui, comme la plupart de ceux que nous avons côtoyés, croit que le premier devoir du père de famille et du citoyen est de gagner beaucoup d'argent. Ce qui conduit parfois à de curieuses spéculations. En réalité, mon oncle, votre cousin Jeffrey est un joueur, assura Malcolm Murray.

On en était au dessert – une gelée de mangue – quand Lewis Colson fit une remarque sur l'évolution des affaires cubaines.

– Savez-vous que les Espagnols ont fini par payer une indemnité de cinquante-trois mille dollars pour avoir indûment retenu à La Havane, en février 1854, le *Black Warrior*, navire de commerce américain dont ils avaient, de surcroît, saisi la cargaison de coton ?

Tous les convives se souvenaient de cette affaire qui avait failli provoquer une guerre entre les États-Unis et l'Espagne.

– Cette somme est bien inférieure aux trois cent mille dollars réclamés à l'époque par le secrétaire d'État américain, William L. Marcy, observa Carver.

– Les diplomates ont parfois le pas sur les comptables, mon cher. Les Américains, qui n'ont pas renoncé à s'emparer de l'île de Cuba, se sont montrés conciliants. Mais, à New York, un sénateur m'a dit que James Buchanan, actuellement ambassadeur des États-Unis en Grande-Bretagne, pourrait être bientôt désigné comme candidat à la présidence par le parti whig, qui se fait maintenant appeler démocratique. Buchanan est un de ceux qui rédigèrent le fameux Manifeste d'Ostende demandant l'annexion de Cuba par l'Union. S'il devenait, en novembre, président des États-Unis, sûr que cet homme, qui a la sympathie des planteurs de coton du Sud, lancerait une nouvelle proposition d'achat de Cuba pour en faire, sans doute, un État esclavagiste de plus, dit Murray.

– S'il en était ainsi, je ne donnerais pas cher de la tranquillité de notre archipel ! fit Carver.

– Si Cuba devenait un État américain, comment imaginer en effet que le gouvernement de Washington – dont nous savons, depuis 1823 et la doctrine exposée cette année-là par James Monroe, qu'il entend protéger l'Union de tout risque, aussi bien côté Pacifique qu'Atlantique – puisse tolérer qu'entre l'État de Floride et un État de Cuba subsistât, tel un *opus incertum*, cette chaussée d'îles et d'îlots que constitue notre archipel ? précisa Cornfield.

– Mais les Bahamas sont possession britannique, lord Simon. Je vois mal les États-Unis s'emparer de l'archipel de vive force, observèrent en chœur Lewis Colson et Philip Rodney.

– Ah, que de naïveté, mes bons amis ! Réfléchissez. Que rapportons-nous à la Couronne ? L'archipel importe dix fois plus de produits qu'il n'en exporte. Nous expédions au Royaume-Uni des éponges, de l'écaille de tortue, du sisal, un peu de bois d'acajou, de pin, de gaïac, quelques tonneaux de rhum de qualité inférieure à celui de la Martinique, et des ananas censés mûrir sur les bateaux. En revanche, nous valons souvent au gouvernement de Sa Majesté des ennuis diplomatiques avec les États du Sud, quand nous recueillons les esclaves fugueurs et que les éditeurs londoniens expédient à La Nouvelle-Orléans et à Charleston des brochures antiesclavagistes. Nous n'offrons même pas en taxes à la mère patrie de quoi payer le gouverneur royal et son train, les fonctionnaires et douaniers, les dispensaires et les écoles. Alors, pour peu que le lord de l'Échiquier ait besoin d'argent, on nous vendra, nous aussi, aux États-Unis ! avança Cornfield, amer.

– Nous avons encore une importance stratégique sur la route maritime des Antilles britanniques, de la Guyane, de la Barbade, des îles Vierges, de la Jamaïque, de Trinidad et d'autres colonies bien anglaises, atténua Lewis Colson.

– La flotte britannique peut, plus économiquement que nous, suffire à cette protection, commandant, assura le lord.

– En somme, mieux vaut pour nous que Cuba reste espagnole, dit Charles, dont le « pour nous » associait sa personne au sort de Soledad, ce qui plut au lord et au major.

– La vraie solution, la plus humaine et la plus honnête, serait que Cuba devînt un pays indépendant, une sorte de principauté reconnue comme telle par toutes les nations, proposa Carver.

– Pourquoi pas une république ? fit Charles.

– Puisque nous jonglons avec les hypothèses, pourquoi l'archipel, dont la population s'accroît chaque année, ne deviendrait-il pas aussi un État indépendant, allié ou associé à un État cubain libre ? proposa Murray.

– Tout simplement parce que le gouvernement des

États-Unis n'acceptera jamais d'avoir, si près de ses rivages, des gens comme nous qui avons hébergé les loyalistes, qui adoptons les nègres et faisons du commerce hors du contrôle de leur douane. Pensez que, ces jours-ci, la livre sterling vaut ici quatre dollars et quarante-quatre cents..., conclut lord Simon.

– Dommage, mon oncle, je vous verrais bien roi des Bahamas ! lança Murray.

– Ou président de la République des Lucayes, renchérit Charles.

Au cours du dîner, l'ingénieur fut à maintes reprises rappelé à la réalité du moment par la question d'un convive à lui directement adressée. Sa pensée vagabondait du côté de Buena Vista. Plutôt que prendre part à l'excellent repas d'accueil donné en son honneur par le major Carver, il eût préféré faire atteler son dog-cart et trotter jusqu'à Little Manor, sa maison de chantier, au sud de l'île, et peut-être passer sur l'îlot pour retrouver celle qui s'était assurée, quelques heures plus tôt, de son retour. Malcolm Murray avait remarqué l'air parfois absent de son ami et, quand chacun se prépara à regagner son domicile, l'architecte proposa à Desteyrac de lui faire un bout de conduite, son bungalow étant proche de la demeure de leur hôte.

Suspendue au milieu de milliers d'éclats stellaires, la pleine lune, parfait modèle pour peintres naïfs, éclairait le paysage. Les deux hommes se mirent en route à travers le parc du manoir et Malcolm prit sans façon le bras de Charles. Après le repas arrosé de grands crus, moins attentif à sa démarche, l'Anglais boitait légèrement.

– Il faudra que vous veniez visiter mon hôpital, en service depuis quelques semaines, dit-il.

Il désigna un bâtiment blanc, formé d'un corps principal et de deux ailes en U, incrusté au flanc de la colline qui, derrière Cornfield Manor, s'élevait jusqu'aux ruines de Pirates Tower. Construit autour d'une esplanade divisée en massifs par des allées bordées de jeunes palmiers, l'ensemble, dans le style colonial cossu, s'intégrait harmonieusement au paysage, que l'architecte et le commanditaire avaient tenu à respecter.

– J'aurais voulu doter le bâtiment central d'un beffroi élevé pour qu'on voie de loin le cadran solaire qui le décore, mais j'ai dû compter avec les ouragans. Ces vents fous ont, semble-t-il, horreur de tout ce qui dépasse le relief naturel. Bien qu'abritée par un talus, votre maison de Southern Creek a d'ailleurs souffert de cette agressivité venteuse. Lady Lamia m'a fait aussitôt prévenir et tout a été remis en état, sous mon contrôle, par ses ouvriers. À cette occasion, j'ai apprécié les qualités de maîtresse de maison de la très belle Ounca Lou. Elle est prête à tout pour vous plaire, veinard ! s'exclama Malcolm.

– Je ne souhaite que lui plaire, moi aussi, reconnut Charles.

– Si j'en suis heureux pour vous et pour elle, je suis en revanche un peu inquiet pour Ottilia. L'avez-vous revue à New York, et comment l'avez-vous trouvée ?

– Je ne l'ai pas revue depuis ses fiançailles. Lors de mon bref passage de retour, elle se trouvait à Washington, chez la veuve Sampson. Elle y attendait son fiancé, qui devait arriver du Texas. Mais vous n'êtes pas seul à vous soucier de la santé de votre cousine. La gouvernante de Jeffrey Cornfield, m'a dit que, depuis quelques semaines, Ottilia paraissait sans entrain, passait des heures dans sa chambre et refusait les invitations. En savez-vous davantage ?

– Guère plus. J'ai appris par Gertrude, qui m'écrit chaque semaine et dont l'absence me pèse aussi bien au lit qu'au salon – ne riez pas, nous sommes tombés bêtement amoureux l'un de l'autre ! –, qu'Otti est allée discrètement consulter, en privé, dans sa prétentieuse maison de style néogrec, sur Bloomingdale Road, le docteur Valentin Mott, l'éminent praticien de l'hôpital Bellevue.

– Le fiancé serait-il devenu mari... ou amant avant son départ pour le Texas ? Otti serait-elle enceinte ? risqua Charles.

– Diagnostic à écarter, mon ami, dit vivement Malcolm, ce qui fit craindre à Charles d'avoir commis une bévue.

– Écartons-le donc. Gertrude vous en a-t-elle donné un meilleur ?

– Le médecin pense à cette forme de mélancolie qui fait qu'on ne trouve plus de charme à la vie et qui ôte le goût de faire des projets. Elle peut conduire à la prostration, à l'insomnie, au refus de se nourrir. Otti, heureusement, n'en est pas à ce stade, mais Gertrude a le sentiment qu'elle voit sans plaisir approcher le mariage, bien qu'elle dise en même temps avoir hâte qu'il soit conclu pour se sentir à nouveau libre, rapporta Murray.

– Drôle de conception du mariage ! observa Charles.

– Tout ce que conçoit Ottilia est déroutant pour un esprit cartésien tel que le vôtre, persifla Murray.

En devisant, les deux hommes étaient arrivés devant la maison de Desteyrac.

– Je pense, Malcolm, que vous souhaitez comme

moi que votre cousine, qui vous est presque une sœur, soit heureuse et quiète, dit Charles.

– Le bonheur et la quiétude ne sont pas dans la nature d'Otti. Puisse-t-elle seulement finir par s'accepter telle qu'elle est, et prendre la vie telle que le destin l'impose, acheva Malcolm, sibyllin.

Les deux hommes se serrèrent la main et Charles regarda s'éloigner, blanche silhouette claudicante dans la nitescence lunaire, le seul véritable ami de lady Ottilia.

À l'aube, Desteyrac réveilla Timbo et fit atteler Zéphyr.

– Prends des provisions. Il se pourrait que nous dormions à Southern Creek, ordonna-t-il.

L'Arawak consulta la montre que Charles lui avait offerte et qu'il portait en sautoir, suspendue par un lacet de cuir.

– Mossu l'Ingénieu' sait qu'il est pas enco'e cinq heu'e et qu'y a pas enco'e soleil, dit-il, étonné.

– Retiens ça : l'avenir appartient à ceux qui se lèvent tôt. Et maintenant, en route ! lança Charles.

Les événements les plus prévisibles ne se déroulent jamais comme on s'est plu à les imaginer. Pendant le parcours, dans la fraîcheur lumineuse du matin, Charles Desteyrac caressa la vision d'Ounca Lou, une fleur d'hibiscus sur l'oreille, l'attendant au seuil de Little Manor. La houle de noroît ondulait sous un soleil bien éveillé quand sa maisonnette apparut, avec son toit neuf, couvert de palmes fraîchement coupées.

Les fauteuils de rotin disposés sur la galerie et, dans

le bureau-salon-salle à manger, un bouquet d'orchidées sauvages attestaient que le maître de céans était attendu. Les fleurs, message intime de bienvenue, firent sourire Charles, un peu déçu par l'absence de la jeune fille.

Tandis que Timbo ouvrait les persiennes et s'activait en grommelant, bien que tout fût en ordre et chaque objet à sa place, y compris la planche à dessin et les livres, Charles s'en fut examiner, au flanc du talus, le chemin de rondins disposés parallèlement. Il permettrait de hisser sur le plateau, par schlittage, invention des bûcherons vosgiens, les lourds éléments du pont. L'ingénieur gravit la pente et vérifia que ses consignes avaient été suivies. La mince couche de terre qui couvrait le socle corallien de l'île avait été enlevée et la roche aplanie pour établir, au bord de Devil Channel, l'aire de construction et de lançage du pont.

À la jumelle il vit sur Buena Vista, avec un pincement au cœur incontrôlable, la demeure de lady Lamia, toutes fenêtres ouvertes, et Ma Mae, la cuisinière, aller et venir sur la terrasse, puis dérouler et tendre sur ses supports la tente qui abritait les rocking-chairs du soleil. Contrôler que des travaux identiques à ceux qu'il venait d'inspecter avaient bien été effectués sur l'îlot lui fournit prétexte à passer aussitôt de l'autre côté du goulet. Incapable de résister plus longtemps au désir de revoir Ounca Lou, il courut jusqu'au va-et-vient, rétabli la veille par O'Graney, et franchit la faille au fond de laquelle s'affrontaient mollement, ce jour-là, houle d'ouest et vagues du large. Comme il approchait de la résidence de Lamia, son pas vif sur le gravier du chemin fit se retourner la cuisinière, occupée à distribuer des coussins sur les sièges de plein air.

– Oh ! Mossu Carlos, *my* Fish Lady va être contente de vous voir, entrez, entrez dans la maison ! dit-elle.

Charles trouva lady Lamia dans le grand salon, en train d'arranger dans un vase des branches de laurier-rose. Elle vint à Charles bras tendus, lui donna ses deux mains qu'il baisa avec effusion. Sous l'opulente toison grise et bouclée, le sombre et pénétrant regard de la sœur de lord Simon trahissait la sincérité de l'émoi d'une femme peu encline aux épanchements sentimentaux.

– Nous ne vous attendions pas si tôt. Ounca est encore en haut à s'apprêter pour vous recevoir. Savez-vous que, malgré cette mauvaise mer, je n'ai pu l'empêcher, hier, d'aller voir l'arrivée du *Centaur*. Comme elle va être heureuse ! Si vous saviez comme vos lettres étaient attendues, lues et relues ! Car vous êtes resté absent neuf mois, monsieur !

– La fabrication du pont à Pittsburgh prit plus de temps que prévu et son transport ne fut pas des plus rapide. Mais il ne s'est pas écoulé un jour sans que je pense à Buena Vista, à Ounca Lou et à vous, dit-il, écartant le col de sa chemise pour montrer, suspendue à une chaîne d'or, la dent de requin que Fish Lady lui avait, un jour, passée au cou.

Lamia lui saisit tendrement la main, l'invita à prendre un siège, s'assit près de lui et se mit à parler sur le ton de la confidence.

– Ounca s'ennuyait de vous, Charles. Je ne parvenais plus à la distraire. Heureusement que l'étude de nos mollusques et le traité qu'elle prépare l'occupaient beaucoup. Moi qui déteste Nassau, je l'y ai conduite à la réception que donne le gouverneur royal, sir Albert Bannerman, le premier de l'An. Ce jour-là, vous eussiez été jaloux avec raison. Tous les officiers de la garnison et de la marine, jeunes gens des meilleures familles, lui ont fait la cour. Le lendemain du bal, elle a reçu des monceaux de fleurs et, chose plus inattendue étant donné son origine anglo-indienne, qu'elle ne tente pas de dissimuler, deux demandes en mariage assez flatteuses, rapporta Lamia avec une satisfaction teintée de malice.

– Quand j'ai quitté votre filleule, un soir de l'été dernier, je lui ai dit que beaucoup de choses pouvaient arriver pour elle pendant mon absence. Elle aurait pu évidemment se marier, bien qu'elle m'ait alors répondu : « Rien n'arrivera et vous me trouverez telle que je suis. » N'était-ce pas une promesse de fidélité... à l'amitié ? répliqua Charles.

– Amitié ! Amitié ! Charles, avez-vous peur des mots trop lourds de sens ? C'est d'amour qu'il s'agit, bien sûr, et c'est ce qui me préoccupe. Je ne suis pas prude, vous le savez, et je connais les hommes. Le meilleur d'entre tous ne refuserait pas une fille amoureuse qui s'offre. Mais il s'agit d'Ounca Lou. Jouer avec son corps serait jouer avec son cœur, peut-être avec sa vie, prévint Lamia, fixant Charles d'un regard intimidant.

– Je ne suis certainement pas le meilleur des hommes, lady Lamia, mais je ne suis pas joueur, et...

Il allait poursuivre quand Ounca Lou apparut, drapée d'un paréo imprimé d'oiseaux de paradis multicolores. Surprise, elle marqua un temps d'arrêt au bas de l'escalier, puis, submergée par l'émotion des retrouvailles, les bras pendants le long du corps, elle fit, telle une somnambule, un pas vers Charles, soudain conscient de la gravité du moment.

– Embrassez-vous donc ! lança Lamia.

L'injonction de Fish Lady les laissa un instant décontenancés et comme indécis. Face à face, ils échangèrent un long regard qui anéantit le temps de la séparation, puis ils s'étreignirent en silence avec autant de force que de tendresse.

– Je vous laisse. Vous devez avoir beaucoup à vous dire, jeta Lamia.

S'efforçant à la désinvolture, elle quitta le salon.

– Enfin, vous êtes là ! dit Ounca Lou, les mains nouées sur la nuque de Charles et le fixant de son regard clair.

– Nous sommes là, rectifia-t-il, enlaçant la jeune fille pour l'attirer contre lui.

Subjugué, il la voyait maintenant non pas telle qu'il l'avait quittée, mais telle que sa pensée, mêlant souvenir, désir et imagination, la lui peignait dans ses moments de solitude. L'absence, philtre magique du temps, tantôt corrosif, tantôt exaltant au sens chimique du terme, avait rendu Ounca Lou plus réelle, plus vivante, plus charnelle. La sylphide, vision onirique de la femme idéale, refusée à Chateaubriand, était, superbement incarnée, livrée à Charles Desteyrac.

Avec force détails, il dut raconter ses séjours à Pittsburgh, décrire les usines, la vie des ouvriers, ses distractions – il omit les visites aux jumelles vénales –, son amitié pour Bob Lowell, les rigueurs de l'hiver en Pennsylvanie, la descente du canal de l'Érié. Moins curieuse de la vie new-yorkaise, qu'elle avait connue étudiante, Ounca voulut cependant savoir quelles pièces on jouait à Broadway, comment s'habillaient les femmes, connaître la vitesse des chemins de fer et le décor de Cornfield House, à Washington Square. Elle ne fit aucune allusion aux fiançailles de lady Ottilia et ce n'est qu'au cours du repas, auquel Charles fut convié, que le sujet fut abordé par Fish Lady.

– Mon frère m'a fait dire que le mariage d'Otti sera célébré ici, début juin. Il me fait la grâce de m'inviter, annonça Lamia.

– Les Cornfield de New York, ceux de Charleston feront le déplacement, peut-être même lord William Gordon et votre sœur Mary Ann viendront-ils de Manchester. Ce sera pour vous l'occasion de voir de nombreux membres de votre famille, dit Charles.

– Le banquier, l'esclavagiste, le satyre et le tyran : la brochette Cornfield sera complète ! railla Fish Lady.

Après le repas, Charles et Ounca Lou se retrouvèrent à nouveau seuls et, quand la jeune fille apprit que plusieurs jours s'écouleraient avant que les éléments du pont ne soient livrés à Southern Creek, elle battit des mains.

– Alors, nous allons nous baigner, et puis nous aurons le temps d'aller jusqu'à Eleuthera. Je veux vous montrer l'île où je suis née. Elle est tellement différente de Soledad et de Buena Vista ! Et puis, j'y possède une maison, celle de ma défunte mère, au milieu d'une plantation d'ananas et de nos potagers.

– Mais la houle d'ouest est perfide, émit Charles, se souvenant des propos de Lewis Colson.

– C'est seulement trois ou quatre heures de bateau, suivant le vent. Nous avons un voilier solide et de bons marins qui font la traversée chaque semaine pour nous approvisionner en fruits et légumes, expliqua la jeune fille.

Dans l'après-midi, ils passèrent sur Soledad et se baignèrent dans Pink Bay, puis s'attardèrent sur la plage. Allongés l'un près de l'autre, se tenant la main, ils se racontèrent avec franchise, sans souci de chronologie : enfance, adolescence, études, travaux, déceptions, bonheurs, amitiés, désillusions. Unis par une espérance encore informulée, osant déjà, chacun pour soi, imaginer un avenir commun, ils échangèrent leur passé pour qu'entre eux tout fût dit, amnistié, absous, oublié, livré aux arcanes de la mémoire.

– Nous devons clore nos vies antérieures et jeter la clef à la mer, dit Charles.

– Un soir de spleen, vous m'avez écrit, peut-être en exagérant un peu vos sentiments : « Je ne conçois plus de vivre ailleurs que sur Soledad. » Dois-je y croire ?

– Aujourd'hui plus encore qu'au moment où j'écrivis ces mots, répondit Charles avec force.

À l'heure du dîner, Timbo proposa de cuire un homard que Sima, le pêcheur d'éponges, avait apporté dès que la présence de l'ingénieur avait été connue au village. Ce n'est qu'à la nuit tombante que Desteyrac fit repasser son amie sur l'îlot de Buena Vista par le va-et-vient.

– J'irai vous réveiller tôt, pour le bain ! cria-t-elle en montant dans la benne après un dernier baiser.

Charles, bien qu'enflammé par la vénusté et les abandons câlins de la jeune fille, se promit de ne pas « jouer avec le corps d'Ounca Lou », comme le craignait Lamia. Il savait que, pour la filleule de Fish Lady, la conjonction des désirs et le partage du plaisir ne pouvaient être qu'un aboutissement, la consécration voluptueuse du sentiment d'amour, qu'elle plaçait au-dessus de tout. Chose étonnante chez Desteyrac, il n'avait en présence de ce corps de femme, aussi désirable que vulnérable, aucune difficulté à rester maître de soi. Cette contention aisée, qui eût fait sourire Murray et Tilloy, confirmait ce qu'il avait ressenti : il était épris jusqu'au respect.

En attendant que le commandant Colson fît prévenir de l'arrivée des radeaux qui portaient les éléments du pont, Charles et Ounca passèrent leurs journées ensemble. Souvent dans l'eau, parfois en compagnie de lady Lamia, chaperon complice, et de Sima, le pêcheur d'éponges. Promu chef d'équipe pour les travaux de construction du pont, l'Arawak avait déjà recruté des ouvriers habiles et attendait le moment de s'employer.

Avec les deux femmes, le pêcheur apprit à Charles à plonger et à nager sous l'eau sans appréhension. Bientôt, l'ingénieur put ouvrir les yeux sans ressentir de brûlure, contrôla sa respiration, accepta le frôlement des dauphins et des gros tarpons, ne fut plus pris de panique au passage à distance d'un requin. Autour des récifs coralliens, il apprit aussi à reconnaître les différents mérous par leur taille, leur couleur, leurs rayures. Il sut, en quelques séances, identifier les sardes à queue jaune, les donzelles bandées de blanc et de noir, les murènes vertes aux dents perçantes comme des aiguilles, les congres aux grands yeux, les blennies embusquées dans les anfractuosités des rochers, le papillon de mer brun et or, la bonite bleutée, la sériole furtive, le hérisson de mer, le poisson-docteur, le scalaire, le poisson-porc-épic, le baliste noir à chair vénéneuse, et bien d'autres espèces aux formes surprenantes, aux écailles colorées. Il décida que le pèlerin, un grand poisson bleu de cinq ou six pieds de long, pourvu d'une nageoire dorsale en forme de voile et d'un long dard, était le plus élégant de tous les habitants de l'archipel.

Un matin tôt, Ounca Lou arriva par la mer à bord du voilier de sa marraine, un ketch portant grand mât et mât d'artimon.

– Le vent a viré : nous allons à Eleuthera ; venez à bord ! cria-t-elle.

Son tirant d'eau obligeant le voilier à rester à quelques brasses de la plage, Charles le rejoignit à la nage. Il troqua son pantalon et sa chemise mouillés contre un pagne bahamien prêté par le capitaine du bateau, et, sous bonne brise, le ketch, toutes voiles établies, mit le cap sur Eleuthera. Au cours de la traversée, Ounca Lou, blottie contre Charles, résuma le passé de l'île la plus chargée d'histoire des Bahamas.

– Ce sont des puritains des Bermudes, refusant de faire allégeance à l'Église d'Angleterre, qui, en 1644, choisirent de s'installer sur l'île, alors appelée Cigatoo par les indigènes. Ce ne fut pas un succès et ils durent attendre que le capitaine William Sayle, ancien gouverneur des Bermudes et disciple de Cromwell, puritain convaincu, forme à Londres la compagnie des *Eleutheran Adventurers* et leur vienne en aide, pour que naisse une colonie. Ces gens, épris de liberté religieuse et croyant aux vertus de la république bien avant vous, Français, nommèrent l'archipel des Bahamas, qu'on appelait plutôt Lucayes, Eleutheria, et leur île Eleuthera.

– Ce qui signifie liberté en grec, précisa Charles.

– En 1648, une soixantaine d'autres Bermudiens, victimes de persécutions religieuses, s'embarquèrent avec William Sayle pour les Bahamas à bord du *William*, un navire qui s'échoua sur un récif, près d'Eleuthera. Il y eut beaucoup de noyés, mais certains passagers atteignirent la côte et se réfugièrent dans une grotte, au nord de l'île, nommée depuis Preacher's Cave. Je vous la montrerai un jour, car un de mes ancêtres figurait, assure ma marraine, parmi les rescapés du naufrage. Il s'appelait Samuel Spencer et reçut une terre qu'il exploita assez bien pour que ses descendants connaissent une certaine aisance. Lamia se plaît à dire qu'il fut de ceux qui rédigèrent les *Articles and Orders*, la première constitution de la première république du Nouveau Monde, comme on disait alors, expliqua la jeune fille.

– Votre mère est de cette lignée ?

– C'est aussi ce que dit Lamia. Les premiers colons manquaient de femmes et rares furent les Blanches, anglaises ou européennes, à venir jusqu'ici. Pour fonder une famille, les premiers colons s'unirent donc à des Arawak, jolies, douces et fidèles.

– Elles le sont toujours, observa Charles, ce qui amena un sourire sur les lèvres d'Ounca Lou.

Elle n'avait pas oublié l'épisode Wyanie et ce qu'elle nommait le « sacrifice de Charles à la coutume des Taino ». Ayant posé un baiser sur les lèvres de Desteyrac pour faire oublier sa moquerie silencieuse, elle reprit son récit.

– En 1783 vinrent les loyalistes, ces colons anglais qui refusaient de devenir américains. Mon grand-père était l'un d'eux. Il développa la culture des oranges, des tomates et l'exportation de l'ananas sucré. Devenu veuf, il épousa une octavonne de la famille Spencer, très fière de descendre des puritains bermudiens rescapés du *William*. Ma mère fut leur unique enfant. Elle avait seize ans quand elle me mit au monde et vous savez qui est mon père.

– Je sais aussi que vous tirez grâce et beauté de ce léger métissage, dit Charles.

– J'ai quelque part, dans le tronc de mon arbre généalogique, une lointaine ancêtre arawak dont je tiens sans doute mes yeux bridés, mes cheveux noirs et lisses, mon teint pas tout à fait assez clair pour que je passe pour *WASP* à New York, conclut Ounca Lou en riant.

Bientôt, les rives d'Eleuthera furent en vue. Le ketch doubla la pointe sud de l'île en forme de maigre croissant, étiré sur cent huit miles, pour accoster sur la côte ouest dans un petit port de pêche.

Ounca Lou entraîna aussitôt Charles vers Orange Paradise, domaine hérité de sa mère. Il fut étonné de découvrir, au milieu de vergers et de potagers bien entretenus, une maison de bois clair, style colonial Nouvelle-Angleterre à un seul étage, pourvue en façade d'une galerie à colonnettes et d'un escalier. La jeune fille fit tinter d'un coup de battant une cloche suspendue à une potence devant la maison, et aussitôt parut, sortant des communs, un métis à cheveux blancs. Il se précipita avec de grandes démonstrations de joie au-devant de la jeune fille.

– Voici notre intendant, glissa Ounca Lou à Charles.

Puis, s'adressant à l'homme, elle ordonna :

– Ouvrez-nous la maison, attelez le sulky et dites à votre femme de nous préparer un bon poisson avec du riz et une sauce à la tomate, s'il vous plaît.

– Ainsi, c'est ici que vous êtes née ? demanda Desteyrac.

– Et c'est près d'ici que reposent ma mère et mes grands-parents maternels. M'accompagnez-vous jusqu'à notre petit cimetière ?

Sans attendre l'adhésion de son compagnon, elle lui prit le bras et le conduisit sous les arbres, devant un tertre gazonné où quelques tombes, entourées de barrières blanches, étaient rassemblées. Devant la sépulture de sa mère, dont hibiscus et azalées couvraient en partie la dalle, elle se tint un instant silencieuse, les yeux clos, puis cueillit une fleur d'hibiscus qu'elle se posa sur l'oreille.

Ce geste plut à Charles. Prise sur la tombe maternelle, cette fleur, emblème du cœur engagé, devenait signe de consentement d'une morte au choix de sa fille.

– Je souhaite, moi aussi, reposer ici, dit Ounca Lou.

Puis, gambadant telle une fillette folâtre, elle ramena Charles au même train devant la maison où le sulky attendait.

Ils passèrent la fin de la matinée à visiter le sud de l'île et traversèrent un bois de banians pour atteindre un village de pêcheurs de mauvaise réputation que la filleule de Lamia tenait à montrer à l'ingénieur.

– On appelle ce lieu Wreck Sound, parce que les gens d'ici s'enrichissent par le pillage des épaves : les naufrages ne sont pas rares... et sont même parfois provoqués, expliqua Ounca Lou.

Après le repas, ils se rendirent « pour la vue » jusqu'à la pointe extrême, au sud de l'île. Ounca Lou dévoila que, depuis des années, les autorités de Nassau exhortaient sans succès les habitants à construire un phare en ce lieu entouré de récifs.

– Un phare les priverait peut-être du bénéfice des naufrages..., précisa-t-elle.

De retour à la plantation, ils trouvèrent, assis sur les marches, le capitaine de leur voilier.

– La mer a grossi et va grossir encore. Un fort vent d'est s'est levé et nous prépare un orage tropical. Pas question de rentrer avant la nuit à Buena Vista. Vous devrez dormir ici. Je viendrai demain matin vous chercher car, à l'aube, le temps et la mer devraient être meilleurs.

Aisément résignés au contretemps qui leur faisait passer une nuit sous le même toit, ils se régalèrent d'une salade de conques, d'un émincé de mouton mariné et d'une tarte à la noix de coco. Comme l'avait annoncé le marin, la soudaine noirceur du ciel étouffa le crépuscule ; la nuit s'imposa avant l'heure, et la pluie, tombant dru, se mit à crépiter sur le toit tandis que les arbres ébouriffés ployaient sous les rafales de vent d'est chargé d'embruns.

– Mauvais pour nos ananas près de mûrir... J'ai préparé la chambre de derrière pour Mademoiselle. Le monsieur, y pourra dormir en bas, sur la banquette. Je va y mettre un drap et un oreiller, si vous voulez.

– Bonne idée, dit Ounca Lou avec sérieux en lançant à Charles un regard de biais, plein de malice.

Quand vint l'heure du coucher, alors que l'ingénieur se défendait avec une certaine gêne d'un désir exacerbé par la complicité des circonstances, Ounca Lou fit une timide proposition.

– Voulez-vous voir la chambre où je suis née ? Vous y verrez un portrait de ma mère, très jeune. Le seul que je possède, moi qui ne l'ai pas connue..., ajouta-t-elle.

La pièce aux murs tendus de toile beige n'avait rien de remarquable et, après un coup d'œil poli sur une médiocre peinture représentant une fillette au regard extasié, debout près d'un gros chien, Charles enlaça soudain Ounca Lou et l'embrassa avec fougue.

– J'ai du mal à vous quitter. Et je comprends mieux le supplice de Tantale, avoua-t-il.

Elle lui rendit baiser pour baiser, caresse pour caresse, puis, après un silence et d'une voix voilée, elle dit ce qu'il souhaitait entendre.

– Vous pouvez rester dormir ici, si vous le voulez. La banquette du salon est vraiment trop dure, ajouta-t-elle pour justifier pudiquement son offre.

– Si je reste cette nuit avec vous dans ce lit, vous imaginez ce qui peut arriver ?

– Je l'imagine et ne le crains pas ! Et puis, assez de pudibonderie et de contraintes ! Oh, Charles, pourquoi nous faire violence ? Pourquoi ne pas être bien ensemble, ici et maintenant ? Restez, dit-elle avec force.

Charles eut une dernière hésitation. Ounca Lou ne cédait-elle pas à un irrépressible égarement des sens ? Son audace ne cachait-elle pas une généreuse soumission au désir de l'homme de qui elle était éprise ?

Elle le détrompa en se dénudant avec naturel, avant de s'allonger sur le lit en lui tendant les bras. Il la rejoignit tandis que les lueurs fulgurantes des éclairs zébraient de blanc cru les murs et les corps nus.

Leurs effusions furent, sur fond d'orage, plus tendres que lascives. Après une première étreinte pathétique à l'issue de laquelle elle faillit perdre connaissance, Ounca Lou s'offrit jusqu'au matin avec allégresse et sincérité, mais, entre les enlacements, elle dit et redit sa confusion, presque sa honte, de connaître un plaisir qu'elle craignait de ne savoir faire assez intensément partager à Charles, tant elle ignorait les raffinements osés qui font les nuits voluptueuses. Desteyrac, à qui le rôle d'initiateur ne déplaisait pas, découvrit alors que la possession physique d'une femme qu'on aime peut receler une dose inattendue de pureté.

Au matin, le ciel et la mer, après un coup de colère, retrouvèrent leur indolence bahamienne, et la traversée de retour vers Soledad fut rapide et sans aléas.

Ils étaient convenus que l'on déposerait Charles au port occidental et qu'Ounca Lou rentrerait au plus vite à Buena Vista, où lady Lamia devait s'inquiéter de l'absence prolongée de sa filleule.

– Qu'allez-vous rapporter de notre nuit à Fish Lady ? demanda Charles au moment de débarquer.

– Je lui dirai que c'est la première nuit de ma vie où je n'ai pas fait que dormir, lança-t-elle gaiement.

– Vous pourrez peut-être me rejoindre ce soir à Little Manor ? J'y serai en fin d'après-midi, si je ne suis pas retenu ici, dit Charles.

Elle acquiesça et le voilier, poussé par l'alizé, mit le cap sur Buena Vista.

Desteyrac n'avait pas fait dix pas sur le môle que vint au-devant de lui, trottinant et essoufflé, le capitaine du port.

– Ah ! Monsieur Desteyrac, on vous demande de partout ! Le commandant Colson, d'abord, qui compte porter bientôt votre ferraille à Southern Creek ; ensuite lord Simon, qui désire que vous soyez demain matin à l'aube à la fuente del Ángel, où les scaphandriers sont à pied d'œuvre. Sir Carver a envoyé Poko à votre chantier, mais votre Timbo, muet comme une bûche, a refusé de dire où vous étiez. Poko est allé ensuite chez sir Malcolm Murray, chez M. Tilloy, au Loyalists Club, et c'est par un pêcheur qu'on a su que vous n'étiez pas noyé mais en croisière à Eleuthera, débita le gros homme en s'épongeant le front.

– Eh bien, je vais commencer par une visite à M. Colson après avoir fait toilette, dit Charles, de fort bonne humeur.

Timbo, fine mouche et débrouillard, avait depuis longtemps assimilé les habitudes de son maître, ses manies, ses intransigeances, et pouvait même devancer ses souhaits. Sachant cela, Desteyrac ne fut pas étonné d'être accueilli par l'Arawak dans son bungalow du Cornfieldshire, alors que l'Indien aurait dû encore l'attendre dans sa maison de chantier.

– Sima m'a dit que vous étiez pa'ti avec miss Ounca Lou à Eleuthe'a, mais j'ai pas dit à pe'sonne où vous étiez.

– Tu as bien fait, Timbo. La discrétion est la première vertu d'un bon domestique.

Comme le garçon se dandinait d'un pied sur l'autre, signe qu'il hésitait à poser une question, Charles l'interrogea :

– Que veux-tu savoir, maintenant ?

– Je voud'ais savoi', puisque miss Ounca Lou elle vient souvent à la tite maison pour baigner, manger et p'têt' bien pou' do'mi', comment je dois l'appeler, mossu ?

– Quand elle est chez moi, tu dois l'appeler Madame.

– Alo's, je di'ai Mossu et Mame. C'est bien comme ça ?

– Comme ça, Timbo.

Vêtu de linge frais, Charles se rendit chez le commandant Colson, qui, sans la moindre curiosité quant à la croisière de l'ingénieur à Eleuthera, lui signifia que, la houle d'ouest étant calmée, les radeaux livreraient sous trois jours les pièces du pont à Southern Creek.

De chez Colson, l'ingénieur marcha jusqu'à la demeure du major Carver, qui se montra moins discret que le marin.

– Votre croisière à Eleuthera fut-elle agréable ? Vous étiez en bonne compagnie, je crois ? demanda-t-il.

– Votre service de renseignement fonctionne admirablement, major. Ma croisière étant d'ordre privé, je ne vous en dirai donc pas davantage, surtout qu'une dame m'accompagnait, répliqua fermement Charles.

Carver poussa un profond soupir et posa sur l'ingénieur un regard plein de commisération.

– Vous n'ignorez pas, mon ami, que je ne veux que votre bien et votre bonheur. Mais, sachant ce que je sais, je crains que vous ne vous engagiez dans des complications... diplomatiques avec la souveraine de Buena Vista ! Lamia considère la demoiselle qui vous accompagnait comme sa fille. Si vous déshonoriez cette personne et si vous la rendiez malheureuse, Fish Lady serait capable de vous tuer. Souvenez-vous de la fin de l'indigne mère d'Ottilia ! dit le major.

– Merci pour l'avertissement, dit Charles, qui ne souhaita pas poursuivre l'entretien et se retira.

Malcolm Murray l'accueillit avec chaleur et lui montra aussitôt le dessin d'une maison à un étage, sans galerie ni véranda, au contraire des belles demeures de l'île, mais dotée de balcons et de fenêtres à encorbellements. Elle parut à Charles de proportions parfaites, ressemblant davantage à une villa des rives de la Brenta, banlieue vénitienne familière à Murray, qu'à un cottage anglais.

– Mon futur *home*, mon cher. Mon oncle m'a offert un beau terrain près du port oriental, et je vais y construire ma résidence. Bien que mon père soit revenu à de bons sentiments à mon égard et qu'il me renvoie, à ses frais, Mortimer, mon ancien valet, à qui j'ai pardonné sa traîtrise d'autrefois, je n'ai pas l'intention de retourner vivre en Angleterre. J'ai passé l'âge des fredaines et je suis bancal comme un vieux banc. Et puis, je me soumets avec bonheur à ce que Carver appelle l'envoûtement d'une l'île au soleil.

Murray étant un confident sans préjugés, Charles lui raconta sa croisière à Eleuthera, avoua son amour pour Ounca Lou, et laissa entendre qu'elle était devenue sa maîtresse.

– Vous avez de la chance. C'est bien la plus belle fille de l'île, d'après Tilloy qui s'y connaît. Mais, attention ! La sorcière de Buena Vista risque de ne pas apprécier cette liaison. On dit que Fish Lady commande aux requins. Ne vous baignez pas n'importe où, Charles !

– À l'heure qu'il est, lady Lamia doit savoir à quoi s'en tenir sur mes rapports avec sa filleule. Si je vois un requin, je change de baie, dit Desteyrac en riant.

Murray ayant invité l'ingénieur à partager son repas du soir, l'Anglais évoqua la nouvelle qui alimentait les conversations au Loyalists Club : le riche mariage du lieutenant Tilloy et sa démission de la flotte Cornfield.

– Quand Mark est allé annoncer son départ à Cornfield Manor, mon oncle est entré dans une colère apocalyptique. Il a aboyé pendant un quart d'heure sans discontinuer. Il a traité ce pauvre Mark de renégat et l'a assuré qu'il serait cornard avant d'être marié, parce que les filles de Jeffrey ont le feu sous leur jupon. Il l'a prévenu que, son cousin de New York étant pingre comme un vicaire écossais, il serait exploité au plus juste salaire. Bref, une vraie scène de jalousie !

– Cela prouve l'estime dans laquelle lord Simon tient notre ami Mark.

– Peut-être, mais mon oncle a horreur qu'on le quitte, qu'il s'agisse d'un ami ou d'une chambrière. C'est pour lui une désertion inexcusable, car il croit qu'on ne peut pas avoir de meilleure vie qu'auprès de lui, sous sa coupe. Quand votre pont sera achevé et que vous rentrerez en France, attendez-vous à une scène semblable, plus violente peut-être, car Simon Leonard vous aime comme le fils qu'il aurait voulu à son côté.

– Peut-être resterai-je, moi aussi, comme vous, à Soledad, dit Charles, ce qui lui valut une accolade fraternelle.

Il n'était plus question d'aller passer la nuit à Little Manor, où Ounca Lou devait l'attendre, et ce fut sans plaisir qu'il retrouva, dans son grand bungalow, une couche solitaire.

Au matin du 10 mai 1856, la fuente del Ángel attira beaucoup de curieux, dont de nombreux marins britanniques de la flotte Cornfield, venus voir leurs compatriotes scaphandriers à l'œuvre. Des indigènes du voisinage, qui croyaient à la malfaisance des monstres cachés dans les trous bleus, se tenaient à bonne distance, silencieux et apeurés. Comme Charles, le père Taval avait été convoqué par lord Simon, et le docteur Kermor envoyé par le major Carver.

Pourvus d'un meilleur matériel que lors de leur premier séjour, Jim Malory et Samuel Bartley montrèrent à Charles la nouvelle pompe à air à quatre cylindres, invention du Français Joseph-Martin Cabirol, et le plus récent scaphandre, avec habit en toile caoutchoutée, chaussures à semelles de plomb pesant chacune sept kilos, lest de dos et de poitrine de dix-huit kilos et casque doté d'une soupape qui permettait l'évacuation automatique de l'air envoyé en surplus.

– Le danger pour Jim, qui va descendre dans le trou d'eau pour tenter de trouver on ne sait quoi au juste, est la chute. S'il tombe et ne peut se relever à cause du lest, la toile caoutchoutée de l'habit peut se plaquer sur son corps. L'air que j'envoie par la pompe remonte alors dans le casque, la pression y devient insupportable, la tête enfle, éclate : c'est une mort atroce assurée. Aussi suis-je bien aise que vous soyez là. Vous êtes instruit de notre travail et des risques qu'il comporte, au contraire des primitifs et des sans-cervelle qui nous regardent, dit l'Anglais.

Charles avisa soudain, parmi les insulaires, Sima, le pêcheur d'éponges. Il lui fit signe d'approcher.

– Miss Ounca Lou est venue me voir ce matin. Quand je lui ai dit que j'allais à la fuente del Ángel voir les scaphandriers, elle a pensé que vous seriez là et m'a demandé de vous dire que tout va bien à Buena Vista.

– N'as-tu pas envie d'un scaphandre pour aller aux éponges ? demanda l'ingénieur.

– Oh que non ! Être lourd, c'est bien pour descendre ; moi, je m'attache bien une grosse pierre, mais pour monter, si ça va pas, je laisse tomber la pierre. Tandis que ce pauvre homme, dans son habit de caoutchouc et son casque de cuivre à fenêtres, hein, qu'est-ce qu'il devient si ça va pas ? Il reste au fond et les requins le mangent ! Et puis, déranger les trolls qui habitent les trous bleus, c'est pas bien. Ils sont gentils avec les filles vierges, mais méchants pour les hommes et les femmes déflorées, assura, péremptoire, l'Arawak.

Plus instruit que la majorité des indigènes, ayant navigué au commerce et visité plusieurs pays, cet homme pieux, membre de l'Église anglicane, restait cependant sensible aux superstitions insulaires.

Un grand silence se fit quand le scaphandrier entra dans l'eau. Relié à la pompe à air par un tuyau de caoutchouc, la grosse corde qui permettrait de le remonter attachée à sa ceinture, et tenant en main la cordelette à signaux, seul moyen de communication avec son équipier, Jim Malory se laissa glisser sans appréhension dans le trou bleu.

Bartley tendit à Charles la cordelette de sécurité.

– Nous avons un code. Une secousse signifie : ça va ; deux : envoyez plus d'air ; trois : envoyez moins d'air ; quatre : remontez-moi ; cinq : je suis en danger. Si vous voulez bien tenir la corde de sûreté pendant que j'actionne la pompe à air, vous nous rendrez service, car c'est un poste de confiance, monsieur Desteyrac.

Charles saisit le filin et vit disparaître Jim Malory tandis que se déroulaient le tuyau et les cordes. Quand la conduite d'air cessa de s'enfoncer, on sut que le plongeur avait atteint le fond du trou.

– Pas très profond, votre piège à monstres ! À peine cinquante pieds, dit Bartley, quand une secousse de la corde à signaux indiqua que tout allait bien. Il ne nous reste plus qu'à attendre que Jim ait terminé sa recherche, reprit-il en actionnant la pompe avec régularité.

De longues minutes s'écoulèrent tandis que de légers mouvements du tuyau d'air indiquaient les déplacements du scaphandrier sur le fond du trou.

– Tout semble bien se passer, venait de commenter Bartley, quand Charles perçut quatre secousses.

Jim demandait à remonter. Aussitôt, Bartley abandonna la pompe et se mit à tirer posément sur la corde de rappel, jusqu'au moment où elle se tendit et s'immobilisa.

– *God'dam'* ! Elle est coincée, dit-il en effectuant une prudente traction sur le tuyau d'air.

Aussitôt, cinq secousses frénétiquement répétées alertèrent Charles.

– Il fait savoir qu'il est en danger ! cria-t-il à Bartley, qui avait pâli dès l'interruption de la remontée.

– Le conducteur d'air est peut-être pris sous un rocher. Si je tire, je risque de l'arracher du scaphandre et c'est la catastrophe ! débita l'Anglais.

Dans la main de Charles, les secousses de la corde à signaux traduisaient l'angoisse de l'homme immergé.

« J'aurais un autre scaphandre, je descendrais, mais, hélas... ! » répétait Bartley.

Conscient du drame qui se jouait, Charles tendit la corde de sûreté à Bartley et fit signe à Sima d'approcher. En trois phrases, il le mit au courant de la situation.

– Tu es le meilleur plongeur de l'île. Tu es celui qui

peut rester le plus longtemps sous l'eau sans respirer, m'a-t-on dit. Eh bien, plonge et va voir ce qui se passe. Va voir si tu peux délivrer Malory, qui doit être retenu par quelque chose.

– Houla ! houla ! Moi, je vais pas dans les trous bleus ! C'est peut-être le Lusca qui le tient, ou le grand dauphin, dit l'Arawak, prêt à fuir.

– Ne sois pas idiot. Le Lusca n'existe pas, non plus que les trolls et le dauphin sanguinaire. Déshabille-toi. Tiens, si tu veux, je plonge avec toi. Seulement, moi, je ne peux pas rester sous l'eau ni descendre aussi profond que toi. Mais j'attendrai que tu remontes. Toi seul peux sauver le scaphandrier. Tu dois le faire !

– Par le Christ auquel tu crois, tu dois le faire, Sima ! répéta le père Taval.

– Il n'y a pas de monstre dans ce trou, nom de Dieu, mais un bon Anglais qui va mourir si on ne fait rien ! s'écria Uncle Dave.

– Alors, on saute tous les deux, Monsieur l'Ingénieur, consentit enfin l'Arawak.

– Allons-y, dit Charles.

Il ôta sa chemise et ses chaussures et plongea le premier. L'Indien, lesté d'une ceinture de plomb proposée par Bartley, le suivit. Le Français reparut rapidement en surface, le souffle court, tandis que le pêcheur d'éponges, dominant sa frayeur, descendait à la recherche de Malory.

Comme l'attente se prolongeait, insupportable, Bartley constata que la cordelette de sécurité restait immobile et que le régulateur de la pompe indiquait une saturation d'air.

– Jim ne répond plus, constata-t-il, des larmes plein les yeux.

– Je connais Sima : il peut tenir près de huit minutes sans respirer. S'il le trouve, il le remontera, dit le docteur Kermor.

Comme pour confirmer cet optimisme, une vigoureuse traction sur la corde de manœuvre indiqua, du fond, que celle-ci pouvait être halée, ce qu'on s'employa à faire avec précaution. Sima reparut le premier ; il tenait sous le bras une petite caisse de bois aux panneaux disjoints, qu'il tendit à Charles, déjà hissé hors de l'eau par le père Taval.

Enfin émergea le scaphandre. Par le hublot du casque, on vit la face creuse de Malory et son regard révulsé.

– Il a dû manquer d'air, dit le docteur Kermor tandis qu'on dévissait la sphère de cuivre.

L'évanouissement de Malory ne fut pas de longue durée et il put bientôt raconter que, s'étant engagé dans une sorte de grotte, il avait vu sur un petit entablement rocheux, situé hors d'atteinte des eaux, sauf peut-être lors de grandes marées, une caisse qui s'était disloquée quand il l'avait saisie, trompé par son poids sans proportion avec son volume.

– Elle était lourde et je l'ai laissée tomber. En me relevant, le conducteur d'air s'est coincé dans une fente du rocher : j'ai commencé à souffrir du manque d'air. Je vous ai alertés, et après, je ne sais plus. Mais je voudrais bien savoir si ce que je ramène est un trésor ou pas ! demanda-t-il.

– Ce n'est pas un trésor au sens où vous l'entendez, mais c'est, je pense, l'objet que voulait lord Simon, répondit Charles.

Il tira de la caisse détruite un conglomérat de

sédiments marins ayant vaguement la forme d'une tête humaine.

– Porte ça à Cornfield Manor ! ordonna-t-il à Timbo, sans satisfaire davantage la curiosité des insulaires qui faisaient cercle autour de lui.

Tous finirent par se disperser en jacassant, maintenant persuadés que les monstres des trous bleus avaient trouvé leur maître, un homme vêtu de caoutchouc, coiffé d'une boule de cuivre avec des vitres.

Le soir même, les deux scaphandriers furent accueillis par lord Simon au Loyalists Club et perçurent une somme en livres sterling. Charles Desteyrac fut félicité pour la perspicacité qui avait permis de résoudre le rébus du moine. Quant à Sima, il reçut de l'Anglais qui lui devait la vie une ceinture de scaphandrier, lestée de plomb, qui remplacerait avantageusement la pierre qu'il s'attachait au cou pour pêcher l'éponge. À ce cadeau, lord Simon ajouta un cheval de son haras.

En quelques jours, sous la surveillance de Malcolm Murray, le crâne aztèque fut débarrassé de sa gangue de sédiments et de coquillages. Le cristal, dont Charles fignola le nettoyage avec un acide et des huiles, apparut dans toute sa pureté, ayant recouvré après trois siècles son étrange pouvoir de réfraction de la lumière. Enchâssés dans des cornées de pierre de lune, des pupilles de quartz blanc et des cristallins faits de saphir taillé donnaient à cette tête de mort un inquiétant regard.

Le soir où lord Simon montra à ses invités habituels le crâne de cristal, posé sur un socle de corail, dans son salon, tous le considérèrent avec une admiration mêlée de respect et d'angoisse. À la lueur des chandelles, les yeux de cette très ancienne idole prenaient tous les caractères de la vie, et, par le jeu subtil des doubles réfractions voulues par l'artiste aztèque, semblaient suivre, peut-être surveiller, le visiteur dans ses déplacements.

– Vous aviez souhaité offrir cette pièce de musée à Sa Majesté, la reine Victoria, rappela Edward Carver.

– Rien ne presse, major. Et puis, je me demande si le climat de Londres lui réussirait. Je pense maintenant que ce crâne, qui, d'après mon vieil ami Maoti-Mata, cacique des Taino, aurait la vertu de protéger du malheur celui qui l'héberge avec courtoisie, est aussi bien chez moi qu'à Windsor, dit lord Simon, ce qui fit sourire la compagnie.

8.

Le 13 mai 1856, le transport des éléments du futur pont de Buena Vista fit sensation. Primesautiers, aimables et gais, les Arawak avaient l'art de transformer en fête tout événement sortant de l'ordinaire. Dispersés au long du littoral, hommes et femmes, assis jambes pendantes au bord des falaises ou campés sur les récifs côtiers, leurs enfants courant sur les plages, suivirent la progression d'un étrange convoi entre le port occidental et Southern Creek. Des radeaux, remorqués par l'*Argonaut*, le plus petit des voiliers de la flotte Cornfield, étaient maintenus dans le sillage du bateau par deux grandes chaloupes bahamiennes à dix rameurs chacune. Au chant des Arawak rythmant le battement des avirons répondaient de bruyants encouragements des spectateurs en dialecte lucayen.

Le cacique des Taino, Maoti-Mata, s'était déplacé jusqu'à Pink Bay, en compagnie de trois de ses fils et d'une douzaine de ses petits-enfants, pour voir comment les ouvriers recrutés avec sa permission – insulaires qu'il considérait comme ses sujets, avec plus de raisons sans doute que la reine Victoria – procéderaient au transport des lourdes pièces de fer.

L'ingénieur Charles Desteyrac, qui attendait le

débarquement de la cargaison, s'était empressé d'offrir un fauteuil au vieux chef afin qu'il pût suivre, de la galerie de Little Manor, les efforts des siens. Timbo servait rafraîchissements et fruits quand le convoi parut. Commandé par Lewis Colson, l'*Argonaut*, ne pouvant risquer un échouement, largua l'aussière de remorquage et mouilla l'ancre à l'entrée de la baie, tandis que les marins mettaient un canot à la mer. Le commandant souhaitait diriger lui-même le déchargement de ce qu'il nommait la « quincaillerie de M. Desteyrac ».

En moins de deux heures, toutes les pièces enlevées des radeaux se trouvèrent rassemblées au bas de la pente, devant le chemin de schlitte établi par les charpentiers. Bien que la dénivellation entre la plage et le plateau ne fût que d'une soixantaine de pieds, Lewis Colson, pour assurer un meilleur glissement des pièces de fer, fit répandre de l'huile sur les rondins. Aussitôt les Arawak, tels les bateliers de la Volga, s'attelèrent aux cordes et hissèrent jusqu'au plateau les éléments du pont, la grue manuelle, le cabestan et sa petite machine à vapeur, les sacs de rivets et l'outillage nécessaire à la construction de l'ouvrage.

– En voyant ces hommes travailler, on comprend mieux comment les Égyptiens ont pu construire les pyramides, commenta Malcolm Murray, venu en curieux.

– Nous allons pouvoir organiser le chantier et entreprendre, enfin, l'assemblage du pont, dit Charles, satisfait.

Avant de regagner l'*Argonaut*, Lewis Colson annonça à l'ingénieur qu'il mettait à la voile le lendemain pour New York, avec le *Phoenix*, pour être de retour à la fin du mois, le mariage de lady Ottilia étant fixé au 7 juin. L'officier confirma que Tom O'Graney restait à la disposition de l'ingénieur, ainsi qu'une douzaine de marins de bon comportement.

Enjoué, Malcolm Murray confia à Charles qu'il serait du voyage aux États-Unis.

– Je suis chargé d'assister le major Carver, que lord Simon délègue pour accueillir en son nom, à bord du *Phoenix*, les Sampson, Jeffrey T. Cornfield et autres invités. Cela me permettra de revoir plus tôt Gertrude, même si je dois payer ce plaisir de deux ou trois jours de mal de mer.

– Vous emmenez aussi Mark Tilloy, et lui ne rentrera pas à Soledad. Il est venu me faire ses adieux, dit Charles.

– Il est perdu pour le club des célibataires ! constata Malcolm.

Dès que Pink Bay eut recouvré son calme, Desteyrac passa sur Buena Vista pour annoncer à lady Lamia que les travaux visant à aménager le chemin de roulement où viendrait, au cours du lançage, reposer le pont commenceraient dès le lendemain. Il trouva Fish Lady maussade et résignée.

– Ce sera la fin de notre tranquillité. Autrefois, en d'autres circonstances et ne vous connaissant pas comme je vous connais maintenant, je vous aurais dit : « Puisse le prochain ouragan jeter à bas votre affreux pont. » Mais les choses ont changé et je ne puis que souhaiter plein succès à votre entreprise. C'est aussi, je suppose, ce que souhaite Ounca Lou, ajouta Fish Lady, interrogeant sa filleule du regard.

– Vous savez, marraine, tout ce que je souhaite, répondit-elle.

Charles, qui n'avait pas revu son amie depuis la nuit d'Eleuthera, se tenait sur la réserve, ne sachant ce que pensait Lamia de l'escapade de sa filleule. Ce fut la jeune fille, voyant son embarras, qui l'informa.

– J'ai tout raconté à marraine. Elle accepte que nous nous aimions, ou plutôt, m'a-t-elle dit, que je prenne le risque de vous aimer.

Avant que Charles eût pu exprimer sa satisfaction, Lamia intervint.

– Maintenant, je dois vous parler franchement, monsieur Desteyrac, commença-t-elle.

Le fait qu'elle usât du patronyme de l'ingénieur au lieu de son prénom laissait prévoir le sérieux du propos.

– Entre nous, la franchise a toujours été de rigueur, répondit Charles.

– Je ne veux pas qu'Ounca ait la vie solitaire que j'ai connue. Je ne veux pas non plus qu'elle subisse le sort de sa pauvre mère. C'est pourquoi j'admets vos relations telles que vous les avez étourdiment scellées à Eleuthera. Je fais confiance à ma filleule.

– Pas à moi ? releva Charles.

– Je ne saurai que plus tard si je le puis. Car un homme peut prendre pour sentiment le désir qu'il a d'une femme. Mon vieil ami sir Edward Bulwer-Lytton, membre du Parlement, qui n'eut jamais de chance avec ses épouses, a écrit : « L'amour, sous sa première forme, vague et imparfaite, n'est que l'imagination concentrée sur un seul objet [1]. »

---

1. *Alice ou les Mystères*, Londres, 1838.

– Je ne crois pas me tromper sur l'objet, rétorqua Charles, ironique.

– Voyez-vous, j'ai élevé Ounca pour en faire une femme consciente et responsable de ses choix comme de ses actes. Elle n'a pas besoin, comme d'autres, d'enfiler des pantalons à la turque et de signer des manifestes pour se croire libre et l'égale de l'homme. Elle prend donc le risque de vous aimer et je ne peux m'y opposer. Ma relative compréhension, que les puritains estimeraient scandaleuse, vient de mon expérience personnelle. J'ai, moi, refusé à plusieurs reprises, dans ma jeunesse, l'allégeance à l'amour. Cela tenait moins à mon éducation qu'à mes exigences et à mon intransigeance. Aujourd'hui, je sais, l'âge aidant, que je suis peut-être passée à côté du bonheur.

– Mais vous avez fait de Buena Vista une île enchantée, une petite colonie exemplaire. C'est là votre bonheur, non ? objecta Charles.

– Ne me prenez pas pour une missionnaire ni pour une vierge rassise et atrabilaire. Je crois au dieu Nature et à rien d'autre. J'ai eu des amants, mais je n'ai jamais envisagé de lier mon sort à celui d'un homme. L'existence de ma sœur aînée Mary Ann, épouse de Willy Main-Leste, n'a rien d'enviable, on a dû vous en parler. Si je n'ai pas voulu d'époux ou d'amant attitré, je ne voulais pas non plus « pleurer ma virginité », comme on dit chez nous des filles qui craignent de mourir pucelles. Il a fallu qu'un homme meure pour que je commence à l'aimer ! Stupide, n'est-ce pas ? Alors, aimez-vous pendant qu'il en est temps, mais sans oublier qu'il n'existe pas d'amour sans danger. Rendez Ounca Lou heureuse, sinon...

– ... les requins, n'est-ce pas ? coupa Charles, imaginant une menace.

– Sinon, vous ferez deux malheureuses : elle et moi, conclut Lamia d'une voix voilée, les lèvres trémulantes d'émotion contenue, sans relever l'acrimonie de la boutade.

Desteyrac quitta son siège et vint l'embrasser. Elle lui rendit son baiser avec chaleur, en lui serrant très fort l'épaule.

– J'ai l'impression d'être une déplaisante duègne. Du genre de cette Andromaque qui « pleure en secret le mépris de ses charmes », cita-t-elle pour détendre l'atmosphère.

– Je connais au moins un homme sur cette île qui n'a jamais méprisé vos charmes et qui m'a dit avoir été fort amoureux de vous, osa Desteyrac.

Ounca Lou haussa les sourcils, mais Fish Lady se mit à rire.

– Carver, pardi ! Le major, ce cher major ! Il vous a dit avoir été amoureux de moi ! C'est ma foi vrai. J'ai cru un moment – oh, il y a bien longtemps... – qu'il voulait m'épouser pour plaire à mon frère, que j'ai toujours défié. Le major l'aurait débarrassé d'une sœur indépendante et irascible. Puis, avec le temps, j'ai compris qu'Edward était sans doute sincère et désintéressé. Nous sommes maintenant comme deux vieux champignons au creux d'un chêne.

– N'était-ce pas un parti convenable ?

– Convenable ! Edward est froid comme une lame, sentencieux, attaché à l'ordre domestique jusqu'à la maniaquerie. Et puis, je déteste les militaires qui sentent le tabac et la lessive, répliqua Lamia, retrouvant après un moment d'abandon sa causticité.

Le repas fut joyeux, Ma Mae ayant reçu l'ordre, dès le premier service, de mettre une bouteille de champagne au rafraîchissoir. Quand Charles se prépara à prendre congé pour repasser sur Soledad, Ounca Lou décida de l'accompagner jusqu'au va-et-vient, n'osant envisager, en présence de sa marraine, de passer la nuit à Little Manor.

C'est alors que lady Lamia, prenant sa filleule par la taille, l'éloigna pour l'entretenir sans être entendue de l'ingénieur. L'aparté fut bref et la jeune fille rejoignit Charles. Après un au revoir rapide, tous deux quittèrent la maison.

– Si ce n'est pas indiscret, puis-je savoir ce que vous a dit votre marraine ? demanda Desteyrac en marchant vers le panier volant.

– Elle m'a dit : « Emporte tout de même une chemise... les nuits sont encore fraîches », rapporta gaiement Ounca Lou en montrant le sac que lui avait discrètement remis Lamia.

Ils s'éveillèrent au lever du soleil et se baignèrent dans un océan lisse comme un parquet, pendant que Timbo préparait une collation qu'ils partagèrent avant qu'Ounca Lou ne regagne Buena Vista. Elle ne voulait pas que Lamia se sentît totalement privée de sa présence et, désormais, comme exclue de sa vie.

Bientôt, une vingtaine d'ouvriers arrivèrent, conduits par Tom O'Graney. Les tâches furent distribuées et les équipes se mirent au travail pour établir, avec rails et rouleaux à cannelures, l'appareil de roulage. Il devait être aussi long que le tablier du pont et assez résistant pour supporter l'ouvrage pendant sa construction et son lançage. Achevé sur son support comme un wagon sur des rails, le pont rendu mobile serait propulsé au-dessus du goulet à l'aide des câbles mus par le cabestan qu'une équipe allait installer sur la rive de Buena Vista. Au cours de la mise en place du pont, un autre appareil de roulage, plus court, recevrait sur l'îlot l'extrémité du tablier.

À partir de ce jour, Charles passa le plus clair de son temps sur le chantier et, le 26 mai, les chemins de roulage étant achevés, on put commencer l'assemblage, pièce à pièce, de l'ouvrage. Quand cessait le travail et que les ouvriers se dispersaient, l'ingénieur voyait arriver Ounca Lou à bord de sa petite barque à voile, quand le temps le permettait, ou par le va-et-vient en cas de mer agitée. À l'heure où le soleil déclinait, lustrant de cuivre rouge les ondulations de l'océan, les amants prirent l'habitude, la plage de sable rose et la baie étant désertes, de se baigner nus. Ils nageaient, se poursuivaient, plongeaient pour remonter un coquillage dont Ounca Lou disait le nom savant sans hésiter. Un frôlement involontaire de leurs corps immergés suffisait à éveiller le désir, à les faire s'enlacer pour un long baiser salé. Venait ensuite le dîner préparé par Timbo. L'Arawak, pris d'une admiration béate pour Ounca Lou, amusée de s'entendre appeler Mame, allait en cachette demander des conseils culinaires à Ma Mae, la cuisinière de lady Lamia. Pendant le repas, il arrivait que la jeune fille posât sur la table, près du couvert de Charles, la fleur d'hibiscus qu'elle portait sur l'oreille. Ce geste, emprunté au code amoureux des femmes arawak, signifiait qu'elle brûlait de se lover dans les bras de son amant.

La première phase préparatoire des travaux étant achevée en l'absence du major Carver, Charles crut bon d'aller rendre compte à lord Simon. Il trouva Cornfield Manor en effervescence. L'arrivée du *Southern Star*, le schooner à vapeur et voiles auxiliaires de Bertie III Cornfield, de Charleston, venait d'être annoncée par des pêcheurs et tout le monde courait au port occidental pour voir le yacht d'un des plus riches planteurs de la Caroline du Sud, cousin de lord Simon. Ce dernier s'apprêtait à monter en calèche pour aller accueillir son parent quand Charles se présenta.

– Venez avec moi, nous causerons chemin faisant, dit le lord.

Il invita l'ingénieur à prendre place près de lui dans la voiture. Desteyrac avait terminé son rapport verbal quand la calèche atteignit le port, au moment où le *Southern Star* se présentait, tout fumant, dans la baie.

– Pas beau, ce bateau, trop long, trop bas sur l'eau et flanqué de ces grosses boîtes de tôle ! Non, vraiment, pas racé, pas élégant, pas anglais ! Et cette maigre cheminée noire qui crache vers le ciel la saleté de la chaudière ! Heureusement que M. Colson n'est pas ici ! À la vue de ce panache crasseux, il tournerait les talons, grommela lord Simon.

Charles eut le sentiment, en percevant les vagues murmures de la foule indigène, que, bien qu'intrigués, tous pensaient comme le lord des Bahamas.

Ne pouvant accoster commodément à cause des volumineux tambours des roues à aubes, le commandant du *Southern Star* choisit de mouiller à quelques encablures du quai principal. Une chaloupe fut dépêchée pour assurer le débarquement des passagers, qui parurent nombreux car, ainsi que le révéla lord Simon à Charles, son cousin Bertie III avait une douzaine d'enfants, de trois épouses différentes.

– Ses deux premières femmes sont mortes de la fièvre jaune, la troisième d'une chute de cheval. On va voir quel usage va lui faire celle qu'il nous amène ! goguenarda le lord.

Puis il descendit de voiture pour aller à la rencontre du planteur et de sa quatrième épouse. Bertie III, grand, fort et martial, serré dans une redingote gris perle, coiffé d'un vaste panama, portait de gros favoris blancs qui lui mangeaient les joues, une moustache tombante et une barbichette. Son regard noir et acéré révélait l'homme déterminé et de nature sévère. Sur les lèvres de sa jeune femme, en revanche, un sourire candide semblait définitivement installé. Frêle et gracieuse, tout en minauderies et gestes arrondis, elle parut à Charles le parfait modèle des belles du Sud au teint de magnolia, ornement romantique et louangé des plantations. Ayant été présenté au couple par lord Simon et voyant que les deux cousins marchaient vers la voiture en devisant sans se soucier de la dame, Charles lui offrit son bras et l'aida à monter en calèche. Elle le remercia d'un sourire élargi et d'un battement de cils étudié. Comme la voiture s'ébranlait, lord Simon se pencha vers l'ingénieur, qui ne pouvait prendre place dans la voiture.

– Venez dîner avec nous ce soir au manoir, ordonna-t-il avant d'ajouter à voix basse : j'aurai besoin de renfort !

Desteyrac rentra chez lui, revêtit le costume blanc

de rigueur et se fit conduire chez lord Simon par Timbo après un détour par le Loyalists Club pour saluer le capitaine et le second du *Southern Star*, invités de Philip Rodney, seul représentant de la flotte insulaire.

En franchissant le seuil du grand salon de Cornfield Manor, Charles sentit que régnait une atmosphère dépourvue d'aménité. Le docteur Weston Clarke figurait au nombre des invités avec sa femme, ainsi que le pasteur Russell et son épouse. Le premier rapporta en aparté à l'ingénieur que Bertie Cornfield avait d'emblée reproché à son cousin la réception musclée réservée deux ans plus tôt aux planteurs des Carolines et de la Virginie venus réclamer la restitution de leurs esclaves fugueurs.

– Désireux de maintenir jusqu'au mariage de sa fille un climat serein, lord Simon a reconnu qu'il avait fait rembarquer un peu vivement les visiteurs, et s'en est excusé, ce qui n'est pas dans ses habitudes. La chicane en est restée là, dit le médecin.

– Ça ne suffira pas à éteindre la querelle qui couve entre les deux cousins à propos de cette odieuse institution particulière aux États du Sud, l'esclavagisme ! pronostiqua le pasteur Russell.

Comme tous les planteurs propriétaires d'esclaves, Bertie III Cornfield et sa famille étaient encore sous le coup de l'émotion causée dans le Sud du fait de l'agression criminelle commise au cours de la nuit du 24 au 25 mai par un illuminé nommé John Brown. Cette nuit-là, un ancien éleveur de moutons de l'Ohio, devenu fermier à North Elba, dans l'État de New York, s'était rendu avec ses quatre fils et trois compagnons dans le Kansas, où s'affrontaient depuis deux ans esclavagistes et abolitionnistes aux fins d'établir le statut de l'État. Se croyant investis d'une mission divine pour déraciner l'esclavage, John Brown et sa bande avaient tiré de leur lit cinq habitants de Pottawatomie Creek et les avaient massacrés avant de prendre la fuite. On savait maintenant que Brown voulait fonder une république antiesclavagiste dans les Appalaches, mais qu'il n'avait recruté, à ce jour, que onze Blancs et trente-cinq Noirs prêts à le suivre.

– Il faut saisir et pendre ce bandit avant qu'il ne fasse plus de mal ! dit Bertie III quand fut évoquée l'affaire avant de passer à table.

– Tous les abolitionnistes honnêtes et sensés ont condamné ces crimes, cousin. Votre institution particulière, que je réprouve, vous le savez, ne sera pas abolie par l'assassinat et la violence, mais par un accord politique entre tous les États de l'Union et avec une juste compensation financière pour les propriétaires de nègres, dit lord Simon, conciliant.

– Vous parlez ainsi parce que vous êtes anglais et vivez sur une île britannique, mais notre point de vue est différent. Pour nous, planteurs des États du Sud, il n'existe pas d'abolitionnistes sensés ou modérés. Tous, quels qu'ils soient, veulent nous priver de notre main-d'œuvre, ruiner l'économie du sud cotonnier, nous imposer une civilisation industrielle et mercantile qui ne peut convenir aux mœurs des Cavaliers[1]. Savez-vous que l'on compte dans l'Union cinq cent mille nègres libres au Nord et trois millions et demi

1. Dans les États esclavagistes cotonniers, on nommait ainsi les gentilshommes qui incarnaient les valeurs aristocratiques, l'idéal viril et l'esprit chevaleresque du Vieux Sud. Leur coiffure naturelle était le panama ; ils défendaient leur honneur et leur belle, épée en main.

d'esclaves au Sud ? À Charleston, les nègres sont trois fois plus nombreux que les Blancs et leur donner la liberté serait signer notre arrêt de mort. D'ailleurs, le parti républicain est satisfait de nous voir résister aux théories abolitionnistes. Ces politiciens ne veulent surtout pas d'accord entre le Nord et le Sud. Ce qu'ils espèrent, c'est une révolution contre les Sudistes !

– Une telle aventure irait contre leurs intérêts. Vous savez bien que les filatures du Nord – on en compte, dit-on, près de mille, dont celles du Massachusetts, dans lesquelles notre cousin Jeffrey a investi pas mal de dollars –, travaillent grâce à votre coton, comme nos filatures de Manchester, observa lord Simon.

– Mais les filateurs du Nord, Jeffrey comme les autres, nous paient le coton un prix dérisoire : dix cents trente-neuf la livre l'an dernier, et nous n'avons dans le Sud qu'une cinquantaine de filatures. C'est pourquoi il faut nous séparer du Nord, qui pille nos ressources. D'ailleurs, certains abolitionnistes prônent eux aussi la dissolution de l'Union, comme ce Thomas Clarkson dont on répand les brochures. Il propose de rompre les liens politiques entre le Nord et le Sud au nom de la religion, parce que nous autres, Sudistes, vivons en état de péché mortel ! dit Bertie III, soulevant l'indignation de son épouse et l'apitoiement courtois des autres convives.

Le majordome ayant annoncé : « Sa Seigneurie est servie », la discussion fut abandonnée. Au cours du repas, on ne fit qu'échanger des banalités jusqu'au moment où Mme Bertie Cornfield, née Varina Seldon, révéla qu'après le mariage d'Ottilia la famille se rendrait à La Havane à bord du *Southern Star*.

– J'ai l'intention d'acheter sur l'île de Cuba une ou deux plantations. Là-bas, on peut faire travailler les nègres du lever au coucher du soleil sans être insulté par les pasteurs anglais qui prêchent l'abolitionnisme Bible en main, compléta Bertie III avec humeur.

– J'ai vendu, l'an dernier, la plantation que je possédais à Matanzas, cousin. Je ne m'entendais plus avec mes voisins cubains, informa lord Simon.

– Vous avez eu tort de vendre car, si le parti démocrate désigne James Buchanan comme candidat à la présidence et si Dieu veut qu'il soit, comme nous le souhaitons, élu président de l'Union, l'annexion de Cuba par les États-Unis ne manquera pas de se faire. Nous compterons alors, étant donné la sympathie de Buchanan pour notre cause, un État de plus où fonctionnera, au mieux de nos intérêts, l'institution particulière que vous décriez. Votre exploitation aurait pris de la valeur...

Après le dîner, lord Simon voulut montrer à ses invités le crâne de cristal de roche tiré de la fuente del Ángel, « son Graal », comme disait Lamia, mystérieux trophée dont il faisait ses délices. C'est en quittant la pièce où le crâne était exposé que Bertie III tomba en arrêt devant un objet qui ranima son exaspération contre les abolitionnistes.

– Vous, au moins, mon cousin, vous affichez jusque dans votre salon vos sentiments antiesclavagistes ! s'écria le planteur, désignant, rageur, un médaillon de porcelaine.

L'objet représentait un Noir en prière et portait en légende l'interrogation : « *Am I not a man and a brother*[1] *?* »

1. « Ne suis-je pas un homme et un frère ? » Ce médaillon, tiré à deux cent mille exemplaires par le céramiste James Wedgwood en 1787, fut reproduit en d'innombrables médailles, peintures, gra-

– Je tiens cette pièce de mon grand-père. Vous voyez que nous ne sommes pas des abolitionnistes de fraîche date, répliqua sèchement lord Simon.

– J'imagine que vous avez aussi dans votre bibliothèque les pamphlets de Sara et Angelina Grimké, et *la Case de l'oncle Tom*, le roman empoisonné de Harriet Beecher-Stowe. De tels écrits ne peuvent qu'inciter les John Brown à venir nous trancher la gorge au nom du Christ ! fulmina Bertie III.

Charles, voyant la jolie Varina Cornfield ennuyée par le ton que prenait la dispute, crut bon d'intervenir pour ramener la confrontation entre les cousins aux seules considérations politiques. Il s'adressa à Bertie III.

– Croyez-vous sincèrement à une possible dissolution de l'Union ? demanda-t-il.

– Vous autres, Français, connaissez mal la situation, et vos diplomates ne s'en préoccupent guère. Sachez que chez nous, en Caroline du Sud, existe depuis 1851 une Association des droits du Sud. Son but est de faire connaître au peuple les empiétements de l'autorité fédérale et ceux des États du Nord sur le Sud. Déjà cinq cents délégués, réunis en février 1852, avaient résolu que le droit de sécession était essentiel à la souveraineté et à la liberté des États ; que le refus de reconnaître ce droit fournirait à un État opprimé une raison de plus d'y recourir. Des associations identiques

---

vures, broderies et dessins. Le gouvernement britannique interdit jusqu'en 1834 d'exporter cette image dans les Antilles anglaises, et les services postaux des États du Sud refusèrent longtemps de la distribuer ; tout comme ils usèrent de leur droit de censure à l'encontre des brochures abolitionnistes jusqu'à la fin de la guerre de Sécession, en 1865.

à la nôtre existent dans le Mississippi, la Georgie et l'Alabama, mais celle de Caroline du Sud a été la première à recommander la rupture des liens politiques avec le Nord. Nous sommes donc assez forts, monsieur, pour tenir tête au gouvernement fédéral et à tous les abolitionnistes réunis, dit le planteur.

Lord Simon fut bien aise de voir son cousin prendre assez tôt congé. Sous prétexte de parler travaux, il retint Charles et fit apporter cigares et vieil armagnac.

– Bertie, qui possède plus de quatre cents esclaves – bien traités, il faut le reconnaître, pour lesquels il a même construit un dispensaire afin de les maintenir en état de travailler –, rêve d'une république esclavagiste qui s'étendrait du Potomac au Río Bravo, exposa Cornfield.

– Une telle république aurait contre elle toutes les nations civilisées et ne pourrait survivre, souligna Charles.

– J'en suis certain. Mais avouez que cette utopie peut faire des ravages dans les esprits, au Nord comme au Sud, et conduire à une guerre civile entre citoyens américains. Que pèserait notre archipel dans un tel conflit ? demanda le lord.

– La flotte britannique le protégerait, répondit Charles sans conviction.

– En cas de conflit entre le Nord et le Sud, fit lord Simon, nous autres Anglais devrions agir avec circonspection et, si possible, ne pas prendre ouvertement parti, même si cela vous paraît un peu spécieux. D'une part, nous avons besoin du coton du Sud pour faire tourner les broches de nos filatures, d'autre part, les droits de douane fédéraux ne sont guère favorables à notre commerce... Alors !

– Question d'honneur et de conscience, observa Charles.

– Comme le disait notre roi Charles II : « L'honneur et la conscience sont des chimères. Un roi ne doit gouverner que par les règles de la prudence et de la nécessité », cita Cornfield, toujours pragmatique.

Après quelques considérations techniques sur le premier pont enjambant le Mississippi entre Davenport, Iowa, et Rock Island, Illinois, inauguré le 21 avril, Charles prit congé de son hôte. En quittant le manoir, il perçut, venant de la salle de musique, les sons de l'orgue. Comme toujours quand il avait été contrarié, lord Simon Leonard Cornfield massacrait Bach et Haendel en leur demandant de lui rendre un peu de sérénité.

Au lendemain de cette soirée de controverse, Desteyrac allait regagner son chantier et Timbo venait d'avancer le dog-cart quand apparut, sur le chemin du port occidental, une charrette de paysan dans laquelle Charles reconnut le major Carver. De loin, Edward héla l'ingénieur et lui fit signe de l'attendre.

– Quel curieux équipage ! s'étonna Desteyrac.

– C'est tout ce que j'ai trouvé au port, dit Carver en congédiant le charretier.

– Personne ne semble avoir été prévenu du retour du *Phoenix*, sinon vous eussiez été attendu, dit Charles.

– Le *Phoenix* est à Nassau et je suis venu par le bateau-poste pour préparer mon ami Simon à une nouvelle déception, avoua le major.

L'embarras se lisait sur son visage fatigué.

– Nouvelle déception ?

– Lady Ottilia a rompu ses fiançailles. Elle ne veut plus se marier. Quand le pauvre Edwin, qu'elle attendait chez la veuve Sampson à Washington, est rentré, tout feu tout flamme, du Texas, elle lui a signifié sa décision et l'a planté là, avec sa mère au bord de l'apoplexie ! À New York, Ottilia a prévenu Jeffrey de l'annulation de son mariage avant d'embarquer, seule avec Mlle Lanterbach, sur le *Phoenix*. Elle sera ici demain. Voilà où nous en sommes, mon ami...

– Ce n'est pas la première fois que lady Ottilia renonce *in extremis* au mariage, constata Charles.

– Elle finira comme sa tante Lamia, dans la peau d'une vieille fille insupportable. Elle a voulu faire escale à Nassau pour annoncer elle-même à l'évêque anglican qui devait bénir son mariage qu'il n'aurait pas à se déranger le 7 juin. J'en ai profité pour quitter le *Phoenix* et prendre le bateau-poste afin d'arriver ici avant elle. Maintenant, je vais devoir affronter lord Simon. Je prévois une colère de force onze, dit le major, évaluant en marin comme l'amiral Beaufort.

– Courage ! lança Charles en sautant dans son dog-cart pour prendre la route du sud.

Chemin faisant, il imagina la fureur de Simon et sans doute les railleries de Bertie III. Le planteur tenait Ottilia, ardente propagandiste des théories antiesclavagistes et féministes, pour une fille dénaturée et de mœurs douteuses.

Au cours des jours suivants, Desteyrac, très occupé par la construction du pont, n'eut pas d'autres informations sur ce qui s'était passé à Cornfield Manor après le retour du *Phoenix* et la rencontre d'Ottilia avec son père. Il apprit seulement par Ounca Lou, qui le tenait de sa marraine toujours bien renseignée, que la fille de lord Simon ne quittait pas le manoir et refusait toutes les visites, sauf celle de son cousin Malcolm.

– Elle passe le plus clair de son temps sur la galerie à lire ou à faire de la tapisserie. Son père, qui refuse de prendre ses repas avec elle, ne la retiendra pas si elle décide de quitter Soledad. Quant aux Cornfield de Caroline du Sud, ils ont pris la mer pour Cuba à bord de leur vapeur, après une dernière altercation avec lord Simon, rapporta la jeune fille.

Il fallut attendre une visite de Malcolm Murray pour que Charles en apprît plus sur la rupture des fiançailles d'Ottilia. L'architecte offrait une mine contrite.

– Je ne sais que ce que Gertrude m'a rapporté. Otti aurait simplement dit à Edwin : « Je ne suis pas capable de vous rendre heureux. » Elle lui a ensuite rendu la bague de fiançailles, que la mère Sampson a acceptée alors que ce bijou de Tiffany avait été payé par mon oncle ! Quel manque de délicatesse ! Ainsi, nous n'aurons pas à regretter les Sampson ! tonna Murray.

– Comment lord Simon a-t-il pris la chose ?

– Il avait été prévenu par Carver, et sa colère était retombée quand Ottilia arriva. Lord Simon a exigé qu'elle s'engage sur la Bible à ne plus se fiancer pour ne pas épouser. En vérité, Edwin Sampson ne plaisait guère à mon oncle, et la douairière pas du tout. Mais cela n'est rien. Ce qui me préoccupe, c'est la santé d'Otti. Je la trouve un peu trop calme, un peu trop raisonnable, un peu trop demoiselle rangée, ce qui n'est pas dans sa nature, dit Murray, visiblement inquiet.

– Sans doute une attitude passagère, Malcolm. Sa vraie nature reprendra le dessus. « Chassez le naturel, il revient au galop », a écrit Saint-Simon.

– J'ai une autre raison d'être alarmé, Charles. Pendant notre escale à Nassau, dont le but avoué par Otti était une visite de courtoisie à l'évêque pour expliquer qu'elle ne se mariait pas, elle s'est rendue chez une mulâtresse, diseuse de bonne aventure et adepte du vaudou. Gertrude, qui accompagnait ma cousine, a été laissée à la porte, mais elle a fait parler des voisines de la femme en question. Elle a appris que cette personne vend des drogues ou des herbes, aussi bien pour rendre fécondes les femmes stériles que pour débarrasser celles qui ont fauté du fruit de leurs amours. Elle pratique aussi l'*obeah*, l'art magique des Carib jeteurs de sorts, et vend des poisons tirés de végétaux toxiques. Je crains je ne sais quoi pour Otti.

– Tout cela est inquiétant, en effet, convint Charles.

– Elle a manifesté hier, pour la première fois, le désir de sortir. Elle viendra voir votre chantier un de ces jours. Elle a pour vous estime et confiance. Faites-la parler. Peut-être vous confiera-t-elle ce qui la rend si dolente ? conclut Murray.

Le rivetage des éléments du pont fut assez spectaculaire pour attirer des curieux, que Tom O'Graney maintint à distance. Tels des jongleurs sûrs de leurs gestes, des ouvriers arawak, comme en se jouant, saisissaient avec de longues tenailles les rivets chauffés à blanc dans les braseros et les lançaient à des compagnons qui les recevaient dans des calebasses. Aussitôt, les riveteurs, eux aussi munis de tenailles, s'en emparaient et les glissaient dans les trous des éléments à réunir. Les marteleurs intervenaient vivement pour écraser le rivet encore rouge entre marteau et bouterolle. Une aspersion d'eau refroidissait la pièce et assurait le serrage.

– Jamais je n'aurais trouvé en France des ouvriers aussi habiles, capables de s'adapter sans rien connaître de nos techniques à la méthode de travail primitive mais très efficace que vous voyez exercer, dit Charles à Edward Carver, venu, fin juin, visiter le chantier.

L'ingénieur convia le major à partager son repas en le priant d'excuser la frugalité de la table. Le visiteur lui apprit que la convention du parti démocrate américain, qui s'était tenue entre le 2 et le 6 juin à Cincinnati, Ohio, avait désigné James Buchanan comme candidat à l'élection présidentielle de novembre 1856. Le parti républicain lui opposerait le colonel John Charles Frémont.

– Le principal mérite de Frémont, dont le père est français et la mère virginienne, est une expédition scientifique dans les montagnes Rocheuses. C'est aussi un fameux cavalier. Il a parcouru huit cent quarante miles en soixante-seize heures sans descendre de cheval. Mais je lui donne peu de chances d'être élu président face à Buchanan, vrai politicien, dit Carver.

– Si Buchanan l'emporte, Bertie III Cornfield sera satisfait. C'est son candidat, observa Charles, se souvenant des propos du planteur.

– Et les Cubains pourront s'attendre à plus ou moins long terme à un changement de bannière, ajouta le major.

– Notre pont sera terminé avant que Cuba ne devienne État américain, assura Charles en riant.

– À ce propos, lord Simon m'a chargé de vous demander la date approximative de la fin de vos travaux. Il a l'intention de faire de l'inauguration du pont un événement pour l'archipel. Il veut inviter le gouverneur, des fonctionnaires britanniques et des notables d'autres îles.

– Si les ouragans ne nous importunaient pas, je pense que, fin juillet, nous pourrions procéder au lançage. Mais, pas plus que lord Simon, je ne commande aux tempêtes tropicales ; je doute donc que cela soit possible, prévint Charles.

– Les ouragans nous arrivent habituellement entre juillet et octobre. S'ils devaient interrompre vos travaux, nous ne pourrions inaugurer le pont que cet automne, admit Edward Carver.

La prudence de Charles se justifia car, dès la mi-juillet, un premier ouragan l'obligea à fermer le chantier après qu'un ouvrier eut le genou écrasé par une poutrelle renversée par une rafale de vent. L'Arawak, conduit au nouvel hôpital du Cornfieldshire, fut amputé par le docteur Kermor.

Le pont à demi construit fut solidement arrimé au sol par les marins, et l'outillage mis à l'abri de la pluie. Pestant contre ces colères annuelles de Neptune, Charles ne put même pas retrouver, comme presque chaque soir, les bras d'Ounca Lou, contrainte par les intempéries de rester à Buena Vista. L'océan soutenait avec frénésie les caprices des vents accourus du golfe du Mexique, et le va-et-vient restait impraticable.

L'ingénieur profita de ce repos et de cette solitude forcés pour regagner son bungalow du Cornfieldshire et rendre visite à lord Simon. Il trouva le vieil Anglais d'humeur sombre. Quand Charles demanda des nouvelles d'Ottilia, l'explication du comportement de la jeune femme fut expédiée en peu de mots.

– D'après Carver, il a dû se passer à New York quelque événement dont j'ignore la nature. Malcolm, pour qui Ottilia n'a pas de secret, dit ne rien savoir, ou se tait. En tout cas, j'ai le sentiment que ma fille ne sait que faire de sa personne.

– J'aimerais la voir, dit Charles.

– Tentez votre chance. Je vais envoyer Pibia la prévenir de votre présence, répondit lord Simon, désabusé, en quittant l'ingénieur.

Charles se rendit sur la galerie, d'où il vit les grands palmiers royaux du parc secoués par les bourrasques et les fleurs des massifs hachées par l'averse.

Il attendait la réponse du majordome quand le pas d'Ottilia le fit se retourner. La jeune femme, pâle et le regard las, lui fit signe de s'asseoir. Elle était toujours aussi belle, mais d'une beauté différente, épurée, intemporelle. Une beauté statuaire et ténébreuse, qui inspirait moins le désir que la révérence.

– Ne me demandez pas de raconter pour la dixième fois comment j'ai rompu mes fiançailles. Parlez-moi plutôt de votre pont : où en est la construction ? dit-elle, éludant toute question intime.

Charles fit le bilan des travaux, suspendus par le mauvais temps, et invita lady Ottilia à visiter le chantier quand les ouragans, d'intensité variable et qui se succédaient à intervalles irréguliers, se seraient éloignés de l'archipel. Elle acquiesça d'un bref signe de tête, comme si le pont n'était pas sa préoccupation première.

– Je me suis laissé dire par Malcolm que vous êtes assez lié avec la filleule de ma tante Lamia, une demi-Indienne, dit-elle abruptement.

– Cette demi-Indienne, diplômée du Rutgers College, de Camden, parle et écrit quatre langues. Elle prépare un traité d'ichtyologie sur les mollusques des Bahamas. C'est aussi votre demi-sœur, compléta sèchement Desteyrac.

– On le dit. Mais il se peut que j'aie dans nos îles d'autres demi-sœurs et demi-frères qui n'ont pas été adoptés par lady Lamia. Mon père est veuf depuis longtemps et les filles d'ici se laissent facilement séduire par les Blancs. Ça ne leur donne ni droits ni position sociale. Enfin, si une fille comme celle-là, instruite au-dessus de sa condition, peut vous distraire, profitez-en, Monsieur l'Ingénieur ! ajouta-t-elle, le regard lointain.

– Vous devez être bien malheureuse pour parler ainsi, Otti, dit Charles, plus apitoyé que fâché.

– Ma manière d'être ne regarde personne et je n'ai que faire de votre sollicitude, mon cher.

Desteyrac se leva pour mettre fin à un entretien déplaisant mais, avant de quitter la galerie, il se tourna vers Otti.

– Le ton de vos lettres était plus confiant, plus aimable aussi. Vous semblez avoir oublié certaine valse dont vous faisiez grand cas, semblait-il.

– J'ignorais alors ce que je sais aujourd'hui. Et, surtout, ne pensez pas avoir éveillé en moi de la jalousie.

Ce serait dérisoire. Pour une Anglaise, les sang-mêlées, même diplômées, ne sont que vapeur d'après pluie, lança-t-elle.

Le soir même, Charles rapporta à Malcolm Murray la conversation décevante qu'il avait eue avec la cousine de l'architecte.

– Elle semble en vouloir à la terre entière, alors que c'est en elle, hélas, que réside la cause de son mal de vivre, dit Murray.

– Cela ressemblait assez à une scène de jalousie digne du théâtre de boulevard ! répliqua Charles.

– Vous vous trompez. Peut-être Ottilia est-elle jalouse. Mais ce n'est pas jalousie ordinaire, pas jalousie triviale, née d'une simple rivalité amoureuse. La jalousie d'Otti, si l'on peut appeler ainsi le sentiment beaucoup plus complexe et subtil que je devine, va bien au-delà de l'existence de votre belle amie. Otti envie toutes les femmes, Charles. C'est difficile à admettre, mais un jour, peut-être, vous comprendrez ce que je tente d'exprimer.

La saison des ouragans atteignit son paroxysme le 10 août. L'archipel des Bahamas en souffrit moins que la côte américaine quand Last Island – que les Louisianais francophones nommaient Isle Dernière –, située dans le golfe du Mexique, près du delta du Mississippi, fut submergée par un raz de marée qui détruisit toutes les habitations et noya cent trente-sept personnes. Après ce redoublement de violence, les tempêtes s'espacèrent, l'intensité des vents diminua et la fin de l'été fut sereine.

– La mauvaise période est passée, assura Tom O'Graney de sa voix de fausset.

Habitué au climat, l'Irlandais invita l'ingénieur à rouvrir le chantier dès le 15 septembre pour parachever la construction du pont. Restait à fixer les longues poutrelles arquées qui, tout en augmentant la rigidité de l'ouvrage, lui donneraient, malgré son tablier horizontal, l'aspect d'une arche.

Le beau temps revenu, Ounca Lou reprit ses visites à Little Manor pour le plus grand plaisir de Charles.

Le bain du soir, devenu rituel pour les amants, quand Pink Bay était vide, tandis que Timbo préparait le repas, offrait à l'ingénieur la meilleure détente après la journée de travail. Le soleil avait donné à sa peau la même couleur bronze clair que celle du corps d'Ounca Lou. Il tirait fierté de cette harmonie.

Un soir, alors que les amants, se tenant par la main, sortaient nus et rieurs de l'océan, ils aperçurent avec stupeur, immobile sur la plage, une femme vêtue de blanc qui les regardait.

– Bon sang, c'est lady Ottilia ! jeta Charles à sa compagne, comme lui figée par la surprise.

– Visite inattendue, dit Ounca Lou sans se troubler.

– Faites un détour, rentrez à la maison et envoyez-moi Timbo avec un pantalon, ordonna-t-il.

Avant que la jeune fille ne se fût élancée, la visiteuse s'était écroulée sur le sable. Assise, les genoux relevés, elle cachait son visage dans ses bras croisés. L'ingénieur se remit à l'eau pour cacher sa nudité en attendant Timbo.

– J'ai pas vu la lady veni', mossu, dit l'Arawak en tendant à Charles un pantalon de toile.

En trois enjambées, l'ingénieur fut près d'Ottilia.

– Eh bien, vous auriez pu vous faire annoncer !

Elle releva lentement la tête, écarta ses cheveux et montra un visage défait, trempé de larmes.

– Pardon, pardon, pardon, articula-t-elle, nerveuse et confuse, entre deux sanglots.

Charles s'assit près d'elle et lui entoura l'épaule de son bras nu.

– Ottilia, pourquoi ces larmes ? Oui, pourquoi ? Que se passe-t-il ?

– Vous étiez si beaux, tous deux, vous tenant par la main... Un couple de commencement du monde... Adam et Ève absous, voilà, voilà ce que j'ai vu ! Merveilleuse et cruelle apparition ! Oh, Charles, me pardonnerez-vous jamais ?

– C'est fait, rassurez-vous et séchez vos yeux...

Elle se leva, secoua le sable de sa jupe, serra une mousseline sur ses cheveux rassemblés, recouvra sa maîtrise.

– Je dois rentrer au manoir avant la nuit. Le cocher de mon père m'attend, dit-elle en désignant le plateau.

– Ne voulez-vous pas dîner avec nous ? Vous rentrerez plus tard.

– Non, je ne puis. Ne m'accompagnez pas. Adieu, Charles, dit-elle d'une voix enrouée.

Tandis qu'elle gravissait le talus derrière la maison, Desteyrac suivit du regard la frêle silhouette qui se découpait en haut de la pente sur le ciel mauve. Quand il entendit la calèche démarrer, il regagna sa maison.

– Vous auriez dû la retenir. Cette visite est si étrange, dit Ounca Lou.

– Plus étrange encore ce qu'elle m'a dit de nous, indiqua Charles avant de rapporter, mot pour mot, les propos de la fille du lord.

– Je crois comprendre. Ce n'est pas de la jalousie à mon encontre. Ce doit être bien plus terrible, murmura Ounca Lou.

– Que signifie cela ? Vous avez l'air de connaître des choses que j'ignore.

– Marraine m'en a confié qui peuvent expliquer le comportement d'Ottilia. Mais seule Lamia pourrait vous dire ce qu'il ne m'appartient pas de divulguer.

– S'il en est ainsi, allons tout de suite la voir. Venez ! dit Charles, déterminé.

Ils passèrent sur Buena Vista par le va-et-vient et trouvèrent Fish Lady absorbée dans la lecture du récent recueil de poèmes de Walt Whitman, *Leaves of Grass* [1].

– Vous devriez lire ces vers. C'est nouveau, déroutant et parfois scabreux, mais très vivant, dit-elle avant de s'informer de la raison de cette incursion tardive.

En quelques phrases, Ounca Lou mit sa marraine au courant de l'étrange apparition de lady Ottilia à Little Manor, et Charles répéta les propos de la fille du lord.

Fish Lady prit le temps de la réflexion, enfermée dans une sorte d'expectative dont elle sortit avec un soupir.

– Je crois, Charles, que vous devez maintenant avoir connaissance de l'infirmité de ma nièce, afin que vous ne la preniez pas pour une folle, commença-t-elle.

– Infirmité ? Diantre ! Peu visible, en tout cas.

– Il s'agit en fait d'une... exception physiologique. Dans son langage de carabin, Uncle Dave dit « femme

1. Publiés pour la première fois en 1855 aux États-Unis, les poèmes de Walt Whitman furent révélés aux Français par Léon Balzagette et Valery Larbaud. Sous le titre *Feuilles d'herbe*, Léon Balzagette publia, en 1909, au Mercure de France, une première traduction des poèmes de l'auteur américain, mort en 1892.

barrée ». L'union sexuelle est rendue impossible à Ottilia par une malformation congénitale de ses organes. C'est, comprenez-le, une porte fermée à l'amour. Sa physiologie rend sa virginité inviolable. Ottilia a consulté des médecins à Londres, autrefois, et, plus récemment, à New York, le fameux docteur Mott. Son cas est irrémédiable. Ni la médecine ni la chirurgie ne peuvent rien pour elle. C'est un secret que j'étais jusqu'à ce jour la seule à détenir.

– Je conçois la souffrance et l'amertume d'une femme si différente de toutes les autres, dit Charles, décontenancé.

La confidence de Lamia expliquait certains propos sibyllins de Murray qui, lui, devait savoir.

– Notre reine vierge, Élisabeth Ire, était, je crois, dans la même situation. On lui a prêté beaucoup d'amants à qui elle écrivait des lettres enflammées. Ce n'étaient que des favoris, car elle n'a jamais donné d'héritier à la Couronne. Comme, dernièrement, Ottilia, elle rompit au dernier moment ses fiançailles avec le duc d'Anjou et lui rendit sa bague. Voilà tout le drame d'Ottilia, Charles. Soyez indulgent pour elle, car le plus commun des plaisirs lui est à jamais interdit, et mon frère, qui espère tant un petit-fils, n'aura pas de successeur. De quoi désespérer une femme qui paraît avoir tout pour elle : beauté, naissance, fortune ! acheva Fish Lady.

– Désespérée, elle doit l'être, marraine, et l'on peut craindre qu'elle ne mette fin à ses jours. Quand elle a quitté Charles, son visage était tragique, intervint Ounca Lou.

– Moi aussi, je suis inquiet, Lamia. Malcolm m'a raconté qu'à Nassau Ottilia a rendu visite à une sorte de sorcière qui vend des poisons. Or, sa mère en usa, m'avez-vous dit un jour, pour se débarrasser de l'épouse de lord Simon. Ne croyez-vous pas que...

– Je ne veux rien croire encore. Mais courez à Cornfield Manor. D'après ce que vous me dites et ce qui vient de se passer, je sens que nous allons au drame. Faites vite ! dit soudain Fish Lady.

La nuit était claire et Desteyrac, de retour à la maison de chantier, réveilla Timbo, fit atteler Zéphyr et prit au grand trot la route de Cornfield Manor.

– Ç'a pas bon d'aller la nuit pa' les chemins, grommela l'Arawak en fouettant le cheval.

Jamais l'ingénieur ne mit aussi peu de temps pour accomplir le parcours familier. Tout semblait dormir dans le manoir quand la petite voiture entra dans le parc.

– Timbo, toi qui sais tout, montre-moi la fenêtre de la chambre de lady Ottilia, exigea Charles en descendant de voiture, assez loin du perron pour ne pas attirer l'attention.

Ils contournèrent le bâtiment principal et l'Indien désigna, sur la galerie, une porte-fenêtre entrouverte d'où filtrait de la lumière.

– Tu m'attends là, sans faire de bruit, le temps qu'il faut.

– Si Mossu l'Ingénieu' y 'este do'mi' avec la lady, Timbo peut do'mi' aussi, pas ?

Charles négligea de répondre, escalada la balustrade de la galerie et vit, à l'intérieur de la chambre, Ottilia appliquée à écrire devant un secrétaire. Après une brève hésitation, il pénétra sans précaution dans la pièce. Le grincement de l'huis et le craquement du parquet firent sursauter Otti qui se dressa, effarée.

– Que venez-vous faire ici à cette heure ? dit-elle, stupéfaite, mais sans colère.

– Je viens d'abord vous dire, Ottilia, que je suis votre ami. Ensuite, je viens chercher ce que vous avez acheté à la sorcière de Nassau, ajouta-t-il, nullement certain de ne pas imaginer à tort.

Le regard de la jeune femme se portant sur un guéridon où se trouvaient un verre et une fiole, il sut avoir vu juste.

– Je ne vois pas ce que vous voulez dire, Charles. Non, vraiment, je ne vois pas.

– Eh bien, moi, je vois !

Faisant un pas vers le guéridon avant qu'Ottilia eût réagi, il saisit le flacon et le lança, par-delà la galerie, dans le jardin.

Quand il se retourna, Ottilia s'était assise et le regardait, accablée, mais s'efforçant au calme.

– C'est un somnifère que vous venez de jeter par la fenêtre, dit-elle posément.

– Pour faire dormir longtemps, très longtemps, à jamais peut-être ? N'est-ce pas, Ottilia ?

– Qu'importe ce que vous pensez. Vous ignorez pourquoi j'ai perdu le sommeil, gémit-elle.

– Je sais, maintenant, Ottilia, tout ce que vous cachez de souffrance intime, répondit Desteyrac.

– Ah, vous savez ! Vous savez ! Depuis des mois, sans doute. Par Lamia, bien sûr, la seule qui connaisse mon état. Vous savez donc que je ne puis être ni amante, ni épouse, ni mère. Vous savez que je ne suis pas épousable ! s'écria-t-elle, prise d'une sorte de fureur désespérée.

– Je le sais depuis une heure seulement. C'est pourquoi je suis venu en pleine nuit chez vous. La confidence de lady Lamia, succédant aux propos que vous m'avez tenus à Pink Bay, nous a donné à craindre que ne vous fassiez usage d'un trop puissant somnifère, car j'avais connaissance par Malcolm de votre visite à la sorcière de Nassau, Otti.

Vaincue, Ottilia se mit à pleurer en silence comme une fillette prise en faute. Charles s'approcha, l'obligea à relever la tête et essuya d'un doigt une larme qui roulait sur sa joue.

– Je suis votre ami, Otti. Ce dont la nature vous prive n'est pas tout dans la vie. Une des plus belles Françaises connues, morte il y a quelques années, Juliette Récamier, était dans votre situation. Elle fut admirée, aimée, adulée par des savants, des artistes, des hommes célèbres, des écrivains, dont M. de Chateaubriand, qui la visitait chaque jour. Vous n'êtes pas exclue de l'amour, Otti.

Elle quitta son siège et se jeta dans les bras de Charles en pleurant, puis, rompant immobilité et silence, se sépara de lui.

– Merci, mille fois merci, Charles. Vous me faites grand bien. Maintenant, partez. Nous nous reverrons dans quelques jours, sans doute à la fête que mon père donnera pour l'inauguration de votre pont.

– Il y aura bal et nous valserons, promit Desteyrac en passant sur la galerie.

Il sauta la balustrade et se trouva dans la pénombre devant une apparition fantomatique : lord Simon, vêtu d'un long négligé blanc, un fusil sous le bras, pareil à la statue du Commandeur, encadrait, avec Pibia, lui aussi armé, le pauvre Timbo.

– Ah, c'est vous, Desteyrac ! Pouvez pas passer par

la porte, comme tout le monde, au lieu de jouer les Roméo en grimpant au balcon ?

De la part d'un père surprenant un visiteur nocturne – supposé galant – chez sa fille, le ton aurait dû être plus sévère.

– J'avais une chose urgente à dire à lady Ottilia et ne voulais déranger personne à cette heure, lord Simon.

Cornfield allait parler quand, penchée à la balustrade de la galerie, Ottilia intervint.

– Je vous en prie, père. N'importunez pas M. Desteyrac. Rejoignez-moi, je vous prie, au salon. Je vous expliquerai tout.

Lord Simon émit un grognement, renvoya Pibia avec les fusils et prit Charles aux épaules.

– Vous êtes un sacré gaillard, Monsieur l'Ingénieur ! Savez-vous que vous ne me déplairiez point comme gendre ? lâcha-t-il avec un rire énorme qui rassura Timbo mais fit imaginer à Charles que le temps des déceptions n'était pas révolu.

Sur la route de Pink Bay, ayant pitié de l'Indien qui, dodelinant de la tête, menaçait de s'endormir, le Français prit les rênes.

– Mossu va ma'ier lady Ottilia ? C'est bon pou' Mossu l'Ingénieu' mais Mame Ounca pas contente, observa l'Arawak.

– Il y a plusieurs façons de devenir le gendre de lord Simon, Timbo. Mais tout ça est secret. Si tu racontes ce que tu as vu et entendu cette nuit, les zemis te feront pousser des cornes !

– Je pa'le'ai pas mieux qu'une éponge, mossu. P'omis ! dit-il avant de céder au sommeil.

Le pont achevé, O'Graney se prépara à le faire peindre.

– Notre peinture de marine pourrait faire l'affaire, proposa-t-il.

– Tout est prévu, Tom. Les seaux de peinture que j'ai commandés à Nassau sont arrivés hier : tu les trouveras dans le hangar aux outils.

L'Irlandais délégua deux marins pour aller chercher les récipients et faillit perdre ce qui lui restait de voix quand il ouvrit le premier seau.

– Mais c'est de la peinture bleue, monsieur. Ils se sont trompés, à Nassau !

– Non, c'est bien la peinture que j'ai commandée, Tom. Nous ne sommes pas à Liverpool. La couleur de nos îles est le bleu. Le pont sera donc bleu : bleu comme le ciel, bleu comme la mer, bleu comme les yeux d'une Irlandaise !

– C'est bien la première fois qu'on verra un pont bleu, monsieur, dit Tom.

– Mais c'est justement pour qu'on le voie moins qu'il sera bleu.

Sous l'effet de l'étonnement, la voix perchée du géant était montée d'un ton, mais Sima, le pêcheur d'éponges, et les Arawak présents, amateurs de couleurs vives, approuvaient gaiement le choix de l'ingénieur.

La veille du lançage du pont, opération délicate et risquée, Charles réunit les ouvriers et les marins qui participeraient aux manœuvres déjà répétées.

– Le lançage est une opération difficile, que nous conduirons sans témoins. Je ne veux pas de curieux, quels qu'ils soient. Aussi, je vous demande à tous de garder le secret. Nous commencerons le travail demain matin, au lever du jour.

Cette nuit-là, Charles ne put trouver le sommeil. Il touchait au but. Le pont, son premier ouvrage, autour duquel, suivant la tradition, ses condisciples des Ponts eussent organisé une fête, allait être lancé à des milliers de kilomètres de la rue des Saints-Pères. On n'en saurait en France que ce qu'il accepterait d'en écrire à des amis. On ne verrait pas dans *L'Illustration* de dessin du pont de Buena Vista ; les plans ne seraient pas conservés dans les archives de l'École ; il y avait peu de chances qu'une réalisation aussi discrète suscitât des commandes qui lui permettraient d'exercer son art ailleurs. Mais il avait choisi l'aventure. Et l'aventure lui offrait une romance exotique grisante, riche en imprévus. Le bonheur était là, pas ailleurs.

Restée à Buena Vista pour tenir compagnie à Lamia, agacée par le bruit et la fumée de la petite machine à vapeur qui fournissait l'énergie au cabestan installé sur son îlot, Ounca Lou vint à l'aube, par la mer, l'assurer de son amour, puis elle regagna l'îlot.

Tandis que s'éteignaient les dernières étoiles, chassées par la lumière froide de l'aube, tous les ouvriers rassemblés se tenaient aux ordres de l'ingénieur. Alors que, chaque jour, la reprise du travail s'accomplissait dans les bavardages, les quolibets et les rires, ce matin-là, les Arawak comme les marins de O'Graney restèrent silencieux, sérieux, presque graves, aux ordres de Charles Desteyrac. Tous savaient participer à un événement exceptionnel dans l'archipel. Plus tard, ils amèneraient leurs enfants et petits-enfants voir le pont. Désignant tel rivet qui leur avait brûlé les doigts, telle entretoise ou tel longeron qui leur avait écrasé un orteil ou déchiré la paume, ils diraient avec fierté : « C'est moi qui l'ai fait. »

On mit d'abord en place le contrepoids, fait de gueuses de fonte apportées du port occidental et de blocs de pierre. Puis, les câbles, tirés au-dessus du goulet, furent enroulés au cabestan placé sur Buena Vista. Charles s'adressa alors une dernière fois aux hommes qui devaient, au moyen de cordages, guider la propulsion de l'ouvrage.

– Pensez que vous allez faire rouler au-dessus du goulet vingt tonnes de fer. Le contrepoids que je crois avoir largement calculé maintiendra le tablier horizontal. Il ne fléchira pas au-dessus de la faille et son extrémité se posera sur le chemin de roulage que vous avez construit sur l'îlot. Mais si, d'aventure, le pont s'inclinait et menaçait de glisser dans le gouffre, n'essayez pas de le retenir. Vous n'y parviendriez pas et seriez entraînés avec lui. Si cela se produisait, je vous donne l'ordre de lâcher câbles et cordages et de vous éloigner du bord. Maintenant, au coup de sifflet de Tom O'Graney, le cabestan va être mis en marche. Prenez vos postes. Si le bon Dieu et vos zemis le veulent, tout se passera bien ! conclut Charles, en proie à autant de crainte que d'émotion.

Deux heures plus tard, Charles se dit que ses maîtres de l'École des ponts et chaussées auraient été fiers de leur élève. Avec une précision parfaite, l'extrémité du pont avait glissé sur le chemin de roulage de Buena Vista et, après un bref instant de stupeur, suscité par la réussite espérée de la manœuvre, les ouvriers s'étaient mis à clamer leur joie, les uns applaudissant, d'autres frappant les tonneaux avec des bûches, et les marins d'O'Graney poussant des hourras, tels des Cosaques. Sur la rive de Buena Vista, Ounca Lou agitait une écharpe près d'une lady Lamia souriante.

Sima et ses compagnons prirent alors l'initiative de hisser Charles sur leurs épaules et, avant qu'il ait eu le temps de protester, sautant sur les membrures du tablier encore dépourvu de chaussée, lui firent, le premier, franchir le pont et le déposèrent devant Fish Lady.

– Monsieur l'Ingénieur, vous avez gagné, dit-elle simplement avant d'abandonner Charles aux effusions d'Ounca Lou.

Le pont n'était pas pour autant achevé. Au cours des jours qui suivirent, si les curieux furent nombreux, après lord Simon qui reprocha gentiment à Charles de ne pas l'avoir convié au lançage, les ouvriers charpentiers mirent en place sur le tablier d'épaisses planches de bois de gaïac qui constituèrent la chaussée. Les terrassiers scellèrent dans la roche, sur les deux rives, les étriers destinés à maintenir l'ouvrage en place en ménageant, suivant les plans, des espaces de dilatation qui permettraient, sous l'effet de la chaleur, l'allongement comme le retrait des poutres métalliques.

La dernière besogne consista, trois jours plus tard, à fixer, sur les croisillons constituant les garde-fous du pont, des blasons des Cornfield qu'un héraldiste eût énoncés : « D'azur au rocher d'or mouvant d'une mer d'argent et un chef de pourpre chargé de trois épis d'or. » Le dessin et la peinture des armes avaient été confiés par Desteyrac et Carver à Murray. Seuls dans le secret, les trois hommes voulaient que cette ornementation sur chaque flan du pont fût une surprise pour lord Simon. Sitôt mis en place, les blasons furent donc couverts d'un morceau d'étoffe pour les cacher aux regards.

L'inauguration, fixée par Carver au 28 octobre, jour de la Saint-Simon, fut, comme l'avait souhaité le maître de l'île, une cérémonie inoubliable. Dès la veille étaient arrivés à bord du *Phoenix* et du *Centaur*, envoyés à Nassau, le représentant du gouverneur royal des Bahamas, ce dernier étant absent de l'archipel, des membres de la *General Assembly*, l'attorney général, les ministres du Travail, de la Santé et de l'Éducation, les officiers en poste à New Providence, et des fonctionnaires britanniques et bahamiens, ainsi que les musiciens d'une frégate de la Royal Navy stationnée à Nassau.

Venant de Cat Island, d'Eleuthera, des Abacos, de Great Exuma et d'autres îles, des notables, descendants des loyalistes, comme les Rolle, les Adderley, les Burnet et bien d'autres, dont les ancêtres avaient reçu des terres de la Couronne en 1783, avaient fait le déplacement. Leurs bateaux encombraient le port occidental, pavoisé pour les accueillir. Lord Simon avait tenu à associer à l'événement son vieux complice Maoti-Mata, cacique des Taino. Au matin de l'inauguration, le chef indien, seul Arawak ayant fait, grâce au maître de l'île, un séjour en Angleterre, se présenta coiffé du bonnet d'ourson, cadeau des Life Guards, portant en sautoir la médaille commémorative de l'Exposition universelle de 1851 à Londres, offerte par la reine Victoria, et un stick sous le bras, comme un élégant officier de la garde. Il prit place sous le dais frangé, dans la tribune officielle, décorée de drapeaux et de guirlandes, entre le représentant du gouverneur royal des Bahamas et lord Simon Leonard Cornfield, qui arborait le très noble ordre de la Jarretière, dont il était seul titulaire dans l'archipel. Lady Ottilia, chargée par son père de s'occuper des invités, tenait son rôle avec charme, tantôt accaparée par les jeunes officiers de la Navy, tantôt par les épouses des officiels. Charles, très entouré par ceux qui sollicitaient des informations techniques sur la construction du pont et sa résistance aux ouragans, eut tout juste le temps de dire à Ottilia combien elle était ravissante dans sa robe bleu azur.

– Pensez que, ce soir, il y a bal chez mon père, lui glissa-t-elle.

Le délégué du gouverneur royal, représentant de Sa Majesté, la reine Victoria, ne pouvait tenir le premier rôle lors d'une cérémonie privée, organisée sur un territoire dont la Couronne n'était plus propriétaire. Avec l'accord de Carver, promu maître des cérémonies, Charles avait profité de la situation pour bousculer un peu le protocole. Au contraire du déroulement habituel d'une inauguration, et par courtoisie pour le délégué du gouverneur, contraint de n'être que simple spectateur, les discours ne seraient prononcés qu'une fois le pont ouvert. Le Français avait décidé de fermer l'ouvrage aux deux extrémités par des rubans identiques, aux couleurs de l'Union Jack et qui seraient simultanément coupés par lord Simon sur Soledad et par lady Lamia sur Buena Vista.

Sous le ciel indigo, alors que le thermomètre marquait 29 degrés centigrades, le froissement sonore des vagues dans le goulet enjambé par le pont faisait écho au chuchotement en mineur d'un océan paisible.

Sur une sonnerie de trompette, lord Simon s'avança vers le pont tandis que Lamia, vêtue d'une longue robe de même ton que sa volumineuse chevelure grise, argentée par la violente lumière de midi, fit de même sur la rive opposée. Une nouvelle sonnerie invita le frère et la sœur, à qui des fillettes venaient de tendre des ciseaux, à couper les rubans, ce qu'ils firent avec gravité, dans un silence concerté.

Pour les insulaires, qui savaient combien lord Simon et lady Lamia évitaient, depuis tant d'années, de se rencontrer, leur geste prit une signification particulière. Figés aux deux extrémités de l'ouvrage, le frère et la sœur s'observèrent un instant tandis que la musique attaquait *God Save the Queen*, puis, soudain, s'élancèrent d'un pas vif à la rencontre l'un de l'autre et s'étreignirent avec fougue au milieu du pont.

La foule applaudit sans subodorer la signification réelle de cette embrassade. Edward Carver en apprécia le sens profond et, bouleversé, se pencha vers Charles.

– Votre pont est l'arche d'alliance si longtemps espérée, mon ami, murmura-t-il, très ému.

Déjà, lord Simon avait offert le bras à sa sœur pour la conduire jusqu'à la tribune. Charles vit dans leurs yeux les mêmes larmes. Il avait gagné.

Avant que lord Simon ne prît la parole, deux enfants dévoilèrent les blasons des Cornfield, ce qui souleva parmi les assistants une clameur admirative et un échange de regards enfin complices et tendres entre le tyran de Soledad et la sorcière de Buena Vista.

Après que le pasteur Russell eut lu un psaume, le père Taval, revêtu de sa robe de moine, vint bénir le pont. Quoiqu'il fût paillard, gourmand, grand buveur et paresseux, l'ermite du mont de la Chèvre, resté humble de cœur et dévoué corps et âme aux malheureux, était estimé de tous.

Après trois phrases courtoises du délégué du gouverneur, lord Simon prit la parole. Il adressa les salutations d'usage aux personnalités, puis, plus sobrement que ne s'y attendaient Carver, Charles et Malcolm, il en vint à l'objet de la cérémonie.

– Ce pont, dans lequel on verra plus tard un ouvrage d'art audacieux et robuste, est dû au génie industriel de Monsieur l'Ingénieur français Charles Ambroise Desteyrac, commença-t-il, suscitant des applaudissements.

Quand ceux-ci se calmèrent, Simon Leonard reprit son discours.

– Cet ouvrage est aussi le produit du travail des charpentiers et marins de mes bateaux et celui de nos ouvriers indigènes. Sachez que nos Arawak ont donné à ce pont une jambe, trois doigts, un œil, et que d'autres ont souffert de brûlures ou de plaies douloureuses, dit-il en s'inclinant, un peu cabotin, en direction du cacique.

Cet hommage aux travailleurs indiens, suggéré par Desteyrac, fut acclamé par des gens de Nassau qui traitaient leurs domestiques avec moins d'égards que Cornfield.

– Ce pont, reprit le lord, est un élément de sûreté pour tous les insulaires. Que l'océan se déchaîne, empêchant toute communication par la mer entre Buena Vista et Soledad, que dans notre Devil Channel, gouffre qui a pris trop de vies, les vagues d'est et d'ouest se livrent un combat infernal, nous pourrons tout de même passer, par tous les temps, d'une île à l'autre. Ce lien de fer entre nos domaines n'a pu être établi qu'avec la collaboration active de lady Lamia Cornfield, propriétaire de Buena Vista. Désormais se trouve rompu le dangereux isolement des habitants de son îlot, qui, en cas de cataclysme, trouveront tous à Soledad refuge et réconfort.

Tandis qu'on en venait aux congratulations, Charles prit Carver à part.

– Lord Simon, parlant de sa sœur, a dit « propriétaire de Buena Vista », alors qu'il m'a dix fois répété que Soledad et l'îlot ne font qu'une seule et même propriété lui appartenant...

– Cher ami, il y a quelques semaines, peut-être en prévision de ce jour, peut-être parce qu'il craint qu'après sa mort les droits de Lamia ne soient pas reconnus, il a convoqué son notaire de Nassau et a fait complète donation à sa sœur de Buena Vista. Mais elle vient seulement de l'apprendre, d'où la mine stupéfaite que vous lui voyez !

Le baronet avait souhaité que l'inauguration du pont tant désiré fût une fête pour toute la population.

Au soir de la cérémonie, les Arawak organisèrent, du sud au nord de l'île, danses et chants devant des buffets approvisionnés, sur ordre du lord, par le personnel de Cornfield Manor. On vit de graves fonctionnaires anglais, des membres du gouvernement et leurs épouses participer aux rondes des insulaires, rire et chanter avec eux, ce qu'ils n'eussent jamais osé faire à Nassau, où les communautés indienne, noire et mulâtre observaient une stricte ségrégation.

Après les réjouissances rustiques vinrent celles prévues à Cornfield Manor : une réception, suivie d'un bal dans le grand hall du manoir débarrassé de ses tapis et de ses meubles.

Rentrant chez lui dans le Cornfieldshire pour passer sa tenue de soirée, les cartons d'invitation exigeant « *tail coat and white tie* », Charles fit la route dans la voiture du major Carver.

– Ce soir, dit Edward, vous aurez besoin d'une cavalière. J'ai pensé que la fille aînée du pasteur Russell conviendrait, car...

– J'ai ce qu'il me faut, major, coupa Charles.

– Si c'est la personne dont on dit qu'elle vous tient assidûment compagnie de jour comme de nuit à Pink Bay, vous n'aurez pas le front de la conduire à Cornfield Manor, dit Carver, alarmé.

– C'est cependant mon intention. Il faut que l'on sorte un jour, pour ce qui concerne cette personne, de l'ignorance feinte et hypocrite que trop de gens entretiennent depuis trop d'années, sir Edward.

– Vous allez causer un scandale. Ce n'est pas le jour ! fit sèchement le major.

– Surtout, n'allez pas mettre en garde votre ami Simon. Je veux lui faire la surprise, exigea Charles, catégorique.

– La surprise ne sera guère appréciée et vous risquez de compromettre votre avenir à Soledad, menaça Carver.

– Ma mission est ici terminée. Le pont est en place. Je puis avoir, demain, un emploi d'ingénieur chez Keystone Bridges Works, à Pittsburgh, et la filleule de lady Lamia est prête à me suivre. Vous comprendrez donc que je me soucie comme d'une guigne de la réaction de lord Simon. Je suis un homme libre, major, conclut Charles quand la voiture s'arrêta devant sa maison.

Edward Carver ignorait qu'Ounca Lou y attendait son amant. La jeune femme avait assisté, au milieu de la foule, à l'inauguration du pont et, sitôt la cérémonie achevée, Timbo l'avait transportée, à bord du dog-cart, au bungalow du Cornfieldshire. L'ingénieur la trouva déjà prête, vêtue d'une robe en lamé de soie céladon à grand décolleté carré, extraite de la garde-robe de sa marraine. Cette toilette mettait en valeur son buste arrogant et sa carnation ambrée. Sa coiffure, cheveux en torsades rassemblés en chignon sur le haut de la nuque, affirmait l'ovale du visage et la finesse du cou. Elle portait pour tous bijoux un collier de dents de requin et, au poignet, un bracelet fait d'éclats de nacre enlevés à des coquillages.

Tout avait été organisé par Fish Lady et, tandis que Charles s'habillait, Timbo vint annoncer que le commandant Colson et son épouse prendraient le couple au passage dans leur landau afin de le conduire au manoir.

– Ils sont donc dans le secret, s'étonna Desteyrac.

– Marraine a pensé que nous ne pouvions pas arriver à Cornfield Manor dans votre carriole, expliqua Ounca Lou en enfilant de longs gants blancs offerts par Fish Lady.

Un peu plus tard, quand la voiture, roulant vers le manoir, emprunta l'allée principale du parc, éclairée par des torchères, Lewis Colson, jusque-là silencieux, se tourna vers Charles.

– C'est très bien, ce que vous faites ce soir, Monsieur l'Ingénieur, dit-il, laconique comme à son habitude.

En haut des marches du grand escalier, sur la galerie illuminée par cent chandelles, lord Simon et lady Lamia recevaient les invités. Quand Ounca Lou posa sa main sur le bras de Charles pour gravir les marches, il la sentit frémir. Edward Carver se tenait en retrait, sur la galerie, attendant manifestement l'esclandre qu'il avait annoncé. Il fut déçu car Lamia, dont Charles pensa qu'elle avait dû préparer son frère à cette rencontre, présenta Ounca Lou.

– Simon, voici votre fille, dit-elle d'une voix nette, sans préambule.

Lord Simon n'avait jamais manqué de sang-froid. Il accueillit cette déclaration sans broncher, bien que son index tremblât légèrement quand il caressa la joue de la jeune fille, raidie par l'inquiétude.

– La dernière fois que je vous ai vue, vous aviez, je crois, sept ou huit ans. Vous êtes devenue très belle. Vous avez en Monsieur l'Ingénieur Charles Desteyrac le meilleur cavalier qu'on puisse trouver. Mais, si vous le voulez bien, nous parlerons plus tard dans un endroit tranquille, ajouta-t-il, voyant des couples immobilisés sur les marches.

Avançant vers l'entrée, Charles présenta le major Carver à sa compagne. Edward s'inclina.

– Vous voyez qu'il n'y a pas eu d'éclat. Lord Simon a fort bien accueilli sa fille cachée, major, dit l'ingénieur, triomphant.

– Attitude et sang-froid de très grand seigneur, murmura Carver.

Malcolm Murray, lui, ne cacha pas sa stupeur en voyant entrer dans le grand salon Ounca Lou au bras de Charles.

– Ça, alors ! Vous l'avez fait ! dit-il en posant un regard gourmand sur le décolleté de la jeune femme.

– Nous reste à rencontrer Ottilia, observa Charles, préoccupé.

Pendant cet entretien, le couple, dont les étrangers ne pouvaient imaginer la situation, focalisait l'attention. L'épouse du délégué du gouverneur fit remarquer à son mari, après les présentations :

– Ces deux-là vont merveilleusement bien ensemble.

C'était reconnaître l'unité harmonieuse d'une femme belle et d'un homme distingué.

– Inscrivez-moi pour la première danse, demanda Murray, faisant l'œil de velours.

Ounca Lou leva sur Charles un regard interrogateur.

– N'hésitez pas, insista l'architecte. Charles est déjà retenu par ma cousine. Ce sont des valseurs inégalables, dit-il comme Ottilia approchait.

Murray, un peu embarrassé, ne savait comment présenter l'une à l'autre les deux femmes. Otti, spontanément, tendit la main à Ounca Lou.

– Vous êtes la filleule de ma tante, lady Lamia, n'est-ce pas ?

Ounca Lou acquiesça en prenant la main tendue.

– Et aussi, si j'en crois ce que vient de dire mon père, qui doit savoir à quoi s'en tenir, vous êtes ma demi-sœur, née d'une épouse de lord Simon décédée très jeune et que je n'ai pas eu le temps de connaître, ajouta Ottilia, plus lady que jamais.

Charles admira comment, en une phrase, la fille de lord Simon avait, au prix d'un mensonge dont personne n'était dupe, rétabli les convenances hypocrites et ouvert une relation sororale condescendante avec celle qu'elle nommait encore, quelques jours plus tôt, une « demi-Indienne ».

L'orchestre ayant attaqué une valse, tous les couples se rendirent dans le hall pour voir lord Simon ouvrir le bal avec l'épouse du représentant du gouverneur, tandis que ce dernier entraînait Lamia sur le parquet ciré.

– Cette valse m'appartient, dit Charles à Otti, un peu indécise.

Il lui prit la taille, car les puritains américains étaient sans influence à Soledad, et la conduisit au milieu des danseurs, tandis que Murray enlevait prestement Ounca Lou.

Charles et Otti valsèrent, elle abandonnée les yeux mi-clos, lui goûtant non sans attendrissement et tristesse le plaisir de danser avec celle de qui il connaissait maintenant le drame intime.

– Je trouve qu'Ounca Lou vous va bien, Charles. Que comptez-vous faire d'elle ?

– Je compte demander sa main à son père, maintenant qu'elle en a un, dit Desteyrac.

– Eh bien, moi, je vais épouser mon cousin Murray. Lui sait depuis toujours à quoi s'en tenir sur mon incapacité à satisfaire un homme. Il ne sera donc pas déçu. Nous vivrons comme frère et sœur, et nous ferons une bonne association. En somme, un vrai couple d'aristocrates anglais ! ajouta-t-elle, amère.

L'orchestre allait enchaîner sur une mazurka quand Charles et Otti se trouvèrent sur la piste près de Murray et Ounca Lou.

Ottilia se dégagea du bras de Charles et saisit celui de Malcolm.

– Maintenant, que tout rentre dans l'ordre des

choses ! dit-elle, la gorge nouée, en changeant de danseur.

– Sir Murray est un excellent cavalier, mais il serre un peu trop la taille des dames, avoua Ounca Lou en riant.

Entre deux danses, Pibia, le majordome, s'approcha de Charles et de sa compagne.

– Sa Seigneurie souhaite vous entretenir un instant dans la bibliothèque, dit-il.

Il se rendit près de Murray, qui venait de danser un quadrille endiablé avec Gertrude Lanterbach, et lui dit la même chose avant de trouver Ottilia, occupée à inscrire sur son carnet de bal les demandes pressantes d'une demi-douzaine d'admirateurs.

En marchant vers la bibliothèque, Charles retint un instant Ounca Lou dans une encoignure.

– J'ai complètement omis de vous demander si vous accepteriez de m'épouser. Il me faut une réponse immédiate, car je vais de ce pas demander votre main à lord Simon et à lady Lamia, dit-il.

Ounca Lou se mit à rire assez fort pour attirer l'attention d'Ottilia et de Murray qui, se rendant eux aussi à la convocation de lord Simon, s'arrêtèrent près du couple.

– Lady Ottilia, croyez-vous qu'on puisse répondre sans réfléchir une minute à une demande en mariage faite avec désinvolture ? dit la filleule de Lamia, incapable de dissimuler sa joie.

– Si le prétendant est M. Desteyrac, à votre place, petite sœur nouvelle, je n'hésiterais pas une seconde. Vous ne sauriez espérer un meilleur parti, répondit Otti, atténuant l'insolence d'un ton protecteur.

Lady Lamia se tenait près de son frère, dans la

bibliothèque, quand les deux couples convoqués y entrèrent.

– *God'dam' !* Une vraie réunion de famille ! souffla Malcolm à Charles.

Quand chacun eut trouvé un siège, lord Simon prit l'attitude du père noble, déplissa son gilet de piqué et donna la raison de cette convocation en pleine fête.

– Ce soir, ma fille et mon neveu m'ont informé de leur intention de se marier. C'est une bonne chose mais, pour souscrire au vœu de lady Ottilia, ce mariage aura lieu à Londres. Elle souhaite, et je l'approuve, que son union soit bénie à Saint Margaret's Church, la petite église proche de l'abbaye de Westminster. Cette église a été fondée par Édouard le Confesseur en 1064. C'est là que repose sir Walter Raleigh et c'est là que sont célébrés tous les mariages de l'aristocratie anglaise. Vous ignorez sans doute, monsieur Desteyrac, qu'il s'agit du sanctuaire le plus huppé de Londres. Nous mettrons donc à la voile pour l'Angleterre, avec le *Phoenix*, la semaine prochaine, annonça lord Simon.

– Vous dites « nous » ? s'étonna Lamia.

– Je dis « nous » car je serai du voyage. Comme j'ai affaire à Londres, je ne quitterai pas ma fille qu'elle ne soit, cette fois, solidement mariée.

Tous eurent un sourire. Charles et Ounca Lou firent un signe amical aux futurs époux, et lord Simon enchaîna :

– Lady Lamia, avec qui je ne m'étais pas entretenu depuis longtemps de manière aussi confiante, m'a dit que sa filleule, c'est-à-dire ma seconde fille, perdue de vue à la suite de circonstances qui ne regardent que moi, mais aujourd'hui retrouvée, s'est prise d'une passion amoureuse, apparemment en cours de consommation, pour Monsieur l'Ingénieur Charles Ambroise Desteyrac. Comme j'ai l'intention de demander à cet ami français de s'établir à Soledad pour y entreprendre de nouveaux travaux, je dois savoir – et cela, pour calmer les appréhensions de lady Lamia – comment il envisage l'avenir pour ma plus jeune fille, dont le bonheur m'importe, bien qu'elle ne porte pas encore mon nom, lacune que mes notaires de Londres combleront. Je suis un vieil homme et je sais par expérience qu'une fille, si amoureuse soit-elle d'un homme, a besoin d'un établissement sûr.

– Eh bien, lord Simon, si vous m'accordez la main de votre fille cadette, vous avez ma réponse, déclara Charles.

Amusé par la façon dont Cornfield présentait toutes situations à son avantage sans la moindre gêne – sans doute « attitude et sang-froid de très grand seigneur », comme avait dit Carver –, l'ingénieur entra dans le jeu.

– Ounca Lou m'a fait très récemment part de son acceptation. Ne restent à obtenir que la vôtre et celle de lady Lamia, précisa-t-il avec une humilité appuyée.

– Lady Lamia et moi vous l'accordons bien volontiers. C'est donc une affaire entendue, acheva lord Simon du ton dont il devait consentir un bail à un fermier, tout en se versant une rasade de whisky.

Après les félicitations de circonstance, les deux couples retournèrent au bal.

La filleule de Lamia rayonnait du bonheur atteint. Cela se lisait dans ses yeux, dont la pâleur bleue irradiait une lumière nouvelle. Charles le sentit à la chaude pression d'une main sur son épaule, tandis qu'ils dansaient.

« Elle est enfin heureuse », se dit-il, un peu grisé

d'être le dispensateur d'une telle félicité à un être longtemps déprécié. Lui-même, auprès d'Ounca Lou, trouvait, avec le plaisir partagé des sens, le tendre abandon d'un amour pur et fort. Ce soir-là, c'était pour lui l'aboutissement de l'aventure insulaire, devenue l'ancrage de sa vie.

Conscient d'avoir conjuré l'appétit de séduction un peu pervers d'Ottilia, il en éprouvait moins de satisfaction que d'apaisement. « Et si Otti avait été une femme normale, complète, achevée ? » se demanda-t-il, sans pousser plus avant, sans vouloir imaginer de réponse. Lucide et sincère avec lui-même, il ne pouvait se défendre d'une trouble attirance, d'une attention inquiète pour la personnalité douloureuse, rebelle, complexe et fascinante de la fille aînée du lord.

Quand la musique cessa, ils se séparèrent et, avant que l'orchestre n'attaque un nouveau morceau, Ounca Lou s'écarta de Charles.

– Faites valser Ottilia. Elle vous attend, dit-elle comme si elle avait pénétré sa pensée.

Charles et Ottilia dansèrent plusieurs valses en silence, unis par un sentiment qui ne pouvait appartenir qu'à eux seuls. La jeune femme s'en montra parfaitement consciente.

– Ainsi, vous resterez à Soledad. Croyez que je serai heureuse de vous y retrouver quand je rentrerai d'Angleterre. Je n'oublierai jamais ce que je vous dois et, Malcolm vous aimant comme un frère, nous aurons beaucoup de choses à partager sur notre île au soleil.

Une semaine plus tard, Charles et Ounca Lou accompagnèrent au port occidental lord Simon, sa fille et son futur gendre anglais. Au pied de l'échelle de coupée du *Phoenix*, que le lord gravirait le dernier comme un amiral de la flotte, Charles prit Murray à part.

– Sachant l'incapacité physique d'Ottilia, que vous connaissiez depuis longtemps, vous allez être conduit à trouver ailleurs ce qu'elle ne peut donner. Je vous en prie, ne la ridiculisez pas, ménagez son amour-propre, faites que votre couple ait, dans le monde cancanier où vous allez évoluer, toutes les apparences d'une union heureuse. Pour le reste, bien sûr, à vous de voir...

– C'est tout vu, Charles. Nous gardons Gertrude à notre service ! dit Murray avec un clin d'œil.

Au moment d'embarquer, Charles vit à ses paupières rougies qu'Ottilia avait pleuré. La jeune femme vint embrasser Ounca Lou.

– Je vous souhaite tout le bonheur que je ne puis connaître, dit-elle, retenant ses larmes.

Charles et sa compagne restèrent sur le môle jusqu'à ce que le *Phoenix*, toutes voiles dehors, poussé par une bonne brise, eût disparu derrière une pointe. Puis, pensifs mais comblés, ils prirent à pas lents, main dans la main, sous les palmiers bruissants, le chemin de leur maison couleur de paradis.

REMERCIEMENTS

Pour écrire ce roman, l'auteur a puisé une foule d'informations dans l'énorme documentation qu'il a accumulée depuis plus de trente ans pour d'autres ouvrages.

Que tous ceux – responsables de départements d'archives nationales, municipales, militaires ou universitaires, de collections historiques, publiques ou privées, propriétaires de documentation familiale, bibliothécaires de réseaux publics ou des universités – qui, en France, aux États-Unis, en Suisse, aux Bahamas, à des titres divers, lui ont permis en trois décennies, quelquefois au prix de longues recherches, parfois au cours d'un simple entretien, de mieux appréhender le XIXe siècle, son histoire, ses mœurs, son économie, son industrie, sa vie quotidienne, ou l'ont aidé à préciser un simple détail, soient chaleureusement remerciés.

Que trouve ici l'expression d'une reconnaissance toute particulière Michel Petroff, Genève, qui a permis à l'auteur de suivre la piste des premiers colons britanniques installés, dès le XVIIe siècle, aux Bahamas.

Bibliographie sélective

ASSOLANT Alfred, *Scènes de la vie des États-Unis*, Charpentier et Cie, Paris, 1873.

BARBICHE Jean-Paul, *Les Antilles britanniques de l'époque coloniale aux indépendances*, L'Harmattan, Paris, 1989.

BENNETT David, *Les Ponts, histoire et techniques*, Eyrolles, Paris, 2000.

BOTTING Douglas, *Pirates et Flibustiers*, Collection La grande aventure de la mer, Time-Life, 1979.

BOURGET Paul (introduction par), *Un voyage à travers l'Amérique, voyage pittoresque dans le continent de l'Amérique du Nord, vues de ses merveilles naturelles incomparables*, C. N. Greig et Cie, Paris.

CARLIER Auguste, *Histoire du peuple américain – États-Unis – et de ses rapports avec les Indiens*, Michel Lévy frères, Paris, 1863.

CASAS Bartolomé de las, *Brevísima relación de la destrucción de las Indias*, Cátedra, Madrid, 1987.

CESTRE Charles, *Production industrielle et justice sociale*, Garnier frères, Paris, 1920.

CHIDSEY Donald Barr, *La guerra hispano-americana*, Grijalbo, Barcelona-Mexico, 1973.

CHINARD Gilbert, *Les Réfugiés huguenots en Amérique*, Les Belles Lettres, Paris, 1925.

CORNELL Jimmy, *Routes de grande croisière*, Éditions loisirs nautiques, Cenon, 1999.

CORONIO Guy et l'équipe du Centre de documentation contemporaine et historique de l'École nationale des ponts et chaussées, *250 ans de l'École des ponts en cent portraits*, Presses de l'École nationale des ponts et chaussées, 1997.

CUNINGHAME Judy, *Flowers in the Bahamas*, Longtail Publishers, Bermuda,

DUVIOLS Jean-Paul, *L'Amérique espagnole vue et rêvée, les livres de voyages de Christophe Colomb à Bougainville*, Promodis, Paris, 1985.

EVERETT Suzanne, *Les Esclaves*, Fernand Nathan, Paris, 1979.

EYMA Xavier, *Les Trente-Quatre Étoiles de l'Union américaine, histoire des États et des territoires*, Michel Lévy frères-A. Lacroix, Verboeckhoven et Cie, Paris-Bruxelles, 1862.

GRUSS Robert, *Petit dictionnaire de marine*, Éditions maritimes et d'outremer, Paris, 1963.

GUIZOT François, *Monk, chute de la république et rétablissement de la monarchie en Angleterre en 1660*, Didier, Paris, 1855.

HANCOCK H. Irving, *Life at West Point*, G. P. Putman's Sons – The Knickerbocker Press, New York and London, 1901.

HURET Jules, *En Amérique de New York à La Nouvelle-Orléans*, Eugène Fasquelle éditeur, Paris, 1906.

JOHANET F.-E., *Autour du monde millionaire américain*, Calmann-Lévy, Paris, 1898.

JULIEN Charles-André, *Les Français en Amérique pendant la première moitié du XVIe siècle*, Presses universitaires de France, Paris, 1946.

LACOUR-GAYET Robert, *La Vie quotidienne aux États-Unis 1830-1860*, Hachette, Paris, 1958.

LAMPO Hubert et KOSTER Pieter Paul, *Arthur et le Graal*, René Malherbe, 1986.

LEMASSON Jean, *Pêcheurs d'éponges et chiens de mer*, Julliard, Paris, 1961.

LOONEY Robert F., *Old Philadelphia in Early Photographs 1839-1914*, Dover Publications, New York, 1976.

LORAIN P., *Origine et fondation des États-Unis d'Amérique, 1497-1620* (revu par M. Guizot), librairie Hachette et Cie, Paris, 1853.

MAXIMILIEN prince, *Carnets de route de l'expédition sur le Missouri 1833-1834. Le peuple du premier homme*, aquarelles de Charles Bodmer, Flammarion, 1977.

MILLOT Gilles, *Les Pieds-Lourds, histoire illustrée des scaphandriers à casque français de 1850 à nos jours*, Le Chasse-Marée/éditions de l'Estran, Douarnenez, 1987.

MORENO FRAGINALS Manuel, *Cuba/España, España/Cuba : Historia común*, Mitos Bolsillos, Barcelona, 1998.

OLIVERA Otto, *Viajeros en Cuba 1800-1850*, Ediciones Universal, Miami, 1998.

PASQUET D., *Histoire politique et sociale du peuple américain* (tome II : de 1825 à nos jours), éditions A. Picard, Paris, 1931.

PEEK Basil, *Bahamian Proverbs*, The Providence Press, Nassau, 1966.

PÉREZ HERRERO Pedro, *América latina y el colonialismo europeo, siglos XVI-XVIII*, editorial Síntesis, Madrid, 1992.

PHILIP Jacqueline, *L'Esclavage à Cuba au XIXe siècle*, d'après les documents de l'Archivo Histórico Nacional de Madrid, L'Harmattan, Paris, 1998.

RAULET Sylvie, avec la collaboration d'Alain Boucheron, *Cristal de roche*, Assouline, Paris, 1999.

ROGOZINSKI Jan, *A Brief History of the Caribbean*, Meridian, New York, 1994.

ROUJOUX baron de, *Histoire pittoresque de l'Angleterre et*

de ses possessions dans les Indes depuis les temps les plus reculés jusqu'à la réforme de 1830, Paris, 1834.

ROUSNAMIERE John, *Les Yachts de luxe*, Collection La grande aventure de la mer, Time-Life, 1982.

ROUX DE ROCHELLE M., *États-Unis d'Amérique*, Firmin Didot frères, Paris, 1837.

SAUSSURE Henri de, *Voyage aux Antilles et au Mexique 1854-1856*, Olizane, Genève, 1993.

SHELLEY Henry C., *America of the Americans*, Charles Scribner's Sons, New York, 1915.

SIMONIN L., *Le Monde américain, souvenirs de mes voyages aux États-Unis*, librairie Hachette et Cie, Paris, 1876.

VANEIGEM Ariane, *L'Amérique en 1492*, Larousse, Paris, 1991.

WAGNER Charles, *Vers le cœur de l'Amérique*, librairie Fischbacher, Paris, 1906.

WILLIAMS Eric, *L'Histoire des Caraïbes, de Christophe Colomb à Fidel Castro, 1492-1969*, Présence africaine, Paris-Dakar, 1975.

WITT Cornelis de et GUIZOT François, *Histoire de Washington et de la fondation de la République des États-Unis*, précédée d'une *Étude historique sur Washington*, Didier et Cie, Paris, 1869.

ZAVALA Silvio, *El mundo americano en la época colonial*, tome I, Porrua, Mexico, 1967.

Guides

APPLETON'S *General Guide to the United States and Canada*, D. Appleton and Company, New York, 1893.

ASPINALL Algernon, *The Pocket Guide to the West Indies*, Sifton, Praed and Company, London, 1923.

BAEDEKER Karl, *Manuel du voyageur*, les États-Unis, Baedeker-Ollendorff, Leipzig-Paris, 1894.

BAHAMAS HANDBOOK, Étienne Dupuch Jr. Publications, Nassau, 1971.

FIN, *The Complete Angler's Guide*, Miami, 1972.

FODOR, *The Bahamas*, New York, Toronto, London, Sydney, Auckland, 1998.

MCMORRAN Jennifer, *Bahamas*, Ulysse, Montréal, 1998.

Journaux, magazines, revues

Collections de :

Americana Review, New York. Notamment *American Advertising*, 1960.

National Geographic, Official Journal of the National Geographic Society, Washington D. C. Notamment : volume 138, September 1970.

The Bimini News, Bahamas.

The Nassau Guardian, Bahamas.

Table

Du même auteur :

Les Trois Dés, Julliard, 1959, roman.

Une tombe en Toscane, Julliard, 1960 ; Fayard, 1999, roman. Prix Claude-Farrère. Livre de poche, 2001.

L'Anglaise et le Hibou, Julliard, 1961, roman.

Les Délices du port, Fleurus, 1963, essai.

Enquête sur la fraude fiscale, Jean-Claude Lattès, 1973.

Lettres de l'étranger, Jean-Claude Lattès, 1973 ; Denoël, 1995, chroniques. Préface de Jacques Fauvet.

Comme un hibou au soleil, Jean-Claude Lattès, 1974, roman. Livre de poche, 1984.

Louisiane, Jean-Claude Lattès, 1977, roman, premier tome de la série *Louisiane*. Prix Alexandre-Dumas : prix des Maisons de la Presse. Livre de poche, 1985.

Fausse-Rivière, Jean-Claude Lattès, 1979, roman, deuxième tome de la série *Louisiane.* Prix Bancarella (Italie). Livre de poche, 1985.

Un chien de saison, Jean-Claude Lattès, 1979, roman. Livre de poche, 1982.

Bagatelle, Jean-Claude Lattès, 1981, roman, troisième tome de la série *Louisiane*. Prix de la Paulée de Meursault. Livre de Poche, 1985.

Pour amuser les coccinelles, Jean-Claude Lattès, 1982 ; Fayard, 2003, roman. Prix Rabelais. Livre de poche, 1983.

Alerte en Stéphanie, Hachette Jeunesse, 1982, conte. Illustrations de Mérel.

Les Trois-Chênes, Denoël, 1985, roman, quatrième tome de la série *Louisiane*. Folio, 1989.

La Trahison des apparences, Éditions de l'Amitié-G. T. Rageot, 1986, nouvelles. Illustrations d'Alain Gauthier. J'ai lu, 1994.

L'Adieu au Sud, Denoël, 1987, roman, cinquième tome de la série *Louisiane*. Folio, 1989.

Les Années Louisiane, Denoël, 1987, en collaboration avec Jacqueline Denuzière, sixième tome de la série *Louisiane*. Folio, 1989.

L'Amour flou, Denoël, 1988, roman. Folio, 1991.

Je te nomme Louisiane, Denoël, 1990 ; Fayard, 2003, récit historique, premier tome de *Au pays des bayous.*

La Louisiane du coton au pétrole, Denoël, 1990, album, en collaboration avec Jacqueline Denuzière.

Helvétie, Denoël, 1992, roman, premier tome de la série *Helvétie*. J'ai lu, 1993.

Rive-Reine, Denoël, 1994, roman, deuxième tome de la série *Helvétie*. J'ai lu, 1995.

Romandie, Denoël, 1996, roman, troisième tome de la série *Helvétie.* J'ai lu, 2000.

Beauregard, Denoël, 1998, roman, quatrième tome de la série *Helvétie*. J'ai lu, 2001.

Et pourtant elle tourne…, Fayard, 1998, chroniques.

Le Cornac, Fayard, 2000, roman. Livre de poche, 2002.

Amélie ou la Concordance des temps, Fayard, 2001, roman. Livre de poche, 2004.

La Trahison des apparences et autres nouvelles, édition augmentée, Fayard, 2002.

Le Pont de Buena Vista, Fayard, 2003, roman, premier tome de la série *Bahamas.*

Retour à Soledad, Fayard, 2005, roman, deuxième tome de la série *Bahamas.*

Un paradis perdu, Fayard, 2007, roman, troisième tome de la série *Bahamas.*

INTRODUCTIONS ET PRÉFACES

Boulevard des Italiens, Draeger, 1975, album hors commerce, photographies de John Craven.

Lettre de Vittel, Société générale des eaux minérales de Vittel, 1979, hors commerce.

Walter Uhl, le rêve capturé, de Claude Richoz, Éditions du Vieux-Chêne, Genève, 1985, album.

À l'ombre de la Perdrix, de Jean Andersson, Créer, Nonette, 1986, écrits sur le Pilat, illustrations de Maurice Der Markarian, album.

La Guerre de cent ans des Français d'Amérique aux maritimes et en Louisiane, 1670-1769, de Robert Sauvageau, Berger-Levrault, Paris, 1987.

Voyages dans les Hébrides, de Samuel Johnson et James Boswell, traduction de Marcel Le Pape, La Différence, Paris, 1991.

Manufrance, les regards de la mémoire, de François Bouchut, Éditions de l'Épargne, 1992, album.

Terrenoire, pays noir dans un écrin vert, de Marcelle Beysson, Bibliothèque municipale de Terrenoire, Évasion culturelle terranéenne, 1992, récit historique illustré.

La Suisse, de Louis-Albert Zbinden, photographies d'Alfonso Mejía, Romain Pages, Sommières, 1993, album.

Composition réalisée par IGS-CP à L'Isle-d'Espagnac (16)

Achevé d'imprimer en mai 2008 en Espagne par
Litografia Rosés S.A.
Gava (08850)

Dépôt légal 1re publication : juin 2004
Édition 02 : mai 2008
LIBRAIRIE GÉNÉRALE FRANÇAISE - 31, rue de Fleurus - 75278 Paris Cedex 06.

31/0829/7